筒井康隆コレクションV
フェミニズム殺人事件

日下三蔵・編

出版芸術社

筒井康隆コレクションⅤ　フェミニズム殺人事件

目次

PART 1

フェミニズム殺人事件

第一章　語り手　6
第二章　ホテルの人たち　9
第三章　滞在客　15
第四章　第一の被害者　55
第五章　警察官　79
第六章　第二の被害者　105
第七章　マスコミ　139
第八章　探偵役　154
第九章　第三の被害者　188
第十章　犯人　214
作者御礼　238

PART II

新日本探偵社報告書控

241

PART III

単行本&文庫未収録短篇

12人の浮かれる男　532
女スパイの連絡　591

後記　筒井康隆　594
編者解説　日下三蔵　596

装幀・装画　泉谷淑夫

PART 1

フェミニズム殺人事件

第一章　語り手

石坂は婦人雑誌、ダイレクト・メール、型録《カタログ》、ショッピング・ガイドの類をいっぱいトランクに詰めこんで、南紀・産浜《うぶはま》行きの列車に乗った。

そういったものばかりで一篇の小説を書こうというのはいささか厚かましくも思われるが、これは何も今流行《はや》りのカタログ小説に類したものを安易に仕上げようというのではない。実は腹案が九分通りできていて、あとは実際の執筆と、トランクの中の資料を利用して全体にタイポグラフィックな、前衛詩的効果をあたえるための作業を残すだけになっていた。

この暑い夏、なんでまたくそ暑い南紀などへ出かけるのか。まず第一に、石坂にはお目あてのホテルがあった。行くのは六年ぶりだが、待遇がよく、料理が旨《うま》く、そして静かなホテルだ。いかに暑かろうが冷房さえあれば都心だろうと南紀だろうと同じである。

第二は、もちろん泳ぐためだ。石坂は海が好きだった。産浜ホテルというその小さなホテルは、常に無人の砂浜に面した崖《がけ》の上に建っている。

車内は空《す》いていた。僅かな乗客のほとんどが派手な恰好をして泳ぎに行く騒がしい若者たちであり、サンドベージュのブルゾンに麻のパンツというような、白できめたシャイな着こなしは中年の石坂以外に見られない。列車が海岸を走りはじめると若者のほとんどは途中の駅でおりてしまい、車輌《しやりよう》内には石坂ただひとりとなって、彼は静かに読書を楽しむことができた。

産浜へ近づくにつれ、腹が減ってきた。産浜ホテルの夕食の旨さを思い、何も食べないことにした。空腹が快感となった。あの落ちついたダイニング・ルームで今夜食べることができる夕食とは、どれほどの旨さのものだろう。また、そのダイニング・ルームで顔をあわせることになる人たちとは、どのような紳士、淑女なのだろう。産浜ホテルの魅力とはまた、選び抜かれた滞在客の人柄の魅力でもあったのだ。

　六年前と変わっていなければいいなあ、と石坂は思うのだ。部屋を予約したとき最初に電話口へ出たのは、確かにあの早苗さんだったし、次に替って出たのが早苗さんのご主人でマネージャーの新谷氏だった。ふたりともおれを憶えていてくれたのだ。コック長は今でも加藤さんのままなのだろうか。

　六年前、おれのような小説家が、よくまああの格式の高い産浜ホテルに滞在できたものだと今でも石坂は思う。ヘビー・スモーカー同士だからというので、ホテルの持主である大実業家の松井会長と、たまたまとある雑誌で対談をし、知り合えたのでもなければ、あのような立派なホテルを紹介してもらえることもなく、産浜ホテルの存在を知ることもなかったであろう。

　わっ。のどが渇く。これだけはもう、我慢できない。石坂は躍りあがるように席を立つと車内の売店へ行き、缶ビールを買って戻った。冷え過ぎたビールだ。ビールだけではなくそもそも発泡性の飲みものは体質にあわないのだが、こういう際にはビールしかなく、また、うまいのだからしかたがない。缶の半分を一気に飲んだ。空き腹がたちまち下品な音を立てて鳴りはじめたが、なに、あたりには誰もいない。

　あの夏は楽しかったなあ。仕事もはかどった。あのときの滞在客の誰かと再会できるだろうか。石坂は少しうとうとした。

　ぶるぶる、と身をふるわせて石坂は眼を醒《さ》ました。車内の冷房が石坂ひとりの体温を奪い続けていた。列車は産浜駅近くのトンネルに入っていた。石坂は車内便所に立った。

プラットホームの熱気が石坂の冷えたからだを包んだ。石坂は風呂に入っているような気がした。終着駅で降りたのは七、八人だった。いずれも身《み》装《な》りのきちんとした人たちであり、別荘にやってきた都会の紳士淑女であろうと石坂には思えた。

産浜駅前はひっそりとしていた。あたりは商店街というほどのものではなく、銀行、郵便局などの他には喫茶店、洋品店、果物屋、花屋、その他数軒の店があるだけだが、さすがに別荘地の店だけあっていずれも高級店らしい威厳を見せ、あきらかに、ただ泳ぎに来ただけといった若者たちを拒否していた。

駅前にはタクシーの営業所があった。セドリックが十台ばかり並んでいた。ほとんどの人が乗ったためたちまち車の数が半分に減った。石坂は綺麗に舗装された駅前広場周辺の眺めをしばらく楽しんでから、いちばん最後に車に乗った。

「産浜ホテル、願います」

「産浜ホテル。へいっ」予想外、といった声で返事をし、漁師のような風貌《ふうぼう》の運転手が大きく頷《うなず》いた。

大通りの両側にも、不動産屋のビルや警察の建物などと並んでさらに数軒の高級店が点在していた。イタリア・レストラン。コーヒー専門店。洋菓子店。美容室。蕎麦《そば》屋。そして普通の肉屋、薬局、八百屋、和食堂などがあり、次いで左右は住宅街になる。

大通りが右に折れた。左は砂浜であり、陽光にぎらぎらしている太平洋である。そして南国を思わせる樹樹《きぎ》に囲まれた豪奢《ごうしゃ》な別荘。瀟洒《しょうしゃ》な別荘。民宿とかバンガロー風のものは一軒もない。砂浜にいるのもたいていが別荘人種であり、車でやってきた若者のグループはほんの時おり見かけるだけである。列車はトンネルを抜けて産浜に来るが、車だと山腹を大まわりして来なければならないのだ。

こんなところに別荘を持つというのはどんな人たちなのかな、と石坂は思う。海の好きな人たちなのだろうな。別荘といえば避暑地だが、この暑い暑い南紀・産浜。だからあるいはすでに避暑地に別荘を持っている資産家の、海の家としての第二の別荘なのかな。そういえばさっきの建物の前には会社名の下に「海の家」と書かれた看板が立っていたが、あそこも別荘風だった。実業家が自分の別荘を企業に払い下げたものでもあるのだろうか。

別荘地帯からはすぐに出はずれて、車は崖をのぼりはじめた。崖は太平洋に突き出た岬でもある。道は細くなり、鬱蒼《うっそう》と繁茂した両側からの木や草の葉が車体を勢いよく擦過して背後に去る。

崖の頂きに二階建ての産浜ホテルが、六年前と同じたたずまいを見せて建っていた。鉄筋コンクリート造りだが、一階正面玄関附近《ふきん》は荘重な木造の趣きだ。少し離れて見たり浜側から見たりするととてもそんな格式の高いホテルとは思えないのだが、入口をまるで個人の邸宅ででもあるかのように装っているために、散策の海水浴客がおいそれと立ち寄れない雰囲気になっていた。

あのときと同じだ。六年前の記憶が蘇《よみがえ》り、石坂はそう思った。正面玄関の前のポーチには支配人の新谷氏と夫人の早苗さんが並んで立ち、出迎えていてくれたのである。

第二章　ホテルの人たち

「ようこそいらっしゃいました」きちんとタキシードを着て長身の新谷氏は、あいかわらずにこやかだった。「お待ち申しあげておりました」

「あれっ。ぼくの到着時間は、知らなかった筈《はず》だけど」と、石坂はいった。「ずっと立って待っててくれたの」

あきらかにジバンシイと思える、シルエットの美しいスーツを着た小柄な早苗さんが、横に立つ新谷氏を見上げ、顔を見あわせて笑った。「一、二分前からです。トランクをお持ちしましょう」

「いや。重いから」

「では私が」新谷氏が横から手をのばし、資料がぎっしりのトランクを軽がると持ちあげた。

玄関ホールに入ると思ったほど冷房は効《き》いていず、発汗はおさまりそうになかった。床は樫《かし》材で中央に大きなタブリーズのペルシャ絨毯《じゅうたん》、その他要所要所にセネ、ビジャー、イスファハンといった大小のペルシャ絨毯が敷かれている。正面は階段で、踊り場の壁にはボーヴェー近郊の森と小川を描いた大きなコローの絵がかかっている。

「ちっとも変わっていない。あのときのままだ」と、石坂は言った。

「それはまあ、当然でございまして」と、新谷氏は笑う。「こういうホテルがころころ変わっては困りますので」

「あら。お汗が」早苗さんは石坂の額を見て言った。「とりあえずお部屋でシャワーをお使いになりますか」

「そうだな」石坂はためらった。「先にダイニング・ルームで、何か冷たいものを飲みたいのだが」

「では、ロビーでご休息ください。ビールでも持たせましょう」

「いいえ。石坂様は、ビールはお飲みになりません」いささか決然として早苗さんは言った。

彼女の記憶力に石坂は一驚した。

「これは失礼を」新谷氏が一礼した。「では冷たいアイス・ティーなどは」

「それだ」石坂は言った。「ここのアイス・ティーの旨さを思い出した」

客室へ何か運んだらしく銀のトレイを持って若いボーイが階段をおりてきた。石坂がはじめて見る顔だった。新谷氏はボーイに命じてトランクを部屋に運ばせ、自分はホール右手のダイニング・ルームに去った。

「冷房があまり効いておりませんが、お許しください」ホール左手のロビーに石坂を案内しながら早苗さんは言った。「ずっと室内におられるお客様には、これくらいがちょうどおよろしいようなのです」

「ああ。そうだろうね」うわのそらで答えながら石坂は懐かしくロビーを見まわした。十八世紀イギリス風のソファや肘掛《ひじかけ》椅子による六点セットが三組、各セット間の空間をたっぷりとって散在し、砂浜と海を見渡す奥のガラス窓はほとんど壁一面の大きさである。

天井や壁はチーク材や楢《なら》材で渋く荘重にしあげられ、これは産浜ホテルの室内全部に言えることだ。そしてこの部屋にはクールベの絵。エトルタの断崖《だんがい》が描かれて迫力に満ちた大きな画面だ。

石坂が窓に面したソファに掛けると、早苗さんは傍らに立って言った。「ご健筆はよく存じあげておりますわ」

「ご活躍」ではなく「ご健筆」であるところが石坂には嬉《うれ》しかった。家に籠《こも》ってひたすら書き続けているだけの不健康な日常が、とても活躍などといえたものではなかった。

「ありがとう。あんたたちだってまったく変わらないね。加藤さんは元気かい」

「あのかたはもう、相変わらずでございますのよ」そういって笑うと、早苗さんはロビーの入口にあるフロントに去った。

客の姿はまだひとりも見かけなかった。眼下の海岸もやはり無人だった。誰かがいればそれはホテルの滞在客にきまっていた。彼方《かなた》にも断崖が海にせり出していて、その狭い砂浜は崖に囲まれ、ホテルからしか降りていける道はなかった。陽《ひ》がだいぶ傾いていたが、ロビーに夕陽は射しこんでこない。

「お久しぶりでございますなあ」コック長の加藤が銀のトレイにアイス・ティーを載せてあらわれた。

「やあ。あんたの料理が忘れられなくてね」石坂は加藤コック長の巨大な体軀《たいく》と突き出した腹部を見るなり破顔した。

「いやいやもう、わたしのことまで憶えていてくださったそうで、まことに光栄でございますなあ」

「なぜもっと早く、もう一度ここへ来なかったのか、自分でも不思議でしかたがないよ。あんなすばらしい経験をしていながらさ」

加藤コック長は真剣になってしばらく考えた。鼻下髭《ひげ》のある赤ら顔がさらに少し赤らんだ。「それはきっと、なんでございましょうなあ。人間はこの、楽しもうと思えばいつだって楽しめるものは、いざというときのために先に取っておこうとするところがございますよ」

「言えてる」石坂はまた笑った。「ところで今夜の料理はなんだい」

「漁師がいい鱸《すずき》を持ってまいりました。こいつを焼きますので」加藤コック長は太い眉《まゆ》をうごめかした。「白ワインと赤ワイン、二種類のソースを作るつもりでございます。お試しくださ い」


話を聞いただけで腹が鳴りはじめた。

「あと、帆立て貝も持ってきております。こいつはぶつ切りにいたしまして、海胆《うに》をまぶしますので、山葵醬油《わさびじょうゆ》で召しあがっていただくとこれはもう、最高でございましょうな」

「珍味だろうな」石坂は矢も盾もたまらなくなってきた。「矢も盾もたまらん」と、彼は言った。「夕食は何時からだね」

「ははあ。空腹でいらっしゃいますか」コック長は眼を丸くした。「お客さま全員のご希望で七時からということにいたしましたが、もう少し早めることは可能でございます」

「いや。それでいいよ。シャワーを浴びて着替えをしていれば、どうせそれくらいにはなる」

「左様で。ではお待ち申しあげております」

加藤コック長が去り、東洋風の香料が匂うアイス・ティーを飲んでいると、マネージャーが部屋の鍵《かぎ》を持ってきた。

「石坂様のお部屋は五号室にさせていただきました。六年前にお入りいただきましたお気に入りの六号室、例の角部屋は、あいにく小曾根さまご夫妻がお使いでございまして、ふさがっております。申しわけございません」

「あっ。あのご夫婦、来てるのか。そいつは嬉しいなあ」

「はい。あれから毎年、夏になりますと必ずお見えになります」

「あの夏は楽しかった」と、石坂は言った。「気ちがいじみた楽しさだった」

「同感でございます。私といたしましても、あんな楽しい夏はございませんでした」端整な新谷氏の顔が真面目《まじめ》になった。「最高のお客様がたの、最高の顔合わせでございましたから」

支配人と石坂はしばらく海を眺めて思い出に耽《ふけ》り、黙りこんだ。

やや顔を曇らせ、新谷氏が言った。「今年の夏も、あのようなすばらしい夏になるとよろしいのですが」

おや、と思い、石坂が傍らに立つ支配人の顔を見あげたとき、新谷氏は軽く一礼して言った。

「ではごゆっくり。充分に骨休めなさってください」

「ありがとう。よろしく頼むよ」

「こちらこそ」

立ち去る新谷氏の、がっしりした体格のうしろ姿に何やら寂しげなものを認め、石坂は思った。今年の客に何か問題でもあるのかなあ。

あれ以来、あれほどのいい夏にめぐりあえない寂しさに過ぎないのだろう。そう解釈することにして石坂は立ちあがった。

五号室は奥に窓があってダブル・ベッドの置かれた部屋だった。隣りの六号室は南と西に窓のある角部屋で、眺めはここよりもさらによいのだが、ツインの部屋であり、夫婦連れの小曾根氏に使われるのもしかたのないことだ。

熱いシャワーと冷たいシャワーを交互に使い、アルマーニの麻のシャツを着て石坂は階下におりた。ダイニング・ルームに入ったが七時にはまだ十分以上もあり、客はまだひとりもいない。フロントにいた早苗さんがついて入ってきて、奥の隅にあるスタンド・バーのカウンター内に入った。

「何かお飲みになるでしょう」

「そうだな」カウンターに掛け、石坂はバック・バーを眺め渡した。しかし、飲むものはきまっている。「やっぱりワイルド・ターキーだ。薄くして。レモンを浮かべて」

「かしこまりました」

さっきのボーイが、中央の八人掛けテーブルに食器を並べはじめた。

「彼は知らない顔だ」と、石坂は言った。

「三年前から来ております。この産浜の子なんですよ」

自分の話と知り、ボーイは石坂に一礼して言った。「若柳と申します。なんでもお申しつけください」

「石坂さまはちっともお変わりになりませんのね」グラスを出し、早苗さんが少し恥かしげにそう言った。

「あなたもだ」乾杯するように、石坂はグラスを差しあげた。「いや。六年前より美しくなった」

その通りだった。もとからやや憂い顔の美人ではあったが、何が彼女をこのように、と思わせるほどさらに美しくなっていた。客のそんな軽口には慣れている筈の彼女が、急にどぎまぎした。

「まあ」赤くなっていた。

そうか。美しくなった理由は、はっきりと存在するのだ。石坂がそう確信したとき、ダイニング・ルームに客が入ってきたらしく、早苗さんが石坂の肩越しに目礼した。ふり返ると、客は石坂と同年配の男だった。

見憶えがあった。

男は立ちどまった。眼を見開いた。「石坂君じゃないか」

第三章　滞在客

「松本君、だったな」石坂は彼の名を思い出しながらゆっくりと椅子からおりた。

「奇遇だなあ。今日来たのかい」松本が近づいてきた。

「おやまあ。お知り合いでいらっしゃいましたか」

早苗さんに、松本は言った。「大学の同期生なんだよ。すばらしい人がやってくるってあなたが言ってたのは、それじゃ石坂君のことだったのか」

「卒業以来だぜ。ぼくは同窓会、まったく行かなかったからね」

「いや。ぼくも二、三度しか行ってない」

「やあ」

「やあやあ」

ふたりは握手した。両手を出し、握りしめあった。

松本は石坂と並んでカウンターの椅子に掛け、石坂の飲んでいるものを訊《たず》ねて同じものを注文した。「作品、いつも読ませてもらってるよ。ここへはつまり、『執筆』かい」

「それもあるんだがね」このホテルとの今までのいきさつを、石坂は話した。「君はここへよく来るのかい」

「一昨年からだ。これで三度めの夏になる。ぼくの方は父親が、その松井会長の会社の相談役でね。その紹介だ。ここへくると仕事がはかどるんでね」

「同感だな。ただ、ぼくの方は不勉強で、君のやった翻訳、一度も読ませてもらってないのだが」

「いいさ」松本は笑った。「イシャウッドやウォーナーの未訳のものの翻訳なんてのは、どちらかといえば専門家や学生が対象だからね。しかし、君が作家になるとは思わなかったな。大学にいたころは、おれもそうだったけど、君もあまり目立たない方だったろ」

「でもお互い、憶えていたじゃないか。目立たない者同士、何度か話をしたよな」

「何度どころじゃなかったんじゃないかな」松本は少し気を悪くしたようだった。「喫茶店で半日喋《しゃべ》っていたこともあったぜ」

　しかたなしに石坂は同意した。「あった、あった」しかし記憶にはなかった。

「それどころじゃないよ。あのころぼくは君から、だいぶいろいろと影響を受けてるんだよ」

「えっ。どんな」

「どんなって、まあ、文学上の影響とか、服装のセンスとかさ」

「まさかなあ。おれはそんな、ひとに影響をあたえるなんてことは」言いながら石坂は松本をさりげなく観察した。

良家の子弟でありながら松本は色黒で、顔立ちも武骨だった。体格が立派であるだけに尚《なお》さら田舎っぽく見えた。さらに無粋《ぶすい》に、暑苦しく、彼は夏服を着込み、ネクタイをしめていた。ホテルの格式の高さというものを誤解していて、逗留《とうりゅう》何日目にあたるのか知らないがまだ気づいていないようだった。自己のスタイルを頑として曲げない小曾根氏のような世代の紳士は別として、このホテルの晩餐《ばんさん》はシャツ姿でいいのだ。

　あらためて松本の顔を見て、石坂はちょっとおどろいた。「おいどうしたその顔は。疵《きず》だらけじゃないか」

「これだろ」血の凝固した頬の疵を撫でまわして松本はきまり悪げに苦笑した。「安全剃刀《かみそり》を忘れてきちゃってさ。しかたなくここのホテルの、バス・ルーム備えつけの剃刀、使わしてもらったんだけど、あれ、使ったことのない西洋剃刀だったんだよな」

「まあ。気がつきませんで」早苗さんがおどろいて言った。「申しわけございませんでした。あの、さっそく安全剃刀を用意させますので」

「やあやあ。文豪のご到着だ」小曾根氏が美代子夫人を従えてダイニング・ルームに入ってきた。

「お懐かしや」

椅子からおりて立ち、石坂は軽く一礼して挨拶した。「お久し振りです。お元気なご様子で」夫人に一礼した。「奥様もお変わりなくて」

「はい、もう、ちっとも変わりませんのよ」陽気な美代子夫人がおどけて見せた。夫よりも背の高い彼女はダーク・グレイのシンプルなシルク・シフォンのドレス姿で、黒真珠のネックレスをしていた。

「まだお揃いではございませんが、皆様そろそろ席にお掛けください」厨房《ちゅうぼう》から出てきて支配人が言った。「料理の準備は調っております」

「主賓席というものはここにはないが」と、小曾根氏が言った。「今夜は石坂氏が主賓であることに間違いはない。この、真ん中の席にすわっていただこう」

六年前と同様に、小曾根氏が全員の席を決めはじめた。いちばん年長の六十歳であり、十社にも及ぶ会社の役員とあれば、いつだってみんな従わざるを得ない。小柄でよく肥った小曾根氏がてきぱきと席を決める様子は、なんとなく現場の映画監督を思わせた。彼は洒落《しゃれ》たグレイのタキシードを粋《いき》に着こなしていた。

スリムなワンピースを着た女性がダイニング・ルームの入口にあらわれた。流行の、モス・グリーンのオーガンジーだ。彼女の美しさに石坂は眼がくらくらした。さほど背は高くないが、均整のとれた姿態は文句のつけようがなく、髪を短く整えた小麦色の小さな顔にやや大きめの黒い眼が美しく輝いていた。芯《しん》の強い女性であるらしいことはあきらかである。

「彼女に対しては口のききかたに注意した方がい

いよ」彼女に見惚《みと》れている石坂に気づいて、松本が心配そうに耳打ちした。「がりがりのフェミニズム論者だからね」

「ははあ。キャリア・ウーマンか何かだな」

「当たり。でかい衣料品メーカーの開発担当部長だってさ。それでいて独身で、おれたちより若いってんだから参っちまうね。三十二歳だってさ」

その美しい女性を、美代子夫人が石坂に紹介した。「竹内史子さん。歴史の史という字を書いて子。それで『ふみこ』とお読みになるんですのよ。こちらは作家の石坂さん」

竹内史子はきらめく瞳《ひとみ》で石坂を見あげ、一礼した。「よろしくどうぞ」

初対面の相手が自分のことを知っているかどうか、知っているとして自分の小説を読んでいるかどうかが気になるのは作家の業のようなものだ。読んでいないな、と、石坂は竹内史子の表情から直感した。

「まだお揃いではないが、皆さん、掛けませんか」と、小曾根氏が言った。

石坂は女性にはさまれて座るかたちとなった。右が美代子夫人、左が竹内史子である。石坂の正面は小曾根氏。その隣り、美代子夫人の正面には松本が座った。

「席がまだ三つ残っていますが、今年の滞在客はぼくの到着で最後ですか」と、石坂は訊ねた。

「左様でございます」小曾根氏のななめうしろに立っている新谷氏が答えた。「今年のお客様は六名様でございまして、毎年六名様が限度でございます。時おり会長様がお見えになって七名様になる場合がございますが、会長様はお客様とは申せませんので」

「加藤コック長が、それ以上の客にはとても対応できないのだそうですよ」笑いながら小曾根氏が言った。「おかげでわたしたちは、とびきりの料理を賞味できるというものですがね」

「あと、南紀の名士でいらっしゃる長島様がご滞在ですのよ」と、美代子夫人が言った。「でも、遅いこと」

七時を八分過ぎていた。

「では先にワインをお選びください」なんとなく決然として新谷氏が言った。

小曾根氏は新谷氏と相談しながらワインを決めた。竹内史子にも意見を求めたところから判断すると、彼女も相当詳しいようだ。ワインに無知な石坂は、いつも誰かにまかせっぱなしである。体質にあわず、すぐ息苦しくなるのだが、つきあいというものがあるので少量のみ相伴《しょうばん》し、早早にバーボンときりかえてしまう。

新谷氏がワイン倉庫へ去り、ボーイの若柳がシェリー酒を運んできた。

「長島さんはいつも遅刻なさいますのよ」竹内史子がさほど不満げでもなく石坂に耳打ちした。

「名士だそうですが」

「産浜駅前の通りに不動産会社のビルがございましょう」と、彼女は言った。「あれが長島さんのビルですわ。他にも、和歌山市内の会社の役員をいくつかなさっておられます。面白いかたですわ」

話題が長島氏のことと知って小曾根氏が口をはさんだ。「長島氏はすぐ下の別荘地に別荘を一軒持っておられるのですが、今年からはこのホテルにずっとご滞在でしてな」

「何年か前に奥様を亡くされてからずっと独身で、ご不自由なさってますのよ」と、美代子夫人が言った。

ホールから早苗さんが笑いながら戻ってきた。

「ご本に夢中で、七時を過ぎていることがお気づきではなかったようですわ。もう、大あわてをなさっておられます」

全員がどっと笑った。

「あのかたは、ただの不動産業者なんかじゃありませんね」と、松本が言った。「たいへんな知識人です。昨夜イギリス文学のお話をして、いやもう、よくご存じなので驚きました」

「その通り。なんでもよくご存じです」小曾根氏が頷《うなず》いた。「ところで松本さんはもう、どなたかが石坂さんにご紹介申しあげましたかな」

「それが小曾根さま。おふたりは大学でのご学友だったのです」と、早苗さんが言った。「ご卒業以来の再会を、さきほどなさったばかりですのよ」

「そうなんです」シェリー酒を飲もうとして誰も飲んでいないことに気づき、石坂はグラスを置いた。到着を祝って乾杯してくれるようだった。

「まあ。それで雰囲気が似ていらっしゃるのですね」と、竹内史子が言った。

おやおや、と、石坂は思う。彼女の眼からは、おれも松本も同じレベルのセンスなのかな。

「いやもう、なんともかとも、どうお詫《わ》びしてよろしいやら。いやはや」ひどく恐縮し、茜《あかね》色のTシャツがよく似合う中年の紳士がダイニング・ルームへあたふたと入ってきた。

全員がわっと笑った。今年の滞在客の中では一番の人気者であるようだった。三人ずつが向かいあうかたちとなり、長島氏は竹内史子の正面に掛けた。石坂たちより十歳は歳上《としうえ》と思えたが、髪はすっかり薄くなっていた。しかし血色はよかった。

「加藤コック長の料理をお忘れになるほどの面白いご本とは、いったいどのような書物なのですかな」

「いや小曾根さん。それがですな。今日石坂さんがお見えになると知って、実は石坂さんの作品を拝読しておったのです」そう言って長島氏は如才なく石坂に目礼した。「いやこれがあなた、まあ面白いのなんの」

「まあ。そうでしたの」美代子夫人が安心したように言った。「では遅刻も許してさしあげることができますわね」

「ご紹介の時間も省けましたわ」と、竹内史子も言った。「さんざお噂《うわさ》しておりましたのよ」

「さあ。乾杯をいたしましょう」小曾根氏がシェリー酒のグラスをかざした。「石坂氏のご到着を喜び、祝して」

「これはどうも」

「お揃いになられたようで」乾杯を待ちかねていたかのように、厨房から加藤コック長が銀のトレイを持つ若柳を従えて登場した。

「コック長どの。遅参いたし、ご迷惑をおかけした」と、長島氏が言った。「さて今宵《こよい》のオードブルはなんでござるかな」

大きな伊勢海老《いせえび》の殻のまわりに料理を盛りつけた盛り皿を若柳がテーブルの中央に置いた。歓声が起る。

「よい伊勢海老が手に入ったのですが、たったの一匹。そこでまあこのような冷製を作ったのでございまして」

アスピック・ゼリーを塗られて赤く艶《つや》やかに光る伊勢海老は、皿の中央で食パンに支えられて頭を高くあげ、触角をぴんと後方にはねていた。その背中には輪切りにした身が六枚乗っている。

「胴体からその輪切りをば六枚取り出しましたのち、まだぞろぞろ身が出てまいりましたので、これはぶつ切りにいたしまして、野菜のマセドワーヌと混ぜ、冷やしてゼリーにいたしました。まわりに六つ、飾ってあるのがそれでございます」

伊勢海老の殻の周囲には他にも、トマトなどの野菜や卵やブラック・オリーブが盛りつけられていた。

「では、お取りいたしましょう」

加藤コック長と若柳がそれぞれの小皿に取りわけた。

新谷氏が白ワインを持ってきた。「コルトン・シャルルマーニュ。辛口《からくち》の逸品でございます」

小曾根氏が賞味し、新谷氏が全員のグラスに注いでまわる。

空腹で気分が悪くなりかかっていた石坂はたち

まち伊勢海老をたいらげた。みんな同様でひたすら食べることに熱中し、突然食卓に沈黙が訪れる。間をおかずにスープが出た。

「羊の肉でスープを作りました」

「これは珍しい」

「伊勢海老と野菜のゼリー、すばらしかったわ」竹内史子が言った。「もっともっと頂きたいくらいですわ」

「ぼくも同感ですね」松本が同意した。

「ははあ、左様で。それでは明日、もっとよい伊勢海老を仕入れに牛ケ崎まで出向いてまいりましょう」加藤コック長は言った。「あそこだと、上等の鮑《あわび》も手に入りますので」

「これは、羊の肉をどうなさったの」美代子夫人がスープを飲んで眼を丸くした。

「骨つきの胸肉を、精白した丸麦と一緒に一時間煮ましたので」

「この、キャベツの芯がうまい」

「ところで、長島さんはそんなに夢中になって、石坂氏のどんな小説をお読みになっておられたのですかな」と、小曾根氏が訊ねた。

「読んでいる途中なのですがね。『パプリカ——夢探偵』という」

「ああ」意外にも竹内史子が大きく頷いた。「婦人情報誌の『コスモス通信』に長いこと連載なさっていた長篇ですわね。わたくし拝読いたしておりました」

「おそれいります」もごもごと口の中で石坂は言った。悪い気はしないものの、食事中に自作があげつらわれるのは、一方で料理の味が犠牲になることでもある。

「女性の精神分析医が夢判断をする話でしょう」松本が言った。「ぼくも読みました」

「読んでおらんのはわれわれ夫婦だけのようですな」小曾根氏が言う。「申しわけない」

「あら。長島さんがお読みになったあとでお借りすればよろしいんじゃございません」美代子夫人が言った。「そうすれば皆様の話題に加えて頂けますから」

「話題になどと、とんでもない。それほどの作品ではありませんので、どうぞどうぞ、ご容赦を」

石坂のあわてかたに、竹内史子がくすくす笑った。

「それじゃ、まあ、話題にするのは次の機会にしますが」残念そうにかぶりを振って長島氏は言った。「しかしあれは凄《すご》みのある話ですなあ。特にあの、夢判断しているヒロインが依頼者の夢の中へ本当に入っていくところが凄い」

「やっぱり、お話になりたくてしかたがないみたい」竹内史子はくすくすと笑い続ける。

「でも、ほんとに面白そう」美代子夫人が眼を見ひらいた。「幻想小説なんですの」

「体裁は幻想小説ですが、内容はむしろ心理小説といった方がいいでしょうね」石坂にかわって松本がそう説明する。


「あっ。やめましょう。やめましょう」長島氏が両手で眼の前の壁を塗るような仕草をした。「つい全部話してしまいたくなる」

帆立て貝が出た。歓声があがった。

「こいつだけはやはり、箸《はし》でお召しあがりください」と、加藤コック長。

海胆でオレンジ色に染った帆立て貝のぶつ切りを、添えられた箸で山葵醤油に浸して食べる。食卓の上にはふたたび沈黙が訪れた。

「石坂様」早苗さんが石坂の背後から囁《ささや》くように言った。「そろそろバーボンになさいますか」

なんと記憶力に富んだ、勘のいい女性だろう。石坂は感激した。まさにそれを望んでいたのだった。

「パプリカのような女性が、石坂さんの理想なのですか」と、竹内史子が訊ねた。

来たな、と思い、石坂は松本を見た。松本も意味ありげにちらと石坂をうわ眼遣いで見た。

「石坂氏でなくとも、あのような女性は男性の理想像の一典型でしょう」答えをためらっている石坂にかわって長島氏が言った。「わたしはあの女性から、この竹内史子さんをただちに連想したのですがね」彼は石坂に頷きかけた。「ご本人を前にして言うのは失礼にあたりますが。これは必ずしも『専門職に徹した女性』ということだけではなく」

「実はそこなんです」石坂はしかたなく、溜息とともに告白した。「今夜はじめてお目にかかったわけですが、どのようなお話を、どのようにしてよいのか、実は困っておりまして」

「おやまあ。それはなぜですの」いささか驚いた様子で美代子夫人が箸を止めた。

「わたくしにはわかっております」竹内史子は恨みっぽい眼で松本を見た。「松本さんが何かおっしゃったのですわ。石坂さんはそれで警戒なさっているんです」

「わはははははは」小曾根氏が身をのけぞらせて笑った。「いやいや石坂さん。実はこの松本教授は一昨夜来、竹内史子さんとさまざまにフェミニズム論争をなさっておられましてな。で、論争というものは互いの論旨がともすれば過激、極端に走ります。そこで今や松本教授は竹内史子さんにとって、とんでもない男権論者となったのです。そしてまた同様に」

「松本君は竹内さんをフェミニズム論者として過剰に評価した、というわけですか」石坂はややほっとして笑った。「それでやっとわかりました」

「石坂君。安心するのは少し早いよ」松本は苦笑した。「気を許して喋っていると、とんでもない批判を食うから」

「あらまあ。『批判』だなんて。それは違います」

「まあまあまあまあ」むきになりはじめた竹内史子に手をさしのべて制し、長島氏は石坂に言った。「これが始まると、きりというものがなくなるのですわ。しかし、断じて申しあげておきますがね、わたしの見るところ、松本さんは大学教授の標準以上にはマッチョならず、竹内さんは多くのキャリア・ウーマンがそうである程には女権論者じゃありません」

松本も竹内史子も、論争相手への長島氏の見かたが気にくわぬ様子で黙りこんでしまった。

折よく、加藤コック長と若柳が、メイン・ディッシュとともに登場した。「鱸《すずき》でございます」旨そうな焦げめのついた焼きあがりに、また歓声が湧《わ》いた。

「わたくしは毎年、夏ごとにここのお料理で若返りますの。本当なんですよ」美代子夫人がそう言った。

実際にも彼女は夫より二十歳近く若いのだが、そのヨーロッパ風の古典的美貌《びぼう》のせいでさらに若く、三十代前半に見えた。

「ではわたくしも、毎年ご一緒させていただきましょうかしら」そう言ってから竹内史子は、少しあわててつけ加えた。「あの、もちろん、お邪魔でなければ、のことですが」

「とんでもない」

「どうして邪魔などと」

全員がひとしきり打ち消したのちに、松本は立ちあがって一礼した。「フェミニズム論争を夏の恒例にいたしましょう」

笑いがおさまったので石坂は言った。「わたしがさきほど申しあげたかったのは、竹内さんの美しさに言及することの可否でした。以前北米、カナダを旅行しました際に、あの辺では美しい女性に対して『美しい』と言うことが、当のその女性に対してすら女性差別になると判断される現実があったのです。特に上流社会や知識人階級においてその傾向が際立っていたのですが」

石坂がちょっと言葉をとぎらせると、竹内史子がすかさず口をはさんだ。「それはわたくしのような醜い女性に対する差別であるという以前に、女性の肉体的特徴しか評価しないという点で差別につながるのでしょうね」

「ちょっと、言わせてください」やや憤然として松本が言った。「まず第一に、あなたがご自身を『醜い女性』だなどとおっしゃるのは非常に悪い冗談です。その上あなたより醜いほとんどの女性に対する大差別です。第二に、美的判断力を持つ人間にとって美しいというのは評価ではなくて事実です。精神の美しさは決して否定しませんが、それが初対面で、そのかたの精神内容や功績がわからないうちは」

「そうなんですよ」と、石坂も松本に同意した。

「そりゃあ、ノーベル賞を受賞した女性の美貌ばかり褒めたたえたらたしかに失礼にあたる。しかし」

「やれやれ。またしてもそこへ行きつきますか」

小曾根氏はうんざりした表情をあらわにし、笑いながら石坂に言った。「いやまあ石坂さん。この間からもう、その話ばかりなのですわ。そしてそのあたりからいつもどうどうめぐりになるのでして」

いささかやりきれなさのうかがわれる小曾根氏の口調で、さすがに議論は中断した。

「すると皆さんがたは、わたしよりもよほど早くからご到着なさっていたわけですね」議論のきっかけを作った責任上、石坂が話題を変えた。

「長島様が一番乗りでいらっしゃいましたわね」

美代子夫人が言った。

「家がいちばん近くですからな」長島氏は頷いた。「すでに十日前になりますか。以前からこのホテルの噂は聞いておりまして、なんとか顧客の端に加えていただきたいと願っておったのですが、さいわい小曾根さんのお口添えで今年から」

「その次にまいりましたのが私たち夫婦。今日で一週間になりますわ」

「そして、わたしですね」と松本が言った。「五日めになります」

「その次の日にわたくし。まだ四日目ですのよ」

竹内史子が言った。「しかも今年はじめて滞在させて戴《いただ》いておりながら、生意気なことばかり申しあげて、顰蹙《ひんしゅく》を買っておりますの」彼女は少し酔いはじめていた。

全員が少しずつ酔っていた。すでにコルトン・シャルルマーニュの罎《びん》は空《から》になり、松本は石坂を見ならってバーボンを、他は小曾根氏のすすめでマッカランの二十五年というシングル・モルトを飲んでいる。

「顰蹙ということはないのですが」長島氏がやんわりと否定した。「竹内さんが独身で美しすぎるというのがよくない。多少波風が立つのも当然です。ま、ご本人は慣れていらっしゃるのでしょうが」

「ここのバス・ルームには、備えつけの西洋剃刀がございますわね」竹内史子が言った。「わたくし、あれで自分の顔をずたずたに切りきざんで」

「およしあそばせ。ほかの女性が喜ぶだけでございましょ」

「ぼくはあの剃刀でこのざまですよ」松本が頬を撫でた。「恐ろしくよく切れる」

「しかしですね、こういう話題が出るというのがそもそも、この席には、はじめてお見えの竹内史子さんの美しさが問題になっても、まったく動じない美しい女性ばかりしかおられないからでしょう。支配人夫人も含めてですが」そう言いながら石坂はあたりを見まわした。早苗さんけいなかった。

「ほらね。優しいかたばかりでございましょう」美代子夫人が竹内史子に同意を求めた。

「うちの主人にくらべましたら、松本様などちっとも男権論者じゃありませんわよ。主人などはマッチョもマッチョ。マッチョの二乗ですわ」

「マッチョヨッチョでございます」小曾根氏が一礼した。

玄関ホールから新谷氏が入ってきてダイニング・ルーム内をちょっと見まわし、石坂のまうしろに立っている若柳に低声《こごえ》で訊ねた。「早苗はどこかね」

「は。ご自分のお部屋で、お着替えに」

「電話をまわしてやってくれ。フロントにかかってきている」

「かしこまりました」

「皆様。そろそろおやすみでございますか」新谷氏がにこやかに訊ねた。「果物をお出しいたしますが」

「結構な鱸でしたわ」

「ソースもすばらしかった」

石坂はいそいでパンをちぎり、皿のソースを拭って食べる。エリザベス女王だってよくなさることだ。無作法ではあるまい。

皿が片づき、加藤コック長がフルーツの大皿を持ってあらわれた。拍手が起り、それぞれが料理を称賛する。

「過大のお褒めを、わたくしひとりでは受けかねます」加藤コック長が言った。「スタッフを紹介させていただきますので」

加藤コック長の大声に応じて、厨房から若いコック二名が出てきた。ひとりは二十歳《はたち》前のういういしさだった。

「まあかわいい」と、美代子夫人。

「そちらの方はまだ、見習いでございます」新谷氏が説明した。「ふたりとも、その若柳と同じで、この産浜の者でございまして」

料理人たちが退場すると、小曾根氏が石坂に言った。「昨夜はこの松本教授から、ここでなさっているお仕事のお話をうかがったのですが、石坂さんはこの夏もこちらでご執筆になるのでしょうな」

「はい。まだ一行も書いてはおりませんが、話そのものはできておりまして」

「ではまた、お聞かせ願えますのね。この前のように」美代子夫人が少しはしゃいで言った。「それだと、ご本を読んでいなくても話題に加えさせていただけますもの」

「ほんと。ここにいると一流の皆さんがたからいろいろレクチュアしていただけるんですのね。知りませんでしたわ。勉強になりますわ。最高のしあわせですわ」竹内史子が言った。

「いやいや。それはわたしにも勉強になるのですよ」やっと少し大胆になって、石坂は隣りの竹内史子の顔を覗きこんだ。「以前も、小説のテーマをお話ししているうちに議論になって、わたしの知らないことや考えてもいなかったことをいっぱい教えられましてね。作品が膨らみました」

「そりゃあ、この前は、わたしどもにも興味のあるテーマだったからですよ」小曾根氏が言った。

「今回はどういうテーマのお話ですか」

「それがその、今回は『フェミニズム』でして」

「なんとまあ、いみじくも」長島氏が大声を出した。

「議論が沸騰しそうだなあ」あまり厭《いや》そうでもない様子で松本が苦笑した。

「でもわたくし、もう酔いましたから、とても難しい議論に加えていただけそうにありませんわ」

「あなたが加わらないでどうします」長島氏が笑って竹内史子を睨《にら》んだ。

「やれやれ。フェミニズムの夏だ、今年は」小曾根氏はあきらめたように嘆息した。「逃がれられそうにありませんな」

「わたくしもいささか酔いましたので、おかしなことを言わなければよろしいのですが」美代子夫人は新谷氏を振り返った。「わたくしに熱いコーヒーをいただけまして」

「あら。ではわたくしにも」

「かしこまりました。では皆様、ロビーでおくつろぎくださいますか。コーヒーを持ってやらせます」

男たちはそれぞれのグラスを手にし、ふたりの女性は互いのファッションのセンスを褒めあいながら、全員が玄関ホールを横ぎってロビーに移動した。

「今年は、松井会長はお見えにならないんですか」石坂が小曾根氏に訊ねると、彼は大きくかぶりを振った。「なんのなんの。あなたを待ちかねておられたのですよ。左様。五日ほど滞在されて、待ちくたびれて東京へ帰られたのが四日前。たしか竹内さんと入れ違いでしたよ」

「それは残念」

ロビーの壁ぎわにはその松井会長の蒐集《しゅうしゅう》になると思える中国古代の青銅器が五つ、台の上へ無造作に並べられている。懐かしく眺める石坂の隣りに長島氏が立った。

「みごとなものですなあ。わたしははじめて見たとき驚きましたよ。これなどは戦国時代のものでしょう」

「鍋ですね」

「そうです。蟠龍紋鼎《はんりょうもんがなえ》といって、肉を煮るものですな。このようなものをこんなところへ並べておく松井会長の凄みを感じますね」

「わかりませんが、きっと高価なものなんでしょうなあ」

「今では手に入りません。複製ですら数百万します」

石坂は仰天した。

「ところで、石坂さんには」長島氏は突然声をひそめ、悪魔的な笑いを洩らしながら石坂に顔を近づけた。「女性からの誘惑など、さぞ多いことでしょうね」

「ご想像を裏切って申しわけないのですが、わたしにはそのようなこと、まったくないのですよ」

「それはそうした誘惑を、あなたが敢然として断ち切っておられるからでしょう。わたしが申すのは」

醜悪なレベルで、誘惑そのものは確かに存在した。だから石坂にとっては、ないも同然だったのだ。説明の手間が煩わしく、石坂はただ否定し続けることにした。「いやいや。そもそもそうした誘惑に出会う機会に極めて乏しいものなのです。作家というものは」

「そうですか。われわれから想像しますに、作家というのはファンの女性、文壇のクラブの女性、あなたの作品のドラマ化を機としての女優さん」

「通常は、ありません」案外通俗的な長島氏の想像力と興味に、石坂は少しがっかりしながらそう言った。

長島氏はすぐに引きさがった。「あっ。これはわたくしとしたことが馬鹿なことをうかがいました」

おれの人格を試したのかな、と石坂は思った。そうとしか考えられなかった。

すでに外が暗いのに、夕刻、石坂が腰をおろした、あの大きなガラス窓に面した部分の六点セットにみんなが集っていた。石坂は松本の隣り、ソファの端に掛けた。正面は美代子夫人で、隣りの肱掛椅子《ひじかけいす》が竹内史子だ。

「まあ綺麗」と、彼女が叫んだ。

早苗さんが銀のトレイでコーヒーを運んできたのだった。彼女は真っ白なサマー・ニットに着替えていた。可愛らしさが溢《あふ》れ、十歳も若く見えた。全員が歓声をあげ、褒めたたえた。

「これがほんとに似合うかたはなかなかおられませんのよ。『バリー』でしょう」と、竹内史子が言った。「ああ。美しいわ。輝いてらっしゃるわ」

「女性が女性を褒めるのはいいらしい」松本が石坂に言った。

笑いがおさまると、早苗さんにシングル・モルトのお代わりを注文してから、夫人の隣席の小曾根氏が言った。「そう言えば、バリイという作家がいましたな。イギリスに」

「そうそう。ジェームス・バリイですね。劇作家の」松本が頷いた。

「あら。その作家ならわたくしだって存じてますわ。『ピーター・パン』を書いた作家でしたわね」

と、美代子夫人。

「あれももともとは戯曲だったのです」

「あのひとはずいぶん変な芝居を書いてますな。『あっぱれクライトン』という」長島氏が言った。

「あっ、『ジ・アドミラブル・クライトン』。よくご存じで」松本が眼を丸くした。「あれは社会諷《ふう》刺《し》劇の傑作です」

「戦前の、古い戯曲全集に載っていたな」石坂が言った。「貴族の一家が難破して、無人島に漂着する話だ」

「わたしも読んだ」小曾根氏が言った。「あれはいろいろと勉強になりましたよ」

「面白そうですこと」美代子夫人は肱掛椅子から身を乗り出した。「それで、どうなりますの」

「その貴族というのが、急進的な自由平等主義者でしてね」長島氏が話しはじめた。「屋敷では召使いたちを、やたら鄭重《ていちょう》に扱っていたんです」

「召使い相手にお茶の会を開いたりしましてね」

松本が笑う。「お姫様たちが接待させられるんです」

「召使いたちはそれを厭がってるんです」長島氏が続ける。『特にクライトンという、旧弊で理想的な家令などは、召使いたちの礼儀作法が乱れるといって、殿様の主義に困り果てています」

「孤島でもそうなんですか」

「立場が逆転します。貴族たちは何もできない。クライトンがお頭《かしら》になってしまって、お姫様たちを呼び捨てにして、貴族たちを顎《あご》で使うんです」

「階級制度への諷刺なんでしょうか」

「クライトンにしてみれば」と、松本が説明した。「イギリス貴族社会の階級制度は自然であり、島では別の階級制度が自然であるといって、頭として全員に君臨するわけでしてね。つまり単なる階級制度の信奉者に過ぎないんです。ですから二年後に救助されてイギリスへ戻ってからは、また忠実な家令に戻るんです」

竹内史子が考えながらゆっくりと言った。「あのう、そうするとそれは、階級制度の肯定になりますわね」

「と、いうより、当時『進歩的』と称してひとり合点の平等主義を振りまわす貴族がいたんじゃないでしょうか」なんとなく竹内史子からややこしい議論が出そうな悪い予感がして、石坂は話の方向を変えようとした。「そういった貴族への諷刺では。あの作品、いつごろのものだい」

「一九〇一年か二年か、そこいらだ」と、松本が答えた。

「ところがあの作品は、現在では逆に、階級制度が混乱した今の社会への諷刺になっておりますな」あっという間もなく、小曾根氏が話をもとに戻してしまった。

「階級制度って、どういう意味でおっしゃっておられますの」

竹内史子がそう言ったので、『そらきた』とばかり石坂と松本がちょっと緊張した。

ふたりの心配そうな顔を見て、竹内史子は敏感に彼らの危惧《きぐ》を悟り、くすくす笑った。

「ご心配なく。議論は吹っかけませんから。わたくしだってある意味では階級制度を肯定しておりますのよ」

「竹内さんの場合はむしろ実力主義でしょうな。クライトンだって結局はそうなんですがね」長島氏が言った。

「実力主義なら実力主義で、それに徹すればいいんですがねえ」小曾根氏はまだぶつぶつと呟《つぶや》き続けている。「それですら不平等だとする風潮がある」

「ご存じですか。竹内さんの活躍ぶりを」長島氏は小曾根氏の発言を無視して石坂にそう言った。

「さっき来られたばかりだから、もちろんご存じないわけだ。まあうかがってごらんなさい。びっくり仰天ですよ」

「あっ。わたしは階級制度論なんかより、むしろそのお話をうかがいたいなあ」渡りに船とばかり、石坂は大声を出した。

「そんな」竹内史子がもじもじした。「ご勘弁願えませんかしら」

「わたくしは松井会長から直接うかがいましたわ」美代子夫人が背筋をしゃんとのばして言っ

た。「ヨーロッパに二年間おられたのです。商品の調査で」

「会長命令だったそうです」と、小曾根氏がつけ加える。「で、ヨーロッパ各国をとびまわって、不眠不休の働きをなさって」

「不眠不休だなんて。まさか」竹内史子が俯《うつむ》いたままで言った。

「でもわたくしは一日三時間の睡眠とうかがっております」むしろ怒りといってもいい表情で、美代子夫人が言った。「そしてその状態は、帰国なさってからも半年以上続いたんだそうです」

石坂はほとんど驚愕《きょうがく》した。「死ぬじゃないですか」

「死にました」と、竹内史子がギャグをとばす。

笑いながらも美代子夫人は、まるでわが娘がよそでいかに虐待されたか聞いてほしいとでも言いたげに話を続ける。「土曜も日曜もなしにですよ、一日に二件も三件も新製品の開発をなさって、開発課だけでは対応できなくなって、とうとう開発部というものが新設されて、そこの部長さんにおなりになったのです」

石坂は口もきけず、黙りこんだ。いかなる感嘆も称賛も、言葉にしてしまえば陳腐になることがわかっていた。

「松井会長は彼女になかば強制的に休暇をお与えになって、ここへ送りこまれたというわけです」と小曾根氏は言った。

「送りこまれたなんて、強制収容所みたいだけど」松本が笑いながら言う。「そうするとわれわれの役割は、竹内さんの休息を邪魔しないことなんですなあ」吐息をついた。「なのにわたしなどは、彼女を疲れさせてばかりいたんだ」

「いいえ。ここで皆様がたとお話しさせていただいていると、落ちつきますわ。本当ですのよ」竹内史子は真剣な顔で言った。「たとえどんなお話でも。だって会社というところはわたくしにとって、いわば戦場で」

「うん。戦場。そうでしょう。いや。わかるわかる。よくわかりますなあ」だいぶ酔っぱらった長島氏が、眼に涙すらうかべ、正面の竹内史子を掻《か》きくどくような様子で嘆じた。「だって女性で、しかもかくの如《ごと》き絶世の美人で、その上超人的な働きをしたとあっては、これはもう、周囲は全部敵、敵、敵。そりゃもう、そうに決っています。いくら松井会長が眼をかけていてくださるといっても、所詮《しょせん》は雲の上の人、下じものことはおわかりにならない」

「まあ、長島様ったら、ずいぶんお酔いになって」美代子夫人が笑いながら長島氏を睨みつけた。「お酒を、少しお控えあそばせ」

「なに。大丈夫。大丈夫」

頃あいを見はからってやってきた早苗さんに、長島氏は他の男たちとともにお代わりを注文した。女性ふたりはそれぞれあまり強くないカクテルを注文した。

石坂は早苗さんの沈んだ様子と、その顔からいつもの、必ずしも職業的とはいえない微笑が消えていることに気づいた。不快感を絶対に見せない早苗さんにしては珍しいことであり、よくよくのことではないかと思って石坂は心配した。

「でも、わたくしなどは、なんといいましても報われたのですから」早苗さんが去ると、竹内史子が喋りはじめた。「女性だからというだけで、いくらいい働きをしても報われない人が大多数なのですから、わたくしなど、恵まれていますわ」

「なに。当然のことでしょう。いや。当然とさえ言ってはいかんのですよ。男以上の働きをして、一日三時間の睡眠でやっと認められたというのは、まだまだ認められていないってことになる」

「はい。搾取されている、という気はいたします」竹内史子は笑って松本に頷き返した。「フェミニズムの方では、女性が近代資本主義社会の利益に貢献すればするほど家父長制を強化していることになるのだそうです」

「えっ。すると女性は何をするんですか」松本がびっくりして訊ねた。「働いてはいけないわけでしょう」

「ええ。ですから女性は、男性の儲《もう》けたお金で好き勝手なことをしていればいいわけですわ」

「じゃ、家庭はどうなります」松本がむきになりはじめた。

竹内史子はあいかわらずにこにこしたままで言った。「だって家庭というのがそもそも女性搾取の最大の場所でございましょう」

「男にしてみりゃ、儲けた金を搾取される最大の場所が家庭ですよ」と、小曾根氏が半畳を入れる。

松本だけが笑わなかった。「自分で選んで家庭を作った以上、家事や子育てを拒否するのは無責任なのじゃありませんか」

「家事や子育ては、資本制にとって再生産労働になるんです。資本主義的な人間を量産することになって、やっぱり間接的な搾取になりますわ。そして女性がそれに眼醒《めざ》めるのはたいてい、家庭を作ってしまってからなんです」

「あのう、眼醒めたからといって、家族への愛情を完全になくすというわけではないのでしょう」小曾根氏がもはや恐る恐るといった様子で訊ねる。

「えーとですねえ」竹内史子が笑った。「無償の労働を家族への愛にすりかえたり、公的な社会からの排除を家庭の美化、聖域化でごまかしたりというのは、資本主義の欺瞞《ぎまん》、父権制の捏造《ねつぞう》した詐術ということになっておりまして」

「家族への愛をなくして遊び歩く方が、資本主義社会に貢献することになると思いますがね」松本はもはやぷりぷりしている。

「いいえ。父権的な性的奴隷状況の下での愛は拒否するってことですわ。あのぅ、『愛の不毛』なんて申しますでしょ。あのように、本当に愛する能力を欠落させた未成熟な人たちを生んだのも近代資本制だと、わたくしども、思っております」

「子供への愛もそうなんですか」

「女性がおとしめられたのは『産む性』だったからだってボーヴォワールが言っていますけど、その『産む性』はむしろ女性によって今、取り返されたんじゃないかしら。『産む性』と生態的な自然とを結びつけたエコロジカル・フェミニズムというものもございますわ」

「だんだん難しくなってきましたわね」いささか辟易《へきえき》して、美代子夫人が言った。

「君。むきになるなったら」石坂は笑いながら松本に言った。「だいたい竹内さんは、家庭など持っちゃいないんだぜ」

「でも、竹内さんの意見なんだろうから」松本は不満そうだ。

「家内は難しいなどと申しましたが、わたしには非常に面白いのですよ」小曾根氏が身を乗り出した。「してみるとあなたが働いて資本主義社会の利益に貢献していらっしゃるように見えるのは、これは実は戦略なのですかな」

「ええ。今、資本制は、優秀な女性の労働者を求めています。再生産労働者じゃなく。これは資本制の矛盾なので、そこの矛盾を衝《つ》こうとしているんです。お話ししてしまうと戦略ではなくなるんですけど、性別役割分業解体戦略って言うんですのよ」

「で、松井会長にそれを認めさせ、あのかたの意識を変革しようとしていらっしゃる」長島氏が言った。「申しあげておきますが、あのかたを根本から変えられるものではありませんぞ」

「ええ」竹内史子は笑った。「あのかたは駄目みたいですわね」

「とりあえずあなたは、実質的には資本主義を容認せざるを得んわけですな」小曾根氏は言った。「とすると、フェミニストが二種類できることになりますな」

「ええ。深刻な問題ですわね」他人ごとのように彼女は言った。「反資本主義の再生産者と、資本主義容認の生産者ができるのですから。でも、ポストモダン・フェミニズムというのがございまして」

「いっぱいあるんですのね」美代子夫人があきれたように言った。

「いっぱいございます」と、竹内史子は言った。「非常にややこしゅうございますけど、わたくしはまあ、あちこちから適当に」

「そりゃあ、そうしなければね」松本がいや味まじりに言った。「だって竹内さんは特殊だもの」

「わたくしがどう特殊でございましょう」

「美貌です。それがあなたをフェミニストとして特殊なものにしている」

「そこで、あなたとしては怒らなければ」石坂が笑いながら竹内史子に言った。

「この小曾根さまの奥様をフェミニストにするのは簡単です。美しいかたを次つぎとフェミニストにしていけば、特殊ではなくなるでしょう」

「あの、ひとつご勘弁を」と、小曾根氏があわてて言い、全員が笑う。

「やはり父権制が崩壊するのは、おいやでいらっしゃいますか」

笑みをたたえたままではあるが竹内史子のやや改まった質問に、小曾根氏は眼をぱちぱちさせた。「そりゃあ、やはり、たいへんな既得権ですからな」ゆっくりと、竹内史子を見て彼は言った。「父権制を崩壊させることができると、あなた、本当に、そうお思いですかな」

彼女はカクテル・グラスの底を覗きこんだままで言った。「はい」

ふたたびゆっくりと、押し出すように小曾根氏は言う。「ちょっと、無理ではありませんかな」

「できると存じますが」竹内史子は微笑し続けている。

小曾根氏が、緊張した空気を緩和させようとしてか、少しふざけて言った。「そうですか。では、やってごらんなさい」

くすくす笑った。「はい。やってお見せしますわ」

しばしの沈黙があり、六点セットの上を天使が通って行った。

彼方《かなた》のロビーの隅に立って客の用を待っている早苗さんをちらとうかがい、長島氏が身をかがめ、低声で言った。「あのう、そろそろ、お開きにしませんか」

「おお。もうこんな時間になっておるんですな」

腕時計を見て、小曾根氏はわざとのように大声を出した。

全員が立ちあがったので、早苗さんがやってきた。「まあ。もうおやすみでいらっしゃいますか。お話がはずんでいるご様子でしたのに」

「いや何。はずみすぎてもあまりよくないのでね」

小曾根氏が言ったので、全員がまたくすくす笑う。笑いながら一同は玄関ホールに移動した。

「左様でございますか。ではおやすみなさいませ。他に何か、ご用はございませんか」

渡りに船とばかり、石坂は言った。「寝酒がほしいんだがね。同じものでいい」

「かしこまりました。お部屋にお持ちいたします」早苗さんが気軽に頷く。

「便乗するようだが、わたしにも一杯」と、長島氏が言った。

少しためらってから、早苗さんは頷いた。「かしこまりました」

「では、おやすみ遊ばせね」と、早苗さんに言って、ほろ酔い機嫌の美代子夫人がいちばん先に階段の中央をゆらり、ゆらりとのぼりはじめた。

「おやすみなさいませ」

「おやすみなさい。あなたも早くおやすみになった方がいいわ」と、竹内史子が早苗さんに言った。「お疲れのようだから」

「いいえ。わたくし、疲れてなどおりませんわ」

よけいなお世話とでも言いたげに、早苗さんがいささか憤然とした。「きっとこの、服の白さのせいでございましょう」

「じゃ、おやすみ」

「ごゆっくり、おやすみくださいませ」

「おやすみ」

「おやすみなさいませ」

階段をあがりながら松本が石坂にすり寄ってきて言った。「明日の朝、ちょっとひと泳ぎしないかい」

「もちろん、泳ぐつもりだ。あれは気持がいいものな」

「じゃ、七時に朝食を一緒にどう」

「うん。そうしよう。じゃ、七時にダイニング・ルームで」

階段は踊り場から左右にわかれて、その階段を二階まであがると廊下が左右にのびている。東向きのガラス窓が廊下の片側にあり、その反対側にずらりと部屋が並ぶ。北から順に一号室、二号室、三号室。左手に歩み去る客たちを石坂が自室に向かいながら振り返ると、北の端の角部屋の一号室は長島氏のようだ。二号室に入って行くのは竹内史子。三号室のドアに鍵をさしこんでいるのは松本。三号室の手前は階段で、そのさらに南側の部屋は本来四号室になるのだろうが、『プライベート・ルーム』という表示が出ている。松井会長の専用ルームなのである。

自分の部屋の前で小曾根夫妻と就寝前の挨拶をかわし、石坂は五号室に入った。入って右がバス・ルームであり、ベッドも右側奥にある。各室だいたい似たような造りなのであろう。

荷物を整理し、資料や執筆用具は左側の壁に面した机に置く。机の前の壁にはでかい鏡が貼《は》られている。衣装戸棚は机の左側だ。

ドアがノックされ、石坂が開けると早苗さんが入ってきた。

「やあ、ありがとう」

「どういたしまして」奥の窓ぎわの三点セットのテーブルに、彼女はグラスを置いた。銀のトレイにはそのグラスだけしか載っていなかった。トレイを胸に抱き、早苗さんはなぜか恥かしそうに言った。「あのう、ほかに何かご用は」

そんな早苗さんがとてもういういしく、そして美しく見えたので、石坂はちょっとうっとりした。少し話をしたかったが、従業員の女性、しかも支配人夫人を部屋にひき留めるなどはもちろん宿泊客のマナーに反することである。

「何もないよ。ありがとう」

「では、ごゆっくりおやすみください」

「ああ。おやすみ」

彼女がドアをしめてから、石坂は声に出して小さく言った。「とても綺麗だよ。早苗さん」

西向きの窓の彼方は夜の太平洋だ。星と海のきらめきをちょっと見てから石坂は簡単にシャワーを浴びた。バスタブに浸《つか》るとせっかくの酔いが醒めてしまう。

裸のままでベッドに掛け、海を見たり届いていた夕刊を読んだりしながら冷たいワイルド・ターキーをゆっくりと飲み乾した。窓を開けたままで寝るといい風が入ってきて気持がいいことは知っているが、潮風で服も書物も、何もかもねとねとになってしまう。冷房を『弱』にして石坂はベッドに横たわった。密閉された室内に、波の音はかすかだった。

カーテンを閉めなかったため、朝の明るさで石坂は眼醒めた。ゆっくりとバスタブに浸り、扱い慣れた西洋剃刀で髭を剃《そ》る。昨夜と同じ身装《みな》りでダイニング・ルームへおりていくと、長島氏がひとりでトーストとコーヒーだけの朝食をとっていた。

「おはようございます」

「やあ。これはおはよう」長島氏は眼を丸くした。「本当に、ずいぶんお早いんですな」

「ええ。朝の海で泳ぐと気持がいいものですからね。長島さんも水泳ですか」

「いやいやもう、とてもそんな元気はありませんよ」

「まあ。おはようございます」厨房からコーヒー・ポットを持って早苗さんが出てきた。「お早いお眼醒めですこと。昨夜はよくおやすみになれまして」

「ぐっすりだよ」石坂はまた早苗さんの可愛さに見惚《みと》れ、今度こそ新谷氏が心底うらやましくなった。

彼女は納戸《なんど》色をした光沢のあるシルクのセーターを着て、紺の薔薇《ばら》をあしらった白い膨れ織りのタイトスカートを穿いていた。見惚れている石坂を、興味深げに長島氏が観察しているようだったので、彼はいそいで朝食を注文した。

「かりかりに焼いたベーコン。目玉焼き。それにトーストとコーヒーだ」

微笑を湛《たた》えてじっと石坂を見つめていた早苗さんが、石坂の注文を聞いて『やっぱり』というように大きく頷き、復誦《ふくしょう》して厨房に消えた。

「朝から美しい女性というのは数少ない」と、長島氏は石坂を試すように言った。

「そうですな」石坂は腹を覗かれたように思い、あわてて話をそらした。「お出かけですか」

長島氏はベージュのスーツを着ていた。

「ええ。下まで、ちょっと」

「別荘をお持ちだそうですね」

「はい。実はその別荘までちょっと。ここから歩いて二十分のところなんですが、ながいこと行ってないので、たまには行って掃除でもしませんとね」

「ご自宅もこの産浜ですか」

「はいはい。いや何、自宅と申しましてもあなた、産浜駅前のビルの一室で寝起きしておるだけでしてね。気楽な独身生活といったところで」

「ははあ。結構なことですなあ」しかし長島氏の生活を、石坂はあまり羨《うらや》ましいとは思わなかった。

早苗さんが石坂の朝食のトレイを持ってあらわれた。「お待たせしました」

石坂のカップにコーヒーを注いだりしながらも、早苗さんは落ちつかぬように見えた。腕時計を見たりもした。

彼女がまた厨房に戻ると、長島氏は声をひそめて石坂に言った。「彼女、どうも石坂さんが好きなようですね」

「まさか」反射的に大声でそう言ってしまってから、石坂は少し腹を立てた。「そういうご冗談はひとつ、なしに願いましょう。人妻ですからね」

「そう。そう。人妻です」意味ありげに笑ってそう言いながら長島氏は、ゆっくりと立ちあがった。「では、ごゆっくり。わたしは散歩がてら下まで行ってまいります」

長島氏が出て行ってしばらくすると、すでに海水パンツを穿いて上に白いポロシャツを着た松本が、バスタオルをかかえて入ってきた。

「遅くなってご免」

石坂は笑った。「気が早いね。もうその恰好かい」

「寝過したものだから」七時半だった。

「じゃ、ぼくもパンツを穿いてこよう」

自室に戻って海水パンツを穿き、麻のシャツを羽織って階段をおりてくると、正面玄関前に停車している例のセドリックのタクシーに乗りこんでいる早苗さんの姿が見えた。ダイニング・ルームではボーイの若柳が松本の朝食の世話をしていた。

「早苗さんは、お出かけかい」

「はい。昼食までには戻るとのことでございます」と、若柳は答えた。「石坂様。コーヒーのお代わりはいかがでございますか」

「ああ。貰おう。それから、海岸に出るのでアイス・ティーを用意してくれるかい」

「はい。では魔法壜に入れまして、紙コップをふたつご用意いたします」

松本は朝から塩鮭《しおざけ》で茶漬けを食べていた。

「おいおい。これから泳ぐというのに、大丈夫かい。そんなもの食べて」

「おれ、家ではいつもこれなんだよ」と、松本は言った。

「そりゃ、家ではぼくもそうだけど」頑として習慣を変えないのがこの男らしいな、と、石坂は思った。

　若柳から魔法壜を受けとり、ふたりはロビーの南西の隅にあるガラス戸から外に出た。快晴であり、早くも暑い。ホテルの西側から断崖に刻まれた段をながながと数十段くだってようやく砂浜。波はおだやかだった。

　ひと泳ぎすると、久しぶりの全身運動でくたくたになってしまった。

「おうい。おれ、くたくたになっちまったよう」げらげら笑いながら石坂は、彼より早く海からあがって断崖の蔭《かげ》で横たわっている松本に近づいていった。

「おれもだ」と、松本は言った。「歳《とし》なんだなあ」

　石坂は松本と並んで横たわった。ふたりはしばらくの間、苦しげな声を出して呼吸をし続けた。

「君のところは、子供はどうなの」と、松本が訊ねた。

「女がふたり。小学生だがね。君んとこは」

「男がひとり。まだ幼稚園だ。結婚が遅かったからね」

「あの竹内史子女史は」と、石坂が言った。「結婚しないつもりだろうか」

　松本にとっても興味のある話題だったらしく、突然彼は身を裏返して腹這《はらば》いになり、石坂の顔を覗きこんだ。「なあ君。彼女の結婚相手というものを想像できるかい。年齢としてはまあ、おれたちあたりなんだろうがね」

　石坂はくすくす笑った。「それはつまり何かい。おれたちがもし結婚していなければ、彼女の結婚相手として適しているかどうかという問題も含まれているのかい」

「いやあ。君ならともかく、おれなんかお呼びじゃないだろう。彼女は相手から選ばれて喜ぶような女性ではなく、あくまで選ぶ方なんだから」

そう言って松本は、また仰向けになった。

「わからんよそれは。彼女は一方でエスタブリッシュメントでもあるわけだし、だいたい作家なんて軽蔑《けいべつ》しているフェミニストは多いからね。彼女としてはむしろ君のような、大学の先生を選ぶんじゃないの」

「おれ、まだ助教授なんだよ」自嘲《じちょう》的に松本は言った。

「だからこそ手ごろなんじゃないかな」

「実現の可能性のない議論は置いといてさ、彼女、おれたちがこんな話をしていると知ったらずいぶん怒るだろうね。おれなんか彼女のフェミニズムにさんざ異をとなえておきながら、一方じゃたとえ空想にもせよ彼女を結婚の対象として考えてる。これは彼女に言わせればやはり、公的領域からの排除であり、男根的な価値評価しかしていないってことになるんだろうな」

「理屈としては、そうだろうな」石坂は考えるのが少し面倒になってきた。

「昨夜、長島氏が彼女はさほどのフェミニストではないみたいなことを言ったけど、なかなかどうして。あの、小曾根氏との対決など凄みがあったよ」

「あったな」横たわったままで話しているためか、石坂は眠くなってきた。

「柔軟そうに見えて、実は筋金《すじがね》入りなんじゃないかな。全共闘の中にもそんなのがいただろう」

「そうだろうか。おれは逆に、彼女のフェミニズムというのは、インテリ女性としての彼女のファッションだと思うが」

「ファッションねえ。なるほどなあ。そうも考えられるなあ」松本はいとも簡単に意見を変えた。

「だいたいあんな美貌でもってフェミニズムなん

て、おかしいものな。ひとつには護身術ででもあるのかなあ」

「あの美貌と知性を売りものにして、彼女は案外実利的な結婚をするかもしれんよ」

「と、いうと、相手は大物かい」

「経済界の大立者とか、大企業の会長とか社長とか、大物政治家とかさ。その場合でも彼女は言い抜けができるわけだ。夫の意識を変革するんだという」

ふたりはしばらく黙った。石坂は少しうとうとした。

「眠くなってきた」と、松本が言った。

何分か、眠ったようだ。石坂が眼を醒ますと、松本は泳いでいた。岩場をまわって向こう側の砂浜に行こうとしているようだった。石坂も泳いだ。平泳ぎで沖まで出て、戻ってきた。岩蔭に入り、魔法壜のアイス・ティーを飲んだ。松本も岩場の彼方から泳いで戻ってきてアイス・ティーを飲んだ。

「断崖の上を歩いて、別荘地へ出られる道があったよ。細い道だが」

「あの上に、道があるのか」石坂は断崖をふり仰いだ。「危いなあ。あんなところから落ちたら、死ぬだろう」

「死ぬだろうな」

長島氏はあの上を歩いて別荘まで行ったのだろうか、と、石坂は考えた。

「あの長島さんって人は、変な人だな」と、石坂は言った。

「そうかい」

「君には何も言わなかったかい。どこかこう人を試すようなことを言うだろう」

「どんなふうにだい」

「女のことだがね」

「ああ。そう言えば」松本は笑った。「結婚五年目なら、そろそろ浮気がしたくならないかなんて訊ねてたなあ」

「案外、食わせ者かもしれない」

「そうかなあ。ただのスノッブじゃないの」

「そりゃまあ、おれたちだってスノッブかもしれんがね」石坂は笑った。

「アイス・ティーはもう、ないのか」

石坂は魔法壜を振った。「おわりだ」

「のどが渇くなあ。そろそろ戻って、仕事にかかるか」

「そうだな」ふたりは立ちあがった。

「君は原稿を書くのに、ワープロ使ってるのかい」と、歩きながら松本が訊ねた。

「万年筆と両方、使い分けてる。旅先じゃ万年筆。こんなところまでワープロを持っては来られないからな」

「なあに。電話すればレンタルのワープロを持ってきてくれるよ。フロッピーさえ持ち歩いていればいいんだ。おれは今、ワープロで書いてる」

ははあ。そんな手があったか、と、石坂は思う。「どんな機種でもあるのかい。この辺だと、どこから持ってくるの」

「事務機器の営業所はあちこちにあるみたいだけど、みな本店は和歌山市内だ。ぼくの頼んだ機種は本店にしかなくて、店員が電車で一時間四十分かかって運んできた」

昼までに戻ると言っていたな。石坂は突然早苗さんのことを思い出した。電車で和歌山へ行ったのだろうか。

そんなに遠くから運ばせてまでワープロを使う気は、石坂にはなかった。海に面したホテルで書く原稿は、やっぱり万年筆でなければなあ。

二階の廊下で松本と別れて部屋に戻り、石坂はシャワーを浴びた。館内電話で若柳に命じ、アイス・ティーを持って来させ、朝刊を読み、それから仕事にかかった。書き出しだけは考えてあったので順調にはかどった。

二枚半書くと正午に近く、ひどく空腹だった。掃除婦たちが入ってきた。トランクスのままで仕事をしていたのでズボンを穿き、石坂はダイニング・ルームにおりた。新谷氏を相手にして美代子夫人と竹内史子がはしゃいでいた。食卓の上には生きた蛸《たこ》がいた。

「どうしたんですか」

「竹内さんが海岸で、蛸をお獲りになったのよ」と、美代子夫人が言った。

「岩場にいたんです」竹内史子はワンピースの水着姿だった。艶《つや》やかな純白の水着は濡れて光っていた。

石坂は眼がくらくらした。視線はなかなか蛸に向かなかった。「でかいなあ。加藤コック長に料理してもらいましょうよ」

「ええ。そう言ってるんです」

「だけど、フランス料理で蛸なんて、あったかしら」

「ございません」眼を丸くして新谷氏は美代子夫人に、大きくかぶりを振った。「これはやはり、三杯酢で召しあがっていただきませんと」

「わたくし、着替えてまいります」石坂の視線を気にして、竹内史子は逃げるようにダイニング・ルームから去った。

残念。ちょっとがっかりして石坂は腰をおろし、『VOGUE』をくわえた。

「ではこれは、お夕食にいたしましょう」新谷氏が蛸を持って厨房に去った。

全身みごとにグリーンずくめの美代子夫人が石坂の正面に掛けた。ジョーゼットのシャツとシルクのパンツ、頭にまいたスカーフはすべてグリーンに黒の水玉模様である。肩にかけたショールだけが黒い。「ご昼食、ご一緒させていただいてよろしゅうございますか」

「どうぞどうぞ」

早苗さんがメニューを持ってあらわれた。すでにブルー・グレイのスーツに着替えていた。

「まあ。いいデザインだこと」と、美代子夫人が言った。「ヨシエ・イナバでしょう」

七万五千円見当だな。資料からの知識を掘り起しながら石坂はそう思った。

「わたくし、鮃《ひらめ》を焼いてくださいな。これはパン粉で焼くのね」

「パン粉とエダムチーズで焼きます」

早苗さんは朝よりもさらに元気がない。過労だなあ、と、石坂は思う。

「ぼくは肉だ」わざと元気よく、石坂は言った。

「肉ですと、サーロインのいいものがございます」

「そいつをミディアム・レアで。二百グラムでいいよ」

「かしこまりました」

厨房に去る早苗さんを、美代子夫人が気遣わしげに見送っていた。

「まさか病気じゃないでしょうね」

美代子夫人は石坂を見つめた。「大変なのでしょうね、やっぱり。それにあのかた、プライドが高いから、いたわってさしあげることもできませんわ」

「困りましたね。マネージャーは気づいているのかな」

「さあ」

しばしの沈黙ののち、石坂は食卓に身を乗り出した。「小曾根氏はご一緒じゃないのですか」

「つれあいは」と、彼女は言った。竹内史子の教育であるらしい。「一緒に海岸に出ておりましたの。あのひとはひと泳ぎしましたので、今、着替えておりますわ。すぐにおりてまいります。なんでも午後からはあのひとだけ、長島様の別荘にお招きにあずかっておりましてね」

「ほう。長島氏はそれで午前中、掃除に行かれたのですな」

「珍しい骨董品《こっとうひん》をお持ちだとかで。つれあいはそういうものに眼がないものですから。あら。『眼がない』って、鑑識眼がないという意味じゃございませんことよ」

「そうでしょうとも」石坂は笑った。「ご造詣《ぞうけい》の深さはよく存じております」

竹内史子が戻ってきた。ハイネックでアメリカンスリーブのタンクトップ、しかもそれがピンク、そして同色のパンツときては男たるもの、とてもこたえられない。

「天使だ」と、それでも石坂はせいいっぱい上品に表現した。ＢＧＭでかすかにラモーの『天使の夢』をやっていたからだ。

「悪魔かも」竹内史子は笑った。「あら。小曾根様はまだお見えになりませんの」

「まだなんですのよ。何してるのでしょうねあのひと」

料理を持って早苗さんが出てきた。なんて幸福なんだろうなあ、と、石坂は思う。思った通りに言ってよいものかどうか少し考えてから、言っても差し支えない筈と判断して彼は言った。「なんて幸福なんだろうなあ、ぼくは。こんな凄い美人三人に取り囲まれるなんてなあ。こんなこと、滅多にあるもんじゃない」

「まあ。大きなお声」

「オーバー・アクトでは」

くすくす笑っていた女性たちは、続いて厨房から新谷氏が出てきたためにわっと笑う。

「おやおや。わたくしが出てまいりましたために何か不都合でも」

新谷氏は美代子夫人の前に鮃の皿を置き、早苗さんは石坂の前にサーロイン・ステーキを置いた。

「わたくしにもそれを」竹内史子がステーキを見て言った。「ミディアムで。でも、そんなには頂けません」

「では百五十グラムにいたしましょう」

「ほかのかたは、お昼、召しあがらないのかしら。石坂さんは朝、松本さんとご一緒に泳いでいらっしゃいましたわね」

窓から見られていたか、と、石坂は思う。話題のほとんどがあなたのことであったと言ったら竹内史子はどう言うだろう。

「翻訳の仕事に夢中なんですよ」

「松本様は一時間ほど前、お出かけになりました」と、新谷氏が言った。「なんでも、わからないフランス語が出てきたとかで、辞書をお求めに」

「竹内さんにお訊ねになればよろしかったのに」美代子夫人が言った。「ご堪能《たんのう》なんですよ」

「わたくしなど、とても」

「彼としては竹内さんにお教えを乞《こ》うなどということは、プライドが許さないのでは」石坂はそう言った。

「加藤コック長もフランスには行っておりますが、何ぶん片言でございまして」

「長島氏はもう、帰ってみえたのかい」

「ああ、今、お帰りになったようでございますな」

例によってあたふたと玄関から入ってきた長島氏は、ダイニング・ルームの一同に一礼してから、何やらそそくさと階段をあがっていった。

「長島様って、たいへんサーヴィス精神の旺盛《おうせい》なかたでいらっしゃいますわね」美代子夫人が皮肉まじりにそう言った。

「はい。ひとのお世話をなさるのが、たいへんお好きなようでいらっしゃいます」と、新谷氏が生真面目《きまじめ》に言った。「地もとの名士でいらっしゃるのも、そのせいだとかでございまして」

「わが奥方には甚だ申しわけなかった」小曾根氏があらわれた。「遅くなって」

「先にいただいております」そう言った美代子夫人が夫の様子を見て眼を丸くした。「まああなた。その恰好は何ですの」

ターコイズ・ブルーと黒のこまかい模様が入った麻のシャツは確かにジャンニ・ヴェルサーチ。さらに小曾根氏はジーンズを穿いていた。「おかしいかね」

平然としている夫の顔を、美代子夫人はしばらくあきれたように見つめた。「そんなもの、持っていらしたの」

「お若く見えます」きちんと髪を整えた小曾根氏に、その身装りはまったく似合っていなかったが、そこは男同士であり、決然として石坂はそう言った。

「なかなかよく、お似合いでいらっしゃいます」新谷氏もそう言ったが、笑いを怺《こら》えているようでもあった。

「ほら。お二人とも笑っていらっしゃるわ」さすがに鋭く美代子夫人はそう言った。「珍妙よ」

「いえ、とんでもございません。そのようなことは絶対にございませんので」新谷氏はむきになった。「このような別荘地でこそ、むしろ紳士がそのようなものをお召しになるべきでございまして」

「そらご覧」

美代子夫人は黙ってしまった。

「わたしにもこれを」早苗さんが運んできた竹内史子のステーキを見て、隣席の小曾根氏が注文した。「レアでな」

「あなた。どうなさったの」美代子夫人が心配そうに言った。「熱でもおありなんじゃありません」

竹内史子は笑い出して食事ができなくなってしまった。彼女の笑った顔は幼くなり、親しみが持てた。彼女は午後も泳ぐのだろうかと、石坂は思った。海岸で一緒になれたらいいんだがなあ。

しかし昼食を終え、いつまでもそこにい続けることが竹内史子への下心ありげに思われそうでもあり、ダイニング・ルームに同宿客三人を残して自室に戻ると、今、熱いブルーマウンテンを二杯も飲んだばかりというのに石坂はたちまち睡魔に襲われた。彼は心地よくベッドに横たわり、すぐに眠りこんだ。竹内史子の水着姿がまだ心に残っている真昼の夢たるや、極めてエロティックなものであった。

西陽に照りつけられ、石坂が眼醒めると三時前だった。のどがからからに渇いていた。電話で若柳にアイス・コーヒーを命じ、シャワーを浴びてから仕事にとりかかった。仕事ははかどらず、石坂はふと思い出して立ちあがり、窓際に立って海岸を見おろした。南の断崖のながく伸びた蔭の中に、あの白い水着姿の竹内史子が砂に腰をおろし、本を読んでいた。しめた、と思った時、ま下の崖の段を浜へおりて行こうとする松本の姿が石坂の眼にとまった。

考えることは同じであったか。石坂は笑った。

若柳がアイス・コーヒーを運んできた。テーブルにグラスを置いている若柳に、石坂は訊ねた。

「加藤コック長はもう、牛ケ崎へ出かけたのかい」

「はい。ランチ・タイムが終ってすぐ、出かけました」

朝、早苗さんがどこへ出かけたのかを訊《き》こうとしたのだったが、きっかけがなかなかつかめなかった。「君は夜、いつも自分の家に帰ってるの」

「はい。週一度の泊りの日以外は、いつも帰宅しております」

「車でかい」

「とんでもない。自転車でございます。ほかにご用はございませんか」

「このシャツを洗濯に出してくれ」

「かしこまりました」

訊きたいことは訊けなかった。

窓際でアイス・コーヒーを飲みながら浜を見おろし、石坂はまた笑ってしまった。竹内史子はもとの位置にそのままの姿勢であり、松本は彼女からずいぶん遠く離れたところで泳いでいた。読書に夢中の竹内史子に声をかけることが躊《ため》われ、彼女の方から声をかけてくれるのを期待しているのであろうと思われた。

また二枚半ほど書き、またしてものどの渇きを自覚した。よくまあ、のどが渇くなあ。海岸にはもう誰もいない。ネイビー・ブルーとモス・グリーンと赤のボーダー・ポロシャツを着て、石坂はホールにおりた。階段横のフロント・デスクには新谷氏がいた。

「石坂様」

「のどが渇いてね。薄めのウイスキー・ジンジャーがほしい」

「わたくしがお作りいたしましょう」

「すまないね。支配人に」

「とんでもございません」

スタンド・バーのカウンターをはさんで石坂は新谷氏と向かいあった。しばらく躇ってから、石坂は言った。

「奥さん、お疲れのようだけど」

「石坂様にまでお気遣いいただきまして」新谷氏は笑顔を見せた。ほかの誰かからも指摘されたようだった。「今、休ませておりますが、あれはまあ、自業自得でございまして」

「ずいぶん朝早くから出かけたりしてたね」

「はい。和歌山市にございます行きつけの店へ仮縫いにまいりましたのですが、その疲れが出ましたようで。あれの衣装道楽にも困ったものでございまして」

みんなが彼女のセンスを褒め過ぎるのがいけないのかな、と、石坂は思ったが、新谷氏の口調はそれを咎《とが》めていず、むしろ嬉しそうだった。それに、女性はともかく、男性客たちはあきらかに彼女そのものの美しさを褒めているのだ。

だが、彼女の疲れは和歌山市に行ったせいだろうか、と、石坂は思う。昨夜も疲れていたようだったからだ。

「お待たせいたしました」

ウイスキー・ジンジャーをひと口飲み、石坂は言った。「あんなに頭がよくて美しい奥さんなんだもの、それくらいはしかたないだろうね」

「おそれいります。正直申しまして、わたくしなどには過ぎた女房と思っております」

「だいじにしなきゃなあ」

「はい。せいいっぱい、だいじにいたしております」

冗談めかした会話をかわしながらも、しかし石坂は新谷氏の中に何やら悲しみのようなものの存在を嗅《か》ぎつけていた。

第四章　第一の被害者

夕食は昨夜同様七時に始まった。

スタンド・バーにい続けた石坂がそのまま食卓の端に掛け、その向かいは、やっとグレイのポロシャツ姿で登場した松本。昨夜端にいた竹内史子と長島氏が今宵《こよい》は中央となり、石坂の隣りがプルシャン・ブルーのTシャツを着た長島氏。その向かいがバジーレの、コード刺繍《ししゅう》のある白いジャケットを着た竹内史子である。アクセントに、シルクリボンのストールを羽織っていた。松本は彼女と隣りあわせで幸福そのものといった表情である。長島氏の左隣りが美代子夫人で、グレイ地に極めて細い黒の縦縞が入ったシルクのワンピースという装い。その向かいが昨夜どおりのタキシード姿で小曾根氏という配列である。

「オードブルは、本日牛ヶ崎で仕入れてまいりました鮑《あわび》の酒蒸しでございます」と、加藤コック長が言った。「それと、こちらの器の中は、本日竹内様がお獲りになりました蛸《たこ》を煮たものでございます」

全員が笑って拍手した。

「潜って獲られたのですか」松本が驚愕《きょうがく》して訊《たず》ねた。

「この蛸君は」と、竹内史子がおどけて、幼稚園児に言うような口調で説明した。「岩場の蔭でお昼寝をしていたのでございます。そこへわたくしがまいりまして知らずに踏んづけました。蛸君は一瞬失神いたしましたが、すぐに気がつき、墨を吹いて逃げようといたしました。そこをわたくしと美代子様とでとり押さえたのでございます」

「でかい蛸でございまして」と、加藤コック長は言った。「残りはのちほど三杯酢で召しあがっていただきます」

新谷氏が白ワインを抜いた。五年もののモンラッシェである。

「まあ。おいしい鮑」美代子夫人が箸《はし》を使いながら言った。「蒸し過ぎず柔らか過ぎず、自然の味がそのままで」

「はい。それを蒸すのは、タイミングがなかなか難しゅうございます」

「この蛸も旨《うま》いな」長島氏が言う。「柔らかい」

「それはまあ、定石通り小豆《あずき》と一緒に煮ましたので」

「伊勢海老のいいものは、あったのかね」

小曾根氏の質問に、いったん厨房へ戻った加藤コック長が例の可愛い見習いコックに大笊《おおざる》を持たせてあらわれた。巨大な六匹の伊勢海老が勢いよくうごめいていた。

歓声があがる。

「ではただ今より、こいつの料理にとりかかりますので」コック長が退場した。

「長島氏ご秘蔵の骨董《こっとう》はいかがでしたか」

石坂がそう訊ねると、小曾根氏は驚いたように顔をあげた。「うん。まあ」長島氏と顔を見あわせた。「なかなか、その、結構なものでございましたよ」

長島氏がにやりとした。骨董品などではないな、と、石坂は直感した。

「それよりも」と、小曾根氏はやや急《せ》き込んだ口調で言った。「今夜は石坂氏の新作のご構想をお伺いする筈でしたな」

「はて。そうでしたっけ」

「そうですわよ」美代子夫人が言った。「わたくしが話題に加えていただくためでございます。昨夜のような難しいお話ではわたくし、取り残されてしまいますわ。もっともわたくし、今日のお昼に長島様から拝借しました『パプリカ』をほとんど読んでおりますので、そのお話でも一向に」

「まいりましたな」石坂は本心から困惑し、ちょっと笑った。「新作といいますのが、これまたひとくちでは、その」

「まあ。やはり難しいのでございますか」

「昨夜は、フェミニズムがテーマだとか言っていたね」と、松本が焚《た》きつけるようにいった。

この男、もしかしたら竹内史子と、負けるに決っている論争を自虐的にしたいのだろうか、と、石坂は思った。

早苗さんと若柳がスープを運んできた。早苗さんは、レーシーニットのタンクトップの上に、淡い若草色の、マダムニコルのスーツを着ていた。病気ではなさそうなので石坂は安心した。

「鱧《はも》のコンソメでございます」

「鱧かあ。京都の祇園《ぎおん》祭りを思い出しますなあ」と、小曾根氏が言った。

「大阪の、天神祭りもね」長島氏が調子をあわせる。

スープを飲みながら、全員が時おり催促するようにちらりちらりとうわ眼を遣うため閉口し、ついに石坂は喋《しゃべ》りはじめた。「主人公というのは文芸評論家なんですが、この人物の悩みを説明するためには、前もって文芸批評の歴史を簡単にお話ししなければならないんですよ」

「あら。面白そうですわ」竹内史子が声をあげた。理屈っぽい話が好きなようだった。

「文芸批評。結構ですなあ」と、長島氏。なんでもひと通りは理解できる人物のようである。

「文芸批評というのは、主にイギリスで発達していますので、松本君が時おり適当に補足してくれると思いますが、まあ、お話ししてみましょう。昔、といっても、たとえばイギリスでは十八世紀のはじめですが、文芸批評にとってたいへんしあわせな時期があったのです。印象批評といって、当時のブルジョワジー、つまりインテリなら誰だって文芸批評ができたという時代です。良識と理性によるだけの批評です。だから誰にでも通じることばで批評することができたんです」

「読者も少なかったしね」と、松本。

「そうです。読者はブルジョワだけでしたからね。だから当然、当時のブルジョワ社会の支配的な勢力が批評の場に集ることになります。それをまとめようというのが批評家の役だったんです」

「当時流行した、例のコーヒー・ハウスなどに集った連中ですな」と、小曾根氏が口をはさむ。

「そうです。ブルジョワ公共圏という制度です。だからもともとブルジョワ経済を支える特定の階級の利害と結びついていたわけでして」

「大衆小説というものは、それではその頃、まだなかったのですね」と、美代子夫人が訊《き》いた。

「印刷技術が発達して、定期刊行物や何かがいっぱい出はじめるのはもう少し先なんですよ」松本が説明した。

「それが出はじめたために、読者層が変わってくるんです。大衆小説というものも出はじめます。といっても、当時のイギリスの大衆小説というものの代表があのディケンズですからね。今とはだいぶ違うんですが」

「産業革命も読者層の変化に関係したでしょうね」竹内史子が言った。

「ええ。フランスの場合は二月革命ですが。それで、文学者にはそれまでのパトロンがいなくなってしまって、文学は商業の一分野になってしまったんです。つまり、文芸誌の爆発的な増大や小説をむさぼるように読む読者層の拡大とともに、作家にあれこれ注文をつける書籍販売業者もあらわれたんです」

「やれやれ」

長島氏が慨嘆した時、酢蛸が出た。早くもモンラッシェは底をつき、それぞれが自分の飲みものを注文した。

「地酒、などというものはあるまいね」

長島氏の問いに、にやりといたずらっぽく笑って新谷氏がうなずいた。「本来置いてはございませんが、今夜あたりあるいはそのご注文があるかと存じまして、取り寄せておきました」バーのカウンターの下から、新谷氏は一升瓶を取り出した。「これは『古座』と申しまして、古座だけでしか売られておりません」

全員がウイスキー・グラスに一杯ずつ賞味した。石坂は、腸に焼けた棒が差しこまれたかに感じた。

「これは強烈」

「しかしそうなると、批評家の立場が弱くなるわけですな」小曾根氏が石坂に話の続きを促した。

「批評家はそれぞれの立場で、小説をネタにした政治論争をやるしかなくなります。最下層の人間まで字が読めるようになった結果、コモン・センスによる公共圏が壊れて、対抗公共圏とでもいうべきものがいっぱいできるんです」

「つまりそうするとその時代、批評家というのは余計者ですか」長島氏が訊ねた。

「余計者でした。人気作家にうるさく注文をつけ、時には公共圏を守るために美的な規範を押しつけたり、自分のイデオロギーを押しつけたりしたのですが、それからもちろん、文学作品を商品化する法則にも文句をつけたりしたのですが、これは市場から一歩しりぞいた高級誌などで論じられただけですから、結局は市場が作品の良し悪しの判定を行うことになったんです」

「しかし、イギリスの大学には、ヴィクトリア朝時代から英文学科があったでしょう」小曾根氏が言った。「そこでは文学研究が行われていたのでしょう」

「たしかにそうなんですがね」と、松本が口を出した。「そのために文学研究のプロがあらわれて、アマチュアの文人と対立して、あげく超越的になってしまったんだと思いますね」

「アメリカでも『新批評』などという難解なもの

があらわれて、批評はどんどん公的な領域から孤立していくんです」

「あのう、そのような難しいことを、小説の中でお書きになるおつもりなのですか」美代子夫人がいささか眼を丸くして訊ねた。

「書きますが」石坂は笑って言った。「主人公の思考だの苦悩だのといったものの中へうまく紛れこませますので、それほど難解にはなりませんから、どうぞご心配なく」

「伊勢海老でございます」

加藤コック長を先頭に、早苗さんと若柳が料理を運んできた。

「甘みを損なわぬように、あっさりと料理いたしました」

二つ割りにされた海老がそれぞれの大皿の上で白い身を殻から盛りあげている。

「クールブイヨンでブイイしただけでございます」

「このソースはなんだね」

「ソースもかけてはおりません。それはただの焦がしたバターでございまして」

ひと口食べて竹内史子が声をあげた。「伊勢海老がこんなに甘いなんて、知らなかったわ」

「さっきは天敵の蛸君を食べたが」長島氏が言った。「蛸を使って伊勢海老を獲る地方もあるそうだね」

「こちらでは底刺網《そこさしあみ》漁でございます。こいつは夜行性でございますので」と、新谷氏が説明した。

全員、自然の味を生かした加藤コック長の腕を褒めたたえながら夢中で海老を食べ続ける。

「さてと」たちまち食べ終った小曾根氏がナプキンを使いながら催促した。「文芸批評が次第に難解になっていったと。それからどうしました」あくまで知識欲の旺盛な小曾根氏である。

「ますます難解になり続けたのです」石坂はふたたび喋りはじめた。「それ以後、次つぎと新しい文学理論が生れます。『ロシア・フォルマリズム』

『現象学』『解釈学』『受容理論』『記号論』『構造主義』『ポスト構造主義』『精神分析批評』『マルクス主義批評』といった具合ですが、だいたいまあ、あとになればなるほど難解になっていきます。これを詳細に小説の中で説明したりすると大変なことになりますから、やらないつもりです。それにこれは、わたしと同じ神戸在住の筒井康隆という作家が『文学部唯野教授』という小説の中でやっておりますので」

「石坂さんのお話の主人公というのは、そういうものを全部学んだ批評家なのですか」竹内史子がま正面から石坂に訊ねた。

「ま、ひと通りは」ちょっとどぎまぎして石坂は答えた。彼女の香ばしい呼吸がほんのりと顔にあたったかに感じられたからだった。「もともとは精神分析批評のひとで、大学ではラカンなどの研究をしているのですが、一方では新聞雑誌に書評などもやっているんです。で、このひとの苦悩というのは、自分のやっている批評というものの実質的な社会機能とは何かということです。実はそんな機能など、まったくないのではないか」

「ふんふん。それはどうしてですかな」と、小曾根氏。

「新聞雑誌に、誰にでもわかることばで印象批評的な批評を書いているかぎり、それは文学産業のPRか、資本主義社会に奉仕するものかでしかない。大学や文学雑誌における批評活動は学術的なものでしかない。では自分が影響をあたえようとしている相手はいったい誰なのか。社会は批評に、いったい何を期待しているのか。まあ、そういったような悩みです」

「なるほどね」

石坂は話を中断して、食べ残していた海老にとりかかった。全員がしばらく黙った。それぞれが何か考えているようだった。

「結局のところ」小曾根氏が言った。「批評というのは階級制度が確立している時代がいちばん幸福であったと言うことになるわけですか」

「でもその時代だってやっぱり、批評が特定の階級の利害と結びついていたのですから、空虚だったのじゃありませんかしら」と、竹内史子が言った。

「いやいや。小曽根さんのおっしゃるのは公共圏のことでしょう」長島氏が言った。「読者すべてへの開かれた場といいますか。何かの公共圏が確立すればいいんですよ」

「でも今はもう、そんなこと無理なのでございましょう」と、美代子夫人。「今だと何の公共圏になりますの。もうブルジョワだの、プロレタリアだのの時代じゃございませんでしょ」

珍しく、全員ががやがやと喋りはじめた。

丸ごとの形のままの洋梨《ようなし》にチョコレートをかけたフルーツと、キウイのシャーベットが出た。

「そこで主人公は考えるのです」静かになったので石坂は続けた。「対抗公共圏が確立すればいいのだと。つまり、昔、ブルジョワ公共圏ができた時は、絶対主義だの貴族制度だのに対抗するためだったし、歴史を見ると、批評が文学にとどまらない深い意味を持ったのは必ず、その先にあるもの、次の時代に出てくるものと関係した時だ。では資本主義に対する対抗公共圏とは何か」

「なるほどなあ」松本が大声を出した。「そこではじめて、フェミニズム批評が出てくるわけだね」

「ところが主人公は、それに気がつかない。フェミニズム批評のことは一応知っているものの、対抗公共圏のことばかり頭にあるものだから、『親密圏』とでもいうべき家族のこと、つまり妻や娘のことに気がついていないんです。『親密圏』こそ実は新しい対抗公共圏なのに」

「面白い」『古座』を相当飲んだ長島氏が、食卓を軽く叩いて声をあげた。「その、気がつかない、というのが面白い」

「それはまあ、単なるテクニックですが」石坂は苦笑した。「そのくせこの男、妻や娘の支出をきちんきちんと計算し、帳面につける習慣があるんですよ。いささか吝嗇《りんしょく》でもあるし、収入も少ない」

「大学の教授かい」松本が訊ねる。

「いや。講師にしようと思う。二、三の大学で講師をしているだけだ」

「それと、評論活動か」松本は頷《うなず》いた。「年収、最低で三百五十万円だな。最高でも七百万円」

「まあ、お気の毒」美代子夫人が言い、座がどっと沸く。

「そのう、家族の女性たちの消費がですな、なんで公共圏に関係してくるんですか」小曾根氏が訊ねた。

「それはこういうことでは」竹内史子が石坂に軽く一礼してから解説した。「私的な消費とか、レジャーとか、欲求とかが、昔なら公共圏に結びつけられていた公けの議論にとってかわるからではございませんの」

「家族は消費経験だけの場にされてしまっているんですよ。昔からの家族の機能が国家に肩代わりされてしまったためですが。で、絶えず商品文化の影響を受けている」

「するとその商品支配に抵抗することだってことになるね。現代の批評家の役割は」松本が言った。

「うん。ところがそうしたことに気づかないまま、主人公は家族の支出の計算をしているんです。この小説は、主人公が記帳しているその帳面づら、つまり妻や娘が買った商品とその金額の羅列から始まります」

「娘さんの年齢はおいくつくらいなのでしょう」美代子夫人が訊ねた。

「高校三年生です」

「まあ。難しゅうございましてよ。彼女たちの好みなどと申しますものは」

「はい。ですからトランクに、資料をいっぱい詰めこんできました」石坂はスタンド・バーにいる新谷氏を振り返った。「重かっただろう新谷さん。あのトランク」

「てっきり金塊が入っているに相違ないと思いました」と、新谷氏は言った。「さて、皆様。そろそろまた、ロビーの方でおくつろぎ戴くお時間でございまして。お飲みものは運ばせます」

一同はロビーに移動して、昨夜と同じセットに集った。竹内史子がいちばん奥の肱掛《ひじかけ》椅子に掛け、小曾根夫妻がソファに掛けるという、なぜか昨夜とは裏返しの配置になってしまった。

「さっき小曾根さんが階級制度のことをおっしゃった時にさ」掛けるなり松本が、低声《こごえ》で石坂に言った。「そばに新谷氏や早苗さんがいたので言わなかったんだけど、つまり奉仕する者とされる者の地位は、昔と逆になっている場合が多いような気がするんだよ。つまり新谷氏や加藤コック長の給料の方が、ぼくの収入よりずっと多いと思うんだ」

「そんなことはないだろう」

低声とはいいながらも松本の声はもともと大きいので全員の聞くところとなり、竹内史子がやはり低声で言った。「松本さんの収入は存じませんが、支配人も早苗さんも相当な高給を得ておられることは確かです」

美代子夫人も確信ありげに同調した。「その通りですわ」

なぜそう思うのかというみんなの疑問の視線を浴びた竹内史子は、恥かしげに顔を伏せた。「ひとの収入を取り沙汰《ざた》するなんて、よくないことでしたわね」

「それは、昨日のクライトンの話に戻るようですが、実力主義の社会になってきたからでしょうな」小曾根氏が言った。

「収入はともかく、少なくともわたし自身は」と、石坂は言った。「支配人を、ここにおられる皆さんがたとほとんど同程度に尊敬し、敬愛していますよ。たしかに口のききかたは皆さんに対するよりもぞんざいになりますがね。でもそれは逆に、彼のプロとしての職業意識を尊重しているからであって、たとえば支配人にていねいな口をきいたら、彼はあきらかに気を悪くします」

「それでこそプロでしょうな」長島氏はそう言ってからくすくす笑った。「例のクライトンの中で、進歩主義の影響をうけた使い走りの小僧がクライトンを呼び捨てにして、たちまちクライトンからクビを言い渡される話が出てきますよ」

「実力主義なら実力主義に徹底すればいいのだが」小曾根氏がまた昨夜と同じことをぶつぶつ言いはじめた。「それに対してまた不満を言う者がいる。どうも困ったことだ」

「それは古い階級制度がまだ残っているからじゃございませんかしら」と、竹内史子が呟《つぶや》くように言ってから石坂を見た。「たとえば石坂さんは、支配人に関して今おっしゃったようなことを、おつれあいの女性に関してもおっしゃることがお出来になりますか」

「いやあ。そいつは」石坂は大いにどぎまぎした。

シンバルのような音響とガラスの破砕音で一同はびっくりし、玄関ホールを見た。飲みものを運んでこようとしていた早苗さんが銀のトレイを寄《よせ》木《ぎ》の床にとり落したのだった。新谷氏と若柳が駈けつけていた。

早苗さんにしては珍しいその失策をそれ以上注視することが悪いように思われ、一同はすぐに眼をそらした。

「そうそう。先ほどの高校三年の娘さんのお話ですが」美代子夫人が身を乗り出すようにして話題を変えた。「せっかくこの竹内史子様という方がおられるのですから、お伺いになってはいかがでしょう。そういうことはとてもお詳しい筈ですわ」

「そうか。当然市場調査なさっておられる筈なんですね」石坂が言った。

「このごろの女子高生は、ずいぶんお小遣いを貰っているでしょうからなあ」と、長島氏が言った。

「でも、年収が三百五十万円から七百万円としますと」竹内史子はちょっと考えた。「毎月のお小遣いはやはり八千円から一万円といったところでしょうね」

「それじゃ、たいして何も買えませんな」

「使い道はほとんど飲食です。でも、アルバイトをしているのであれば」竹内史子は石坂の顔を見た。

「ええ。しています」

「それが三万円から四万円くらいですね。平均的な女子高生です」

「読んでいる雑誌が『ＪＪ』に『ＮＯＮ－ＮＯ』ですな」と、松本が言った。

「それに『ＶｉＶｉ』ですわ」竹内史子が笑いながら言う。

「じゃ、肝心の服は」小曾根氏が訊ねる。

「たいてい親にねだります。ジャスト・ビギだとか、コム・デ・ギャルソンのＤＣ系が好きなようですわね。あと、ミチコ－ロンドンとか」

「待ってください」石坂はあわててパンツの尻《しり》ポケットから常時肌身を離さない赤革の手帳を出した。「高価な輸入ブランドものは買いませんか」

「まあ、年に一度くらいなら。それもずいぶん無理をして、でしょうね。ジョルジオ・アルマーニとか」

「ああ。やっぱりねえ」美代子夫人が嘆息した。

「お化粧品はそうすると、資生堂ですかしら」

「パーキー・ジーンとか、シュウ　ウエムラとか」

「花王のソフィーナとか」

女性ふたりがくすくす笑いながらのやりとりに、小曾根氏が口をはさんだ。「さっぱりわからんが、雰囲気からは極めて差別的なものを感じますぞ」

早苗さんが飲みものを持ってやってきた。心配する若柳には持たせず、頑として自分が運ぶと言い張ったのであろうなあ、と、早苗さんの性格から石坂はそう想像した。

「さきほどは、たいへん失礼いたしました」と、早苗さんが言った。

「お怪我はなかったの」と、美代子夫人が訊ねる。

「はい。大丈夫でございます。ご心配いただきまして」石坂の前にワイルド・ターキーのグラスを置いた早苗さんが、彼の開いている赤革の手帳を見て顔をこわばらせた。「あ。それは」

「どうかしましたか」石坂はおどろいて早苗さんを見つめた。

顔色がまっ青だった。「いえ。何でもありません。失礼いたしました」

早苗さんが去ると、美代子夫人は言った。

「やっぱり、疲れてらっしゃるみたいですわね」

「うん。ナーバスになっている」小曾根氏が眉間《みけん》にたて皺《じわ》を寄せてそう言った。「われわれ、こいつを飲んだら部屋に引きあげましょうか」

「そうですね。少し休ませてあげましょう」と、長島氏も言った。

「石坂様は竹内史子さまにご協力をお仰ぎなさればよろしいのです」

美代子夫人の進言を渡りに船と、石坂は竹内史子に一礼した。「そう願えればありがたいのですが」

「お安いご用ですわ」と、竹内史子が頷いて言った。「それに、小説への取材協力というのはたいへん面白い作業だと思います」

松本が露骨に羨《うらや》ましそうな表情をしたのがおかしかった。

一同が怱怱《そうそう》にめいめいのグラスを乾し、立ちあがってホールへ向かいかけると、やや色をなして早苗さんが近づいてきた。

「まあ皆様。せっかくお話が弾んでいるご様子でしたのに」と、彼女は言った。「どうぞもっとごゆっくり」

「皆さん今夜は、お疲れのご様子なのよ」美代子夫人が代表してそう言った。「お気になさらないでね」

早苗さんがしょげ返った。「わたくしの粗相で、ご気分を損ねましたのでは」

「いやいや」

「そんなことは」

全員がいっせいに打ち消したため、かえって気遣いが露呈する。

心から申しわけなさそうに早苗さんは一礼した。「左様でございますか。では、ご用のほうはお電話で、ご遠慮なくお申しつけください」

部屋に戻った石坂は、生酔いのままでしばらく夕刊を読み、テレビのニュースを見た。それから自宅に電話をし、子供たちの様子などを妻から聞いたのち、シャワーを浴びた。ベッドに入って本を読んだ。さいわいにも数ページ読むうちに眠くなってきた。石坂はサイド・テーブルのスタンドの灯を消した。

だが、早く眼が醒《さ》めてしまった。ひどく空腹だった。昨夜のメイン・ディッシュが伊勢海老という軽いものであったためかもしれなかったし、自分の作品の構想を語るのにけんめいで、パンを食べなかったせいであるのかもしれなかった。サイド・テーブルの置時計を見ると蛍光色を発している文字盤が六時五分を示していた。そんなに早くダイニング・ルームへ降りていったことは一度もなかったが、いつも七時前には朝食の用意が調っている。もう誰かが支度を始めているかもしれない。そう思い、石坂は起きあがった。

昨夜の身装《みな》りで部屋を出、階段をおりかけた時、階下で小さな物音がした。誰かいるなと思い、石坂は少し安心して玄関ホールにおり立った。ロビーの方から、昨日の朝とおなじ服を着た早苗さんがやってきて、石坂を見るなり小さくあっと叫んで立ち止まった。今にも貧血を起しそうな顔色だったので石坂は驚いた。

「あっ。大丈夫」石坂は彼女の傍らに近づいた。あわよくば、彼女の柔らかそうなからだを抱こうという下ごころが石坂に、まったくなかったとはいえない。しかし彼女は石坂の手が肩に触れようとする寸前、強く身を立てなおすような動作をして見せた。

「はい。大丈夫です」

石坂は手を引っこめるしかない。「でも、今、まっ青だったよ」

「驚いたのです。石坂様の足音が聞こえなかったものですから」

「なんだ」石坂は笑った。「今、ちょっとふらっとしてから、しゃんとするような動きをしただろ」

早苗さんはもう、微笑んでいた。「それがどうかいたしましたか」

「すごく魅力的だったよ」石坂は彼女の耳もとでそう囁《ささや》いた。「ハリウッド映画の女優さんのしぐさみたいに、極めて美しい動きだったなあ」

「まあ。石坂様ったら」早苗さんはそう言って、いたずらっぽい流し目を石坂に向けた。

「わたくしがわざと倒れそうになって見せたとおっしゃるんですか」くすくす笑って俯《うつむ》いた。耳が赤くなっていた。「それなら、あなたのお手が肩にかかるまでに、しゃんとしたりはいたしませんわよ」

石坂はにやりとし、もう少し早苗さんにすり寄って、さらに漸進的な刺激語を彼女の耳に吹き込もうとした。早苗さんもそれを悟ったようであったが、今はまずい、あるいは、ここではまずい、というようにかぶりを振り、顎の先で厨房を差した。誰かがいるらしい。石坂は一転して、少し甘えたような大声を出した。

「いやあ。腹が減ってしまってさあ。とても寝られなくなって」

「こちらへどうぞ。ご朝食をお作りしますから」

急にあらたまって歩き出した早苗さんのあとからダイニング・ルームに入り、石坂はテーブルについた。早苗さんは石坂の注文も聞かずにすぐ厨房へ入っていった。厨房の中からは、どう耳をすませても、早苗さん以外の人間が立てる物音は聞こえてこなかった。

かりかりに焼いたベーコンと目玉焼き、それにトーストとコーヒーを持って厨房から早苗さんがあらわれた。彼女はあきらかに平静さを失っていた。カップにコーヒーを注いでくれる早苗さんの手が顫《ふる》えていた。警戒か、期待か、と、石坂は思う。

「いつもこんなに早くからなの」できるだけなにげない口調で話しかけたつもりだったにもかかわらず、早苗さんの動揺が感染したのか顫え声になってしまい、おれらしくもない、と、石坂は思う。

「ええ、まあ」珍しくどっちつかずの返事をしてから早苗さんは腕時計を見、言いわけするように言った。「七時に、長島様のお部屋へご朝食をお運びしなくてはいけないんですのよ」

気の進まぬ様子があまりにもあらわであった。

おや、と、石坂は思う。長島氏が何かをたくらんで彼女に朝食を部屋まで運ばせるのだろうか。実際に、何かされたのだろうか。長島氏の部屋へ行くことが気の進まぬらしい彼女の様子を、石坂は前からうすうす感じてはいた。それにしても、と石坂は思うのだ。それをあらわにして見せるほど、彼女とおれはとてもまだ、気を許しあった仲とはいえない筈なのだが。

「若柳に持って行かせたらいいのに」石坂はそう言った。

「あの子は今日、遅番なんです」早苗さんはまた厨房に入った。

もう一度寝るかもしれなかったのでコーヒーは控えめにしておき、食べ終えると石坂は自室に戻った。泳ぎにいこうかと思ったが、まだ睡眠不足のような気もする。服を脱がずにベッドへ横たわり、仰向けになってぼんやり煙草をふかしていると、遠くの方で何かが炸裂《さくれつ》するような激しい音がした。それが昨夜聞いたあのシンバルの如《ごと》き音響とガラスの破砕音であることに石坂はすぐ気づいた。おやおや。早苗さんまたやったらしいな。よっぽど、どうかしているぞ。気の毒に。せっかくの朝食を、作りなおしだ。怪我はしなかっただろうか。

様子を見に行ってやろうかとも思ったが、早苗さんに必要以上の恥をかかせることになると思い、石坂はそのまま部屋にいることにした。

誰かがドアをノックした。石坂はベッドから起きあがり、灰皿で煙草を消してからドアを開けた。廊下に早苗さんが立っていた。顔は無表情だったが、からだがぐらぐらと大きく前後に揺れていた。手は両側に、からだから少し離してだらりと垂らしていた。異常であることに石坂が気づきはじめた時、早苗さんは言った。

「あの、長島様が、お部屋で、死んで、殺されて」

自分のことばではじめて事態を悟ったかのように彼女の顔が、さっと紙の色に変わった。そして勢いよく、ものが落下する時の速さで彼女は石坂の腹部へ倒れ込んできた。予測していなかったので、石坂は彼女の額が床に激しくぶつかろうとするのをくいとめるだけがせいいっぱいだった。

石坂は彼女を抱きあげた。誤解されるおそれはあったものの、とりあえず彼女を自室のベッドへ寝かせるしかなかった。長島氏の身に何か起ったらしいことが気になり、石坂は階下へ通報する前に一号室へ駈けつけた。一号室のドアは開かれたままであった。バス・ルームの前に銀のトレイや朝食の皿やカップが散乱していた。窓のカーテンは開かれており、食器の散らばるところまで数歩進むと、バス・ルームの彼方《かなた》のベッドが端から端まで視野に入った。

長島氏は寝乱れた浴衣《ゆかた》姿で仰臥《ぎようが》していた。浴衣の上から刃物で横腹を抉《えぐ》られたらしく、浴衣の左半分がまっ赤であった。血はシーツにも拡がっていた。血のほとんどはマットレスが吸収したようであった。それでもなお、床に鮮血がしたたり落ちていて、それが大量の出血であることはあきらかだった。長島氏の顔はすでに死者の相貌《そうぼう》に変わっていた。

大声をはりあげ続けているのが自分だということに、石坂はしばらく気づかなかった。廊下に引き返すと二号室のドアが細めに開いて、まだ浴衣を着たままらしい竹内史子が顔だけ出した。もの問いたげであったが石坂はそのまま自室に走った。三号室と階段の間で転倒した。起きあがり、開け放したままのドアから駈けこみ、フロントに電話をした。フロントが無人の時には支配人の自室に切り替わっていることを石坂は知っていた。

「はい」しっかりした声で新谷氏が出た。

「もしもし。支配人。長島さんが殺された」と、石坂は叫んだ。

「石坂様」と、新谷氏は言った。

「そうだ。今、見てきたんだがね。もう、死んでる」

しばらく、支配人は無言だった。

「すぐ、まいります」電話が切れた。

早苗さんが意識をとり戻し、ベッドから立ちあがっていた。石坂が受話器を置くと、彼女は石坂へ眼くばせするように頷いてから部屋を出ていった。石坂も廊下に出た。三号室の前に松本が立っていた。すでにシャツとズボンを身につけていた。

「どうかしたか」

「長島氏が自分の部屋で殺された」

松本は立ちすくんだ。それから一号室を振り返った。

「お行きにならない方が」

そう言って、早苗さんは階段を下りた。松本は一号室を見に行った。踊り場で、駈けあがってきた新谷氏と早苗さんはふた言み言立ち話をした。

「よし」と、新谷氏は言った。「警察に電話を」

「はい」早苗さんはホールへ下りて行った。

「石坂様」二階へあがってきて新谷氏は言った。

「立ち会っていただけますか」

「うん」

「ほかにどなたか」

「松本が見に行ってる」

松本の悲鳴が聞こえた。彼は一号室から出てきてちょっとよろめき、東向きの窓の下にうずくまった。

新谷氏は室内に入って行った。ベッドを見て、おう、と叫んでのけぞり、少しためらってから、散乱した食器類をまたぎ越し、死体に近づいた。

石坂はバス・ルームの前から新谷氏に声をかけた。「死んでることは確かだろう」

「そのようですな。救急車の必要はないと思います。手は触れないでおきましょう」

ふたりは廊下に出た。

「ドアはどうする」

「はあはあ。指紋ですか。早苗が手を触れてしまったと思いますが、いいでしょう。開けておきましょう」

松本が、ゆっくりと窓際で立ちあがった。「強盗だろうか」

「そうだろうね」ちょっとためらってから、石坂は答えた。

「どこから入ったんだろう」

「わかりません」苦渋の色を額に滲《にじ》ませ、新谷氏は言った。「戸締りは厳重だったのでございますが」

竹内史子が自室から出てきた。昨日のタンクトップの上に、黒いオーガンジーの長袖のシャツを羽織っていた。「大変なことになりましたわね」顫えていた。

「昨夜、何か物音がしませんでしたか」石坂は訊ねた。

「何も」俯いた。「隣りの部屋にいながら、無神経とお思いでしょうが、ほんとに、何ひとつ物音はしなかったのです。わたくしは耳聡《みみざと》い方なんですが」

「いや。いいんです。いいんです。ごめんなさい」石坂はあやまった。「何も、責めるつもりは」

「竹内さんが、物音は何もしなかったっていうんだから、本当に、物音は何もしなかったんだよ」

と、松本が言った。

「そうですとも」断固として、新谷氏は言った。

「さあ、こんなところに立っていても始まりません。皆様一階の、そうですな、ダイニング・ルームにでもお集りいただきましょうか」

四人が階段をおりてダイニング・ルームに入ると、テーブルに向かって早苗さん、加藤コック長、若柳が腰をおろし、憮然《ぶぜん》として顔を見合わせていた。

「まあ。皆様」三人が立ちあがった。

「警察には電話したかね」

「はい」新谷氏の問いに早苗さんが答えた。「十分足らずで来るそうです」

「若柳」新谷氏が言った。「玄関ポーチの鉄柵《てっさく》を持って二階へ行け。一号室の前の廊下に立てるんだ。部屋の中へは入るなよ」

「はい」

若柳が出て行くと新谷氏は言った。「入ろうとする者など、どうせ誰もおりませんが、一応は現場を保存しておいたという警察へのジェスチュアと申しましょうか」

「小曾根さまご夫妻をお起しいたしておきましょうか」と、早苗さんが言った。

「そうだな。起きられて、警官がいっぱいいたのでは驚かれる」

「では、お電話で」早苗さんはホールに去った。

「わたくしが殺されていたかも知れないんですわね。強盗がひとつ隣りの部屋を襲っていれば」竹内史子は顔をしかめ、身を顫わせた。「わたくし顫えがとまりませんわ」

「なんで強盗が、いちばん遠い、端っこの部屋なんか襲ったんだろう」松本が独りごとのように、さっきから石坂を悩ませているのと同じ疑問を口にした。「ぼくが襲われて当然なのに」

「滅相もない」と、新谷氏。

加藤コック長が立ちあがった。「警察が来るとなると、皆様お食事どころではなくなりますぞ」と、彼は言った。「今のうちに何かお召しあがりください」

「ぼくはさっき食べた」

「わたくし、とてもいただけませんわ」竹内史子はかぶりを振った。「コーヒーだけいただきます」

「胃によくございませんぞ」

「ぼくはなんでもいいよ」松本が言った。

「ではトーストにコーヒー、それにサラダなどを」加藤コック長が厨房に向かった。

「小曾根ご夫妻のお食事はわたしがお部屋へお持ちするから」と、新谷氏がコック長に言う。「いつもの朝食の用意をしてくれ」

早苗さんがホールから戻ってきた。「お起ししてまいりました」

「事件のことは」

「申しあげました。奥様、たいそう驚いておられました」

「ねえ早苗さん」石坂が訊ねた。「長島氏の部屋の鍵はかかっていなかったの」

「あっ。はい。確かに」早苗さんが思い出して叫んだ。「ノックをして、ご返事がないので、ドアを押したら開きました」

「ほら、これで事情がはっきりしたじゃないですか」石坂は竹内史子と松本に頷きかけて言った。

「強盗は、鍵のかかっていない部屋に押し入ったんです」

はっとしたように身をこわばらせて、新谷氏が早苗さんに言った。「鍵箱は」

「見てきます」早苗さんが身をひるがえしてホールの隅のフロントに向かう。

「あっ。一号室の鍵があってもさわるなよ」

「はい。わかっています」

「その鍵箱というのは、予備の鍵が入っている箱かい」石坂が訊ねた。

「左様でございます。フロントの、カウンターの下にございます」

「それには鍵はかかっていますの」と、竹内史子。

「かかっております」

「とすると、あと、問題は、どこから入ったかだなあ」

松本の大声に、新谷氏も大きく頷いて言った。

「それでございます。わたくしもさっきからずっと、それをいちばん不思議に思っておりまして」

「鍵箱、異状ありませんでした」早苗さんが戻ってきた。

「鍵はかかっていたね」

「はい」

「やれやれ」立っていた新谷氏は、ほっとして椅子に腰をかけた。

「支配人としては、これからが大変だなあ」同情して、石坂は言った。「事情聴取や何かで」

「はい。これはもう、悪夢でございます」新谷氏は言った。「ホテルのマネージャーとしては、最悪の出来事が起ってしまいました」

「頑張ってください」じっと新谷氏を見つめて竹内史子が言った。やや涙ぐんでいるかのようでもあった。

加藤コック長が朝食を運んできた。早苗さんがコーヒーを注いでまわる。

小曾根夫妻が入ってきた。美代子夫人はＢＩＫＩの麻のアンサンブル、小曾根氏はアボンのポロシャツにスマルトのパンツ、セルッティの麻のジャケットという、夫婦共に茶系統できめた身装りである。

美代子夫人は悲しげに大声で嘆声をあげ続けていた。「恐ろしいことですわ。恐ろしいことですわ」

新谷氏が立ちあがる。「小曾根様」

「賊がどこから侵入したかわからんとは、どういうことかね」小曾根氏は憤然として椅子に掛けた。

「戸締りが厳重で、入れた筈がないということですよ」

石坂がそう言うと、小曾根氏は珍しく興奮して彼に指をつきつけた。「よろしいかな石坂さん。入れた筈がないということは、出られた筈がないということにもなるのですぞ」

「では、このホテルの中にまだ、悪漢が潜んでいるとおっしゃるの」美代子夫人が顫えあがった。「恐ろしいことですわ。あってはならないことですわ」

「そうか。その可能性も」松本はそうつぶやいて考えこんだ。

石坂も言った。「では、昨日の昼間から侵入して、夜になるまでどこかに身を潜めていたという可能性だってあるわけですね」

「身を潜めるような場所など、どこにもない筈なのですが」新谷氏は首を傾《かし》げた。

若柳が戻ってきた。

「おいっ。戸締りをしろ」新谷氏が突然、大声で若柳に言った。「厨房の入口、海岸への出口、全部閉めろ」

「わかりました」若柳はいそいで厨房に入っていった。

フロントに戻っていた早苗さんが、ダイニング・ルームに入ってきて報告した。「警察がまいったようでございます」

パト・カーのサイレンがかすかに聞こえてきた。

「皆様。とりあえず、お部屋にお戻りくださいませ」と、新谷氏が言った。「どうせ、最初にやってくるのは地もとの警官どもでございます。不作法な連中が皆様がたにあれこれと不躾《ぶしつけ》な質問をするなどの有様を、わたくし見たくはございません」

「そうか。県警から来るんだなあ」石坂は立ちあがった。

「そりゃ、来るさ」立ちあがりながら、松本が言った。「なんてったって殺人事件だものな」

「左様でございます。どうせ本格的な取り調べは県警の連中がまいってからでございますので」

「わたしはまだ朝食を食べておらんのだが」

「まあ、あなた。こんな時に」

「いえ。小曾根様。お部屋にお持ちします。皆様がたのご朝食もお部屋にお持ちいたしますので」

「ああ。マネージャー」小曾根氏が新谷氏を手招きし、低声で言った。「松井会長には報告したかい」

「まだでございます」

小曾根氏は腕時計を見た。「もう起きておられるだろう。電話しておいた方がいいね。応援を求める必要も」

「いえ」マネージャーは強くかぶりを振った。「応援を求めるつもりは、わたくし、まったくございません。お客様にご不自由をおかけしたりは絶対にいたしませんので」

一同はぞろぞろとダイニング・ルームを出て階段をのぼる。

「史子さま」と、美代子夫人が言った。「わたくしどもの部屋へお越しになりません。殺人があったお部屋の隣りなんて、気味がお悪うございましょ」

「うん。それがよろしい。おいでください」と、小曾根氏も言った。「隣りが捜査でがたがたするでしょうからな」

「いいえ。わたくしなら、もう、大丈夫でございます」竹内史子は気丈に、きっぱりとそう言った。「自室におりますわ。その方が警察にご協力できるかもしれません」

「なるほどな」松本が石坂に囁いた。「どうせ仕事などできっこないから君の部屋へ行って喋ろうかと思っていたんだけど、やはり自分の部屋にいた方がいいようだな。彼女でさえ自室にいるっていうんだから」

「ご覧あそばせ。警察のお車がまいりましてよ」

階段をあがった正面、東向きの二階の窓からホテル前の、三十坪ばかりの広場を見おろして美代子夫人が言った。

全員が窓際に立ち、広場を見おろした。

崖をのぼってまず二台、そしてもう一台が熱帯樹の間からあらわれ、パト・カーは広場の北三分の一を占める駐車場に到着した。駐車場には他に、支配人用のトヨタのクレスタと、加藤コック長の使うマツダのボンゴワゴンが並んでいた。車から降り立った警官たちはいずれも若く、その身ごなしからは気負いのようなものが強く感じられた。石坂は少しげっそりした。

「みんな、漁師のような顔つきをしておりますなあ」

「まあ。あなた」

「皆さん興奮なさってますわね」と、竹内史子も言った。

階下のホールから、警官の無神経な大声が聞こえてきた。「責任者はいますかあ」

「かないませんなあ」小曾根氏は吐息をついた。

「なるほど。支配人の言うとおり、部屋にいた方がよさそうだ」

全員がそれぞれの自室に戻った。

第五章　警察官

ＢＧＭをハワイアンに切り替えて、石坂はまたベッドに横たわり、『ＶＯＧＵＥ』をくわえて火をつけた。

さほど親密ではなく、しかも知りあってまだ二日目にしかならない人物が、おそらくは物盗りによって殺害されたというだけであった。だから仕事を続けようとすれば、続けることはできる筈だった。死体を見たのも初めてではない。ほんのちょっとぐれかけた少年時代、修羅場《しゅらば》にいたこともあるのだった。

しかしなぜか石坂を平静でいられなくする要素が、この事件にはあった。前奏のようにテーマを内包した不安の旋律がしばらく前から漂い続けていたような気がしてならなかった。一方では、それを考えさせるまいとする何かの力も感じてはいた。石坂は今、あきらかに考えまいとしていた。プロの作家としてデビュー以来十五年、書くことによってしか考えられない体質になりかかってもいた。

　電話が鳴った。

「石坂様。支配人でございますが」

「うん。どうしたの」

「お部屋からお出になりませんように」と、新谷氏は言った。「ドアに鍵をおかけください」

「ああ。そうしているよ」

「皆様そうなさっていることは存じておるのですが、杓子定規《しゃくしじょうぎ》な警察が、是非とも念を押しておけと主張いたしますので」

　石坂はくすくす笑った。「御苦労様」

「何かご用は。コーヒーでもお持ちいたしましょうか」

「いいよ。ありがとう。じゃ、犯人が潜伏している可能性があるわけだね」

「ないとはいえないそうで。一応、ご用心ください」

「わかった。用心するよ」

　まさかなあ。受話器を置き、石坂は思う。潜んでいたとしても、犯人が逃げ出せる機会は朝がた、いくらでもあった筈だ。正面玄関は早くから開かれていたであろうし、厨房の入口はコックたちの出勤によってもっと早く開かれたであろうし、早朝の光の中、階段をおりていった石坂の前にロビーの方から逆光であらわれた美しい早苗さんは、きっとロビーの隅の、あの海岸へのドアを開けて戻ってきたに違いないのだった。窓だって、内側からならどこの窓でも開けられる筈だ。

　むしろ考えるべきは犯人の侵入方法であろう。石坂が見た時、長島氏のベッドからはまだ鮮血が一滴、二滴と床へしたたり落ちていた。それがたとえ、いったんマットレスの吸い込んだ血であったとしても、そもそも血などというものは凝固しやすいものではなかったか。してみれば長島氏の殺害は宵《よい》の口なんかであるわけはない。厳重に戸締りされ、ホテル全体が巨大な密室となってからの犯行だろう。とすれば、一時以後。二時以後。三時以後。明け方に近い熟睡時であればあるほど犯人にとっては安全だ。そうした時間、外部からの侵入が不可能であったとすれば、たとえば滞在客がそれぞれの部屋に戻ってひと気の少なくなった宵の口、昨夜でいえば九時頃だが、どこかから侵入してきて椅子のうしろ、部屋の隅、テーブルの下などのいずれかに身を潜めていたと考えることができる。

　なあんだ。そんなことはすべて警察が調べて結論を出すべきことではないか。馬鹿ばかしい。何もおれがけんめいになって考えることではないのだ。なんでこんなことを考え始めたのだろう。石坂は苦笑した。

　眠ってしまっていたらしい。サイド・テーブルの電話が鳴ったので石坂は吃驚《びっくり》した。

「もしもし。石坂様」新谷氏だった。

「なんだい」時計を見ると早くも十時半だった。

「県警から、宮田という警部さんがお見えになっておられます。今、各お部屋を個別に訪問なさっておられるのですが、いずれそちらにも行かれますので、ひとつご協力をお願いいたします」

「わかった」

「お客様にこのような不愉快なことをお願いいたしますのは、ホテルの支配人といたしましてはまことに心苦しいのですが」

「しかたないじゃないか。そんなに気にしなくていいよ」

「ありがとうございます」

「コーヒーをくれないか」

「かしこまりました」

　顔を洗ったり届いていた朝刊を読んだりするうち、若柳がコーヒーを運んできた。

「警部は今、誰の部屋にいるの」

「二号室から順におまわりになるそうで、今はまだ竹内様のお部屋でございます」

「検死だの鑑識だのはもう、終ったの」

「さきほど終ったようです」

「たいへんな騒ぎだったんだろうな」

「大騒ぎでございました」

若柳が去り、石坂は窓際で海岸を見おろしながらコーヒーを飲んだ。今朝は泳げなかったなあと思いながら。それから長島氏のことを考えた。不幸な人だ、と、思った。しかし今の今まで、彼を悼み、悔む気持がまったく起らなかったことに気がついた。存在感の稀薄《きはく》な人物だったわけではなく、どちらかといえばたいそう魅力的な人物だったではないか。しかし、あとあとまで心に残る、といった人ではなかった。一種の軽さや、にせものめいた俗物性によるものかもしれなかった。

一時間ほど経過し、どうやらひとりひとりの事情聴取にながい時間を費やしているらしいことが想像され、いささか気が萎《な》えかけた時、ドアが強くノックされた。ひとを脅《おび》えさせるような強いノックはホテルの者のそれではあり得ない。

「はい」

「県警察の宮田と申します」

ドアを開けると、男がふたり立っていた。ふたりとも私服で、宮田警部と思える人物は石坂より少し歳上《としうえ》と思え、体格がよかった。室内に入ると、石坂と同年配の長身の男を宮田警部が紹介した。

「これは所轄署の西といいます。刑事です」

「お仕事中、お邪魔します」西刑事は机の上の原稿用紙を見てそう言った。

「どうぞお掛けください」

宮田警部は石坂と向かいあって三点セットに掛け、西刑事は石坂が執筆用に使っている高い椅子に掛けた。

「いやあ石坂先生。せっかくこんなところまでおいでいただいていながら、とんでもないことになって、なんと申しあげていいか」丸顔の宮田警部が愛想のいい笑顔を見せた。刑事特有の底意を秘めた笑顔ではなく、心からの笑顔だった。

西刑事は笑わなかったが、それでも手帳を出しながらお愛想だけは忘れなかった。「有名な方ですから、お伺いするまでもないと思うのですが、一応形だけ」

「それはもう、お仕事ですから」

「簡単にしなさい」と、宮田警部が言った。

「はい。だいたいのことはすでに、宿帳でわかっておりますので」と、西刑事は言った。「この石坂先生のお名前は、ペンネームではないんですね」

「ええ。実名です」

「ご住所、電話番号、いずれも宿帳の通りですか」

「そうです」

「こちらへは車で」

「いや。電車です。車には乗りません」

「はあはあ。で、一昨日お着きになって、滞在はいつまで」

「十四、五日と思って来たのですが」

「こんな事件があったために、早くお帰りになりますか」宮田警部は非常に悲しそうな表情になって、ゆっくりと頷《うなず》いた。「わたしは県警に勤めておりますが、実はこの産浜《うぶはま》の者でしてね。いやあ先生。こんな事件はまったくもう、産浜じゃ何十年もなかったことですわ。それがまあ、よりにもよって石坂さんのご滞在中に」口惜《くや》しげに彼は言った。

「いやいや。まだ帰ると決めたわけではありません」と、石坂は言った。

「ところで、昨夜のことですがね」宮田警部は身を乗り出した。「何時にお寝《やす》みになりました」

「十一時半ごろでした」

「ドアも窓も、すべて閉めて」

「ええ。ドアにはもちろん、鍵をかけて」

「ちょっと失礼」西刑事が立って、窓の掛け金を点検した。「ええ。かかっていますね」

「各客室とも、窓からの侵入はどうせ不可能なんですよ」と、宮田警部は説明した。「地面まで足がかりは何もありません。その下は断崖《だんがい》ですしね。建物から断崖までは平均して一メートル。よくまあこんなこわいものを建てたもんですわ」

「断崖から突き出た建物だってありますからね」と、石坂が言った。「泊る気はしませんが」

「そうでしょうな。まったく恐ろしい。で、昨夜は朝までぐっすりお寝みでしたか」

「ええ。全然、まったく、何も気づかずに朝まで」

「はあはあ。皆さんそうなんですよなあ」宮田警部はちょっとがっかりしたようだった。「で、今朝は何時に」

「今朝はいつもより早く眼が醒めて、六時過ぎでした」

宮田警部と西刑事がちょっと緊張した。

「石坂先生。実は長島氏が殺されたのは五時から六時と推定されておるんですが、その時間、何かお気づきになりませんでしたか」

「いいえ。何も。それからシャワーを浴びたり服を着たりして、ダイニング・ルームへおりていったのが、六時二十分といったところでしょう」

「はあ。そうですか」

ふたりの警察官の落胆ぶりが石坂には面白く、しかしもちろん笑ったりはできない。

「その時刻、当然もう明るかった筈ですが」西刑事が訊《たず》ねた。「廊下は一号室の前まで見通せましたか」

「そりゃあまあ見通せたと思いますがねえ」石坂はそう答えるしかなかった。「はっきり見たかどうかは憶えていませんが、しかし、人がいたり、いずれかのドアが開いていたりすれば、これは当然わかった筈です」

「そうでしょうなあ」宮田警部は頷いて言った。「階段、一階のホール、正面玄関、すべて異状はなかったわけですか」

「ええ。第一にその頃には、すでに一階には早苗さんが、つまりその、支配人の奥さんがいたわけですからね」

「で、ダイニング・ルームで朝食をなさったと。その時にも、お気づきになったことは何もなかった」

「何もなかったなあ」思い出すのはただ、早苗さんの手が顫《ふる》えていたことだけだ。

「部屋へ戻られてからのことをお話し願えますか」西刑事が言った。

「戻ったのは七時前ですな。部屋でぼんやりしていると、食器類をとり落す音が遠くで聞こえました。朝食を長島氏の部屋へ七時に運ぶんだということはダイニング・ルームで早苗さんから聞かされて知っていましたから、ああ、早苗さん、粗相をしたなと思っていると、すぐ彼女がやってきて」そこまで話してから、石坂は自分の話に自分で不自然さを感じ、首を傾《かし》げた。「あれえっ。おかしいな。彼女はなんで隣りの二号室や、松本君のいる三号室へ行かないで、わざわざ遠くのぼくの部屋まで来たんだろう」

「ええと、それは」西刑事が手帳を繰った。「彼女の話だと、まず、警察へ電話するために一階へ降りようとして、階段まで来たそうです。そこで、足がひどく顫えていて、降りようとすれば転倒するかもしれないと思ったんだと言っています。そこでこの部屋へ」

「と、いうのはまあ、彼女の話でありましてね」宮田警部がにやにやした。「ほんとのところ、彼女としてはいちばん頼れそうなひとのところへ来たんじゃないですか。先生の顔を見てほっとして、失神してるんだから」

いささかの自惚《うぬぼ》れとともに石坂はその時、宮田警部に対して、さすがに鋭い、と評価したのだった。

「そんなことはまあ、どうでもいいわけでして」石坂はあわてて話を続けた。「彼女を寝かせといて一号室まで行くと、ドアが開いたままで、トイと、割れたガラスと、コートー茶碗などが散らばっていて、で、その手前から奥を覗き込むと、ベッドが見えて。なんか、こんな話し方、小学生みたいだな」石坂は笑った。

「こちらはその方が結構なんですよ。文学的に表現してくださるよりはね」宮田警部も笑いながら西刑事と顔を見あわせた。「実は石坂さんがいかにも文学者らしい、ことばに厳格なかたなのではないかと、こっちはむしろそれを恐れておりましたようなわけで。しかしなんですな、石坂さんは意外なほど、文学的表現をお使いになりませんな。こうした日常では」

「それは石坂さんには、ある考えがおありだからですよ」西刑事がにこりともせずに言った。

「エッセイ集にお書きです。あとでご説明します」

意外や意外。わが読者であったか。唖然として石坂は西刑事を見た。

「それは失礼」と、宮田警部が言う。

西刑事は手帳に顔を落したままだ。「で、死体の様子はその時、よくご覧になりましたか」

「横腹から血が出ているということは、よくわかりましたよ」と、石坂は言った。「傷口だか、浴衣《ゆかた》の裂け目だか、そんなものが見えました。凶器はなかった。そうそう。それから、ベッドから床へ、まだ血がしたたり落ちていました」

「ほう。それはどの程度」宮田警部が身を乗り出した。

「表現に困りますな」

「ぽた、ぽた、ぽたといった程度ですか」

「いやいや。そんな早さじゃない。ぽたっ……ぽたっ……ぽたっ、といった程度です」

「何ケ所から」と、西刑事が訊ねた。

「一ケ所からです」

「今のを、もう一度お願いします」

「ぽたっ……ぽたっ……ぽたっ」

「四秒に一滴ですな」

「非常に参考になります」宮田警部が一礼した。

「凶器はありましたか」と、石坂は訊ねた。

「まだ見つかりません」宮田警部が渋い顔をした。「今、傷口から凶器の種類を割り出しておりますがね」

「ドアに手を触れましたか」と、西刑事が訊ねる。

「触れていません。開いていましたし」

「壁にも」

「恐らく触れていないでしょう」

宮田警部と西刑事はまた顔を見あわせた。

頷きあい、警部が向きなおった。「あのう石坂先生。そういうことでしたら多分そんな必要はないと思うのですが、犯人の指紋を特定するために、もしかすると石坂さんの指紋が必要になってくるかもしれんのです。その際、指紋採取にご協力願えましょうかな」

「これはもう拒否できる立場じゃないでしょうな」石坂は言った。「現場に入っちまったんだから」

「ご理解いただきましてどうも」宮田警部はまた、丁寧に一礼した。

「で、犯人は」石坂は訊ねた。「やっぱり強盗なんでしょう」

「ええ。財布は見あたりませんでした」と、西刑事が答えた。

「やはり強盗でしょうなあ。怨恨《えんこん》、ということなら、被害者が近くに家を持っていることくらい犯人は知っていたでしょうから、何もわざわざホテルに泊っている時を狙《ねら》うことはない」

宮田警部はそう言って、なぜかじろりと石坂を見た。はじめて彼の、警察官らしい眼を見た、と、石坂は思った。

「石坂さん。お心あたりはありませんかな。こちらへ来られてから、いや、来られる途中でもいいのですが、それらしい者を。このホテルをうかがっているような者、この附近には似つかわしくない人間、不審なグループ」

「来るとき、別荘地の方の海岸に、車でやってきたらしい若者のグループを二、三見かけましたが」

「ああ。あの連中はたいてい、泳ぐとその日のうちに帰ってしまうんですよ」宮田警部は渋い顔をした。

「連中のことなら今、刑事たちが別荘地を聞き込みにまわっています」と、西刑事は言った。「彼らの、金に困っての衝動的な犯行かもしれませんからね。まあ、わたしにはとても彼らの犯行とは思えませんが」

「ははあ。やっぱりプロの仕業《しわざ》ですか」

頷いた石坂に、宮田警部がいたずらっぽい眼を向けた。「おやおや。どうしてそうお思いになります」

「廊下にもどこにも、血がまったく落ちていなかったでしょう」

「ええ。まあ、廊下に二、三滴」と、宮田警部。

「だったら犯人は、ほとんど返り血を浴びていないわけですよね」

「そうなんですがね」西刑事がちょっと困惑の表情を見せた。「殺しのプロかもしれないが、強盗のプロとはちょっと考えにくいんですな。鍵をかけ忘れた部屋めあてにホテルへ侵入するなど、プロなら考えられんことなんです。ま、余計なことですが」宮田警部を気にしてか、西刑事は口ごもった。

「そうか。最近のホテルの客は必ず部屋の鍵をかけますからね」

「被害者がどんな財布を持っていたか、ご存じありませんか」宮田警部がちょっと声をひそめた。

「それは知りません」

「持っていた現金の額、クレディット・カードの種類、キャッシュ・カードの銀行名、その辺のことは」

「知りません。知りません」石坂は退屈してきた。

「のちほど被害者の持ちものをロビーの方に並べますので、失《な》くなっているものはないか見ていただけますね」

「ああ、それなら」と、石坂は言った。「かなり、ご協力できると思いますよ」

「どうも、たいへんお邪魔してしまって」

意外にあっさりと、彼らは切りあげた。

「のちほどまた、何かお伺いしにくるかもしれませんが」立ちあがりながら、宮田警部がそう言った。

「ええ、ええ。いつでもどうぞ」石坂も立ちあがった。「ところで、まだ部屋から出てはいけないんですか」

「どうぞご自由に」そう言ってから警部はくすくす笑った。「ただしその、殺しは初体験という若手の警官どもがだいぶ入れこんでおりましてな。ひとつ彼らの神経を刺激する行動だけは控えてください。失礼があるといけませんので」

石坂も笑った。「わかりました。では館内に賊は潜んでいないということですね」

「おりません」と、西刑事は言った。「隈《くま》なく捜査しましたから、ご安心を」


ふたりが出ていってから石坂は、ポットに残っていたコーヒーを飲みながら海岸を眺めた。海にボートが出ていた。二艘《そう》に四人の警官が乗って何やら浚《さら》っていた。叫びあっていた。凶器を捜しているな、と石坂は思った。しかしこのホテルの二階の窓から、あんな遠くにまで抛《ほう》り投げることができるだろうか。しかも六時頃なら干潮で、あのあたりはまだ砂浜だった筈だ。砂浜に落ちるとわかっていながら、いかに満潮を期待してとはいえ、犯人が凶器を抛り投げたりするだろうか。

十二時半になり、空腹になりかけた頃、新谷氏が電話をかけてきた。「ご昼食はいかがなさいますか」

「食えるのかい」

「勿論《もちろん》でございます。皆様、お揃いでいらっしゃいます」

「では行こう」

ダイニング・ルームに下りると、滞在客の四人が全員朝のままの身装《みな》りで、やはり向かいあわせにすわっていた。松本の隣りが空席だった。石坂はその空席の向かい、美代子夫人の隣りに掛けた。みんながその空席を強く意識しているかに石坂には思えた。早苗さんの姿はなく、新谷氏と若柳が注文を聞いていた。座の話題は長島氏のことだった。

「じゃ、ご家族はおられないの」

「いいえ。和歌山市内に息子さんご夫婦がおられまして」と、新谷氏が言った。「午後、別荘の方に見えます」

「仲が悪いんだそうです。ぼくにこぼしてました」松本がそう言った。

「チーズと豚肉のブロシェットを貰おう」石坂は若柳に注文した。「それにスキャロールのサラダだ」

「かしこまりました」

小曾根氏が唸《うな》った。「不運なひとだなあ。いいひとだったのに」

「でもちょっと変わったかたでいらっしゃいましたわね」美代子夫人がそう言って、空席を見つめたまま石坂に囁《ささや》いた。「あの席、気になりませんこと。いやでございますわね」

「地もとの名士で、あのビルの社長だから、やっぱり大騒ぎなんだろうね」松本が新谷氏に訊ねた。

「はい。今夜は別荘の方でお通夜ということになりそうです。そうなりますとわたくしもお手伝いに伺わねばなりません」

「大変だなあ」石坂はひとりごとながら悲鳴をあげた。「いまのうちに寝といた方がいいよ新谷さん」

「ほんと。そうなさった方が」と、竹内史子も心配そうに言った。

「ありがとうございますが、そういうわけにもまいりませんので」

肩からカメラを提げた中年の男が無遠慮にダイニング・ルームへ入ってきて大声を張りあげた。

「すみません。お食事中お邪魔します。『和歌山新報』の者ですが、ちょっとお話を伺わせてください」

「無礼者」新谷氏が顔色を変えて怒鳴りつけた。「君、お客様のお食事中に、失礼じゃないか」男に近づくと強く胸を押してホールに押し戻した。「出て行きなさい」

「乱暴するな」

茫然《ぼうぜん》としていた若柳が、やっと気がついて加勢に駆け出した。新聞記者は騒ぎながら、ふたりに玄関の外まで連れ出されたようだった。それでも言い争う声はダイニング・ルームにまで聞こえてきた。

「なんで追い出すんだ。ここはホテルだろうが。入るのは自由だろうが」

「会員制のホテルなんだ。地もとの新聞が、そんなことも知らんのか」

「こっちは取材だ。取材だ。しかたないだろう。有名人が来てるんだろうが」

「お客様に失礼だろうが。大声を出すな」

「こんなホテル、閉鎖に追い込んでやる」

食卓の一同がくすくす笑い出した。

「支配人の声の方がよっぽど大きい」

「やっぱり地もととしては、大変な事件なんでしょうなあ」

「さっきまで警官でいっぱいでしたのに」竹内史子が言った。「こういう時にはひとりもいませんのね。来る時はキーストン・コップスみたいにいっぱい来たのに」

「お昼の休憩時間なんでしょう」

「シェスタかもしれませんわね」

美代子夫人が言ったので全員が笑った。

「まさか」

「でも、南国ですからね」

「差別的言辞ですぞ」

新谷氏が戻ってきたのでブラック・ユーモアが不謹慎な場であることに気づき、一同は静かになった。

「たいへん失礼をいたしました。ただいま若柳に玄関を閉めさせております。もう、このようなことはないようにいたしますので」

「たいへんな迫力でしたこと」

「お恥かしい次第で」新谷氏は逃げるように厨房へ消えた。

「あの宮田とおっしゃる警部さんは、なかなかのお人柄でいらっしゃいますわね」

「そうですね」松本が美代子夫人のことばに頷いた。「もののわかったひとです」

「でも、西という刑事さんは、ちょっとおっかのうございますわね」

「なかなかの切れ者のようだね」妻に同意してから小曾根氏は全員を見渡した。「あれはしっかりした男ですな。宮田警部はいささか頼りない」

「いやいや。どうしてどうして。あのひとはなかなかの食わせ者ですよ」石坂は言った。

「ほう。そうですかな」

「わたくしもそうだと思います」竹内史子が言った。「相手を観察するために、油断させてらっしゃるのですわ」

「この産浜にお住まいなんですってね。住宅地にお宅がおありなんですって」

「最初、産浜署にいて、出世して県警へ行ったんでしょうね」と、松本が推測した。

「たいへん産浜を愛してらっしゃるのね。こんな事件が起ったことを悲しんでらっしゃいましたわ」

若柳が戻ってきた。

「君も事情聴取されたのかい」と、石坂は訊ねた。

「はい。一応刑事さんから。でも、出勤した時は事件のだいぶあとでしたので」彼も厨房に去った。

「早苗さんの姿が見えませんね」気になっていることを、石坂は口にした。

「事情聴取のあと、少し気分が悪くなったんですって」と、竹内史子が教えてくれる。

「少し気を楽になさっていればいいのに」美代子夫人が言う。「ずっと気を張りつめていらっしゃるでしょ。あれではおからだが持ちませんわよ」

加藤コック長、新谷氏、若柳が料理を運んできた。殺人があったあとだけに、コック長の料理にはしゃぐ者はいず、加藤コック長とてふだんから能書きは少なめであって、ことさら説明はしない。

小曾根氏が訊ねた。「結局、賊の侵入経路はわからずじまいかね」

「左様でございます」新谷氏が答えた。「なにひとつ痕跡《こんせき》を残しておりませんので」

「昼間から侵入していたとするね」と、石坂は言った。「隠れる場所としては、どんなところがあるの」

「それが、そんなに多くはございません」

「地下室があるだろう」と、松本が言った。

「はい。正面階段の裏が降り口でございますが、ワイン蔵と機械室があるだけでございまして。しかもワイン蔵の方は、皆様もご存じの通り、戸締りをいたしましたのち、ディナーの際にわたくしがワインを取りに行っております。機械室もわたくしが就寝前に行っております」

「隠れる場所はないのかい」

「どちらもそのような大きな部屋ではございませんので」

「厨房はどうかね」小曾根氏が言った。「広いんじゃろ」

加藤コック長は笑った。「あと片づけをしてから三人で隅ずみまで点検しますので、鼠《ねずみ》一匹見逃しません」

「その悪漢は」美代子夫人が言った。「鼠のように、このテーブルの下、ロビーのソファのうしろ、そこのバーのカウンターの中という具合に、ひとのいないところを転々としたのじゃございませんかしら」

一同が笑う。

「あと、二階のプライベート・ルーム、玄関横の支配人室、物置きが二、三室ございますが、いずれも夜は鍵をかけます」

「わたくしはやはり、夜間、外部から侵入したのだと思います」竹内史子がきっぱりと言った。

「戸締り以前に侵入した賊が、そんな朝がたまで犯行を待つ理由がありませんもの」

「そうですね」松本が言った。「いくら朝がたの方が人間は熟睡するからといったって、五時ではそろそろ明るくなってくるわけですし」

「通常、ホテルのひとがそろそろ起きてくる時間でもある」と、小曾根氏も言った。

「では、その悪漢は、夜、いったいどこから入ったのですか」

「それは奥様」と、新谷氏が言った。「わたくしどもが教えていただきとうございます。夜間、このホテルには、外から入れないのでございます」

「この一階の間取りは、われわれにはわからない部分が多いのだが」と、石坂は言った。「このダイニング・ルームの裏はどうなっているの」

「さきほど警察が平面図を作っておりましたが」と、新谷氏が言った。「ことばだけで充分ご説明できます。ご覧のようにこのダイニング・ルームは、ホールに向かって開かれております面を除き、三方を壁で囲まれております。この東側の壁の向こうは支配人室、つまりわたくしの事務室で、入口は玄関を入った右手、窓は駐車場に面しております。これは皆様よくご承知と思います。北側の面、つまりそのスタンド・バーの壁の裏側は、わたくしどもの私室になっております」

「えっ」

「まあ、そうでしたの」

「非常に便利に出来ておりまして」新谷氏はにやにやした。「私室から直接支配人室へ行くこともできますし、秘密の抜け穴をくぐってそのバーのカウンター内に出ることもできます」

「ほんとの入口はどこなのですか」

「厨房の中でございます。北向きの厨房の入口から入りまして、すぐ左側にございます」

「窓は、それじゃ、北向きだね」

「左様でございます。夜は、支配人室の窓はもちろんのこと、私室の窓もきちんと閉めております。家庭内のことで恐縮ですが、妻など、夏は窓を開けて寝たがるのでございますが、わたくし、頑として一度も許したことはございません」

「やはり潮風で、ねとねとになるからなんだろうね」

「いえ。北向きで、海に面してはおりませんから、潮風はさほどでもございません。これはあくまで防犯上の措置でございます」

「加藤コック長の部屋は、すると、どこにあるのかね」と、小曾根氏が訊ねた。「シーズン中はここへ泊り込みと聞いておるのだが」

「この向こうでして」立っていた加藤コック長がうしろの壁をこつこつ叩いた。「二階の三号室、松本様のお泊りのお部屋の真下になりますな」

「厨房の入口から入って、いちばん奥にあたります。窓は西向きでございます」と、新谷氏が補足した。

「窓の下は断崖でして」と、コック長は笑いながら言った。「まさかくるやつもおりますまいが、どうせ窓は閉めて寝ておりますし、こじあけようとする者がいればわたくしが海へ突き落しますので」

「ロビーの隅にもプライベート・ルームのドアがありますわね」竹内史子が言った。「階段の下のお部屋」

「宿直室でございまして」新谷氏が頷いた。「昨夜は誰も泊っておりません。もちろんドアにも窓にも鍵を」

「密室かあ」石坂が嘆息した。「人間が九人も中にいて、密室というのはおかしいが」

「いえ。やはり密室でございましょう。悪漢はその九人以外なのですから」

「これが推理小説なら、当然犯人はこの中にいるということになりますな」

全員が小曾根氏のことばにぎくりとし、新谷氏はのけぞった。

「滅相もございません」

「まああなた。なんという不謹慎な」

「何を言う。お前が先に言ったんだぞ」

「あらま。わたくしが何を申しまして」

「まあ、まあ、まあ、まあ」

松本と石坂が笑いながら夫妻を宥《なだ》めた。

「ぼくが最初に『密室』などと言ったのがいけなかった」

「心配なのは」と、竹内史子が言った。「賊がまた侵入しないかということですわ。まさかそんなことはないと思うのですが」

「味を占めて、ですか」松本が言った。「それは、侵入してくるとしても警察の警戒が解かれてからでしょう」

「竹内さん。何でしたらぼくの部屋をお使いになりませんか」石坂が提案した。「ぼくは殺人現場の隣りでも平気ですから」

「ありがとうございます。でも、襲われる可能性はどの部屋も同じですから」

「うん。それはまあ、そうですが」石坂は竹内史子の理性にちょっと感激した。

「要するに、鍵さえかけておけば、どこであろうと大丈夫なんですよ」

一座を気楽にさせるため松本はわざと楽天的な声でそう言ったのであろうが、と、石坂は思った。実はそれほど安心してもいられないのではないか。なんといっても『巨大な密室』たるこのホテルへ忍びこんだ賊なのだ。個室にだって簡単に入ってくるかもしれないではないか。

全員が同じ不安に駆られたらしく、急に沈黙が訪れた。食事をしている時でなければさらに気まずくなったに違いなかった。

「申しわけありません」突然、切実な声で新谷氏が謝ったため、一同は少し驚いた。「皆様がこのように不安な思いをなさるのも、すべてこのわたくしの」

「何をおっしゃるの」

「君が何もそんな」

「信頼しておりますわ」

「不可抗力なんだから」

全員がいっせいに支配人を宥める。

「しかし長島氏はそもそも、強盗が味を占めるほどの多額の現金を持っておったのでしょうかな」小曾根氏がいそいで話題を変えた。「わたしはどうも疑問に思いますがね」

「ええ、たいていのかたはクレディット・カードですからね。最近は」石坂は新谷氏を振り返った。「長島氏も当然そうだったんだろう」

「左様でございます」ほっとしたように新谷氏は答えた。「UCのクレディット・カードをお使いでございました」

全員の食事が終った。

「皆様。フルーツかデザートは」

一同がフルーツを注文し、石坂もバナナのフラッペを注文した。

「じゃ、犯人はお金めあてではなかったのでしょうか」竹内史子が言った。

「しかし宮田警部は、怨恨の線は考えられないと言っていましたよ」松本が言った。

「わたしどもにも、そうおっしゃいました」

警官たちが数人、西刑事を先頭にして海岸に出るロビーの入口から入ってきた。西刑事は警官二人とともに階段をあがっていった。新谷氏は若柳に命じ、普段は開けたままの、ホールとの境のアコーデオン・ドアを閉めさせた。

「シエスタが終ったようですな」

「午後も捜査で、ごたごたするのでしょうかね」

「お気兼ねはなさいませんように」新谷氏が決意とともに言った。「ご自由になさってください。彼らに無礼はさせませんので」

そんなに突っ張っていいのだろうか、と、石坂は思った。地もとの警察と喧嘩《けんか》したのでは、営業上に差し障りが出はすまいか。

ホール、階段、ロビーが騒がしくなった。

「何してるんだ。これ、運ばんか」

「そのテーブルを、こっちへ持ってこい」

新谷氏の顔がけわしくなり、警官たちを怒鳴りつけんばかりの勢いでホールへ出ていこうとしたため、小曾根氏はあわてて立ちあがり、彼を制止した。

「行かんでよい行かんでよい。わしらが部屋に戻ろう。フルーツはあとで、部屋に運んでくれたらいい」

「そうですわ。お部屋にまいりましょう皆さま」

美代子夫人が立ちあがった。

「そうですな」

全員が立ちあがった。

「まことに中しわけありません。フルーツはすぐに運ばせますので」

「ぼくには、コーヒーも頼むよ」

「ああ。それ、ぼくもだ」

「かしこまりました。かしこまりました」

ホールに出ると、ロビーのテーブルを警官たちが並べ替えていた。

階段の途中で竹内史子が石坂と松本に言った。

「お昼からは、海岸に出てもいいのでしょうか」

「いいんじゃないかと思いますが」と、松本が言った。「せっかく泳ぎに来たんだから」

「でも、海を浚えてましたわ」

「ああ、やってましたね。凶器を捜してたんでしょう」と、石坂は言った。

部屋に戻ると掃除ができていた。仕事をはじめ、一枚書き、若柳が運んできたバナナのフラッペを食べ、コーヒーを飲みながらさらに二枚書いた。殺人があり、昨夜喋《しゃべ》りあっていた人物が殺されたというのに仕事は案外はかどった。海を見るとボートは出ていなかった。海水パンツを穿き、麻のシャツを羽織って一階へおりた。ロビーの片隅のテーブルには長島氏のものだったらしい衣類や雑貨が置かれ、若い警官がひとりで番をしていた。

石坂が海岸へのガラス・ドアを押しあけて出ようとすると、じっと見つめていた警官が顔色を変えて駈け寄ってきた。「どこへ行かれますか」

「海岸だが」

「出ないでください。部屋にいてください」

「自由にしていいと言われてるんだが」

「いや。出ないでください」

「どうしてだい」

「捜査活動をやっていますから」

「でも、誰もいなかったぜ」

「あらあ。出てはいけませんの」背後で声がした。竹内史子だった。彼女は別の、裸以上に裸に見える純白のワンピースの水着を着ていた。

警官はたちまち真っ赤になった。赤くなっていることを自分で悟り、それを隠そうとして俯《うつむ》いた。何やら口の中で呟《つぶや》いてから彼は言った。「しかたありませんな。じゃ、気をつけてください」

警官は石坂たちのためにガラス・ドアを押し開けてくれた。

「ありがとう」

崖の階段を石坂のうしろからおりながら、竹内史子がくすくす笑って言った。「ねえ石坂さん。これがフェリーニだったら、ホテルの宿泊客みんな、珍奇な衣装に着飾って、あされている警官の前を、酔っぱらって出てきたんじゃないかしら」

「歌ったり、サンバを踊ったりしながらね」石坂も笑って言った。「そして海岸に出るんだ」

「ええ。そう。そう」

笑いながらふたりは浜に出て、並んで泳ぎはじめた。

「ここは午後になっても、水が汚れないからいいわね」

沖に向かってしばらく泳ぐと竹内史子は浜へ引き返した。石坂はさらに沖へ出て、自分に課している距離の片道を泳いだと思えるところから引き返した。浜へあがるとやっぱりくたくただった。崖の蔭に腰をおろしている竹内史子の傍まできてぶっ倒れ、しばらく荒い呼吸を続けた。

「石坂さん」何か考えていた竹内史子が言った。「あの長島ってひと、相当のワルじゃなかったの」

「ああ。そうだよ。だいぶ人から恨まれてたと思うね」石坂は寝返りをうって腹ばいになり、竹内史子の顔を見あげた。「君に何か変なこと、するとか言うとか、したのかい」

「わたくしには何も」

「そうだろうな。そこまで身の程知らずじゃあるまい」

「でも、早苗さんはあのひとを避けてたみたい」

「嫌っていたなあ。なのに、小曾根氏は彼のこと、どうしてあんなに褒めるんだろう」

「小曾根さん、昨日あのひとの別荘へ行ったわね」

「うん。行ってから、様子がおかしい」

「別荘に何かあるんだと思うわ」

「きっと何か悪い評判がある筈だ。今夜の地もとの新聞になんて出るか、楽しみだな」

「わたくし、やっぱり怨恨……」

「おうい」松本がやってきた。

ちくしょう。やっぱり来やがったか。石坂は腹の中で舌打ちした。

「わたくしあのひと、ちょっとかなわないな」そう呟いてから竹内史子は大きく手を振った。

「ハーイ」

海水パンツを穿いていながら泳ぐ気はまったくないらしく、松本はふたりの前へ来ると海を背にして砂の上に尻を据えた。「早苗さんに逢いましたよ。ほんの少し元気になってたようです」

「ショックが大きかったんでしょうね。もっとお休みになっていればよろしいのに」

「でも彼女、事件の前から、変でしたよ」松本はそう言った。

「事件を予感していた、っていうのかい」

石坂がそう訊ねると、松本は反射的に大きくかぶりを振り、しばらくしてから頷いた。

「実は、そんな気もする。昨夜から変だったな。ものを落したり」

「昨日の朝からだよ」石坂は言った。「午前中に和歌山の市内まで行ってきたらしいが、行く前からそわそわしていた」

「早苗さんがおかしくなったのは」と、竹内史子が言った。「一昨夜からです」

「ああ」石坂は思い出した。「あの、真っ白のサマー・ニットであらわれた時からだ。沈んでいた」

「たいへん美しく見えましたわ。あれは、内心の苦悩のようなもののせいであんなに美しく見えたんじゃなかったでしょうか」

「おやおや。あなたがそんなことを言っていいんですか」松本がからむような言いかたをした。

「それは、耐えている女性は美しいという封建的ロマンにも通じますよ」

「まあ。いちいちフェミニストとしての統一性を要求されますのね」

あたりが暗くなってきた。

「風が出てきたようですね」竹内史子が立ちあがった。「わたくし、雨にならないうちに、もうひと泳ぎしてきます」

「彼女は絶対に純正のフェミニズムじゃないね」波打ち際へ駈けていく竹内史子を見送りながら松本は言った。「フェミニストがあんな水着だの、ピンクのタンクトップなんてものを着たりするかい」

石坂は苦笑した。「見ろ。そういうふうに君がからむものだから、彼女、逃げちまったじゃないか」

「あれっ。彼女、逃げたのかい」

「そうさ」

「おれ、からんだかね」

「だって、からんだだろうが」

「そうかなあ」松本はたちまちしょげかえった。「そんなつもりは、おれ、ちっとも」

ぶつぶつ言い続ける松本を残し、石坂は笑いながら立ちあがった。「降ってきそうだから、おれは部屋に戻るよ」

「じゃあ、おれ、泳いでくる」松本は急に勢いづき、竹内史子を追って駈け出した。

石坂がロビーまで戻ると、一時姿を消していた宮田警部がまた来ていて、西刑事たち地もとの警官とともに長島氏の遺品を整理していた。

石坂は部屋に戻ってシャワーを浴びた。裸のままで煙草をくわえ、窓ぎわに寄って海岸を見おろした。松本も竹内史子もすでにいなかった。竹内史子が松本を嫌い、すぐホテルに戻ったのだろう、と、石坂は思った。

電話が鳴った。新谷氏からだった。「石坂様。実は警部さんが、皆様と今夜の夕食をご一緒したいと申されておるのですが」

「ほう」

「いかがいたしましょう。もしご一緒できるのなら、今夜は警部さんが皆様をご招待するとおっしゃっておられます」

「それはそれは」

「小曾根様にお伺いしましたところ、ご夫妻とも、まあいいだろうとのことでございますが」

「ほかの人たちは」

「まだお伺いしておりません」

「ほかの人がいいなら、ぼくもいいよ」

「わかりました」

「夕食、何時からだい」

「六時半、でいかがでございましょう」

「結構」

「その前に警部さんが、皆様に長島様の遺品を見ていただきたいので、ロビーへお集り願いたいとのことでございます」

「じゃ、そろそろ行かなきゃな」

届いていた洗濯したてのシャツを着、一昨夜と同じ身装りをしてから、ふと思いついて石坂は自宅に電話をした。夕刊で事件のことを知り、家族が心配してはいまいかという配慮からだったが、妻はまだ夕刊を読んでいなかった。

　石坂がロビーにおりると、すでに滞在客、ホテルの従業員のほぼ全員が揃っていて、宮田警部と西刑事の立ちあいのもと、テーブルいっぱいに拡げられた衣類や雑貨を眺めていた。偶然なのか、石坂も含めて客はみな一昨夜と同じ身装りだったが、早苗さんだけはレオナールのワンピースを着ていた。

「いかがですか皆さん」と、宮田警部が一同に訊ねた。「財布以外になくなっているものはありませんか」

「長島氏は、財布だけしか持っていませんでしたかね」小曾根氏が言った。「わたしなどは別に、カード入れも持っておりますが」

「いつも財布に入れてお持ちでした」新谷氏が言った。

　西刑事が生《き》まじめに横から言った。「それはもう、キャッシュ・カードは紀州銀行、クレディット・カードはUCと判明しております。どちらも本店に連絡済みです」

「石坂先生。いかがですか。何かお気づきになったことは」

「ええと。彼はたしかイスタンテのスニーカーなどという恰好のいいものを素足の上に履いていたんですが、ここにはありませんね」

「さすがに、たいした注意力だ」宮田警部が大《おお》袈裟《げさ》にのけぞって見せた。「実はあれは、ベッドの下に脱いであったために、垂れてきた血を含んでおります。お目障りですからここへは出しませんでした」

「おう」美代子夫人が顔をしかめた。

「ほかのかた、いかがですか」宮田警部が一同を見まわした。

「手帳がありません」突然、竹内史子がそう言った。

「何ですかそれは」

三人の若い警官も含め、警察官たち全員が色をなした。

「どんな手帳ですか」

「赤革の手帳です。偶然ですが、石坂さんがまったく同じものをお持ちです」

「今、お持ちですか」西刑事が石坂に向きなおった。

「はあ」石坂は驚きながらズボンの尻ポケットから、尻の形に丸く歪《ゆが》んだ手帳を出した。

「これと同じものを、長島氏が持っていたんですね」西刑事が石坂から受けとった手帳を竹内史子に示した。

「表紙がその色の赤い革で、銀色の数字の印刷された製品がほかになければですが」

表紙の銀色の数字というのは今年の西暦年である。

「長島氏が持っていたことを、どうしてご存じなんです」

「その手帳を見ながら、ホールで電話をかけていらっしゃるところを、わたくし、二、三度見ておりますの」

「これは市販されている手帳ですか」勢い込んで西刑事が石坂に訊ねた。

「そ、そうですよ」

「これを長島氏に貸しておられたとか、そういうことはありませんね」

「はあはあ。勿論《もちろん》です」

「これはどこでお求めになったものですか」

「神戸元町の『丸善』です。毎年、そこで買います。だけど、ほかでも売っているのを見かけますよ。どこにでもあるんじゃないですか」

喋りながら石坂は、昨夜この手帳を見たときの早苗さんの驚きかたを思い出し、彼女の様子をうかがった。早苗さんは今にも倒れそうな顔色をしていた。松本と小曾根氏が気づいてそっと彼女の背後に歩み寄っていた。

「同じものを手にいれます。この手帳、しばらくお借りできますか」

「君、そんな失礼な」宮田警部があわてて西刑事の勇み足をたしなめた。「それは石坂先生のプライベートな」

「あ。失礼」西刑事もすぐに気づいて石坂に詫《わ》びた。「ついその」

「いいですよ。明日くらいまでなら」

「いや。いいんです。いいんです。おい。写真だ」

西刑事の命令で警官のひとりが玄関から駐車場へとカメラをとりに走る。

「ええと。この手帳が便利なのはですね」石坂は遠慮する西刑事にわざと手帳のページを繰って見せた。「半分が予定表、半分が住所録になっています。住所録の部分はほら、差し替えがききます。だから毎年、いちいち書き写さなくてもすむわけで。あ。ここにメーカーの社名が出ていますよ」

説明しながら石坂は眼の隅で、ホテルの従業員が一団となってホールの方へ去って行く姿をとらえた。早苗さんの足どりがしっかりしているようなので、石坂はほっとした。

第六章　第二の被害者

「長島様の別荘で行われます通夜のお手伝いに、これから行ってまいらねばなりません」ダイニング・ルームの食卓を囲んだ五人の客に、喪服を着た新谷氏がことわった。「申しわけありませんが、今夜は皆様のお世話をさせていただくことができません」

「わたくしたちを代表して行ってくださるんですもの、ちっとも気になさることはありませんのよ」と、美代子夫人が言った。

「われわれは、ま、それほどのおつきあいでもなかったし」小曾根氏が咳《せき》ばらいをしてそう言った。「遠慮させてもらいましょう」

「お疲れの出ませんようにね」竹内史子は同情をこめて新谷氏に言った。

「ありがとうございます。お世話はすべてこれらの者にさせますので、何でもお申しつけください。それでは失礼いたします」新谷氏が厨房に去った。

早苗さんも夫についていていったん厨房に去ったため、若柳がひとり残って客の食前酒の世話をする。

「と、いうことは、もう遺体は返されたのでしょうか」松本が言った。

「死因ははっきりしとるのですから、司法解剖も簡単に終ったのではないでしょうかな」と、小曾根氏は言った。

全員がしばらく沈黙した。若柳がいるので誰も何も言わないが、五人とも早苗さんのことを気にやんでいることはあきらかだった。早苗さんが何らかの形で事件に関係していることはもはや確かなように石坂には思われたし、みんながそう思っているであろうことも充分推測できた。ただ、早苗さんが、彼女にとってどの程度不利なかたちで関係しているのかがわからなかった。殺人に直接関係があるのかどうか、長島氏と彼女の関係はどのようなものなのか、ただ単に、滞在客たちの知らない誰かを庇《かば》おうとしているだけなのか、そうしたことがまったくわからないのだった。

とりわけ気にやんでいるのは、手帳の紛失を指摘した竹内史子だった。一同が遺品を見終ってぞろぞろとダイニング・ルームへ移動する途中、彼女は石坂に近づいてきてそっと囁《ささや》いたのだ。「わたくし悪いこと言ってしまったわ」

「警部さん、遅うございますわね」沈黙に耐えかねて、美代子夫人が言った。

「そうだねえ」

やはり何やら異常な雰囲気を感じていたらしい若柳が、ややほっとしたように努めて明るく言った。「さっきロビーのあと片づけが終ったようです。もう間もなくお見えになるでしょう」

食事中、早苗さんのいる場で宮田警部が手帳を話題にしなければいいのだが、と、石坂は思った。早苗さんが関係していると前もってわかっていれば、誰だって警部との会食など、ことわった筈であった。早苗さんが事件にどう関係しているのか、そのいきさつも知らぬままに早苗さんの不審な態度を警部に話そうとするような者など、勿論《もちろん》いない筈だった。みんなが早苗さんの身を案じ、しかもそうしたことを軽軽しく口に出せないこれからの会食を気づまりに感じ、鬱陶《うっとう》しく思っていた。

「やあ、お待たせいたしまして」宮田警部が恰幅《かっぷく》のいいからだでダイニング・ルームへにこやかに登場した。堂堂としていて、こうした席のホストにふさわしい風格であった。

厨房からは早苗さんも登場した。客たち全員の緊張が石坂に胸苦しく伝わってきた。

「いやもう今宵《こよい》は、このような名士の皆様がたと同席させていただいて、地方の警察の一警部としてはですな、これはもうまことに光栄なことで」磊落《らいらく》なのは宮田警部だけだ。

「今夜はお招きいただき、ありがとうございます」美代子夫人が一同を代表してそう言った。

「まあまあ皆さん。どうぞお楽に」宮田警部はただちに座の堅苦しい雰囲気を感じ取り、いそいで言った。「などと言っても、実はいちばん緊張しておりますのがこのわたくしでして」笑った。「こういう席は慣れておりませんのでね」

「まあ。そんなことをおっしゃって」美代子夫人がすぐ切り返した。「わたくしどもにいたしましても、警察の、それも警部さんとお食事するなどというのは初めてのことでございますわ。ずいぶん緊張しておりますのよ」

「それは困ります」いささかおどけて警部は言った。「たしかに、このような事件が起らない限りこうした機会が持てないというのはまことに不幸なことですが、今夜はこの、皆様がたにご迷惑をおかけしたお詫《わ》びのつもりですから、ひとつ存分に楽しんでいただきたい。いやもうまったく、心からそう願っておるわけでして」

「宮田様。食前酒は何を」早苗さんが無表情に宮田警部のうしろに立ち、訊《たず》ねた。

「シェリー酒をいただきましょう」

「かしこまりました」

「わたしはこの晩餐会《ばんさんかい》の意図が、今、宮田警部のおっしゃったような儀礼的なことだけであるとは、簡単に信じてしまう気になれんのですよ」小曾根氏がことばを選びながらも正直に言った。「なにしろ殺人事件の起った日であって、しかもそれはこのホテルで起ったことです。犯人もまだつかまってはおりませんな。とすると、わたしどもとしては、警部が別の意図のもとにこうして全員を集められたとしか考えられんのです」

「そうおっしゃってくださって、実は助かりました」宮田警部は自分の見え透いた計画を嘲笑《ちょうしょう》するかのように苦笑した。「なかばはお察しの通りです。わたくしどもの極めていやしい意図といたしましては、皆さんがたとの雑談の中から、ひょっこり事件の手がかりが見つからぬものでもないという期待が幾分かはございます」

「幾分かは、でございますか」笑いを含んで竹内史子が言った。

「左様。それを否定しますと、これは嘘《うそ》になります」宮田警部はきっぱりとそう言った。「ただ、これだけは信じていただきたいのですが、わたくしは地もとの人間として皆さんに、この産浜《うぶはま》から悪い印象を持ったままでお帰りいただきたくはない。むしろそれを願っておるのです。今夜のご招待の意図も、大部分はそこにあるのでございまして」真情は警部の眼にあらわれていた。

「ええ。ええ。警部さまがこの産浜を愛しておられるお気持、それはもうわたくしども、ようく存じておりますわ」美代子夫人は大きく頷《うなず》いた。

厨房から加藤コック長があらわれた。「皆様お揃いで」

ひとり死んだがね、と、石坂は心の中で呟《つぶや》いた。長島氏に対して次第に増大する悪感情が、ともすれば内心のブラック・ユーモア精神を触発する。

「今日は鯛《たい》のいいものが四尾も手に入りまして」あまり気乗りしない様子で加藤コック長が口上を始め、石坂は死者の出た日に運悪く鯛を出さねばならぬ彼の複雑な気分を想像して笑いをこらえた。「鯛づくしというのをやって見ました。最初は鯛をロティしたものです」

「こんな際だから、加藤コック長も能書きが少ないようですな」コック長が引っ込むと、小曾根氏がそう言った。

「こんな際とおっしゃいますがね、小曾根さん」いささか憂鬱《ゆううつ》そうに宮田警部は言った。「わたくしなどはその『こんな際』というのが日常なのでして」

「おお。そうでしたな。これは失礼」

コック長のあとから厨房に入った早苗さんと若柳が、オードブルを運んできた。ロティした鯛にピスタッシュを加えたブール・ブランがかけられ、アンチョビのアッシェが添えられている。

「そうだ。わたしがワインを選ばなければならんのでしたな」

宮田警部のことばに、早苗さんははっとした表情を見せ、早口であやまった。「まっ。うっかりしておりました。申しわけございません。ただ今すぐにワイン・リストを」

「いかがでしょうかな皆さん」早苗さんを庇い、彼女の手間を省いてやる為《ため》なのか、小曾根氏が一座を見まわして言った。「今夜は新谷氏もおらんし、気分としてはむしろワインよりも、皆さんそれぞれお好みのものをお飲みになりたいんじゃあ」

「あっ。わたしはその方が」小曾根氏にみなまで言わせず、ワインが苦手の石坂はバーボンのグラスをあげて大声を出した。「ずっとこいつでまいりたいのです」

「ええと。ぼくも今飲んでいるこれの方がいいのですが」と、松本も調子をあわせる。

「ご婦人がたはいかがですかな」宮田警部が訊ねた。「ワインのことをまったく知らぬわたしには、ありがたいご提案なのですが」

「この際ですから、わたくし普段いただかないようなお酒を試してみたいと思います」竹内史子が言った。

「では史子さま」美代子夫人が言った。「わたくしどもだけ、ロゼなどというものをいただきませんこと」

「ああ。ロゼなどというものがあったのですわ」竹内史子が微笑して頷いた。「ほんとに久しぶりですこと」

「ロゼダンジュでよろしゅうございますか」早苗さんが訊ねた。

「ええ。ロゼダンジュを」

それぞれが好みの酒を注文した。

「今日、海を浚《さら》えていましたね」どうしても事件に関することを訊《き》かずにはおれず、ついに松本がそう訊ねた。「あれはやはりその、凶器を」

「そうなのですが、凶器は出ませんでした」笑いながら宮田警部は言った。「犯人が凶器を海に投げたりする筈はないのですが」

「犯行時は干潮でしたしね」と、石坂は言った。

「そうです。そうです」吃驚《びっくり》したような顔で宮田警部は石坂に頷きかけた。「ところが、不謹慎な話ですが若手の中には、大事件となると舞いあがってしまう者がおりまして、どうしても浚うと言ってきかんのですわ」

「他からも、凶器は見つかりませんでしたのね」竹内史子が言った。

「残念ながらまだ見つかってはおりません。ただ、傷の状態によって、どのような凶器かを割り出すことはできましたが」宮田警部はそう言いながら、全員の反応をうかがうかのように、また、じらすように、うわ眼を遣いながらオードブルを食べ続ける。

それは刃物です、などと言って一同をずっこけさせる気ではあるまいな、と石坂は思う。

「ヴェトナムでグリーン・ベレーの連中がよく使ったものでして」じらすだけじらしてから、宮田警部は語りはじめた。「比較的短い刃物です。刃渡りが十四、五センチといったところでしょうか。両刃です。これで横腹をぶすりと」

「おお」美代子夫人が身を顫《ふる》わせる。

「なぜ、悲鳴が聞こえなかったのでしょう」竹内史子が不審げに訊ねた。「わたくし、異常な物音なら、どんなに小さな音でも必ず眼を醒ましますのに」

「それこそがあの刃物、ゲリラ戦に好んで使用された理由でもあるわけでして」警部は大きく頷いた。「あいつで横腹をぐさりとやられますと、あまりの激痛に声が出ませんん」

「まっ。まっ。なんと残酷な」美代子夫人が大きくかぶりを振って顔を伏せた。

「しかし、さいわいなことに」警部があわてて補足する。「やられた者は、あまりの激痛で、すぐ気を失ってしまうのですよ」

『あまりの激痛に』でございましょう」

「おっ。これは失礼」警部が気づいて美代子夫人に詫びた。「お食事中に、残酷なお話をいたしまして」

「いや。いいのです。いいのです」と、小曾根氏が言った。「妻も結構、享楽的に顫えておりまして」そう言ってから彼は自分のことばにのけぞった。「あっ。これはまた、不謹慎なことを」

全員がくすくす笑い、座の緊張がややほぐれかかった時、話のあまりの面白さに眼を見開き、呼吸をのんで聞いていた若柳が、早苗さんの鞭《むち》のような低声《こごえ》の叱咤《しった》を浴びた。

「何してるの。お皿を片づけなきゃ駄目じゃないの」

若柳があわててオードブルの皿を片づけはじめる。

座がほぐれたはずみで、つい早苗さんに不利なことを誰かが喋《しゃべ》ってしまうのではないかと思い、石坂は心配した。念を押すように、彼は警部に言った。「では、犯人が男であることは確かですね」

「常識的にはそうでしょうね」宮田警部は答えた。「しかし女性でないとは断定できませんな。腹部というのは柔らかいのでね」

「犯人が血を浴びていないのも、傷口が腹部だったためですか」松本が訊ねた。

「ま、心臓や頸部《けいぶ》のように、血が噴出することはないでしょうな」

小曾根氏の許可がおりたためか、話はどんどん血なまぐさくなっていく。

「では、殺しのプロかどうかということも」

宮田警部は松本に頷いた。「素人が偶然、うまくやってしまったのかもしれません。だいたいわが国に、殺しのプロと言えるほどの者などおりませんからね。いやどうも、捜査に進展がないことを告白してしまったようですな。犯人像も不明、凶器も未発見」

「侵入経路もまだ不明なのでしょうか」竹内史子が言った。「隣室の宿泊客としては、それがいちばん気になりますわ」

「申し遅れておりました」突然、早苗さんが竹内史子に言った。「さきほど松井会長からご指示がございまして、竹内様には今夜から会長のプライベート・ルームへお入りいただくようにとのことでございます」

「やりましたなあ。あの部屋は最高ですぞ」羨《うらや》ましげに小曾根氏が言った。「奥には茶室がある」

「まあ。和室ですの」

「和洋折衷でございます」

コック長と若柳がスープを運んできた。

「鯛のすり流しのスープでございます」

「犯人はどこから入ったのでしょうねえ」松本が

またしても事件に話を戻す。

「わからんのですよ」暢気《のんき》そうな宮田警部もさすが額に苦渋の色を浮かべた。「現在ホテル内のありとあらゆる出入口及び窓を調べておりますがね。細工した痕跡《こんせき》も、血痕も、何もない」

石坂は自分のスープ皿にスープを入れてくれている若柳に訊ねた。「昨夜の戸締りは、君かい」

「いえ。わたくしでございます」と、早苗さんが言った。「この子は早く帰らせましたので」

「戸締りは完璧《かんぺき》だったそうですよ」と、宮田警部も言った。

「支配人は」と、早苗さんは夫のことをそう言った。「わたくしが戸締りをいたしましてからも、寝るまでの間、あそこは閉めたか、あそこはどうだと、しつこいくらい訊くのでございます。わたくしが少しでもあやふやな返事をいたしますと、すぐ自分でとんでまいります」けんめいなくらい、早苗さんは戸締りの完璧さを強調した。


「それは、わたしどもとまったく一緒ですな」小曾根氏が言った。

「わが家でもそうなんです。総じて女性の方が不用心というのは、警部さん、どういうわけでしょうな」事件の話を避けようとして、石坂はそう言った。

「警部さんにはもちろん、奥様はいらっしゃるのでございましょ」

美代子夫人の質問に警部がちょっとどぎまぎした。「は、はあ、それはまあ、この歳《とし》ですから、ひとりおりますが」顔を赤くしていた。

竹内史子がくすくす笑った。「たいへんな愛妻家でいらっしゃるそうですわ。その上奥様は産浜でも評判の美人で。ただしお子様はいらっしゃらないが、などと、西刑事がそうおっしゃっていました」

西刑事が、竹内史子とふたりきりになって喋ったことがあったらしい。西刑事、なかなかやるなと思い、石坂は少し意外だった。松本もおなじ思いのようで、石坂と顔を見あわせた。

「なんと」宮田警部も眼を丸くした。「あの男、まさかあなたのお部屋へ、単独で伺ったりしたのではありますまいな」

竹内史子はにこにこしながら言った。「隣りの部屋でがたがたしているが、うるさくはないかとおっしゃって、二、三度いらしてくださいました」

「うぬ。身のほど知らずめ」鼻息を荒くして宮田警部はスープをすすった。「ひらの巡査に降格してやる」

全員が噴き出しても、宮田警部は憤然とした表情を崩さぬままで言った。「笑いごとではなく、この事件を解決できないと、実はこのわたしとて降格かもしれんのですよ。長島さんは産浜の名士であり、南紀の名士でもありますのでね。地もとの新聞が夕刊であれほど大きく扱ったのでは、解決できないと和歌山県警の威信にかかわります」

「ははあ。そういえば夕刊というものをまだ読んでおりませんなあ」

客は誰もまだ夕刊を読んでいなかった。

「お部屋にお届けするのが遅れております。申しわけございません」と、早苗さんが言った。「中央紙と地方紙、両方お届けしますのでご容赦ください」

早苗さんの目配せで、おそらく新聞販売店への電話であろう、若柳がホールに去った。早苗さんはスープの皿を片づけはじめる。

「必要が生じた時は、われわれの指紋を採取させよとおっしゃっていたそうですが」気になっていたことを石坂は訊ねた。「ではその必要もまだ、生じていないんですね」

「左様。一号室のドアの握りからは、被害者のものと、朝食を運んだ支配人夫人のもの、この二種類の指紋しか検出されておらんのです」

「悪漢は手袋をはめておりましたのね」

「確実に左様でございます。奥様」宮田警部が一礼した。「侵入経路、逃亡経路が不明なのもそのため、血の痕《あと》が見つからないのも主にそのせいでして」

「鯛の松皮造りでございます」加藤コック長が早苗さんに手伝わせて新たな料理を運んできた。

「箸《はし》で召しあがっていただきます」

「昨夜はコースのこのあたりで、地酒はないかとおっしゃったのでしたわね。長島さん」竹内史子がそう言った。

「そうそう。酢蛸《すだこ》が出た時でしたね」松本が頷いた。

一瞬、長島氏追悼の雰囲気となった。

松本が宮田警部に訊ねた。「警部は、今夜の、長島氏の別荘での通夜には行かれないのですか」

「西刑事が行っております。わたくしものちほどまいるつもりですが」

何故そんな質問を、と、訝《いぶか》る顔の警部に、松本は言った。「通夜に犯人がやってくるという可能性は」

全員が、早苗さんも含めてぎょっとし、宮田警部を注視した。

「まさか」しかし警部は一笑に付した。「犯人は犯行現場に戻ると言いますが、様子を見るためだけに通夜に来たりはせんでしょう。だいたい通夜にくる人というのは故人と親しかった人ばかりです。そんなところへのこのこあらわれたりしたら注目されて、誰何《すいか》されてしまいますよ」

警察がいまだに犯人を強盗であるとのみ思いこんでいて、怨恨《えんこん》その他の動機をまったく考えていないらしいことは、今の宮田警部の答えではっきりした。石坂は早苗さんのためにも幾分ほっとしたが、では警察は、犯人が赤革の手帳を持ち去った行為をいったいどう考えているのだろう。

ちょうど早苗さんは厨房に入っていた。手帳のことを訊ねたい気持が五人に一致しているらしく、五人はうわ眼まじりに顔を見あわせた。

しかしホールから戻った若柳がいる。手帳を話題にしているさなかに早苗さんが出てきてもまずい。竹内史子が松本に向かってかぶりを振り、それでいわば五人の意見が一致した。訊かぬことにしたのだ。

「皆さん。お食事が終りましたら、わたくしが泊めていただくことになりました、その、松井会長のプライベート・ルームへおいでになりませんか」唐突に、竹内史子がそんなことを言い出した。「お茶室があるそうですから」

客だけで集って、早苗さんのことその他にどう対処するかを相談しようという意図であるに違いなかった。

すぐさまそう悟った小曾根氏が、大声をあげた。「それは結構なお招きですなあ。しかしそんなことをして、会長に知れたら不興を買うかも知れませんぞ」

「そっとお集りくだされば大丈夫ですわ」竹内史子が意味ありげに、わざとくすくす笑いながら言った。「早苗さんにも内緒で」

警部の前で、意図をあからさまにしすぎるのではないかと思い、石坂はあわててつけ加えた。

「ま、早苗さんが告げ口したりはしないでしょうがね。会長には内緒にしておいてくれと頼んでおきさえすれば」

若柳は客の酒のおかわりを次つぎと作りながらにやにや笑っている。

「警部さんもいらっしゃいませんか」竹内史子が誘ったので、松本がぎょっとしたような表情をした。

しかし警部は腕時計を見て言った。「さきほども申しましたように、わたくし、通夜にまいらねばなりませんので」

宮田警部がそう言うであろうことを、もちろん竹内史子は承知の上で誘ったのだった。客だけで集ろうという意図を推測され、怪しまれぬためであろう。

加藤コック長と早苗さんがメイン・ディッシュ

を運んできた。「鯛をポシェしたものでございます」

さすがにこの料理には歓声があがった。ブイールした伊勢海老が添えられ、鯛の上には黒い巨大なトリュフが六切れも盛られていたのだ。

「お通夜というのは、何時ごろまでなさるのでございましょうね」早苗さんがいるので、美代子夫人は話題を変えた。

「最近では、ずいぶん早くなっておるのですよ」と、宮田警部は言った。「この辺の田舎ですら、十時半、十一時といったところですかな。中には九時ごろ終る場合もあります。しかしまあ、長島さんは名士でもあり、もう少し遅くなるでしょう」

「まあ。思っておりましたより早《はよ》うございますのね。すると、あと片づけを終えて十一時半、十二時くらいですわね」竹内史子が早苗さんに言った。「それにしたって支配人、大変ね」

「まあ、その時間でしたら」と、早苗さんが言った。「起きていることだってございますから」

しばらくは一同、黙ったままで鯛料理を食べ続ける。みんな同じ思いなのだろうか、石坂はそう思った。時おりヒステリックになったりナーバスになったりするものの、早苗さんはまずまず落ちつき、見かけは平然としている。しかし客全員が心の底でいちばん恐れている最悪のケースとは即《すなわ》ち、石坂にも想像がつくように、早苗さんが長島氏殺害の真犯人であるという場合なのだ。だが、もしそうだとすれば彼女は、これほどまでに落ちついてはいられない筈である。勿論そんなことはまずあるまいが、それにしても何らかのかかわりがあることは確かなのに、この落ちつきぶりはたいしたものではないか。精神力だろうか。

「まことに申しわけありませんが」突然、宮田警部が腕時計を見ながら立ちあがったので一同はちょっと驚いた。「皆さんに教えていただかなければ、うかうかと楽しい時間を過して通夜に遅れるところでした。万一終っていたりすると恰好がつきませんので、わたくしはこれで」

「まあ。そんなつもりで申したのではございませんのに」美代子夫人が言った。

「まだ八時前じゃありませんか。大丈夫ですよ」と、小曾根氏。

「あとフルーツが出ます。それだけでもお召しあがりになって」と、早苗さんもひき留める。

「中間管理職としても、失策は許されんのですよ」宮田警部は笑いながら言った。「お気遣いはご無用に。では皆様」

警察官らしく、決断はまことに早い。客に立ちあがる暇さえあたえず、警部はあっという間にダイニング・ルームから姿を消した。

「まあ。つむじ風のようなかたですこと」美代子夫人はいささか茫然《ぼうぜん》として言った。

「何やら唐突にお帰りになりましたわね」竹内史子も不審げだ。「悪いことでも申しあげたのでしょうか」

「もともと、ああいうひとなの」

石坂が訊ねると、早苗さんは首を傾《かし》げた。「さあ。昔はここの、産浜署の刑事さんだったそうですが、その頃まだこのホテルはございませんでしたので、わたくしも存じませんのよ」

「昔といえばですね」松本が急に何か思いついたらしく、食卓に身をのり出した。「六年前、ここで何があったのですか。石坂君が初めて来た年です。その年の楽しかったことを皆さんからちらりほらりと聞かされるのですが、具体的に何がどう楽しかったのか、誰もちっとも教えてくださらない」

「ああ。それはわたくしも、ぜひ伺いたいと思っておりましたの」竹内史子も言った。

「具体的にねえ」石坂はちょっと困って、早苗さんを見た。

早苗さんは顔を赤く染めた。

「おう」美代子夫人は苦笑して、身もだえするような様子を見せた。

「ま、ま、そのことはですな」小曾根氏が、いささかあわてた様子で胡麻化《ごまか》そうとした。「非常に微妙な問題でして、おかしなご説明をすると、あきらかに誤解を招きます。やはりこのお話は、お話しできそうな雰囲気が醸成された時にですな」

「そうですね」石坂も頷いた。

「またまた、胡麻化されてしまいましたね」松本は口惜《くや》しげに苦笑した。

「そのような楽しいこと、いつかまた起るとお思いになりますでしょうか」竹内史子が訊ねた。

「あるいはまた、メンバーの中にわたくしのような者が加わっております限りは、絶対に起り得ないことなのでしょうか」

「ちょ、ちょ、ちょっとお待ちを」小曾根氏は身をのけぞらせた。「それを申しあげると何が起ったかを変にご想像なさるに違いないのでして。ひとつご勘弁を」

小曾根氏のあわてかたに、全員がくすくす笑った。

「椰子《やし》の実でございます」加藤コック長と若柳がフルーツを持ってあらわれた。「おや。宮田警部はお帰りで」

「お通夜に行かれましたのよ。長島様の」美代子夫人が言った。

「やれやれ」コック長が大声でいった。「皆さま気づまりなことでございましたな。お疲れさまで」

「おやおや。加藤コック長はそんなに警察嫌いだったのかね」小曾根氏が笑いながら言った。

「あの警部さんは、警察のかたにしてはたいへんよくできたかたでしてよ」

加藤コック長はかぶりを振った。「奥様のおっしゃる通りかもしれませんが、わたくしなどはもう、誰といわず、警察が大嫌いでございまして」

「まあ。コック長」早苗さんが笑いながらたしなめる。

「はっきりなさってるわ」竹内史子は羨ましげにそう言って笑った。

フルーツを食べ終ると、全員が申しあわせたように、男たちはそれまで飲んでいた酒を寝酒と称してもう一杯ずつ注文し、美代子夫人と竹内史子は残りのロゼをグラスに満たして、それらを手にしたまま、いっせいに立ちあがった。

事情を心得ている若柳はにやにやし、早苗さんは驚いた。

「まあ皆様。今夜はいったい何ごとでございましょう」

「見て見ぬ振りをしてほしい」石坂が代表して早苗さんに一礼した。「若柳君から聞いてください。早苗さん」

「左様でございますか。何かよくわかりませんが、では」早苗さんも一礼した。「竹内様がお泊りのお部屋には、ただいまこの若柳に鍵を持たせてお供させます。二号室のお荷物も運ばせますので」

一同はくすくす笑いながら階段をのぼり、まず若柳に命じて松井会長のプライベート・ルームを開けさせた。

「どうぞ皆様」ドアを開け、若柳が言った。「お掃除はもう、できておりますので」

竹内史子と若柳が荷物をとりに二号室へ去ると、四人はプライベート・ルームの中を無遠慮にあちこちと探索した。会長の部屋は広く、バス・ルームの前が応接室になっていて白い革製の豪奢《ごうしゃ》な四点セットが置かれ、奥は左半分が茶室、右半分のスペースにベッドが置かれている。調度備品に感嘆しながら、小曾根夫妻はソファに、石坂と松本は茶室の上り框《がまち》に落ち着いた。

テレビをつけると、ちょうど長島氏殺害事件が報じられていた。

「U局ですね」チャンネルを見て松本が言った。

いかにもU局らしく、報道は詳細を極めていた。ホテルの同宿客五人の名前が一覧表になって出ると、アナウンサーがそれぞれの身分をいささか仰仰しく解説しはじめた。小曾根氏の名前に至ると、突然写真が出た。

小曾根氏がのけぞった。「なんじゃこの写真は」

「これを見たテレビの視聴者は、あなたが犯人であることを信じて疑いません」美代子夫人が身をふたつ折りにしてくつくつ笑いながらそう言った。

「いつの写真だ。ははあ。新聞からとった写真だな」小曾根氏は苦りきっている。「軽金属との合併の時のやつだ」

次いで石坂の写真が出た。十年ほど前の本の表紙裏の写真だったので石坂も苦い顔をした。

ほかの人物の写真は手に入らなかったらしく、出なかった。

竹内史子がハンドバッグを、若柳がスーツケースを持って戻ってきた。

「あら。ニュースでやっていますのね」

「今、石坂様とつれあいの顔写真が出ましたのよ」

「あなたの写真が出なくてよかったと思いますよ」松本が断言した。「もし出てたら大騒ぎだ」

「ほかにご用はございませんか」若柳が訊ねた。

「ありがとう。もう結構よ」

「この戸棚に茶室用の座布団《ざぶとん》が入っております。それから今夜はわたくし、泊りでございますので、どんなに遅くでも、なんでもお申しつけください」

「ご苦労さま」

若柳が去ると、小曾根氏が言った。「さてと。ご相談いたしたいことは多いが、この状態ではいささかお話がしにくいですな」

「茶室にまいりましょうか」と、美代子夫人が提案した。「お座布団もあるのですから」

「ええ。それがよろしゅうございますわね」

五人は茶室に座布団を敷いて、車座となった。互いの顔は近くなり、密談にふさわしい日本的な距離となる。

「いささか酔ってはおりますが、良識は失ってはおらんつもりです」小曾根氏がそう言って座を見まわした。「その良識が制度内のものだから信じられぬとおっしゃられればそれまでですがね。ところで、早苗さんのことですが」

「わたくし、迂闊《うかつ》でございました」ずっと気にし続けていたらしい竹内史子が、まず詫びた。「失くなっているものにだけ注意力を集中しておりましたので、前夜の早苗さんの異常な態度にまで気くばりが及ばなかったのです」

「でもまあ、史子さまのご指摘があった時の早苗さんのあのご様子によって、わたくしども、事情の一端をつかむことができたわけでございますから」

「えっ」松本が驚いて美代子夫人に顔を向けた。

「事情といいますと」

「早苗さんは長島様に、脅迫されていらしたのです」

「まあまあ、お前。そんなに先走っては」小曾根氏が夫人をたしなめる。

「長島氏の持っていた赤革の手帳のことですが」石坂は言った。「電話番号が書いてあったということはわかる。ただ、竹内さんは、彼が手帳を見ながら『ホールで』電話をかけているところを見ておられるんです。なぜ自分の部屋の電話を使わなかったのか。理由としては、盗聴を恐れたことに尽きると思うんです。ホールで電話している限り、交換台のあるフロントは眼の前にありますから、盗聴される恐れはない」

「その電話というのがつまり、脅迫の電話であったと」松本が言う。

「いや。脅迫かどうかはわからないが、とにかくひとに聞かれては困る種類の電話であったことは確かでしょう」

「その手帳には、早苗さんの電話番号も書かれていたんです。早苗さんはそれをご存じでした。と、いうことはつまり、長島さんがホールからどんな電話をかけているかもご存じだったのですわ」と竹内史子が断言した。「わたくしが赤革の手帳のことを記憶しましたのは、今、石坂さんがおっしゃった通り、なぜご自分の部屋からお電話なさらないのかという疑問のためと、もうひとつは、話しておられる時の長島さんの表情でした。笑っておられたのですが」

「笑っていた」松本が聞き咎《とが》めた。「笑っていたのですか」

「ええ。でもその笑いは、あとあとまで記憶に残るような、非常に不愉快な、極めて卑しい笑いでした」

「ドラマや何かだと、悪人がひとを脅迫する時にはたいていそういう笑いを笑っていますね」

「いや。違うだろう」石坂が松本に異を唱えた。「今の竹内さんのニュアンスからは、その笑いは、たとえば竹内さんご自身がしばしば体験なさるような、男性が女性を見て洩らす種類の笑いと解釈した方がいい。そうではないでしょうか」

「まあ、そうなのですが」竹内史子がもじもじした。「ただ、脅迫の際にそうした笑いは洩らさないと断言できる自信もございませんの」

「たいした電話ではなかった、と、考えることはできませんかな」小曾根氏も脅迫説に異を唱えたい様子であった。「長島氏あたりになれば交際範囲は広いし、手帳には電話番号がぎっしり書かれていた筈ですからな。早苗さんの電話番号といったって、それはつまりこのホテルの電話番号なので、書かれていて不自然ではない。早苗さんがあんなに神経を尖《とが》らしたのは、やはり疲労のためであったと考えられませんか」

「お言葉を返すようですがあなた、お話に矛盾がございます」美代子夫人が夫に向きなおった。「その疲労の原因が長島様または手帳にあると思うからこそ、わたくしどもこうやって集ってお話ししているんじゃございませんの。それから、長島様が手帳にぎっしりとお書きになっていたその電話番号のほとんどが、ひとに聞かれたくないお話の相手だったかもしれませんしね」

「つまり奥様は、脅迫の相手が極めて多人数に及んでいたと」松本がまた驚いた。

「当然そうでございましょうねえ」美代子夫人が比較的おっとりとして頷く。「ホテルからお電話なさっていた以上、脅迫相手は早苗さん以外に最低ひとりはいたということになりましょうが、史子さまは何しろ、たまたまホールを通りかかられた時だけでも二、三回それを見ておられるのですよ。実際にはもっとしばしば脅迫電話をかけておられたのですわ」

「勝手に物語を作ってはいかん」小曾根氏は苦い顔だ。「まだ脅迫電話と決ったわけではないのだからお前」

「と、すると、情事の相手」松本が呟いた。「それなら相手が早苗さん以外に何人いたって不自然ではないし」

石坂にとってそれは考えたくないことだった。むしろ何かの理由で脅迫され、情事を迫られていたのだと考えたかった。「それだと殺人事件にまでは発展しないだろう」

「そう。それが本題なのですよ」小曾根氏が言った。「殺人事件が起ってしまった。本来ならわれわれ、早苗さんの秘密になど立ち入りたくはなかったし、たとえその秘密の一端を知ったとしても、こうやってあれこれ穿鑿《せんさく》するなどしたくはなかったわけでしてな。しかし警察による捜査が一方で行われている現在、市民としては協力するのが良識ということになっています。ここで今われわれが、警察のまだ知らないことなどを根拠にして推理できたことを、警察に、この場合宮田警部ということになりますが、報告することが正しいのかどうか。いや。法律的に正しいことはわかっておるのです。ただ、もう一方の良識としては」

「そう。つまらないことで早苗さんを不幸にしてはなりません」石坂は強調した。

「ただですね」松本が言った。「早苗さんが殺人事件の真犯人であった場合は」

石坂は身を浮かした。やはり人の口から言葉として発せられると大変な衝撃だった。「そんなこと、あるわけないだろうが」

「しかし宮田警部は、女性が犯人である可能性を否定はしなかったよ」松本は全員を見まわした。

「石坂君の部屋まで行って失神したのだって、芝居かもしれません」

「あれは芝居ではないっ」

「まあまあ」むきになる石坂を、小曾根氏が制した。「松本先生は可能性だけを言っとられるのです。そうでしょう」

「そうです。というのは、石坂君の早苗さんに対する気持により大きな衝撃をあたえておかない限り、次の議論には進めないと思ったからです」

「おいおい。ちょっと待て」

色をなした石坂の手を、隣りの美代子夫人がそっと押さえた。「それは皆さん、もうとっくにお気づきで、ほほえましくご覧になっているわけですから」

「美しい好意だと、わたくしたち了解しておりますの」と、竹内史子も言った。

みんなで話題にしたことがあったらしい、と、石坂は悟った。

「宮田警部はああ言いましたが」石坂はなおも言いつのった。「いくら腹部は柔らかいといったって、そんなに簡単に刃物がずぶずぶ入るほど柔らかではありません。女性であれば刃物の柄の方を自分のからだに当てて、からだごとぶつかっていかなければ、人間の皮膚は貫けません。しかもそんなことをすれば血を浴びます。お気づきかどうか知りませんが、早苗さんは特に力が弱くて、客の荷物も気力で持ちあげてはいますが、いつも足がふらついています。だからわたしは常に、なるべく彼女に荷物を持たせないように」

「わかりました」ひと言で小曾根氏は、石坂の饒《じょう》舌《ぜっ》を断ち切った。「まずここでひとつ、確認しておきましょう。早苗さんは犯人ではあり得ない。これは全員一致の了解事項ですね」

全員が頷いた。

「とすると」小曾根氏は言った。「たとえ事件に関係していても、それはたいしたことではなく、われわれの沈黙があとでわかったとして、罪に問われることはない。そういうことになりますか」

「待ってください。共犯の場合はどうなんですか。その可能性はありますよ」松本が言った。

「犯人の侵入経路がわからない。逃走経路も不明。なんの痕跡もないとなれば、ホテル内部に手引きし、証拠を湮滅《いんめつ》した者がいると考えるのは当然じゃないですか」

「でも今のところ、警察はそう思ってはいないようですわね」

「そうです」松本は竹内史子に大きく頷いて言った。「ですから、ここからの相談とはつまり、彼女が共犯であったこと、それに対するわれわれの沈黙が明るみに出た際の覚悟がわれわれにできているかどうかということになります」

「でもまだ、共犯と決ったわけではございませんわね」美代子夫人が言った。

「警察も、いずれは共犯者がいると考えはじめるでしょうか」竹内史子が自問するように呟いた。

「ただの強盗ではないことに気づいて」

「ええ。だって赤革の手帳が盗まれていますからね」石坂はしかたなく言った。「あれ、警察ではどう思っているんだろうな」

「犯人の気まぐれだと思ってるんじゃございませんの」美代子夫人が言った。「どのみちわたくしどもまでが共犯と疑われることは、まず、ございませんわね」

「それはないでしょうね」と、松本が言う。

「ではもう、お話はまとまったも同じじゃございませんこと」美代子夫人はいささか議論に飽きてきたようだった。「わたくしども、多少警察に隠していることはあっても、それはたいしたことと思わなかった。共犯などとは夢にも思わなかった。今のところはそれでいいのじゃございませんこと。だって、それだけでも罪になって、わたくしどもが監獄に入れられるなどということはないのでございましょう」

「何やかやと勘ぐられはするだろうがね」小曾根氏は言った。「でもそんなことくらいなら、わたしは我慢できる。ほかの皆さんはいかがですかな」

「そりゃまあ、訊問《じんもん》もされないのに、余計なことを警察に喋って、それで早苗さんが逮捕された、という場合の寝覚めの悪さを考えれば、あとで沈黙を批判されるくらい、何でもありません」

松本がそう言ってくれたので、石坂はほっとした。「ぼくも勿論、沈黙を守ることに賛成です」

「わたくしも賛成です」と、竹内史子が言った。

「ま、考えてみればわれわれ、さほどたいしたことを知っているわけじゃありませんからな」小曾根氏が、ほっとしたように言った。「いずれも早苗さんから受けた印象に過ぎんのですから」

「そうです。だから警察が早苗さんを共犯者ではないかと疑い出して、われわれにまた何か訊ねるようなことがあっても、すべて印象に過ぎないからといって証言を拒否することもできるんです」

駄目押しのつもりで石坂がそう言うと、松本は、それでも沈黙を守り通す自信がないらしくて、ちょっともじもじしながら言った。「ま、われわれに対してそれほど強く証言を求めるなんてことは、ないだろうけど」

「意見が一致してよかった」小曾根氏はむしろそのことを喜んでいた。竹内史子が淹《い》れてくれた茶を旨《うま》そうにがぶりと飲み、彼は言った。「これ以上の穿鑿や推理はわれわれの任ではないし、わざわざ集って相談するようなことでもない。では、おひらきにしましょうか」

「そうですわね」美代子夫人が立ちあがる。「もう十時ですわ。史子さまもお疲れのようですし、お寝《やす》みになっていただかねば」

事件発生以来、僅かでも寝ているのはどうやら石坂だけのようであり、みんな疲れはじめている様子だった。

就寝前の挨拶を口ぐちにかわし、それぞれが自室にひきあげた。石坂は浴槽に湯を入れながら届いていた夕刊にざっと眼を通した。地方紙はトップでこそなかったが第一面に四段抜きで事件を報じていた。中央紙は社会面で一段というちいさな扱いだった。それでも地方欄には三段で報道され、地方紙同様ホテルの写真が載っていた。いったん湯に浸り、出てから部屋に備えつけのタオルのガウンを着てベッドに横たわり、新聞を丹念に読んだ。長島氏の悪い評判は出ていなかった。やっと眠くなり、彼は明りを消した。

寝入りばなをサイド・テーブルの電話で起され、石坂は全身が栗立《あわだ》つような感覚に襲われて眼醒めた。なぜかわが家に不幸があったに違いないという不吉な予感がした。

「石坂様。お寝みのところをお起ししてまことに申しわけありません。フロントでございますが」

若柳の、おどおどした声だった。

「うん。どうした」

「奥さんが、あの、支配人の奥さんがお亡くなりになりまして」

「嘘だ」石坂は絶叫した。

「殺されて」若柳がたちまち涙声になった。「あの、一階へおいで願えましょうか」

「行く」石坂は受話器を置いた。

椅子の上に脱ぎ捨ててあった服をそのまま着て、部屋を出ると一階に駈けおりた。ダイニング・ルームには制服の若柳とパジャマ姿の加藤コック長がいるだけだった。ふたりとも茫然として腰をおろし、石坂の姿を見ても立とうとしなかった。虚脱状態だった。

「支配人は」石坂は訊ねた。

「お部屋におられます」と、若柳が答えた。「奥さんのそばに」

「早苗さんは自分の部屋で殺されたのか」

「そうです」

「今、何時だ」

若柳は腕時計を見た。「一時十三分でございます」

「くそお」加藤コック長が低く、呻《うめ》くように言った。「いったい、どこのどいつが」

「警察には」

「電話いたしました」

「ほかの客には」

「皆さまお起しいたしました。警察が、皆様をお起しして、集っておいていただくようにと申しましたので」

なかば崩れるように、石坂は加藤コック長の正面の椅子にへたりこんだ。「ひどいことだ」

白っぽいパジャマ姿のままで松本がおりてきた。続いて焦茶《こげちゃ》の絹のガウンを着た小曾根氏があらわれた。さすがに若柳が立ちあがった。

「発見したのは君かね」石坂の隣りに掛けながら小曾根氏が若柳に訊ねた。

「いいえ。支配人でございます」若柳が説明した。「通夜からお帰りになって、ご自分のお部屋にお入りになって」

支配人が厨房からあらわれた。泣き腫《は》らしたらしく、眼とその周囲が真っ赤だった。身装《みな》りはきちんとしていた。「これは、皆様。夜分にお起ししてまことに」

誰も、何も言うことができなかった。

小曾根氏が突然立ちあがり、ホールへ行こうとした。急な動きに、全員が注目した。

「あの、小曾根様。どちらへ」新谷氏が訊ねた。

「松井会長の自宅に電話してくる。報告はまだだね」

「まだでございます」新谷氏は一礼して言った。

「ありがとうございます。よろしくお願いいたします。番号簿はフロントにございますので」

小曾根氏がホールに去ると、松本が屹《きっ》とした顔をあげ、新谷氏に訊ねた。「それで、殺害方法は一緒なのか。長島氏と」

「一緒でございます」重い口調で、新谷氏は言った。

「くそお」松本は立ちあがり、苛立《いらだ》った様子であたりを歩きまわった。

ホールで電話している小曾根氏の声だけがかすかに聞こえてくる。隅に立っていた若柳がしくしく泣き出した。今まで泣くひまさえなかったに違いなかった。

「泣くなよう」唸《うな》るようにそう言って、加藤コック長が身もだえるようにからだをよじった。

若柳は泣き続けた。

「泣くな」コック長が立ちあがり、若柳のそばに走り寄った。若柳を抱きしめ、彼は号泣した。

小曾根氏がホールから戻ってきた。「気を落すな、と言っても無理だろうが、からだを壊さぬように、とのことだよ」

「はい。ありがとうございます」

昨夜の服装のままで美代子夫人と竹内史子がやってきた。「恐ろしいことですわ。恐ろしいことですわ」

新谷氏の顔を見て、竹内史子ははっとしたように眼をそむけ、そして泣き出した。

パト・カーが到着した。若柳が玄関の鍵を手にしてホールを去った。

「早かったな」と、新谷氏が呟いた。

宮田警部と西刑事を先頭に、警官四名がダイニング・ルームに入ってきた。

「現場を」と、西刑事が言った。

「どうぞ」新谷氏が厨房に、西刑事と四名の警官を導き入れる。

宮田警部は一同を見わたして言った。「ここは警察官の出入りでごたごたします。皆さんにはロビーにお移り願えませんか」

全員あいかわらず無言で、のろのろと立ちあがった。若柳だけがロビーの明りを点《つ》けるため、さきに駈け去った。ロビー中央に近い六点セットを中心にして、新谷氏を除く全員が集った。ソファの、宮田警部が掛けた肱掛椅子《ひじかけ》の正面にあたる部分だけは皆が避けて、全員が腰をおろした。若柳は隣のセットから肱掛椅子を不足分だけ運んできたのち、ソファのうしろ、宮田警部の正面に佇《たたず》んだ。

「戸締りは君かね」宮田警部はまず若柳に訊ねた。

「はい。全部。正面玄関と海岸への出口は九時頃に閉めました。それから、あと、従業員用の出入口はコックさんふたりが帰ってから閉めました。十時半くらいだったと思いますが」

「奥さんは」

「奥さんは、支配人が戻られるまでちょっと横になるとおっしゃいまして、ご自分のお部屋に入って行かれました。従業員用の出入口を閉める前で、十時過ぎでした」

「コック長」宮田警部が加藤コック長の姿を求めてきょろきょろした。

「へい」警察嫌いのコック長は宮田警部の隣席の石坂の、さらにうしろに隠れるようにして腰をおろしていた。「間違いありません。支配人がおられませんので、わたしが確認してまわりましたので。窓も全部見てまわりました。異状はありませんでした」

「あんたが自室に入ったのは」

「十時半です。新聞を読んで十一時過ぎに寝ましたが、物音は何も聞こえませんでした」

警部の視線はまた若柳に戻った。「君はそれからどうしていた」

「フロントで、支配人が戻られた十二時前まで、本を読みながら電話番をしていました。やっぱり、なんの物音もしませんでした」

「支配人は厨房の、従業員の出入口から帰ってきたのかね」

「いいえ。車で戻られたので、玄関のドアを開けてさしあげました。そしたら、もういいから寝ろとおっしゃって、ご自分は厨房の中からお部屋に行かれました」

「で、君はすぐ寝たのか」

「はい。朝が早いので、そこの宿直室に入って、すぐ寝てしまいました」

新谷氏が戻ってきた。彼は無言で宮田警部の正面に掛けた。自分のために空けられていた席だと思ったようである。

「まず、お悔みを申しあげたい」

椅子にかけたまま、警部はそう言って深ぶかと頭を下げた。つりこまれたように美代子夫人ほか二、三人が頭を下げた。

「思いがけない事態になって、あなた同様われわれも、実にこの、驚いております。それで」警部は新谷氏の顔を覗きこんだ。「もう大丈夫ですか」

新谷氏はちょっと胸をそらせた。「はい。もう大丈夫ですので、なんなりとお聞きください」


その様子を見て、竹内史子がハンカチを眼にあてた。「お気の毒」

肱掛椅子を寄せあって掛けていた美代子夫人も泣きだし、竹内史子の手を握る。

「こんな時に事情聴取せねばならんわたしも非常につらいが」宮田警部は俯《うつむ》いてそう言い、顔をあげた。「申しあげておきますが、夜が明けたら本格的な取調べを署の方で受けてもらわねばなりません。ですが今、さしあたって伺っておきたいこともいくつかありまして」

「どうぞ」

「今この若柳君に聞いたところでは、あなたは十二時前に戻られたそうだが」

「そうです。通夜は十時半ごろ、いったん終りかけたのですが、その後また三、四人の弔問客が見えまして」

「いや。それはいいのですが、この若柳君から警察に電話があったのは一時ごろでした。事件の通報が遅れた理由はいったい何だったのですか」

「確かに、妻が殺されていることを知ったのは十二時ごろです」新谷氏は言った。「わたしはそれからしばらく妻のそばにいました。妻が可哀想で、可哀想で」新谷氏はハンカチをとり出した。「もうそれ以後、妻とふたりきりになれる機会はないだろうと思えましたので」声が出なくなり、新谷氏は嗚咽《おえつ》した。

また、女性ふたりが泣きはじめた。新谷氏をじっと見つめる宮田警部の眼からも、涙があふれた。

西刑事がロビーに入ってきた。「警部」

宮田警部はいそいでハンカチを出し、眼を拭いながら訊ねた。「ああ西君。若い連中が現場を荒してはおらんだろうな」

「それは大丈夫ですが、それよりも、実は警部」

西刑事はちょっと客たちを気にして、警部の耳に口を近づけた。

西刑事の囁きに警部は頷き、新谷氏に訊ねた。

「奥さんはいつも、部屋のドアに鍵をかけないで寝たりなさいましたか」

「いいえ。それは絶対にいたしません」新谷氏はかぶりを振った。「今夜も鍵がかかっていまして、いくらノックしても返事がないものですから、わたしは自分の鍵でドアをあけて入ったのです」

宮田警部と西刑事の顔色が変わった。「新谷さん。非常に重要なことなので、よく思い出してください。あなたが部屋に入った時、窓は開いていましたか」

「いいえ。開いておりませんでした」新谷氏はきっぱりと答えた。

「たとえ開いていなくても、掛け金はおりていず、あなたはその掛け金をおろしたのではありませんか」

新谷氏にも警部たちの動揺している理由がわかったらしく、表情が変わった。「いいえ。窓には手も触れていません」

「とすると、これは密室ということになりますぞ」宮田警部が苦悩の色をあからさまにした。額に汗が噴き出していた。「さもなくば新谷さん。あなたは容疑者ということになってしまう」

「まあひどい」竹内史子が思わず叫んだ。

「どちらにしろ、最重要参考人ということになります」西刑事が横から、感情を出さずに言った。「第一発見者で、唯一、部屋に入れたひとなんですから」

松本が若柳に、怒鳴るような声で訊ねた。「君は鍵を持っていないのか」

「持っていたのは、わたくしども夫婦だけでした」と、新谷氏は言った。「妻の鍵は彼女の服のポケットにある筈ですが」

「ええ。それはありました」と、西刑事が頷く。

「ではあなたは、部屋に入ってから、どんなものにもいっさい手を触れておられんのですな」警部は今や新谷氏を睨《にら》みつけるようにして念を押した。

「はい。ただし、冷房がきき過ぎたためか妻が停めておりましたので、あれだけはわたしがつけました」

「支配人室との間のドアの鍵はどうだったんですか」石坂はけんめいに新谷氏に糺《ただ》した。「あるいはまた、玄関ホールから支配人室に入る鍵は」

「間の鍵も、わたくしと妻だけが持っておりました。玄関ホールからの鍵のみ、昼間掃除婦に掃除させますので鍵箱に入れておりますが、ここも若柳が閉めておる筈です」

「閉めました」と、若柳が言った。

「スタンド・バーへの隠し戸は」無駄と知りながらも聞いてみずにはいられないらしく、小曾根氏が身をよじるようにして糺す。

「あそこの鍵も、わたくしどもだけが」

「現場を見にいこう」宮田警部は立ちあがって、新谷氏にちょっと一礼した。「仏さまにお目にかかってきます」

新谷氏が無言で頷き、宮田警部は西刑事をうながして、共にダイニング・ルームの方へ歩み去った。

「長島氏が殺された時もそうだったが、今回もまた、支配人の私室という小さな密室のまわりを、ホテル全体という大きな密室がとりかこんでおるわけです。そうでしょうが」新谷氏と並んでソファに掛けている小曾根氏が天井を仰いで言った。「だとするとですな、何も支配人だけではなく、ホテルの中におったわれわれ全員が容疑者であってもよいわけです」

「滅相もございません」元気なく、新谷氏が否定する。

「しかし、犯人は昨夜と同じだと言ったね」石坂が低い声で訊ねると、新谷氏は石坂を見つめて頷いた。

とたんに美代子夫人がとり乱した。「するとあの、おお、おお、おお、短刀で、あの、おなかを。ひどい。ひどい」

竹内史子が夫人の両手を強く握り、夫人は竹内史子の胸に泣き伏す。

「ではわれわれは、昨夜の事件の容疑者でもあるわけだ」

「小曾根さま。ご冗談はどうかおやめください」新谷氏が苦しげに言う。「ここにおられるかたの中に犯人がいるなど、わたくしには信じられませんので。とても信じられませんので。皆さままさか、本気でそんなことをお考えでは」

「もちろん考えてはおらんよ」小曾根氏が新谷氏に言う。「わたしはあんたひとりを容疑者にするに忍びないだけだ」

「いえ。容疑者はわたくしひとりでたくさんでございますので。どうせもう、妻が死にました今となりましては」新谷氏はまたハンカチをとり出した。

「愛してらしたのね。ほんとに、愛してらしたんだわ」

竹内史子が涙声でそう言って泣き出すと、石坂も含めてほとんど全員が泣きはじめた。石坂の背後では加藤コック長が咆哮《ほうこう》するような声をあげていた。

泣声がおさまりかけた頃、宮田警部が戻ってきた。

「何も盗まれた様子がありませんなあ」困った表情で警部は新谷氏を見つめた。「あなたにはショックでしょうが、痴情、怨恨による犯罪として捜査を進めなければならなくなりました」

「まあ。ひどうございません。痴情だなどとご主人に」美代子夫人がまた身をよじる。

「警部さんだって、お仕事なのだからお前」小曾根氏が夫人をたしなめた。

「もう時間も遅いので、皆さんがたからは簡単に伺っておきましょう。もちろん、聞き漏らした点についてはのちに、その都度《つど》伺うとしてですが」宮田警部は客全員を眺めまわした。「皆さんがたは、何もお気づきにはならなかったのですか」

他を見まわしてから、小曾根氏が身を起した。

「代表して申しますと、実はわたしたち五人、この竹内さんのお部屋に集っておりました。雑談の終ったのが十時ごろ。それから皆さん、それぞれの部屋にお帰りでした。勿論わたしたち夫婦も」

「では参考のため、就寝時間のみ伺っておきましょう」宮田警部は手帳を出した。

「わたしは十一時ごろです」石坂が言った。

「ぼくもその頃ですね」松本が言った。

「なかなか眠れなくて」と、竹内史子は言った。

「十二時過ぎになりました」

小曾根氏夫妻は顔を見あわせた。

ややためらったのち、美代子夫人が開きなおったように言った。「実はわたくしども、まだ寝ておりませんでした」

「えっ。それはまた、なぜ」思わずそう訊ねてしまってから、宮田警部はあわてて打ち消した。

「あっ。これはどうも、立ち入ったことを」

「いいえ。よろしいのです」変な想像をされてはとばかり、美代子夫人はやけ気味に言った。「申しあげてしまいます。お恥かしい話ですがわたくしども、言い争いをいたしておりました」

「お前。何もそんな」小曾根氏が顔を真っ赤にした。「夫婦喧嘩《げんか》のことまで」

「いやもう、お話にならなくて結構です。結構です。ご夫婦間のことですからな」宮田警部は辟易《へきえき》してボールペンを大きく左右に振った。「で、皆さんどなたも、何の物音もお聞きではないのですな」

五人が頷くと、宮田警部はひとり合点のように頷き返してそそくさと手帳をしまった。「そうでしょうな。一階にいた人さえ何も聞いていないのだから」

西刑事がやってきて、また警部に何か囁いた。そういうところがいやなのだと言いたげに加藤コック長が唸って立ちあがり、のびをする。

「皆さん。遅くまでご協力、ありがとうございました」宮田警部が話しはじめた。「二度もこういう事件が起った以上、県警としても今までにない厳重な監視態勢をとらねばなりません。決して皆さんがたを容疑者扱いするつもりはありませんが、これ以上の事件の発生はどうあってもくいとめねばなりませんので、今後はわたくしがこのホテルに泊り、捜査と警備にあたらせていただきます」

「では、また殺人事件が起るとおっしゃいますの」美代子夫人が顫えあがった。「なんて恐ろしい」

「いやいや。皆さんを脅かすつもりはまったくないのですが、われわれとしては常に、万一のことを考えねばならんのですよ。ひとつご理解とご協力を」すまなそうにそう言ってから、宮田警部は新谷氏に向きなおって言った。「あなたはこの西刑事と、署までご同行願います」

「まあ。こんなに遅くから支配人をお取り調べになるのですか」竹内史子が抗議口調で宮田警部に突っかかった。

「決してそのつもりはありません」西刑事が大声で横から言った。

「竹内様。わたしのことならお気遣いなく」新谷氏が言った。「どうせ今夜は眠れないのですから、どこだって同じでして」

「現場保全のためもあって、わたしと交替のかたちで署にお泊りいただくだけなんですよ」宮田警部は真情を表情に出して言った。「決して粗末には扱いません。取り調べも、夜が明けてからです。ご心配なく」

「警部には二号室にお泊りいただくよう」新谷氏は若柳にそう言った。

「はい。わかりました」

「車の中の鞄《かばん》、持ってきましょうか」西刑事が宮田警部に訊ねた。

「いや。自分で取りにいく」

宮田警部と西刑事に新谷氏が従い、三人が玄関を出ていった。全員がのろのろと立ちあがる。

「皆さん。もしや空腹になられてはおられませんか」加藤コック長が一同にそう訊ねた。「何か、作りましょうか」

「わたくしは、とてもとても」美代子夫人が大きくかぶりを振った。「何もいただけませんわ」

全員が一様にかぶりを振る。

「とても、のどを通らんだろうなあ」石坂は言った。「ありがとう。何もいらないよ」

「左様で。それじゃ、おやすみなさい」

「ああ、おやすみ。しかし、眠れんだろうなあ」

小曾根氏が天井を仰いでそう言った。

「おやすみなさいませ」若柳が言って一礼した。

「おやすみなさい。あなたもね」

疲れきった五人の客がゆっくりと、うす暗い階段をのぼって行く。その姿はまるで、踊り場正面にかかったコローの風景画の中に吸い込まれていく亡霊のように見えた。

まだ、ここへ来て三日目にしかならないんだなあ、そんなことを思いながら石坂はひとり残って踊り場に立ちどまり、ホールを見おろした。

宮田警部が黒いアタッシェ・ケースを提げて玄関から入ってきた。

第七章　マスコミ

ヘリコプターの音で幾度か覚醒《かくせい》を促された石坂は、ついにサイド・テーブルの電話で決定的に起されてしまった。

やはりなかなか眠れず、朝になってからようやく熟睡できたのだったが、時計を見るとまだ十時であり、わずか三時間あまり眠ったにすぎない。

電話は新聞社からだった。中央紙の社会部記者だと名乗るその男は、石坂のマスコミ嫌いを一応は心得ているらしく、申しわけなさそうに言った。「お起ししてしまったようでまことに申しわけありませんが、これも仕事でして」

「君は、東京本社のひとかい」

「そうです。そちらの現場に行っている者から、どうしてもお電話して伺ってほしいと頼まれまして」

「こっちへ来てるのなら、部屋へくればいいじゃないか」

「ところがホテル全体が警官に取り囲まれておりまして、厳重な警戒で、マスコミ関係者は一歩たりとも入れないそうです」

「ははあ。そんな騒ぎになってるのか」

「ああ。まだご存じありませんでしたか。大騒ぎになっています。朝刊にはまだ何も出ておりませんが、テレビでは『謎の連続密室殺人事件』と言ってわあわあやっております」

「馬鹿な」石坂はサイド・テーブルのリモート・コントローラーでテレビのスイッチを入れた。

「密室殺人は連続していない。一件だけだ」

「ところがですな」中年らしいその記者が、ごくりと音を立てて唾《つば》をのんだ。「二件ともホテル全体が密室であったというので、各局とも、犯人は宿泊客の中のひとりに違いないという論調へ傾きはじめておるのです」

「客のひとりが殺人鬼なんですよね。もう絶対にそうなんですから」関西の女性タレントがテレビの画面で興奮していた。「なんでか言うたら、はじめは同宿の客で、次はホテルのひと。これ、まったく関連がありません。殺す相手は誰でもいいんです」

「じゃあ、最初の事件の強盗は擬装だったと警察が発表したのかい」石坂はそう訊《たず》ねた。

「いえ。警察では、まだどちらとも確定できないと言っているそうですが」記者はそう答えた。

「宮田警部がそう言ったのかな」

「えっ。えっ。何ですか」

「わかった。ありがとう」

「あっ。石坂先生。ちょっとお待ちを」

石坂は受話器を置いて起きあがった。さすがに腹がぺこぺこだった。明けがた閉めたカーテンを開けると、テレビ局のヘリコプターが一機、海上を飛びまわってホテルを崖《がけ》の側から撮影していた。洗面し、服を着て部屋を出ると、廊下の窓からホテル前の広場に集ってきている多数の報道陣が見えた。各社の車やテレビの器材や記者やアナウンサーやレポーターや女性レポーターやカメラマン、テレビのカメラマンが警察関係の車や警察官たちと入り混ってごった返していた。窓から眺めている石坂を発見した記者のひとりが彼の方を指さしてカメラマンに何か叫び、カメラマンたちはいっせいに石坂へとカメラのレンズを向けた。

プライベート・ルームから竹内史子が黒のTシャツにジーパンという、さすがに地味な恰好で出てきた。「あら。あなたも今お眼醒め」

「うん」石坂は顎《あご》で窓外を差した。「マスコミでいっぱいだよ。あっ、窓に寄っちゃいけない。写真を撮られてしまう」

「おなかがすいたわね」

「ぺこぺこだ」

ふたりが並んで階段をおり、踊り場にかかると、階下から、おそらくは小曾根夫妻の注文であろうと思える朝食のトレイを持って若柳があがってきた。その時、玄関前に群がってガラス・ドア越しに中をうかがっていたマスコミ陣が石坂たちの姿を見て、警官の制止を振り切り、ホテル内に乱入してきた。

「やめろ」若柳はトレイを持ったまま石坂たちをかばって彼らの前に立ち塞《ふさ》がった。

勢いよく階段を駈けあがってきたレポーターのひとりが若柳にぶつかった。若柳はしかたなくトレイを捨ててその男と抱きあったまま、後続のカメラマンたち二、三人を巻きぞえにし、団子になって一階まで転落した。

「こらあ、何をしているんだ」

ロビーやダイニング・ルームにいた警備の刑事や警官各二、三名があらわれて怒鳴り散らし、マスコミ陣を追い出しにかかった。制止を無視された玄関やホール警備の警官たちは、言うことを聞かないマスコミ陣に対してかんかんに腹を立て、蹴《け》ったり殴りつけたりもしていた。ダイニング・ルームからは加藤コック長まであらわれて加勢した。

騒ぎがおさまり、石坂と竹内史子はやっとダイニング・ルームに入ることができた。ダイニング・ルームにいた警察官たちは遠慮してホールやロビーに移った。

「刑事さんの人数が増えたわね」

「警官も、昨日の倍くらいはいるな」

加藤コック長が荒い息を吐きながら戻ってきた。「おはようございます」

「カメラマンを殴っていたな」石坂は笑いながら彼に言った。「あんな乱暴をしてはいけない」

「いや何。朝の体操でして」コック長も笑った。

「何を召しあがりますか」

「何でもいいよ」と、石坂は言った。

「わたくしも、なんでもいいわ」

「しかし今朝はおそらく、普通の朝食ではご満足なされますまい」と、彼は言った。「しかるにこの、外出を禁止されておりまして、仕入れができませんでしたから、ろくなものがありません。一応メニューは作ってみましたが」加藤コック長は手書きのメニューを見せた。「ただし、そのメニューは死んでおりますので」

「まあ。メニューが死んでいるって言いますと」

　コック長は悲しげな眼をしたままで、竹内史子の質問には答えなかった。

「モーニング・ステーキだ。サフラン・ライスとね」

「かしこまりました」

「それ、二人分あるかしら」

「ございます」

「じゃ。わたくしにもそれを」

「かしこまりました。スープを、見つくろっておつけいたしましょう」

　加藤コック長が厨房に去ると、竹内史子が正面から石坂の方へ、食卓に身を乗り出して言った。

「テレビ見た。ひどいこと言ってるわよ」眼を丸くしていた。

「そうらしいね」

「客全員の経歴を紹介して、こんな立派な人たちの中に、とても殺人鬼がいるとは信じられないのですが、だなんて。わたくしのことなんかひどいものよ。こういう出世欲に憑《つ》かれた女性ほど危険なんですって。結論としては『退廃した上流階級の、特権意識による乱行の果てに、起るべくして起った事件』なんですって」

　石坂は笑い出した。「作ってくれるねえ。類型化した物語をさ」

「マスコミから電話、いっぱいあったでしょう」

「いや。新聞社から一件だけだ」

「じゃ、石坂さんには遠慮してるんだわ。わたくしのところには六、七件」

　フロントでは電話が鳴り続けていた。若柳が割れた食器をトレイに載せて戻ってきた。

「電話はもう、取り次がなくていいよ」石坂が彼に言った。

「はい。ありがとうございます。どうせもうすべてには対応できませんので」若柳はいったん厨房に入り、すぐに掃除道具を持って出てきた。

「事件はまだ捜査中なんだ」電話に出た西刑事がフロントで怒鳴っている。「殺人現場に取材の電話など、かけてくるな」

「新谷氏はまだ、警察かい」

「はい。まだお帰りになりません」若柳はホールに去った。

「ふらふらだ」そう言いながら松本が入ってきた。「週刊誌が手記を書けといってきましたよ」

彼は石坂の隣りにどしんと腰をおろして苦笑した。「石坂君に頼んだのでは原稿料が高いからでしょうね」

「わたくしにもそう言ってきましたわ」竹内史子がくすくす笑った。「断れないようにスポンサーがらみで」

加藤コック長が石坂と竹内史子の朝食を運んできた。

「うまそうだな」松本が言った。「ぼくにもそれを」

「サフランが切れました」コック長は非常に悲しそうな顔をした。「バター・ライスで宜《よろ》しゅうございますか」

「上等だ」

「かしこまりました」

加藤コック長が厨房に去ると、しばらくふたりの食べる様子をじっと見つめていた松本が、やがて小さい声で言った。「長島氏は、小曾根氏の口添えでこのホテルに滞在できたということでしたね」

竹内史子がはっとしたようにナイフとフォークを置いた。「そう伺っています」

「つまり長島氏が、昨年以前、このホテルに滞在中だった小曾根氏に、何らかの方法で接近したということでしょう」

「そうですが」竹内史子は石坂を見た。「石坂さんは、このホテルへ来られたのが六年ぶり、わたくしは今年はじめて。何かご存じとすれば、それは松本さんではございませんの」

「ところが、ぼくも何も知らないんです。想像するに長島氏は、昼間ここへコーヒーか何かを飲みにきたんだと思います。シーズン中でも平常は、その程度ならこのホテルのロビーに立ち入りできますからね。あるいはそれ以前に、新谷氏か早苗さんかのどちらかと、駅前あたりで知りあっていたのかもしれません」

「まあ、ぼくはおそらく早苗さんと知りあってからこのホテルへ入りこんだのだろうと思うけど、どちらにしろそれは小曾根氏に話しかけるためだったんでしょうな」

「でも、どう言って話しかけたのかしら」

「それは勿論《もちろん》、小曾根氏の趣味でもある骨董《こっとう》の話でしょう」と、石坂は言った。「前もって共通の趣味を調べておいたのかも知れませんね」

「長島さんは骨董にそれほどお詳しかったのでしょうか」竹内史子はサフラン・ライスをフォークで口に運びながら小首を傾《かし》げた。

「そりゃあ、詳しかったでしょう」と、石坂は言った。「ロビーに置いてある青銅器が、複製ですら数百万円もする本ものだってことをぼくに教えてくれたのはあのひとですからね」

竹内史子がきちんとすわりなおして石坂を直視した。「まあ。あれは複製です」

石坂はのけぞった。「にせものか」

「いくら長島さんでも、石坂さんに出たらめを教えて笑おうなどということはなさらない筈です。と、いうことは」

「彼自身本ものと信じていた。と、いうことはつまり、彼には鑑識眼がなかったというわけですか」茫然《ぼうぜん》としている石坂にかわって、松本がそう言った。

半信半疑で石坂は訊ねた。「あなたは、あれがにせものだということを、誰から」

「常識です」にべもなく竹内史子は言った。「本ものがあんな場所に置いてあるわけ、絶対にありません」

「ぼくも、そうじゃないかと思わないでもなかったんですが」石坂は唸った。「すると長島氏は、話のきっかけとしては、あるいはなま齧《かじ》りまたは一夜漬けの骨董を話題にしたかもしれないけれど、それが露呈してからも尚《なお》かつ小曾根氏の心をつなぎとめられるような切り札を持っていたというわけだ」はっとして、石坂は顔をあげ、竹内史子を見つめた。「するとやっぱり、一昨日、小曾根氏が長島氏の別荘へ招かれたのは、骨董品を見るためなんかじゃなかったんだ」

「それはわたくしも、そう思いました」竹内史子が言った。「石坂さんが感想を訊《き》かれた時の小曾根さまの反応がずいぶん変でしたものね。それにまた、長島さんの別荘へ行かれる時のあの恰好というものは」竹内史子が笑った。

「そうです。そうです。たしかにおかしかった。美代子夫人だってずいぶん怪しんでいました。ぼくの推理では、昨夜の小曾根氏ご夫妻の喧嘩《けんか》の原因は、そのことではないかと思います。つまり、長島氏の別荘へいったい何をしに行ったのかと、美代子夫人が小曾根氏を問いつめて」

加藤コック長が松本の朝食を運んできた。「たいへんお待たせを」

「ぼくはおととい、ちょうどいなくて」コック長が厨房に去ると、松本が言った。「小曾根氏がどんな恰好で出かけたのかは知らないんだけど、昨夜の夫婦喧嘩の原因は、その直前に竹内さんの部屋、つまり松井会長のプフイベート・ルームの茶室で話しあったことに関係があると思う」

「えっ」

「まあ。どんなことでしょう」

「ずいぶん変だったとお思いになりませんでしたか。小曾根氏が主導する形で相談事は進行しましたが、小曾根氏は最初、相談事は多い、などと言っておきながら、結局は長島氏が殺された原因や早苗さんの秘密などを穿鑿《せんさく》したり、推理したりするのはわれわれの任ではないとして、単に沈黙を守ろうという了解事項を確認しただけで唐突に相談を打ち切った。つまり殺人の動機をみんなに考えさせようとはしなかったんです」

「ええ。早苗さんの不審な態度や様子を、単なる疲労だなんておっしゃいましたわね」

「そうです。自室に戻ってから美代子夫人は結局のところ、根本的な問題を何も解決しなかったことに気づいて、小曾根氏を非難されたんだと思うんです」

「しかし君」石坂は言った。「あの時は美代子夫人も早く相談を終えたい様子だったぜ」

加藤コック長が新たに作りなおした朝食をトレイに載せて厨房からあらわれ、階段の掃除をしている若柳に言った。「これをお持ちしてくれ」

「はい」

「遅くなったことを、くれぐれもお詫《わ》びしてな。理由は言わんでよい」

「わかりました」

またダイニング・ルームが三人きりになると、竹内史子はますます声を小さくして言った。「これは何も小曾根さまが真犯人だと決めつけて言うわけではありませんが、小曾根さまは何かを隠していらっしゃいます」

「そう。で、美代子夫人もそのことを勘づいていて、心配していますね。昨夜、話している途中から、赤革の手帳に、小曾根氏にとって何か都合の悪いことが書かれているのではないかと思いはじめられた様子がうかがえましたからね。最後には、話をそらせようとなさったし、早く終らせようともなさった」

松本は喋《しゃべ》る石坂をちらちらと横目で見ていたが、彼が喋り終るなり話しはじめた。「そして夫婦喧嘩だ。君は小曾根氏が美代子夫人に、何もかも告白してしまったとは思わないかい」

「いいえ。それでしたら美代子夫人は、宮田警部に夫婦喧嘩を告白したりはなさいませんわね」

「ああそうか」松本は簡単に誤りを認めた。「そうですね。そうです」

「わたくしは夫婦喧嘩は、犯罪にはまったく関係のない他愛のないこと、そしてもし事件に関係していらっしゃるとすれば、ご夫婦おふたりともの可能性が強いと思います」

「すると共犯」

「しっ」

思わず大声をあげた松本を石坂が制し、しばらくして三人ともくすくす笑いはじめる。

「きいっ、ひっひっひっひっひっひっ」

そのうち次第にヒステリックに笑いはじめた松本を、竹内史子と石坂はちょっと心配して見つめ、顔を見あわせた。

「おい。大丈夫か」

「大丈夫。大丈夫」まだくすくす笑いながら松本は気になることを言った。「まあ、疑おうとすれば、誰だって怪しいからね」

今までフロントで、かかってきた電話を聞いていた西刑事が突然ダイニング・ルームへ入ってきたので、今の笑い声を咎《とが》められるのではないかという気がして三人は少しざくりとした。

「支配人の事情聴取が終りました」と、西刑事が言った。「事情聴取に立ちあうため宮田警部はいったん本部に戻っておられたのですが、支配人と同行してこちらにこられます。昼からは皆さんがたの個別の事情聴取になると思いますので、ひとつ外出はご遠慮ください」

「じゃ支配人はもう、ホテルのことだけにかかりきりになれるというわけですね」と、石坂は訊ねた。「つまりホテルの状態はややもとに戻ると」

「いやいや、支配人は今夜、海南にある自宅で奥さんの通夜をなさるそうです。宮田警部つき添いのもとに、そっちへ行かれる筈ですよ。夕刻から」

殺人の第二現場へ行くためであろう、西刑事が厨房に消えると、松本が溜息をついた。「やれやれ。現実の殺人には、本格推理小説ではあまり見られない要素がふたつも出てきますね。葬儀とマスコミですよ。小説の連続殺人ではいちいち葬儀のために主要人物がいなくなったりはしないし、マスコミの騒ぎかただってあまり出てこないでしょう。大騒ぎが当然の大事件であっても」

「そう。しかも現実の第二の殺人は、葬儀のためにご主人がいなかったからこそ奥さんが殺されたわけですものね。次は事件にマスコミがからんでくるんじゃないでしょうか。わたくし、そんな気がしますわ」

コック長がでかい銀のコーヒー・ポットを持ってあらわれた。「コーヒーをどうぞ」

「支配人が帰ってくるね」

「そのようで」加藤コック長はにやりと笑った。

「あのひとに疑いをかけるなんてことはいかに警察でも、できっこありませんので」

「さっき、気になることを言ったな」コック長が消えると、石坂は松本に言った。「疑おうとすれば誰だって怪しいというのはどういうことだ」

竹内史子も訊ねた。「わたくしも、疑おうとすれば疑えるのですか」

「そうですよ」松本は学問上の議論でもしているかのように、平然として言った。「あなたも長島氏から脅迫されていたかも知れませんしね。そして長島氏殺しを早苗さんに悟られて、彼女を殺したんです」

「ではわたくしから赤革の手帳の紛失を、警察に指摘するわけがないのではありませんかしら。当然そこにはわたくしの名もあるでしょうし、盗んだのはわたくしなんですものね」

「ところがあなたはいちばん新しい被脅迫者であり、手帳にはまだ名が書かれていなかった。なのにあなたがそれを盗んだのは、他人に殺人の罪をひっかぶせるためです。ナイフも同様です。いずれあなた以外の誰かの部屋または所持品の中から、血のついたナイフと手袋と、そして手帳が発見される。入れたのはあなたです」

あまりのこじつけに、竹内史子は笑い出した。

「あの犯行は、女には無理です」

「フェミニズムの闘士が何をおっしゃる。あなたはヨーロッパに長期滞在中、パレスチナ解放戦線の女性闘士と知りあってナイフの使い方を教わったのです」

「ほとんど冒険推理小説の世界だね」笑いながら石坂は言った。「でも彼女はどうやって早苗さんの部屋に出入りしたの」

「この際、密室の謎《なぞ》は別だ。どうやって出入りできたかという秘密は全員に及ぶ謎だからね」

「君だって疑わしいんだよ」と、石坂は松本に言った。「君はわれわれと違って一昨年から毎年ここへ来ている。長島氏から脅迫されることになった原因はその間に発生したのかもしれない」

「しかし、いちばん疑わしいのは君だ」松本がむきになりはじめた。

推理ゲームだと思って笑っていた竹内史子の表情が次第に真剣になってきた。「どうしてですか」

「六年前、ここで何かがあったそうです」

またそれかと思い、石坂はうんざりした。

「それを知った長島氏は石坂君を脅迫した。だとすれば同時に、小曾根氏夫妻や早苗さんたちを脅迫していた可能性もありますがね。または単純に、長島氏が理不尽にも早苗さんに迫ったので、石坂君がかっとして長島氏を殺したというだけかもしれません」

「早苗さんを殺す理由がないよ」

「それほどまでして早苗さんを護《まも》ったのに、早苗さんに拒まれて、それでかっとして」

「殺人鬼じゃないか」石坂はまた笑い出してしまう。

「その論法なら、美代子夫人の単独の犯行という推理も成立しますわね」

「ご主人を庇《かば》うためですか」

「それと、彼女だけ独自に脅迫されていたという可能性もあります」

「だんだん現実離れしてきましたね」

三人はしばらく黙ってコーヒーを飲んだ。その現実離れした推理ゲームのため、逆に小曾根氏への疑いがますます強くなってきたようであり、三人は時おり不安げに顔を見あわせたりもした。

西刑事が厨房からあらわれた。

「ああ。刑事さん」鬱陶《うっとう》しさを払拭しようとするかのように、竹内史子がわざと陽気に声をかけた。「外出禁止令の中には、海岸へ出ることや遊泳《ゆうえい》も含まれているんですか」

「ああ。それも、ひとつご遠慮を」と、西刑事は言った。「皆さんがたの身を護るための外出禁止なんですから」

「あらあ。でも、そのためにここへきたんですけどォ」竹内史子がはじめて媚態《びたい》を見せたので、石坂はおやおやと思う。

西刑事が赤くなった。

「いい天気なのになあ」と、松本も不満そうに言った。

そんな程度じゃ駄目だと思い、石坂は笑いながら言った。「それはしかし、お気の毒なことですなあ。つまり西刑事は竹内さんの、あのすばらしい純白の水着姿を見ることができないわけだ」

「わかりました」西刑事は頷《うなず》いた。「なるほど。そのためにここへおいでになっているわけです。では許可しますが、宮田警部が戻ってきたらホテルへひきあげてください」

「ありがとう」

三人はただちに立ちあがる。

「石坂君の持っている赤革の手帳だけど」階段をのぼりながら松本が言った。「あれで仕掛けができないかなあ。ロビーのテーブルの上にぽんと置いといて、見つけたひとの反応を見るとかさあ」

　石坂は竹内史子と顔を見あわせた。なんて腹黒いやつだ、と、石坂は思う。何やら松本の、学内政治における手《て》練《れん》手《て》管《くだ》を想像させたりもした。そういうところが竹内史子の嫌うところであるのかもしれない。もちろん石坂に、そんなことをする気はなかった。

　部屋に戻り、自宅に電話をした。妻は少し怒っていた。

「仕事しないで、なんで密室殺人なんかやってるんですか。こっちは朝から電話が鳴りどおしで大変なんですよ。すぐに帰ってきてください」

「足どめをくらって、出られないんだよ」

「あなた、容疑者なの。真犯人じゃないんでしょうね」

「なんでそんなこと言うんだい」

「テレビで犯人当てをやってるんです。犯人と、動機と、密室の謎を解いたら賞金百万円なんです。あなた現場にいるんだから、もしわかったらすぐ教えてください」

「よしよし」

「テレビで言ってたけど、ほんとに上流階級の甘い生活なんかをやってたんですか」

「そんなこと、するもんか。あははは」

「おほほほほ」

　あまり心配していないようだったので安心し、石坂は水着に着替えた。

　ロビーにおりると、竹内史子の水着姿をひと眼拝もうとして、西刑事その他二、三人がうろうろしていた。ガラス・ドアを開けて崖に出た。玄関前から迂《う》回《かい》できる道はないのでマスコミ関係者はいない。

　砂浜までおりると、意外にも小曾根夫妻が波打ち際にいた。夫婦とも水着姿であり、ブルーのワンピースを着た美代子夫人の脚線美はなかなかのものだった。

例によって沖まで泳いで戻ると、小曾根夫妻は崖下の日蔭にいた。石坂は美代子夫人の手招きに応じて傍らに行き、横たわった。

「刑事さんは、犯人が近くに潜んでいるかもしれないから、気をつけてくれと申しましたでしょう」魔法壜のアイス・ティーを紙コップに注ぎながら、美代子夫人が言った。

「ほう。そうなんですか」

「あら。そう申しませんでした」

「警察の意見としては、テレビと逆で」と、小曾根氏が言った。「犯人はやはり外部にいるという見かたが強いようですな。テレビなどは、われわれが昨日話しておりましたように、ホテル全体が巨大な密室などと騒いでおりますが、そりゃまあ、そう言やあ一般受けはするでしょうが、よく考えてみればそんなことはあり得んことでしてな。内部からは窓を開ければ出入り自由、ということは犯人だって、手引きする者がいれば出入り自由ですからなあ」

「連続殺人事件の第三の被害者は誰か、なんてやっておりますのよ。ひどいとお思いになりませんか。また誰か殺されるって決めておりますのよ」

「犯人の動機が不明だから、警察もそれを心配しているんでしょう。だけどわれわれは誰も、まったく怖がっていない」

石坂がそう言うと、わが意を得たりとばかり小曾根氏は大きく頷いた。「そりゃああなた、殺される理由が何もありませんものな。殺人鬼による理由なき連続殺人など、とても考えられんことですから」

「でもね石坂様」美代子夫人がくすくす笑った。「わたくしたちがこうして平然としていればいるほど、自分が犯人だから怖がっていないのだろうと思われて、とどのつまりは全員が怪しいということになりそうな気配なのでございましてよ」

美代子夫人のくれたアイス・ティーをごくりと飲んで、石坂は言った。「われわれの仲間うちですら、たとえば松本君などは自分以外の全員を疑っているようです」

「やっぱり」小曾根夫妻が顔を見あわせて、同時に笑った。「ありそうなことですわ。あのかたなら。そうお噂《うわさ》申しておりましたの」

「石坂先生」

突然、頭上から男の濁った声が降ってきたので石坂は驚いた。あの危険な崖上の道から呼びかけているらしい。蔭から出てふり仰ぐと、記者と思える中年の男がけんめいの愛想笑いで、顫《ふる》えながら立っていた。

「そこは危険だぞ」

「お話をうかがいたいのですが」

「どこから来た」

「ホテルからは入れないので、別荘の方から来ました」

「命懸けですよあの男」日蔭の小曾根夫妻に石坂は言った。

「その辺に殺人鬼が潜んでいるから、突き落されるぞと脅かしておやりなさい」小曾根氏は笑っている。

「先生。何かひとこと」と、男が怒鳴った。

「もう三こと以上喋ってるぞ」

「殺人犯の心当たりは」

「全員でやったんだ」

「密室殺人だそうですが」

「こらあ。そんなところで何をしている」声を聞きつけて西刑事が崖の上にあらわれ、記者に怒鳴りつけた。「そこは立入禁止だぞ。こっちへこい」

「はい。はい。すぐ行きます」西刑事にぺこぺこしながらも、男は石坂に叫ぶ。「石坂先生。最後に何かひとこと」

「最期《さいご》とは何ごとだ」石坂は笑いながら叫び返

す。「失礼な」

「あっ。先生。先生。何かひとこと」男は西刑事につれ去られた。

「わたくしたち、ホテルへ戻った方がよろしいようですわ」美代子夫人が立ちあがりながら言った。「ご覧あそばせ。あっちからボートでやってまいりましたわよ」

岩場をまわって南からモーター・ボートが近づいてきた。女性レポーターやテレビ・カメラマンが乗っていた。女性レポーターは手を振って笑っていた。

「これはかなわん」と小曾根氏もあわてて立ちあがった。

石段をのぼって三人が崖上に近づいた時、海上から爆音とともにヘリコプターが一機、猛烈な勢いで迫ってきた。三人はあわててホテルへ駈け込んだ。

「危いところでございましたわね」と、美代子夫人が言った。「こんな恰好でいるところを撮影されましたのでは、また甘い生活だの何だのと書き立てられてしまいます」

階段の踊り場で石坂たちは、水着姿でおりてくる竹内史子と松本に出あった。

「海岸はおよしあそばせ」と、美代子夫人は言う。「もはやマスコミの皆様がたでいっぱいでございましてよ」

第八章　探偵役

シャワーを浴びてから石坂はひと仕事しようとした。だが、とても仕事をする気分ではなかった。さらにまた、ヘリコプターがやってきて室内を撮影しようとしばしば試み、その都度《つど》カーテンを閉めなければならない。仕事をあきらめ、ゆっくりと湯に浸《つか》ってから、石坂は身装《みな》りをととのえて部屋を出た。ホテル前広場には東京からの報道陣まで到着したらしく、騒ぎはいよいよひどくなっていた。

ダイニング・ルームには、スタンド・バーの止まり木に腰をかけ、加藤コック長が所在なさそうに新聞を読んでいた。

「石坂様」

「コック長。とても仕事にならない。一杯飲むよ」

「では、手前がお作りしますので」加藤コック長はカウンターの彼方《かなた》に立った。「ワイルド・ターキーでございましたな」

「すまないね」

「とんでもございません」

「まだ足留めされているのかい」

「左様で。若いコックを仕入れに行かせましたが、どうも心許《こころもと》ない限りで」

「そうだろうな」

「その上、今夜はわたくし、どうしても通夜にまいりたいので、またしてもご不自由をおかけすることになります」

「そりゃあ、コック長は行ってやらなきゃなあ。早苗さんのために」

「まことに申しわけのないことで。お料理の方は下ごしらえをいたしまして、若いコックにくれぐれも間違いのないよう、言い含めてまいりますので」

「じゃあ、大丈夫だよ」

「ありがとうございます」コック長はグラスをカウンターに置いた。

「ところでコック長」がぶり、と、ひと口飲んでから石坂は訊《たず》ねた。「シーズン中でも、休憩しにきた客には、ロビーでコーヒーぐらいなら飲ませてやるのかい」

「まあ、近所つきあいというものがございましてですな。産浜の者で顔見知りの者には振舞いますが」

「じゃ、長島氏も去年まではしばしば来ていたんだろうね」

「まあ、この辺の名士ということでございますかならなあ」

「どんな様子だった。滞在客との接触のしかたなどは」

加藤コック長はうわ眼遣いに石坂を見た。「あまり、お客様のことは申したくございませんので」

「もう、お客じゃないぜ」

「それでもまあ、一昨日までは客だったわけでしてな」コック長は言った。「あの、糞《くそ》野郎は」

ん、と、顔を見あわせ、ふたりは笑った。

竹内史子が朝とおなじ恰好でやってきた。

「竹内様」

「部屋にいられません」彼女はぷりぷりしていた。「ヘリコプターからテレビ・カメラを向けるんですのよ」

「怪《け》しからん連中で」とコック長が言った。「気晴らしに、何かお飲みください」

「コック長。そこ、交替しよう」署から帰ってきていた新谷氏が、厨房から出てきて言った。「新井たちが戻ってきた」

「では、ごゆっくり」仕入れに出かけた連中が帰ってきたらしく、コック長が厨房に去った。

「竹内様。何をお飲みに」替って新谷氏がカウンターの中に入った。

「ジン・ライムを」

「かしこまりました」

「取り調べ、たいへんだったでしょうね」

「たいしたことはございませんでした」新谷氏はにこやかに、竹下史子へかぶりを振って見せた。

「妻の最近の様子だけはしつっこく何度も訊《き》かれましたが、わたしはただ、何も気づいたことはないとしか申しようがございませんでした」ジン・ライムを作りながら新谷氏は、止まり木に並んでいる石坂と竹内史子に話した。「妻はきちんと服を着たまま殺害されておりましたので、誰かと会っていたか、あるいは会うつもりだったのではと、これもだいぶ訊かれましたが、なあに妻は、仮眠いたします時はいつも、服を着たままでございまして」

「支配人が通夜から戻るのが、もう少し早ければなあ。あるいは」

「左様でございます。殺害は十一時から十一時半までの間だったそうで。ジン・ライムでございます」新谷氏はジン・ライムのグラスを竹内史子の前に置いた。「ところが手前の方は、ご近所の関係で、長島様の別荘の管理を一時的にまかされてしまいましたので、ご子息から鍵をお預かりしたり何やかやで、最後までいなければなりませんでした。残念でなりません」

「ねえ支配人」と、竹内史子が訊ねた。「あの長島さんの別荘って、どのような様子だったんですか」

「様子と申しますと」

「変わったところとか、骨董品《こっとうひん》がいっぱいあったとか」

「はあはあ。わたくしがまいりました時はもう、会社のかたがたによって準備が調えられておりまして。通夜がおこなわれましたのは入ってすぐの応接室とリビング・ルーム、これはもともとつながっておりますが、そこで行われました。そこにはたしかに骨董品らしきものも二、三ございましたが、あれはどう見てもたいしたものではございませんなあ。奥には当然、もっとお部屋があると思いますが、そのあたりは存じません」

「支配人。お願いがあります」竹内史子が改まった様子で言った。

「はい。なんでございましょう」

「わたくし、どうしても長島さんの別荘の内部が見たいのです。はっきり言って、今度のふたつの事件の鍵は長島さんの私生活にあると思います。別荘の鍵をお貸しください」

新谷氏はちょっとのけぞった。「お言葉ですが竹内様、そういうことは警察にまかせておけばよろしいのでは」

「ところが警察は、長島さんの別荘の捜査など当然している筈なのに、西刑事にいくら訊ねても、怖い顔をするだけで、教えてくれないのです。あれ以上しつっこく訊ねると、かえって疑われてしまいます」

「地もとの警察としては」と、石坂は推測して言った。「外部の者にあまり突っつきまわされたくないんだろうね」

「それとやはり、地もとの恥になるような何かを隠そうとしています」竹内史子は断言した。「支配人。お願いです。鍵を貸してください。ちょっと中を覗いてくるだけで、何にも手は触れないのですから」

さすがに大メーカーの部長だけあって、ことばに有無を言わせぬ重みがあった。

新谷氏の心が動いた。「しかし、お入りになるところを誰かに見られましては」

「夜間、まいります」

「おもてに群れておりますマスコミの者は、夜になっても引きあげそうにありませんぞ」

「ですから、崖の上の道を通って行きます」

新谷氏の顔色が変わった。「あそこへ行かれてはなりません。手前の方ではあそこを通行止めにいたしておりますが、極めて危険でございまして。まして夜間行かれるなど、とんでもないことでございます。最近、あそこを通った者はひとりもございませんので、どうなっているかもわかりません」

「さっき、記者がひとり別荘地の方からやって来たよ」と、石坂は言った。

「懐中電灯を貸してください」竹内史子はそう言った。「承知してくださればのことですが、石坂さまにもついてきていただきます」

「そりゃまあ、ついて行かずばなりますまいなあ」石坂は大声で言った。「さいわいぼくは登山部でしたからね。互いのからだをロープで結《ゆ》わえて行きましょう。そうすりゃ大丈夫です。ああそうだ。松本もつれて行くことにしましょう。彼も登山部だから」

石坂と竹内史子は新谷氏の顔をじっと見つめた。

新谷氏がついに折れ、念を押した。「ご内聞に願えましょうな」

「勿論《もちろん》ですわ」

「では鍵を」呟《つぶや》くようにそう言ってから、新谷氏はカウンターを出てホールに去った。支配人室に置いていているらしい。

竹内史子がくすくす笑った。「登山部なんて、嘘《うそ》でしょ」

「そうだよ」

「松本さんも」

「彼はたしかＥＳＳだ」

ふたりが笑いながら飲んでいると、近在の女らしい掃除婦たちが無遠慮にがやがや喋《しゃべ》りあいながら厨房から出てきてホールへと去って行った。

「好かんたらしい連中やの。わしらにまで何やかやうるそう訊きよって」

「わし言うたったんや。早う帰《い》にさらせ。おまはんらまで殺されるどちゅうてな」

「この分じゃ」と、石坂は言った。「ぼくの作品に協力してもらうどころじゃなくなってきたなあ」

「石坂さん」竹内史子が声をひそめた。「あなた、一昨日の午前中に早苗さんが和歌山市内まで出かけたって言ってたわね」

「うん」

「長島さんも、別荘に戻ると言って出かけたんでしょう。午前中、ふたりはどこかで会っていたんじゃないかしら」

「えっ。逢引《あいび》きかい」

「そうとは限らないでしょうけど」

「逢引きとは思わない」決然として、石坂はかぶりを振った。

「理由があるの」

「ある。第一に、早苗さんはタクシーに乗って出かけた。駅前へ行くしかないだろう。長島氏の別荘の近くまで行くのに、タクシーに乗ったりはしないさ」

「駅前から徒歩で引き返したと考えられないかしら。あるいは別荘以外の場所で会ったとか」

「第二に」竹内史子のことばを無視して石坂は続けた。「朝食の席で、ぼくは長島氏と一緒だったんだが、早苗さんはしきりに時間を気にしていた。待ちあわせの相手が眼の前にいるのに、時間を気にするかい」

「じゃ、早苗さんは和歌山市内に、何の用があったの」

「仮縫いだってさ。支配人に聞いたんだ」

「どこのお店だか、支配人は知ってるの」

「さあ」

支配人が戻ってきた。「別荘の鍵でございます」

「ねえ支配人」鍵を受けとりながら竹内史子は訊ねた。「一昨日の朝、早苗さんが行かれた和歌山市内のお店の名、支配人はご存じなの」

「存じません」新谷氏の顔に、ちらと苦悩が出た。「服のことはわたくしに、ほとんど申しませんでしたので」

「そうしたこと、警察ではおっしゃったの」

「ここ二、三日のあれの行動は全部お話ししましたが、一昨日あれがまいりました洋装店の名だけはわかりませんでした」

「だって、ほら」竹内史子が、ちょっといらいらした。「わかるでしょうに。領収書だのなんだの。それに包装紙にだって印刷してある筈でしょう」

「それが竹内様。警察も捜したようですが、何もございませんので。まことに不思議なのですが」

新谷氏はもうそれ以上、答えたくない様子だった。「もっとも妻は、知りあいの店で安く作ってもらっているからと申しておりましたが」

しかし竹内史子は執念深く食いさがった。「警察はそれ以上、早苗さんがどこのお店に行ったかを調べないのでしょうか」

「調べようがないかと存じます」新谷氏は苦笑した。「和歌山市内には店は多うございますし、妻の行っていた店も何軒かあった筈ですから」

厨房から、若柳に伴われてボーイの制服を着た巨漢があらわれた。体重九〇キロはあろうかと思える若い男だった。

「支配人」と、若柳が言った。「中西君が到着しました」

「おう。君か」新谷氏は眼を丸くした。

「中西です」巨漢が一礼した。

「松井会長が寄越された応援のボーイです」石坂たちにそう説明してから、新谷氏は中西に言った。「こっちへ」若柳に言った。「君も来てくれ」

新谷氏と若柳にはさまれて支配人室へ去っていく中西のうしろ姿を、石坂と竹内史子は驚嘆して見送った。

「でかいなあ」

「こんな際だから松井会長、ああいうボーイさんを選んで送りこんできたのよ」

ふたりはちょっとくすくす笑った。

だが、竹内史子はすぐ真顔に戻った。「支配人は何か隠してるわ。だって『知りあいの店で作ってもらっている』って言っときながら、すぐに『行っていた店は何軒かあった』なんですものね」

「いやいや。あれは単に支配人が、早苗さんの言っていたことを信じていないってことに過ぎないんじゃないかな。だって早苗さんの着ていたいろんな服が、一軒の店だけで買えるわけがないってことくらい、ホテルの支配人ともあろうものがわからない筈はないものね」

「それは勿論、商売柄わたくしにだってわかったわ」竹内史子はちょっと不機嫌になった。「ただわたくしは」

厨房から加藤コック長があらわれた。「おや。誰もおりませんな」彼はふたりに近づいた。「お代わりを作りましょうか」

「いや。もう、やめておこう」石坂は残りを飲み乾し、空《から》のグラスをカウンターに置いて立ちあがった。「宮田警部が事情聴取にきた時、酔っぱらっていては悪いからな」

「わたくしも、もう結構よ」竹内史子も立ちあがった。

「左様で」コック長はにやりと笑った。「応援のボーイをご覧になりましたか」

「ああ、見たよ。強そうな男だな」

「ところが、見かけ倒しでして」と、コック長は言った。「ここへ来てはじめて二度目の殺人のことを知ったらしくて、顫《ふる》えあがっております。松井会長があの男を寄越されたのは、単にあの男がボーイとして最優秀だからでして」

「それは意外ね」

正面玄関ガラス・ドア越しのマスコミ連中の物欲しげな視線を背にして階段をのぼりながら、石坂は竹内史子に訊ねた。「ところで、別荘探検には何時頃出発するんだい」

「朝がたがいいと思うの。四時頃ならそろそろ明るくなりはじめるから崖道も安全だし、警備も少し手薄になるから見咎《みとが》められないと思うの。わたくしがドアをノックするわ」

「松本にも声をかけるだろう」

「ええ。でないと、あとで僻《ひが》むでしょ」

部屋に戻ると電話が鳴っていた。隣室からだった。

「刑事の西ですが、今、宮田警部と小曾根さんご夫妻のお部屋に伺っております。こちらの事情聴取がそろそろ終りますが、次に先生のお部屋へお伺いしてもよいでしょうか」

「いつでもどうぞ」

閉めきっておいたカーテンを開けて外を見ると、ヘリコプターこそ消えていたものの、海岸にはボートでやってきた取材班が七、八人たむろしていた。ホテルへの階段のあがり口に警官がいるので、あがってこられない様子だった。

ドアがノックされた。宮田警部と西刑事が部屋に入ってきた。

「たびたびお邪魔を」申しわけなさそうに宮田警部は叩頭《こうとう》した。

「いいですよ。さあどうぞ」

三人は昨日と同じ位置を占めてそれぞれ椅子に掛けた。

「今、お隣りで」と、宮田警部は話を切り出した。「昨夜皆さんがたのなさったご相談の内容を伺ってきました」

「ああ。小曾根氏ご夫妻、あのことをお話しになりましたか」石坂は溜息をついた。「しかたないでしょうな。こんなことになってしまったのだから。われわれとて、決して警察に対して隠しごとをしようとしたわけではなかったのですが」

「それはよく、わかっております。支配人の奥さんのためを思ってそうなさったということですな」

小曾根氏はどこまで話したのだろう、と、石坂は思った。「今となっては、やはりお話ししておいた方があきらかによかったわけでしょうな」言われぬ先にと、石坂は反省して見せた。「そうすれば、当然警察は早苗さんに気を配ったでしょうから、彼女が殺されることもなかった筈ですしね」

「それはもう、すんだことといたしましょうか」宮田警部は老獪《ろうかい》にも、石坂に貸しを作った。「そこでまあ、今小曾根さんから伺ってきた昨夜のお話の中で、石坂先生に関することを、ちょっと確認させていただきたいのです」

「どうぞ」ややほっとして石坂は言った。どうやら小曾根氏がどこまで喋ったかを気にしながら喋らなくてすむようだった。イエスとノーだけで終るのなら、それに越したことはない。

宮田警部は西刑事をちらと振りかえった。

手帳を見ていた西刑事が、いきなり訊いてきた。「立ち入ったことを伺いますが、石坂さんと支配人の奥さんとの間には恋愛関係がおありだったそうで」

石坂は表面、なんとか冷静でいることができたが、とびあがったのは宮田警部だった。

「おいおい。なんて失礼な言いかただ。いやいや石坂先生。お怒りにならんでください。つまりですな」警部はハンカチを出し、汗を拭った。芝居なのかどうかは石坂にはわからなかった。「関係、などという、そんな事実がなかったことはわかっております。ただまあ、いささかでも好意をお持ちであればそれだけ、彼女をよく観察もなさっていたであろうと、まあ、そういったようなことをこちらとしては期待しておるわけでして」

「小曾根さんは、そんなことまで言ったんですかあ」石坂は笑ってみせた。「普通の男性が美しい女性に対して持つ、ごく普通の興味なんですがねえ。でも観察力はあるつもりですから、彼女のことについて訊いていただいたって結構ですよ。彼女の、どういうところをお知りになりたいのですか」

「長島氏に対する彼女の態度です」と、西刑事は言った。「脅《おび》えていたとか、嫌っていたとか」

「そう。嫌っていましたね」自信を持って、石坂は断言した。「ほかのひとに訊いていただいてもわかるでしょうが、三日前の夜も、長島氏の部屋へ酒を運ぶのを嫌っていたように見えましたし、昨日の朝など、彼の部屋へ朝食を運ばなければならないと、迷惑そうにぼくに言いましたからね。彼女としては珍しいことですが」

「ちょ、ちょ、ちょっと」宮田警部が身を乗り出した。「つまりそれは、その朝食を運んだがために、彼女としては屍体《したい》の第一発見者になったわけでしょう」

「そうですよ」

「石坂さんはダイニング・ルームで朝食をなさったんでしたね」手帳を見ながら西刑事は言った。

「その時の、支配人の奥さんの態度についてうかがうのは、はじめてですね」

「だって彼女が事件に関係あるなんて、思ってもいませんでしたからね、あの時は。刑事さんたちだってそうでしょう」

「そうです。しかし今や、彼女が事件に関係していたことはあきらかになってしまいましたからなあ」宮田警部が嘆息した。

「彼女が朝食を長島氏の部屋へ運ぶことが気の進まぬ様子だったのは、その部屋にある長島氏の屍体を見るのがいやだったからだ、とはお思いになりませんか」西刑事は石坂の表情を見つめながらそう言った。

「共犯だったとおっしゃる」石坂はかぶりを振った。「松本君などはそれも芝居だったなんて言うんだけど、なにしろ彼女はぼくの部屋まで来てから気絶して、ぶっ倒れてるんですものね。もしご覧になっていればおわかりになったと思うが、あれはどう見たって、予期せぬ屍体を見たひとの反応ですよ。床に頭をぶっつけそうな勢いの、すごい倒れかたでしたから」

「うーん」西刑事は信用していない顔つきである。

「石坂さんとしては、やはり、心情として、彼女が殺されたのは、たとえば第一の殺人の犯行の際、彼女に顔を目撃された強盗なり犯人なりによる口封じ、といったようにお考えになりたいのでしょうかな」

「そう思いたいですがねえ」石坂は唸《うな》った。「犯人を目撃したためのあの動揺ぶりだと思いたい。共犯者とは思いたくないなあ」

「しかし、共犯者でないとすると、それ以前の彼女の不審な態度が説明できませんよ」西刑事は言った。「ええと。それから、さっきちょっとおっしゃった三日前の夜のこと。われわれ、これをうかがうのは初めてなんですがね」

「それはたいしたことじゃないし、みんな気がついたことだと思うんですが」しかたなく石坂は喋りはじめた。「全員が部屋にひきあげる時、ぼくだけが、寝酒を注文したんですよ。早苗さんに、部屋へ持ってきてくれるようにってね。そしたら長島氏が、『便乗するようだが』といって自分にも注文した。早苗さんがためらったのはその時です。二、三人は気がついた筈です」

「で、早苗さんはあなたの部屋に寝酒を持ってきたんですな」宮田警部が興味深げに訊ねた。

「ええ」

「長島氏のところへ持って行ったあとでしたか。それとも前ですか」

「あとだと思いますね。銀のトレイにはもう何も載っていなかったから」

宮田警部はくすくす笑った。「石坂先生。やはりこれは、恋愛関係と言われてもしかたがないですな。彼女は、長島氏は嫌いだったが、石坂さんは好きだった。そこで彼女はまず、嫌いな長島氏のところへ寝酒を持って行き、彼から何かいやらしいことをされそうになったり、ゆっくりしていけと言われたり、ながながと掻き口説かれそうになった際に、石坂さんの部屋へ寝酒を持って行かなければならないことを理由にして難を逃れることにしたんです」

西刑事もさすがににやにやした。「普段もてていらっしゃる人はそういうことに鈍感なものですな。彼女は一号室で、実際に長島氏から迫られてきたのかもしれませんよ。ここへ来たときの様子はどうでしたか」

そういえば早苗さんは、おれにもっと、何か話しかけてほしい様子だったな。もじもじして。恥かしそうで。そして美しかった。石坂はちょっと回想に浸ってから、咳《せき》ばらいして言った。「いや別段その。たいして変わったところは見られなかったようですな」

宮田警部と西刑事がにやにやした。「相思相愛だったようで」

石坂はちょっと腹を立てた。この警察官どもはおれを喜ばせようとしているのか、嘲笑《ちょうしょう》しているのか。「ま、皆さんはほほえましく見ていてくださったようですがね。どちらにしろそれは、事件には関係ないんじゃありませんか」

「ま。ま。お怒りにならないでください」宮田警部がちょっとあわてた。

「関係あるんですよ。つまりその」西刑事までが珍しくあわてた。「そのために、その後長島氏の、石坂さんに対する態度がちょっとでも変わったとか、そういうことがなかったかと思いましてね」

「ははあ。三角関係を考えておられる」石坂はびっくりした。「いやいや。そういうことはまったく」

ありません、と、言おうとして石坂はふとその翌朝の、ダイニング・ルームにおける長島氏のことばを思い出した。

「どうしました」宮田警部が顔を覗きこむ。

「うーん。そう言やあ長島さん、次の日ぼくに、『早苗さんはあなたが好きなようだ』という意味のことを言いましたなあ。あれでぼくはあの人がちょっと嫌いになった」

「はあ」西刑事は少しがっかりしたようだった。

「じゃあ長島氏はその時、彼女をあなたと張りあう気をなくしていたと考えられますねえ」

「西刑事はどうしても三角関係にしたいようですが」石坂は笑った。「長島氏は最初から張りあう気なんてなかったのかもしれませんしね。それに痴情関係のもつれの末の殺人なら、殺されているのは早苗さんに好かれていたぼくの方でしょう」

「いや。石坂さんを容疑者として考えてはおりませんので、ご安心ください」宮田警部はまたしても窓の外にやってきたヘリコプターを見ながら笑った。「石坂先生犯人説など、マスコミは大喜びでしょうが」

ヘリコプターの轟音《ごうおん》がひどくなり、次に何か言った西刑事のことばは石坂に届かなかった。

「これはひどいな」宮田警部は怒って立ちあがった。「ちくしょう。脅かしてやる」

どこからどう見ても警察官という風貌《ふうぼう》の宮田警部が、窓に近寄ると両開きの戸を開き、ヘリコプターを睨《にら》みつけた。手で追い払う仕草をして見せたのち、手帳を出し、ヘリコプターの機種や胴体の社名を控えて見せた。ヘリコプターはあたふたと退散した。

「馬鹿め」吐き捨てるように言って、宮田警部は窓を勢いよく閉め、席に戻った。

西刑事が、唖然として窓を見つめていた。「窓が締まった」やがて、彼はそう言った。

宮田警部も、驚いて窓を見つめた。

石坂も、窓を振り返った。窓の掛け金がかかっていた。

宮田警部と西刑事は、立ちあがって窓際に寄った。

「わしが勢いよく閉めた時、衝撃で、この、上にあげておいた掛け金がおりて、勝手に締まったんだ」

「もう一度、やってみましょう」西刑事が宮田警部の動作をくり返した。

掛け金が落ちた。

「根もとのビスがゆるんで、半分ばかになっています」

「このホテルの窓は、だいたいみんな、この掛け金だったな。支配人の私室も」

ふたりは顔を見あわせた。

「行ってみましょう」

石坂にろくろく挨拶もせず、ふたりの警察官が部屋を出ていった。顔色が変わっていた。

茫然としていた石坂は、しばらくしてからあまりの馬鹿ばかしさに、笑い出してしまった。密室の謎はあまりにも単純だった。単純過ぎて、今やどんな三流ミステリー作家でも使おうとしないような、陳腐なことだった。現実は、と、石坂は思い、また笑うのだ。実に馬鹿げた、陳腐で単純なものなのだなあ。犯人でさえ、密室になるとは思っていなかったのだ。

　では犯人は、ドアから入ったにせよ、窓から入ったにせよ、窓から出ていったことだけは間違いないのだ。そこまで考えて石坂の思考は、また停滞する。おかしいなあ。だからどうだというのだろう。どうしてこんなに考えがまとまらないのだろう。何か気になることがある。しかし思い出せないのだった。

　電話が鳴った。若柳からだった。

「皆様、ほとんどのかたが朝昼を兼ねたお食事しかなさっておられません」と、彼は言った。「夕食を早めに、というご希望が多いのですが、ご希望時間もまちまちです。そこで今夜は、適宜召しあがって戴《いただ》く、ということで、いかがでございましょう」

「ああ。結構だね。夕食はもう、できてるのかい」

「いつでもお召しあがりになれます」

　空腹だった。十一時ごろ食べたきりなのである。時計を見るとまだ四時半だったが、朝がたの四時には竹内史子たちとの探検行があり、早く起きなければならない。早く食べて早く寝よう。そう思い、石坂は言った。「では、これから食べにいく」

「かしこまりました」

　玄関前広場はあいかわらずのマスコミの賑《にぎ》わいであり、ホールへおりると、中西がフロントを護っていた。適任であり、彼の恰幅《りっぷく》を恐れてのことであろう、のこのこ入ってくる者はいないようだった。

「誰がくるの」

「小曾根さまの奥様でございます」

　食事の相手としてはまことに好ましい女性であるといえよう。

「お酒はいつもの」

「ああ。例のやつだ。それから、夕刊はもう来ているかい」

「ここにございます」若柳が新聞をさし出した。

「ひどい記事が出ております」

なるほど、ひどいものであった。最初の十行に間違いが七つあった。事件の当事者が読むと、新聞記事の間違いというのはだいたいにおいてその程度の割合いであるようだ。三人の推理作家が、密室の謎に挑戦していた。正解はなかったが、正解などコメントしていたら没になっていたことだろう。

「こういう時でも、やっぱりおなかは空くのですね」美代子夫人がやってきた。「人間って、いやでございますわねえ」

石坂は礼儀正しく、一応は立ちあがって軽く一礼した。「奥様」

「今夜はわたくし、多少酔いたく存じます」石坂の正面に掛けた美代子夫人が、ある種の決意を眦《まなじり》に見せてそう言った。「お相手を願えますでしょうか」

「光栄です」石坂も、真顔で答えた。「決して奥様の泥酔につけこむようなことはいたしませんので、ご安心を」

色っぽく石坂に笑いかけてから、彼女は若柳に言った。「ドライマティニを、ミディアムで」

「かしこまりました」

「ご心配なく。わたくしはすぐ酔ってしまいますから、石坂様にまで深酒させるようなことはございません」

「しかし、今ごろ夕食を食べたのでは、深夜、空腹に襲われそうですね」

「その場合はどうぞ、ご注文なさってください」バーで酒を作りながら、若柳が言った。「こんな際ですから、コックをひとり宿直室で待機させます。そして中西にお部屋まで持たせます。彼が今夜は寝ずの番をいたしますから。それにどうせ深夜には、支配人とコック長が宮田警部と同行して、通夜から戻ってこられますので」

「三人はもう、出かけたの」

「たった今、お出かけになりました」

「あわただしい人だなあ。宮田警部も。密室の謎を解いたり、通夜に出かけたり」

「えっ」美代子夫人と若柳が驚いて石坂を見つめた。

「先ほど警部さんたちが、窓の掛け金がどうとかで大騒ぎをしておられましたが」若柳が言った。

「それでは密室の謎が解けたんですか」

「ああ。ぼくの部屋でね」石坂は、笑いながらふたりに説明した。

茫然としていた若柳が、はっとしてグラスふたつをそれぞれの前に運んだ。「すみません。あまりお話が面白くて、お料理のことを忘れていました。奥さんがおられたら、叱《しか》られるところでした」彼はいそいで厨房に去った。

「密室の謎が解けたことに乾杯いたしましょう」

ふたりはグラスを軽く触れあわせた。

「密室の謎がそのように、あまりに粗雑ですと」と、美代子夫人はまるでそれが推理小説のトリックででもあるかのような言いかたをした。「あのマスコミの人たち、あきれかえって、すぐ帰ってくれるかもしれませんわね」

「さあ。どうでしょうか」石坂は笑って首を傾《かし》げた。

「じゃ、あの人たち、本気で第二の殺人が起ると思っているのでしょうか」

「まさか、そんなことまで本気で期待してはいないでしょうが、連中だって、せっかくここまでやって来た以上は、やっぱり犯人がわかるとか、警戒が緩和されてわれわれへのインタヴューが容易になるとか、それまでは粘るんじゃないでしょうか」

若柳が鮑《あわび》とキャビアのオードブルを運んできた。

「ではわたくしたち、どうあっても、あのかたたちとお話ししない限り、家に帰ることはできませんのね」

石坂は美代子夫人の顔をじっと見た。「家へお帰りになりたいのですか」

若柳が厨房に消えてから、美代子夫人は声を押し殺し、叫ぶように言った。「家に帰りとうございます。家に帰りとうございます。ここにいるのはとてもとても恐ろしゅうございます。先ほどあぁ申しましたが、実はわたくしにも、第三の殺人が起るのではないかという忌《いま》わしい予感がしてなりません」少しぐったりとし、美代子夫人はドライマティニをひと口飲んだ。「わたくしたち夫婦にとりましても、ここは昨年までのような、楽しい場所ではなくなってしまいました」

さりげなく、石坂は訊ねた。「それは、長島氏のせいですね」

「長島様はたしかに悪いかたでございましたが」と、美代子夫人は言った。「つれあいも悪いのでございます。あのようなかたと知りながら、この格式のある、立派なホテルの長期滞在客として推薦したのですから」

「しかしまさか、小曾根さんが長島氏から何か脅迫されていた、などということはないのでしょう。小曾根さんのような大物を脅迫したりするほど長島氏も向こう見ずではない筈ですからね」

「はい。それはなかったようでございます。でも長島様は、もっと悪いことをなさいました」いつの間にか美代子夫人の眼がすわっていたので、石坂は驚いた。「あのかたはつれあいに、売笑婦を紹介なさったのでございます」

「まさか」と、石坂は言った。「そんなことはあり得ませんよ奥様」

「でもわたくしは、そう思っております」美代子夫人は決然としてそう言い、黙ってオードブルを食べはじめた。

石坂はしばらく思案してから言った。「小曾根さんがその種の女をお買いになろうとすれば都会において、いくらでも高級な女をお買いになることができます。いや。そもそもお買いになる必要さえないかもしれません。そのような者は、ちらりと仄《ほの》めかされただけで提供されるでしょう。それだけの権力者なのです。なのに、なんでこのような産浜くんだりまで来て、わざわざ洗練されていない女などを」若柳がポタージュを運んできたので石坂は沈黙した。

「でも石坂様だってご覧になった筈でございましょう」若柳が去ると、美代子夫人は眼を光らせて言った。「つれあいが長島様の別荘へご招待にあずかったあの日の、あの珍妙な若づくり。さらにまたステーキを、ふだんは嫌っているレアなどでいただいたりして。おかしいとはお思いになりませんでした」

言いつのる美代子夫人を、石坂は美しいと思った。珍しく、黒のTシャツにレオナールの黒いロングスカートといった身装りが、たいそう若わかしくもあった。ウール・ジョーゼットのマクシ丈は皺《しわ》にならないから、ついでに持ってきたといったところなのであろうが、たまたま役立つことになってしまったのであろう。

「長島氏の別荘へ、骨董品などを見に行かれたのでないことはたしかです。しかし」石坂は決然として言った。「女を買いに行かれたのではありません」

「では、なんだったのでしょう」美代子夫人の眼にとまどいがあった。

「わかりません」

今夜の別荘探検のことはこのひとに言うまい、と、石坂は思った。事後報告を約束させられてしまうにきまっていた。松本にも口留めしておかなければなあ。

「昨晩の夫婦喧嘩は、実を申しますとわたくしが、そのことを問いつめたために起ったことでございます。もしもそのようなことであるのなら、知られる前に警察に話しておいた方がよくはないかと存じまして」と、彼女は言った。さすがに嫉妬によるものと告白することは誇りが許さぬようであった。「しかしつれあいは、自白いたしませんでした」

若柳が、蛤《はまぐり》に塩バターとパンの添えたものを運んできた。「こういうものを作らせました」

「なるほど。加藤コック長がいなくても、なかなかやるじゃないか」

「はい。もちろん献立ても下拵《したごしら》えもコック長によるものではございますが」

新鮮な材料を、できるだけ自然のままにという加藤コック長の方針によるものであろうが、一方では失敗がないように調理の簡単なものをという意図もあったのだろう。

「おいしいわ」美代子夫人が蛤を食べてそう言った。

心配そうな顔で立っていた若柳がほっとした様子で言った。「安心いたしました」彼は嬉しげに厨房へ戻って行った。

「わたくしが十八歳でつれあいと結婚いたしました時」美代子夫人がしんみりと話しはじめる。

「あのひとはもう、たいていの遊びはし尽したあとだし、せっかく貰った若い妻を悲しませたくはないから、今後は飲む打つ買うなどのつまらぬことは絶対にやらないと、そうわたくしに誓ったのです。事実、今までそれは、守られてきたようでございましたけど」

「その誓い、小曾根さんは破っておられないと思いますよ」気休めではなく、石坂はそう言った。

しかし美代子夫人は、ただの気休めだとしか思わぬようであった。「あの長島様は、つれあいにとりましてメフィストフェレスのようなかたでございます」彼女は強くかぶりを振った。「わたくししとしましたことがまあ、石坂さまに、つれあいの愚痴などこぼしまして、はしたないことでございましたわ。何かほかのお話をいたしましょう」

「話題を変えるついでに、ドライマティニのお代わりをなさいませんか」

「そうですわね」

「あの大男を呼びましょう」若柳が皿をひいたり料理を運んだり、ひとりで厨房への出入りがあわただしいので、石坂は手をあげ、フロントで所在なげな中西を呼んだ。

中西がやって来た。「お呼びで」

「小曾根夫人に、ドライマティニのミディアムだが」と、石坂は彼に言った。「作れるかい」

中西はにやりとした。「お手のものでございます」

「それと、ワイルド・ターキーのダブルの水割りだ。レモンの薄切りとな」

「かしこまりました」

中西がバーのカウンター内に入って酒を作りはじめ、若柳が料理を運んで厨房から出てきた。

「舌平目のヴォローヴァンでございます」と、彼は言った。「鳥貝と貽貝《いがい》を添えさせました」

「えらいことや」声を圧《お》し殺し、顔色を変えた掃除婦がひとり、足をもつれさせたまま階段を駆けおりてきたらしく、その勢いでダイニング・ルームへのたくり込んできた。「ひひ、人殺し、わかったで。あのひとや。あのひとや」

驚愕《きょうがく》して石坂と美代子夫人は立ちあがった。若柳が掃除婦の前に立ちはだかり、恐怖に歪《ゆが》んだ彼女の顔を客に見せぬよう自分のからだで覆《おお》い隠した。

「お客様の前で、なんだ」声を殺して若柳は言った。「静かにしなさい」

「そやかて、人殺しが、わかったんやで。わかったんやで」若柳が若いため、叱ってもさほど威厳を感じないらしく、彼女は喋り続ける。「三号室のひとや。あの男のひとや。あのひとや。あのひとや」

「落ちついて。落ちついて。どうしたんだ」

「これ見てみい」掃除婦は手に丸めて握りしめていた、血で汚れた男もののシャツを突き出した。「あのひとの部屋の屑籠《くずかご》で見つけたんや」

石坂と美代子夫人は笑って顔を見あわせ、ふたたび椅子に掛けて食事を続ける。

「これ見てわし、怖《こお》うて怖うて」掃除婦は喋り続けた。「仕事してるあのひとに気いつかれんように、そおっとこれ持って、逃げてきたんや。あのひとや。あのひとや。あのひと犯人や。早《はよ》う警察に電話して」

「騒ぐなったら」若柳が掃除婦を厨房につれ込もうとした。「こっちへ来なさい」

「そやかてわし、怖うて、怖うて。わし階段でしょんべんちびってしもうたがな」

「馬鹿。お客様がお食事中なんだぞ」

ついに石坂と美代子夫人が声を出して笑ってしまう。若柳は掃除婦を厨房に引っぱりこんだ。

「いつまでたっても松本様は、西洋剃刀《かみそり》にお馴《な》れにならないんですのねえ」

「意地を張らずに、安全剃刀を使えばいいのに」

「男のかたって、髭剃りで切ったくらいであんなに血が出るものなのでございますか」

「酒を飲んだあと、風呂に入って剃ったりすれば、特に勢いよく出ますね」

中西が、笑いながら酒を運ぶ。「ドライマティニでございます」

「ありがとう。今夜はあなたが徹夜してくださるのね」

「左様でございます。ワイルド・ターキーでございます」

「ありがとう」

「加減はいかがでございますか」

「結構だ」

「ありがとうございます。またいつでもお呼びください」

中西がホールに去ると、美代子夫人は言った。

「密室の謎が解けたために、殺人鬼が窓から入ってきたらしい疑いが濃厚になって、その分わたくしども滞在客の容疑が薄れましたわね。ようございましたわ」

「えっ。どうしてですか」石坂は食事の手をとめて美代子夫人を見つめた。「密室はあくまで、犯人が外へ出る時に偶然発生したもので、入ってくる時も窓からであったとは限りませんよ」

「まあ。お忘れなのですね」美代子夫人は背筋をしゃんと伸ばして石坂を見た。「支配人が申されたじゃございませんこと。早苗さんは夏、窓を開けて寝たがるのだと。でもご自分はそれをお許しにならないのだと。しかしあの晩、支配人はおられなかったのです。早苗さんはほんの一刻のつもりで、窓を開けたままお寝《やす》みになっていたのです。その証拠に早苗さんは、これも支配人によれば、冷房をとめていらっしゃいました」

「あっ」石坂はのけぞった。どうしても思い出せなかったことが蘇《よみがえ》った。「なぜ思い出せなかったのだろう。そう。その通りでした」

「早苗さんが殺害されたと聞いて、わたくしはすぐ、これはもう窓を開けてお寝みになったに違いないと思いました。でも密室とうかがって、その考えが必ずしも正しいとは言えないように思え、皆さんもおそらくそうお考えだろうと存じましてね、それで黙っておりましたの」

「しかし、それでも尚《なお》、外部の者の犯行とは断定できますまいね」

「あら。まあ。それはまた、どうしてでございましょう」

「奥様。ホテル内から外部へは、鍵のかかっていない窓から出入り自由なのです。われわれの中の誰かがいったん外に出て、早苗さんの寝ている部屋へ窓から侵入したとも考えることは可能です」

「まっ。まっ。まっ。それはいったいどなたでございましょう」

大声を出してしまった美代子大人は、デザートを運んできた若柳を見て顔を赤くした。

「先ほどは、掃除婦がまことに失礼を申しあげました」若柳が深ぶかと一礼した。「よく申し聞かせましたので」

厨房から小さくなって出てきた掃除婦は、ふたりの客にぺこぺこしながらまた二階へあがっていった。

「誰だかわかりません」若柳が去ると、石坂は美代子夫人に言った。「あの時は、滞在客全員がここにいました。新谷氏はもちろん、加藤コック長もいたし、若柳君もいた。みんながその話を聞いています。いないのは早苗さんだけでした」

美代子夫人は身を顫わせた。「恐ろしいことをおっしゃいますのね。何だか皆さま全員が疑わしくなってまいりましたわ」そんなことを言いながらも彼女はキャラメル・プディングを食べ続けている。

まさか、という気持があるからだろう、と、石坂は思った。ほんとにホテル内部にいる者の犯行と決っていた日には、恐ろしくて食事どころではない筈だった。そのようなことを口にできるということがそもそもそんなことを信じていない証拠であり、それどころか不謹慎にも、幾分面白がってさえいる証拠なのだった。

ちらり、と、非現実感があった。殺人事件が連続してふたつもあったのだなあ。なのにこうして、美代子夫人と一緒にキャラメル・プディングを食べている。そしてそれは充分に美味なのだった。

若柳がコーヒー・ポットを持ってあらわれた。

「コーヒーをどうぞ」

「サンドウイッチを作って貰おう」と、石坂は言った。「夜中に起きて、仕事をするかもしれんから」

若柳は意味ありげに目礼をしてから、やや大声で言った。「かしこまりました。ポット・コーヒーも一緒に、のちほどお部屋へお持ちしておきます」

「ああ。頼む」

明日の早朝の、警察には内緒の外出を、新谷氏から耳打ちされているのに違いなかった。

「それにしても、外出禁止令はいつ解けるのでしょうねえ」石坂は言った。「これではお宅にお帰りになりたくても」

「はい。帰れません」美代子夫人は悲しげに言ってから、若柳に訊ねた。「何かお聞きになってないかしら」

若柳はやや淋《さび》しげな表情をして、かぶりを振った。「存じませんが、こんなことがありました以上、皆さま外出禁止令が解除になり次第お帰りになるだろうということは、わたくしども覚悟いたしておりますし、いたしかたのないことと思っております。警察にもそう申しておりますので、早急に解除いたすものと存じます」

「つれあいが申しますには、松井会長が県警に働きかけてくださるだろうとのことでございましたわ」美代子夫人は立ちあがった。

石坂も立ちあがり、彼女を部屋まで送ることにした。

「ホテルの中が、なんとなく殺風景になってきたとお感じになりません」気だるげに階段をのぼりながら美代子夫人が訊いた。

「そういえば」石坂は振り返ってホールやロビーを見まわした。「なぜでしょう」

「お花でございます」美代子夫人は言った。「お花がまったくございませんでしょう。早苗さんが担当なさっていたお花にまでけ、ボーイさんたち、手がまわらないのでございましょうねえ」

部屋に戻ると西陽が射しこんでいた。どうせ外へ出られないのなら、と、石坂は思う。雨でも降りゃあいいのになあ。そうすればあのマスコミの連中だって退散するだろうに。

テレビのニュースを見た。もうさんざんやり尽したためか、産浜ホテル連続殺人事件のニュースはやっていなかった。

中西がサンドウイッチとコーヒーを運んできた。

「明日の朝のことは、竹内様からわたくしがうかがっております」と、彼は言った。「四時ごろにはフロントにおります。そっとお越しくだされば、一階の警備の警官の眼を盗んで、海岸へのドアを開けますので」

「頼むよ。若柳君は」

「彼は早番で、今夜は家に帰ります。何かほかにご用は」

「何もない。ご苦労様」

「では、おやすみなさいませ」

　館内電話で隣室の竹内史子に電話をし、四時には起きているから、ドアをノックしてくれるように頼み、密室の謎が解けたことを教え、血まみれシャツの騒動を話して笑わせ、別荘探検の同行を松本に求めたかどうかを訊ねた。まだだというので次に松本に電話をした。別荘への同行を求めると松本はたちまち乗り気になって鼻息を荒くした。竹内史子に話したのと同じようなことを喋ってから、探検行のことを小曾根夫妻にはくれぐれも喋らぬように言い含め、電話を切った。

　カーテンを閉めてベッドに横たわった。たちまち寝込んでしまい、眼を醒ますと午前二時半だった。すでに腹が減っていた。サンドウイッチを食べてコーヒーを飲むと、汗が出てきた。風呂に入り、髭を剃り、白ずくめの服装で白いスニーカーを履いた。

　四時十分前にドアがノックされ、開けると竹内史子が廊下にしゃがみこんでいた。

「まだ外にマスコミの人がいるわ」と、彼女は言った。「背を低くして」

　彼女も石坂同様、白ずくめの服装だった。薄明の中では白は目立つまいという、似たような考えからであるようだった。

　背を低くして三号室の前に行き、今度は石坂がノックした。松本が這《は》い出てきた。さっきから何度か廊下をうかがったらしく、マスコミに二階の窓が狙《ねら》われていることを知っていた。壁にへばりつくようにして三人がホールにおりていくと照明がやや落され、中西が懐中電灯を用意してフロントで待っていた。

「まだ暗いので、これをお持ちください」

「ありがとう」

「さっきまで警官がふたりロビーにいたんです

よ」中西がくすくす笑った。「でもまだ三人、外を巡回しています。こちらへどうぞ」

ロビーを抜け、海岸へのドアから三人は崖の上に出た。石坂はくしゃみが出そうになってあわて、両手で口を押さえた。

「お気をつけてどうぞ」中西は心配そうにそう言ってロビーに戻った。

「まだ暗いわ」いざとなると心もとなそうに竹内史子は尻込《しりご》みした。「もう少し明るくなるまで待ちましょうか」

「警官やあっちの連中に見つかるとまずいから、気をつけてゆっくりと行きましょう」

「賛成ですね」と、石坂も言った。「少しでも距離と時間を稼いでおいた方がいいでしょう」

三人は崖の上の細道を、這うようにして歩きはじめた。懐中電灯で道を照らしながら先頭を石坂が行き、竹内史子が続いた。

「風が強いから」しんがりの松本が言った。「体重の少ないかたは煽《あお》られないようにしてください」

のろのろ進むうち、明るくなってきて眼下の光景がはっきりとしはじめた。ちょうど断崖《だんがい》の最も高いところにさしかかっていた。三人は怖《お》じ気《け》づいた。

「これは、参りましたね」松本が弱音を吐いた。「こういうこととは知らなかった」

「ここで誰かが落ちたら、やっぱり殺人事件になります」と、石坂は言った。「犯人は残りふたりの。あっ」右足が道からはみ出て朝露を含んだ雑草で滑り、石坂は落ちそうになった。

「軽口も結構ですが、残った者の迷惑になるような死にかただけはおよしになってください」竹内史子が言った。

三人三様の思いであとは無言。注意してじりじりと進む。時間がかかり、別荘地前の砂浜にたどりついた時は早くもしらじら明けの五時前だった。

「帰りもこの崖の上を戻るのかと思うと、いささか気が萎《な》えるね」松本が今から愚痴をこぼす。

「頼りにしているんですよ」竹内史子が、屹《きっ》として言った。「しっかりしてください」

「はいはい」

砂丘をのぼり、まばらな松の林を抜け、車道を越えて別荘地に入る。当然ながらあたりは無人だ。「長島」と墨で大書された板ぎれが丸太に打ちつけられて道端に立っていたので、長島氏の別荘はすぐに見つかった。山荘風ではなく、ル・コルビュジエ風の硬質な、がっちりした四角い木造モルタルの平屋である。

「なんでまた、別荘地にこんなものを建てたのかな」と、松本が呟いた。

玄関前に、裏へまわる小道があった。小道には石畳が敷かれていた。

「台所へまわる道にしては綺麗にしてありますね」と、竹内史子が言った。「裏へ行ってみましょう」

裏口は小さな庭園に面していて、その周囲は熱帯樹でかこまれていた。新谷氏から借りてきた鍵では、裏口から入ることはできなかった。三人はまた玄関にまわった。

新谷氏の言った通り、玄関の間が接客用の部屋になっていて、応接セットなどが置かれ、飾り棚があった。

「がらくたです」飾り棚の中の壺《つぼ》や皿を指して竹内史子が言った。

その部屋は、鎧戸《よろいど》を折り畳めばリビング・ルームとつながるようになっていた。その奥に台所や風呂場があった。しかし台所の出口はアルミのドアであり、さっき見た裏口ではなかった。

リビング・ルームの片隅に小さな丸い覗き窓のついたドアがあった。

「映画館の、客席へのドアみたいだな」石坂はそう言いながら開けてみた。

暗室だった。

「現像室でしょう」松本が言った。

「違います」竹内史子の声が奇妙にうわずっていた。反対側の壁をけんめいに手さぐりし、彼女は戸の引き手を見つけた。重そうな戸をがらがらと開けて、彼方《かなた》の室内に竹内史子は踏みこんだ。カーテンが引かれていて、室内は暗かった。

「寝室ですな」と、石坂は言った。

「いいえ。違います」

「だって、そこにベッドが」

竹内史子はやっとスイッチを見つけた。部屋が明るくなった。

「さっきご覧になった裏口を見て、あなたがた、何を連想なさいました」

石坂と松本は、先生の質問に答える生徒のように口を揃えた。「ラヴホテルの入口」

「そうです」竹内史子は両手を握りしめ、眼をいからせて言った。「ここは男と女があれをする部屋です」

一目瞭然《いちもくりょうぜん》であった。部屋の中央には円形のベッドが置かれ、煽情《せんじょう》的な色のスタンド・ライトや三点セットや冷蔵庫。すりガラスの戸一枚でバス・ルームに接し、枕《まくら》もとには管制盤の如きパネルがあった。

「このスイッチやダイヤルで照明だの音楽だのを調整するんでしょうな」と、松本が言った。「よくわからないけど」

「そうすると、この暗室は」石坂は振り返った。「やっぱりそうだ。この部屋を覗くための部屋ですよ。この部屋にいれば目立たないけど、その簞《たん》笥《す》の上の鏡、それがマジック・ミラーになっているんでしょう」

竹内史子は暗室に入った。「そうです。ここからだとベッド全体が見えます」暗室から出てきた竹内史子は、肩をいからせて立ち、男ふたりを睨みつけた。

石坂と松本は自分たちの素行を糺《ただ》されているかのように感じ、身をすくめた。

「他にベッドがないとすれば、長島さんはひとりの時でもこのベッドで寝ていたことになります」

「そうですね」

「いやらしいですな」

「小曾根さんは三日前、この暗室から覗きをなさったのです」竹内史子はそう言ってから急にぐったりした様子で、三点セットの椅子に腰をおろした。「こんなことだろうと思っていました」

「しかし、覗きをしたのは小曾根氏であるとしてもですよ」松本は言った。「ベッド上で実演をしたのは誰でしょう。長島氏でしょうか」

「まさか。そこまで悪趣味ではあるまい。だいいち小曾根氏だって、そんなもの見る気がしないだろう」

竹内史子は吐きそうな表情をして胃を押さえた。

「じゃ、プロのカップルを呼んで演じさせたのかい」

「それだとわざわざ隣りの部屋から覗く必要はない」

「小曾根氏自身が女と交わり、それを長島氏が覗いたのだと考えることはできませんか」と、松本は竹内史子に訊ねた。

「そうではないと思いますが」と、竹内史子は汚らわしげに言った。

「ぼくもそうではないと思う」石坂は知らぬ間にベッドの裾へ腰をおろしていた。「実は昨夜、美代子夫人が、長島氏の世話で小曾根氏が女を抱いたのではないかという疑問を洩らされたのだが、ぼくはその時も否定した。だからというわけではないが、やはり遊び慣れていて、あのお歳《とし》の小曾根氏にとっては、実際に女を抱くよりも、覗く方が快楽としては刺戟的だと思う」石坂は竹内史子に向きなおって解説した。

「こういう傾向はわれわれの年配の男性や、もっと若い男性にもあります。ただの性行為よりも覗くことを好むという性向ですが」

「そんなことはうかがわなくても存じています」竹内史子はそっぽを向いた。「刺戟を得ておうちに帰り、つれあいの女性から残り少なくなった性的魅力を引っぱり出そうとなさるのです」

「でもそれはやはり、妻を喜ばせようという男性の犠牲的な」

松本がぶつぶつ言いかけたので、石坂はあわてて大声で断言した。「とにかく、単に女を世話しようというだけの申し出であれば小曾根氏は断られていた筈です。そんな申し出など、小曾根氏にとっては過去、山ほどあった筈だし、へたをするとあとあと長島氏から脅迫される種になってしまいます。脅迫とまではいかなくとも負い目ができてしまう。大実業家としては最も忌《い》むべきことでしょう。その点、覗きであれば」

「そう。直接、売春にかかわったことにはなりませんからね」松本が大きく頷いた。

「そして、小曾根氏が美代子夫人と結婚なさる時に誓われたことにも抵触《ていしょく》しません。つまりその、飲む打つ買うの中に見るはない」

さっきから男ふたりがしきりに女、女と女を連発するのが気にくわなかった様子の竹内史子がいらいらと立ちあがり、地だんだでも踏みたげに男たちの前に立ちはだかって言った。「なんですかあなたがたは。男ふたりが並んでそんなところに腰をおろして。いやらしい」

石坂と松本はあわてて立ちあがった。いつの間にか松本が石坂の横に腰をおろしていたのだった。

「わたくしが気にしているのは、当然ここを捜索した筈の警察が、この別荘の特殊な構造について知らんふりをしていることです」

「いやいや。知らんふりをしているのはあくまでわれわれやマスコミに対してだけであって、やはり売春や猥褻《わいせつ》行為についての捜査はやっていると思いますよ」石坂は竹内史子に言った。「いくら外部の者に産浜の恥を隠そうとしているにせよ、いやしくも警察ともあろうものが、ここで行われていたことにまで頰かむりしようとはしないでしょう」

「そう言い切れるでしょうか」竹内史子は怒りをこめて言った。「あくまで個人的な趣味の問題だとして片づけはしないでしょうか。不動産会社や、長島さんが生前つきあっていた実力者からかけられた圧力によって、警察が探索の手を緩めた可能性は考えられないでしょうか」

「そんなことをすれば、犯人を割り出すことができなくなるでしょう」今度は松本が反対した。「今やもう、ふたつの殺人事件が、ここで行われていたことに関係していることは明白なんですからね」

ずきん、と、石坂の胸に痛みが走った。彼は苦痛に顔を歪めた。「早苗さんがここで、売春させられていたって言うのかい」

「だって、そうとしか考えられないだろう」無慈悲にそう断言してから、松本は俯《うつむ》いてぼそぼそと呟いた。「まあ、君の気持を考えるとその、そう言うのは酷だが」

「問題はその、早苗さんです」竹内史子は考えながら言った。「三日前の午前中、彼女はここに来たのか、来なかったのかが問題になってきます」

「でも、小曾根氏が覗きをしたのは午後ですよ」と、石坂は言った。

「しかし長島氏は来てるんだ。だから、午前中には別口の覗きの依頼が」石坂がまた呻《うめ》いたため、松本はことばを途切れさせた。「ああ。ご免」

「あの日の早苗さんの行動を追ってみる必要があります」きっぱりと竹内史子は言った。「産浜駅まで行ってみなければ」

「えっ。これからですか」

「やめた方がいいですよ。今でさえ外出禁止令を侵してるんだから」

「素人が行ったって、何もわかりませんよ」

ふたりは口ぐちに反対した。

「そうね」竹内史子はうなだれた。

石坂は腕時計を見た。「そろそろ戻らないと」

「そうです。また警官が見張りに立ったりしはじめます。宮田警部も起きてくるし」

三人は玄関から別荘の外に出た。

「こんな構造の建物、いったいどこの建築屋に建てさせたんでしょうね」松本が別荘を振り返って言った。

「それはまあ、不動産屋さんだからして、どうにでも、ね」竹内史子はそう言って松本に頷き、石坂と頷きあった。

車道へ出ようとした時、ホテルの方から、車の排気音がかすかに聞こえてきた。

「隠れろ」

三人は別荘地と車道を隔てている皐月躑躅《さつきつつじ》の植込みのうしろに隠れた。

「新聞社の旗を立てているな」

「昨夜は第三の殺人がなかったから、いったん引きあげるんだろう」

石坂と松本の会話を聞いていた竹内史子が、突然立ちあがって車道へとび出し、車に手を振った。車は彼女の前を通過してからタイヤを軋《きし》ませて急停車した。

「なんのつもりだ」松本が眼を剝《む》いた。

「しょうがねえなあ。どうせ産浜駅へ行くつもりなんだよ」

「はい。竹内史子です。駅まで乗せてください」

案の定だ。どうする、という目で松本が石坂を見た。おれはご免だ、という表情をして見せ、石坂はかぶりを振る。

「取材させていただけますかあ」と、記者の嬉しそうな声。社旗は地もとの新聞のものであり、声はどうやら二日前ダイニング・ルームへ乱入してきたあの中年の、『和歌山新報』の記者のものであるようだ。

「取材には応じます。そのかわり、手伝ってほしいことがあるの」

竹内史子を後部席に乗せて、車は走り去った。

「記者に調査を手伝わせるつもりらしいぜ」眼を丸くしたままで立ちあがり、松本が言った。「凄《すげ》え度胸」

「まずいことにならねえかなあ」石坂は心配した。「宮田警部のお叱りは確実だとしてもさ」石坂は二時間ぶりで『ＶＯＧＵＥ』をくわえ、火をつけた。

ふたりは歩き出した。

「また、崖の上の道を帰るのかい」

「しかたがないだろう」

第九章　第三の被害者

石坂と松本が崖上の小道をホテルまで戻ってくると、さいわいにもロビーへのガラス・ドア周辺に警官の姿はなかった。中西が気をきかせて、ふだん開ける時間よりも早いめに開けておいてくれたらしく、鍵はかかっていなかった。ふたりはまた身を低くしてロビーの中をホールまで行き、フロントにいる中西と頷《うなず》きあった。

「あれっ。竹内様は」

「彼女は駅まで行った」と、石坂は言った。「新聞社の車に便乗させて貰って」

「困ったなあ」ちっとも困ったようではなく、中西は笑いながら言った。「わたくしが警察に叱られますよう」

「君。すまないけどダイニング・ルームの方へ歩いてくれ」と、松本が言った。

「お安いご用で」

歩き出した中西の巨体の蔭にかくれ、玄関のガラス・ドアの彼方《かなた》にいるマスコミ連中や徹夜で警戒していた警官に見られぬよう、ふたりはダイニング・ルームに移動した。

「腹が減ってしまった」と、松本は言った。「いつもの朝食、できるかい」

鮭の茶漬けだな、と、石坂は思った。

「ご用意できております」中西が心得顔で頷い

た。「石坂様は何をお召しあがりになりますか」

「いつもの朝食でいいよ」

「かしこまりました」中西は厨房に入っていった。

松本は大あくびをした。「これはいかん。緊張が解けて、急に眠くなってきた」

「昨夜、よく眠らなかったのい」

「君はひどいよ。前の晩の七時を過ぎてから言うんだものね。もっと前に言ってくれればこっちもそれに対応して、早く寝られたのに」

「彼女が君に言うと思っていたんだ」

「行こうという相談がまとまったのは何時ごろだい」

「昨日の三時ごろかな」

松本はまた悲しげな眼を伏せた。「やっぱり彼女に嫌われてるのかなあ」

「男全体を憎んでる女性に、好かれなくてもいいじゃないか」

「そうだね」

松本の顔は切り疵《きず》だらけだった。刃物の使い方のこんなに下手なやつが、犯人であるわけはないな、と、石坂は思った。

ぐらり、と、松本のからだがなな前に傾《かし》いだ。彼ははっとして身をたてなおし、眼をしょぼしょぼさせた。

「これはいかん。眠くてたまらない。おれ、寝てくるよ」立ちあがった。

「おいよせよ。朝飯を食べていけよ。注文しといて悪いじゃないか」

「うん。うん。そうなんだ。だからあの大男に、部屋へ運ぶよう言っといてくれないか。湯につかって眼を醒ましてから食うよ」ふらふらしながら松本は階段の方へ去った。

「我慢のないやつでさ」朝食を運んできた中西に、石坂は言った。「眠いそうだ。部屋へ運んでやってくれ」

「かしこまりました」中西はにこにこ顔でそう

言った。

コーヒーを二杯おかわりしてベーコン・エッグとトースト二枚を食べ、三杯めのコーヒーを飲んでいると、小曾根氏が起きてきた。

「お早いお目醒めで」

松本の部屋に朝食を運んで戻ってきた中西が、小曾根氏のうしろに立ってにやりとした。石坂はそっとかぶりを振った。

「いつものを」中西に言ってから、小曾根氏はテーブル越しの石坂に少し笑顔を近づけ、秘密めかした低声《こごえ》で言った。「第三の殺人は起りませんでしたな」

起ってたまるものかと思いながらも、石坂は笑った。

小曾根氏はわざとらしく、自分の言ったことばど身をのけぞらせた。「あーっ。これはまた、不謹慎なことを」

たしかに不謹慎だな、と、石坂は思った。相手が石坂である、というやや柔軟な対象認識能力を差し引いても尚《なお》かつ不謹慎であろう。もともと常識のある人物だった筈の小曾根氏でさえ、いささか判断力を欠きはじめているのだと、石坂には考えることができた。全員が次第に、常識を失いはじめているのかも知れなかった。戦場で、死に関するブラック・ユーモアが流行《はや》るのと相似であろう。

では自分はどうか、と、石坂は考えた。これから小曾根氏に問い糺《ただ》そうとすることが、常識に反することなのかどうか、石坂には判断できなくなっていた。むしろ、それをよいことにして話しかけようとしているのかもしれなかった。しかし竹内史子が独走して真実を探ろうとしている現在、誤った結論に達した彼女が全員を騒ぎに巻きこんだりすることのないよう、今のうちに確かめ得ることは確かめておいた方がよいに決っていた。

「昨日、奥様からご夫妻間の諍《いさか》いについて、いろいろ伺ってしまいました」

「そのようですな。まことにお恥かしいことでして」

「奥様の方から、詳しくお話しくださったのです」

「そうでしょうとも。石坂さんがそんなことを、根掘り葉掘り訊《き》かれるかただなどとは、まったく思っておりません」

「お伺いしてしまった以上、そのまま知らぬ顔ができなくなってしまいました」

「ご迷惑なことで」小曾根氏はひたすら恐縮し続ける。「ほかに悩みを打ちあけるひとがいなかったからでしょう。殊に、こんなところに軟禁されていたのでは」

「小曾根さん。美代子夫人はあなたが長島氏から女を世話して貰ったに違いないのだと思いこんでおられます。夫人からお聞き及びでしょうが、小曾根さんに限ってそんなことはあり得ないということを、わたしは申しあげました」

「ありがとうございます」

「実はわたしは、ある経緯から、小曾根さんが長島氏の別荘で、男女の性行為を覗き見なさったことを存じております。ねえ小曾根さん。そのことを美代子夫人にお打ちあけになればいかがでしょう。あなたの品格を多少落すことになるとは言え、夫人がそのことを触れてまわったりはなさいますまいし、また、必ずしもご結婚の際の誓いを破られたわけではないのですから」

　スクランブル・エッグとハム、それにコーヒーを持って中西があらわれた。「お待たせを」

「いずれは知れることと思っておりました」中西がいても平気で、小曾根氏は喋りはじめた。「しかしそのことは、わたし以外の人の口からあれの耳に入った方がいい。今はわたしが何を言おうと弁解と受けとめられて、だいたいが聞く耳持ちません。むしろこのことは、あなたに聞いていただきたかった。機会がなかっただけで、もともといつかはお話ししようと思っておったのです」彼はにこやかに石坂に頷きかけてから、落ちついて朝食を食べはじめた。

「長島氏があなたに近づいてきた時、あなたともあろうかたが、あの男の腹黒さを見抜けなかったということは不思議でなりません」と、石坂は言った。

「腹黒い男であることは、わかっておりましたよ」と、小曾根氏は答えた。「ただ、わたしに取り入って中央の実業界へのつながりを得ようとするような、そんな大それた野心はありませんでした。自分の見極めは自分でつけていて、その程度には利口でしたなあ。あの男が望んだのは、俗物にあり勝ちな、上流社会の一員なのだという幻想と、それによる自己満足でした。何しろ一方で悪いことをしておる男でして、それを手段に成りあがってきた人間ですから、一流人士にはなりようがない。わたしにとって彼は、腹黒い男というよりは、小悪党でした」

「昨年も、あの別荘へは行かれたのですか」

「まいりました」小曾根氏はにやりとした。「最初、そこのロビーで話しかけてきおりましてな。知ったかぶりの骨董《こっとう》の話をきっかけに、面白いものを見せようというので、どうせろくなものではあるまいと思いながら、まあ、騙《だま》されたふりをして次の日のこのこついていったのです。で、覗きをしましました。これが案外面白かったので、昨年はもう一回行きました。はははは。合計二度ですな」

こだわりのない話しかたに、石坂の方が周囲の耳を気にした。中西はいなかった。

「要するにシロクロというものでしょう。そんなもの、小曾根さんにとってさほど珍しいものではないでしょう」

「ところが演じるのはプロではなく、しかも覗かれていることを知らない。そして男と女はわたしの眼からもにせものではない、上品な紳士と淑女でした。長島氏に訊《たず》ねたところでは、別荘人種だと言っておりましたが」

「別荘人種というと、あの附近の」

「左様。彼らに土地を売った機会に顔見知りになっておき、浮気というか不倫というか、その斡旋《あっせん》をしていたのでしょう。で、覗きそのものは長島氏個人の楽しみであって、覗き部屋の秘密を知っているのは彼とわたしのみだなどとも言っておりましたなあ。ほかにも誰かに覗かせているかもしれんが、だいたいにおいて本当でしょう。覗かれていると知って別荘人種とやらが来なくなると、彼の楽しみもなくなるわけですから」

「で、そのことを種に、今年からこのホテルの常連客になれるよう、とりなしてくれと迫ってきたのですか」

「早くいえばそうですが、『迫る』といったようなものではありませんでしたなあ。今年になってから自宅に電話してきたのですが、むしろ恐るおそる懇願してきたと言うべきでしょうね。ほかの客に変な話を持ちかけたりしないことを条件に、とりあえず今年だけ滞在できるよう松井会長に話してやったのですが。どうでしたか。あの男、あなたがたに変な勧誘はしなかったでしょう」

「まあ、ぼくと松本に意味ありげなことは言いましたが、さほどしつこくは」

「で、去年の味が忘れられず、今年もまた早速行ってきたような次第でしてな。いやお恥かしい」さほど恥かしげでもなく、小曾根氏はそう言って笑った。「あんまり浮きうきしておったのがいかんのですな。妻に悟られてしまいました。あはははは」

笑いごとではないのだが、と、思いながらも石坂は、つい小曾根氏の陽気さに感化されて訊ねた。「で、今年行かれて、いかがだったのです」

「いやもう、昨年以上に大満足いたしましたぞあなた」小曾根氏は眼を丸くしてやや声をひそめた。「長島氏なりに最高の組合せの男女を選んでおいてくれたのでしょうがな。わたしゃこの、非常に興奮した」興奮しはじめた。「男性はいわゆるスポーツマン・タイプだとかやくざっぽいタイプだとかではなく、やや不良っぽい良家の子弟といった、三十代なかばの二枚目。女性の方は色白で、レオナールの花柄のワンピースが似合う、やはり三十歳くらいの若奥様だったが、その美しいのなんの」

えんえんとベッド・シーンの描写をはじめるのだろうかと思い、石坂がいささか辟易《へきえき》しはじめた時、中西が厨房から出てきた。「コーヒーのおかわりは」

「いただこう」小曾根氏は急に胸をそらせて言った。

「小曾根さん」中西が引っこむとすぐ、もとの話に戻ることを恐れ、石坂はややきびしい顔をして見せながら言った。「そういうことをしていたからこそ、長島氏は誰かの恨みを買って殺されたのだとはお思いになりませんか」

「どのような恨みですか」小曾根氏は眼をぱちぱちさせた。「そんなことで殺人事件が起りますかな石坂さん。情事を斡旋した連中を脅迫していたというなら別だが、わたしはあの男、そんなことはしなかったと考えております。わたしがやらせた調査によれば、あの男の不動産会社は儲《もう》けに儲けております。脅迫などというけちなことをする必要はこれっぽっちもありません。わたしはね石坂さん、あの男が殺されたのはまさにその、不動産関係のもつれからであろうと確信しとるのですよ」

「そういえば、茶室でご相談した時も脅迫説を否定しておられましたね」

「そうですとも。長島氏があちこちに電話していたのは、脅迫なんぞではない、あれは不倫のセッティングをしておったのですわい。あはははは」

中西と若柳が厨房からあらわれた。

「おはようございます」若柳が挨拶した。

「やあ、おはよう」と、石坂は言った。「家でよく寝てきたかい」

「はい。少し寝過しまして」顔を赤らめてそう言ってから、若柳は中西に囁《ささや》いた。「ここはもういいから、君はフロントへ」

「はい」中西がホールに去った。

警察の車が到着し、西刑事をはじめとし、警備を交代する警官たちがどやどやとホールに入ってきた。宮田警部も起きてきた。彼は階段をおりながら警官たちに大声であれこれ指示をあたえ、ダイニング・ルームへ入ってきた。

「やあ。おはようございます」

「ああ。おはよう」小曾根氏もさすがに、宮田警部に対してあの軽口をとばすことはない。

かわって石坂が言った。「今日もまた、賑《にぎ》やかになりそうですね」

「そうなのです」宮田警部がちょっと困った顔をした。「マスコミの取材陣が、さらに増えるようでして」

「えっ。これ以上にですか」小曾根氏が身をそらせた。

「皆様。おはようございます」美代子夫人が起きてきた。昨日と同じ、黒ずくめの装いである。

「奥様」

彼女は夫と並んで、宮田警部の正面に掛けた。

「マスコミのかたが、もっと来られるのでございますか」

「そうなのですが、皆さんがたへの吉報もございまして。つまり報道陣が増えるのもそのせいでしてね」

「ははあ。よくわかりませんが」小曾根氏は夫人や石坂と顔を見あわせた。

宮田警部はちょっと得意気に鼻をうごめかした。「上層部に働きかけましてね。皆さんの外出禁止令を解除させました。つまり皆様がた、もうご自宅へ自由にお帰りいただいてよろしいわけでして」

「ああ」美代子夫人はほっとしたように背すじを伸ばした。

注文を聞く若柳に、わずらわしげにトーストとコーヒーを頼み、喋りたくてしかたがない様子の宮田警部がテーブルに身をのり出した。「皆さんのように身もとの確かな、一流の人士を拘束しておくなど、愚の骨頂であると言ってやったんですよ。発言力をお持ちのかたばかりであり、県警の評判を落すだけだとね。わたしとしましても、もうこれ以上、この産浜の悪い印象や思い出を皆さんがたがお持ち帰りになることにはとても耐えられませんので」

「でも、どうしてそのためにマスコミが」

石坂の疑問に、宮田警部は申しわけなさそうに言った。「今日、拘束が解けることを彼らが知りまして」

「洩れたんですか」石坂が呻《うめ》いた。「じゃ、帰宅するわれわれを待ちかまえて、無理やりインタヴューを」

「ああ。それがありますのね」美代子夫人も嘆きの声を発した。「わたくし、とても耐えられそうにございませんわ」

「それどころじゃありませんな。警備が解かれると、彼らはまたホテル内になだれこんでくる」

「それはさせません。捜査が終ったわけではありませんから、警備の警官は残します」いささか脅《おび》えた様子の小曾根氏に、宮田警部は強くかぶりを振った。「それに、昨日の夕刊を見た週刊誌ジャーナリズム、芸能ジャーナリズムなど、さらにミニコミまでがどっとやってくるという情報もありますのでね」

「これだけ奇ッ怪な事件ですからなあ」小曾根氏が嘆息した。「ほかで何か、もっとでかい事件が起ってくれんじゃろか」

美代子夫人と警部の朝食が運ばれてきた。

石坂は竹内史子の身が心配になってきた。これだけ警察官がいたのではもはやこっそり戻ってくることは不可能に近いが、それよりも産浜駅あたりでトラブルに巻きこまれたりはしていないだろうか。その方が気がかりである。やはりついていってやるべきだったのではないか。腕時計を見るとすでに十時だった。

新谷氏が厨房からあらわれた。

「支配人」

「まあ。お疲れでしょう」

「大変だったねえ」

立ちあがった客三人に、新谷氏はあわてて言った。「お客さまがお立ちになってはなりません。はい。ありがとうございます。通夜は無事終りまして、昨夜は宮田警部のご好意で加藤コック長ともども、警察の車に乗せていただき、十二時に帰ってくることができました」

「お疲れの出ませんようにね。もっとお休みになっていればおよろしいのに」

「ありがとうございます」新谷氏はホールに去った。

「警部」西刑事がやってきて、食事中の宮田警部に告げた。「署長から電話です」

「うん。うん」ナプキンで口を拭いながら警部はホールに去った。

「なんだか今朝は落ち着きませんわね。出入りが激しくて、ばたばたして」

美代子夫人がそう言った途端、玄関前が騒がしくなった。怒声、罵声《ばせい》も混っていた。

「どうなんですか」

「取材させろよ」

「待ってください。戻ってください」

「何かひと言。何かひと言」

取材陣から揉《も》みくちゃにされて髪をくしゃくしゃにした竹内史子が、ぷりぷりしながらダイニング・ルームに入ってきた。

「あの『なにかひとこと』っていうのは、昔で申しますなら『どうぞ一文』でけございませんの」

竹内史子の口から痛烈な罵声がとび出した。

「そうそう。情報が金になる時代ですからな」調子をあわせてそう言ってから、小曾根氏は怪訝《けげん》そうな顔つきになった。「どこへ行ってらしたんです。外出禁止令の出とるさなかに」

座を見まわし、警察関係者やホテルの者がいないことを確かめてから、竹内史子は言った。「産浜駅まで行ってきました。三日前の朝の、早苗さんの行動を調べるために」

「まあっ」竹内史子の行動力に今さらの如く驚嘆し、美代子夫人は叫ぶように訊ねた。「おひとりで」

「いいえ。『和歌山新報』のかたに手伝っていただいて」

「どうでした」同行しなかったことにひけ目を感じながら、石坂は訊ねた。「早苗さんはあの朝どこへ行ったのか、わかりましたか」どうせわかった筈はない、そう思いながら石坂は訊ねた。

「わかりませんでした。でも和歌山市へ行ったのじゃないことだけは、はっきりしました」

竹内史子がそう断言したので、石坂は驚いた。

「彼女を産浜駅まで乗せたタクシーの運転手に会いました。早苗さんはたしかに産浜駅前で車をおりて、駅舎の中へ入っていったそうです。で、当日の朝、改札をした駅員に会いました。ところが駅員は、その駅員の知る限りでは、産浜ホテルの支配人夫人が乗車するところをここ十日ほどは見ていないって言うんです」

「よくわかりましたなあ」小曾根氏が感嘆する。

「早苗さんはこの産浜では有名人なんです。ほかの駅員にも訊ねましたから、これは確かです。そして早苗さんが次にタクシー乗り場にあらわれたのは十一時過ぎ。つまり早苗さんは、タクシーの運転手には電車に乗ってどこかへ行ってきたと見せかけて、実際には歩いてどこかへ行ってきたのです」

「しかし、早苗さんが産浜でそんなに有名なら、お歩きになっていらしても、誰かから見られていたでしょうに」

「ですから『和歌山新報』の記者と手分けして、駅周辺を訊いてまわりました」記者連中を顎《あご》でこき使ったに違いなかった。

若柳が厨房から出てきたので、竹内史子は口を閉じた。

「気がつきませんで」若柳が竹内史子の様子を見て、ちょっとのけぞった。「ご朝食を何かお召しあがりになりますか」

「朝食メニューに、犢《こうし》のレバーというのがありましたわね」と、彼女は言った。「あれをいただきます。クロワッサンと」

「かしこまりました」若柳は眼を丸くして厨房に去った。

「産浜駅に行かれたそうですな」西刑事が眼を吊《つ》りあげてダイニング・ルームに入ってきた。『和歌山新報』の記者にでも聞いたのであろう。彼は竹内史子に強く糺した。「あちこちで聞き込みをなさったとか。無茶です。どうしてまた、そんなことを」

西刑事のあとから宮田警部もやってきて、食べ残した朝食の席についた。

「いやいや。つまり彼女はですな」小曾根氏がとりなした。「先日来、われわれの間で問題になっておりました、三日前の朝の早苗さんの行動を追ったのですよ。早苗さんを殺した犯人を突きとめたい一念による、衝動的な行為でしてな。許してあげてくださいませんか」

「外出なさらぬようにという警察のお願いをば、竹内さんのような社会的地位のあるかたに無視されては困りますなあ」さすがに宮田警部も苦い顔で言った。「で、何かわかったのですか」

「何も」と、ことば少なに竹内史子はそう答える。

「駅に行かれた。で、支配人夫人が改札を通らなかったことがわかった。それから、どうなさったのです」あらまし察しはついている様子の西刑事が、あいかわらず語気鋭く訊ねる。

「彼女を見かけたかどうか訊《き》いてまわりましたわ。近くを」

「近くですと」宮田警部と西刑事が顔を見あわ

せ、急に緊張した。「どこへ行かれたのです」

「駅前から順に、全部です。彼女がお店の前を通らなかったかどうか。立ち寄らなかったかどうか。果物屋さん、花屋さん、洋品店、薬局、洋菓子店、八百屋さん、肉屋さん」

「そうした店だけですか」

「誰かと会っていたかもしれないと思って、飲食店にも。イタリア・レストラン、和食堂、蕎麦屋さん、喫茶店、もう一軒の喫茶店、コーヒー専門店でしたけど」

「『アガサ』だ」警部と西刑事が頷きあう。

「ほとんどの店へ行かれたんですなあ」西刑事は嘆息した。「いったい三日前の朝、早苗さんが何をしたと想像なさってるんです」

竹内史子は西刑事の訊問口調が気に入らぬ様子で、むっつりと黙りこんだ。

彼女の心証が悪くなることを気にしてか、小曾根氏がかわって言った。「もう、申しあげてもよいと思いますが、実はわれわれ、あの日の朝早苗さんが、外で長島氏に会っていたのではないかと話しあったことがあるのです」

「これは支配人の前では申せませんが」竹内史子はきっぱりと言った。「わたくしは早苗さんが、長島氏から売春を強要されていたのではないかと考えております」

「おお」美代子夫人は天を仰いだ。

「売春」ふたりの警察官は、また顔を見あわせた。

「はい。ですからわたくしは、長島氏の経営なさっている不動産会社のビルへも行ってまいりました」

「なんですと」西刑事の顔色が変わった。「あそこへ行かれたのですか」

「はい。何もつかめませんでしたが」

「竹内さん。なんて乱暴なことをなさるんですか。われわれ、長島氏の殺害に関しては、不動産取引のもつれによるものという線も、慎重に追っておるんです。そのためあのビルの捜査にもまだ手をつけていない。ぶち壊しじゃありませんか。いやいや。こっちの都合だけで言ってるんじゃないですよ。素人が無目的に嗅《か》ぎまわると、真犯人に出くわしたりする危険が大きいんです。あなたの身を心配して言ってるんですよ。だいいち、あなたが今日なさったようなことは、警察がとっくにやっておるんですから」

唾《つば》をとばして喋《しゃべ》り続ける西刑事をじっと見つめていた竹内史子は、眼に涙を浮かべ、恨めしげに言った。「だって、そうしたことをちっとも教えてくださらないんですもの」

西刑事はたちまち赤くなり、握りしめていたこぶしを開いたり、また握りしめたりしながら呟《つぶや》いた。「それはまあ、捜査中の段階ではその、お教えできないこともありますし。とにかくまあ、今後はひとつ、気をつけてください」彼は赤くなっていることを自覚したらしく、あとは宮田警部にまかせてそそくさとダイニング・ルームを去った。

「西刑事がきついことを申しましたが、許してやってください」朝食を終えた宮田警部がコーヒーを飲みながら言った。「彼は竹内さんのことを心配して言っとるのです」

「はい。それはもう、よく」竹内史子は頷いた。

「実は先ほど、産浜署に電話がありまして、それは支配人夫人が売春をしていたことを密告する電話だったそうです」宮田警部が言った。「彼女の相手をした男からだと思いますが、おそらく新聞の写真を見たからでしょうな」

証人があらわれたことは、やはり石坂にとって重い衝撃だった。思わず呻き、彼は身をよじった。小曾根氏と美代子夫人と竹内史子がいたわる眼を彼に向けた。宮田警部はそれに気づかぬようだった。

「ほかにも二、三、投書などがありましてね」警部は喋り続けた。「で、まあ、そっちの捜査もせよという、今の産浜署長からの電話だったわけですが、われわれは昨日からの聞き込みで、これはある程度知っておりました。しかし竹内さんはどうしてまた、売春のことをご存じだったのですか。女性の勘、といったものですかな」

竹内史子は石坂をうわ眼で見た。石坂も少し困った。彼女は、別荘へ出かけたことを警部に言えないのだった。出かけた三人が警部から叱責《しっせき》されるだけならともかく、支配人はじめホテルの従業員までを共犯として巻きぞえにしてしまうのだ。

若柳が竹内史子の朝食を持って出てきた。彼女にとっては警部への答えかたを考える余裕となった。猛然たる彼女の食欲を、全員がしばらく唖然として眺めた。

若柳が厨房に入った。それ以上沈黙している理由がなくなり、彼女は喋り出した。

「それは消去法によるものです」と、彼女は言った。「存じていたのではなくて、だから誤っているかもしれない推測でした。いろいろな理由から、彼女が長島さんから脅迫されていたとは考えられませんでした。同様に、浮気の相手とも考えられませんでした。長島さんが早苗さんの売春の仲介をする、その、なんというか」

「ポン引き、ですか」と、警部が言う。

「ええ。それをなさっていると考えれば納得できたのです」

「どうも、そうお考えになった根拠が曖昧《あいまい》なように思いますが」宮田警部は納得しなかった。

「では、申しあげてしまいます。先ほど、早苗さんが売春を『長島氏から強要されていた』と申しましたが、これはこのお話が支配人に伝わった時のことや、ここにおいでの、早苗さんのファンでいらっしゃった石坂さんのお気持を考えて、遠慮して申しあげたことなんです。実はわたくしは、売春が早苗さんの意志から出たことだった可能性もあると考えております」

「嘘だ」石坂は叫んだ。「早苗さんともあろうひとが、なんで売春なんてことを、自分からすすんでなど。あんなに誇りの高かった女性が」

「おことばですが石坂さん」すまなそうに竹内史子は言った。「誇りの高い女性だったからこそ、早苗さんが、強要されて売春なさったとは、わたくしには尚さら考えられないんです。本当にいやなことなら、早苗さんは自殺なさっただろうと考える方が、わたくしには自然なのです」

「だからといって」

「そうです。早苗さんは誇りの高いかたでしたわ。わたくしたちと変わらないほどの教養もおありでした。そういうかたが現実に、こうしたホテルの従業員という役割の規範の中、ホテルの従業員と客といった制度化された関係の中におられた時、そこから浮遊しようとされるのは当然だったように思うのです」

「そうだとすれば、それはフェミニズムの撒《ま》いた種だ」石坂は呻くように言った。

「それは例えば、早苗さんがいくら支配人を愛しておられても、あらわれてくる現象だったのでしょうか」美代子夫人が苦悩の色を示して竹内史子に訊ねた。

「はい。この場合、無関係と存じます」と、竹内史子は言った。「早苗さんの誇りは、ただ、わたくしども以上に高価な衣装で身を包むことによって保たれていたのではないでしょうか。皆さんご記憶でしょう。支配人ご夫妻の報酬についてわたくしが持ち出しました下世話なお噂《うわさ》。あの時から早苗さんの、ホテルの従業員としていかに高給をお取りだったとしても、とてもとても買える筈のない高価な衣装と、しかもそれらをとっ替えひっ替えのご着用に気づいてはいたのです」

いつの間にか西刑事がやってきて、宮田警部のうしろに立ち、竹内史子の話を眼を丸くして聞いていた。宮田警部への用も忘れてしまっているようだった。

「それらがすべて、売春によって得たお金で買われていたものだったとおっしゃるのですか」小曾根氏が憮然《ぶぜん》として、呟《つぶや》くようにそう言った。

「知りあいから、安くで買っていると、新谷氏には言っていたらしいが」石坂もそう呟いた。

「でも、そのように安くで手に入るものではないということくらい、そのテーマで作品をお書きの今の石坂さんなら、おわかりの筈ですわ」

「早苗さんの衣装をすべて見たわけじゃないが」しかたなく、石坂は言った。「いいものばかり着ていたなあ」

「それがみんなお似合いで」美代子夫人も、思い出そうとする眼を宙にさまよわせた。

最初の日、早苗さんが着ていたスーツを石坂は思い出した。「ジバンシイを着ていたなあ」

「あれは二十万円ほどします」

「そんなに」竹内史子のさりげない評価に、西刑事がのけぞった。

「ええ。あれは彼女が着ていらしたものの中では、いちばん高価なものでございましたわね」美代子夫人が頷いた。

おれを出迎えるために、いちばん高価なものを着てくれたのだろうか。そう思い、石坂の胸がいたいたしさに疼《うず》いた。

「でも、最近はずいぶん贋《にせ》のブランドが出まわっていますからね。あはは」

そう言った西刑事は、たちまち全員から軽蔑《けいべつ》の視線を浴びた。

「何を馬鹿なこと言うんだ君は。このかたたちが贋ものと本ものの見分けもつかないかたたちだとでも思うのかね」宮田警部が叱責する。「君は沈黙していなさい」

西刑事はまた真っ赤になった。「はい。沈黙します」

「しかし、ジバンシイなら、十三万円ぐらいからでもありますよ」

　石坂がそう言うと、美代子夫人は強くかぶりを振った。「いいえ。あれはわたくし、大阪で見ております。とてもそんなに安くではございません」

「あの純白のサマー・ニットは素晴らしかったなあ」と、小曾根氏も負けずに言った。「竹内さんが、輝いていているといって褒められましたな」

「ええ。『バリー』でしたわね」竹内史子は頷いた。「九万円ほどのお品でございましょうか」

　西刑事が手帳に書き込みはじめた。

　みんなが四日前の夜から順に思い返しているらしいな、と、石坂は思った。では、翌朝だ。「ええと。シルクのセーターに、薔薇《ばら》の、膨れ織りの」

「ああ。タイトスカートね」

「セーターの方は二万二千円です。婦人雑誌に出ていました」

「スカートが四万五千円です」

「それからヨシエ・イナバのシャークスキンのスーツ」美代子夫人が言った。「あれはたしか七万二千円です」

「ディナーの時に着ていたのもよかったが、あれは何だったのかな」小曾根氏が首を傾げた。

「マダムニコルでございました」

「ああ。マダムニコル。ディナーの時の。あれだけですが、わたしとてひとつくらいは存じておりますぞ」宮田警部が嬉しげに身をのり出した。「あれはなんと、十万二千円もします。わたしはあれをボーナスで、顫《ふる》えながら妻に買ってやりました。どうしても欲しいというものですからな」一気にそう言ってから警部は、全員の唖然たる注視に気づいて顔を赤らめた。「いや。これはお恥かしい」

「愛妻家でいらっしゃるのね」美代子夫人が微笑してそう言った。

「しかし凄《すご》いな」西刑事が計算して言った。「これだけでもう、五十三万一千円ですよ。衣装戸棚にはもっとあったし」

「あれはまあ、去年の服だってあったんだろう」と、宮田警部は言った。「しかし、いったい一度の売春でいくら貰っていたんでしょうな」

「その、売春というのをやめていただけませんか」石坂が呻くように言った。「耳にするだけでひどくこたえますので」

「では、どう言えば」警部がとまどった。

「まあ、相場としては」

西刑事が気軽に言いかけたため、竹内史子がぴしゃりと封じた。「早苗さんに相場は通用しません」

「あのかたを一回につきいくらなどと値踏みなさることは、少なくともわたくしども女性の前ではお慎みくださいませ」美代子夫人も言った。

「はあ。これは失礼」

若柳がコーヒーを運んできたので、一同はまた沈黙した。

「マスコミの連中が」と、西刑事はそもそもの用件を宮田警部に伝えた。「どんどん増えてきまして、さっきから取材させろと騒いでおります。せめて警部の捜査報告だけでも聞かせろと」

「君がなんとかできんのか」

「限度のようで。また乱入しかねません」

「しょうがねえなあ」警部は面倒そうに巨体を持ちあげ、気のすすまぬ様子でのろのろと玄関に向かった。

「松本さんは」気になるらしく、斜め向かいの竹内史子が、長い睫毛《まつげ》のうわ眼づかいで石坂に訊ねた。

「部屋です。寝てるのでしょう」

「ナイフを砥《と》いどるのかもしれん」小曾根氏がまた馬鹿なことを言ってしまい、身をのけぞらせた。「あーっ。これはまたしても不謹慎なことを」

「彼は満足に刃物を使えないから、犯人ではありませんよ」

石坂が昨日の騒ぎを小曾根夫妻に物語っているさなか、当の掃除婦たちが厨房から出てきたので、若柳ともども一同は笑いを押さえるのに苦しむ。掃除婦たちは陰鬱《いんうつ》な眼で客に目礼しながらロビーに去った。

「掃除婦が犯人、ということはあり得ますかな」

彼女たちを眼で追いながら、小曾根氏が言った。

「まあ。『ノックスの十戒』をご存じありませんのね」竹内史子がくすくす笑った。

玄関前広場がまた騒がしくなった。怒号も混っていた。

「それではわからんじゃないか」

「何を言っとるんだあんたは」

宮田警部がいい加減な応答をしたための反撥《はんぱつ》に違いなかった。

「さてと。そろそろ帰宅する準備にかかるかね」

「でもあなた。玄関の前があんな状態では、とてもすんなり帰らせて貰えそうにございませんわよ」

「なに。大丈夫大丈夫。大阪支社に電話して、車で社員を何人か来させよう。屈強な連中をな。彼らにガードさせればよろしい」小曾根氏は石坂たちに頷きかけた。「およろしければ、ご一緒に車でいかがです。大阪までですが」

「それは助かります」石坂と竹内史子は頭を下げた。

小曾根夫妻が立ちあがった。竹内史子が立とうとせず、何やらもたもたしているので、何か話したいことがあるのだろうと判断し、石坂もしばらくあとに残った。

ふたりは目顔で頷きあい、立ちあがってホールに出た。玄関前には取材陣がひしめいていた。ほとんどの警官が入口の警備にあたっていた。

「さっきは警部がやってきたから、途中までしか話せなかったけど」階段をあがりながら竹内史子は言った。「産浜で、たいへんなことが起ってるの」

「なんだい」

「大がかりな主婦売春なのよ。喫茶店でも、レストランでも耳にしたわ。『和歌山新報』の記者も、そんな噂があることを否定はしなかったわ」

石坂はまた呻いた。「女がふしだらになった現実は、フェミニズムの成果でもあるんだろう」

「言わないで」竹内史子は言った。「問題にはしてるのよ。でも、どんな理論も、まだ対応できないでいるの」自分にあてられたプライベート・ルームの前に立ち、竹内史子は石坂をじっと見つめて訊ねた。「わたくしは決してふしだらじゃないわ。でも、わたくしの部屋に、お寄りになる」

石坂は茫然《ぼうぜん》として彼女を見つめた。

「早苗さんほどには、わたくしを愛してらっしゃらないことは、わかってるわ。でも、わたくしの水着姿を、男の眼でご覧になるわ。それに、ほんとはわたくし、ちょっと怖いの」彼女の眼にはありありと脅えの色があった。

「そうだな」頷いて、石坂は彼女の部屋へ入ろうとした。

だが、すぐに気がついて窓を振り返った。玄関前広場にいる取材陣が大勢、二階の窓を見あげていた。

「駄目だよ。あれを見ろよ」石坂は苦笑して言った。「見られている。おれが君の部屋に入ったりしたら、えらい騒ぎだ」

「残念ね」

「おれの方が残念だ」

自室へ向かいかけた石坂を、竹内史子は呼びとめた。「石坂さん。あなたこのまま、お帰りになるつもり」

「だって、しかたないだろう。君は」

「わたくし、もう少し残って、早苗さんを殺したひとをなんとかしてつきとめて」

「本気かい。おい」

宮田警部がひどく傷ついたような顔で階段をあがってきて、ふたりに言った。「わたしのような田舎者の警察官には、中央のマスコミは荷が重い」さんざ罵倒《ばとう》されたに違いなかった。「部屋でちょっと泣きますわ」宮田警部は疲れた様子で自室の二号室へと去っていった。

　自室から家に電話をし、帰ることを伝えてから、石坂は支度をはじめた。しかし、竹内史子の言ったことが気になった。残るというのは本気だろうか。「早苗さんを殺したひとをなんとかしてつきとめて」やりたいとは思うけど、やはり帰るというのではなかったのだろうか。おそらくそうだろう。早苗さんの仇討《あだう》ちをしてやらねばならぬほどの義理は、竹内史子にはない筈だ。

　突然帰ることになったため、支度には三十分ほどかかった。完全に荷物を整えてから石坂は、竹内史子の意志を確かめようとして部屋を出、隣りのプライベート・ルームを訪れた。ノックをしたが応答はなく、ドアには鍵がかかっていなかった。

「おうい。物騒だぞ」

　返事がなかった。石坂は部屋に踏みこんだ。竹内史子が殺されていた。彼女は応接セットのソファの前の床へ仰向けに倒れていた。右の脇腹《わきばら》から血が流れ出ていた。顔は白く、眼が見開かれていた。石坂は廊下にとび出した。転ばぬよう片側の壁にからだをこすりつけながら階段をおりて踊り場に達した。一階のホールには誰もいなかった。

「竹内史子が殺された」と、石坂は絶叫した。もう一度叫ぼうとしたが、ふらついた。壁に寄りかかった。

「誰も入れるな。榊と市野を呼べ」ロビーから駈け出てきた西刑事が、玄関から入ってきた警官たちにそう怒鳴りながら、階段を駈けあがってきた。

「榊さん。榊さん」警官のひとりがダイニング・ルームに駈けこんで行った。

「入口全部に鍵をかけろ。窓もだ」一階へそう叫びながら西刑事は石坂の前を二階に駈けあがった。石坂がホールにおり立つと、玄関前では中へ入ろうとする取材陣が警官たちと揉みあっていた。

「はい。そうです。プライベート・ルームだと思います」

厨房から榊という刑事と加藤コック長が出てきた。支配人室からやってきた新谷氏とぶつかりそうになってから、榊刑事は階段を駈けあがっていった。

「支配人」と、石坂は言った。「竹内史子が刺された」

新谷氏はからだをぐらりと揺らめかせた。椅子にかけようとし、すぐに立ちあがった。「聞いただろう。コック長。厨房の戸や窓を閉めさせなさい」

「へい」加藤コック長は厨房に戻った。

ロビーの方から中西がやってきて、厨房から若柳が出てきた。

「君はここにいろ。君はフロントだ」

「はい」中西がホールに去った。

石坂はのろのろとダイニング・ルームの奥に進み、正面の椅子に掛けた。そこからはホールとロビーが見渡せた。

「ひえ」ロビーの掃除をしていたふたりの掃除婦が話を聞いて悲鳴をあげ、こけつまろびつ厨房へ入っていった。

「またかいな」

「昼間やがな」

玄関前の騒ぎが少し静まり、刑事がひとりホールに入ってきて、電話をかけはじめた。

さっきまで、おれと話していたのに、と、石坂は思う。殺されちまった。早苗さんの時は生きている姿を見て数時間ののちだったが、今度は数十分ののちだ。まるで夢のようではないか。しかも竹内史子からは情事まで持ちかけられたのだ。おれが彼女の部屋にいれば、あるいは殺されなくてすんだかもしれないのだ。

ヘリコプターの音が聞こえていた。ずいぶん前からしていたように思われた。部屋にいた時からだ。

「マネージャー」

「何でございましょう」

「あのヘリは、いつから飛びまわっていた」

「もう、だいぶ前からになります。一時間くらい前からでしょうか」

「事件の前からだな」

昼間だけにパト・カーの到着は早かった。少なくとも五台以上の車が、次つぎとやってきた。たちまちホールと階段は刑事たちの往来でごった返した。

西刑事が二階からおりてきた。あきらかに顔色が変わっていた。単なる職業上の緊張感ではない、別の種類の決意のようなものが見られた。

「支配人」ダイニング・ルームに入ってきて、彼は言った。「この部屋に全員集ってもらうことにしました」

「わかりました」

「これを閉めてください」

「はい」若柳がホールとの境のアコーデオン・ドアを閉めた。

「恐ろしいことですわ。恐ろしいことですわ」小曾根夫妻がやってきた。美代子夫人は悲嘆にくれていた。「次に殺されるのは、あたくしでございます」

「奥さん。まあ、落ちついてください」西刑事が美代子夫人を石坂の斜め右に座らせた。小曾根氏は彼女の隣りに掛けた。

刑事のひとりがダイニング・ルームへ入ってこようとした。

「入るな」西刑事がそう怒鳴って追い返し、アコーデオン・ドアの隙間からホールに向かって叫んだ。「市野君」

市野と呼ばれた刑事がやってきた。

「ここに誰かひとり、立たせてくれ」と、西刑事が命令した。「事件関係者だけを入れる。警察関係者は入れるな」

「はい」

「このままでは、最後に残ったひとりが犯人ということになってしまいます」美代子夫人はまだとり乱し続けていた。「あたくしは殺されるのも、最後のひとりになるのもいやでございます」

「支配人。あなたの私室に入らせていただけますか」西刑事が言った。

「どうぞ」新谷氏が鍵を渡した。

「石坂さん。ちょっとあなたに確認しておいていただきたいことがあります」西刑事は厨房の入口に立って石坂を呼んだ。「おいで願えますか」

「はい」

厨房に入るのは初めてだった。冷房のきいた広い厨房の中ほどに茫然と腰かけていた加藤コック長とボーイたち、掃除婦たちが、びっくりしたような顔で西刑事と石坂を見た。

「お邪魔します」と、西刑事は言った。「あなたがたはしばらくここにいてください。食堂へは入ってこないように」

「へい」

裏口に警官が立っていることを確認してから、西刑事は支配人の私室のドアを開けた。

「こちらへ」

沓脱《くつぬ》ぎがあり、カーペットの敷かれたリビング・ルームがあり、その奥が支配人夫婦の寝室だった。畳の上にベッドがふたつ並んでいた。入って左側に問題の窓があり、奥の右の壁には支配人室へのドアがあった。衣装戸棚は正面にあり、造りつけになっていた。西刑事は衣装戸棚をあけた。

石坂は眼を見はった。今年流行の春、夏、秋の衣装が揃っていた。新谷氏の服は僅か五着ほどだった。

「素晴らしい」と、石坂は言った。

「ご確認願えましたね」

「はは、はあ」

西刑事は衣装戸棚を閉めた。なぜ早苗さんの衣装を石坂に見せたのか、西刑事の意図はわからなかった。

厨房に戻る時から、けものの咆哮《ほうこう》のような粗雑で凶《まが》まがしい音声が聞こえ続けていた。ダイニング・ルームに入ると、困りきった表情の小曾根夫妻の正面に掛けた松本が、あたりはばからぬ大声で泣いていた。食卓を叩き、わけのわからないことをわめいていた。

石坂は眼を丸くして訊ねた。「どうしたんですか」

美代子夫人が混乱の表情で、立ちすくんでいる石坂を見あげた。「竹内史子さんがお好きだったんですって」

「もう、好きで好きで、どうしようもなかったんですよう」恥も外聞もなく、涙にまみれた顔を歪《ゆが》め、松本は号泣し続けた。「でもそんなこと、彼女には言えなかったんです。もうあんなひと、この世の中に、二度といませんよう」

あまりに好きであるが故《ゆえ》の、ことごとの反撥であったか、と、石坂は思った。なるほど。そういう気の毒な性格だったんだな。でけこの男の前では、竹内史子から情事を迫られたことなど、口が裂けても言えないなあ。

「全員揃ったからと、宮田警部に言ってきてくれ」西刑事がホールの警官にそう命じた。「そろそろ、おいでくださいとな」

「わかりました」

「警部に、そこへ掛けてもらいます」さっきまで石坂がかけていた正面の席を差して西刑事が言った。「石坂さんはこちらへ。あなたはここへ。君はそこへ」

ヘリコプターの音がまた大きくなった。

「またしても『ホテル全体が巨大な密室』になってしまいましたな石坂さん」小曾根氏が嘆息とともに言った。「今回、昼間ではあるが、出入口はすべて警官によってかためられ、さらにその周囲をマスコミがとり囲み、上空からはヘリコプターの監視。内部にいた者の犯行であることはもはやや、否定のしようがありませんぞ」

第十章　犯人

がっくりと気落ちした様子で、宮田警部はダイニング・ルームへ入ってきた。背が丸くなり、肩が落ちていた。

「わたしがいながらこんなことになったのでは、わたしはクビだ」そんなことをぶつぶつ呟《つぶや》きながら、警部は部屋の奥まで進んだ。眼がうつろだった。

「警部はこちらへ」かわって西刑事が、てきぱきと段どりをすすめる。

食卓の、奥の正面に宮田警部が掛け、その左が松本、そして石坂、新谷氏。右が美代子夫人、小曽根氏、若柳。西刑事自身は宮田警部の斜めうしろ、スタンド・バーの高い椅子に掛けた。

「全員お揃いのようですね」と、西刑事が言った。「警部。始めましょうか」

「うん。うん」宮田警部は食卓の上で揉《も》み手をしながらのろのろと喋《しゃべ》り出した。「容易ならぬ事態となりました。このわたしが、皆さんと同じ二階にいながら犯行に気づかず、それを食いとめることもできなかった。大失策です。それをまず、お詫《わ》びします」深ぶかと一礼した。

「いったい警察は何をしていたのですか」

まだ泣きじゃくり続けながら、松本が真っ赤に充血した非難の眼を宮田警部と西刑事に向けて難詰《なんきつ》した。今や全員が、なかばは同じ気持でいるものだから、とりなそうとする者はいない。

「決して油断していたのではありません」西刑事はやや弱よわしく弁解した。「もし悔むべき点があるとするならそれは、二階の廊下に警備の者をひとりも置かなかったことでしょう」

「そうですよ」松本はいいつのる。「なんで置かなかったんですか」

「わたしがロビーにいて、二階へあがる者がいないか、階段をずっと見張っていたからです」西刑事はきっぱりとそう言った。「警官は全員、出入口をかためていました。だからそれで充分だと思ったんです」

「しかし、充分じゃなかった」松本は大声を出した。「犯人は二階へあがってきたじゃありませんか」

「いいえ。二階へあがった者はひとりもいません」西刑事がそう言った。「竹内史子さんが二階へあがられて以後は。また、事件発生時、二階にいたのはここにおられる皆さんだけです」

「どういうことですかな」小曾根氏が驚愕《きょうがく》した。

「では犯人は」

「二階にいたんです。つまり犯人は、ここにおられる皆さんの中にいるのです」

「嘘《うそ》ですわ」美代子夫人が声をはりあげた。「そんな恐ろしい。嘘。嘘。嘘。嘘ですわ」


「そんなことを言うのなら西刑事」松本が血相を変えて突っかかった。「二階にいた宮田警部は勿論《もちろん》のこと、階段をずっと見張っていたと自称するただひとりの人物、つまりあなたも容疑者だということになりますよ。あなたは二階へ自由に上がり下りできたんだから」

「お怒りはごもっともと思う」宮田警部が頷《うなず》いた。「警察官が犯人であるわけがないという主張は、同様に、立派な人物であり名士でもいらっしゃる皆さんがたにだって通じる主張です。いいですよ。容疑者にわたしどもを加えたって」

「新谷氏と若柳君はどうなんです」石坂は訊《たず》ねた。「彼らは二階へあがっていないのでしょう」

「ええ。支配人はずっと支配人室におられた。それにあの部屋は外のマスコミ連中からずっと見えていましたからね。若柳君も厨房あるいはこの部屋に、たいてい誰かと一緒にいた。したがっておふたりは、第一、第二の事件の証言者として加わっていただいているだけです」西刑事はそう言った。

「はっきり申しあげて、ぼくはこの事件の、あなたがた警察の捜査方法に、大きな不満を抱いています」松本は警察を、まだ糾弾《きゅうだん》し続ける。「だいたい、長島氏が別荘で別荘人種の浮気の斡旋《あっせん》をし、その覗きをやっていたことをなぜ隠していたんです」

ああ。言ってしまった。石坂は天井を向いた。しかし、今となってはもうしかたがあるまい。

西刑事は苦痛の表情で俯《うつむ》き、宮田警部は松本を睨《にら》んだ。「なぜそれをご存じなのですか」

警察と対立することになるな。そう思いながら、石坂も松本の援護射撃に出た。「それだけじゃありませんよ。ぼくはこの産浜で大がかりな主婦売春が行われていることも知っています。なのに警察は、それらを捜査から除外して」

「除外したわけじゃありません」西刑事が苦痛の表情を見せた。

「売春に関する投書があったことを、たしかにさっき宮田警部からうかがいました。そっちの捜査も始めるということをね。しかしそれは、ついさっきですよ。遅きに失するのではありませんか」

「竹内さんは産浜駅へ行く前に、長島氏の別荘に立ち寄ったのですな」石坂の言うことをまったく聞いていなかった様子の宮田警部が、やっと気がついたというように背筋を伸ばした。「くそ。『和歌山新報』のやつ。彼女から口どめされていたか」警部は新谷氏を睨みつけた。「鍵を渡したのかね」

「いいえ。もっと確かな証人がいるんです」石坂は叫ぶように言った。新谷氏を護るためとあれば、しかたがなかった。新谷氏のためなら小曾根氏も自発的に告白してくれる筈だ。石坂は小曾根氏を、じっと見つめた。

小曾根氏は身じろぎした。唇を舐《な》めた。それからゆっくりと喋りはじめた。「石坂さんにもお話ししたことですが、申しあげてしまいましょう。実にお恥かしいことですが、わたくし、三日前の午後、長島氏に招かれまして、彼の別荘の例の覗き部屋から覗き見をいたしましました」

「おう」美代子夫人が身をのけぞらせ、ハンカチを噛《か》んで悲しげに夫から顔をそむけた。「なんて汚らわしいことを」

「おっしゃってくださいませんでしたなあ」宮田警部が憮然《ぶぜん》として言った。

「すみません」小曾根氏は案外しゃあしゃあとしている。

美代子夫人もそれ以上夫をなじる気はなさそうだった。浮気ではなかったと知り、少しほっとしているのかもしれなかった。

「それだって、ある程度、想像はついていたのですが」西刑事がまた苦悩の表情をした。「警部と相談の上で、深くは追及しないことにしたんです」

「なにしろ地位のあるおかたですからな」阿《おもね》るように笑みを浮かべて、宮田警部がそう言った。

「それがおかしいじゃないですか」食卓を叩かんばかりの勢いで松本が言った。「小曾根さんの身を心配することはともかく、どうして浮気していた連中のことを調べなかったんです。これでは警察ぐるみで産浜のスキャンダルを隠蔽《いんぺい》しようとしたと思われたってしかたがないんじゃないですか」

「そういえば警部」腑に落ちない、という表情で、小曾根氏が宮田警部に向きなおった。「例の赤革の手帳の紛失があきらかになったあと、あのディナーの時も、あなたはまだ強盗説を撤回しようとはなさっていませんでしたな。あれはどうしてですか」

「そう。犯人が、通夜にはあらわれないだろうとおっしゃった」松本が、今や噛みつかんばかりに言う。「だいたい警部には納得できないことが多過ぎます。われわれに対する事情聴取だってお座なりだったし、今石坂君の言った主婦売春のことだって、それだけ大がかりなのであれば、警察に投書のひとつやふたつ、あったのがあたり前です」

「石坂先生」宮田警部は石坂に向きなおった。「そのことはどこで」

「竹内さんですよ。その竹内さんでさえ知ることのできた噂を、どうして警察が知らなかったのか、ぼくには疑問に思えてなりませんね」

「早苗さんの、あの朝の行動にしても左様でございましょう」ついに美代子夫人までが非難しはじめた。「あのかたの行かれた先くらい、警察でお調べになればすぐおわかりになる筈でございます。そもそもあそこは警察署のあるあたり、いわばお膝元じゃございませんか」

「どうも、総攻撃ですな」宮田警部が憮然として顎を撫でた。

「だから言ってるでしょう。警察ぐるみで、この産浜のスキャンダルを隠蔽しようとしてるんですよ」

「警察ぐるみでなどと言わないでください」松本の非難にたまりかねて、ついに西刑事が大声を出した。

一同が驚いて西刑事を見つめた。

西刑事は自分の大声を恥じるかのように俯いて、呟くように言った。「早苗さんはあの朝、警察に来たのではないか。わたしはそう思っています」

「君。なんでそんな、いい加減なことを」宮田警部が仰天して西刑事を振り返った。

「警部」西刑事は決意を眼にこめて警部を見つめた。「今度の事件の失態で、警部がクビを覚悟なさっているのと同様、これから申しあげるのはわたしもクビを覚悟してのことですので、そのおつもりでお聞きください。あの朝、早苗さんを署の裏口あたりで見かけた者がおります。わたしは早苗さんが警察署内で、誰かとひそかに会っていたのではないかと思っております」

「誰かとは、たとえば誰ですか」小曾根氏が吃驚《びっくり》した様子で訊ねた。「警察署内で会える人物など、限られておりますぞ」

「しかも、早朝でしたから尚さらです」西刑事は言った。「早苗さんが会っていたのは、宮田警部、あなた以外にあり得ないとわたしは思っています」

全員が唖然とした。

「あの朝、あなたは県警へ出勤なさる前、署に立ち寄られましたね」西刑事は続けた。「わたしは確かにお見かけしました。こんな早朝、誰に会われたのかなと思っていたのですが、あの時間の限られた出勤者にあとで聞いてまわっても、誰もあなたと会ったという者はいない。そしてわたしが警部をお見かけした場所は署内の、裏口に近い機械室のあたりでした」

「彼女に会う理由がないよ、わたしには」宮田警部は眼を丸くしたままで反論した。「産浜署に、彼女が売春しているという電話があったのは、今朝がたのことだからね。彼女をこっそり取り調べたりする理由は、まだなかったんだ」

「いや。県警の方に投書があったんだ。そうに違いない」松本が興奮して立ちあがり、警部に指を突きつけた。「そしてあなたはそれを、握りつぶしたんだ」

「何をおっしゃる」警部は大きくのけぞった。「産浜の、一ホテルの、支配人夫人の売春を、誰が、なんで、わざわざ県警など投書したりしますか」

「そうじゃない。そうじゃない。長島氏のことだ。主婦売春のことだ」

松本は宮田警部に摑《つか》みかからんばかりの様子となった。石坂は立ちあがり、彼を背後から抱きとめた。

「わかったぞ。だが松本は言いつのった。あんたが犯人だ。宮田警部。あんたが犯人だったんだ」

「落ちついてください。落ちついてください」西刑事が椅子からおりてそう叫んだ。

石坂は松本を椅子に掛けさせた。

「お気持はわかりますが、興奮なさっては困ります」宮田警部は説得口調でそう言った。「たしかに、容疑者のひとりにされても致しかたがないとは申しましたが、皆さんのためにこんなに尽していながら、理由もなしに犯人呼ばわりされては立つ瀬がない」

「早苗さんに会って、あなたは長島氏殺害に協力するよう求めたのだ」松本は狂気の眼で宮田警部を見つめたまま言った。

「そんな筈、ないじゃないか」石坂はけんめいに松本を宥《なだ》めた。「早苗さんは長島氏が殺されるなど、夢にも思っていなかったんだぜ。気絶したのは芝居だなんて君は言ったけど、あれは絶対に芝居じゃないし、だいいち、長島氏が殺されると知っていたらあの程度のとり乱しかたじゃすまなかった筈だ」

「妻が売春しておりましたのが事実といたしましても」

突然、新谷氏が喋り出したので全員が粛然とした。今まで彼の存在を忘れて議論していたのだった。

「殺人の共犯であったとは考えられません。あれはとても、それほどのことができる女ではございません」

「そうでございましょうとも」美代子夫人が全員を代表して詫びた。「ごめんなさいね支配人」

石坂はいたいたしげに新谷氏を見た。「支配人。あなたは奥さんがからだを売っていることに、うすうす気づいていたんだね」

「おっしゃる通りでございます。しかしそのことで妻を問いつめたことは一度もございません。それを口にすれば、もう、夫婦の仲はそれっきりでございましたでしょうし、わたしは妻を愛しておりましたから。それに妻はなぜかその」支配人は悩ましげに嘆息した。「愛情深くなり、美しくなり」はっとして身を起した。「あ。失礼を」

「女性の美は道徳と無縁なのだよ。支配人」小曾根氏が慰めるように言った。

竹内史子がここにいれば、当然ひとことあって然《しか》るべき発言だな。そう思った石坂は、改めて竹内史子が死んだこと、もういないことに気づかされて愕然《がくぜん》とした。松本も同じ思いらしく、呻き、身じろぎした。

「しかし、妻の罪ほろぼしになるかもしれませんので申しますが」新谷氏は全員を眺めまわした。

「長島様の事件がございました日の朝、妻はいつもよりたいへん早く起きましたし、早く仕事を始めました。これは事実でございます」

「そう。あの日はずいぶん早く、海岸へのドアなどを開けてまわっていたな」と、石坂も言った。

「あのう。おことばですが」若柳が口を出した。

「海岸へのドアは、そんなに早くは開けません。あそこだけはいつもわたくしが八時ごろ開けます。あの日もわたくしが開けました」

「えっ。それじゃあの朝、早苗さんはいったいロビーで何をしていたんだろう」

西刑事が緊張した。「早苗さんがロビーにいたんですか」

「ロビーから戻ってきたんです。ホールで立ち話をしました」石坂は膝を叩いた。「なんで思い出さなかったんだ。あの時早苗さんはぼくの顔を見て、失神しそうになった」

「犯人を逃がしてやった直後だったからだ」松本がそう言った。「それを君に見られたと思ったんだ」

「つまり彼女はその時、海岸へのドアを、開けたのではなく、閉めたと」

「きっとそうでしょう」新谷氏がまた嘆息して、西刑事に言った。「前の晩、わたくしは妻に、海岸へのドアは閉めたかと念を押しました。妻は確実に閉めたと断言いたしました。それでも納得せずにまた見に行ったりするわたくしの性質を存じております以上、寝る前には確実に閉めていたものと思われます。ですから妻は、朝がたいったんあのドアを開け、それから閉めたのです」

「おそらく犯人は」さすがにもう警部とは言わ

ず、松本は譲歩してそう言った。「長島氏を殺すとは言わず、話をつけに行くと早苗さんに言ったんです。で、早苗さんは打ちあわせた時間にドアをあけてやり、一号室の鍵を渡してやり」

「待ってくださいよ」宮田警部が苦笑した。「話をつけに行くだけなのに、なんでそんなに朝早く、しかも寝ているところを襲ったりするのですかな。そりゃ犯人は最初から長島氏を殺すつもりであったとしても、早苗さんを納得させることはできないのではありませんかな」

「決ってるでしょう。犯人が、誰にも顔を見られてはならない人物であったことと、話の内容が早苗さん自身にも関係する重大な話であったこと。それだけで早苗さんを納得させることはできた筈です」

興奮している松本が比較的理路整然と話せるのも、もしかすると大学における学内政治の成果であるのかもしれなかった。石坂は感心した。

松本は続けた。「犯人は一号室に入り、長島氏を殺害し、産浜中の主婦売春の証拠になる赤革の手帳を奪い、また海岸へのドアから逃げた。誰かに顔を見られては困るので、崖の上の道を別荘地の方へ逃げたのでしょう。早苗さんはそのドアを閉めた」

「しかしそれは、われわれがある程度考えていたことなのですが、松本先生。その犯人をやはり、このわたくしだとするお考えに変わりはないのですか」

「ええ。変わりありません」松本は決然として頷いた。「早苗さんが落ちつきをなくしたのは、警部、あなたが四日前の夜、明日警察へ来るようにという電話をかけてきて以来です。あれがすべての始まりだった。そう考えなければ、辻褄《つじつま》が合わないんです。早苗さんは本来なら強盗がそこから入ったように見せかけるため開けておくべきだった筈なのに、支配人から念を押されていた手前、海岸へのドアを閉めておくしかなかった。ホテル全体が巨大な密室になったのは偶然だったのです」

「困りましたなあ」宮田警部は天井に向かって嘆

息してから、笑いながら西刑事を振りかえった。

「西君。この松本先生の誤解を解く方法はないものかね」

だが西刑事は、俯いたままだ。

「実は警部」新谷氏が思い切ったように警部に向きなおった。「わたくし、警部に二、三うかがいたいことがございます。長島様の通夜の晩、つまり妻が殺された直後のことですが、ロビーで皆さまとご一緒に事情聴取を受けております時、わたくしは警部に、通夜は十時半ごろ、いったん終りかけたと申しあげました」

「えっ」西刑事が身をのり出した。「わたしは聞いていない」

「刑事さんは殺害現場におられたのですわ。でも、わたくしは憶えております」

「それからまた、その後三、四人の弔問客があったということも申しあげました。しかし警部はあの時、わたしのその話を途中で打ち切られましたな」

「ぼくも憶えている」松本が、叫ぶように言った。

「それはおそらく、ほかにもっと訊《き》きたいことがあったからだと思うが」面倒そうな口調ながら、宮田警部の眼には次第にいやな光が宿りはじめた。「それがどうかしましたか」

「警部。あなたは長島さまの別荘で、通夜の客があと二、三人になった十時ごろ、部屋の隅の電話で、現在長島さまの通夜を別荘で行っていること、もう終りそうだから来るなら早く来るようにと、どなたかにおっしゃっておられましたな」

「わたしは、そんな電話など」

「いえ。わたくし、なぜ通夜の終りかけているこんな時にそのような電話などをと、不審の念とともに、確かにそう耳にいたしました。あれは警部、わたくしの帰りを少しでも遅らせようとなさってのことではなかったのですか」

「支配人」宮田警部は眼を剝《む》いた。「わたしがなんでそんなことを」

「それは警部、あなたがわたしの妻を殺害するその前に、わたくしが帰ってきたりすることのないようにでございます」静かな怒りが徐徐に新谷氏の顔に浮かびはじめた。

「支配人。あなたまでが何を」宮田警部は一瞬あっけにとられ、すぐ西刑事を振り返った。「西君。これではまともな事情聴取ができん。皆さんショックでやや異常な心理になっておられる。いったん中断しようか」

「警部」西刑事が暗鬱《あんうつ》な眼で宮田警部を見つめた。「実はわたしも警部のその電話を聞いております。お話のなさりかたから、いずれも産浜のかたで長島氏と警部の共通のお知りあいだなと了解しましたが、十分ほど間をおいて二度聞いてしまいました。ずいぶん大勢のかたに電話されるんだなと、その時の印象ではそう思っただけでしたが」俯いた。「警部。そのことをきちんとご説明にならない限り、警察官としてのわたしがここにおります以上、まずいことになるのでは」

「君までが」警部は憤然として席を立った。「雰囲気に呑まれたな。警察官として恥ずべきことだぞ」宮田警部は大声でほかの刑事の名を呼ばわりながら、アコーデオン・ドアの方へ歩き出した。

「榊君。市野君」

新谷氏が立ちあがり、警部の行く手を阻《はば》んだ。「警部」静かな声に、怒りが漲《みなぎ》っていた。「席にお戻りください」

「なんてことだ。顔色が変わっている」ぶつぶつ言いながら警部は席に戻った。

石坂、小曾根、美代子夫人、そして若柳は、あまりの急な展開に驚いて声も出ない。

「お水を」と、呟いて若柳が厨房に立った。

全員のどがからからになっているらしく、とどめる者はいなかった。

「少し酔っていたし、ほんの思いつきで電話しただけなんですがね」厭味《いやみ》の口調で、宮田警部はそう説明した。それから突然、この事態が面白くてたまらないとでもいうように、くすくす笑い出した。「だいたいわたしが、いったいなぜ早苗さんを殺す必要があるんです」

「簡単だ。そんなことは」松本は叫んだ。「赤革の手帳の紛失で早苗さんが動顚《どうてん》した。みんながそれに気づいたこと、寄り集って何か相談するらしいことをあんたは知った。早苗さんの口を封じなきゃならない。すぐさまディナーの席を立って通夜に出かけ、支配人の帰りが遅れる工作をしたんだ」

「お帰りになる時、警察の車でお送りしましょうかと申しあげましたが」と、西刑事は言った。「おことわりになりましたね」

「そりゃ、だって、裏道を通れば家はすぐだから」

「いいや。あんたはまた崖の上の道を通ってこのホテルへやってきたんだ」

「やれやれ。聞く耳持たんのですか」警部は絶望的に身をくねらせた。「どこからどうして侵入するつもりだったんですか。そりゃ確かに支配人から、彼女が窓を開けて寝たがることは聞いてはいましたよ。だけど確実に彼女がそうすると決っていたわけじゃないでしょう」

「なに。窓をノックすりゃ、彼女は簡単に開けてくれたでしょうよ。何しろ共犯者になってしまったんだから」

若柳が水を運んできた。全員が渇ききったようにグラスを手にした。

「密室は偶然だったのですか。警部」と、小曾根氏が訊ねた。

「それはもう」偶然だった、と、言いかけて警部はのけぞった「あーっ。小曾根さん。あなたまでが何をおっしゃる。わたしを陥《おとしい》れようとなさるのですか」

「密室になったと知った時のあんたの驚きはたいへんなものだったと思うよ。捜査方針をどう変えていいかわからなかったに違いないんだ。西刑事はずいぶん振りまわされただろうがね」と、松本は言った。

西刑事は膝の上で手にしたグラスの氷をからからいわせながら、気落ちした様子で言った。「ええ。しかしわれわれの眼を本来の捜査からそらせようとなさったことは、あの時にとどまりませんでした。最初からでした。強盗説。赤革の手帳の無視。長島氏の別荘の構造についての箝口令《かんこうれい》。投書の握り潰し。主婦売春の隠蔽。調査結果の軽視。結果として竹内さんの無断外出を許すことになった、警備態勢への無関心。独断。数えきれません」

「独断というと」と、松本が訊ねた。

「たとえば衣装戸棚の中の、さっき石坂さんに見ていただいた衣装です。あれを警部は『去年の服だってあったんだろう』とおっしゃったのですが」

「そんなつまらんことを根に持っておったのか君は」警部は苦い顔をした。

「いいや。つまらんことではないでしょう」今度は石坂が憤然とした。「早苗さんが身を売ってどれほどの収入を得ていたかの決め手になる重要なことでした」石坂は全員に言った。「みごとなコレクションで、昨年のものと思えるものは一点もありませんでした。秋物までありました。全部で二百万円はくだらないでしょう」

おう、と、三、四人が身じろぎした。

県警の車が到着したようだった。警視クラスの人物も来たらしく、大声で命令する野太い声も聞こえてきた。宮田警部は助けを求めるように、しばしばアコーデオン・ドアへ眼を向けた。

「あの時は」新谷氏が思い出す表情で喋りはじめた。「妻の殺害された晩ですが、パト・カーの来るのがたいへん早かったように感じましたものの、よく考えてみればそれ以前、わたくしは妻の死体の傍でながい間泣いておったのです」彼は口惜《くや》しげに宮田警部を見つめた。「あの時すぐ警察に連絡していれば、警部はまだ帰宅されていなかったかもしれませんな。あの崖上の道は、たとえ懐中電灯を持っていたにせよ、夜間、そんなに早く歩いて帰れるものではありませんから。そうすれば警部のアリバイを今、ここで問題にすることができたでしょうに」

「それは警部の奥様にお訊ねになればよろしいのではございませんの」美代子夫人が言った。「ご主人のご帰宅が何時ごろであったかを」

一同が口惜しげに身じろぎした。

「妻の証言は信憑性《しんぴょうせい》に乏しいとされるのですよ奥さん」と、西刑事は言った。

何かが石坂の大脳の中で蠢《うごめ》いていた。なんだろう、と石坂は思った。極めて重大なことであるに違いなかった。

「あのあと、悲嘆にくれている支配人に、同情の涙など、流していたな」松本が憎しみをこめてそう言った。「あれはいったいなんの涙だったんだ」

「それはだって、警部さんとて奥様を愛していらっしゃるんですもの」

さすがにそう言ってとりなした美代子夫人のことばで、石坂はまた、何やら思い出しそうになった。しかしそれは論理にならぬ形で粗雑な思考の隙間からすうっと逃げていってしまう。ちくしょう。竹内史子がいてくれたらなあ。彼女なら、おれのちょっとしたことばから、ツーカーで重要なことを引っぱり出してくれただろうに。

「あはははは」宮田警部が笑いはじめた。無理やり笑っていることはあきらかだった。「皆さん、どうかなさっていますぞ。いったいわたしが、ただ産浜のスキャンダルを隠蔽しようとするだけの意図でもって、三人ものひとを殺したりするものですかな。動機薄弱と言わざるを得ません。よろしいかな皆さん。疑惑というものはこのように、妄想が膨れあがることによって生じるのです。はやい話が深夜の妄想。朝になれば馬鹿馬鹿しい。ご経験がおありの筈だ」

「ええと。小曾根さん」宮田警部の饒舌《じょうぜつ》の間ずっと考え続けていた石坂は、何を確かめようとしているのかがまだわからぬままに、とりあえず気になっていることを小曾根氏に訊ねた。「あなたが長島氏の別荘で覗き見をされたその女性。ええと。たしか、レオナールのワンピースを着ていた、と、そうおっしゃっていましたね」

「そうですが」小曾根氏が眼をぱちぱちさせた。

「それがレオナールのワンピースであることがどうしてわかりました」

「そりゃだってあなた、知っておりますからな。あの白地に花柄の独特の鮮やかな発色、裾などのボーダー柄。ほら。早苗さんも着ていた」

それまで、尋常ならぬ興味で夫の顔をじっと見つめ、話を聞いていた美代子夫人が、突然きゃあと悲鳴をあげて立ちあがった。彼女は若柳のうしろまで走って行き、アコーデオン・ドアの前で振り返って宮田警部に指を突きつけた。

「こわい。こわい。そのかたが犯人です。警部さんが犯人でいらっしゃいます」握りしめた両手を頭上にかざしてはふりおろし、地だんだを踏んで彼女は叫び続けた。「早く、早くつかまえてくださいませ。どなたか、早く」

全員がしばし唖然とし、やっと若柳が立ちあがって美代子夫人の肩を抱いた。

「どうなさったのです」はげしい口調で西刑事が訊ねた。

若柳は美代子夫人を、宮田警部からは真正面の、空いていた席に掛けさせた。

石坂の中で、やっと論理が成立した。「午前中、松本君だけがいなかったと思いますが、早苗さんの衣装についてみんなで話しあっていた時のことです。品定めというか、一点一点の価格を推定しましたね。実はあの時、皆さん口には出されなかったが、四日ほど前からの早苗さんの衣装を、順を追って思い出していたんです」

西刑事がはっとした顔を見せた。「あっ。あの時は、そうだったんですか」

「そうです」と、小曽根氏は言った。「みんな無言の了解のもとに、思い出しやすいように、順を追っておりました。しかし、警部だけはそうではなかったようですな」

「わたくしどもが、三日前のディナーでの、早苗さんの衣装を取り沙《ざ》汰《た》いたしております時に」やや落ちついた美代子夫人が、それでもまだ脅えの眼で警部を眺めながら言った。「警部さんはあれなら知っているとおっしゃいました。でも、警部さんは勘違いなさっておられました。警部さんが見られたのは、早苗さんが二日前のディナーに着ておられたもので、それはマダムニコルではなく、レオナールでした。警部さんはただ花柄だけをご存じで、メーカーの名をご存じではなく、あのときおっしゃられた金額もレオナールの価格でございました。つまり、長島さまの別荘でつれあいが覗き見いたしました女性は、実は宮田警部の奥様だったのでございます」

癇癪《かんしゃく》を起して、がん、と宮田警部が食卓を叩いた。「馬鹿ばかしい。同じブランドの製品を着ているからといって、どうしてその女性がわたしの妻だといえるのですか」

美代子夫人が急に決然とした。「いいえ。レオナールのあの品が、差別的なことを申すようですがこの和歌山に、三点も四点も入ってくるとはとても思えません。そのようなことをおっしゃる以前に、なぜつれあいに奥様をお引き合わせくださるようご提案なさらないのですか」

アコーデオン・ドアを開けて警官が顔を出した。「警部。警視がお呼びですが」

「入るなといっただろう」立ちあがろうとした宮田警部の肩を押さえつけ、西刑事が悲鳴のような声で怒鳴った。「もうすぐ終るからと言いなさい」

「はい」異様な雰囲気に驚いて、警官はアコーデオン・ドアを閉じた。

「動機がはっきりいたしました。宮田警部」だいぶ落ちついた松本が、急に馬鹿ていねいになって警部に言った。「あなたは奥様の売春が発覚しないようにと、まず斡旋していた長島氏を殺害し、次は口封じに早苗さんを殺した。それから」

「それから、売春の調査をはじめた竹内史子を殺害したんだ」と、石坂は言った。「二階への階段をあがってきたあなたは、ぼくと竹内史子の立ち話を聞き、彼女がすでに人妻売春の実態をつかんでいること、彼女がさらに調査を続けるらしいことを知り、奥さんの売春が発覚するのは時間の問題だと悟って、一刻も早くと、容疑者のひとりになってしまう危険も忘れ、前後を顧みずに彼女を殺害した」

アコーデオン・ドアの彼方《かなた》が騒がしくなった。

「宮田警部。何をしているんですか」

「ちょっと出てきてください」

その声に力を得て、宮田警部は立ちあがった。

「集団妄想だ。わたしは出ていく。力ずくでとめたりすると、ただではすまんぞ」

断固として、宮田警部はアコーデオン・ドアの方へ歩き出した。今度は新谷氏のいる側ではなく、小曾根氏や若柳の背後を進んだ。ひっ、と悲鳴をあげて美代子夫人が石坂の傍まで逃げてきた。

厨房から加藤コック長があらわれた。彼は腕組みをし、宮田警部の行く手に立ち塞《ふさ》がった。コック長の形相に脅え、警部が立ちどまった。新谷氏が立ちあがり、やや気落ちした様子の警部に落ちついた声で言った。

「ここへお掛けください。警部」

新谷氏は自分の椅子に警部を掛けさせた。

西刑事がアコーデオン・ドアを細く開けてその隙間から外へ出た。

石坂、松本、若柳が立ちあがり、新谷氏や加藤コック長ともども宮田警部の周囲を囲んだ。

「二階の廊下を、外から見られないよう、背を低くしてプライベート・ルームまで行きましたね」と、石坂が言った。「そしてドアをノックした。竹内史子は当然あなたを室内に入れたでしょうが、その時はもちろん、あなたは立ちあがっていた筈だ。その一瞬を、マスコミの誰かが見ているかもしれませんね」

「竹内史子と話しながら、彼女の隙を見てうしろから、右の脇腹をナイフで刺した。あんたにはたやすいことだったろうな」松本の眼に、また涙が浮かんだ。「ちくしょう。殺してやりたいよ」

「警部さん」部屋の遠くから、美代子夫人が訊ねた。「奥様はレオナール以外にも、当然たくさんの衣装をお持ちだったんでしょう。なのに不倫の場へ、どうしてわざわざ警部さんに買っておもらいになったそのレオナールを着て行かれたのでしょう」

「妻は早苗さんのように、衣装がほしくて身を売ったわけではありませんでした」宮田警部が無表情なままで告白をはじめた。「いい服といえば、あの、わたしの買ってやった服だけでした。妻にはそれを着ていけるような晴れがましいところさえなかったのです。わたしが仕事でいそがしく、滅多に家に帰らないので妻は淋《さび》しかったのだと思います。このような田舎で、そんな高級な服を着ていておかしくないところは別荘地しかないし、つきあう相手は別荘人種しかいなかった」

「警部。あなたの奥さんが別荘の男たち相手に売春しているという投書もあったのかね」小曾根氏が訊ねる。

「五、六日前、住宅地の何人かの主婦の名が書かれた投書が県警にありました。妻の名、早苗さんの名もあり、長島氏が幹旋していることも書かれていました。わたしが握り潰しました。妻の名を見てわたしの妻だとは気づかなかった」

「別荘地の男たちを相手にする主婦は、すべて長島氏が選んだのでしょうね」石坂が訊ねる。

「美人ばかりを選んでいたそうですな。選ばれることを待ち望んでいる主婦さえいたといいます。投書してきたのはその選に洩れた主婦だったのでしょう。一度の売春で何万円、とびきりの美人で十万円もの金が入る上に、そもそも別荘人種は住宅地の女性の憧《あこが》れでしたからね」

「警部さんはなぜ、奥様がそんなお金を得ていらっしゃることに気づかれなかったのですか」

「問いつめましたら、使うに使えず、現金のままで持っておりましたよ」宮田警部は、はじめて涙を見せた。「妻が哀れで哀れでなりません」

アコーデオン・ドアが大きく開かれた。ホールには県警上層部の人物以下、多くの警察官十数人が集り、ダイニング・ルームを注視していた。その中央に、宮田警部がいつも行く先ざきまで持ち歩いていた黒いアタッシェ・ケースを提げ、西刑事が立っていた。

「勝手に持ってきてしまいましたが、お許しください」彼はアタッシェ・ケースを食卓に置き、宮田警部に言った。「このアタッシェ・ケースの鍵を、お渡しください」

背広の裏の隠しポケットから、警部はのろのろした動作で小さな鍵をひとつだけ出した。さすがに顔色が白くなっていた。

西刑事がアタッシェ・ケースを開いた。警察官たち全員が近寄って、中を覗きこんだ。アタッシェ・ケースの中にはナイフと、血のついた手袋と、二、三通の投書と、懐中電灯と、そして赤革の手帳が入っていた。

「宮田警部。あなたを逮捕します」

西刑事がそういうと、異様な呻き声が警察官全員から洩れ、波のように一同のからだが大きく揺れた。若い警官たちの中にはショックで奇声を洩らす者や、苦悩に身もだえする者もいた。宮田警部に詰め寄って非難しようとし、ひと言ふた言何か叫びかけた上役のひとりが、周囲の者の制止で沈黙した。

宮田警部は立たされた。うなだれた警部はダイニング・ルームの奥にひとかたまりになっている客やホテルの者を振りかえることもなく、そのまま引き立てられていった。背が、意外に低かった。手錠はかけられていなかった。大部分の警察官がその周囲を取りかこみ、ぞろぞろと玄関に流れていった。

西刑事が残っていた。彼は客やホテルの者へのことばをしばらく模索し、結局は深ぶかと一礼して言った。「ご迷惑をおかけいたしました」

「大手柄だね」と、松本が言った。僅かにいや味が含まれていた。

西刑事は悲しげな表情をした。そして、かぶりを振った。

大勢の警察官があらわれたために、玄関前広場がまた騒がしくなった。思ったほどの大騒ぎにならないのは、警部が犯人であることをまだ誰も知らず、警察も発表していないからであろうと思われた。

西刑事が去ると、一同はまるで腰が抜けたかのように、思い思いの椅子にくたくたとへたりこんだ。しばらくは誰も、何も言わず、それぞれの考えに沈んでいた。

考えてみれば、ずいぶん粗雑な、荒っぽい犯罪だったのだな、と、石坂は思った。警部はただ、自分が警部であるということのみを隠れ蓑《みの》にして、密室どころかろくなトリックも使わず、誰かに濡衣《ぬれぎぬ》を着せようともせず、ただ乱暴に三人を殺していっただけだった。なのに奇奇怪怪の事件という印象が残ってしまった。不思議なことだ。この事件もフェミニズムによるものだったのだろうか。竹内史子がもし生きていれば、この事件をフェミニズムのどこに位置づけるのだろう。

「たいへんな夏になってしまいましたなあ」やがて小曾根氏が、そう詠嘆した。それから腕時計を見た。「何時だ。おお。あと少しで迎えの車が来るな」

「皆さんも、ご一緒にどうぞ」と、美代子夫人が言った。

「いいんですか」と、石坂は言った。「ぼくと松本君が乗ったら、乗ってきた社員のかたたちが」

「なに。その者らは電車で帰らせればよろしい」

小曾根氏がこともなげに言った。

新谷氏が沈鬱《ちんうつ》な眼で客を見まわした。「皆様がお帰りになられると、ホテルが淋しくなりますな」

「ごめんなさいね。支配人」美代子夫人は心から申しわけなさそうに言った。

「とんでもございません。こんなことがありました以上、お引きとめすることなど、とてもできないことでございまして。それどころか、またおいでくださいと申しあげることさえためらわれます。まことに残念でなりません」

加藤コック長と若柳も、深くうなだれた。

うおう、という喚声が玄関前であがった。

「警部が」

「警部が犯人」

「警部だって」

警察の車がおおかた引きあげたあと、警備の警官が漏らしたのでもあったのだろう。たちまち大騒ぎになった。

「玄関の警備が手薄です」様子を見にホールへ出た若柳が、あわてて戻ってきた。「突破されそうです」

「皆様。お部屋へ」と、新谷氏が言った。「コック長。来てくれ」

「へい」

新谷氏、若柳、加藤コック長が玄関へと向かった。

「では皆様。まいりましょうか」美代子夫人がゆっくりと立ちあがった。

ホールに出ると、四人の客の姿を見た取材陣がさらにわめき立てた。ほんの二、三人の警官が彼らの乱入をくいとめようとガラス・ドアの彼方でけんめいに防戦していた。ガラス・ドアの内側では中西が乱入者に備えてずっと立っていた様子だったが、かれは大きく顫《ふる》えていた。

客は二階にあがり、それぞれの部屋に戻った。プライベート・ルームの前には警官がひとり立っていて、ドアは閉めきられていた。

石坂は部屋に入ってベッドに横たわった。帰りの支度はもうできている。ひどく疲れていた。興奮してはいるものの思考力はまったくなく、わけのわからぬ想念が渦巻くばかりだった。

ヘリコプターの轟音《ごうおん》の中で少しうとうとした時、部屋に竹内史子が入ってきた。

何度も何度も入ってきた。電話で起されるまで続いた。はっきりと眼醒めた時、石坂は泣いていた。

「石坂様」若柳の声だった。「お車がまいりました」

「うん」それだけしか言えなかった。

身支度を終えて階段を踊り場までくると、ホール全体がひとでごった返していた。マスコミではないと見極めをつけてから、石坂はホールにおりた。

フロントに中西がいた。

「なんだこの連中は」

中西は笑っていた。「小曾根さまの会社から見えたかたがたが十人ほどと、それから松井会長が寄越された応援のかたがたでございます」

「たいへんだな」

松井会長の厳命であるとして、中西は宿泊費の受取りを拒否した。

ひと混みの中で、石坂はすでに大学助教授の地味な装《な》りに身をやつしている松本と出あった。

「世話になったから、若柳君に少し多めのチップをやりたいんだがね」と、彼は言った。「どう思う」

「受けとれ、受けとらぬの押し問答がえんえんと続いて、また支配人が頭を痛めるだけだ」と、石坂は笑いながら言った。「やめた方がいい」

「それもそうだな」

すでにおりてきてロビーにいた小曾根夫妻が、何人かの社員に囲まれてホールにやってきた。

「石坂様は松本様と一台の車に乗っていただきま

すが」と、美代子夫人がいった。「いったん大阪支社にお立ち寄り願えましょうか。そこでご休憩になって、そこから石坂様は神戸へ、松本様は京都へ」

「いいですよ」

「石坂さま。お荷物を先に車に載せます」何度か車まで往復したらしい若柳は、マスコミに揉みくちゃにされたらしく髪を振り乱していた。

出口には、新谷氏と加藤コック長が並んで立っていた。

「お車に、アイス・ティーを用意させましたので」と、加藤コック長は言った。「道中、お召しあがりください」

「ありがとう。元気でな。コック長」

「あなた様もお元気で」

この好漢と会うことはもう二度とあるまいな。石坂はそう思った。

「石坂様。お達者で」新谷氏がにこやかに一礼した。耐え続けてきた男の悲惨さがみごとに払拭されていたので、石坂は彼に惚《ほ》れなおした。

「支配人。世話になったなあ」

「何をおっしゃいます。お世話になったのは、わたくしの方でございました」

「それじゃ、な」

「それでは」

社員たちがいっせいにどやどやと出て行って、玄関から車までの間に二列の人垣を作った。

「では皆さん。まいりますぞ」先頭の小曾根氏が石坂たちを振り返り、大声で言った。

「戦闘に出るみたいだな」

石坂と松本が笑う。

一行が玄関を出ると、マスコミ陣と社員たちの間に猛烈な揉み合いがはじまった。シャッター音は耳を聾《ろう》するばかりだった。怒号、罵声《ばせい》、懇願の叫びが渦巻いた。

「何か言ってください」

「何かひと言」

「何かひと言」

竹内史子の言った『どうぞ一文』が思い出され、石坂はつい笑ってしまう。

「石坂さん。事件のご感想を何かひと言」

「石坂先生。何か言ってくださいよう」

「こっちを向いてください」

いよいよ車に乗ろうとする時は、ついに怒りの声まであがった。「こっちを向けってのに、わからないのか、ちくしょう」

ドアが閉まり、石坂は松本と並んでベンツの後部席におさまった。運転手が宮田警部に似ていたので石坂はぎょっとした。

前にまわってカメラを構える連中の中からやっと抜け出し、車は崖の坂をくだり、別荘地に入った。車は長島氏の別荘の前を通過した。ふたりは無言でじっと見つめた。

大通りを駅前広場に出、線路に沿って左折した。車はスピードをあげた。それから少しスピードを落して踏切りを越え、やがて山道に入った。

「六年前に何があったのか、もう聞かせてくれたっていいだろう」と、松本が言った。

なるほど。事件の話はごめんだった。してみれば話すことはそれしかない。大阪までの道中は長いのだ。

「ひとことでは言えない、なんて、以前言ったけど」と、石坂は言った。「じっくり話せるとなれば安心して、ひとことでも言えるんだよ」

「ほう」期待の眼で松本は石坂を見た。「それを言ってみてくれ」

「いいとも」と、石坂は言った。「全員が、全員を愛したんだ」

彼は六年前のことを話しはじめた。

編集部注　『フェミニズム殺人事件』掲載時に、読者参加型の犯人当てクイズが出題されました。このエッセイは、正解発表の際に掲載されたものです。詳しくは、五九八〜六〇三ページの編者解説をご覧ください。

作者御礼

総数一，二四九通もの解答があり、驚いた。ありがたいことである。ただし中には容疑者の名をそれぞれ書いてひとりで九通ものハガキをくださったかたが何人かいる。当然その九通の中には、動機こそ書かれてはいないが正解があるわけだ。テレフォン・カードを手に入れたいあまりの窮余の一策であろう。努力を認め、こういうかたにもテレフォン・カードはさしあげよう。

犯人と動機が書かれた正解は、なんと五十六通もあった。犯人の名だけしか書かれていなかったり、動機が違っていたりするものは、前記「ひとりで九通」のハガキや、宮田も含めた複数犯人説、宮田という字を間違えて「富田」と書かれたものなどを含めて一三八通あった。

解決篇または単行本をお読みくだされればおわかりと思うが、宮田警部の妻が売春していた手がかりとなるのは、小曾根氏の覗いた女性が着ていた服をとりちがえたという二点にあるのだが、不思議なことに、正解者の中にはこれを指摘した人がいなかった。逆に、この点に気づいた人が四人もいたにかかわらず、四人とも「宮田警部の妻の売春」という正しい動機にまで考えが及んでいない。他の正解者以上の眼力を持っていながら、もう一歩の突っこみが足りなかったばかりに正解にすらならなかったわけで、作者としても実に残念である。

犯人は筒井康隆だ、というのがなぜか多かった。「これは筒井康隆の虚構であり、虚構内のどの人物が殺されようと、構想した筒井康隆が犯人である」というのである。それはまあ、たしかにそうかもしれないが、これはおれの超虚構理論の援用であって、この作品はそうした種類のものではないのだ。

主人公の石坂が犯人というのも、似たような理由で多かった。執筆中の小説の中での殺人であるだの、最初南紀行きの列車の中でうとうとするが、すべてその時の夢であるだの、中には作品中に出てくる、「アガサ」というコーヒー専門店の名からクリスティの「アクロイド殺し」を連想して主人公犯人説をとったひともいるが、根拠薄弱と言わざるを得ません。

一度も登場しない松井会長が犯人だというのもあり、すべて宿泊客にスリルをあたえるためのサービスであったというのだから腹をかかえた。動機を書かず、「この人が犯人だということは女のカンでわかります」というのもあった。ほかにも珍解答がたくさんあり、大いに楽しませてもらった。多数の解答へのお礼かたがた、深く感謝する次第であります。

それでも正解者が五十六人もいたわけであり、十人程度と考えていた作者の敗北である。来年発表予定の推理長篇第二作においては、正解者ひとりもなしという難題で挑戦するつもりだから、楽しみにしていてほしいものだ。もし正解者がいたらクビをさしあげます。

PART II

新日本探偵社報告書控

——従兄・筒井敏夫へ

1

浪速《なにわ》ビルは大阪市西区信濃橋にあり、四つ橋筋に面していた。昭和二十六年十月、そのあたりは焼け残りのビルや新築の商店のために表通りからは遮《さえぎ》られているものの、まだ焼け跡が残っていた。浪速ビルも表通りから見ればコンクリート四階建てだったが空襲で裏半分が崩壊し、その部分は敗戦後に建てられた木造二階建てだった。ビルの部分は新関西通信社という映画・演劇関係の新聞広告を扱う会社が占めていたが、木造部分には十数室ある各部屋に小さな会社が雑居していた。

新日本探偵社の事務所は二階の廊下右側、奥からふたつ目の部屋だった。そこは四坪の事務所で、開けても隣りの建物の壁面しか見えない窓がひとつ、ドアの向かい側にあった。廊下に面している窓もあったが摺《す》りガラス入りで、開けられたことはなかった。

室内には机が四つあり、うち三つは常時十人以上いる所員が交代で使っていた。あとのひとつが所長である辰巳《たつみ》秀雄専用の机で、書棚の前に置かれていた。片隅にはパイプの丸椅子《まるいす》が十脚、積みあげられていた。ちょうど大企業の就職内定者の個人調査が集中的に行われる時期なので、ほとんどの所員は各地方に出かけていた。事務所には辰巳と、所員の白石がいるだけだった。

白石は二十七歳でまだ独身だった。三カ月前、使ってやってくれと課長の石黒がつれてきた時には、堺《さかい》の刑務所を出所したばかりでまだ髪も短いままだった。なぜ服役したかを訊《たず》ねても要領を得なかった。

「喧嘩《けんか》に巻きこまれましたんや」

「誰か、死んだんか」

「死にましてん」

「仕事する気、あるんか」

「はあ。なんでもやります」

石黒に訊ねても、ものの間違いで巻きこまれただけであり、罪状もたいしたものではなかったとしか答えなかった。辰巳は比較的、石黒課長を信用していた。

だが、白石は怠け者だった。役に立たず、ほとんどなんの仕事もしなかった。辰巳の下に課長が三人いた。それぞれの課長が三人から四人の部下を使っていたが、どの課長も白石だけは使いきれず、もてあました。

辰巳は石黒に言った。「あれ、あかんで」

「まあ、もうちょっと使《つこ》うてみてくれまへんか」

石黒は申しわけなさそうに笑ってそう言った。

辰巳は白石を直接自分が使ってみることにした。ちょうど京阪チューブという中企業から雇傭《こよう》調査の依頼があり、人手がなかったので辰巳は自分が担当し、白石と共に調査をした。工員の雇用であり、これは大企業の就職内定時期とは無関係に、年中依頼があった。

白石は役に立った。調査対象である太田宗治という工員に年齢が近かったためか、本人や家族に接近して詳細に調べあげてきた。辰巳は白石の報告と自分の調査を綜合《そうごう》し、報告書をまとめているところだった。白石は辰巳と向かいあった席に腰をかけ、天井を見ていた。白石の眼が、うつろに感じられた。虚脱感に捉《とら》えられているようにも見えた。別の仕事を言いつけておいたのだが、出かけようとする気配はなかった。またもとの怠け者に戻ったことを辰巳にわからせたいような態度でもあった。調査した内容がよくなかったのかもしれないと辰巳は思った。そんなことを思いながらも、彼は報告書を書きあげた。

調査報告書

京阪チューブ殿

調査対象　名称　太田宗治
　　　　　住所　布施市荒川一の十九
特記事項　雇傭調査・特ニ家庭及ビ思想状況

一、家庭状況

　同家ハ表通リニ面シテイルモノノ附近《ふきん》ハ日雇労働者・工員等ノ下級生活者ガ多ク、同家モ同様ニ、二階建テデハアルガ古イ家屋デアリ、一見シテ見苦シク、乱雑サト汚レヲ呈シテイル。環境ハ不良デアル。

　家族ハ、母　太田トキ　五十一歳　無職
　　　　兄　〃　徳治　三十一歳　工員
　　　　兄　〃　清治　二十九歳　不定職
　　　本人　〃　宗治　二十五歳　工員
　　　　弟　〃　正治　十八歳　工員
　　　　弟　〃　栄治　十二歳　小学生
　　　　妹　〃　吉子　十一歳　小学生

ノ、七名暮シデアル。

父兼治ハ、大阪天神橋六丁目ヨリ布施市ニ引越シ、中河内郡花園ノカレンダー製造工場ニ工員トシテ二十数年実直ニ勤務シタ後、高井田ノ紙工場デ二年間働イタ。ソノ折、昭和二十二年ニ外出中心臓麻痺《まひ》ニヨッテ五十歳デ死去シタ。

　母トキハ、夫死亡後、子供ノ収入ヲアテニシテイルダケニ、子供ニハ放任的デアル。ソノタメ子供タチモ、ヤヤダラシガナイ。シカシ母ハ、気持ノサッパリシタ好人物デアリ、近所トモ良ク交際シ、金ノナイ時ナドハ気安ク借リルヨウナ関係ニアル。

　長兄徳治ハ、木崎ポンプニ勤メ、一家ヲ背負ウ責任カラ真面目《まじめ》ニ働イテイル。仕事ガ忙ガシクテ休ミモ少ク、娯楽ハ映画ダケデアル。

　次兄清治ハ、兄弟中デ最モ素行悪ク、定職モナク、ブローカー的ナ仕事ヲシテイルガ収入トシテ家ヘ入レルホドノ稼ギモナク、家ニ定住セズ、母ノ苦労ノ種トナッテイル。

弟タチハ年若ク、取上ゲル程ノコトハ何モナシ。

同家ハ、財産トシテハ何モナク、借家（下二間、二階二間、十二坪位）ヲ月七五〇円デ借リ、収入トシテ徳治八〇〇〇円、宗治正治各四〇〇〇円デ、辛《かろ》ウジテ生活シテイル。
二、本人ノ状況
宗治ハ、小学校卒業後、俊徳道《しゅんとくみち》駅近クノ大阪足袋製作所ニ七年数カ月勤メ、遅刻ガ一回アッタノミデ欠勤ガナク、褒《ほ》メラレテイル。ソノ後栄和製作所ニ勤メタガ、経営不振カラ数カ月ノ給料未払イトナッタ。ソレデモ働ラカサレタガ、不払イガ三カ月分一二〇〇〇円トナッタタメ退社シタ。七月ニ兄徳治ガ会社ニ交渉シタガ、内五〇〇〇円ヲ得タニ過ギナカッタ。

本人ハ偏屈者デ、時ドキ腹ヲ立テルガ、反面極メテ几帳面《きちょうめん》デ、兄弟間ノ貸借デモハッキリサセテイル。又、正直デ、仕事ニハ辛抱強ク、気ノ良イトコロモアル。

愛嬌《あいきょう》ニ乏シク、社交性ガナク、ソノタメ道楽モナク、小サイ弟ヲツレテ映画ニ行クダケデアル。一人デハ食堂ニモ入レナイ純朴サガアル。休ミノ日モ、又夜間モ、外出ハホトンドシナイ。

社交性ガナイタメニ友人モナク、近所ノ青年ガ遊ビニ来テモ、口下手デ相手ガデキナイ。故《ゆえ》ニ、交友関係ニハ問題ガナイ。

本人モ兄弟モ、皆、政治思想、労働問題等ヲ思索スル知能ハナク、家庭内デモ近隣間デモ、ソノ話題ガ出タコトハナイ。又、治安・公安機関ノ党関係リストニモ活動事実ハナイ。

結論　工員トシテ使用スルコトニ懸念スベキモノハナイト考エラレル。

昭和二十六年十月十七日

新日本探偵社
担当　辰巳秀雄

読み返しているうちに思いついたことがあった。読み終えて辰巳は白石の無表情な丸顔を正面から見つめた。「お前の履歴書、貰《もろ》うてないな」

「はあ。出してまへん」

辰巳は書類に眼を落した。さりげなく訊ねた。

「お前、戸籍ないのんと違《ちゃ》うか」

「おまへん」

「そんならお前、朝鮮人と違《ちゃ》うか」

「そうです」

その日の会話はそれきりだった。小《こ》一時間のち、白石に留守をまかせて辰巳は調査に出かけた。

辰巳は以前していた仕事の関係で現在も多くの在日朝鮮人と親しく交際していた。当時、多くの日本人は彼らを嫌っていた。戦前戦中朝鮮人をいじめ抜いてきた記憶がそれぞれにあり、戦後失うものの何もない彼らが旺盛《おうせい》な活力と共に擡頭《たいとう》してくるのを、脅《おび》えと恐れを伴って見まもり続けていた。そうした感情は人口の九〇パーセント以上が中小企業に従事している大阪において特に著《いちじる》しかった。しかし辰巳には、そのようなこだわりがさほどなかった。

その二日後、辰巳秀雄は湊町《みなとまち》からの関西本線で三重県の津《つ》へ出かけた。摂津《せっつ》紙業というノート製造販売会社の社長で牧村末吉という人物の身許《みもと》調査だった。取引先のカネカ洋紙ＫＫからの依頼だった。貸し込みになったのだ。摂津紙業は二月初めに約手二〇万円の不渡りを発表されたことがあったが、これは貸手形であり、摂津紙業の内容とは無関係であることがわかっていた。しかし四月ごろ、二八〇万円の貸倒れが生じ、支払能力が低下していた。辰巳は大阪で牧村の公簿を閲覧《えつらん》した。財産は何もないということがわかった。本籍地には何かある筈《はず》と思い、住民票に書かれていた津へ日帰りのつもりで出かけたのだ。

紀勢東線の津駅に着いたのは昼過ぎだった。辰巳はすぐ牧村の本籍地の役場へ行った。だが、牧村の戸籍はなかった。第三国人であろう、と辰巳は信じた。敗戦後、在日中国人や朝鮮人のことを占領国民と呼ぶのを嫌い、第三国人と呼んでいた時期があった。牧村末吉はおそらく朝鮮人であろうと辰巳は思った。戦後大阪へ来て、口頭で住民票だけ作った朝鮮人は大勢いたし、新日本探偵社へ来る依頼にも取引相手や雇用内定者が朝鮮人ではないかとおそれての身許調査が多かった。

帰りの汽車に乗ってから、突然辰巳の確信がぐらついた。実は辰巳は一度だけ牧村社長に会っていた。調査していた取引先の応接室で偶然牧村に出会ってしまい、紹介されて職業が知れたので、依頼者こそ明かしはしなかったものの十数分談笑したのだった。牧村は辰巳が知っているどの朝鮮人とも似ていなかった。汽車が亀山駅に着いた。


辰巳は立ちあがった。牧村が日本人であることを彼は悟《さと》った。談笑していた折の何かのことばがその時汽車に乗っていた辰巳にそう確信させたのだ。それがどんなことばであったか辰巳はその時にも思い出さなかったし、あとになっても思い出すことはなかった。

白石を朝鮮人と悟った時と同じ種類の勘だった。辰巳は津へ引き返した。本籍地とされていたあたりを辰巳は夜になるまで調査してまわった。夜の七時ごろ、辰巳は牧村末吉の叔父《おじ》にあたる波田龍太郎の家を訊ねあてた。

空襲で役場が焼け、同時に法務局の建物も焼けたため、戸籍がなくなっていたのだった。波田龍太郎は牧村から摂津紙業の監査役を頼まれていた。しかし会社の内情がわからないため、いったん断わっていた。甥《おい》の会社がどのような状態にあるかを、辰巳はあべこべに波田から訊ねられた。若い社長が陣頭指揮でよく社員を統《す》べており、業績はあがっていると辰巳は答えた。ほぼそれと同様の報告書を、大阪に戻ってから辰巳は書いた。

調査報告書

カネカ洋紙ＫＫ殿

調査対象　名称　摂津紙業株式会社
所在地　大阪市北区浮田町十五
代表者　牧村末吉
特記事項　営業成績・信用度・金融状況
一、設立　昭和二十四年九月十日
一、目的　一、紙及ビ紙製品ノ製造販売
二、印刷並ニ紙工
一、組織　資本金三〇万円。全額払込ミ済。一株五〇円。縁故者ヨリ成リ、株主総数十五名。決算ハ十一月ノ年一回トシテイル。
取締役社長　牧村末吉　一二〇〇株
専務取締役　管屋璋司　九〇〇株
常務取締役　鹿獄幸郎　七〇〇株
監査役　乙女谷晋　五〇〇株
右ノウチ管屋、鹿獄氏ハ二十五年八月ヨリ非常勤トナリ、乙女谷氏ハ閉鎖機関ノ整理ニ当ッテイル。
一、沿革　社長ノ牧村氏ハ復員後ノ二十一年旭《あさひ》区大宮町八丁目ニテ個人経営ノ文具・紙製品ノ小売ヲ始メ、妻ノ兄ガ市ノ教職ニアルノヲ足掛リトシテ各小、中学校ヲ対象ニ小卸ヲシテイタ。タマタマ太陽紙業ヲ退職シタ鹿獄氏モマタ、実兄ガ藤蔭女学院ノ校長ヲシテイタノヲ手ヅルトシテ各小、中学校ニ紙製品ヲ納入シテイタモノデアルガ、二十四年六月、教育ノートノ需要家撰択《せんたく》制ヲ採用スルコトトナッタノヲ機会ニ、両者ガ共同シテ資本金一五万円ノ当社ヲ興シ、二十五年一月、妻ノ内職トシテ寝屋川《ねやがわ》デ文具ノ小売商ヲ営ンデイタ管屋氏ノ出資ヲ得テ三〇万円ニ定款増資シタ。

一、設備　本社工場ハ敷地約二〇坪仝《どう》地上建物二階建一棟ヲ賃借シ、主ナル設備ハ左ノ通リデアル。

断裁機　二・四尺　一台
罫線機　一台
ハンマー　一台
三HPヂーゼル　一台
活版印刷機　二四頁　一台
同　一六頁　一台
ミシン　一台

一、営業状況　当社ノ機構ハ工場部、営業部ニ分カレテイル。

工場部　工員十六名。日産一三〇〇〇冊。

営業部　社員十一名。店頭ノ月間販売高約五〇万円。市内及ビ地方ノ小売店ヘノ卸高一五〇万ヨリ二〇〇万円。右合計月間営業高二〇〇万カラ二五〇万円。

一、銀行　大阪銀行船場《せんば》支店ト取引シテイタガ、本年二月初メ当社ノ下請ヲシテイタ東今里《ひがしいまざと》ノ製本業福本市松氏ニ頼マレテ貸シタ約手二〇万円ガ期日ニ福本氏ヨリノ入金ガ一日ダケ遅レタタメ、翌日福本氏ガ買戻シタ。コレヲ大阪銀行ハ不渡リ処分ニ附シタ。コノ事実ハイササカモ当社ニ関係シタコトデハナク、手形ヲ貸シタノミデ迷惑ヲ蒙《こうむ》リ、世間ノ誤解ヲ招イタ。以来大阪銀行トハ預金取引ノミデ、既発行手形決済ノミニ流用シ、現在月間動キ高約三〇〇万円。又、本年四月、中松ノートニ二八〇万円ノ貸倒レガ発生シタタメ銀行借入モ増加シ、ソノ取引振リハ幾分忙ガシクナッテキテイル。

紀陽銀行（中之島）　短期借入一〇〇万
富士銀行（船場）　短期借入　五〇万
　商手割引一〇〇万

又、目下文紙信用金庫ト取引シ、出資金一〇万円、積立四万円、割引枠四〇万円ヲ利用シテイル。

一、流動資産

資産之部	受取手形	20万円内外	
	売掛金	300	〃
	前渡金	10	〃
	仮払金	30	〃
	当座預金	35	〃
	在庫商品	350	〃
	合計	745	〃
負債之部	支払手形	350万円内外	
	買掛金	400	〃
	割引手形	100	〃
	借入金(銀行)	150	〃
	〃　(社長)	50	〃
	合計	1050	〃

右差引正味マイナス三〇五万円位。

赤字デハアルガ設備投資ノ機械器具ニテ充当サレルモノデアル。

現金支払能力ハ標準ヨリ良イガ、長期支払能力ハイズレモ甚ダ低イ。本年春ノ二八〇万円ノ債権発生ガ大キク悪影響ヲ及ボシテイル。

一、代表者資産　現在ノ人宮町ノ住居ハ借家デアリ、特ニ資産ハナイガ、本籍地デアル三重県津ノ中心部ニハ約五〇〇坪ノ土地ヲ所有シ、津ノ名士デアル叔父ノ波田龍太郎氏ガ管理シテイル。

さらに仕入先と得意先をリストにしてから、所信欄を書く段になって辰巳は少し考えた。ノートの製造販売は以前の辰巳の仕事でもあり、現在も片手間に安物のノートを作っては夜店で香具師《やし》が十冊いくらで叩き売るための商品として提供していた。それも良い品が出まわりはじめてからは値が下がり、まったく売れなくなってしまっていた。それだけにこの会社の内情の苦しさが理解できた。しかし報告に手加減を加えることは常から辰巳が所員に禁じていることだった。

所信

一、地位　ノート類製造販売業者トシテ三流ノ上位。
一、営業方針　積極的乍《なが》ラ、暴走ヲイマシメテイル。
一、商況　業礎ハ確立シテオリ、普通。
一、金融　右記貸倒レニヨリ一時ハ資金繰《ぐ》リモ窮迫化シタガ、ソノ後順次平調ニ復シ、現在デハ平滑ニ回転シテイル。タダシ、商手割引、借入金ニヨル資金繰リハ当面ヤヤ多忙デアル。
一、業績　債権償却ノタメ、赤字トシテイル。
一、信用　対外信用ハ中位。銀行信用ハ右記ノ不渡リニヨリ下位。
一、批判　社長ハ若年デアルガ統率力アリ。月間四〇万円内外ノ取引ニハ警戒ノ要ナシト思ワレル。

昭和二十六年十月二十四日

新日本探偵社

担当　辰巳秀雄

白石はその後、あいかわらず仕事を何もしないままで新日本探偵社に約四年いた。昭和三十年の八月、辰巳は白石から呑みに行こうと誘われた。それまでにはなかったことだった。白石は辰巳を西成《にしなり》区津守《つもり》にある「紅梅」という呑み屋へつれて行った。近くには食肉の卸売市場があり、狭い通りには似たような小さく汚れた呑み屋が数十軒並んでいた。おかみがスタンドの中にひとりだけいて、八歳の男の子がその隅に腰かけ、漫画の本を読んでいた。おかみは川島咲代といって沖縄出身、男の子は彼女の次男だった。川島咲代には他に十八歳の長男と十六歳の長女がいて、三人とも離婚した前の夫との間にできた子供だった。話しぶりから、白石と咲代に情事が重ねられているらしいことを辰巳は悟った。

その四日後、白石は辰巳に言った。「やめます」

「そうか。ほな、やめえな」なんとなく予想していたことだった。「お前、あの『紅梅』のおかみと結婚するつもりやろ」

無表情な白石がやっと笑った。「はあ」

「仕事、あるんか」

「追いまわし、やりまんねん」

「そうか。まあ、しっかりやりや」

結婚して籍を作るつもりであろうと辰巳は思った。川島咲代は白石と十歳近くも年齢が離れ連れ子が三人、あまり美人ではなく金を持っていそうになかった。運転免許をとりたいが籍がない、と白石が洩らしていたことを辰巳は思い出した。白石はその日探偵社をやめた。

追いまわしというのは建築屋の用語で、現場監督の下につき、大工や左官に仕事を急《せ》かす者をそう呼んだ。追いまわして尻《しり》を叩くからだ。一年も経たぬうち、石黒が笑いながら辰巳に言った。

「あいつ、独立しましたで」

いつの頃からか覚醒剤を打ちはじめている石黒の蒼《あお》い顔を見つめ、白石に追いまわしの職を紹介したのもこの石黒であったことを辰巳は知った。親が和歌山で土建屋をしていると聞いていたからだ。「あいつ、追いまわしやろが」

「家の建てかた、おぼえよったんですな。大工やら左官やら使《つこ》うて、ピンはねしてまっせ」

白石が探偵社と同じビルに事務所を開いたのは三十二年の三月だった。木造部分の一階の一室に事務所を構えた数日後、白石が挨拶にやってきた。「家、建てまっせ。なんぞええ仕事、おまへんか」肥っていた。

「お前、資格ないやろが」

「建築士の友達がおりまんねん。都島《みやこじま》工業高校出たやつで、こいつと組んでやっとりま」建売り住宅が専門だ、と彼は言った。

白石はそれからも時おり遊びにきた。川島咲代とはまだ続いていた。白石は咲代の長男を大工として雇い、長女を事務所で働かせていた。

三十四年の秋、辰巳にはなんの挨拶もなしに白石は事務所をひきはらって行った。覚醒剤の常用者となった石黒が探偵社をやめていたので、白石の行先はわからなかった。数年後、南海電車の中で白石に偶然会ったという所員の千葉の話で、辰巳は彼のその後の消息を知ることができた。生駒《いこま》の「蒼竜」という料理屋で建売り住宅の完成祝いをしている時にそこの女中と懇《ねんご》ろになり、五年間一緒だった川島咲代と別れてその女と結婚し、堺に住んでいるということであった。現在何をしているかはわからなかった。いつまでも無免許のままで建築屋をしているわけにもいくまいから、何か別の仕事をしているのだろうとは思ったが、辰巳がそれ以後白石の消息を聞くことはなかった。

摂津紙業は三十二年になってまた大きな貸倒れとなり、倒産した。社長だった牧村末吉の消息はわからない。

2

新日本探偵社では三月《みつき》に一度、数行の新聞広告で所員を募集していた。昭和三十年頃までは基本給が三千円であとは歩合《ぶあい》制だったから、働きのない者は、怠け者の白石のようにどうせどこへ行っても駄目という者は別として、すぐにやめていった。昭和二十七年の八月、募集広告が出た日に信濃橋の事務所へ笹口と名乗る男がやってきた。事務所にはその時、所長の辰巳秀雄と課長の石黒と、白石がいた。笹口は佐賀県の出身で、戦前は朝鮮の税関に勤めていた。

「ほう。朝鮮の」

辰巳は笹口の顔から眼をそらせた。笹口の容貌《ようぼう》は辰巳の知りあいの多くの朝鮮人たちと共通するものがあった。逆に、朝鮮人の白石が顔をあげて笹口を見つめた。

笹口は笑わずに言った。「よく間違われますが、わたしは日本人なんです」

所員に応募してくる者のほとんどは戸籍抄本を持って来なかった。役場が戦災に遭《あ》っていたり、朝鮮人で戸籍がなかったりしたからだ。保証人さえいない、という者も少くなかった。

「今住んでる下宿の家主《やぬし》さんでもかましまへんか」そんなことを言う者もいた。

戦後、笹口はいったん佐賀に帰り、佐賀市内で一万円の宝籤《たからくじ》を当てた。彼は身をもち崩し、熊本市へ流れて行った。「もやがえし」をして生計を立て、結婚した。やがて熊本にもいられなくなり、東京へ逃がれた。

笹口が履歴をそこまで物語った時、所員の千葉が外まわりから戻ってきた。

「所長。ビルの玄関になんやしらん、女立ってまっせ」

「ああ。あれ、わたしの女房です」

「奥さんづれで来なはった」辰巳は苦笑した。「ほたら東京から来て、すぐここへ来なはった」

「はい。大阪駅からすぐ」

「そんならあんた、寝るとこもないやろが」石黒が訊《たず》ねた。「どないすんねん」

「家はまあ、これから捜しますので」

「変ったお人やなあ」

辰巳と石黒は笑い、滅多に笑わぬ白石も笑った。自分より一歳だけ年長の笹口を、辰巳は使ってみることにした。

笹口の風貌、物腰、口調にはやくざの気配がいつまでも濃くまといついていた。東京から大阪へなぜ逃がれて来たのかを笹口は語ろうとしなかった。一度だけ、所員たちの前で笹口は「もやがえし」の手並を披露《ひろう》したことがあった。その鮮やかさにはいんちき賭博《とばく》など見馴《みな》れている探偵連中ですら驚嘆した。酒を呑んだ時にはアリランをはじめ朝鮮の民謡、五木《いつき》の子守唄など小節をきかせる歌を得意として聞かせた。笹口は最初のうち石黒の下で働いた。朝鮮人に似た彼の容貌がしばしば調査の邪魔をした。一、二階を進駐軍に接収されているビルの三階の会社へ行こうとして怪しまれ、事務所にいる辰巳に確認の電話がかかってきたこともあった。

「どないや。あいつ」と、辰巳は石黒に訊ねた。

「なかなかようやってまっせ」と、石黒は、心外そうな表情で人を褒《ほ》めるといういつもの芸を見せた。「思いがけん、律義《りちぎ》な男ですなあ」

笹口は谷町三丁目に下宿を見つけていた。仕事に馴れてくると彼は徒歩で途中の得意先に立ち寄りながら事務所へ出勤するようになった。はじめての会社にとびこんでいって思いもよらぬところから一万円、二万円といった金をとってくることもあり、しばしば辰巳を驚かせた。

興信所の得意先というのはその興信所の会員になった会社のことであり、興信所によって名称は異ったが新日本探偵社では会員に売りつける券を「会員諮問券」と称していた。「審問券」としている興信所もあった。諮問券は新日本探偵社の場合、

最初のうち一枚三千円としていたが、のち五千円にした。これを十枚一綴《ひとつづり》とし、五万円で売りつけるのだった。新日本探偵社の大口会員には五菱レイヨン、小保田鉄工、汎日本塗料、六洋証券、栄和火災、宇治電力、関西ガスなどがあり、意図せ

ずして、たまたま一業種一社となっていた。それぞれの会社の総務では交際費で諮問券を買ってくれた。十枚綴の諮問券を買うほども調査を必要としない中小企業では諮問券を買わず、単に交際費をくれるだけのところもあった。自社が新たな取引先から調査対象とされた時のことを慮《おもんぱか》ってのことかもしれなかった。笹口がとってきたのはそうした金であった。

阪神電鉄も得意先だった。辰巳は秘書課長に気に入られていて、彼が自分で出向くと諮問券を買っていながらもその度《たび》に交際費をくれたりした。だから辰巳はそれから三十年以上経った今でも阪神タイガースのファンである。

五菱レイヨンの秘書で交際費をまかされていたのは津山景子という美しい女性だった。辰巳が初めて会った頃の年齢は三十歳前後であり、その当時はその年齢の女性に美人が多かった。辰巳とは軽く冗談を言いあう仲であり、交際費もはずんでくれたし、「そろそろランクを上げましょうか」などと言ってくれたりもした。好かれているらしいと知って悪い気はしなかったがそれ以上には発展しなかった。相手は辰巳に金をくれる立場であり、辰巳には妻子がいる。

当時は敗戦直後闇《やみ》で儲《もう》けて大きくなった中小企業の整理期にあった。闇による脱税が発覚して潰《つぶ》れる企業が多く、どこの会社も新たな取引先の調査を必要としていた。二十八年の九月に化学製品原料の卸売商松原透商店から依頼された調査もそうした危惧《きぐ》にもとづくものだった。その調査は最初、石黒が担当していた。だが別件の身許《みもと》調査で北海道へ行かねばならなくなったため、山際という課長が担当を引き継ぐことになった。石黒の下で調査していた笹口はそのまま山際の下で同じ調査を続けた。調査は主《おも》に笹口が千葉を使う形で行われた。入社の早い千葉が本来なら先輩格であったが、笹口の方が歳上《としうえ》であり、何よりも社会を認識していた。

千葉は少年航空兵あがりだった。沖縄戦線で機が火だるまになって墜落、全身に大火傷《おおやけど》を負っていた。顔の右半分、そして両手の先にまで及ぶ上半身にケロイドを残していた。ひとり息子であり、西宮の両親の家から通っていた。善良ではあったが利かぬ気でもあり、辰巳は彼が笹口と喧《けん》嘩《か》するのではないかと心配した。

笹口と千葉とは馬が合った。調査が終り、山際は報告書を辰巳に見せた。山際のいつもの文体ではなく、文語調で書かれていた。

「これ、誰が書いたんや」

山際は笑い声をくぐもらせた。「笹口に書かせましてん」

松原透商店殿

調査報告書

調査対象　名称　摂津化成工業株式会社
所在地　大阪市西区北境川町二丁目三十八
代表者　源氏清太郎

特記事項　営業成績・信用度・金融状況

一、設立　昭和二十五年三月二十日

一、目的　サッカリン製造及ビナメシ剤製造

一、組織　資本金五〇万円。全額払込ミ済。一株五〇円、一万株。株主ハ源氏清太郎。ソノ他ハ同社従業員及ビ社長ノ知友等ナルモ、個人経営ト何ラ異ル所ナシ。

一、沿革　戦前、台湾貿易ヲナシ、台湾青果ノ代理店トシテ、バナナ等ノ輸入ヲナシ、戦後、サッカリン製造ニ転換、個人経営ヲ昭和二十五年三月二十日、株式組織ニ変更。サッカリンノ闇取引華ヤカナリシ頃ハ伏見町ニ店舗ヲ張リシガ、昭和二十六年閉鎖ス。コノ件ニ関シテハロ

ヲ緘《かん》シテ語ラズ。
一、設備　本社及ビ工場ハ土地三〇〇坪、建物二五〇坪。ボイラー、真空蒸発釜、遠心分離機八台、ソノ他。
一、営業状況　職員男子四名、女子一名。工員男子二十五名、女子五名。計三十五名。製品ハ、サッカリン八〇%、ナメシ剤二〇%。月間硫酸九〇トンヲ処理、サッカリン約九トンヲ製品化ス。現在、九州ノ大前田食品ガ最大ノ納入先ニシテ月間一トン半ヲ出荷、入金ハ着後先方ヨリ直ニ送金サレル。他ハ九州地区四軒、名古屋二軒ノ大口消費者ヘ直納、マタ問屋ハ主トシテ道《ど》修《しょう》町《まち》ノ問屋ニ販売ス。将来、堅実ナ問屋二、三軒ノミニ限定シタイトノ意嚮《いこう》アリ。扱高月額一二〇〇万円、収益高二〇〇万円、営業経費一五〇万円、純益高ナシ。純益金五〇万円前後ハコノ業種ノ常トシテ多額ノ交際費及ビ税金ニ充当サレル。
一、銀行　取引銀行ハ池田銀行淀《よど》屋橋《やばし》支店。他ニ裏勘定ノ銀行ヲ有ス。預金ハナシ。裏勘定ニ重点ヲ置ク模様ナリ。借入金五〇〇万円。ソノ他工場不動産ニテ高麗橋《こうらいばし》二丁目藤枝ラシャ店主人ヨリ一六〇〇万円ノ借入ヲナス。マタ社長ヨリ五〇〇万円ノ借入金。
一、流動資産　手形割引ハナサズ。受取手形ハ全部支払ニ充当シ、自己手形ハ発行セズ。マタ在庫ハホトンドナシ。製品ハドシドシ出荷シ、原料ハ二、三日分ズツ工場ヘ搬入シ居《お》ル模様。
一、代表者資産　西成区花園町、地下鉄花園終点駅附《ふ》近《きん》ニ土地一七〇坪仝《どう》地上家屋ヲ所有セリ。時価三〇〇〇万円前後。之《これ》ニテ一二〇〇万円ヲ借リテ、会社ヘノ五〇〇〇万円ノ貸金ノ一部トナス。

報告書を読みながら辰巳はいつの間にか鼻歌を歌っていた。「甘あい甘めいハナ子さん。甘いズルチン、サッカリン」昭和二十一年にマキノ正博が監督した松竹映画「のんきな父さん」の中で服部富子が歌った歌である。辰巳は二十一年にはまだシベリヤに抑留されていたのだが、復員後、新世界の三番館で上映されていたのを時間潰しに見たのだった。のんきな父さんが小杉勇、只野凡児が灰田勝彦、ハナ子さんが轟《とどろき》夕起子《ゆきこ》。只野凡児に恋するハナ子さんをその友人役の服部富子が冷やかす歌であった。

所信

一、所見　闇ヲ否定セル場合、当社ノ信用状況ハ零《ゼロ》ニ等シク、闇ヲ認ムル場合ハ下記ノ如《ごと》シ。
一、地位　業界ニオイテ三流ノA。
一、営業方針　積極的デアリ代表者ハワンマン型ナルモ手腕アリ。
一、商況　普通。
一、金融　普通。
一、信用　普通。
一、総論　現在サッカリンハ、表面ノ営業ニテハ利潤薄キ商況ナルモノノ如ク、勢イ当社モ闇製造販売ヲナセルモノナリ。当社ハサッカリン全盛時代ニサッカリンヲ取扱イセシ連中ノ内ニテ、知ラヌ者ナキ程ノ大手筋メーカーニシテ、正規ノモノハ日新化学（現在住友化学）ソノ他ノ有力メーカーガ製品化セルモ、当社ハソノ当時ヨリ闇メーカートシテ活躍シ、闇盛ンナル時ニハ多クノブローカーガ出入シ、盛業ナリシモノナリ。近時砂糖ノ出マワリ良キ為《ため》、カカルホドノ事ハ考エラレザルモ、悪質品メーカーガホトンド姿ヲ消セシ現在トナリテモ、製品ノ品質良好ナルタメ、当社ハ猶、引キ続キ存続シ、正規品、及ビ闇（脱税品）商品ニテ息ヲツク現状ナリ。現在時価キロ当リ一一五〇円（正規品）ニテ、内税金二五%ヲ含ム。闇ハ一〇五〇円位の利潤ヲ闇摘発ノ交際費、及ビ納税準備金トシテ毎日二万円ノ貯金ニテ、実際ハ収支トントンナルモノナリ。シカレドモ、裏勘定ヲ有シ居ル故《ゆえ》、ソノ方ニハイクラカノ預金ヲ有スルモノト思考サル。シカシ万一、脱税摘発ノ場合ニハ多額ノ追徴金ソノ他ニテタダチニ引ックリカエル事明白ナルタメ、ソノ点充分ナル注意ヲ要スル次第ナリ。

昭和二十八年十月二日

新日本探偵社

担当　笹口晴彦

担当欄に笹口の名を書きこんでいるのは山際だった。みごとな所信といえた。それから一年余り経ち、山際がやめたので辰巳は笹口を課長にした。千葉は自分でも報告書を書きたがり、何度かは書いたのだが文章が乱雑で、辰巳や笹口が手なおしするのに時間がかかり、結局はいつも笹口が最初から書きなおすことになった。ただ、一度だけ千葉の書いたものを採用したことがある。三十三年の三月中頃だが、そのころ千葉の課長だった杉原という男がなんとなく面白いからというので手を加え、提出したのだった。

調査報告書

大神商事株式会社殿

調査対象　名称　井村産業株式会社

所在地　神戸市葺合《ふきあい》区生田町二丁目十一（本社・大阪市福島区福島一丁目十八）

代表者　井村慎一

特記事項　信用調査

一、設立　昭和二十三年十二月五日

一、目的　一、化粧品、香水ノ直輸入販売。
　　　　一、宝石、貴金属ノ直輸入販売。
　　　　一、美術工芸品ノ直輸入卸小売。
　　　　一、飲食営業及ビ売店ノ経営。
　　　　一、水産物加工品ノ輸出入販売。
　　　　一、前各号ニ附帯スル、関連スル一切ノ事業。

一、組織　資本金二五万円。一株五〇円。発行済株数五〇〇〇株。配当ハ前期ナシ。代表取締役井村慎一、取締役井村英二、松本トヨ、監査役山坂邦蔵。

所信

一、所見　貴社指定調査先、井村産業株式会社（代表者・井村慎一）ノ貴社指定住所、神戸市葺合区生田町二丁目十一、第二神明ビル二四号ヲ午後一時過ニ調査目的デ訪問シタトコロ、住宅風ビルデアリ、事務所向キノビルトイッタヨウデハナク、室ノ入口ニ「井村産業株式会社神戸支店」ノ表示ガサレテイタ。入ッテ案内ヲ乞《こ》ウタトコロ、五十歳ガラミノ人物ガ応対ニ出、来意ヲ告ゲタトコロ、「アガッテクレ」トノコトデ、ソノ部屋内ノ事務所風ノ一室（事務机三ツホドニ簡単ナ応接セット一組）ニアガッタ。「ココガ支店ナラ、本店ハドコニアルノカ」ト聞イタトコロ、添付名刺三枚ヲ机ノ引出シカラ取リ出シテ渡シタ。ソレラノ様子カラ、コレガ社長ト判断シ、渡サレタ名刺ヲ見ルト本社ハ大阪市北区トナッテイルノデ、「本社デ会ッテモ良カッタノニ」トツブヤイタトコロ、「イヤ、何ブン忙ガシクシテイルノデ」トノ話。

　早速用談ニ入リ、マズ設立年月日、役員名、資本金等カラ入ッタガ、「自分ハ社長デハナイノデ、全般的ナコトハ知ラナイ。タダ三カ月程前ニ社長ニ頼マレテ神戸支店ノ業務監督ヲシテイルダケダ」トノコトデ、コッチモ本社ノ所在地ガ判明スレバ法務局デ会社設立登記ヲ閲覧シテ、ソノ内容ヲ知ッテカラ、アラタメテ出ナオセバヨイト判断シ、アラタメテ井村社長ノ在社時間ヲ尋ネ、毎日朝十時頃マデハココニイルトノ事デイッタン辞去。

ソノ翌日大阪法務局デ北区ノ井村産業ノ公簿ノ閲覧ヲシタトコロ、兎我野《とがの》町一番六号井村産業（株）発行済株数四〇万株ガアッタガ、代表者ハ井村静雄デアリ、コノ会社トハ同名異社トノ見解ヲトッタ。

ソノ翌日神戸ヘ電話シタトコロ、社長ナル人物ガ出、「アナタノ本社ハ名刺ノ住所ニナイデハナイカ」ト詰問《きつもん》スルト、「イヤ、福島ヘ移ッタ。移転登記モ行ワレテイル筈。福島駅カラ北東ヘ一丁ホドノ豊島ガレージノ二階ダ。午後ソチラニ出向クカラ一時頃神戸ヘモウ一度電話シテクレ」

爾後《じご》、朝九時半頃毎日ノヨウニ電話シテキタガ、ソノ都度《つど》「社長ハ出カケタ」トカ「今日ハ都合ガ悪イ」トカノ応対デ、結果的ニハ会イタクナイトノ結論ヲ導キ出シタモノデアル。シタガッテ、以下ノ推定ニヨリ当社トノ取引ニハ充分ナ注意ヲ要スルモノト認メザルヲ得ナイ。

1　最初ニ会ッタ山口ト自称スル男ガ、電話ノ声ナドカラ、当ノ井村社長デアルコトハハッキリシテイル。ソノ時、井村産業ノ名刺一枚デ充分用ガ足リルノニ、自分ガ関係シテイルコトヲ表示シタ他ノ一社ノ、合計三枚ノ名刺ヲ出シタリ、「今日モ朝カラ一〇〇〇万円ノ契約ガデキタ」ト口走ッタリスルアタリ、ハナハダハッタリノ強イハッタリ屋ト判断サレル。

2　大阪本社、札幌支店、共ニ未確認デアルガ、ソノ存在ハ疑問デアル。

3　男十一名、女二名ノ社員ガ従事シテイルトノコトデアルガ、ソノ存在ハ認メラレズ、使イ走リヤ伝票整理程度ノ人物サエ居ラズ、社長ヒトリデトリシキッテイル模様。
一、業界地位　三流ノC。
一、商況　良クナイモノト認メラレル。
一、業績　自社ノ経営内容ヲ全然公表シテイナイ為、詳細ハ不明デアル。年間一億六六〇〇万円ノ扱高ト自称シテイルガ、コレニモ信ガ置ケナイ。マタ社長ノ自宅ハ尼崎《あまがさき》市武庫之荘一丁目九トサレテイルガ、当人名義ノ電話ノ架設モ見ラレズ、神戸支店ノビル内ニ起居シテイルモノト推察サレル。
一、信用　良クナイモノト認メラレル。
一、批判　業礎ハ未確立、業容モ不充分デアリ、取引ニハ注意ヲ要スル。

昭和三十三年三月十九日

新日本探偵社
担当　千葉久志

この報告書を書いた頃の千葉は、阪急宝塚線の売店の娘と知りあい、恋仲になっていた。伸子というその娘は子供の時に大怪我《おおけが》をし、両手には指が一本もなかった。互いへの同情心が恋愛感情に変化したのであったろう。ある日千葉の父親が事務所へやってきて、結婚をあきらめるよう説得してくれと辰巳に頼んで帰った。千葉が伸子に会ってくれというので辰巳は三十四年の初夏、西宮北口駅附近の喫茶店で二人に会ったが、すでに説得できるような仲ではないことがすぐにわかった。その秋、二人は結婚した。辰巳は千葉の気性を愛していたのだが、彼は探偵社を辞めた。職を転転としているらしい、という噂《うわさ》を辰巳はしばしば聞いた。四十年の秋のことだったが、近くまで調査に行った時辰巳は、武庫川の千葉の下宿を訪ねたことがある。子供もできていて生活は苦しそうであり、千葉と伸子を、辰巳は不憫《ふびん》に思った。千葉の酒量があがりはじめたのはそのしばらく後であったらしい。四十三年、千葉はアルコール中毒となり、内臓を患《わずら》って死んだ。葬式が終ってひと月ほどのちに伸子が事務所へやってきて、辰巳にそう告げたのだった。

笹口はその律義さによって得意先の社長や重役に信頼された。ある時、鶴田琺瑯《ほうろう》という会社から、取引先の倒産の整理を頼まれた。その誠実な人柄を買われてのことであった。整理に立ちあううち、本来弁護士の資格がなければできぬ筈の債権者との話しあいまで委任されたりもした。いわばもぐりの調停である。三十年の九月、笹口は大正ゴムという会社の社長に見込まれて経理を担当してくれと頼まれ、探偵社を辞めた。彼はその後も時おり通りがかりと称して探偵社へ立ち寄り、話しこんでいった。

「どや。いそがしいか」

「へえ。今ちょうど決算報告の時期やさかい」笹口はすっかり大阪弁になっていた。

「決算報告」辰巳は少し驚いた。「そんなもん、あんた、できるんか」

「出入りの税理士に仕込まれましてん」

「奥さんは」

「元気にしとりま」

「あんた、まだ子供、なかったな」

「はあ。そのかわり女房の連れ子、引き取りましてん」

その後笹口はさらに経理の勉強と経験を重ねたようであった。次に顔を見せた時、彼は二部上場会社である和辻綿業の経理課にすべりこんでいた。生活が安定してからは事務所に来ることもなくなったが、便りは欠かさなかった。和辻綿業において、笹口は経理課長にまで昇進した。

山際が報告書に書いた通り、サッカリン製造の摂津化成は二十九年四月、脱税が摘発されて追徴金が払えず、倒産している。

3

昭和二十六年の秋、新日本探偵社の事務所へ所長の辰巳秀雄を訪ねて、眼の細い、やや横柄な態度の男がやってきた。

「深谷さん」辰巳は立ちあがっていた。深谷は辰巳が「金集め」をしていた頃の先輩だった。

それまで無為徒食の生活を送っていた辰巳が二十四歳の時、はじめて職業らしい職業についたのがこの「金集め」であった。昭和九年のことであり、その数年前から公民教育なるものがしきりに喧伝《けんでん》されていた。東京では二六新報や万朝報《よろずちょうほう》の記者をしていた数人が集って「帝国公民教育協会」というものを設立した。当時、教育勅語の文字や文章を解読できない者が多かったため、その解説書を作り、大会社の社長や重役のところへ、予《あらかじ》め彼らの出身小学校を紳士録などで調べてから出かけて行って会い、これをあなたの出身校の生徒に配布したいので援助してくれと持ちかけ、金を貰《もら》ってくるというのがその仕事であった。これが所謂《いわゆる》「金集め」である。

「帝国公民教育協会」の大阪営業所長としてやってきたのが、東京の物理学校を出て美術関係の業界紙記者をしていた前歴を持つ深谷であり、当時二十八歳だった。このような、大義名分の立つ話によって運動の援助を求め、金を貰ってくるという「金集め」に、深谷は東京で天才的な手腕を発揮していた。辰巳は深谷からその技巧を仕込まれた。その頃すでに辰巳の、世の「金持ち」に対する態度、認識は定まっていた。彼は「金集め」の腕をあげた。

昭和十六年暮に太平洋戦争が始まり、翌年には大阪営業所が閉鎖された。深谷は東京の本部詰めとなったが、やがて戦争の激化で協会そのものが解散となった。深谷は敗戦まで軍需用のゴムの会社に勤めたのち、故郷の福山市に帰った。彼の父が小学校長をしている深谷家は福山市の名門だった。深谷は小学校時代からの友人と組んで松根油の商《あきな》いをはじめた。商いはうまくいかず、深谷家は没落した。昭和二十六年に辰巳の事務所へ深谷がやってきたのは、深谷が松根油を商って岐阜の和傘製造業者、和歌山県海南の漆器・和傘製造業者などをひとまわりしての帰途であった。やはり商いは思わしくなかったようであった。

「自転車買いたいんやが、今、全然金ないねん」と深谷は言った。「一台、どこぞで買《こ》うてくれへんか」

「自転車なんか買《こ》うて、どないしまんねん」

「教材仕入れて、自転車で広島県下の学校、まわろう思うてな」自転車で広島まで帰るつもりのようだった。

「そんなもん、なんぼにもなりまへんやろ」辰巳は深谷の「金集め」の腕を惜しんだ。「福山のお宅、今どないなってまんねん」

「親父《おやじ》、死によってな」深谷は無表情に答えた。「土地も家も抵当に取られた」

「ええ家やったのに」戦前一度だけ、辰巳は深谷家を訪れている。「で、彰ちゃんは」

「あいつ、今年高校出た」戦争中別居して、現在は東京の実家にいる妻との間に、息子が一人いたのだ。「今は親子ふたり、宿なしでな」

「そんなら、この事務所手伝《てつど》うて貰えまへんか」

事実、人材不足であり、人手不足でもあった。

「住むとこがなあ」

「うち来なはれ」と、辰巳は言った。彼の家は浪速区元町にあり、妻と息子二人がいた。決して広くはない木造平屋建てだったが、現在の探偵稼業にもつながる技術の師として深谷に報いたい気持があった。「彰ちゃんも呼んだらよろしがな」

福山の友人の家で父親の帰郷を待っていた彰一という息子を、深谷は大阪へ呼び寄せた。辰巳の家は玄関すぐの間《ま》が六畳、奥の間が八畳であった。六畳の間が深谷親子の住まいに充《あ》てられた。辰巳の息子はまだ幼く、六歳と二歳だった。彼らは六畳の間のことを「あそこは彰ちゃんの家」と称した。

深谷は「金集め」の手腕を探偵業にも発揮した。興信所に取引先の調査を依頼してくるのはほとんどが大企業であり、一般に中小企業はよほどのことがない限り新たな取引先の信用調査など、自発的に頼んで来たりはしなかった。だが、大阪では大企業の数が限られていた。在阪の興信所は中小企業の会員を獲得する必要があった。そのために用いられる手段のひとつとして、興信所業界では「偽調」と呼ばれている方法があった。深谷はこの「偽調」に腕を振るった。

とびこみで面会を求め、名刺を出し、調査に応じてほしいと頼みこむ。相手は依頼主を知りたがるが、勿論《もちろん》それは秘密なのでとことわり、いろいろ訊《たず》ねながら、一方ではこの取引が成立すれば相当の金額に及ぶ筈だなどと匂《にお》わせる。途中で電話を借り、事務所へ報告を入れて今どこそこにお邪魔しているなどと話し、相手に信用させたりもする。たいていの相手は会員になろうと言い出して会員諮問券十枚綴《つづり》を五万円、時には二十枚綴十万円を買おうと申し出る。それなら改めて別の担当者を寄越すからといったん辞去し、後日他の所員を差し向ける。相手は尚さら信用し、金額も多くなる。

会員諮問券を買わず、単に二万円とか三万円とかを交際費として渡す企業もあった。偽調に限らず、調査先の企業が金を包んで担当者に渡すのは珍らしいことではなかった。安い基本給と歩合《ぶあい》で日常的に困窮していた所員たちの中にはそうした金を着服してしまう者もいたが深谷は必ず入金した。

所員が金を受け取ってきた時、辰巳は担当者名と金額を書き添えて礼状を出した。そのため所員の横領が発覚することもあったが、辰巳は滅多に咎《とが》めなかった。深谷にはしかし、そのようなピンはねも皆無だった。

だがその一方で、深谷は他の所員から嫌われた。彼は辰巳に対していつまでも先輩としての横柄な態度を改めなかったし、その態度は辰巳の部下である所員全員に及んでいた。所員の中には深谷の他にも、辰巳より年長の者が数人いて、部下ではありながらも辰巳が相応の礼を尽くしているそうした者に対してさえ深谷は横柄に振舞い、名を呼び捨てにした。深谷をいちばん嫌っていたのが利かぬ気の千葉であり、朝鮮人の白石だった。

彰一は、深谷の息子でありながら「彰ちゃん」と呼ばれ、皆から愛されていた。深谷は多くの調査に息子の彰一を使った。深谷が調査でコンビを組めるのは息子だけだった。

昭和二十七年の十二月の中頃、深谷は岩羽板金という雨樋《あまどい》などの建築資材を作っている会社へ偽調に行った。応接室で社長と話すうち、志賀と名乗る取引先の男がやってきた。岩羽社長に紹介され、深谷は志賀と名刺を交換した。

「探偵さんでっかあ」志賀は気さくに驚いて見せた。志賀健二は鉄鈑販売取扱業をしている志賀商店という会社の専務だった。

深谷と岩羽社長の話を横で聞きながら、志賀はしきりに何ごとか思案し続ける様子だった。深谷が帰ろうとした時、志賀は立ちあがって深谷をひきとめた。

「あのう、ちょっとした調査ひとつ、お願いしとまんねやがなあ」

志賀と岩羽社長の話はふた言《こと》み言《こと》で片がつき、深谷は志賀と共に近くの喫茶店に入った。

志賀商店は南炭屋町にあり、社長は志賀正蔵といって健二の兄、専務の健二は人事を担当していた。健二は深谷に、会計の町田花江という女の素行調査を依頼した。金遣《かねづか》いが荒いというのだった。

「毎晩呑みに行きまんねん。若い男の社員、とっかえひっかえ二、三人つれて」と、健二は言った。

「そない仰山《ぎょうさん》給料やってへんのに」

「歳《とし》なんぼでっか」

「三十六になった筈だ」

「遣い込みはしてまへんのやな」

「はあ。帳簿上はな。何をどないしとるんか」

「とっかえひっかえて、おたく社員何人使《つこ》てはりまんの」

「事務の若いのが六人だす」

「ほたら二日か三日に一回の割やなあ。そのこと社長は」

「知らんの違《ちゃ》いまっか。若いやつに聞いたら、社長に言うなて口どめされたそうでんねん」

深谷は調査を引き受けた。「報告、どないしまひょ」

「同じ会社におんねんさかい、報告書送ってもろたら具合悪い。口頭でよろしわ」

事務所に戻り、深谷はこれを辰巳に報告した。


辰巳は深谷自身に調査させることにした。深谷は息子を使い、調査をはじめた。最初の日、彰一が町田花江を尾行した。しかし彼は出かけて二時間後に戻ってきた。午後の七時半であり、事務所にはまだ辰巳、白石、そして課長の石黒がいた。

「どやってん」

彰一は報告した。「あの会社、終るのん遅いなあ。社員が帰《い》にかけよるん六時半ごろからやで。それから社長が帰《い》んで、専務が帰《い》んで」

「個人会社やさかいな」

「七時になったんや。ほたら、おばはん出て来よるがな。若い社員三人つれて」

全員が失笑した。

「おばはんが鍵《かぎ》かけよるねん。あれ、会計やさかいにいつもいちばん遅いん違《ちゃ》うか。それから皆で湊町まで歩きよってん。どこ行きよるんかいな思《おも》てたら、タクシー拾《ひろ》て乗って行きよってん。あわてたでこっちは」

タクシー代がなかったのではなく、当時はタクシーの数が少かったのだ。

「それで帰って来たんか」石黒が笑った。

「明日《あした》から、タクシー待たしとき」辰巳は言った。「こら費用かかる調査になるで」

翌日からさらに五日間、彰一は父親と交代で尾行を続けた。町田花江は、毎夜、常に二、三人の社員をつれて北新地《きたしんち》を呑み歩いた。二軒、三軒と呑みまわるのが習慣になっているようだった。冬のさなかであり、屋外で待つのは辛《つら》く、かといって北の新地のバーやクラブともなれば探偵風情《ふぜい》が気軽に入れるような店ではなかった。花江たちが呑み終えるのはいつも十一時前後であったから、彰一は約四時間の難行《なんぎょう》を強いられた。家へ電話をし、父親に応援を求めたのも、あまりの寒さにたまりかねたためだった。

花江は社員たちと別れてからいつもタクシーで、ひとり十三《じゅうそう》の自宅に戻った。自宅というのは木造アパートの一室であり、各室とも道路に面して戸口が別になっていた。深谷親子はこのアパートも見張ったが、人が訪ねてくる様子はなかった。

尾行ではこれという成果があがらなかったことを深谷から聞き、志賀健二はしばらく考えてから、実は、と今頃思い出したことを詫《わ》びるような口調で言った。「親もとが資産家やちう噂《うわさ》もおまんねん」

花江の郷里は長崎県北松浦《きたまつうら》郡の市の瀬だった。ちょうど課長の山際が信用調査で熊本へ出張する用があり、辰巳は彼に長崎へ立ち寄らせた。だが花江の実家は農家であり、しかも貧農だった。兄に訊《き》くと家を出てもう六、七年になり、その間一度も帰郷していないということであった。

これを口頭で報告した日はすでに年が明けて一月の九日になっていた。志賀健二は深谷に言った。「二月十五日頃に、奈良の三笠山《みかさやま》で山焼きやりまっしゃろ。町田花江が音頭《おんど》とりになって、うちの若手社員だけでその山焼き、見に行こやないかちう話になっとりまんねん。これ、ええ機会やさかいに尾行して貰えまへんか」

社員だけの酒席での会話が傍聴できれば、真相がつかめるかもしれなかった。辰巳は深谷親子、それに船山課長の三人で尾行させることにした。だが、この尾行は失敗した。深谷と船山は大酒呑みであり、調査に便乗して大杯を呷《あお》ったため泥酔した。彰一はふたりの介抱に追われ、盗聴どころではなかった。

深谷親子は昼間、花江を見張ることにした。彼女が集金に外出すれば尾行した。その日、事務所にいる辰巳のところへ彰一から電話がかかってきた。

「今、生玉《いくたま》町の裏におりまんねんけど」声が明かるかった。「おばはん、ホテルへ入りましたで」

笑った。

「ひとりか」

「入る時はひとりやったけど、あとから入って行ったん誰や思います。社長や」

もっと早く気づくべきだった、と辰巳は思った。町田花江は社長の志賀正蔵から裏金を渡されていた。肉体関係はもう二年半続いていた。深谷から報告を受けた健二は兄を諫《いさ》めたが正蔵は聞き入れなかった。健二は深谷に、花江と会い、兄と別れるよう説得してくれと頼んだ。町田花江は健二の手に負えるような女ではなかった。このような調査例では結局のところ調査されている者と調査員とが知りあいにならざるを得ぬことになっているようでもあった。

花江のことは正蔵の妻にも知れ、志賀商店内の人間関係はこじれにこじれた。正蔵が花江を疎《うと》みはじめたため、花江は腹いせに帳簿を胡麻化《ごまか》した。多少は社長への甘えも残っていて、なかばは大っぴらに非常識な額の金を着服したのだった。一時の感情の激発からであったが、そのあとですぐ怖くなり、会社を休んだ。志賀正蔵は激怒した。このころから町田花江はしばしば探偵社の事務所へ顔を見せるようになった。最初は深谷に会いに来ていたのだが、辰巳や白石とも顔馴染《かおなじみ》になってしまってからは深谷が不在でも長時間話しこんでいくようになった。彼女は小柄で、肥っていて、色が黒かった。所員たちに対しては愛嬌《あいきょう》があり、よく喋《しゃべ》った。社長や専務が自分を血まなこで捜しまわっていると聞かされ、脅《おび》えてもいた。事務所へやってくるのは志賀商店の様子を知りたいからでもあり、社長の動きをさぐるためでもあったが、何よりも、他に行くところがない為だった。彼女は所員たちに好かれようとして自己正当化の弁とともに社長の性格を「だいたいあのひとはやね」と面白おかしくあげつらった。その日も辰巳と白石の他に船山や彰一が事務所にいた。辰巳の従弟《いとこ》にあたる康夫という高校生も遊びに来ていた。机が四つしかなくて狭かったが、パイプの丸椅子は隅に沢山重ねて置かれていた。志賀商店が潰《つぶ》れそうだという話を聞き、花江はいつも以上に脅え、饒舌《じょうぜつ》になっていた。正蔵がまだ自分を捜しまわっていると聞いてその執念深さを罵《ののし》った。

「まあ、可愛さあまって憎さが、ちうこともあるわいな」と、辰巳はことさらに彼女を脅えさせるようなことを言った。彼は花江に辟易《へきえき》していた。

その時、廊下で靴音がした。「社長違《ちゃ》うか」花江は腰を浮かせた。

全員が笑った。彼女は椅子の上で身もだえした。「うち、もういやや。もうこんなんいややで」

五月になって志賀商店は倒産し、正蔵と健二は喧嘩《けんか》別れをした。例によって花江が事務所へやってきて喋っていたその日、正蔵が探偵社を訪れた。四十五歳で色が黒く、角張った顔の大男であった。所員の誰かが社外から花江が来ていることを報らせたためでもあったのだろうか。彼が勢いよくドアを開けて入ってくると花江は失禁し、泣きはじめた。

昭和三十二年に志賀正蔵が住之江《すみのえ》で製鋼所を経

営しはじめたということを辰巳は石黒から聞かされた。町田花江の消息は以後不明である。

その後、深谷は所員たちからますます嫌われ、憎まれた。特に千葉にとっては、自分が敬愛する辰巳に対して、いかに辰巳の先輩とはいえ深谷の常の傲慢《ごうまん》な態度は腹に据えかねるようであった。また白石はあからさまな蔑視《べっし》を受け、時おり涙をにじませたりもしていた。

尾上保彦は辰巳より二十歳年長で、立命館がまだ法律学校だった時代に卒業し、弁護士になった。しかし時間に束縛されるのが大嫌いという性格でとうとう探偵になり、新日本探偵社には昭和二十八年から約三年間勤めた。苦労人であり、何かと助言してくれるので辰巳も礼を尽していた。午後の三時頃になると近くの酒屋へ行き、冷や酒をコップに二杯呑んで事務所へ戻り、若い連中と楽しげに仕事の話をするのが日課だった。所員たちはこの尾上を敬愛していたのだが、深谷だけは尾上に対してもその尊大な態度で接し、時にその振舞いは無礼にまで及んだ。このため所員たちの反感はますます募った。

新日本探偵社では毎春、造幣局の桜を見て酒を呑むという慰労会を行っていた。昭和三十年の春、慰労会が近づいたある日、課長の船山が辰巳に耳打ちした。

「若い奴《やつ》らが花見の機会に深谷さん殴る言うていきまいてまっせ。どないしまひょ」

「造幣局行き、中止や」ただちに、辰巳は言った。「金だけ渡して、好いた者《もん》同士勝手に呑みに行かさな仕様《しゃ》ないな」

花見は中止になった。慰労会の日、全員が事務所で乾杯したあと、所員たちは三三五五呑みに出かけた。辰巳は深谷や船山と共に賑橋《にぎわいばし》のホルモン料理店へ行き、三人で一升余を呑んだ。ふだんはビールばかり大量に呑む深谷が悪酔いした。船山がさらに誘うので、帰りたいという深谷と別れ、辰巳と船山は難波《なんば》元町駅近くの居酒屋でさらに五、六合呑んだ。

帰宅すると、六畳の間には彰一しかいなかった。

「彰ちゃん。深谷さん、まだか」

「帰って来たんやけどな」彰一は雑誌から顔をあげた。「さっき千葉さん来て、一緒に出たで」

辰巳は外へ出た。向かい側が焼け跡であり、闇の中で罵りあう声がしていた。近づくと、すでに殴りあいが始まっていた。深谷を殴っているのは千葉、白石、それに重松、可児《かに》といった若い所員たちだった。

「お前ら、何しとんねん」辰巳は声を荒らげた。

「やめんかい」

深谷がやめないのなら自分たちがやめるという若い所員たちの強硬さに辰巳は困り果てた。その年の七月、辰巳は深谷親子に東京出張所を開設してくれと頼み、五万円前後の金を渡して上京させた。東京に知己の多い深谷なら新しい得意先を開拓することが可能である筈だった。さらにまた関東以北の調査を担当させることもできた。

雇用や縁談などの個人調査では本籍地の北海道や九州まで赴かねばならぬことがあり、辰巳自身もたとえば北海道へは前後六回出張している。これは各地に支社を持つ大きな興信所に比べてどうしても調査費用が割高になった。関東以北の調査を深谷に任せるメリットは大であると考えることができた。

深谷は東京で日本橋堀留町《ほりどめちょう》に住居兼用の事務所を開設した。戦前の知りあいを頼って日新紡、五菱レイヨンなどを会員にし、最初のうち業務は順調だった。このころ彰一は、浅草の妹の店で茶の販売を手伝っていた別居中の母親に何度か会っている。しかし父親と母親の仲がもとに戻ることはなかった。深谷は上京してすぐ、神田駅前の呑み屋のおかみと懇《ねんご》ろになっていた。昭和三十一年、彰一は銀座の喫茶店のウエイトレスと恋仲になった。娘は名古屋出身であり、親の持っている小さな土地に喫茶店を建てて経営しようという夢を持っていた。働いているのはその資金を貯めるためだった。結婚して名古屋へ行き、喫茶店を経営したいと言い出した彰一は、これに反対する深谷と喧嘩してしまい、父親名義の貯金を全額引き出して家を出た。入れかわりのように呑み屋のおかみがやってきて深谷と同棲《どうせい》しはじめた。その年の秋、彰一は名古屋で結婚式を挙げた。前日まで列席すると電話で答えていた深谷はついに姿を見せず、辰巳が父親がわりに列席した。

「チチシンダ　シキユウ　ジヨウキヨウコウ」

彰一からのそんな電報を辰巳が受け取ったのは昭和三十二年の三月だった。辰巳はすぐに上京した。深谷の死因は脳溢血《のういっけつ》だった。五十歳の若さである。毎夜のように大量のビールを呑み続けたのが原因であったらしい。堀留町の深谷の家では彰一と呑み屋のおかみが葬式に本妻を呼ぶ、呼ばないで言い争っていた。辰巳は呑み屋のおかみに、離縁したというならともかく戸籍上の妻でしかも喪主の実母を呼ばぬわけにはゆくまいからここは「お互いに」我慢すべきであろうと説得した。葬式が終り、喫茶店経営が軌道に乗りはじめていた彰一は母親をつれて名古屋へ戻った。

昭和四十二年に辰巳は豊川稲荷《とよかわいなり》へ調査に赴き、彰一の家にはじめて立ち寄った。喫茶店は銀行から融資を受けて拡張したばかりであり、極めて繁盛していた。辰巳は一夜を彰一の家で泊めてもらい、次の日は彰一の運転する車で調査にまわった。

昭和六十年の五月、辰巳の自宅へ彰一の妻から電話がかかってきた。

「彰ちゃんが死にました」

腎臓《じんぞう》が悪かったという。五十二歳だった。電話には彰一の母親も出た。辰巳は名古屋へ行き、葬式に参列したいと思ったが、足を痛めていて行けなかった。

辰巳は難波の元町五丁目にある木造平屋建ての自宅を昭和三十八年、鉄筋コンクリート三階建ての小さなビルに改造したが、五十一年、泉南《せんなん》郡の淡輪《たんのわ》に移った。深谷が千葉たちに殴られた焼け跡は現在「かもめ公園」という小さな公園になっている。

昭和四十年の秋、辰巳は調査でたまたま住之江へ行き、志賀製鋼所の前を通りかかった。不況のさなかであったにもかかわらず忙しそうであり、辰巳の眼にはあきらかに好調と映った。

若手から敬愛されていた弁護士あがりの尾上保彦は昭和三十一年の暮、心臓疾患で急死している。六十六歳であった。

4

新日本探偵社で課長をしていた山際は、辰巳が事務所を開設した時からの所員で、二十六年の一月から二十九年の秋まで四年近く在籍した。年齢は辰巳より三歳下であった。そんな齢《とし》でもないのにやや耳が遠かったが、これは大阪が爆撃された時彼のすぐ傍《かたわ》らに爆弾が落ちたためである。近鉄・古市《ふるいち》駅近くの金物屋の息子であり、富田林《とんだばやし》市で妻とふたりきりの生活をしていた。聴力の障害は彼に一種の温かみのある人柄をあたえていた。相手の言葉がよく聞きとれずに頓珍漢《とんちんかん》な応答をし、怪我の功名でとんでもない高額の会費を貰ってきたりもした。辰巳の勘ではわざと聞こえぬふりをしていることもある筈だったが、そのとぼけた風格によって部下たちからも愛されていた。

山際課長は麻雀《マージャン》が好きで辰巳をしばしば雀荘《ジャンソウ》に誘った。メンバーが揃った時は事務所で打つこともあった。しかし山際は所詮《しょせん》、満洲《まんしゅう》（現・中国東北部）で麻雀の腕をきたえている辰巳の敵ではなかった。探偵連中の中にも辰巳に敵《かな》うものはいなかった。辰巳と互角に打てるのは同じ浪速ビル内に事務所を持っている経営者たちであり、その中には凄腕《すごうで》の名人級が何人かいた。彼らはしばしば、たいていは午後の三時か四時頃に探偵社の事務所へ集ってきて辰巳を加え、打ちはじめるのだった。

だが、負けるとわかっていながら山際はしきりに辰巳と打ちたがり、のち、事務所や雀荘での麻雀に飽き足りなくなってくると、ついに辰巳たちを自宅での徹夜麻雀にまで誘った。辰巳は富田林にある山際の家で徹夜をしたことが三、四回ある。

事務所や雀荘で麻雀をしながら、辰巳はよく山際と仕事の話をした。

「丸富から依頼受けて、田村ちう人の調査してまんねんけど」

「あれか。石田屋調味料がらみの人やろ」

「そうだす」

石田屋調味料株式会社は戦後「味の源」という、「味の素」とほとんど同じ成分の商品を製造しはじめた会社であったが、世の中が落ちつくにつれて当然のことながら本家の「味の素」の進出に押され、苦しい商《あきな》いを続けていた。

「あれはむしろ彦根商店調査した方がええ。わし、彦根商店よう知ってるさかい、調べたるわ」

「あれ、どないなってるんかいなあ」

依頼先の丸富株式会社は大きな総合商社であったが、その頃倒産の噂《うわさ》が流れていた。もし丸富が倒産すれば石田屋調味料はじめ商品を納入している小さな会社への波及は避けられない筈であった。事実それらの会社はすでに資金繰りに苦しみはじめていて、苦しまぎれに各社間を暗躍しはじめる人物や、さらにそこへ詐欺師《さぎし》的人物たちが一枚加わったりもし、その様相は複雑を極めていた。田村某もそうした人物のひとりであったろう。昭和二十八年の夏のことである。

それから一週間後、事務所で麻雀をしている時に山際が言った。「春に、北でごつい火事おましたやろ」

「ああ。小松原町やろ。ごつい火事やったなあ」

「あれでゴンドラちうごつい喫茶店が焼けました

「店のテーブルやら椅子やな」

「水商売に納品するのん初めてやさかい怖がってまんねん」

「重松に、不動産の調査さしたり」と、辰巳はいった。「あんたが経営の方調べたりいな」

「所長はこないだ言うた彦根商店、調べてくれはりましたか」

「あんたこそ、石田屋調味料がらみのおっさん、調べたんか」

「調べました」と、山際は答えた。「彦根商店の件と一緒に報告しよう思うてまんねんけど」

辰巳はまだ彦根商店の調査をしていなかった。麻雀を一局終えてから、辰巳は山際の報告書を読んだ。

調査報告書

丸富株式会社殿

やろ」

「ゴンドラなあ。ごつい喫茶店やったなあ」

当時は数階建ての宮殿風純喫茶が大阪の北や南の繁華街に建ちはじめていた。「ゴンドラ」も三階建てのアベック向き純喫茶であった。辰巳も仕事の打ちあわせで何度か入ったことがある。

「あれ、また建ちよるけど」と、若い所員の重松が言った。重松は山際の部下であり、入社して間がなかった。

経営者ばかりが打つ名人級の麻雀に、所員たちは加えてもらえなかった。賭《か》け金が大きい上に、負けることは目に見えていたからだ。しかし辰巳だけは山際や、麻雀を憶えたばかりの重松につきあってやらねばならなかった。もうひとりは落合という刑事あがりの探偵で、麻雀のできない白石が傍《そば》で見ていた。一週間に一、二度は見られる情景である。

「大島家具ちう会社から、あのゴンドラの経営者の資産調査頼まれてまんねんけど」

調査対象　名称　田村亥七
　生年月日　明治三十四年四月十八日
　出生地　金沢市長町二番丁二十九
　現住所　大阪市北区今井町十五

経歴　金沢工業学校図案科卒業。
　倉田源二郎商店ニ勤務。
　昭和五年独立、昭和十五年八月株式ニ改組シ、現在ニ至ル。

宗教　大本教愛善苑信徒。
　信仰経歴二十余年。

女関係　先妻死亡後、女ガイタ。シカシ後妻ヲ迎エルニ当ッテ、豊中市ニ土地家屋ヲ買イアタエテ別レタトノコトデアル。現在女関係ハナシ。

家族　後妻・恵子（明治四十四年生）神戸市栗原守衛ノ長女・神戸第二高女卒。
　長女ミチヨ（昭十一）・長男寛（昭十三）・次男顕（昭十五）・次女フクヨ（昭十七）・三男勉（昭十九）・三女マツヨ（昭二十二）・四女アキヨ（昭二十六）。
　父・亥一郎（明治七年）。
　他ニ女中一名。

近親者　夫妻共、兄弟姉妹殆《ほと》ンド死亡。田村氏末妹ハ横浜ニ嫁シ、弟ハ東京ニ在住シテイルガ、共ニ資産ハナイ。

生活状況　大体中程度ノ生活デアルガ、整理整頓等ニハ殆ンド無頓着デアリ、家庭内ハ一見、乱雑ニ取リ散ラカシテイル様ニ見受ケラレル。
　生活資金ノ主体トシテハ、昭和二十六年九月末ヨリ同年十二月マデノ間、石田屋調味料（株）ヨリ七万円余リ（内四万五千円現金）ノ支給ヲ受ケテ生活シテイタ。現在殆ンドナシ。

不動産　市内北区今井町、西淀川区佃町、東成《ひがしなり》区西今里在ノ田村亥七個人名義ノ土地家屋ハ全

部丸富（株）ノ負債ニ対スル担保トシテ登記済ミデアル。

別ニ豊中市在ノ土地家屋ハ、前記ノ通リ他人名義ノモノデアリ、本人ノ意志モ、スデニ別レタ女カラ、現在自分ガイカニ不遇デアルカラトイッテ、今サラ取リ返スコトハデキナイト語ッテイル。

性格　大本教愛善苑ノ信者トシテ熱心デアリ、シカモ狂信的風格ガウカガエル。神ガカリノオ告ゲヲ信ジテコレヲ総《すべ》テ事業ヤ日常生活ノ基本方針トシテイル。普通人トハヤヤ異ル様ニ見受ケラレル。

昭和二十八年八月十一日

新日本探偵社
担当　山際常雄

どう見てもたいした人物ではなく、問題はこんなところにあるのではないと辰巳は思った。丸富は新日本探偵社にとっても大きな得意先であり、関連会社の多くも会員であった。丸富が倒産すれば大幅な収入減となる。辰巳は歯痒《はがゆ》く感じた。

丸富にはある思い入れがあった。当時大阪では五綿、船場《せんば》八社と称された糸偏《いとへん》商社筋があり、丸富もこの十三社のうちのひとつだった。丸富はじめ伊東忠商事、九紅商事、当洋綿花、大日綿花、その他又二、多附、光商など三品（綿糸・綿花・綿布）取引仲買の大手筋とされる会社は糸偏から成長して総合商社になったものが多く、戦後になってからは三品の乱高下や、糸偏以外に手をのばした思惑《おもわく》違いなどが原因で、すでにいくつかの会社が倒産していた。

丸富の常務であった諏訪《すわ》小四郎という人物と、辰巳は「帝国公民教育協会」にいた時代に一度だけ会っている。その頃丸富はまだ船場に木造の事務所を構えていた。諏訪は滋賀県の旧制商業学校を卒業後、諏訪家へ養子に入り、家業を立てなおした人物だった。彼は見るからに剛腹《ごうふく》であり、黙って辰巳に百円札をあたえた。辰巳が百円札を手にしたのはその時が初めてである。歩合は三割だったから三十円を得たわけであり、辰巳にはそれでも大金だった。戦後、丸富は伏見町の銀行ビルの三、四階で営業を再開し、やがて長堀橋の、もと白木屋だった焼け跡のビルを買って社屋としていた。諏訪小四郎は二年前に死んでいた。それ以後社内はがたがたになっているという噂を、辰巳は何度も聞いている。

次の日から辰巳は彦根商店の調査にとりかかった。人間関係が錯綜《さくそう》していて詳細にわたる解明はできなかったものの、当事者である丸富の経営者たちならば理解できる筈と考え、辰巳は説明不十分なままの調査書を「参考」として田村亥七の個人調査書に添え、丸富へ提出するよう山際課長に命じた。

参考

丸富（株）ニ対スル融資ノ直接依頼者、彦根商店（株）ヲ参考的ニ調査シ報告シマス。

彦根商店（株）ガ受註《じゅちゅう》スルニアタッテハ、幹部ノ殆ンドガ反対シタニモカカワラズ、当社常務取締役奈川嘉吉氏ト、雑貨部貿易課長大幡欣三氏ノ強引ナ主張ニヨッテ取引ヲ開始シタモノデアル。

ソノ一方大幡氏ハ、石田屋調味料（株）ノ顧問トシテ営業ノ監督ヲシテイタガ、業績ハアガラズ、タマタマ「味の源」ノ大量ノ註文ガアッタタメ、奈川、大幡両氏ノ相談ノ結果、大幡氏ノ友人ガ丸富（株）ニ勤務シテイタタメ、コレヲ利用シテ丸富（株）ニ融資ヲ依頼シ、成功シタ。

トコロガ、当時スデニ苦境ニアッタ石田屋調味料（株）ノ内情ハ、丸富（株）カラ受ケタ融資ヲ資材購入ノミニマワスコトガデキナイ状態デアッタ。銀行関係ハジメ各方面ノ債務ヲ補塡《ほてん》シタタメ、ソノ残額ダケヲ以《もっ》テ資材購入ニ充《あ》テタノデアルガ、彦根商店（株）ノ大幡氏ハ、自社ニ対スル未納品ノ補塡ノタメ、営業顧問デアルコトヲ利用シテ、極力自社納入ニツトメタタメ、ツイニ丸富（株）ニ対シテハ最初カラノ契約ガ履行《りこう》出来ズ、シカモ僅カノ資材デ以テ彦根商店（株）ノミナラズ木崎産業（株）、長崎公司（株）方面ヨリノ強イ請求ニ対シテ応ジ続ケタタメ、ツイニ丸富（株）ニ対シテハ、契約数量ノ二〇％モ納入デキナカッタモノデアルト看做《みな》サレル。

　大幡氏ハソノ後モ彦根商店（株）補塡ノタメ、奈川氏ト協力シテ各方面ニ活動シテイルガ、彼ノ裏面ニハ田丸、茶川（共ニ元アスタア（株）重役）等ノ如キ詐欺師的人物ガ存在シテイルコトガ確認サレテイル。

「所長こないだの調査書で、田丸と茶川のこと書いてはりましたな」数日後、外まわりから戻った山際がそう言った。「今日、ゴンドラの建築現場であの二人、見かけましたで。何しとったんやろ」

辰巳もその前日、通りがかりに小松原町の火事場跡へ行ったばかりであった。清永建設が四階建ての鉄筋を組んでいた。

「あの二人も喫茶店関係やったさかい、通りがかりに見に入っただけと違《ちゃ》うか」

探偵稼業をしているとどうしても詐欺師的人物を見知ることになる。大阪の興信所業界内部でたいていの者は田丸、茶川を知っていた。

「ゴンドラ、確か前は木造三階建てやったな」

「焼け肥りと違《ちゃ》いまっか。今度は鉄筋コンクリートで、おまけに地下一階、地上四階だっせ」

「重松が戻ったらわかるやろ」

その重松は翌日、報告書を書いて辰巳に見せた。

資産調査（不動産）

A　ゴンドラ商事（株）名義
大阪市北区小松原町三　家屋番号ナシ
木造瓦葺三階建　住宅
床面積　十六坪五十七
評価額　六拾弐万八千円
コレハ先般ノ火災デ焼失シタガ未登記デアッタ。

B　春野一夫名義
北区太融寺《たいゆうじ》町十九　家屋番号一一九ノ七
木造瓦葺二階建　住宅
延八坪二十四

C　同
同町十九番地ノ三　家屋番号一一九ノ八
木造瓦葺二階建　住宅
延十四坪七十二

コノB、Cハ、モト、春野ガ自宅トシテイタモノデアルガ、二十六年五月四日ニコレラノ家屋ノ下ノ宅地ト共ニ金田竹三ニ売リ渡シテイル。

D　同
同町八十五　家屋番号二一四
木造瓦葺三階建　住宅
延三十坪
評価額　九拾万壱千円

E　同
同町八十五　家屋番号二一九
木造瓦葺二階建　店舗
延二十坪
評価額　六拾弐万四千円

コノD、Eハ、二十六年一月二十日ニ春野一夫ガ売買ニヨリ取得シテオリ、抵当権設定ノ事実ハナク、無疵《むきず》デアル。

F　同

北区小松原町三　家屋番号八十二

木造瓦葺三階建　店舗

延三十四坪十八

コノ建物ハAト共ニ焼失シタモノデアル。

Fハ二十五年九月、売買ニヨッテ春野ノ所有トナリ、同年十一月二〇〇万円、二十六年八月五〇万円、二十六年十二月四〇〇万円、二十七年十二月二〇〇万円、以上四口ノ根抵当権ガ福徳相互銀行ニヨッテ設定サレテオリ、マタ所有権移転請求権保全ノ仮登記モ行ワレテイルガ、通例トシテ、火災保険ハ質権設定ガ行ワレテイタモノト推察サレ、債権、債務両者ノ間デ、特別ノ話シアイノナイ場合、保険金（全部カ一部カハ不明デアルガ）デ以テ返済サレテイルベキ筈ノモノデアル。シタガッテ、現在春野ハ太融寺ノ家屋ヲ無疵デ所有シテイルガ、土地ハ所有シテイナイ。ゴンドラ商事（株）モマタ焼失シタ家屋ノミデアルカラ、現在デハ不動産ノ所有ハナシ。

猶《なお》、目下再建中ノ店舗ハ清永建設ノ手デ建築中デアル。

春野ト兎我野町一ノ六波多家旅館トガ特別ナ関係ニアルト見ラレルトイウ話ハ、調ベテミタラ、波多家ノ社長ガ金田竹三デアリ、不動産売リ渡シノ相手デアッテ、単ニソレダケノ関係デアッテ、両者ノ間ニ資本ノ投融資、貸借関係ノナイコトガハッキリシタ。

より大きな住居を先に買ってから以前の家を売ったり、その他春野という人物の堅実ぶりがあちこちで眼につく調査報告書だった。しかし堅実であるということは他方、大阪におけるこのような商売の場合特に出入りの業者に対して厳しいといえるわけであり、山際がそのあたりをどのように判断するかが辰巳には気になった。その山際は辰巳に急《せ》かされて、翌日報告書を書きあげた。

調査報告書

調査対象　ゴンドラ商事株式会社
代表者　春野一夫

現在再建中ノ建物ハ、清永建設大阪支店ガソノ工事ヲ施工中デアルガ、清永建設トシテハ「コノ様ナ小工事ハ当社トシテハ有難クナイガ、富園ビルトノ関係上ヤムナク引キ受ケタ」トイウ程度デアル。シタガッテ代金受ケ渡シニハ後記ノヨウニ現金一本ノ厳シイ契約トナッテイル。

ソノ構造様式ハ、鉄筋コンクリート、地下一階、地上四階、塔ツキ。建坪約二十七坪、総延べ坪百三十五坪。竣工予定日ハ本年九月二十五日。

清永建設ハ、ソノ基礎及ビコンクリート打チ迄《まで》ノ工事デアッテ、外装及ビ内部ノ仕上ゲ、配管、冷暖房、ソノ他ノ附帯工事一切ハ契約シテイナイ。

シタガッテソノ契約代金ハ思ッタヨリ安価デアッテ八〇〇万円。ソノ支払方法ハ手附金三〇〇万円、工事途中（棟上ゲ時）二〇〇万円、完了引渡シ時ニ残金三〇〇万円、イズレモ現金デ以テソノ都度《つど》支払イ、トナッテイル。

コノ八〇〇万円ノ他ニ、附帯工事費ガアリ、ドノ程度ノモノカ不明デアルガ、コノ工事ニハピンカラキリマデアリ、ソノ施工値幅ガ大キク、ダイタイ五〇〇万円カラ一〇〇〇万円ト見込マレル。

コレニ調度品、営業設備ヲ見込ムト、最低二三〇〇万円、最高三五〇〇万円ハ投下サレルモノトミラレル。コレガ開業マデニ持チ込ムタメノ最低資金デアル。

コレニ対シテノ所要資金ハ、従来ノ関係カラ福徳相互銀行ガアル程度ノ融資ヲ行ウ模様デアルガ、銀行側トシテハソノ金額ノ明示ヲ拒ンダ。附帯工事ハソレゾレノ業者トノ個別契約トナルガ、営業開始トナレバ、ソノ日ソノ日ノ現金売上ゲデ以テカバーシテ行クトイウ、相当強引ナ方法モトラレル模様デアル。

春野氏ハナカナカノ商売人デ、腰ノ低イ、人ヲソラサヌ人物デアルガ、シメルベキトコロハシメテカカル。現在春野氏ノ自宅ガ無疵《むきず》デアッテ、債務ノ対象物件トナッテイナイ点カラミテ、アル程度ノ資金準備ハサレテイル筈デアルガ、コレトテモ是非現金デ決済セネバナラヌトコロヘノミ重点的ニ支払イ、引キ延バシ得ルトコロヘハ引キ延バセル限リ引キ延バシテ長期支払ニ持チ込ムモノト考エラレルモノデアル。

シタガッテ、確実ナ取引ヲ望ムニハ、一応無疵ノ自宅ヲ預カラシテ貰ウコトヲ条件トシタ場合、ソノ価値ノ範囲内デ安全ナ取引ガデキルモノト考エラレル。

昭和二十八年八月十九日

新日本探偵社

担当　山際常雄

大島家具株式会社殿

山際は報告書を提出した。大島家具では報告書に従って「ゴンドラ」の経営者春野一夫に対し、家屋を担保にと申し出た。しかし春野はこれを一笑に付した。机や椅子を買うのに家を担保に出す馬鹿《ばか》がいるものか。業者は他にもいる。春野にそう言われ、大島家具では取引をことわった。その話を山際から聞かされ、辰巳は誰にともなく腹が立った。零細の業者には不当な条件を出し、清永建設のような大きい会社とは先方の言いなりに厳しい条件をのんだ取引をする春野に対しても腹が立ったが、一方では小さな工事を迷惑と広言し、恩着せがましく仕事をしながら取るだけは取る清永建設の横柄さも気に食わなかった。しかしそれが大阪での商取引の常識であったし、そうでなければ生きて行けないのだということも辰巳にはわかっていた。彼の小さな腹立ちはやり場のないものだった。もちろん、そんなことにいちいち腹を立てていては生きては行けない。辰巳は自分が商いに向いていないことをつくづく感じたりもした。

その年の暮、丸富株式会社は倒産した。大型倒産ともいえたので大阪ではちょっとした騒ぎになった。石田屋調味料や彦根商店や、その他多くの中小企業や商店が余波を蒙《こうむ》って潰れた。丸富が倒産した理由は明らかに、落ちめの「味の源」などに手をのばしたためであったのだが、その直接の理由は大幡や奈川の暗躍によるものではなく、倒産近しと自分の会社に見切りをつけた綿糸担当社員の不正によるものだった。巨獣が病めばハイエナが群がる。小さな不正は倒産を目前にした巨大な総合商社内外のあちこちで行われていたようであった。

その頃、すでに「ゴンドラ」は完成し、営業を始めていた。北へ出たついでもあり、辰巳は山際と一緒に「ゴンドラ」へ立ち寄ってみた。入口周辺は吹き抜けになっていて、黒ニス塗りの柱が立ち、クラシック音楽が流れ、照明は暗かった。辰巳と山際は一階を見おろすことのできる二階の手摺《てす》り際のテーブルでコーヒーを飲んだ。

「田丸と茶川でっせ」

山際に言われて辰巳は入口を見おろした。三人の男が店を出ようとしていた。

「もひとりが経営者か」

「春野です」

たとえ詐欺的な行為に加わっていないにしろ、あの二人と交際するような人間なら相当したたかであろう、と、辰巳は思った。大島家具は取引をことわってよかったかもしれない。辰巳はそうも思った。

「大島家具の社長に会《お》うたら、喜んで礼言うてましたで」

山際が、突然思いついたようににやにやしながらそう言ったのは翌二十九年の春、例によって事務所で重松、落合を加え、牌《パイ》を握っている時だった。

「なんでまた」

「ゴンドラに納品した家具屋が潰れたそうですわ。大島家具よりも小さい会社やったそうです。だいぶ無理して納めよったんですな。春野、例によって支払い延ばしたり、約手出したりしよったんや思いまんねん。それに部分的な納期遅れがあって、それ口実にして因縁つけてまた引き延ばしよったんです。あれやられたらうちでも潰れてますわ、大島はん、そない言うてましたで」

倒産した丸富の跡始末には三和銀行がのり出した。出向してきた三和銀行の元部長に辰巳は呼びつけられ、いろいろな相談を持ちかけられた。頼まれて調査もした。内情をもっともよく知っている利害関係のない第三者と看做《みな》されたからであったろう。

山際は二十九年の十月に探偵社を辞めた。彼は機械工具の時価価格表を柱にした月刊誌を発行しようとし、古市にある父親の土地建物を担保にして借金をした。準備には予想外の費用がかかり、しかも発刊した際の販路もつかめなかった。二年間の悪戦の末、解決できなくなり、三十一年の秋、彼は青酸カリで服毒自殺をした。四十三歳だった。

翌年の一月、山際の未亡人が辰巳を訪ねて事務所へやってきた。働かせてくれと言うのだった。まず他の連中の仕事ぶりを見ならいなさいと言って辰巳は彼女を毎日出勤させた。時には他の所員と組ませ、アベックを装った尾行に使ったりもした。

一カ月ほど経ったある日、以前山際の部下だった重松が外まわりから戻ってきて辰巳に告げた。

「落合が、山際の奥さんつれて喫茶店行ったり、映画見に行ったりしとるの知ってはりまっか」

落合という刑事あがりの男は仕事ぶりの出たらめな、その癖油断のならぬ人物だった。未亡人から話を聞いた結果、彼女の実父が農協の役員であり、農産物が自由になると聞き、彼女を利用しようとしていることが明らかになった。辰巳は彼女を説いて探偵社を辞めさせ、実家に帰らせた。

その四年後、また火事があって「ゴンドラ」は類焼し、さらに焼け肥って店を大きくしている。

5

新日本探偵社に調査を依頼してくるさまざまな業種の会社の中では、所長辰巳秀雄の以前の仕事がノートの製造販売であったことから、紙関係の会社が特に多かった。それはノートから故紙、さらに紙だけではなく文具全般、そして印刷機械にまで及んでいた。

昭和十六年十二月八日、まだ帝国公民教育協会に在籍していた辰巳は同僚一人と共に高野山《こうやさん》の各寺院へ「金集め」に行った。南海電車に乗っているうちは開戦のことを知らず、昼食をとるために入った食堂のラジオで未明の真珠湾攻撃を知った。仕事を終え、大阪へ戻ってくると道頓堀《どうとんぼり》はすでに真っ暗であり、どこで晩飯を食べてよいやら判断もつかぬ状態であった。その翌年、帝国公民教育協会の大阪営業所は閉鎖され、辰巳は職を失った。

ぶらぶらしていたある日、彼は姉の旦那《だんな》である夏原吾朗という男に呼ばれた。辰巳の姉は女学校卒業後家を出て、しばらく独身生活を続けたのち、夏原ノートという会社を経営しているこの男の世話になっていたのである。

「満洲へ行ってくれへんか」夏原は辰巳にそう言った。満洲には夏原ノートの工場があり、夏原の弟の史郎が工場長として赴任していた。「あいつ、あかんねん。成績あげるどころか赤字赤字でな。大阪からの持ち出しがもう二年続いとるねん」

辰巳はそれまで夏原とは何度も会っていた。常に辰巳が姉の旦那である夏原から金をせびり取る立場であったが、そんな辰巳の物腰のどこかに夏原はある種の強靭《きょうじん》さを認めたようであった。

日本は勝ち続けていた。ノート製造に関して辰巳は素人《しろうと》だった。しかし他に職のあてはなく、徴兵検査ではからだが弱くて丙《へい》種だった。辰巳は工場長として満洲へ行くことになった。

四月、辰巳は結婚したばかりの妻を伴って満洲に渡った。工場は奉天市《ほうてんし》（現在の瀋陽《シェンヤン》）にあった。事務所の所在地は満鉄の附属地である日本人街の八幡町だったが、工場はそこから二十丁ほど離れた満人地区の小西門にあった。

工場の経営は辰巳の眼にさえ何もかも滅茶苦茶だった。坊っちゃん育ちの夏原史郎は満人の職工たちから完全に舐《な》められ、馬鹿にされていたのだ。紙を大量に買いこんでは、多くの無駄を出し、赤字になるのは当然と思えた。辰巳は史郎を大阪へ帰らせた。

工場の生産が軌道に乗ると、ノートは作る片端から売れに売れ、儲《もう》けは辰巳が驚くほどだった。最初、辰巳の給料は二百円、事務所を手伝わせている妻の給料が百五十円だったが、どんどん昇給し、のちには辰巳の給料だけでも五百円になった。

辰巳が渡満してすぐ、満洲にある王人製紙系の会社が、豆の茎から採《と》る豆稈《とうかん》パルプという製品を開発した。これは五菱レイヨンが満洲に作った製紙工場で商品化され、羽根田紡績の子会社で福井県に本社のある丸本という商社が特約店として販売した。ところがこの紙は色こそ白いものの、インクが滲《にじ》むためノートにはならず、まったく売れなかった。

あの紙を買ってくれ、そう言って丸本の支店長が辰巳に泣きついてきた。支店長と辰巳は奉天の在郷軍人会での友人でもあった。辰巳はその紙の見本を大阪へ送り、使い途《みち》を「親爺《おやじ》」に考えてもらうことにした。このころから辰巳は夏原吾朗のことを「親爺」と称するようになっていたのである。「親爺」はその紙を買い取れと命じてきた。買い取った大量の紙を辰巳は大阪へ送った。夏原ノートではその紙に線画を印刷し、「ぬりえ」として売った。「ぬりえ」はよく売れ、大儲けとなった。

ノートは作りさえすればいくらでも売れたものの、統制のため、紙がいくらでも手に入るというわけではなかった。大阪からも紙を送ってきたがそれでも間に合わず、時には現金収入がなくて給料が繰り越しになったりもした。辰巳が奉天へ来てしばらく後、満洲に紙製品工業組合というものができ、過去の実績に応じて紙が配給されることになった。ここで思いがけず効果的な実績となったのは史郎が紙を大量に買いこんでは損失を出していた頃の購入量、及び辰巳が丸本から買いこんだ紙の購入量であった。そのため夏原ノートの紙を潰す（商品化のため消費する）実績は満洲の紙製品工業組合の中で一位だったのだ。

統制になってからは満人による在庫の製品がどんどん市場へ出た。彼らは日本人よりも早く統制を察知し、紙を大量に買いこみ、商品にしていたのである。天徳信という満洲一の紙の大手筋は値上がり待ちの大量の在庫を持っていた。しかし夏原ノートがいくら商品不足だからといって、いったん製品として市場へ出ているそういったものを扱うことは商道徳上できない。満人たちは経済警察の眼を盗み、彼らなりのルートで少しずつ放出していた。

満洲学用品株式会社という日本の会社があり、ここに遠藤という番頭がいた。そのうち独立して紙製品の取扱いをやりはじめたのだが、この男は常に「金がない」「金がない」と言っていたので日本人たちはみな「金、金の遠藤」と呼んで笑っていた。遠藤はある日満人ルートの商品を大量に持ちこんできた。売りにくいとは知りながら辰巳はこれを買いこみ、工場へ入れて再商品化をもくろんだ。

昭和十九年になるとますます物資が不足しはじめ、五井物産、唐綿といった貿易会社が、「製品ないか」「製品ないか」とうるさく言ってくるようになった。辰巳はしかたなく遠藤から買った満人の商品を危険と知りつつ唐綿へ納入した。唐綿の指定倉庫の預り証が出ればすぐ現金が支払われた。

戦争が末期に近づけば近づくほど儲けは増えた。どんな質の悪い商品でも売れた。ぼろ儲けといってよかった。

満洲産の塵紙《ちりがみ》を大量に買いこんだりもした。日本から送られてくる紙は締め板で締められ、きちんと梱包《こんぽう》されていたが、この塵紙は莚《むしろ》でくるんであるだけだった。辰巳はこれを二つ折りにし、表紙をつけ、雑記帳として売った。満人に売るところが満人街に出まわり、表紙がはずされ、ふたたび塵紙として売られていたりもした。とかく手荒な儲け方であったがそれらはすべて別勘定として夏原ノートの別途預金となった。

遠藤が、今度は包装用の薄いロール紙を大量に持ちこんできた。辰巳はこれを買い取ったものの、さすがにどうしていいかわからず、また「親爺」に問いあわせた。「親爺」は便箋《びんせん》を作れと言ってきた。辰巳はA4二十枚で一冊という極度に薄い便箋を大量に作った。原価は十五銭だった。しかしその価格では売れなかった。当時は原価計算書を経済警察へ提出し、承認されればはじめてそれが㊁価格（停止価格）となり、売ることができたのだが、夏原ノートはもちろんA4二十枚の便箋の㊁価格など、とってはいなかった。しかしB5の便箋でなら、七十五銭という㊁価格をとっていた。

唐綿や五井物産はあいかわらず「なんでもいいから持ってきてくれ」と言い続けていた。彼らはどんな商品であろうと国外へ輸出しさえすれば経済警察にひっかからずにすんだから、㊡価格の範囲内でありさえすればなんでも売ってくれというのだった。

　便箋がある、と言うと五井物産がとびついてきた。ちょうど唐綿は、あまりに何もかも買い込み過ぎて倉庫がパンク寸前の状態だったのだ。

「そやけど、Ｂ５で七十五銭の㊡価格しかとってまへんのやが」と、辰巳は言った。

　それでもいい、と、五井物産は言った。

　五井物産は満洲交易株式会社という、関東軍のために物資を集める会社を一方に持っていて、ここを通じて中支、南支へ物資を送り、関東軍はかわりに軍需物資をここへ流していた。五井物産との取引がある間は、いかに戦況が悪化しようと、八幡町の事務所の二階に住んでいる辰巳たち夫婦が食うに困ることはなかった。

　十五銭の便箋を七十五銭で売るのはどう考えても暴利であったが、辰巳は出来る片端からどんどん便箋を五井物産へ納入した。五井物産はこれを南支へ送るため満洲国経済局の貿易部へ申請した。

　満洲の紙製品は満洲生活必需品株式会社というところが統轄していた。この会社の社員がたまたま貿易部へ立ち寄り、この申請書を見て「こんなにたくさんの便箋があるのなら、満洲国内では今便箋がなくて困っているのだから、少し譲ってもらおう」と言い出した。そして、当然のことではあったが、なぜそのように高価なのだということになった。

　ついに、ことが明るみに出た。二十年の正月、辰巳は経済警察から電話で出頭を命じられた。けしからん。もってのほかだ。経済攪乱《かくらん》であると若い係官から辰巳は叱責《しっせき》され、夏原ノートは国外追放、五井物産は以後紙製品の取扱いを禁じるという騒ぎになった。辰巳はもみ消しに駈けずりまわった。担当係官は明治大学出身だったので、在満の卒業生を尋ねあて、口をきいて貰ったりもした。その結果、国防献金の名目で五万円の罰金、また便箋は経済部大臣が炭鉱慰問をする際の土産とするから、その都度《つど》指定の場所へ発送すること、その価格は後日協議し、適正価格を国が支払うこと、などが決められた。あたふたしているうちに五月となり、それらがまだ実行されぬうち、辰巳は現地召集されてしまった。敗戦の三カ月前であった。

二十二年にシベリヤから帰ってきた辰巳秀雄は二十四年までの二年間、夏原ノートに勤めた。二十四年に独立してからもしばらくは片手間にノートを作った。作る片端からノートが飛ぶように売れたあの時代の甘く快い体験が忘れられないのであろうと思い、自分でもおかしかった。しかしすでに、どのような製品でも売れるという時代ではなくなっていた。良質の製品が次つぎと売り出され、ノートをはじめとする紙、文具業界は整理期に入っていた。辰巳はノート作りこそやめたものの、「親爺」からの紹介でしばしば信用調査を頼まれることによって業界とは手が切れなかった。紙・文具業界の調査はたいてい辰巳自身が担当した。業務内容はよく承知していたし知りあいも多かったから、誰にやらせるよりも手っとり早かったのだ。

倒産が多いため業界では新たな取引先には極めて注意深くなっていた。ほんの小さな商店への貸倒れも恐れた。辰巳は小さな商店の調査をうんざりするほど数多く行った。報告はすべて報告書用紙一枚で足りる簡単なものばかりであった。

調査報告書

リクト産業株式会社殿

調査対象　名称　株式会社末永商店
所在地　大阪市南区塩町通四丁目十八
代表者　末永淳二

一、資本金　金五拾万円也。
一、株主　末永淳二、古賀次雄、松本吾一。
一、取引銀行　大和銀行本店。
一、取扱商品　文具一式。
一、主要仕入先　セキレイ文具株式会社、祥文堂、エレガンス株式会社、ヤマネペン先株式会社。
一、支払方法　約手七割、現金三割。
一、入金状況　現金四割、手形六割。
一、在庫商品　百四拾万円位。
一、集金不能　約拾万円。
一、結論　末永氏ハモト船員デアリ、昭和十八年文具商ヲ営ミ、主トシテ軍関係ニ納品シテイタガ、同二十三年株式ニ改組シタ。近隣ノ評判ハ普通。交際ハホトンドナシ。

　銀行信用ハ、ヨクナイ。

　本人ハ性穏健、実直デアルガ、商才ニ乏シク、将来性ハアマリ期待デキナイモノト考エラレル。

　昭和二十七年十月四日

　　　　新日本探偵社

　　　　　担当　辰巳秀雄

　戦中、軍と関係して商売を始めたり、戦後すぐに大儲けをしたりした新興の業者ほど、甘い過去に酔って時代の変化に気づかず、倒産することが多いようであった。「親爺」のいる夏原ノートは老舗《しにせ》であり、そんな心配はなかった。

　紙・文具業者は僅かの額の手形がまわってきてさえ過敏なほどに恐れ、いちいち辰巳に調査を依頼した。資金繰りにあわただしくない会社や商店はほとんどなく、支払いの少しの遅れや納品の遅れが業界に噂《うわさ》となって流れ、そこから倒産まではまたたく間であり、それが大阪であった。

調査報告書

吉村ノート株式会社殿

調査対象　名称　新藤商店
　　　　　代表者　新藤夏樹

一、業種　綿布織物工場。

一、取引銀行　紀陽銀行中之島支店。

一、取引状況　大阪ノ扇谷商店及ビサンケ糸店ヨリ綿糸ヲ購入シ、綿布ニ織リ上ゲテ、大阪ノ美濃徳及ビ五和人絹等ヘ販売シテイル。支払イ方法ハ仕入総額ノ七割ヲ手形デ、マタ入金ハ総額ノ九割ガ手形デアル。

一、不動産及ビ設備　店舗ハ二十七坪ノ地上ニ中二階ヲ、工場ハ五十坪余デアル。工場ニハ織機二十一台ヲ据エツケ、他ニハ家作十五軒ヲ持ッテイル。

一、結論　同店ハ大正三年ニ先代新藤熊太郎ガ創立シ、当主夏樹ハ大阪市高津《こうづ》表門附近デ営業シテイタ紙問屋栗島家ノ次男デアッタガ、昭和二十二年当家ヘ養子ニ入リ、家業ヲ継承シタモノデアル。経営ハ堅実デアル。

マタ家ツキノ娘デアル妻ガナカナカノシッカリ者デアリ万事ニ監視ヲシテイルモノノヨウデアル。

スベテノ信用状態ハ可。

当主夏樹ノ実兄ガ紙関係ノ仕事ニ従事シテイル為ニ、裏書キシタ手形ガ紙業界ヘマワッタモノト推察デキ、結論トシテソノ手形ハ信頼デキルモノト考エラレル。

昭和二十九年三月二十日

新日本探偵社
担当　辰巳秀雄

売れぬノートを作ってしまい失敗した体験を持つ辰巳にとって、あきらかに金融状態が逼迫《ひっぱく》していると思える文具業者の調査報告書をありのままに書くことは辛《つら》かった。しかし興信所が報告に手ごころを加えてはならない。昭和三十二年になってもまだ倒産は続いていた。そんな時、銀行や大学に直接紙製品や文房具を納品している高雅堂という店を調査してくれという依頼があった。依頼主は夏原ノートの取引先である松井紙業であり、慎重な調査が必要だった。辰巳は自分で調査にとりかかった。高雅堂は社長が若く、成績は不振だった。同情できる事情も多く、可哀相《かわいそう》ではあったが辰巳は私情を捨てて報告書を書いた。

調査報告書

松井紙業株式会社殿

調査対象　名称　高雅堂
所在地　大阪市東区安土町三丁目十九
代表者　須田敬

一、沿革並ニ個人略歴　経営者ノ須田敬氏ハ大阪ニ生マレ、鳳中学ヲ経テ関西大学法科ニ進ンダ。在学中カラアルバイト的ニ福文堂（文具商）ニ勤務シテ斯業《しぎょう》ヲ習得シタ。昭和二十六年卒業、同年独立シテ合資会社組織デ現業ヲ創《はじ》メタガ約一年後、附近ノ火災ノタメ商品ノ水濡レヲ生ジ、ソレヲ機会ニ個人経営ニ組織ヲ改メ、徐徐ニ業績ノ拡大ヲ計リナガラ現在地ニ営業所ヲ移シ、現在ニ到ッテイル。家族ハ夫婦ノミ。自宅ハ西区川口町ノ市営川口ビル内デアル。

一、主要仕入先　深江商事、菊永寿宝堂、土屋機工、リクト産業、ソノ他。

一、販売先　本人ノ父ガ八木駒ニ停年退職マデ多年勤務シテイタ関係上、繊維商社、三和・第一両銀行ノ各支店、大阪大学、住宅公団等ヲ主タル納品先トシ、附近ノ小会社ヘモ販売ヲ行ッテイル。販売先ハ一時百八十軒カラ有シテイタガ(最盛時ハ四百軒ホド有シテイタト称シテイル)現在ハ品薄ノタメ得意先ハ大幅ニ減ッテイルモノト認メラレル。

一、支払方法　昨年七月頃マデハ三万円以上ハ手形、以下ハ現金支払イヲシテイタガ、現在ハ資金難ノタメ、手形六〇%(六十日)、現金四〇%ノ割合デ支払イヲ行ッテイル。タダシ支払イ振リハ遅延気味。

一、回収方法　オヨソ月末カラ翌月十日マデノ間ニ現金(マタハ小切手)回収ヲシテイル。回収振リハ一応順調デアル。

一、営業状況　創業以来一応ノ成果ヲアゲ、文具・紙製品ノ納入及ビ印刷ノ引受ケ納入ニヨッテ業績ヲ進展サセテキタガ、最盛時デアッタ一昨年ノ暮ニ妻ヲ迎エ、新婚生活ニ入ルト共ニ、収入ノ増加ヲ焦リ、無理ナ業務ノ拡張ヲヤッタコトガ原因デ、昨年七月ニハ貸倒金、在庫ノ値下リガ重ナリ、資金繰リガ極度ニ悪化、扱高モ昨年初期ノ月間百二十万円ヲピークトシテ低下ノ一途ヲタドリ、本年ニ入ッテハ月間五十万円以下ノ回収デ辛《かろ》ウジテ営業ヲ支エテイル状態デアル。

一、従業員数　四名。

一、設備　事務所、電話、スクーター一台、単車一台。印刷ハ下請ヲ利用シテイル。

代表者の須田敬は二十八歳であり、彼が二十六歳で結婚した相手は良家の令嬢であった。辰巳も須田の妻に会ったが驚くほどの美人であり、家庭には新婚生活の甘さ華やかさが漂っていた。彼女が特に浪費家でなかったとしても、意識せずして須田に相当の無理を強いたであろうことは想像できた。次つぎと新たな良質の商品が出まわりはじめている時であり、少しでも気を抜けば在庫品がすぐ値下りするという時期に、須田は新婚生活に浸《ひた》り、妻中心の考え方に陥っていたのだった。

一、現況　資金難ハ現在迄《まで》尾ヲ引イテオリ、同業者ハ多クノ品種ヲ常ニ在庫シテオク必要ガアルニカカワラズ、昨年七月以降ハ仕入先ノ信用度モ極度ニ低下シタタメ、イキオイ各品種ノ商品ヲ必要ニ応ジテ自由ニ仕入レスルコトガ困難トナリ、現在ニオイテハ受注シテモソノ品物ノ在庫ガナイトイウ状態ヲ続ケテオリ、シタガッテ得意先ニ充分満足ヲアタエルコトガデキナイコトモ一因トナッテ業績ハ低下シテイル。五十万円ノ売上ゲトシテ収益ハ二五％ノ約十二万五千円、本人ノ生活費（月七千円ノ部屋代及ビ月賦）、事務所ノ家賃（月六千五百円）ソノ他ノ営業費ニハ尠《すくな》クトモ月十万円ノ支出ハマヌガレズ、現在ハ収支トントン或《あるい》ハ若干ノ純益ガ見ラレルカトイウ程度デアルガ、ソノ純益モ昨年来ノ債務ノ支払イニ充当サレテオリ、苦シイ経営振リデアル。

一、取引銀行　三和銀行内本町支店。

一、借入金　右ノ銀行ヨリ現在十万円ノ借入ガアリ目下月賦返済ニテ月一万円ヲ返シテイル。マタ商品代ノ未払イハ三十万円以上ト推定サレル。

一、預金　ナシ。

一、資金繰リ　現経営者ノ手腕デモッテシテハ資金借入ノ力量ハナク、現状維持以外ニ方法ガナイ。昨年生ジタ未回収ノ焦ゲツキ約三十万円ノ回収ヲ待ツ以外ニ打開策ハナク、ソレモマタ長期化或ハ貸倒金トナル見込ミガ大デアリ、短期改善ハ不能デアル。

一、結論　当店ノ経費ヲ推定スルト、
店主生活費　三〇〇〇〇円

店員給料　三〇〇〇〇円
部屋代　六五〇〇円
その他　三〇〇〇〇円
合計九六五〇〇円

デアル。コレヲ経営費ト見タ場合、最低三十五万円カラ四十万円ノ売上ゲガ必要デアル。トコロガ文具ノート類ノ売上ゲハ金額的ニハ扱高ノ増額トハナラズ、印刷及ビ紙類ノ扱イヲ以《もっ》テシテ売上額ノ増加トナル。シカシ現在月間最低額十万円ノ紙ヲ必要トシテイルニカカワラズ入手先ガナク、ソノタメ当社ノ扱高ノ増加ハ考エラレナイ。経営者ノ若年デアルコトモマイナストナッテイル。結果ニオイテ、今後ハ充分ナル警戒ヲ要スルモノト認メラレル。

昭和三十二年六月四日

新日本探偵社
担当　辰巳秀雄

松井紙業の社長から、辰巳は感謝された。松井紙業は高雅堂に納品をことわり、高雅堂は三十二年九月、倒産したのだった。倒産を早めたのではないかという思いがしばらく辰巳につきまとった。報告の内容は口伝えで業界内部へ拡《ひろ》まったに違いなかったからだ。紙・文具業者間の噂はその後も辰巳の耳に入ってきた。須田が離婚をした、という噂であった。

その三十二年に辰巳は、やはり紙・文具商の菊永寿宝堂から調査を頼まれている。以前印刷機械を製造し、菊永寿宝堂にも納入したことのある堀ヨシヒコという男がやってきて、文具商を始めたとかで大量のノートを注文し、運び去ったまま金を払わず姿も見せなくなった。浪花町には印刷機械を製造しているホリ・ヨシミチという男がいるらしいので、これが堀ヨシヒコと同一人物ではないか調べてくれという依頼である。もし二、三カ月前に開業しているのなら堀ヨシヒコにほぼ間違いないし、親方が古道という男であるという経歴も一致するというのだった。この調査は「二人のホリ」として辰巳が記憶している一件である。

調査報告書

菊永寿宝堂殿

調査対象　名称　堀好彦

一、保利嘉道

大阪市北区浪花町五十二ニアル保利鉄工所経営者保利嘉道ヲ調査シタガ、堀ト保利トノ相違ガアリ、附近ノ住民ノ談話ニヨルト、保利嘉道ガ当所デ鉄工所ヲ営ンデイルノハ約五年前カラデアッテ、二、三カ月前ニ移ッテキタモノデハナイコトガ判明シタ。故ニ堀ト保利トガ同一人物デハナイト思ワレタガ、念ノタメ住民登録ヲ調ベタ。

保利嘉道

居住地　大阪市北区浪花町二

本籍　福井県大飯《おおい》郡高浜町八

昭和二十六年二月十五日大阪市ノ住民トナリ同三十一年十二月二十六日都島区生江《いくえ》町一丁目二十三ヨリ現住地へ移住。

妻　喜美子（昭和二年六月二十六日生）ハ昭和三十一年七月二十七日ニ住民トナリ、長女ハ昭和三十二年二月二十三日生レデ、子供ハ長女ノミデアル。

コノ事実ニヨッテ別人デアルコトガ確実トナッタタメ、保利ニ直接会イ、堀ノコトヲ聞キコムコトトシタ。

保利ニヨレバ、堀、保利、共ニ古道機械屋（印刷機械製作）ニ勤メテ斯業ヲ習得シタモノデアル。保利ハ親方ノ古道ガ、納期等ニ甚ダルーズデアリ、大切ナ得意先ヲ失ウコトガ常デアルタメ、古道ヲ辞シテ独立シタ。ソノ後一時ハ六、七人ノ職人ヲ使用シテイタガ、印刷機械ノ受注製作ニ失敗シ、ココ一、二年来ハ一人デ船舶用大型洗濯機ノ修理引受等ヲシナガラ細ボソトヤッテイル。

堀ハ保利ガ古道ヲ辞スルチョット前マデ古道ニ勤メテイタ。堀ハ女好キノ性格デ、古道ノ娘トモ当時関係ガアッタ。堀ハ保利ヨリ早ク独立シ、保利ガソノ下請トシテ仕事ヲシタコトモアッタガ、結局ソノ十二、三万円ノ代金ハ未収、堀ハ店ヲタタンダノチハ保利ノトコロヘ全ク立チアラワレテイナイ。

堀ハ一時コノ近クヲ根拠トシテイタ関係デ、アチラコチラニ借金ガ多ク、ソノタメココ二年以上ハ全ク見カケナイガ、天神橋四丁目電停附近ノ東側ヤタガイ工具店ハ一時堀ノ後援ヲシテイタカラ、ソコデ聞ケバドウカトノコトデアッタ。

一、ヤタガイ工具店

ウチモ三十万円内外引ッカカッテイル。トニカク常カラ詐欺スレスレノコトバカリヤッテイル男ダカラ、コノゴロハサッパリココラニハアラワレナイ。アイツニ引ッカカッタラ絶対トレマセン。松原市ノ妻ノトコロヘコロガリコンデイルラシイガ、ソコニモ、モウイナイノデハアリマセンカ。

一、松原市田井城《たいじょう》町　引間醤油《しょうゆ》店主人夫婦

コノ家ハ古道トモ知リアイデアリ、堀ノ妻ノ実家ガ隣家デアッタ関係上、堀ニ矢田町ノ親戚《しんせき》宅ヘ間借リノ世話ヲシテヤッタコトモアル。トコロガ部屋代ヲ払ワナイノデ追イ出サレ、ソノ後ハ妻ノ実家ヘコロガリコンデ夫婦同棲《どうせい》シテイタ。昨年ノ夏、会社ニ勤メテイタ妻ノ弟ガ、独立シテ醤油屋ヲ創《はじ》メルタメソノ家ノ明ケ渡シヲ姉夫婦ニ要求シ、姉弟ノ間デダイブ紛争ガアッタ。行クトコロガナイトイウノデ当家ノ離レ（物置ニ畳ヲ入レタ程度ノモノ）ニ置イテヤッタトコロ、電灯代ハ勿論《もちろん》、部屋代モ入レズ、ソノ上毎日ノヨウニ二十円借セ五十円借セトイウノデ困ッテシマイ、立チノキ話トナリ、十月十五日ニ生駒へ移ルトノコトデ、アベノ橋附近カラ呼ンダ自動三輪トラックニ荷物ヲ積ンデ出テ行ッタキリ何ノ音沙汰《おとさた》モナク以後姿ヲ見セナイ。

右ノ通リデアリ、堀好彦ノ所在ハ不明デアル。

昭和三十二年十二月二十三日

新日本探偵社

担当　辰巳秀雄

夏原ノート時代以来、辰巳は故紙屋にも知りあいが多かった。当時、大阪の故紙屋は払い受け先によって何種類かに分けられた。寄せ屋（屑屋）から買い集める故紙屋、印刷・製本屋をまわる故紙屋、新聞社の残紙を集める故紙屋、銀行の古帳簿や通帳を集める故紙屋などであるが、一番儲かるのが遊廓《ゆうかく》であと始末した紙を買い集めてくる故紙屋とされていた。当時の桜紙は紙質がよかったのである。

三十四年の春、辰巳は知りあいの故紙屋の親爺から相談を持ちかけられた。使用人である若い運転手がやくざを轢《ひ》いたというのである。怪我ですんだものの、被害者の父親もまたやくざであり、これが店へやってきた。運転手は母一人子一人の家庭で育った気の弱い青年であり、逃げまわった。やくざは晴明ヶ丘にある母親のところへ押しかけた。母親はキリスト教の短期大学で事務員をしていて、本人もクリスチャンだった。やくざは毎日のようにこの母親のところへ行き、苛《いじ》め抜いているということであった。

辰巳は被害者が入院していた阿倍野橋《あべのばし》の病院へ行って負傷の程度を聞き、阿倍野署へも行って事故の様子を聞いてきた。

「話、つけたるわ」と、電話で辰巳は故紙屋の親爺に言った。「三万で手え打たしたろ。被害者の父親、呼んどきなはれ」

その日、辰巳が行くと相手はすでに来ていた。故紙屋の親爺から何も聞いていなかったらしく、辰巳の名刺を見て男は苦笑した。

「いやあ。探偵はんでは仕様《しゃ》ないなあ」

男は三万で手を打ち、故紙屋の親爺から金を受け取るとすぐ帰って行った。以後、二度とあらわれることはなかったので辰巳は故紙屋の親爺から感謝された。しかしやくざは、おとなしい母親から、すでに多額の金を取れるだけ取っていたのだった。

6

岩木正雄は兵庫県の加古川《かこがわ》出身で、新日本探偵社の所員になったのは昭和二十七年、まだ二十六歳の時である。それぞれが自分なりに要領のよさを誇っている所員たちでさえ、彼を「口八丁手八丁」と評するほどのやり手であった。それは所長の辰巳秀雄も認めぬわけにはいかず、入社二年目で彼を課長にした。身だしなみがよく、常に派手なチェックのブレザーを着、まだ若いのにコールマン髭《ひげ》をはやし、それが色の浅黒い顔によく似合っていた。ただし時おり自分の策に溺《おぼ》れ、やり過ぎてぼろを出したりもするため、大企業などの重要な調査をまかせることはできなかった。勢い素行調査、家出人調査、その他商店や飲食店の調査などはすべて彼の課にまわることとなり、岩木はそれが不満のようであった。歩合《ぶあい》が少いからである。

二十九年の夏、岩木は高麗橋に本社のある大正鉱業という会社から、大企業である箱根製鉄の販売課にいる社員を素行調査してくれという依頼をとってきた。依頼状の内容は次の通りであった。

素行調査

市原托治　大正六年十二月三日生

現住所　大阪市港区元町二丁目一六八

本籍地　岡山県小田郡北木崎村字《あざ》辻野一四三七

経歴　昭和十一年三月大阪貿易学校卒業

　父ノ関係デ運輸会社ニ勤務シテイタガ同社解散ノタメ、昭和二十四年四月箱根製鉄（株）大阪営業所販売課ニ採用サレ現在販売課受渡掛ニ勤務中。

家族　妻ト子供二人ノ四人暮シ。

　実父市原昭太ハ(天)回漕店ヲ経営シテイル。

月給　二万三、四千円程度。

(天)回漕店ハ日東鋼管、関西荷捌回漕ヲ一手ニ引キ受ケテイルト称セラレテイル。息子ノ托治ハ私欲ノタメ出入商人ニ対シテ自ラノ立場ヲ利用シ、(天)回漕店ノ利用ヲ強請、ソノ歩合ヲ得、アルイハマタ得意先、下請先業者ヨリ酒、衣類、マージャン、金銭ヲ強要スルナド、社員トシテ会社ノ不信ヲ買ウ行為ガアル疑イ。前後二回投書ガ本社宛《あて》ニアッタ。

投書人

一、新大阪日日新聞社　遠坂明（昨年）

一、岡山県小田郡北木崎村字楠　野間治二

（当人ハ箱根製鉄ノ株主名簿ニ記載サレテイル。持株数二〇〇株）

参考

箱根製鉄ノ大阪ニ於ケル指定運輸業者　千代川運輸・武田回漕店・国際港運・舟田商会・広畑埠頭・ミナミ運輸

調査期間　十五日位。中間報告ヲ必要トスル。

辰巳は箱根製鉄大阪営業所全体の空気に対しての業者間での不評があることを知っていた。岩木ではやり過ぎる不安があった。箱根製鉄の営業所員全員に気づかれてはならぬ調査であったが、自分の腕を過信している岩木なら大阪営業所にまで直接出かけて行ってさぐりを入れることが想像できた。中間報告を必要としているのだから、大阪営業所全体の調査を改めて依頼されるということも考えられる。辰巳は岩木の課が他の調査を二件もかかえこんでいることを理由に、この種の調査を得意としている船山課長にまかせるよう岩木に命じた。岩木は不満そうであった。

箱根製鉄の調査を船山に任せたことはあきらかに正しかった。大組織の中でただ一人が悪事を働くことは困難であり、辰巳の予想通り、大阪営業所の半数の社員が馴《な》れあいの上で背任・背信行為を行っていたのだった。船山にしてはじめて調査可能であり、岩木ではどこかで尻尾《しっぽ》を出し、相手に悟られていた筈であった。大正鉱業は調査の続行を求めてきた。新日本探偵社としては大きな調査になった。

辰巳は一方で、岩木の不満を解消してやらねばならなかった。曙興業という会社から依頼された肥料会社の調査のための、津市への出張を岩木に命じると、ものごとを根に持つことのない気分屋の彼は上機嫌で出かけて行った。ほんの一泊の出張であったにしては、岩木はよく調べて帰ってきた。

「おもろいとこですなあ。あそこは」

笑顔でそう言ったところからすれば、抜けめなく遊んでもきたようであった。

調査報告書

調査対象　槍垣弥吉郎商店

津市大字八町一六九

一、業歴及ビ代表者略歴

当家ハ約六十年前ノ創業デアリ、多年当地ニオケル老舗デアル。戦前ハ相当盛ンニ営業シテイタモノデ、当主ハ明治十三年当地ニ生マレ家業ニ従事シ、コレヲ継承シタモノデアル。戦前ハ県会議員ニモ選任サレ、マタ所得調査委員デモアッタ。戦時ノ肥料統制中ハ卸業組合理事長ニ就任シ、家業ハ休業シタガ、統制解除後ニ再開シタ。戦後ハ調停委員ヲ昭和二十年カラ委嘱サレ現在ニ到ッテイル。

コノ公職カラ見テ、名望家デアルコトハ間違イナイモノデアル。

家族ハ妻及ビ長男夫婦ト孫三人ノ七人家族デアル。

一、営業振リ

当店ハ桂木肥料ノ特約店トシテ、桂木カラノ仕入レガ七〇％ヲ占メテイル。ソノ他伊東忠、相合貿易カラハ有機少量ヲ含ム桂木以外ノ品種ノ仕入レヲ行イ、単肥五〇％、化成五〇％ノ比率デアル。

販売ハ河芸《かわげ》郡ノ一部及ビ津市ノ農協へ七〇％、小売店（八軒）ヘノ卸売リ三〇％ノ割合イ。近在ノ農家ヘハ店売リヲ行ウガ、コレハ微々タルモノデアル。

当家ハ一人息子（三十八、九歳）ガ病身デアリ、店番程度シカ出来ズ、老齢ノ当主ガヒトリコツコツト得意先マワリヲシテイルタメ、戦前ノ扱高ニハトテモ及バズ、自称、年間取扱高八千万円（目標一億円）ト誇称シテイルガ、同業者ノ話ヲ綜合スルト、辛ウジテ二千万円程度デアロウトノコトデアル。現在ノ方針及ビ人員デハ、今後衰微ノ一途ヲタドルモノト思ワレ、不幸、老父ノ死亡ニ遭エバソレガ当店ノ最後トマデ極言スル者モイル。

現在ノトコロ販売高ハ伸ビナヤミ模様デ、当店ノ収支ハ収益三％、ソノウチ半分ヲ営業費及ビ生活費、残リ半分デ税金ヲ賄《まかな》イ、サラニソノ残リガ純益トナルモノノヨウデアル。月間二百万円トシテ収益六万円、営業・家計費三万円トシテ収支トントンデアロウト見込マレル。

現在在庫壱百万円、売掛金壱千万円、支払手形四百万円トノコトデアルガ、ドコマデ信ヲ置ケルカ疑問デアル。

一、資金繰リ

手形割引、借入金ハ全然無ク、スベテ手持チノ自己資金ノミデ賄ッテイルトノコトデアルガ、コレガ真実デアレバ当店ノ扱高ハ問題ニナラヌ少量トイウコトニナリ、相当ナ扱量デアレバ、借入金ノ少額位ハ有ル筈デアル。現在、一般ノ業界ノ見方トシテハ、自己資本ノミデ充分採算ノトレル事業ヲ行ッテイル業態ハ絶無トイエルカラデアル。

当店ノ支払イハ手形八〇％（期日三十日、四十五日、六十日）、現金二〇％デアル。現金ノ場合ハ金利相当額ノ値引キヲ要求シテイル。硫安ハ原則トシテ現金仕入レヲ行ウ。回収ハ現金八〇％（一カ月マタハ二カ月後）、手形ハ二〇％（六十日）デアリ、小売商カラハ手形ヲ取ルヨウニ最近改メテキテイル。

金繰リハナントカ繰リマワシ、現在マデハ順調ニ来テイルモノノ、今年末ハダイブ苦シイダロウト自認シタ。

一、資産

土地ハ自宅三百余坪及ビ地上建物、ソノ他株券ナド相当ノモノヲ持チ、生活ニハ困ラヌヨウニ見受ケラレル。

一、結論

老父ヒトリデコツコツト得意マワリヲシテオリ、同業者間デハソノ点同情サレテイルガ、必然的ニ消極的ニナラザルヲ得ズ、肥料ニヨル収益ヲ少シデモ生活費ノ足シニトイウ気持デヤッテイルヨウデアリ、業態自体ハ今後衰亡ノ一途ヲタドルモノト認メラレル。

参考　他店ニオケル風評デハ、桂木ガ、当店ノ扱高ガ尠《すく》ナイタメ困ッテイル模様デアル。

昭和二十九年十月十一日

新日本探偵社

曙興業株式会社殿

担当　岩木正雄

岩木がこの報告書を書きあげた夜、辰巳は岩木に誘われて「令女プール」へ行った。キャバレット・ダンスホール「令女プール」は当時、南ではいちばん大きいキャバレーであり、中央には広いダンス・フロアーがあり、ダンサー（ダンスの相手ができる女給）も数十人いた。岩木はダンス教師の免状を持っていて、ひたすら呑むしか芸のない辰巳にすばらしいステップを見せ、さらに馴染《なじみ》のダンサーと共にステージへあがり、フルバンドの演奏をバックに「月よりの使者」を歌い、流行《はや》り出したばかりの「あなたと共に」を歌った。プロ以上だと思い、その声と歌いぶりに辰巳はほとんど驚嘆した。

　しかし岩木が最も手腕を発揮したのは、夫または妻の素行調査つまり浮気調査であり、女性の家出人の調査であった。これらの調査は、家人の眼にとまると不都合を生じるため通常報告書は書かず、依頼人と喫茶店などで会い、口頭で報告することになっていた。次の報告書などは珍らしい例であり、依頼人が家出人である女性の夫の勤めている会社の総務部であったことによって、報告書が書かれたものである。文中、「飛田《とびた》」とあるのは大阪市西成区の、遊廓で有名な地域。

調査報告書

御依頼ニヨル伊藤さおり夫人ノ調査結果ヲ、左ニ御報告イタシマス。

六月二十日ヨリ、マズ本人ガ最モ徘徊《はいかい》スルト思ワレル阿倍野橋、飛田附近ノ料理屋、及ビ旅館ヲ調査シ、本人ガ家出前ヨリ親交ノアッタ飛田「浪の屋」ノ女将《おかみ》ヨリ、当人ノ家出前マデノ事情ヲ聞キ糺《ただ》シタ。ソレニヨレバ、さおりナル婦人ハ家庭ノ主婦トシテノ義務ヲ果タサヌバカリカ、主人以外ニ次々ト他ノ男ト関係ヲ持ッテイタコトガ明ラカデアル。コノ、男関係ニ節操ノナイ例証トシテハ、前記「浪の屋」ノ使用人栄子ト共ニ、阿倍野橋アポロ座ノ隣リニ店ヲ出シテイルトランプ占イノ易者ニ占イヲ求メタ際、さおりガ、主人以外ノ男関係及ビソレニ附随シタ事柄ニツイテ種々詳細ニ質問シタコトヲ、栄子ガ聞イテイル。

本人ノ住居附近ノ人々ノ話ニモトヅイテ、八田理髪店主、及ビソノ内妻デさおりノ友人デアッタ寺岡文子ヨリ本人ノ過去ノ情況ヲ聞イタトコロデハ、さおりナル婦人ハ人間トシテ最モ大事ナ母子ノ愛情ニモ乏シク、現ニ家ニ放置シテイル南百済《くだら》小学校ニ在学中ノ二人ノ実子ニ対シテ一度モ会イニ来タコトガナイトイウ有様デアル。マタ本人ハ以前ニモ一度家出ヲシタコトガアリ、ソノ時ハ股ヶ池ノ某料理旅館ニ一時身ヲ隠シテイタ。

マタ三日ニ一度ノ割合イデ、主人伊藤一人氏出勤後、前記寺岡文子ノ宅ニ立寄リ、下着類ヲ離脱ノ上衣服ヲ更《か》エテ外出シ、主人ノ帰宅前ニフタタビ寺岡宅ニテ服装ヲ整エテ家ニ帰ッテイタトイウ事実モアル。マタ日興物産不動産部ノ川原某ヲ自宅ニ招キ、食事ヲ共ニシ、夫婦気取リニ振舞ッテイタトイウ事実モアル。ソノ他、さおりノ醜行為ノ事実ヲ裏付ケスル多クノ事実ガ判明シタ。

本人ガ家出前ニタマタマ口外シテイタ言葉ニヨッテ本人ガ天下茶屋《てんがちゃや》一帯ノ地理ニ明ルイコトニモトヅキ、右地域ノ旅館、料理屋、及ビ密会ノ行ワレテイソウナ疑イノアル場所ノドヲ調査シタ。マタ本人ノ未婚時代ノ恋人トイワレテイル布施《ふせ》居住ノ人物ニモ会イ、サラニ海老江《えびえ》方面モ尋ネタ。前記日興物産ノ川原某ニモ会ッテ糺シタガ、自分トノ醜関係ハ否定シタモノノ、さおりノ行跡不品行ノ点ニツイテハ、八田、寺岡、ソノ他ノ人々ノ話ガ正シイコトヲ言明シタ。

以上ヲ要約スレバ、本人さおりハ稀《まれ》ナ姦婦《かんぷ》デアリ、次々ト男ヲコシラエテハ転々トシ、知人ノ間ニ悪評ヲ蒔《ま》キ、ソレガ原因デ家出ヲシタモノト思ワレル。
所在ニツイテハ、大阪デ本人ガ行動ヲ取リ得ル範囲、前記飛田、松田町、阿倍野橋、天下茶屋、布施、海老江方面ヲ詳細ニ調査シタガ、ソノ足跡サエツカメナカッタ。コノ結果ヨリ判断スレバ、本籍地デアル大分県蒲生町ノ近在ニ居ルノデハナイカト思ワレル。

昭和三十年七月十三日

新日本探偵社
担当　岩木正雄

岩木の推測は正しく、伊藤さおりは大分県に戻り、実家の近くの友人宅へころがりこんでいて、のち、大阪へ連れ戻された。

三十一年の五月、大岡咲江という二十八歳の女性が、会計士をしている主人の浮気調査を依頼に来た。これも岩木正雄が担当した。大岡松太郎は四十歳であり、酒豪だった。事務所からの帰途、必ず四、五軒の酒場に立ち寄っていた。岩木は数日間尾行を続けたが、浮気の事実はつかめなかった。
調査報告のため喫茶店でしばしば会ううち、岩木は咲江と仲良くなった。昼間、連れこみホテルへ同伴したりもした。岩木にはすでに妻がいたが、夜ごと帰宅が遅い上、三十一年の六月、彼の再三の浮気で夫婦仲は悪く、彼の妻はとうとう実家へ帰ってしまった。岩木は洗濯や掃除をしてくれと頼み、咲江を加古川の家へつれて行った。咲江には四歳の娘がいた。その後彼女はしばしばこの娘をつれて、昼間岩木の住まいへ行き、洗濯や掃除や炊事をしてやった。こうしたことを辰巳はうすうす勘づいていたが、所員の浮気沙汰《ざた》はなかば日常のことであり、気にとめていなかった。

その年の七月、辰巳秀雄は昭和鉱業という会社の専務に呼びつけられた。京都市太秦《うずまさ》にある俳優養成所「るふらん社」の調査依頼であった。その名は聞かされなかったが、同僚である同社重役のひとりに十八歳の娘があり、これが映画狂いの末自分も女優になりたいと言い出して家出、京都に下宿し、「るふらん社」へ週三回の受講に行っているというのだった。娘の名も教えてはもらえなかった。つれ戻すことは無理であろうから、せめて「るふらん社」が信用のおけるところかどうかを確かめたいという親心であったろう。辰巳はこの件を岩木に調査させた。岩木は二日間京都へ行き、調査をした。

調査報告書

調査対象　名称　るふらん社俳優養成所
所在地　京都市右京区太秦多藪町
交通　嵐山行バス沿線東映前下車

設立趣旨、目的等ハ添付書類参照ノコト。尚、添付書類中ノ挨拶状ハ、各新聞雑誌ニ発送シタモノデアル。

経営者、杉山容慶ハ京都市内ニ映画常設館ヲ持チ、ソノ傍ラ映画ノプロデュースヲシテイルガ、映画界ニ於ケル風評ハ頗《すこぶ》ル悪イ。通常ゴロト謂《い》ワレテオリ、子分モイルトイウ噂デアル。現在、元女優デアッタ邦本多歌子ガ妻君デアルトノコトデアルガ、他ニモ三、四人関係シテイル女ガアリ、誰ガ本妻ヤラ見当ガツキカネル様ナ生活振リデアル。

るふらん社ハ五坪ホドノ演技練習場ヲ持ッテイルガ、設備ハ不完全デアル。事務所ニハ事務員ガ五、六名程度イルガ、イズレノ風体モ良ロシカラズ、話ヲ聞クト、給料モロクロク渡ッテイナイ模様デアル。

昨年度（第一期）ノ募集人員中、半数ハ落伍《らくご》シタト言ウノデ、経理面ヲ追及シタトコロ「赤字デス」トノ答エデアッタ。ソノ場合不足分ハ如何《いか》ニシテ補ッテイルノカト質問シタトコロ、言葉ヲ濁シテ確答ハ得ラレナカッタ。調査員ハ不審ノ念ヲ抱キ、単ニ社会事業デアル筈ハナク、ヤハリ営利ヲ目的トシテイル筈ダガドウカ、ト問ウタトコロ、タダノ営利事業デハナイトイウ答エノミデアリ、一向ニ要領ヲ得ナカッタ。

挨拶状、案内状、募集要項、第一回生ノ卒業公演パンフレット等ヲ受取リ、辞去シタ。

傍証ヲ得ルタメ、大映京都撮影所、東映京都撮影所、松竹京都撮影所ヲ歴訪シタ。三撮影所ノ所管責任者ニ面接シ、るふらん社トノ関係ヤ個人的見解ヲ質問シタトコロ、口ヲ揃エタヨウニ無関係デアルコトヲ主張シタ。

「タダシ、エキストラガ必要デアル時ニハ、エキストラ斡旋《あっせん》業者ノ手ヲ通ジテるふらん社ノ養成所生徒ガ出入リスルコトハアルガ、直接交渉ハ一切ナク、るふらん社ノ社員ト雖《いえど》モ、撮影所内ニ自由ニ出入リスルコトハ許シテイナイ」

「マタ、杉山ナドトイウノハ撮影所ゴロデアリ、モシ応募者ノ保護者ノ方カラノ調査デアルナラバ入所サレナイ方ガ良イノデハナイカト忠告シタイ。マタ、風聞デハ杉山ハ女癖ガ悪ク、良家ノ子女ナラバ特ニ、行クトコロデハアリマセン」

コレニヨッテ、るふらん社ノ言ウトコロノ、撮影所ト密接ナ関係ニアルナドハ、スベテ虚構デアルコトヲ確カメルコトガデキタ。

応募、入所ニハ一考ヲ要スルモノデアル。

昭和三十一年七月二十一日

新日本探偵社

担当　岩木正雄

昭和鉱業の重役の娘は京都からつれ戻された。その娘も馬鹿ではなく、るふらん社に失望しはじめていたのだったという。

仕事では女性家出人の調査などをしていながら、一方で岩木は大岡咲江に家出をそそのかしていた。咲江は夫に内緒で多額の銀行預金をしていた。その貯金に自分の金を足して喫茶店を共同経営しよう、と、岩木は咲江に持ちかけた。ちょうど桜橋のサンケイビルの横の呑み屋街の一軒が売りに出ていた。什器《じゆうき》備品などの金は自分が出すからと言い、岩木は咲江に貯金を全額おろさせてこの店を買った。しかし岩木の方には貯金などなかったし、金を借りるあてもなかった。咲江が松太郎の金をもっと持ち出すことができる筈、と岩木は計算していたのだった。

咲江にもそれ以上の金を工面することはできず、喫茶店はいつまで経っても開店できなかった。騙《だま》されたと知り、咲江は主人の松太郎に何もかも打ち明けた。

三十二年の十二月、辰巳は南警察署から出頭を命じられた。所轄署は西警察署なので辰巳は不審に思いながらも長堀橋筋の南署へ出向いた。大岡松太郎が訴え出ていたのであった。辰巳はその時岩木の所業を初めて知ったのである。

岩木と大岡の仲に立って辰巳はことを丸く収めようとした。店は権利を転売したため、大岡に金銭的な実害はなかったから警察沙汰にはならずにすんだ。慰藉料《いしやりよう》の問題が残ったが、岩木にはそのような金はなく、話しあいがまだ続いていた翌三十三年の一月末、岩木は肺結核で倒れ、入院した。大岡松太郎は慰藉料をあきらめた。

岩木の肺結核は本人のまったく気づかぬうちに進行していて、彼は約一年間の療養生活を送った末、切開手術を受けた。三十四年の一月、岩木は肋《ろつ》骨《こつ》五本をなくしたぺしゃんこの胸をして事務所にあらわれた。辰巳は彼を課長に復帰させたが、以前のような元気はなく、仕事への意欲も失っていた。事務所で放心したような表情を見せてぼんやりしている彼はもう昔の岩木ではなく、辰巳は時おり岩木の亡霊を見ているような気分にさせられた。

それから五カ月ほど、岩木は探偵社に在籍した。仕事が少いために歩合収入が少く、金に困った岩木は得意先に売りつけた会員諮問券による収入を着服した。それはすぐに発覚した。辰巳は咎《とが》めなかった。しかし、居づらくなった岩木は自ら探偵社を辞めていった。以後、岩木正雄の消息を、辰巳は聞かない。

7

新日本探偵社の得意先のひとつに宇治電力株式会社の南支店があった。昭和二十八年の末から二十九年の末にかけて、ここからは多くの調査依頼があった。朝鮮戦争のブームのあと、反動的に不況がやってきたため倒産する会社が多く、宇治電力は多額の電気料金の末払いにあって頭を痛めていた。新日本探偵社への依頼はそれら倒産した会社の債務や資産を調べ、電気料金が徴収できるかどうかを確かめてほしいというものであった。

所長の辰巳秀雄はこれらの調査を課長の石黒にまかせていた。のち、石黒には覚醒剤を打つという悪い習慣ができたものの、辰巳にとっては比較的信用できる男であり、人あたりもよく、部下からも好かれていた。父親は和歌山で土木建設の会社を経営していたが死亡、そのころ二十歳だった石黒はすでに相当身を持ち崩していた。探偵社へ入社したのは三十歳を越してからである。

池田通産相が「中小企業の倒産自殺もやむをえない」と放言して失脚したのはすでに二十七年であったが、二十八、二十九年の倒産はさらに増加し、それは大企業にまで及んだ。その余波でさらに倒産する中小企業も加わり、大阪では、それはもはやただごとではなくなっていた。二十九年の七月に石黒が宇治電力の依頼で調査し、報告書を提出した泉州工業や伊豆琺瑯《ほうろう》の倒産もその代表的な例であったろう。

調査報告書

調査対象　名称　泉州工業株式会社
　所在地　貝塚市堀
　役員　代表取締役　司　順一
　　専務取締役　小溝成吉
　　取　締　役　山田寛二
　　取　締　役　小溝辰吉
　　監　査　役　欠員中

沿革　当社ハ多年司現社長ヲ中心トシ、二、三ノ人ガ集ッテ協同形態デ泉州鍍金トシテ操業シテイタ。コレヲ昭和二十五年名称ヲ変更、現社名デ業務一切ヲ引キ継イダモノデアル。

資本金　七十万円（一株百円）七千株

大株主　司社長、小溝専務ガソレゾレ一千株ズツ所有。株主合計八名。

取引銀行　泉州銀行、大和銀行ノ各貝塚支店ノ二行ト取引シテイタガ、不渡リノタメ強制取引解除トナッタモノデアル。

本社工場　貝塚市堀二〇九番地
第二工場　貝塚市新井《にい》三五番地
営業所　大阪市南区久左衛門町十五番地

　コノ営業所ニ、目下社長及ビ専務ガ日勤シテ整理事務ニアタッテイル。

現在ニ立チ到ッタ原因

　当社ハ本年五月頃カラ休業、目下整理中デアルガ、コノヨウナ事態ニ立チ到ッタ原因ハ、朝鮮事変ノブームノ後ニ来タソノ不景気ニ際シテ、好況時ノ設備ノ増嵩ニヨル未払金ノ処理ノ不手際、及ビソノ後二年来ノ不況ニヨル出血生産デ、当社ノ基幹ガ相当ユルンデキテイタトコロヘ、本年一月カラノ売行キ不振（手形ノ不渡リモカランデイタガ）ノタメ、月々八百万円カラノロープノ売上ゲ減ガ約三カ月続イタ為、ツイニ操業継続不可能トイウ事態トナッタモノデアル。

当社ハダイタイ月間生産高千八百万円程度デアリ、順調デアレバコレデペイラインニ乗ッテイタノデアル。

目下コノ種業界ハ輸出好調デ持チナオシテイルノデアルガ、当社ハソレ迄《まで》ノ持チコタエガデキナカッタモノデアル。

債務及ビ資産

当社ニ対スル債権者ハ合計百三十軒前後、ソノ金額ノ総計ハ約六千万円デアル。コレノ筆頭ハ、

関西鋼材株式会社　約三千万円

三沢興産株式会社　約一千万円

以下ハ大幅ニ下ッテ最低二、三百円ノモノモ含マレテイル模様デアル。

コレニ対シテ同社ノ資産ハ、土地ハ借地デアルガ、工場建物及ビ機械設備ナドニ千五百万円ノモノヲ所有シテイル。シカシコレハ本年四月、最高債権者デアル関西鋼材ニ公正証書ニヨル抵当権設定ガ行ワレテオリ（アルイハ売渡証書カモシレナイ）全然手ガツケラレナイ措置ガ講ゼラレテイル。他ニ売掛金一千万円前後ヲ持ッテイルガ、コレハ回収不能ノ貸倒金デアルカラ、資産トハ見做《みな》サレナイ。マタ当社ノ債務ノ中ニハ、公租公課ハ含マレテイナイ。

労組関係

現在、本社工場ニ一人ガ留守番ヲシ、マタ大阪営業所ニ社長以下六、七人ガ出社シテ整理事務ニ当ッテイルガ、工員ハ全員解雇シテオリ、退職手当ナドノ交渉ハ円滑ニ運ンダ模様デアリ、労組トノ間ニトラブルハ全然ナシ。

今後ノ見通シ

当社ノ社長及ビ専務ハ業界ノ人々ノ気受ケガヨク、悪評ヲ口ニスル者ハナク、ソレダケ人格的ニ皆カラ好カレテイルヨウデアル。
　マタ社長ノ多年研鑽《けんさん》シタ技術ガ高ク評価サレテオリ、コノ点当社ノ再開ハスムースニ運ブノデハナイカトイウ見方モアル上、当社トシテモ何トカモウ一度操業スル線へ持ッテ行キ、年内ニ債権者ノ意嚮《いこう》ヲ決定シテ貰ッテ来春早々カラデモ稼動シタイトノ強イ要望ヲ持ッテイルガ、ナニブン活殺ノ鍵ハ大口債権者ガ握ッテイルタメ、再建デキルカ否カサエ不明デアリ、マシテ再建期日ナドハ五里霧中デアルト推察デキル。

昭和二十九年七月十一日

新日本探偵社

担当　石黒宗一

宇治電力株式会社南支店殿

　このころ、石黒の部下は可児《かに》という若い所員だった。可児は警察官吏出身だった。八尾《やお》で巡査をしていたのだ。香川県高松の呉服屋の息子で、親は跡継ぎとして家業に戻るよう帰郷を促していたのだが、大阪での自由な生活を好み、探偵社に二年ほど在籍した。頭の良い青年で、調査の役に立った。伊豆琺瑯の調査は泉州工業の調査と時期が重なったため、文章の下手な可児にかわって報告書を書いたのは石黒だが、実はほとんど可児による調査であった。

調査報告書

調査対象　伊豆琺瑯株式会社

沿革　当社ハ琺瑯器物メーカートシテハ大阪ニオ

イテ業歴古ク、戦前ハ一流メーカーデアッタ。
大正四年、現社長ノ父伊豆照太郎ノ個人創業トシテ生マレ、事業ノ発展ト共ニ昭和四年十二月株式組織トシタモノデアル。照太郎ハ戦前、多額納税者ダッタコトモアル。
資本金　壱百万円。ウチ七十万円ハ払込済デアリ、発行株券ハ五十円株ガ一万株、二十円株ガ一万株デアル。
役員及ビ大株主　当社ハ個人会社デアリ、現社長伊豆正照ガ全株ノ九五％ヲ持チ、残リ五％ヲソノ一族ガ所有シテイル。
社　長　伊豆正照
取締役　伊豆市三
取締役　伊豆英武
監査役　今井国弘
　市三ハ正照ノ弟、英武ハ前社長照太郎ノ弟デアリ、正照ノ叔父今井監査役ハ既ニ死亡シテイテ、登記面ハソノママデアルガ、事実ハ欠員中デアル。
取引銀行　富士銀行難波支店、及ビ大和銀行萩ノ茶屋支店デアッタガ、現在ハ取引解約中デアル。
現在ニ立チ到ッタ原因
　輸出向ケ琺瑯業界ハココ三年来最悪ノ事態ヲタドッテオリ、原料高ノ製品安デ、同業者間ノ無用ノ競争ガ激化シタタメ、当社モ過去二年間ズット赤字経営ヲ続ケテキタモノデアルガ、ナントカ糊塗《こと》シテ運営中デアッタ。本年五月十日ツイニ万策ツキテ不渡リ発行、整理ニ突入シタ。
主要仕入先　田島株式会社（鉄鈑類）、大和フェローK・K（釉薬類《ゆうやく》）、宗方株式会社（石炭）ソノ他デアル。従ッテ現在コレラノ会社ハ当社ノ債権者デアル。
主要販売先　大信貿易、K・K北島商店、K・K宮崎商店ナドデアリ、主トシテ輸出向ケ商品デアッタ。
資産

土地　　　四二万円
機械設備　二七〇万円
建物　　　一一〇万円
工場設備　七〇万円
合計　　四九二万円
但シ土地ハ約二百坪ヲ売買契約シテ四二万円ヲ支払ッタガ、残額八〇万円ノ支払イガデキズ、目下売主ニ、土地ヲ返スカラ支払ッタ内金四二万円ヲ返シテホシイトイウコトヲ申入レテイルガ、売主ガコレニ応ジテクレナイタメ、コノ交渉ハ目下難航中デアル。
機械設備ハ国税局（西成税務署）ニ差シ押サエラレテイル。
売掛金ソノ他ノ資産ハナイ。
債務
合計三〇〇〇万円前後デアリ、ソノ内訳ハ次ノ通リデアル。

田島（鉄鈑）七〇〇万円ヲ筆頭ニ、小ハ三〇〇円前後マデ、合計七九件ノ債務ヲ有シテイル。公租公課ノ未払金三八〇万円、電力水道ナド公益事業ノ未払金約四〇万円ナドガ含マレテイル。
労組関係
一応全員解雇シテイルガ、残務整理ノタメ事務系二、三名ガ残留中デアル。労務費ハ、予告手当ハ全額支払イ済ミデアルガ、退職金ノ手当ガデキズ未払イデアル。労組員約百名ハ強硬デアリ、経営者側ニ強ク交渉中デアル。
今後ノ見通シ
大口債権者ガ委員トナリ、ヨリヨリ協議中デアリ、ナントカ再建サセタイ意嚮デアルガ、現在モ尚、同業界ガ不振デアルタメ、再建後ノ運営ニ不安ガアリ、マタ当社ノ税金滞納約三八〇万円ノ見返リトシテ税務署ガ機械設備（時価約二七〇万円）ヲ差シ押サエ中デアルタメ、債権者団ガアル程度ノ金ヲ拵《こしら》エテ税務署ト話シアイノ上、機械ノ引上ゲヲ猶予シテ貰ウコトガ当社再建ノ先決問題デアルガ、債権者側ガ、長期棚上ゲノ上サラニ現金ノ調達ニ応ジテクレルカドウカモ不明デアリ、目下五里霧中ノ状況デアル。

当社ハ業務不振ガ続イテイタタメ、銀行筋カラ警戒サレテ借入金ハナシ。最近ノ生産高ハ月間約六〇〇万円前後デアッタ。

昭和二十九年七月十五日

新日本探偵社
担当　石黒宗一

宇治電力株式会社南支店殿

翌八月、倒産件数がやや減りはじめたかに見えて宇治電力からの依頼がしばらく途絶えたのち、やはり南支店から、猪叉産業という会社、もしくは猪叉源治なる人物を調査してほしいという新たな依頼があった。調査依頼書には次のような記述があった。

「猪叉産業株式会社は大阪法務局当該出張所登記簿の現存分、閉鎖分共に記載無し。尚、係員全員の記憶にも、設立登記されたこと無し。尚、当社岸和田営業所料金カード面では、最初から猪叉産業株式会社・代表者猪叉源治となっているが、本社の所在地もわからず、あるいはまったく架空の法人かとも思われる。電気供給申込を承諾している当社の受付面も検討の要ありと考えている。また、猪叉の滞納税額は地方税・国税各四十万円宛《ずつ》であって、市税務課係長の話では、市役所・税務署・国税局の三者が協議して、警察の援助の下に処遇しなければなるまいが、泉南地区国警も一度失敗しかけたことがあるので（どのような失敗かは語らず）大阪管区警察本部（二府四県連合体）

の力でも借りなければどうにも手がつけられないと苦衷《くちゅう》を表明した」

調査対象地区は土地柄が悪いので、この調査に出かける石黒の身を辰巳は案じた。

「気いつけて行きや」と、辰巳は石黒に言った。

「物騒なとこやで。聞きこみも、本人のとこへは行かん方がええやろ。これ、相当なおっさんやで」

「わかってま」石黒は笑った。「可児をつれて行きまっさかい」

午前十時頃、石黒と可児は事務所を出た。戻ってきたのは午後の五時前であった。ひどい恰好だった。石黒は眼鏡をなくし、前歯を一本折られていた。可児には怪我こそなかったものの、ネクタイがちぎれていた。ふたりとも背広のあちこちが破れていた。石黒は腹を押さえ、しきりに呻《うめ》いた。ひどく殴られたようであった。

「やられました」と、可児が言った。「聞きこみの最中、猪叉の子分に取り囲まれてしもうて。すんまへん」

辰巳は石黒の内臓が心配だったので可児に付添わせ、病院へ行かせた。可児だけが、すぐ戻ってきた。

「別状おまへん」と、彼は報告した。「打撲傷だけやそうで。一日二日で治るやろ言うてました」

石黒は翌日、欠勤した。可児が出社してきたので、辰巳は彼をつれて猪叉の調査に出かけた。一日めの調査でほぼ市内の様子を呑みこんでいる可児が危険な地域を避けたため、辰巳は暴力沙汰にだけはあわずにすんだ。

その二日のち、可児からも話を聞きながら辰巳がやっと調査報告書を書きあげた夕刻、石黒が出社してきた。彼は自宅で調査報告を書き、持って来たのだった。石黒のいつもの笑顔は前歯一本の欠損で極めて痛いたしく感じられた。辰巳は苦笑しながら彼から報告書を受け取った。読み比べ、重複する部分をことさら削除せず、辰巳はふたつの報告書を提出することにした。求められてもいないのに二通の報告書を出したのはこの時だけであったろう。次のふたつの報告書のうち、最初のものが石黒による文書である。

調査報告書

調査状況

当該市ハ大阪府下随一ノ暴力ノ町トシテ世ニ知ラレ、全町ヲアゲテボスノ町トモ言ワレルクライデアル。ソノ中デモ特ニ本人猪叉源治ハ土地ノ警察ニ於テモ手ヲツケルコトガデキズ、歴代二人ノ警察署長ノウチ、一人ハ猪叉ノタメニ暴力沙汰ヲ受ケ、モウ一人ハ猪叉ノタメニ署長ヲ退任スル結果ヲ招イテイル。猪叉ノソノ暴状ハ枚挙《まいきょ》ニイトマガナク、材料ヲ購入シタ先ノ食糧公団モマッタク手ガツケラレヌホドデ、常ニ詐欺スレスレノ線ノコトバカリヲ行ッテイル。コノヨウナ当市及ビソノ近在ニオケル事情ハ、貴社ノ現地営業所ノ富田氏ナラバ、スベテノコトヲヨクゴ存知デアル。

猪叉産業株式会社

コレハ猪叉産業ト自称シテイル個人経営体デアリ、コレヲ附近ノ人々ガ「猪叉産業株式会社」ト誤称シタモノデアッテ、ソノ実体ハ株式会社デモ法人組織デモナク、アクマデ猪叉源治ノ個人事業デアッタモノデアル。

コノ猪叉産業ハ魚肥ノ製造販売ヲ行ッテイタガ、猪叉一流ノ取リコミ一本デ、ソノ支払イハ詐欺ニナラナイ程度ニシカシナイタメ、ツイニ仕入先ガナクナッテ行キ詰リ、粉砕機ソノ他ノ設備ヲ利用シヨウトシテ、新タニ「株式会社葵屋」ノ設立トナッタ。電気料金ノ滞納ハコノコロカラデアル。

株式会社葵屋

約四年前、多年製粉業界ニアッタ浜倉氏（現在中央市場内中央乾物ニ籍ヲ置ク）ガ人望家デアッタタメ、コノ人ヲ表面ニ立テテ（株）葵屋ノ設立ニトリカカリ、工場ノ整備ヤ原料ノ買付ケナドニ浜倉氏ヲ利用シタ。シカシ設立直後、浜倉氏ハ猪叉トノタイアップニ将来ノ不安ヲ感ジテ辞任シタタメ、次ニ猪叉ハ現地市会議長ノ和島浩道氏ヲ代表ニシ、猪叉ハ役員ニ名ヲ出サナイデ運営ノ実権ヲ握リ、ココデモマタ多額ノ未払金ヲ拵エタ。

タトエバ和島氏傘下《さんか》ノ古原田蔵氏（泉佐野《いずみさの》所在・モト大阪府会議員）ガ猪叉ノタメニ三島郡ノ農協カラ買入レタ原料代百万円ノ未払イナド、内輪ノ人マデ不利ナ立場ニ陥シ入レルナドノ例モアル。

マタコノ葵屋ハ、資本金一千万円デ、和島代表ノ他ニモ加治進氏（大阪油脂購買課長）モマタ代表取締役ニ就任サセ、コレラノ人ノネームバリューヲ利用シタ。シカシソノ後、仕入代金ノ不払イデ業務ガマタ行キ詰リ、新タニ大源精麦株式会社ヲ昨二十八年九月ニ設立シタ。

大源精麦株式会社

コノ会社ノ役員、笹河敏春ハ往年ノ笹河了平ノ弟デアル。前記、和島傘下ノ古原ガ三島郡ノ農協カラ百万円ノ物資ヲ買入レテ未払イトナッタコトデ、笹河氏ガソノ農業会ノ役員デアッタ関係上、コノ会社ニ参加シタモノデアル。

コノ会社ノ役員、山科省一ハ、曽根崎《そねざき》警察署南二軒目デ靴商ヲ営ミ、マタ別ニ飛田方面デモ事業ヲ行イ、金融関係ノ仕事ヲ併営シテイル。タダシ山科家ハソノ夫人ガ実権者デアル。

コノ会社ノ役員、加納三彦ハ弁護士デアリ、債権者ト猪叉ノ仲ニ立ッタ関係上、参加シタモノデアル。マタ、「モウ百万円ノ運転資金ガアレバ同社ガ回転シテ成績ヲアゲルコトガデキルカラ」ト猪叉ニ頼マレ、百万円ノ融資斡旋ヲ行イ、合計六百万円ヲ猪叉ニツギ込ンデ焦《こ》ゲツイタタメ、役員ニ就任シタモノデアル。尚、コノ会社ノ本社ハ加納宅トナッテイル。

コノ会社ノ役員、大森進吉ハ、モト河内製粉経営者デアルガ失敗シ、猪叉ノ妹婿ノ関係デ役員トナッタモノデアリ、トテモコノ会社ニ投資スルホドノ余裕ハナイ。

コノ会社ノ役員、和島浩道ノコトハ、前記ノ通リデアル。

コノ会社ノ役員、加治進ノコトハ、前記ノ通リデアルガ、コノ人ハ現在大阪油脂尼崎工場事務部副長デアリ、葵屋設立時ニ友人カラノ周旋デ猪叉ヘ融資シタモノデアルガ、ソノ後チットモ返済シテクレナイシ、猪叉ノ事業モウマク行カナイシ、猪叉トイロイロ交渉ヲ持ツウチニ密接ナ関係ヲ生ジ、葵屋及ビ大源精麦ノ役員ニ就任シタモノデアル。

以上六名ノ役員ノウチ、山科、加納ニ氏ハ反猪叉派デアリ、コレニ対抗スベク猪叉ガ、ロボットトシテ大森、和島、加治三氏ヲ重役ニシテ実権ヲ自分ノ手ニ押サエテイルモノデアル。

コノ大源精麦モ、設立当初シバラクノ間ハ稼動シテイタヨウダガ、目下休止シテイル。前記役員六名ハソレゾレ猪叉及ビ葵屋ニ債権ヲ持ッテイル人デアリ、自分ノ債権擁護ノタメニ役員ニ就任シタモノデアルカラ、改メテ資本ヲ投下スル人モナイ筈デアリ、会社設立時ノ八百万円モ、見セ金ダケデアッタトイウ見解モアル。

猪叉源治氏

金ヲ持ッテイル時ハ非常ニ切レル男デアルトノ風評ガアル。訪問客ナドニモ、歓待シテ帰ストイウ面モアルガ、非常ニ酒好キデ、酒ヲ呑メバガラリト性格ガ変ワリ、乱暴者トナッテ前後ノコトモ考エズ暴力ヲ振ルウ。シタガッテ訪問客モ午前十時頃マデニ猪叉宅ヘ出向キ、十一時過ギニハ辞スルヨウ心ガケテイルヨウデアル。昼食時分ニナレバ、マア昼飯ヲトイウコトニナリ、ビールノ二本モ呑ンダラ、ソノ途端ニ人間ガ変ワリ、喧嘩腰トナリ、来客ノ前デビールノ空瓶ニ小便ヲスルナドノコトトナルタメ、勿論真面目ナ話ハ出来ズ、ナグラレヌウチニト、ホウホウノ態《てい》デ逃ゲ帰ルトイウ結果ニナルノガ常デアルトイウ。

和島氏ノ家ヘモ一度ナグリコミヲカケタコトガアリ、ソノ時モ、家屋、家具ノ修理代ガ約二十万円ニモナッタトイウ附近ノ風評ガアル。

一種ノ酒乱デアリ、マタ性格破綻者《はたんしゃ》トモ思ワレル。マタ、指モ一本、中ホドカラ切断シテイル。

猪叉ハ現在三十五歳位デアル。

実父兼之介ハ同市ニ居住、玉葱《たまねぎ》ノ栽培及ビ販売ヲ業トシテイル。猪叉ハ現在コノ実父ノ宅ニ同居シテイルガ、ソノ実父トモウマク行カズ、裏木戸カラ出入リシテ、庭カラ直接自分タチ夫婦ヤ子供ガ起居シテイル二部屋ヘ出入リシ、父及ビソノ家族トハマッタク別ノ世帯ヲ為《な》シテイル。

実弟惣治ハ清涼飲料水ノ製造ヲ業トシテイルガ、物品税ノ脱税デ現在取調ベラレテイル。

妻ノ実家デアル柿本氏ハ岸和田市ニ居住シテイルガ、コレモ猪叉ノタメニ今マデ約五百万円カラノ損ヲサセラレテイル。

猪叉ノ子分トシテハ、同市居住ノ岡田鉄工所主人、春木町ニオイテ自動車修理工場ヲ営ンデイル落合及ビソノ工員（担当調査員ハ彼ラヨリ暴力行為ヲ受ケタ）ナドガイル。マタ猪叉ノ工場内デプレス工場ヲ営ム朝鮮人トハ極ク昵懇《じっこん》ニシテイル。

資産

合計四千万円ヲ要シタトイウ工場ノ機械設備一切ハ、ソノ殆ンドガ未払イノタメ、全部預リ品トナッテイル。マタ猪叉ガ現在使用シテイル自家用乗用車ハ台湾人某ノ所有デアリ、最近猪叉ハコレニヨッテ交通事故ヲ起シテイル。

ソノ他ニ、現在本人ノ資産ト称スベキモノハ何モナク、大源精麦ニモ資産ハナイ。

現在、猪叉ハ自分ノ土地（勿論、現在ハ猪叉名義デハナイ）ノ海浜ノ土砂ノ採掘ヲシ、坪当タリ一千三百円ノ時価デ販売シテイルガ、コノタメ松林ヲ切リハライ、防波堤ヲキリクズシ、イタル所ニ大穴ガアキ、ココノ海岸ハ無茶苦茶ニ荒ラサレテイル。コレハ猪叉ガ、タダ自分ノ勝手ニデキルト思イコンデ、正式ノ採掘許可モ得ズ不法ニ採掘シテイルモノデアリ、現在ハコレニヨッテ生計ヲ立テテイル。

参考　猪叉自身ハ今デモ猶昔ノ夢ヲ抱イテオリ、時勢ノ移リカワリニ意ヲ介セズ、地道ニ事業ヲスル気持ハナク、大キナ夢バカリヲ追ッテイルトイウ性格デアル。本人ハ、何カ引ッカカリノ生ジタ所ヘハ酒ヲ呑ンデ出カケテ行キ、乱暴狼籍《ろうぜき》ヲハタラクモノデアリ、特ニ官公署ヲ目ノカタキニシテ、最後マデ反逆スルトイウ人物デアル。

昭和二十九年八月二十四日

新日本探偵社

担当　石黒宗一

宇治電力株式会社南支店殿

調査報告書（第二報）

註・第一報トノ重複アリ。

一、猪叉産業株式会社ニツイテ

猪叉産業株式会社ハ過去・現在ニオイテ存在シテイナイ。猪叉ガ個人経営ヲ行ッテイタ「猪叉産業」トイウ名称ヲ土地ノ人ガ株式会社ト思イ込ンデイタモノヲ、猪叉自身モ「猪叉産業株式会社」

ナドト誇称シテイタモノデアル。

一、猪叉源治個人ニツイテ

猪叉源治ハ土地ノ人間デアリ、戦後、魚介ソノ他ヤ肥料ガ統制デアッタ時代ニ、泉佐野トイウ地ノ利ヲ占メテ魚肥ノ製造ヲ行イ、コレニ砂ヲ混エテ闇デ販売シ、巨利ヲ博シテ一時ハ現金デ六千万円カラヲ所有シテイタ。

猪叉ハ、借リタ金ヲ払ウノハ誰デモスルコトダカラトイウ気持ヲ持チ、自分ハ人ト変ワッテイルノダカラ借金ハ支払ワヌトイウ信念デ、仕入代金ソノ他諸支払イヲセズ、殆ンド取込ミ詐欺ニ近イ方法デ現在ニ到ッテイル。

ソノ乱暴狼藉ハ近隣ニ鳴リ響イテオリ、誰モ相手ニスル人ガ無イ有様デアル。実ノ父親ニ無理ヤリ自分ノ小便ヲ飲マセタリ、徴税官吏ヲ船ニ乗セテソノ顔ヲ海水中ニ漬ケタリ、土地ノ警察署長宅ニナグリ込ミヲカケタリ、真面目ナ商取引ノ集金ニ来タ人ニ対シテアベコベニ脅迫スルナドノコトハ当人ニトッテ日常茶飯ノ行為デアリ、累積シタ悪業カラツイニ業務ノ維持ガ出来ナクナリ、好況時ニ入手シタ多クノ不動産モソレゾレ担保設定サレテオリ、マタ他人名義ニ切リ替エラレテイル。

マタ猪叉ハ食糧公団カラ委託加工ノ原麦ヲ横流シシタ事実ガアリ、コレハ目下検事控訴中デアル。

二十五年頃、猪叉ハ株式会社葵屋ヲ資本金二百万円デ設立シ、製粉業者デ人望家ノ浜倉氏ヲカツギ出シ、ソノ顔ヲ利用シテ工場設備ノ拡充ヤ原料ノ購入ヲ行ッタガ、コレニ対シテ支払イヲシナカッタタメ、浜倉氏ハ短期間デ辞任シタ。次イデ現地市会議長ノ和島浩道氏ヲ代表ニシタガ、事業開始後スグニ麦ノ統制ガ解除トナッテ自由競争トナッタタメウマク行カナクナッタ。ソコヘ和島氏傘下ノ同市選出大阪府会議員、古原田蔵氏ガ、三島郡ノ農協カラ買入レテ葵屋ニ入レタ原料代約百万円ノ未払イガ、内輪ノ人ビトノ内紛ノ原因トナリ、葵屋ハ解散シタ。

一、加納三彦氏（弁護士）ニツイテ

加納氏ハ前記古原氏ガ立候補シタ時ノ選挙違反ノ弁護ヲ引キ受ケタタメ、古原氏ヲ通ジテ二十六年頃猪叉ト面識ヲ生ジタ。笹河敏春ハ古原ガ三島郡農協カラ原料ヲ買入レタ時ニ葵屋ノ債権者ニナッタモノデ、笹河ノ葵屋ニ対スル三百万円、和島ノ猪叉ニ対スル三百万円ノ債権ノ取リ立テヲ依頼サレタ加納弁護士ハ、二十七年頃カラシバシバ猪叉ト折衝シタ。ソノ結果、猪叉カラハ、コレラノ回収ガ困難トノ見通シノ許ニ、ムシロ債権者一同デ設備ヲ運営シ、ソノ利潤デ債権ノ回収ヲ計ロウトシテ、改メテ二十八年九月、大源精麦株式会社ヲ設立シタ。

一、大源精麦株式会社ニツイテ

役員　笹河敏春（三島郡豊川村字小野原）

山科省一（北区曾根崎中一丁目八）

加納三彦（北区老松町三丁目十九）

和島浩道（泉佐野市下瓦屋）

加治　進（西宮市千歳町三十八）

大森進吉（西宮市仁川町二丁目六）

ツマリ殆ンドガ猪叉ニ債権ヲ持ツ寄リ合イ世帯デアリ、シバラクハ運営シタガ、結局役員デハナイ猪叉ヒトリニ引ッカキマワサレテ所期ノ目的ヲ達セズ、二十八年十二月頃ニハ猪叉ノ妹婿大森進吉ガ、猪叉側ノ人間トシテ工場ヘ入リコミ、猪叉ト協力シテ正常ナ運営ヲ甚ダシク阻害シタ。ソノタメツイニ銀行ニ不渡リヲ出シテ営業続行不能トナッタ。

コノ会社ノ当初ノ運営資金ヲ調達シタノハ加納氏デアリ、コノタメ二十九年四月、猪叉個人ノ不動産ヲ加納氏ノ名義ニ切リ替エタ。加納氏ハナントカウマク解決シ、猪叉ヲ男ニシテヤリタイト種々面倒ヲ見タガツイニコレヲ見ハナシテ猪叉ト手ヲ切リ、解散決議ヲ行ッタモノデアル。

大源精麦存立中、猪又ハ会社カラ金ヲ引キ出シテハ自動車ヲ購入シタリ、ソノ他サマザマニ浪費シタ。本年正月ニハ加納氏宅デ飲酒ノ上暴力行為ニ及ンダコトモアル。

現在加納氏ト猪又ハ刑事裁判中デアリ、両氏ノ間ハハッキリ敵味方ニワカレテイル。

一、猪又ノ資産ニツイテ
不動産ハ現在加納氏ノモノトナッテオリ、猪又ノ自宅ハ競売中デアルガ、落札後ノ後難ヲ恐レテ競売参加者ガ全然ナイ有様デアル。

家屋内ハ襖《ふすま》・障子ナド破レ放題デ、殆ンド満足ナモノハナイ。猪又ハココデ家族ト共ニ、時ニハ二号ヲツレコンデ住ンデイタモノデアリ、時ニハ正妻ノ前デ二号ト何ラ恥ジルコトナク性行為ニ及ビ、ソノ日常行為ハ人間ノ常識ヲモッテシテハ考エラレナイモノデアル。

一、不動産ニツイテ（別表）

昭和二十九年八月二十四日

新日本探偵社
担当　辰巳秀雄

宇治電力株式会社南支店殿

翌三十年の六月、可児は退社して高松の実家へ帰った。置き土産は手錠一ケ、ルーデサック一ダースであった。

「高松へ来とくなはれ。歓待しまっせ」

彼は去る時、辰巳にそう言った。しかしそれから三十数年、辰巳はまだ可児の実家に立ち寄ったことは一度もない。

石黒は覚醒剤の中毒となり、愛想を尽かした彼の妻は三十二年の正月、子供をつれて実家へ帰ってしまった。復縁の話をつけてくれと石黒に頼まれ、辰巳は冬の夜、大和《やまと》の新庄《しんじょう》まで出かけて石黒の妻を説得した。だが彼女は戻らなかった。石黒の覚醒剤中毒はますますひどくなり、その年の七月、彼は探偵社を辞めていった。以後、石黒の消息は不明である。

8

昭和二十七年の十月末、辰巳秀雄は大乗商事という大企業の査業室から、以前大乗商事に勤めていて現在は川吉商事という会社の重役をしている筈の高杉弘という人物を調査してほしいという依頼を受けた。高杉弘は大乗に在職中、高杉の親戚《しんせき》が経営している「いつみ澱粉《でんぷん》」という会社との取引で、大乗に四百万円の損害をあたえたまま辞職していったというのである。大乗の査業室は新日本探偵社の大きな得意先だった。所長の辰巳は、自分自身で調査を行うことにした。

浪速区敷津町の、卸売市場の近くにある川吉商事は、木造二階建ての事務所であり、看板には「川吉商事工業部」と書かれていて、在社している社員は平田と名乗る四十歳前後の、実直そうな小男ひとりだけだった。事務室は殺風景である上に荒廃していた。社長や重役が不在だというので、辰巳は平田に名刺を出し、川吉商事の内情を訊《たず》ねた。平田から聞き出せたのは次のようなことだった。

「この会社はもともと、泉大津の近くにある梅田紡績と同系の会社として設立されたんやそうですが、去年の四月に和歌山市で事業をやってはります小泉重次郎はんが、営業権から什器《じゅうき》から何から一切合財買いはったんです。はい。それ以来ずっと小泉はんが社長です。小泉はんでっか。小泉重次郎はんは和歌山で、紀伊乾物株式会社の社長と、紀州交通株式会社の社長と、ふたつやっててはります。わたし、もともとはその紀州交通の経理やってましたんやけど、ここへまわされましてん。「小泉社長は和歌山で事業やってはるさかい、この会社まで手えがまわらしまへん。そやさかい田原専務に、ここの経営、全部まかしはったんです。ところがこの田原専務が独断というか、横暴というか、専横の限りを尽くすというか、まあ無茶苦茶やりはったんです。その揚句《あげく》に八方塞《はっぽうふさ》がりになって、収拾つかん有様になりましてん。そこで田原専務以下、全重役が辞表を書きはって、それをとりまとめて小泉社長に差し出して、この会社にあった帳簿類、一切持ち出してどっかへやってしまいはったんですわ。さあ。それはやっぱり、無茶苦茶をやった証拠を湮滅《いんめつ》するためと違いまっか。「小泉社長としてはですな、とりあえず社長代理に、紀州交通の重役してる人の弟さんで木材会社の専務やってはった小西さんちう人を任命しはったんやけど、何せあんた帳簿がないさかい債権者が申し出てる債権額の確認も出来ん状態で、辞任した重役さんらが今後どない出るかも不明やし、将来この会社続けるのか解散するのか、改めて新会社設立するのか、まったく方針立っとらんのですわ。あの看板の『川吉商事工業部』という名称は、とりあえず旧川吉商事と違うことを明示するためです。「いえ。小泉社長はまだ、重役さんらの辞任、認めてはらしまへん。今後、債権者との話の具合で態度決定しはるのんと違いまっか。いや。前の従業員は今、ひとりもおりまへん。社長代理でっか。小西さんは今、田原元専務の家へ交渉に行ってはりまんねん」

高杉弘という重役がいたか、と訊ねたが、平田は知らなかった。

大口債権者数社の名を平田から聞き、辰巳は三、四社をまわった。債権者はいずれもその後の川吉商事の動きに関心が深く、現況を平田よりも詳しく知っていた。辰巳は平田から聞き出した事実に加え、債権者たちの証言を綜合して報告書の第一報とした。

旧川吉商事では、繊維関係の商品を取引し、資本金は五百万円、昨年の四月から今年の九月頃まで営業していた。旧川吉商事に対する小泉社長の実害は約三百万円と称されているようであった。川吉商事工業部という名称への変更登記は目下手続き中とのことであったが、この名称も債権者たちの出かた次第でどう変るかわからぬようである。工業部の現在の資金は社長が主として出し、その他は小西社長代理が補っているようだが、その社長代理というのも仮称に過ぎないと言われていた。小泉社長と小西社長代理が、それぞれ「紀伊乾物」及び木材会社関係の名義の手形で、新規事業の買付けのために画策中であることも、債権者たちは知っていた。

「どんな商品を扱いはるんですやろ」という辰巳の問いに債権者のひとりはこう答えた。

「宮城県と徳島県の物産販売、それとバーターで農薬と繊維製品。物産は各県の業種別協同組合と取引する言うてはりましたで。今、仙台方面と交渉中やそうやけど、だいたいは小泉社長と小西はんの、本業の方の顔利用しはるんと違いまっか」

もしも高杉弘——いつみ澱粉——川吉商事とがかかわりあっているとすれば、それは小泉社長の乾物と、いつみ澱粉とのつながりではないか、と、辰巳は推測した。

中二日おいて調査の二日目。辰巳は「いつみ澱粉」に出かけた。大乗から教えられていた北区菅原町十四番地に、しかし、該当する会社はなかった。附近は小さな会社や商店の雑居する下町で、当該番地のすぐ近くには大阪澱粉工業という会社があった。社長に会って訊ねると、取扱商品が同じであるためか「いつみ澱粉」のことをよく記憶していた。

「あれは去年の秋のことやさかい、もう一年以上前になりますなあ。あの会社の工場は和泉府中《いずみふちゅう》にあったんですが、そこが火災で焼けてしもうたんです。で、大橋さんはそこの事務所を閉鎖してしもうて。はい。大橋壮一郎いう人が社長です。今でっか。今は和泉府中に引きこもってはるのんと違いまっか。おそらく澱粉のブローカーとか、もしかしたら全然別の仕事してはるかもしれませんなあ」

　辰巳は国鉄天王寺駅から阪和線に乗り、和泉府中まで出かけ、泉北《せんぼく》郡府中町の町役場へ行って「いつみ澱粉」及び大橋壮一郎の所在を訊ねた。「いつみ澱粉」は府中町の一一九六番地に確かに存在することがわかり、彼は途中商店や農家で道を訊ねながら目的地へたどりついた。しかし畠に取りかこまれた、新築の工場兼住居と見えるその建物には「いつみ澱粉」の看板も「大橋壮一郎」の表札もかかってはいなかった。辰巳は「大丸澱粉株式会社」という真新しい看板を茫然《ぼうぜん》と眺めながら、しかし役場からここへ来るまで、まさに「いつみ澱粉」の名称だけで道順を訊ね、尋ね当てたのであることを反芻《はんすう》し、工場内から出てきた作業着姿の青年に名刺を渡して言った。

「わたし、こういうもんです。大橋壮一郎はんにお目にかかりたいんですがね」

　工場から出てきたやはり作業着の大橋壮一郎は、警戒心の強い眼をした五十歳前後の男で、辰巳を建物の中へ招き入れようとはせず、そろそろ冷い風の吹きはじめている工場前の農道で立ち話をはじめた。

「菅原町へ行きはったんでっか。そらえらい、気の毒しました」と、大橋は言った。「いつみ澱粉は去年の秋に経営が行きづまりましてね、今『小鳩洋服店』になってるあの菅原町の事務所は処分しました。現在は同じ北区の樋上《ひのうえ》町三十二番地に『いつみ澱粉連絡事務所』をおいて、永井正ちう専務を行かしとるんですが、今はそこも休止中です。農繁期やさかい永井専務も帰省して、百姓やっとるんですわ」

「川吉商事の、小泉社長はご存じですやろ」と、辰巳は訊ねた。「和歌山で紀伊乾物やってる人ですけど」

「ああ」大橋は表情を変えずに頷いた。「田原ちう人の紹介で、一回だけ会《お》うて話したことがありますなあ」

「取引は」

「川吉商事と五、六回おました。田原ちう人が辞任したあとで、小泉さん個人の手形を貰《もろ》うてますさかいに、『いつみ澱粉』と川吉商事との間にはもう残高もないし、決済は終ってまんねん」

「ここ、火事で焼けたそうでんな」辰巳は工場に顔を向けた。「整理、つきましたんか」

大橋は頬を歪《ゆが》めた。「貸家やら営業所やら処分して、まあ社長の自分としては責任上、できるだけの解決はしたつもりだす」突然、彼は辰巳を睨《にら》みつけるように向きなおって言った。「債務で未解決は、大乗はんだけだす」

大乗商事から依頼された調査であることを悟っているのだろうか、と辰巳は思った。しかし、思い過ごしかもしれなかった。

「澱粉関係三十年やってきて」と、大橋はやや詠嘆《えいたん》調で語りはじめた。「自分ではエキスパートのつもりやったんです。失敗は火事だけやおまへん。ここ二、三年、澱粉が悪かったんですわ。大乗はんからは大豆関係のもん貰《もろ》うて、その金約四百万円が未決済ですねん」

「看板が『大丸澱粉』になってますな」と、辰巳は訊ねた。「名称、変えはったんでっか」

「いや」大橋は激しくかぶりを振った。「今はもうこの土地建物、全部大丸澱粉の所有になってまんねん。わたしは失敗したさかい行くとこないからここで働いてまんねん。大丸澱粉では出て行ってほしいみたいやけど」ひひ、と大橋は卑屈な笑いを見せた。そんな笑いは彼に似つかわしくなかった。

「そやけど、ここへ住んではりますんやろ」

辰巳が訊ねると、大橋はややうしろめたそうに辰巳の顔をうかがい見た。「住宅だけ焼け残りましてん」

「大丸澱粉ちう会社は、誰がやってはりまんねん。お宅は関係ないんでっか」

「大丸澱粉ちうのは昭和二十二年頃に設立された会社でして、社長は石原義種ちう人、専務は田中佐一ちう人です。そやけど大株主は木戸澱粉の木戸英太郎社長です。この工場、前から大丸澱粉の所有でしたんやけど、火事で焼けたさかい百万円の資本金を三百万円に増資して、今復旧中だんねん。わたしは株主でもないし重役でもないし、さっき言うたみたいに現在ただ遊んでるのも阿呆《あほ》らしいさかいに手伝《てつど》うてるだけですねん」

よくわからぬ話であり、一度木戸澱粉へ行って確かめる必要がありそうだった。辰巳は大橋から、木戸澱粉の所在地を聞いた。メモするために手帳を開いた辰巳は、ついでに、そのページに記されている、川吉商事を再建するため現在活動中の小西社長代理以下数名の名を読みあげ、最後に高杉弘の名をつけ加えて大橋の顔をうかがった。

「ああ。高杉さんは大乗に居《お》った人ですな」と、大橋は言った。

「あなたとはご親戚やとか、川吉で聞きましたけど」

「とんでもない」彼はそっぽを向き、強く否定し過ぎたことを悔やむように向きなおり、笑った。「そんな気のきいた親戚はおりません」

それにしては高杉が大乗を辞任していることを知っているのが不審に思えた。帰途、辰巳はさっき道順を訊ねた農家二軒、商店一軒へ立ち寄って「いつみ澱粉」への近隣の風評を聞き出した。

「大橋さんが『和久井澱粉』から工場土地一切を買い受けはったんが、敗戦の翌年の昭和二十一年頃やと思います。それでしばらくは『いつみ澱粉』で営業してはったんやけど、一年ぐらいしてから『大丸澱粉』になりましたなあ。そやけど近所ではずっとあそこのこと、『いつみ澱粉』言うてますなあ。

「いやあ。実権は大橋さんが握ってはるんと違いまっか。そら火事はあったけど保険金入ったやろし、ここ二、三年、出入りの大工が毎日仕事しとるし、澱粉の製造はどんどんやってるし、景気えのんと違いまっか。たいしたもんでっせ」

辰巳は府中町役場へもう一度立ち寄った。四十五歳前後と思える財産税課長に会うことができた。いつみ澱粉、と聞くと彼は苦笑してかぶりを振った。

「いやあ、あの工場はこっちでも実態がつかめんで弱っとるんですわ。不動産は大丸澱粉名義になっとりますんやけどな。前の所有者の和久井が滞納しよって、差し押さえに行ったら、ちょうど大橋さんが旅行中で、立会人になって貰えなんだんです。そのあと不動産の差し押さえはしましたんやけど、大橋さんはあの火事まではたいてい旅行中でしたなあ。いや。あの差し押さえは現在まだ解除にはなっとりまへん。はあ。火事のあとは大橋さん、ずっと工場で仕事に精出してるちう噂《うわさ》は聞いてますんやがなあ。どないなっとるんでしょうなあ」

頼りないことであった。

「いつみ澱粉」は販売部門、「大丸澱粉」は製造部門として、「いつみ」では大橋が表面に立ち、「大丸」では裏面の黒幕となっていたのであろう、と辰巳は判断した。現在でも大丸澱粉の実権は大橋が握っている筈であった。これをほぼ結論とし、辰巳は報告書の第二報とした。

中一日おいて調査の三日め、辰巳は西淀川区千《ち》舟《ふね》東二丁目にある木戸澱粉を訪ねた。神崎《かんざき》川を背にして並ぶ小工場や事務所の中で、木戸澱粉は木造ながらも比較的大きい建物の会社だった。名刺を出すと社長室に案内されたが、出てきたのは社長ではなく木戸三二という専務であり、まだ青年らしさの残るこの人物は木戸社長の養嗣子《ようしし》だった。

「社長は木戸商店の社長を兼任しとりまして、たいていそっちの方におりまんねん」と、専務は言った。

木戸一族と大丸澱粉の関係を、辰巳は訊ねた。

「そらまあ、同業者として大橋さんはよう知ってます。そやけど、大丸澱粉に関しては木戸一族中誰も、まったく投資してまへん。そういう意味では無関係ちうてもよろしやろな」専務は苦笑しながらそう言った。「あれは大橋さんの個人会社です。火事があったけど、むしろ結果的には焼け肥りだっしゃろな。あそこは今、副製品の乾麩《ふ》が、これは味の素の主原料ですけど、最近香港《ホンコン》やら台湾へ貿易向けの商品としてさかんに輸出されとるし、業績も利潤もあがっとる筈ですわ。いつみ澱粉として大きな穴をあけはって、そのあとやさかい、要心してその辺を隠してはりまんねんやろ。むしろ火事を利用した、ちう見かたをしてまっせ。業界では」

これで納得いかんのやったら社長に会いはったらよろし、そう言って木戸三二専務は木戸商店の住所を辰巳に教えてくれた。

木戸商店は北区淀屋橋、土佐堀川を背にしたビルの一階にあった。事務所は五坪ほどで、木戸英太郎社長は三人ほどの事務員と同室であった。みごとな禿頭《とくとう》の社長は辰巳から用件を聞くとしばらく眼を閉じて考えこんでいた。やがて開いたその眼の光が辰巳にはたいへん鋭く感じられた。

「大橋氏は大丸澱粉の事実上の経営者や」と、社長は言った。「事実は事実として、曲げることは出来《でけ》へん。事実ははっきり『言明』します」

口封じの電話が大橋からあったな、と、辰巳は悟った。

その時、傍《かたわ》らの事務員がうす笑いをしながら電話を取り次いだ。「社長。大橋さんからです」

商用の電話だった。辰巳は社長に黙礼し、木戸商店を辞した。

その日の夕刻、辰巳はふたたび川吉商事を訪ねた。事務所は以前より少し片附いていて、事務員の人数も三人になっていた。社長代理の小西は小肥りの、精力家らしい四十歳前後の男であった。高杉弘のことを訊ねると、小西はある種軽蔑《けいべつ》と憎悪をないまぜにした口調で答えた。

「高杉も、旧川吉商事の重役でした。田原専務を通じて五十万円出資しとります。え。大橋と高杉でっか。あの二人、親戚違いまっか。わたしら関係者は皆、そない思うてますけど。田原専務と高杉の関係でっか。これは旧川吉商事設立の、昭和二十六年以前からの関係ですやろ。高杉が大乗の社員やった頃からの。いや。あの辺はようわからんのですわ。いつみ澱粉の大橋――田原――高杉ちうラインで、いろんな不明朗な取引があったことは確実やし、誰もがそない思うてますけど、何があったかちう詳しいことはあの三人以外にはわからんでしょなあ。三人のうちの誰かの口を割らしでもせんと。

「他に、旧川吉商事には脇田鶴次ちう監査役がおりましてね。これがもう、なかなかのワルで、田原と高杉の参謀役しとったんです。帳簿持ち出せ言うたんも、こいつと違いまっか。悪人です。

「あ。わたしと田原との交渉の結果でっか。これは終りました。いやいや。持ち逃げしとった帳簿類一切、提出さしました。今、会計士に渡したままになっとります。いやいや。小泉社長は旧重役の辞表を、まだ受理しとりまへん。旧川吉の債務の目安がついとらんのやさかい。そやから田原と高杉、今でも一日に一回はここへ顔出しまんねんで。いややや。別にこれちう担当業務はないわけやし、出社時間とか、何時間ぐらいおるかとかいうた予測は全然つかしまへん。

「この工業部が新発足した場合はですな、あんな田原とか高杉とかいうた不良分子は、当然受け入れることはおまへん。こらもう、現幹部として、わたしが言明します。田原元専務は、何やら自宅の方で商事関係の事業を開設する気でおるらしいさかい、高杉もそこへ関係しとるのんと違いますやろか」

次の日、辰巳は北区梅ヶ枝町にある田原元専務の自宅を訪ねた。商店風の住居だったが、新しい事業を始めた様子は見られず、ガラス戸は閉まり、カーテンがひかれていて、田原は不在であった。

調査の第三報を提出してから四日ののち、辰巳は上本町六丁目から近鉄大阪線に乗り、柏原町の法善寺《ほうぜんじ》へ出かけた。高杉弘の真新しい自宅は駅前の商店街から出はずれた畠の中にあった。背後に高安山が見られた。高杉の家は一戸建てであり、道路からの観察では階下は五、六室で、浴室もあり、二階にも三、四室ある様子だった。担保にしても五十万円の値打ちは充分ある、と、辰巳は思った。

午前中だったから高杉はまだ自宅にいた。高杉弘が色の白い、女性にしてもおかしくない凄《すご》いほどの好男子であったため辰巳は驚いた。さらに人をそらせぬさわやかな弁舌の持ち主でもあった。

辰巳は応接室に通された。結婚して二、三年といったところであり、男の子は幼く、妻以外に、本人の妹という女性が同居していた。

「川吉商事に五十万円、出資してはりますな」

と、辰巳は訊ねた。

「はあ。あの五十万円はですな」高杉は身をのり出すようにして、すらすらと喋《しゃべ》った。「京都に島田染工ちう会社がありまして、そこの社員の原ちう男が友人ですねん。こいつが金持ちでね。有利な投資や思うたさかい、この原に二十五万円出資させましてん。あとの二十五万はぼくが出しました。親父《おやじ》の遺産の貸家が、郷里《さと》の岐阜にありましたんで、これ、母親に頼んで売って貰《もろ》うて、それが二十五万。両方合わせて五十万にして、田原専務を通じて出資しましたんや。小泉社長の出資額が百五十万で、ぼくが五十万。合計二百万円でしょ。そのうち百万円を梅田紡績に渡して、残り百万円を運転資金にしたんですわ。それがあんた、全部喰われてしもうて。はは」

高杉は魅力的に見えぬこともない自嘲《じちょう》的な笑いをした。

「その五十万円ですけど、株券は」

「五十万円に対して一万株貰うことになっとったんです。そやけど実際には株券の顔も見てしまへんねん。登記面だけでの出資としても、実際一万株の株主になっとるんかどうか、まだ確認もしてまへんねん」

「出資してはるんやさかい、当然川吉商事の事業が有望やちう判断はおましたんやろ」

「田原専務が日和紡績の神代はんと学友やったちう関係で、今後日紡との連携がうまいことといったら、そっちの方から商品が出て有利な事業になるやろ思うたんです」

「今日も川吉へ」

「はあ。五十万円の返済催促しに、毎日行ってまんねん」

「田原さん、新しい事業やりはるちう話聞いてまんねんけど、そっちの方へは」

「ああ。なんやいろいろ目論《もくろ》んではるけど、あのひと現状一文無しやさかいね。どないもならへんのと違いまっか」

翌日、辰巳はふたたび阪和線に乗り、和歌山市にある紀伊乾物株式会社に小泉重次郎社長を訪ねた。大きな社屋であり、社長室は鉄筋三階建てビルの最上階にあった。三点セットで、辰巳は小泉社長と向かいあった。社長は六十歳に近いということだったが、まだ五十歳前後にしか見えず、漁夫のように色が黒くて声が大きかった。

「高杉は旧川吉商事に、五十万円なんぞという金は出資しとりまへん」と、小泉社長は断言した。

「大乗のルート利用するために田原が高杉を重役に加えよったんや。ほう。原から二十五万円借りたてかいな。そんな筈おまへんな。原かて旧川吉商事の重役だっせ。高杉に二十五万円貸して出資させるぐらいやったら、自分自身で二十五万円出資して株主になる筈や。そうでっしゃろ」

旧川吉商事の重役名簿を、小泉社長は辰巳に見せた。

社長　小泉
専務　田原
取締役　高杉
同　原
同　篠田
監査役　田原の妻
同　脇田

「この中で出資してるのは、わしと田原だけ。あとの重役は全部名義だけだす。株券かて全部、わしが持っとるんやさかい」

株券全株を、社長は辰巳に見せた。

「整理つき次第、この名簿の、高杉以下は全部退社させるつもりだす」

辰巳は驚いて小泉社長を見つめた。「そんなら、この、田原はんは」

「わし、小西、田原、この三人で立てなおしをやって、再出発します」

田原は出資しているが、高杉以下は出資していないから遠慮なしに首を切れるのだ、と小泉社長は言った。辰巳はしばらく社長の顔を見つめ続けた。いちばんの悪人はこの小泉社長ではあるまいか。田原の金が高杉から出ていることを知っていて高杉以下を退陣させるのではないか。もしかすると梅田紡績にも、この小泉社長の息がかかっているのかもしれない。

見えてきた、と、帰りの阪和電車の中で辰巳は思った。高杉が原から金を借りたのでないことははっきりしている。してみれば、高杉が出資した金は、売却した故郷の貸家が五十万円で売れたのでもない限り、おそらく大橋と共謀して、いつみ澱粉との取引で大乗に損をさせた四百万円の一部なのであろう。事務所に帰った辰巳は、高杉の郷里の岐阜県不破《ふわ》郡荒崎村の村役場に依頼状を書いた。

御依頼書

一、岐阜県不破郡荒崎村字長松三六ノ四
　高杉新十郎（昭和二十六年七月十日死亡）
　同妻　初代
　同三男　弘

右之者ガ所有セシ不動産ヲ新十郎死亡ヨリ本年六月頃迄ノ間ニ他ニ売却セル事実、及ビソノ収入金額、及ビ現在ノ資産状況、右御用繁多ノ中ヲ洵《まこと》ニ御手数恐縮乍《なが》ラ御一報下サレ度《たく》、百円郵券同封御依頼申上ゲマス。

昭和二十七年十一月十二日

新日本探偵社
辰巳秀雄

荒崎村
柳瀬敬吾村長殿

大橋と高杉は親戚などではないのではないか、と、辰巳は思った。それはただ社員として在籍していたころの大乗商事、及び旧川吉商事、さらにもし取引があったとすれば紀伊乾物などに対し、信用させるために詐称したことであったのだろう。辰巳は高杉の戸籍を調べた。

父　新十郎　岐阜県不破郡荒崎村字長松三六ノ四ニテ高杉菊右衛門三男トシテ明治二十年一月二十日生。昭和二十六年七月十日同地ニ於テ死亡。

母　初代　同県同郡宮代《みやしろ》村一三二ニテ日比木六三郎長女トシテ明治二十九年一月四日生。大正九年五月十日新十郎トノ婚姻届出。
長姉　静江　大正七年八月十七日生。昭和十三年二月二十一日、大阪市西区阿波座中通二丁目九ノ一、大谷勢太郎三男秀夫ト婚姻届出。
長兄　英郎　大正九年五月十三日、大阪市東区北新町一丁目十六ニテ生。昭和十五年三月五日、西成区松原通一ノ十二、山路正人三女淑子ト婚姻届出。
次兄　敏郎　大正十一年九月二十三日、前記北新町ニテ生。戸籍面ハ未婚。
本人　弘　別記。
妹　道代　昭和十年六月二十六日、前記北新町ニテ生。現在本人宅ニ同居中。
本人　弘　大正十三年七月二十六日、前記北新町ニテ生。昭和二十五年七月十二日、生野《いくの》区鶴橋北之町一ノ十一、河西文蔵三女俊子ト婚姻届出。
長男　新　府下柏原町法善寺六九ニテ生。

父母共に岐阜県出身であり、二十数年間大阪に住んではいたらしいが、大橋が直接の伯叔父とは考えられなかった。また兄と、そして本人の妻の親戚、姉の嫁ぎ先なども追求したが、大橋姓には出合わなかった。

　荒崎村役場からの返事を待っていたある日、課長の山際が、偶然通りで出会ったといって昔の友人を事務所へつれてきた。山際と同年輩の安芸というその人物は旧川吉商事に営業の社員として勤めていたのだが、重役と不和になり、今は自分で事業をやっているということであった。辰巳の調査を知っている山際が、何かの参考になればとつれてきたのだった。「参考」にはなった。

「川吉商事の田原専務は、もともと紀伊乾物の雑貨繊維部長やった人です。小泉さんの委嘱を受けて、専務として来はって、八木とか向井とかいう繊維関係のブローカーと組んで経営しはじめたんやけど、高杉とか脇田とかいう重役がいけまへんでした。わしが喧嘩《けんか》したのんは高杉ちぅ若いやつやけど、いちばん悪いのんが脇田です。あれは悪いやつやった。高杉は個人的に、田原に貸しがあったみたいでんな。澱粉関係の貸金やとか言うてました。それの回収を計ろう思うて、改めて五十万円、田原に出資して重役になったんやけど、それもまた回収不能。ざま見いちぅ気分ですけど。

「いつみ澱粉と大乗商事との取引の間に紀伊乾物が介在しとったことは確かですな。直接、大乗と紀伊乾物との間にも取引あったんだっせ。そやさかい紀伊乾物の手形かて、直接か廻りか知らんけど大乗に入ってる筈ですわ」

田原は小泉社長を裏切ったのではなく、実は腹心の配下だったらしい。利用されたのは高杉であった。悪事の報いとはいえ、会社を辞めねばならず、出資金は戻らず、裏切りの首謀者だった筈の田原が復帰するのに自分は経営から退陣させられてしまう、そしてだまされたことにまだ気づいてはいないのであろう。

調査第四報の末尾に辰巳はこう記した。

照会中ノ高杉弘ノ郷里村役場ヨリ同封ノ報告ガアリ、高杉ガ言明シタ家屋売却ノ事実ハナク、虚言デアルコトガ実証サレタ。マタ郷里ヨリ高杉弘ニ援助スル余裕モナキモノト断定サレル。

報告書を提出した一週間後、引続き調査する必要があるかどうかを訊《き》くために辰巳は大乗商事査業室を訪れた。その必要はない、と査業室の担当者は笑いながら言った。高杉と原は暴行傷害罪で逮捕されていた。二人で川吉商事工業部へ乗りこみ、田原を袋叩きにして全治二週間の打撲傷を負わせたのである。

9

新日本探偵社の得意先のひとつに、アンドリュー・ウエイアー（Andrew Waire & Co., Far East Ltd.）というイギリスの会社があった。ロンドンに本社のあるAndrew Waire Ltd., Londonの子会社であり、戦前から香港《ホンコン》に本店を持っていたが、戦後、実質的には東京が中心となった。探偵社への仕事というのは、第二次大戦で中断した取引を再開したいので、戦前の取引先の現在の信用状態を調べてほしいという依頼である。戦前から、関西の大きな企業多数と取引があったため、新日本探偵社にとっては大きな仕事となった。調査対象も、なにしろ戦争を生きのびてきた会社ばかりであるだけに優良企業が多く、調査結果のほとんどはなんの問題もない「取引可」であった。

これとは逆に、日本の会社から在日外国商社を調査してくれという依頼も多かった。アンドリュー・ウエイアーの仕事をしているからでもあったろう。戦後すぐは要注意外人商社が極めて多く、大阪では多くの会社が損害を受けていたのだ。

昭和二十八年の二月、三木建設という会社がビー・エム・ナンブディパッド商会という会社を調べてほしいと依頼してきた。所長の辰巳秀雄はこの仕事を課長の船山に任せた。船山は慶応大学理財科卒業と自称していて、横浜で貿易関係の仕事をしていたのだが、失敗して関西に逃がれてきたという男であり、辰巳が探偵社を始めてすぐ入社してきた仲間であった。最初辰巳は、探偵社には惜しい学歴なのでもっと筋の通ったところへ就職することをすすめたのだが、船山は探偵の仕事が気に入っているようであった。所内で大学出は彼ひとりだったため、英語を喋《しゃべ》れる者が他にいないこともあって、外人商社の調査はしばしば船山が担当した。しかし船山とて、辰巳が観察した限りでは簡単な英会話すらおぼつかぬ様子だったのである。それでもなんとか調査をこなしたのは、それあればこそ辰巳が彼を課長に任じて信頼した船山の手腕であったろう。

調査報告書

三木建設株式会社殿

調査対象　ビー・エム・ナンブディパッド商会
所在地　大阪市東区今橋四丁目・日光生命　第三ビル内

一、個人歴

本人「ビー・エム・ナンブディパッド」ハ、戦時中カラ日本ニ在住シテイタガ、ソノ当時ノ経歴ハ不明デアル。当人ノ国籍ハ印度《インド》人デアル。

戦後アメリカ軍ガ進駐シ、日光生命ビルヲ接収シテ進駐業務ヲ開始シタ当時、通訳トシテ勤務シテイタ。

日生ビルガ接収解除トナッタ時、本人モ通訳ノ職ヲ辞シ、日生ノ幹部ト交渉ノ上、第三日生ビルノ地下一室ヲ借用シ、繊維関係ノ対印輸出ヲ業トシタノデアルガ、コレモ本人ニ資力ヤ信用ガナイタメL・C（註）ヲソノママ商社筋（伊東忠・九紅ナド。タダシ本人自称ナルタメ真偽ノホドハ不明）ヘ売却シ、ソノ利鞘《りざや》ヲ稼グトイウ商法デアッタ。

昨今ハ対印輸出ガマッタク不振デアルタメ、目下開店休業中ノ状態デアル。

一、営業体

繊維類及ビ雑貨ノ輸出業務ニ従事シテイタガ、昨今業務不振ニ陥ッタタメ、ドコカ大キナトコロトタイアップシテ、ソノ打開ヲ試ミヨウトシテイル。ビルノ部屋ニハ表札ガ出テイナイガ、ビルノ郵便受ケノ「ビー・エム・ナンブディパッド商会」ノ上ニ「ユナイテッド・トレイダース・シンヂケート」ノ名ヲ表示シテイルノデ、コノ名称ニヨル事業ヲ目下目論見《もくろみ》テイルモノト考エラレル。

当所デ開業シタ当時ハ外国系損害保険ノ代理店業務ヲモ行ッテイタガ、コレモ現在ハヤメテイル。

繊維関係ハ主トシテ、大綿実業ニ合併サレル前ノ丸富ト取引ヲ行ッテイタ模様デアル。

取引銀行ハマーカンタイル銀行大阪支店、東京銀行大阪支店デアル。

一、側面調査

外人商社ハ税金ノ関係モアッテ経理内容ガ不明デアルタメ、種々側面調査ヲ行ッタ。ソノ結果ハ次ノ通リデアル。

自宅　西宮市甲陽園女神山一ノ十二

家族　妻（日本人）トノ間ニ三子アリ。

コノ妻ハ、本人ガ戦時中一緒ニナッタモノデアル。妻ニヨレバ「戦争中ハ私ガ主人ノ面倒ヲ見テ今日ニ至ル基礎ヲ作ッタノダ」トノコトデアル。

性格トシテハ、金銭的ニ非常ニ汚ナク、ソノ面ガタイヘンマイナストナッテイル。ソノ反面、金銭ヲ除外シタ面デハ人ヲソラサメ愛想ノヨサガアリ、外人独特ノ、客ニ対シテノ接待態度モヨイ。

交友関係トシテハ、現在マデ次ツギト友人ガ変ワリ、事業面デノ協力者モ次ツギト変ワッテキテイルガ、コノ原因モ、金銭的ニ汚ナク、友情ヲ破壊スルトコロマデソレヲ主張スルタメデアリ、本人ノ性格ノ下劣サヲ証明シテイル。

一、事務所関係

第三日光生命ビルノ地階一室ヲ借用シテイルガ、コレモ進駐軍ガ日光生命ビルヲ接収中ノ因縁デ、日生トシテハ本人ノコトヲ何モ知ラズニ敷金四万八千円、家賃月一万八千円デ賃貸借ノ契約ヲ結ンダモノデアル。ソノ後、同ビル内ノ他ノ部屋ハ家賃ノ値上ゲ及ビソレニ伴ウ敷金ノ値上ゲニモ快ク応ジテクレテイルガ、独リナシブディパッドノミハ家主側ノ要求ニ応ゼズ、自分ノ不利ナコトトナルトワカランワカラントト日本語ノソノ意味ガワカラナイトイッテ相手ニシナイモノデアリ、現在デハナントカ早ク部屋ヲ空ケテホシイト思ッテイルガ、部屋代ダケハ遅レナガラモ月ニキチンキチント納メルモノダカラ処置ニ困ッテイルトイウ有様デアル。

事務員モ次ツギト傭《やと》イ入レルガ全然長続キセズ、次カラ次トヤメテイキ、殆ンド本人ヒトリダケノ時ガ多イ。

ソノ事務員達モ、同ビル内ノ人ビトニサンザンナンブディパッドノ悪口ヲ言ッテヤメテイクトノコトデアリ、コレハ男ノ場合モ女ノ場合モ同様デアルトイウ。

一、警察関係

警察モ同人ニ着目シテイタ事実ガアル。昨年ハ六、七度ニワタリ刑事ガナンブディパッドノ身上調査ノタメ聞キコミニ歩イテイタコトガアル。ソノ当時本人ガ、ビルノ入口ノナンブディパッド商会ノ表札ノ撤去ヲビル側ニ求メタリ、又ビルノ共同郵便受ケニアルナンブディパッド商会ノ表示ノ撤廃ヲビル側ニ申シ入レタリシテイル。ビル側トシテハソノ当時警察ニ追ワレテイタノデハナイカトイウ見解ヲトッテイル。

一、ソノ他

年齢ハ五十歳クライデアル。

日生ビルニ事務所ヲ設置シタノハ昭和二十五年デアル。

ナンブディパッドノ周辺ノ聞キコミ先デハ、職業ハ不明ト言ウ人ガ多イ。

昨年ハホトンド何モセズニ遊ンデイタ模様デアルガ、本年ニ入ッテカラハ何カ画策中ノ動キガ見エル。生活費程度ノ資産ハ持ッテイルヨウデアル。

一、結論

本人ハ性格的ニアマリニモ慾深《よくぶか》ク、ソノタメ親シイ友人ハナク、周囲カラ嫌ワレテイテ、外人デアルガタメニナントカヤッテイケルガ、コレガ日本人ナラ全然誰モ相手ニシナイダロウトイウ見解ヲ、当人ト接スル人全部ガ持ッテイル。

当人ヲ知ル者ハ一様ニ悪口ノミヲ言ウ状態デアリ、従ッテ個人信用ハゼロデアリ、マタ事業（ナンブディパッド商会）的ナ信用モ、当人ヒトリガ全部ヲ切リマワシテイルタメ、個人信用ガ反映シテ、事業体トシテノ信用モ全然ナシ。

何カノ取引ガ生ジタ場合デモ、現金取引、マタハ現品引換以外ニ、取引対象トシテハナラナイ。

昭和二十八年二月二十四日

新日本探偵社

担当　船山利春

船山は昭和三十一年の三月、突然退社した。神戸に、新日本探偵社を真似《まね》た興信所を作るつもりであるということを辰巳にちらと洩《も》らしただけであり、詳しいことは語らなかった。自分の手腕に見合うだけのより大きい収入を得ようとしてのことであろうと思い、辰巳は引きとめなかった。船山が辞してのち、彼とは没交渉になった。神戸で営業活動を始めたらしいという情報が、神戸の得意先から辰巳に齎《もたら》されたが、船山自身からはなんの音沙汰もなかった。神戸の得意先を新日本探偵社と奪いあう形になったため、気が咎《とが》めているのかもしれないと辰巳は思った。大阪の得意先が奪いあいにならなかったことだけでも辰巳にとってはさいわいだったので、船山に対して悪感情を持つことはなかった。

しかし、船山は失敗したようであった。彼の消息は早くも半年後、なんの噂を聞くこともなく絶えてしまった。辰巳は彼のその後を気にし続けていたのだが、以後船山のことを耳にしたことは一度もない。

船山がいなくなったため、外国商社の調査は辰巳が担当することになった。しかし三十一年の四月、さっそく隅友倉庫から依頼されたジェームスン・

クック商会という外人商社の調査は、依頼状に記されていたその会社の所在地が東京だったため、他の調査で多忙だった辰巳は上京することができず、日本橋にある東京事務所の深谷兼造（註）に調査を命じた。深谷に英語の力があるかどうかを辰巳は知らなかったので、いささか心許《こころもと》ない思いであったが、一週間後、深谷からは報告書が送られてきた。

調査報告書

隅友倉庫株式会社殿

調査対象　名称　ジェームスン・クック商会
　　　　　所在地　東京都千代田区内幸町一・報国ビル

一、東京ニオケル調査

貴社ゴ指定ノ報国ビル二階、ジェームスン・クック商会デ取扱ッテイルノハ貿易部門ダケデアリ、貿易部門ノ在日総括本部トシテ存在ハシテイルモノノ、貴社ゴ指定ノ船舶部門ハ、横浜市山下町三十八所在ノ事務所ニ、全日本国内ニオケルヘッド・オフィストシテ、「ブカ」トイウ責任者ガイテ、ソコデ業務ヲ行ッテイルカラ、詳細ハソコデ聞イテクレトノコトデアッタ。

一、横浜ニオケル調査

　山下町所在ノ、ジェームスン・クック商会船舶部門ニオイテハ、「当社船舶部門ノ業務一切ハ、隅友倉庫横浜支店ノ二階、全和梱包運輸K・Kガ代理店トシテ、三十一年ノ四月カラ業務ヲ行ウコトニナッタタメ、ジェームスン・クック商会船舶部門ハ三月三十一日限リ閉鎖イタシマス。以後ノコトハ全和梱包ニオ問イアワセクダサイ」トイウ貼紙ヲ門前ニ掲示シテアッタ。念ノタメ、内部ニ入ッテ事情ヲ聞コウトシ、イアワセタ外人婦人ニ声ヲカケタガ不得要領デアリ、全和梱包へ行ッテクレトノコトデアッタ。

一、全和梱包運輸K・K

「当方デハ、今年四月カラ、ジェームスン・クック商会船舶部門ノ東京及ビ横浜ニオケル業務一切ヲ引キ継イデ、ソノ代理店トナッタモノデス。ソノ広告ハ、日本経済、朝日ノ邦字紙、及ビジャパン・ニュースノ英字紙ヘソレゾレ掲示シマシタ。当社ガ引キ継イデカラハマダ日ガ浅ク、コレトイッタ業績ハアゲテイマセン。

「ジェームスン・クック商会ノ本社ハ香港ニアリ、日本デノ主体ハ神戸市京町八十一ニアル事務所デ、ミスター・アイデガ統率シテイマス。神戸・大阪地区デハ、他ニ代理店ヲ置イテイマセン。

「主体事業トシテハ、『グレン・ライン』『インド・チャイナ』『プリンス・ライン』ソノ他合計十一社ノ船主側ノ代理店トシテ、貨客ノ取扱イヲ行ウモノデス。

「ジェームスン・クック商会ニ関シテハ、当方トシテモ、イロイロ知リタイコトガ多イグライデスカラ、詳シイコトハホトンドワカリマセン。

「ワガ社（全和梱包）ハ本社ガ東京都中央区越前堀二丁目十一ニアリ、隅友倉庫ノ連繋会社デス」

一、東京方面ニオケル調査綜合

報国ビルニハ、香港地区ニ本拠ヲ置ク外人商社ノ出店ガ多ク、常ニ密輸事件ナドデ話題ニナルビルデアル。ジェームスン・クック商会ハサテ措キ、当ビルニ事務所ヲ持ツ外人商社ハ必ズ色眼鏡ヲ以テ見ラレルノガ常デアル。

ジェームスン・クック商会ハ、総本社ハロンドン、極東関係本社ヲ香港ニ置イテイル。日本ニオケル船舶部門ハ神戸ガ主体トナリ（貿易部門モ併営シテイル模様）、貿易部門ハ報国ビルヲ本拠トシテイル。神戸ノ事務所ハ、東京、横浜ノ代理権ヲ全和梱包ヘ移シテカラ、三十一年四月ヨリ、ヘッド・オフィストシタヨウデアル。

当社ノ事務所ノ如キハ、日本人社員ノウチノ主タル人物デサエ、船舶部門ガ横浜カラ神戸ヘ主力ヲ移シタコトヲ知ラナイ有様デアリ、日本人雇用者ハ当社ノコトニ関シテアマリソノ内容ヲ知ラヌヨウデアル。日本ニ来任シテイル一部少数外人ノミガ主要業務及ビ営業方針ヲ把握シテイテ、日本人雇用者ハ自己ノ主管事務シカ知ラナイ。

昭和三十一年四月二十八日

新日本探偵社

担当　深谷兼造

案の定、深谷が英語に苦労した様子は報告書から看《み》て取れ、その内容はとても調査報告とは言えぬようなものであった。依頼主の隅友倉庫がすでに知っていて、むしろその事実あるがための調査といえる、調査対象と全和梱包との関係についての記述が大部分であり、また文中には、考えようによっては「ブカ」が個人の名称なのか「部下」なのかもはっきりしないなど、多くの頼りない箇所があった。これではとても隅友倉庫に提出できない、と辰巳は思ったが、自分で調べようにも、現在手がけている調査がまだ終っていなかった。辰巳は深谷の報告書を第一報としていったん提出し、数日後、改めてジェームスン・クック商会の調査にとりかかった。

深谷の調査報告書による先入観をうち砕かれ、辰巳は自分の不明を恥じた。ジェームスン・クック商会は不良外人商社などではなかった。きちんとした大会社であった。

調査報告書（第二報）

Jameson Cooke & Co., (Japan) Ltd.

Jameson Cooke & Co., Ltd.（英国）

東京都千代田区内幸町一・報国ビル内

大阪市北区宗是《そうぜ》町二ノ三・阪神ビル内

当社ハ在日外国商社中デモ最モ名ノ売レテイル商社デ、歴史的ニ見テモ商売ノ規模カラ見テモ問題ナクAクラスニ属シテイル。

ジェームスン・クック商会ノ歴史ヲ回顧スルトイウコトハ、トリモ直サズ十九世紀初期ノ西欧諸国ト東亜トノ交易揺籃《ようらん》期カラノ成長過程ヲ眼ノアタリニ見ルコトデアッテ、甚ダ興味深イモノデアル。

当社ハ一八三二年、英人リチャード・ジェームスン、ウィリアム・クックニヨッテ、広東《カントン》ニ設立サレタノガソモソモノ発祥デアル。当時ハ世界的ニ有名デアッタ東印度商会ガ東亜地域ニ未《ま》ダ勢力ヲ保持シテイタ時代デアリ、ジェームスン氏ハ東印度商会勤務ノ医者、クック氏ハカルカッタデ叔父ノ仕事ヲ手伝ッテイタガ、フトシタ奇縁カラ両氏ハ結バレテ当社ノ設立トナリ、支那茶ト生糸ノ輸出ニ事業ノ主力ヲ置イタ。

ソノ後一八四二年ニハ本拠ヲ香港ニ移シ、次イデ上海《シャンハイ》、天津《テンシン》ニ各支店ヲ開設、一八五八年（安政《あんせい》五年）ニハ、ジェームスンノ甥《おい》、ウィリアム・ハーシェル氏ガ来日シテ、横浜、神戸、長崎ニ店舗ヲ開設シタ。

一九三二年、満洲事変ノタメ満洲カラ退去、今次大戦中、香港、広東ソノ他ノ日本占領地域デハ閉鎖サレタガ、重慶《チョンチン》デハ依然トシテ、ビルマ・ルート経由デ商売ヲ続ケテイタ。

中国デハ「炲和」（EWO）ノ称号デ広ク知ラレ、広東、汕頭《スワトウ》、漢口《ハンコウ》、重慶、青島《チンタオ》、天津、上海、台北ニ支店ヲ、ロンドン（Matheson & Co., Ltd）、紐《ニュー》育《ヨーク》（Baefour Guthrie & Co.）ニ姉妹会社ヲ、ソノ他各地ニ代理店ヲ持ッテイル。

尚、当社ハ十九世紀末カラスデニ貿易以外ニモ手ヲ染メ、保険、海運、倉庫業、鉄道、航空路ノ開設ナド多角的経営ヲ行ッテキテイル。日本デモ現在、輸出入部門ノ他、木材部、海運部、機械部、不動産部門ヲ持チ、最近デハ左記英国映画ノ輸入モ行ッテイル。
British Lion Film Corp.,
London Film Production, Ltd.,
Alexander Korda Film Corp.,
Tricolore Film, Inc.,
又、左記各社ノ代理店ニモナッテイル。
British Overseas Airways Corp.,
Canadian Pacific Airlines,
North West Airlines, Inc.,
Pan American World Airways, Inc.,
東京ノ代表者ハ Mr. E. F. Watts. 日本人ノ最高スタッフハ正城幹雄氏デアル。
尚、当社ノ船舶部門ハ左記各社ヲ代理店トシテイル。
小樽――三木木材
清水――青木運送
名古屋――上津運輸
四日市――四日市倉庫
門司――上繁船舶
当社ハ多数ノ著名ナ海外業者ノ代理店トナッテイルガ、ソノウチ特ニワレワレニ親シマレテイルモノダケヲ列挙スル。
一、チリノ国策会社デアリ、チリ硝石並ビニ副産物タルヨード剤ヲ一手ニ生産シテイル Chile Nitrate Sales Corporation, Santiago Branch; London, New York ガアリ、互洋貿易、東亜交易、東京貿易ノ三社ガ、サブエージェントトシテ輸入シテイル。
二、世界ノ二大砂糖業者ノ一トシテ有名ナゴロデッツ、M.Golodetz, London ガアル。
三、銀、白金ノ精錬会社トシテ世界的ニ著名ナ紐育ノハンディ・ハーマン商会、Handy & Harman, Inc. ト並ビ称サレルロンドンノ、サミュエル・モンターギュ商会、Samuel Montague & Co. ガアルガ、コレハジェームスン・クック商会ノ社長ハーシェル氏ノ実弟ガ取締役ヲシテイル会社デアル。

四、濠洲有数ノ貿易商デ、日本カラ主トシテ鉄鋼ヲ輸入シテイル、ゴリン、Gollin & Co., Pty., Ltd. ガアリ、当社デハ河鉄分ノシッパー（註）トシテ輸出シテイル。

五、泰国チーク材ノシッパートシテ知ラレル Borneo Burma Timber Co., Bangkok ガアリ、竹泉藤商会ガ一手ニ輸入シテイル。

六、北ボルネオノラワン材ノシッパーデアル North Borneo Timber Co. ガアリ、神戸ノ山田貿易ガ一手ニ輸入シテイル。

七、スイスノ大染料メーカーノ一トシテ、マタD・D・Tメーカートシテ知ラレル、ガイギー商会、J. R. Geigy & Co., Ltd. ガアリ、コレハ松浦商店、三木産業、稲畑産業、萩原商店ナドノ染料問屋ガ輸入シテイル。

八、ジョニー・ウォーカート共ニ、スコッチ・ウイスキーノ白眉《はくび》ホワイトホースノメーカー White Horse Distillers Ltd. マタ、ジンデ有名ナ Seagers Evans & Sons, Ltd. ガアリ、イズレモ当社自身ガ輸入シテイル。

九、濠洲ウイートボードノ一員タル J. A. Hemphill & Sons, Pty., Ltd. ガアリ、コレハ極東物産ガ小麦、大麦ヲ輸入スベク努力シテイルモノノ、実際ハ大一物産ノ取引先ジョンダーリンノ独壇場トナッテイテ、他社ハゼンゼンタッチデキヌ有様デアル。

結論

ダイタイ中国本土カラ諸原料ヲ日本ニ出シ、コレヲ日本デ加工ノ上、東南アジヤ地域ニ輸出スルトイウノガ当社設立以来ノメイン・ラインデアッタガ、中国共産党進出後ハ、原料供給面ヲ切断サレテ、謂《い》ワバ片翼飛行ヲ余儀ナクサレテキタ。コノ局面ヲ打開ショウトシテ、不慣レナ国内業務ニ手ヲ出シ、失敗シタコトモアル。マタ中共地区ニ所在スル店舗ハ、経費ノ補償ガデキナイタメニ閉鎖シテイルガ、引揚ゲヲ中共政府ガ認メズ、形式上ハ開店ヲ余儀ナクサレ、過剰人員ハ一時東京ニ集結シテイル。

要スルニ当社ハ、日本側ノ有能ナ補佐役ニ欠ケテイル憾《うら》ミガアリ、今後モ直接国内業務ヲ行ウカラニハ、コノ点考慮ノ必要ガアリソウデアル。

尚、先般東京銀行ロンドン支店開店ニ伴イ、運転資金調達ノタメ、東京銀行ト当社トノ間デ相互扶助ノ関係ガ樹立サレタ。

最近当社ノ営業デ目立ツノハ建築部ノ活躍デアリ、現在香上銀行、及ビマーカンタイル銀行ノ大阪支店ビルヲ契約シテイル。コレハ当社ノ設計、指導、監督ノ下ニ、日本側ノ建築会社ガ実際ノ工事ヲ請負ウモノデアル。

昭和三十一年五月十四日

新日本探偵社

担当　辰巳秀雄

外人商社の調査依頼はその後もひっきりなしにあった。同一商社の調査を数社から依頼されることもあった。そのため辰巳は昭和三十六年の四月、調査した外人商社すべてを網羅した「在日外人商社要録——1961」という、B5判ハードカバー百五十頁の本を非売品として発行し、得意先に配布した。これはたいへん喜ばれたが、特に好評だったのは巻末の「在日要注意外商一覧表」であった。今、その一覧表の一部を次に記載する。

在日要注意外商一覧表

(社名、国籍、所在地、取引不適格の理由の順に記す。尚、△印は用心して取引すれば差支えなしと思われるもの)

B. Debus & Co.（シリヤ）猶太《ユダヤ》系
東京・仲八号館
札つきの悪質商社。契約後、値引き、及び代金不払い等をしばしば行う。

Simpson Enterprise（米）
東京・神戸
ブローカーで、約定不履行の常習者。資力なし。

Akmedabad Jyoji Co.（印度）
東京
Mr. Tarachand はブローカーであり、全体的に掛け引きが多い。

American Supply Corp.（米）猶太系
東京・報国ビル
Mr. Fattal は有名なけちんぼであって、値切り専門の上、リベートを強要する。

Comptoir de Produits Métallurgiques Tubulaires et Miniers（仏）
東京
無責任であり、ブローカー的存在。代表者の Mr. Chevalier は無能であり、出たらめ。

Hillel Trading Co.（シリヤ）猶太人
東京（?）
Mr. Hillel は一度倒産して、夜逃げをし、香港に渡ったが、再び来日した。苦情をつける常習者であり、約定不履行の常習者である。大風呂敷の上、品行不良である。

British Import Co.（英）
東京・三信ビル
はったりが強く、信用出来ない。解約が多い。金は持っている模様。

American Continental Co.（米）

東京・燃料会館

C. I. D.（註）の取調べを受けたことがある。インチキであり、常づね大風呂敷を拡げ、無責任である。資力なし。

△Central America Trading Co.（米）

大阪・神戸

解約が多く、苦情が多い。

△Himalaya Trading Co.（パキスタン）

神戸・富国ビル

値切り専門であり、社内の空気は甚だしく不穏である。

△San Yang Trading Co.（中国）

大阪・神戸

甚だ投機的であり、警戒を要す。

Banjaj Bros Co.（馬来《マレー》）

神戸

無能で無責任。しめくくりがなく、常に破産一歩手前の状態である。

Oriental Exporters Inc.（米）

東京・神戸

社内に党派があり、取引は危険。社員のWilliamsonはSCAP（註）時代から兎角《とかく》の噂があり、要注意人物。

Sun Enterprise（米）猶太系

神戸

ブローカー。金銭に汚く、甚だえげつない性格である。また、出しゃばりの妻君がいて、ビジネスの常道をわきまえない。

M. Sbath Co., Inc.（独）
東京・神戸
値切り専門である。無責任であり、リベートを要求する。金は持っている模様。

註・「L・C」letter of credit. 信用状。輸入者の依頼に応じて銀行が他の銀行に一定条件で支払いを依頼する書状。

註・「深谷兼造」第3章参照。

註・「シッパー」船積みの荷主。

註・「C. I. D.」Criminal Investigation Division. MP（米国憲兵）の一部局。刑事のうち（殺人などの）重要犯罪を捜査する局。

註・「SCAP」Supreme Commander for the Allied Powers（連合軍最高司令部）の略称。東京のGHQに相当。

10

新日本探偵社は、たとえば帝国秘密探偵社といったような大きな興信所ではなかったから、個人調査にしても、とびこみの客による依頼は滅多になく、たいていは得意先である企業がらみの個人調査であった。多かったのは就職内定者の雇用調査で、これは就職内定時期の九月、十月に数社の調査が集中した。所長の辰巳秀雄は十数人の所員を地方別に何件か調査を分担させ、三、四週間の日程で各地へ派遣した。

辰巳自身も数知れず各地へ調査に赴いた。最初のうちは地図を頼りに本籍地を訪ね歩いた。しかし地図ではわからぬ場合が多かった。大分県の宇佐《うさ》へ行った時なども、駅前のタクシー案内所で訊《たず》ねてわからず、山道を二時間歩いて、結局は次の駅の近くであったりした。夏の真っ盛りに福岡へ行き、海岸の砂丘をひと山越えるという無駄な労力を費したこともあった。まだタクシーが少く、地方であれば尚さらという時代だった。辰巳は何度か痛い目にあってのち、まず役場へ立ち寄り、行先を丹念に訊ねるという習慣を身につけたのである。

地方では思いがけず歓待されたりもした。家族の者の雇用調査でやってきたのだからこれは当然であったかもしれない。秋田県では「まだ新米を食べてはおられんじゃろうから」と米を二升ばかり貰ったりもした。

桜島へ行った時にはたくさんの蜜柑《みかん》を貰った。この時の調査は、桜島出身と称している内定者の戸籍が沖縄県になっていることを会社が怪しんだためである。桜島へ行き、本人の実家の近所で訊ねても「いいえ。あの家族はみんな昔から桜島の人ですよ」と言うばかりである。役場へ行って事情が判明した。大正三年の桜島大噴火で島の住民が全員逃げたのである。多くの者が沖縄へ避難した。一年三カ月後もまだ中心部の溶岩が流動しているほどの高温であった。なかなか島へは帰れず、多くの者は避難先で職に就いた。この時、疎開先へ本籍地を移した者が少からずいたのである。

安高産業からは海外在留邦人の身許を調査してくれという依頼がしばしばあった。海外で日本人を雇用するためであり、所員たちはこの調査で全国各地へとんだ。辰巳自身も札幌や小樽に年一度の割合いで赴いている。

のち、学生運動が盛んになってからは、大学卒業生の場合、会社が思想関係、特に学生運動に参加したかどうかの調査を求めてくるようになった。すべて就職内定者ばかりであったが、もしも学生運動に参加していたことがわかった場合、会社側は就職させてから冷や飯を食わせ、自らやめるように仕向けるのが常であった。辰巳は大日綿花に就職が内定していた学生の調査をしたことがある。兵庫県三田《さんだ》の奥、東条湖のほとりに実家があった。そのすぐ近くで歯医者をしている叔父がいて、この人物は辰巳にうっかりと甥の不利になる話を洩らしてしまった。

「あいつ、デモに参加して歯を折られよったことがおます。診《み》てくれ言うて来よった」

面白半分に参加してひどい目にあっただけであり、書くにしのびなかったが、報告せぬわけにもいかなかった。飛ばっちりを受けただけであるとつけ加えたものの、やはり本人は冷や飯を食わされ、昇進できなかった。

こうした雇用のための身許調査は、現在ほとんど不可能になっている。調べてはならぬという条例ができて以来、辰巳の仕事は減り、困難になった。また、戸籍を調べることも困難になった。十年ほど前までであれば田舎の役場へ文書で頼んだだけで、明治五年くらいにまでさかのぼったものを送ってくれたのだったが、現在では住民票でさえ、たとえ本人が求めても提出先や使用目的を明記させられることになっている。

縁談の調査も、得意先の企業から依頼されることが多かった。高島屋などは女子店員を多くかかえているので、親がわりになって相手の身許調査を数多く求めてきた。これらの調査報告書には戸籍謄本を添付したため、辰巳は調査終了後にそれらの控《ひかえ》すべてを処分している。

明和工業大阪支店長の早見には娘が三人あり、辰巳は長女と次女の縁談の調査をした。この早見は部下や出入りの業者に威張り散らすという悪い癖があり、これを嫌った辰巳は三女の縁談調査をことわった。その気にならなければやる気が起らぬというのが辰巳の言い分であり、彼の反骨精神だった。威張る人間を彼は毛嫌いした。いやな仕事をことわれずしてなんの探偵稼業、なんの独立であろうか。親心が勝ったのであろう、それからしばらくして早見は言葉遣いを改め、ふたたび調査を依頼してきた。長女、次女がうまくいっているのだから是非三女も、と言うのだった。しかたなく、辰巳は引受けた。

昭和二十九年の十月、大和通商という中企業の社長の息子に縁談があり、先方の調査を依頼してきた。家が芦屋《あしや》にあり、神戸女学院在学中という美人の「お嬢さん」であった。辰巳は課長の岩木に任せた。この調査は意外な結果に終った。

調査報告書

調査対象　大寺彰子
芦屋市山手町

一、学校ニオケル成績
神戸女学院大学ハ、学業成績ノ外部ヘノ発表ハマッタク行ワナイ方針ヲ堅持シテイル。強イテ突ツコンデモ「マア普通デス」「良イオ嬢サンデス」ト、本人ニトッテ悪イコトハマッタク言ワナイ。ソノ上、外人ノ女教師ガ通訳ツキノ応対デアリ、調査ノタメニハ甚ダ都合ノ悪イトコロデアル。

一、交友関係
同級生トハ割合イ心ヤスク話ヲシテイルガ、特ニ深クツキアッテイルトイウ友人ハ少イ模様デアル。

一、性格
附近ノ人ハ「良イオ嬢サン」トイウ表現ヲナスノミデアリ、詳細ニ亘《わた》リ述ベルコトヲ避ケタ。コレハ後記ノ、血統ノコトニ立チイタラヌタメノ予防線デアルト思ワレル。温和デアリ、充分教養モアリ、トリタテテ欠点ハナイ模様デアル。

一、家族
祖父　大寺正兵衛　明治七年八月二十三日生。故大寺正兵衛、故フサノ二男。明治三十四年十月十日中松マキト婚姻届出。大正四年三月十二日妻マキ死亡。大正五年四月十五日前戸主正兵衛隠居ニヨリ家督相続。大正十年六月二十日旧称大蔵ヲ正兵衛ニ改称。昭和十七年十二月二十一日死亡。

父　大寺正兵衛　明治三十五年八月二十五日生。旧称平蔵。先代大寺正兵衛、妻マキノ長男。大正十五年二月三日花田芙美子ト婚姻届出。昭和十二年二月十九日前戸主正兵衛隠居ニヨリ家督相続。昭和十八年四月五日旧称平蔵ヲ正兵衛ニ変更。

母　芙美子　明治三十七年一月十日生。故花田英一郎、妻イネノ三女。武庫郡大庄村東字《あざ》弓場ノ先三十一、戸主英輔ノ妹。

叔父　大寺正蔵　明治四十三年九月十五日生。先代正兵衛ノ二男。昭和十七年十二月十二日、枚方町《ひらかた》（現枚方市）大字中宮字天日合併地無番地ニオイテ死亡。同十四日戸主平蔵届出。

長兄　仁　昭和二年二月十日生。昭和二十七年十月八日正田洋子（昭和七年一月二十八日生）ト婚姻届出。昭和二十八年五月十二日長女晃子生。

次兄　克　昭和三年十一月十七日生。

本人彰子　昭和六年八月三日生。

一、家系

当家所在地附近ニハ大寺姓ヲ名乗ル家ガ五、六軒密集シテイル。コレ等一群ノ大寺家ハ徳川時代カラ住ミツイタモノデアリ、内ノ一軒大寺作右衛門家ハ代々庄屋ヲツトメタ家柄デアル。

元禄《げんろく》年間ノ古文書及ビ図面ニハ大寺正兵衛家ハ記載サレテオラズ、大寺家ハ他ノ四軒ガ記載サレテイルノミデアリ、正兵衛家ハソレ以後ニドレカノ大寺家カラ分離シタモノト思ワレルガ、イズレニシテモコノ土地生エヌキノ旧家デアルト認メラレル。

一、資産

現在大寺正兵衛家ノ屋敷マワリニ三軒ノ貸家ヲ持ッテイル。

土地（宅地）ハ約二百坪ニ少シ足リナイ程度。瓦葺《かわらぶき》ノガッチリシタ家屋デアリ、門構エデアル。

以上列記シタ事項ハ普通ナラバモット詳細ニ調査ノ上ゴ報告申シ上ゲルベキデアルガ、次ノ事項ヲ探リ得タタメ、当家ハ他ノ条件ガイカニ良クテモ、トテモ結婚ノ対象トシテハ考エラレナイト判断シ、調査員ノ独断デ、本人ノ性格、家族ノ勤務先、資産ソノ他ノ詳細ノ調査ヲ打チ切ッタ。

一、血統

近隣三、四軒ヲ訪ネタ際、イズレモ奥歯ニモノノハサマッタヨウナ応対デ、ナントナク腑ニ落チナイモノガアッタタメ、サラニ次ツギト当家ノ知リアイヲ訪ネテマワリ、突ッコンデ訊ネタアゲク、次ノ結果ヲ得タ。

当家ハ所謂《いわゆる》、狂気ノ血筋デアル。近隣ニ大寺姓ガ多イタメ、間違エラレテハ困ルトイウ考エカラカ、他ノ大寺姓ノ家デハ、マッタクコレニフレナカッタノデアル。

現正兵衛氏ノ父、旧称大蔵、即《すなわ》チ先代正兵衛ハ晩年奇怪ナ言語、奇妙ナ動作ヲトリハジメ、マタ犬ノ死骸《しがい》ヲ抱キ、役場へ出カケテイッテ踊ルナドノ行動ガアッタタメ、ツイニ座敷牢《ろう》ニ監禁サレ、死亡シタ。マタ、現正兵衛氏ノ弟、故正蔵ハ、神戸ノ学校ニ通学中、阪神電車内デ日本刀ヲ引キ抜イテ暴レ出シ、以来精神異常者トシテ同家内ノ座敷牢ニ入レラレテイタガ、コレヲ破ッテ抜ケ出シ、裏ニアル大寺某家へ放火、ツイニ枚方町ノ大阪府立中宮病院（精神病専門病院）ニ入院サセラレテ、ココデ死亡シタモノデアル。

現正兵衛氏モ幾分常人トハ変ワッタトコロガアル様子デアル（注意シナケレバワカラナイ程度）。

近隣ノ大寺家デハ、同姓デアルタメ他カラ誤解ヲ受ケルコトヲ恐レ、口ヲ緘《かん》シ、外部ニコノヨウナコトガ洩レルノヲ防イデイタモノデアル。

当家ノ精神異常ハ現正兵衛氏ノ祖父ノ代カラスデニ発現シテイタモノラシク、ソレ以後ノ同家ノ人ビトニハ、必ズ何カ変ッタトコロガ見ラレルトイウコトデアル。

一、結論

右記ノ如ク、当家ノ血統ハ悪キニ過ギ、コノヨウナ家庭ノ子女ヲ迎エルコトハ、避ケルベキデアルト断定スル。

昭和二十九年十月二十八日

新日本探偵社

担当　岩木正雄

大和通商株式会社総務部殿

この年には佐藤栄作元首相（当時は党総務）の長男、竜太郎氏が恋愛騒ぎを起している。相手は竜太郎氏と同じ職場で働く増尾敏子という女性であった。辰巳はある建設会社の大阪支店長を通じてこの女性の調査依頼を受け、台風の接近を気にしながら自ら姫路まで出向いたのだった。その後富士製鉄（現在は新日鉄）広畑製鉄所の従業員から聞いた話では、その当時佐藤寛子夫人がやってきて、工場長はじめ幹部を呼びつけ、たいへんな騒ぎであったという。相手の女性は美しく、家柄もよかった。辰巳は前後三回にわたって日帰りで姫路へ行き、調査したのだった。のち佐藤寛子夫人が書いた「佐藤寛子の宰相夫人秘録」によれば、一時は勘当騒ぎにまで発展したものの、結局ふたりは結婚し、孫ができたのを機会に栄作氏も怒りをといたということである。辰巳はこれを昭和六十年発行の朝日文庫版で読んだのだが、もちろん下働きに過ぎなかった辰巳の名前などはどこにも出てこない。

宇治電力株式会社その他からは、依託集金人の素行調査や身許調査の依頼があった。集金人の中には、集金した社納すべき金を「未収である」「留守であった」などと言って遅らせ、その金を他人に貸して金利をかせぎ、次の日に集金した金を順送りにするなどの悪質な者がいた。こうした疑いのある者を調べると、たいていは前歴を偽っていたり、本籍地が違っていたりするのだった。

二十九年の六月、のち課長になる笹口にやらせた次のような調査がその代表例である。

調査報告書

宇治電力株式会社南支店殿

調査対象　大森勇二

西成区西入船町十一　松川方

一、学歴

東京都立向島《むこうじま》工業学校及ビ東京都立工業専門学校（コレハ夜間通学）ノ二校ヲソレゾレ卒業シテイルコトハ実正デアル。

一、職歴

関東電気工事株式会社本社ニオケル調査ニヨルト、同社ニ大森勇二トイウ名ノ人物ハマダ一度モ社員トシテ就職シタコトハナイ。尚、念ノタメ本社カラ群馬支社へ電話デ照会シテモラッタガ、群馬支社ニモ同姓ノ人物ヲ使用シタ記録ハナシ。

一、本籍地

東京都墨田区緑町四丁目四番地附近一帯ヲ半日カカッテ調査シタガ、父兄ノ存在ヤ居住シタ事実ハ認メラレナイ。

一、現住所

本人ガ現在居住スル地域一帯ハ、戦前釜ヶ崎ノスラム街ト呼称セラレタ処《ところ》デ、附近一帯ガ戦災ニ遭イ、ソノ後復興ハシタガ浄化ハサレズ、アイカワラズ娼婦《しょうふ》、男娼、浮浪者、日雇イ人ノ巣窟《そうくつ》デアリ、犯罪人ノ温床的存在ノ地デアル。

コノ附近一帯ハ安宿（一泊百円デ、三畳ニ三人ノ割合デ宿泊シテイル）及ビ安イ酒屋、安イ飯屋ナドガ櫛比《しっぴ》シテオリ、周囲ノ環境ハ非常ニ悪ク、世間並ミノ生活ヲショウトスル者ナラバ（ゼヒソノ地ニ生活ノ糧《かて》ヲ得ナケレバナラヌ以外ノ者ハ）一応コノヨウナ場所ニ居ヲ定メルコトヲ避ケルベキ筈ノ土地デアル。

トニカク夜トモナレバ百鬼夜行ノアリサマデアッテ、大阪ノスラム街トシテ一名物ノトコロデアル。

松川家ハ、前記安宿ノ一軒デアリ、「ムツミ荘」ト称シテイル。本人大森氏ガコノムツミ荘ノ経営者ト親戚ナドノ間柄ナラバトモカク、単ナル宿泊人トシテノ立場デ利用シテイルモノデアリ、コノヨウナ土地ノ、シカモ浮浪者トカ日雇イ人夫ナド正業ニツカヌ人ビトヲ対象トスルコウシタ旅館ニ寝泊リスルノハモッテノ外ノコトデアリ、コノ一事ヲモッテシテモ本人ニハ充分ナル注意ヲ要スルト考エル次第デアル。

昭和二十九年六月八日

新日本探偵社

担当　笹口晴彦

辰巳には親しくしている弁護士が二人いた。彼らを通じ、弁護士会からもしばしば調査の依頼を受けた。個人の、財産隠匿《いんとく》の調査が多かった。たとえば三年前に不動産の名義を他人に変えているが、これは裁判の間だけ親戚に移したのではなかろうかという疑いがあったりするケースであり、たいていは役場で調べれば親戚であることがすぐにわかるというような程度の隠匿であって、調査としては楽だった。

多くの企業からは、債務者の保証人の保証能力を調査してくれという依頼があった。その会社が疑いを抱くだけのことはあり、たいていは保証した債務の肩替りができるほどの収入を持たぬ人物が多く、昭和四十一年に辰巳自身が調査した次のようなものが代表例である。

調査報告書

浜口電機株式会社殿

調査対象　タバタ理容
代表者　田端功治
本店　東区南久宝寺町《きゅうほうじ》一丁目三
支店　南区御蔵跡町《おくらあと》十八

一、本籍　愛媛県宇摩郡土居町字《あざ》天満三九

一、家族
妻　篤子　昭和六年九月三日生。理髪業松本文男ノ妹。家事ニ従事シテイル。
長男　清照　昭和三十年八月十六日生。
長女　美和　昭和三十四年十月二十一日生。
当人ハ本籍地デ出生。昭和二十四年九月ニ大阪市ニ出テ来テイル。爾来《じらい》理髪業ニ従事シ、現住所（本店）ヘハ昭和四十年三月ニ南区高津町三ノ六カラ移ッテ来テイル。性質ハ実直、真面目ナ方トイエル。

一、本店同居者
近江ふさ子　昭和二十三年一月九日生。本籍ハ宇摩郡土居町上野六二八。兄、近江某ト共ニ本籍地カラ上阪、タバタ理容ニ勤務。兄ハ現在他ヘ移ッテイル。
日向信正　昭和十八年六月二十一日生。本籍ハ福井県大野市。
川北養一　昭和二十一年十二月一日生。本籍ハ滋賀県犬上郡豊郷村《とよさと》三ツ池。
以上三名ノ同居者ハ田端功治ト共ニ高津町三ノ六カラ現在地ヘ移ッテキテイル。

一、本店ノ状況
田端功治ガ現在居住シ、階下ヲ「タバタ理容」トシテ理髪店ヲ開業シテイル東区南久宝寺町一丁目三ハ、堺筋、南久宝寺ノ角ノヒトツ東ノ辻ヲ南ニ入ッタトコロ、薬局ト二戸一棟ノ北側ノ一戸デ、コノ家ハモト木造平屋建テニ、ソノ後二階ヲ増築シタ木造瓦葺ノ店舗兼住宅デ、居住者ハ二階ト階下奥ノ間トニ居住シ、表ヲ店舗トシテイルガ、ソノ土地建物共ニ賃借シテイル模様デ、不動産ノ課税台帳及ビ不動産台帳ニ、当人名義ノモノハナイ。

　オモテカラ、ソレトナク覗キ見シタトコロ、理髪用椅子ハ三脚ト見ラレ、収容人員ハ少イト見ラレル。附近ハホトンドガ店舗デ、問屋街デアルタメ、一般住宅地ニ比ベテ利用人口ハ少イモノト考エラレル。特ニ昼間ハ利用者ノ勤務時間ト重ナルタメ、五時頃マデハ客ハ少ク、平均シテ二台ガフルニ回転スルコトサエ困難カト思ワレル。調査員ガ一時カラ二時マデノ間ニ二回見タトコロ、一度ハ客ガヒトリ、二度目ハフタリトイッタトコロ。シタガッテ当店ハヨク繁昌シテイル店トハイエズ、ソノ営業度ハ普通程度ト思ワレル。

一、支店居住者

坂藤嘉夫　昭和十九年二月四日生。本籍地ノ宮崎県延岡市カラ本年三月三十日ニ当家ヘ入ッテイル。

渡辺宗子　昭和二十三年八月九日生。本籍ハ宇和島市。

富島義雄　昭和二十五年二月二日生。本籍ハ愛媛県北宇和郡。

山田由美　昭和二十五年十月十一日生。本籍ハ鹿児島県。

渡辺、富島、山田ノ三名ハ本年三月十日ニソレゾレ本籍地カラ当家ニ入ッテイル。

一、支店ノ状況

南区御蔵跡町十八ノ支店ハ、旧松坂屋ノ北横手ヲ入リ、高速道路ノ高架ノ手前ワ北ヘ入ッタトコロ。タバタ理容ノ南店トてイウバキコノ店ハ甚ダデラックス、表構エモナカナカ凝ッタモノデアリ、店内モ豪華ナ理髪用椅子五、六脚ヲ調《ととの》エ、最新式ノ設備ヲ施シタ店舗デアルガ、近隣ノ人ノ話ニヨルト、開店後マダ日ガ浅ク、従ッテ馴染客モ少ク、近隣ノ人トモマダ馴レ親シンデイナイカラ利用客モ少イ模様デ、調査員ガ九時半カラ十時ノ間ニウカガッタトコロデハ、二、三人ノ男女店員ガ手持チ不沙汰ニ店内ヲブラブラシテ客待チノ状態デアッタ。現在ノトコロ盛業中トハイエズ、同店ノ営業ノ発展ハ今後ノコトデアッテ、現状デハ、ハヤッテイル方トハイエナイ。

反面、コレダケノ店ヲ構エルニハ、ソノ投下資金ハ相当多額ト見ラレ、ソノ資金ノ回収、金利負担ナドノコトヲ考エタ場合、ココ当分ハ苦シイ経営ガ続クモノト考エラレル。尚、コノ店舗モマタ借用デアッテ、田端功治ノモノデハナイ。

一、結論

田端功治ノ信用度、特ニ金銭面ニオケル信用度ハ普通デアッテ、第三者ヲ保証スルマデノ金銭的能力ハナシト断ジラレル。

南久宝寺、御蔵跡、両店共ニソノ利用客ハ充分伸ビテイズ、ソノ水揚ゲハ両店ノ地ノ利、設備ナドニ比シテ充分デハナイト推断デキル。コノ営業程度デハ、自家ノ生活保持ガナントカデキルダケデアッテ、収入ニ余裕ガアルトハ認メラレナイ。

当家ノ資産トシテハ店舗ノ設備及ビ若干ノ貯金程度ノモノデアリ、コレトイッタ資産ハ持ッテイナイ。

以上ニヨリ、被保証者ガ債務契約ノ不履行ニ陥ッタ際、当人ハソノ債務ヲ全面的ニ肩替ワリデキルダケノ能力ハ持タナイモノトイエル。

昭和四十一年十月一日

新日本探偵社

担当　辰巳秀雄

個人調査を依頼してきた企業が、その理由を明かさぬ、というケースが一例だけあった。昭和二十九年の八月、ビー・エヌ紡機が依頼してきた大喜多敏夫という人物の資産、素行調査がそれであり、さらに「本人と精開証券との関係を特に詳しく調べてくれ」という但し書きがついていた。調査理由がわからぬほどやりにくい仕事はない。辰巳は何人かで分担し、調査することにした。資産調査を山際の課にやらせ、素行調査のための尾行を岩木の課にやらせ、あとの聞きこみなどは自分がやることにしたのだった。また、精開証券との関係については山際の課の千葉にやらせることにした。

調査報告書

ビー・エヌ紡機株式会社殿

調査対象　大喜多敏夫
大阪市城東区蒲生《がもう》町一丁目八番地

（以下は辰巳秀雄による調査）
城東区役所ノ住民登録ニヨレバ、本人ノ家族ハ次ノ通リデアル。

本人　大喜多敏夫　明治四十四年四月五日生
妻　静　明治三十七年四月十八日生
長男　光夫　昭和二十二年二月七日生
妹　房江　大正二年八月三十一日生

本人ノ家族ハ現住所ヘ移ル以前、本年二月マデ西淀川区佃町二丁目四番地、関西機械製作所ノ社宅ニ居住シテイタタメ、調査員ハマズコノ附近ノ聞キコミカラ調査ヲ開始シタ。

本人大喜多氏ハ多年関西機械ニ勤務シテイタガ、戦時中ハ応召、終戦前後ハ九州地方ニイタト見ラレテイル。今ノ夫人トハ九州在住中ニ知リアッタトイワレテイル。

本人ノ家族ハ非常ニ派手ナ生活ヲ続ケテイテ、特ニ夫人ハトテツモナイ派手好ミデアリ、常軌ヲ逸シタ風采《ふうさい》ハ佃町界隈《かいわい》デ知ラヌ者ガナイホドデアル。赤イシャツニミドリ色ノスカアトナド、異様ナマデニ華美ナ風体デアリ、ラシャメン見タ様ダト専《もっぱ》ラ近所ノ噂トナッテイル。

ソノ生活モ服装ト同ジク派手デ無駄ガ多ク、ソノ生活様式及ビ生活態度ハ、コノ附近ノ人ニハマコトニ突飛ナモノト映ジテイテ、常時近隣ノ話題トナッテイル程デアル。

夫人ハ、主人ヨリ七歳モ年長デアルコトナドハアマリ知ラレテイナイガ、良ク言エバ交際上手、悪ク言エバ金棒曳《かなぼうひ》キデ、近隣ノ人ト誰カレカマワズニ立チ話ヲシ、自己ノ生活振リナドヲ広言シテイタ。近隣ノ人ハ同女ヲ玄人《くろうと》上リト目シ、マタ長男光夫ハ同女トノ間ニ出来タ子供デハナイノデハナイカト疑ッテイル。長男光夫ハ本年三月マデ幼稚園児デアッタガ、ソノ頭髪ニパアマネントヲ掛ケテヤッタリモシテイル。

夫婦共ニ競輪ヲ好ミ、ヨク競輪場通イヲシ、マタ佃町ノ米穀配給所デハ、配給ノ外米ナドハ引キ取ラズ、専ラ闇米デ賄ッテイテ、一般サラリーマンノ給料デハトテモ追ッツカヌ生活状況デアッタ。マタ本人ノ妹ノ房江ハ、幼稚園又ハ小学校ノ先生ノ資格ヲ持ッテイルトノコトデアリナガラ、進駐軍ノメイドヲ勤メテオリ、コレモマタ近所ノ噂ノ的デアッタ。夫人ハ近隣ノ人ニ自慢話トシテ、夫人ノ父ガ蒲生ノ方デ二、三十軒ノ貸家ヲ持ッテイテ、ヨイ生活ヲシテイルノダト言イフラシテイタ。

一年ホド前カラ大喜多氏ノ姿ハアマリ見カケズ、月ニ二、三回チョット家ニ寄ル程度トナッタ。近所デハ他ニ新シイ女ガデキタノダロウト噂シテイタ。トコロガ半年前、今度ハ夫人ガ蒲生ノ家ヘ行クト言ッテ移転シタ。ソノ後モ長男ハ佃ノ幼稚園ニ通園サセ、連日夫人ガツレテ通ッテイタ。ソノ帰途ナド時間ツブシニ佃ノ旧居ノ附近デ世間話ヲシテ帰ッテ行ッタコトモシバシバアッタ。

本人ハコレトイッタ資産ハ持ッテイナイガ、夫人ノ方ガソノ父ノ財産（不動産）ヲ持ッテイルノデハナイカトイウコトデアル。

佃カラ川ヲ東ヘ渡ッタトコロニ木村医院ガアリ、親戚トシテサカンニ行キ来シテイタ様子デアルガ、コレハ大喜多氏ノ姉ノ嫁ギ先ノヨウデアル。

（以下は山際常雄による調査）

大喜多敏夫ノ本籍ヲ照会シタ。

本人大喜多敏夫ハ明治四十四年四月五日、大喜多繁次、同さよノ三男トシテ、鹿児島市平之《ひらの》町番地不詳デ出生。昭和二十三年三月十七日植木静ト婚姻届出。八代市横手町一八一大喜多ツカ戸籍ヨリ入籍。

妻静ハ明治三十七年四月十八日、進藤道之助三女コウノ子トシテ大阪府東成郡天王寺村大字天王寺一〇九九デ出生、認知届出、明治四十四年二月四日受付。昭和二十三年三月十七日大喜多敏夫ト婚姻届出。都島区東野田町二丁目四十五番地北川敬吾戸籍ヨリ同日入籍。

長男光夫ハ昭和二十三年二月七日、岡山県苫田《とまた》郡高田村大字大篠一九六〇デ出生。医師奥山武市届出。

右ノ本籍照会ニヨッテ妻静ノ父、北川敬吾ノ名前ヲ知ルコトガデキタ。

城東区役所デ北川敬吾名義ノ不動産ヲ照会シタトコロ、次ノ通リデアッタ。

所在地　蒲生町一丁目八番地

	番号	建坪	二十九年度評価
家屋	四一一ノ二	七坪七八	三万九千円
同	四一一ノ三	七坪七八	三万九千円

土地　右家屋ノ附帯二口

右不動産ノウチ土地ハ二十九年一月二十日売買ニヨリ大喜多静ニ名義変更サレタ。家屋ハ北川敬吾名義デアル。

大阪法務局デ不動産登記簿ヲ閲覧シタトコロ、

次ノ通リデアッタ。

前記土地建物トモ、昭和二十四年三月三十日売買ニヨリ北川敬吾ガ所有シ、同二十九年一月二十八日相続ニヨリ大喜多静ノ名義トナッタ。コレニ対シ以下ノ如ク担保設定ガナサレタ。

二十九年三月十一日受付ニヨリ移転請求権保全仮登記ガナサレタ。原因ハ、昭和二十九年一月二十日附代物弁済予約ニヨルモノデアル。債権者ハ西宮市産所《さんしょ》町十八番地、関西綜合事業協同組合デアル。抵当権設定ノ受付ハ二十九年三月十一日。金額ハ二十五万九千円也。期間ハ二十九年二月二十六日ヨリ三十年三月二十六日マデノ十四ヵ月間、返済方法ハ毎月二十六日付、一万八千五百円ズツヲ分割弁済。右ハ家屋二戸、及ビ土地二ロヲ共同担保トシタモノデアル。

(以下は辰巳秀雄による調査)

蒲生町一丁目ノ現住所ニハ静ノ父、北川敬吾ガ多年居住シ、売薬商(漢方薬ノ類)トシテ独身デ呑気《のんき》ニ生活シテイタ。大喜多一家ハ佃町ノ社宅ニ住ム前ハシバラクコノ父ト同居シテイタガ、昨年コノ父ガ死亡シタタメ、フタタビココヘ戻ッテキタモノデアル。

夫婦ハコノ附近ニオイテモアマリニ派手好キデアルタメ、近所ノ人ニハツキアイニクイ様子デアル。夫婦トモ交際家デ、近所ヅキアイヲヨクシテイルガ、何ブンコノ附近一帯ハ平屋ノ長屋デアリ、肉体労働者向キノ地域デアルタメ、大喜多一軒ノミ格ガ違ウトイウカタチトナリ、特ニ子供ニ派手ニサセテイルタメ、附近ノ同年輩ノ子供ヲ持ツ親ガ困リ、非常ニ迷惑ヲ蒙ッテイルトノコトデアル。ツイ先ゴロ妻ノ亡父ノ一周忌ヲ迎エタガ、コノ時ニモ一杯呑ンデ法事ヲ行ウナド静粛ニ営マズ、コレハ夫婦ニ共通シタ性格デアル。

三年前、コノ長屋四棟約四十軒ノ家ヲ、時ノ家主ガ各入居者ニ分割、買入レヲ申シ込ンダ時、チョウド大喜多氏ガ郷里ノ不動産ヲ整理シタ金三、四十万円ヲ持ッテ遊バセテイルトイウ大喜多夫人ノコトバヲ一同ガ信ジ、一括シテ大喜多氏ニ買ッテ貰ッテ、ソレヲ借リタラトイウ議論ガ発生シタガ、モノニナラズ、結局ハソレゾレガ一戸ヲ購入シタモノデアル。コノ時ニ北川氏ガ自分用ノ二戸ヲ購入シタ。コノヨウニ夫婦ノ生活ハココデモ派手デアリ、夫婦トモハッタリ屋デアル。

大喜多氏ハ非常ナ酒好キデ、帰宅スル場合ハ十二時頃、外泊モ毎度ノコトデ近所ノ評判トナッテイル。マタ未確認デアルガ、他ニ二号ニ類スル女性ガイル見込ミモ大デアル。

本人居住家屋ハ妻ノ父カラ妻ガ相続シタモノデアルガ、前記ノ如クコレハ担保ニ入レテイル。

子供ハ佃町ノ幼稚園ニ通ッテイタガ、本年四月カラハコノ地ノ小学校へ入学シタ。

以上ヲ綜合スルト、本人ノ私生活ハ極度ニ乱レテイテ、家庭生活ハ浪費ノ集積、虚栄ノカタマリデアリ、夫婦トモコレヲ世間ニ何ラハバカルコトノナイ日常デアル。

(以下は岩木正雄による調査)

八月十二日

午前八時十分、本人ノ自宅ヲウカガウト、本人ガ浴衣ヲ着テ在宅。九時三十分、再度ウカガッタトコロ、五十歳クライノ男ト奥ノ縁側デ対談シテイタ。十一時二十分ゴロ、コノ男ト二人デ外出。コノ男ハ頭ハ禿《はげ》、パナマ帽ヲカブッテイタ。同家ヲ出ルニ際シ、妻君ハコノ人物ニペコペコ頭ヲ下ゲテ何カ頼ンデイルヨウデアッタ。二人ハ蒲生町四丁目ノ電停ニ出タガ、電車ガナカナカ来ナイノデ、タクシーヲ拾ッテ阿倍野筋一丁目ノ不二家喫茶店ニ入リ用談。コノ喫茶店ハ金融ブローカーノ巣トシテ夙《つと》ニ知ラレテイルモノデアル。二十分デ男ト別レテ阿倍野橋カラ市電ニ乗車シタガ、ココデ行方ヲ見失ッタ。コノ夜ハ、帰宅シタ様子ハナイ。

八月十四日

午前八時三十分ヨリ本人ノ自宅ヲウカガウ。十時頃、十二日ト同ジ風態デ自宅ヲ出ル。蒲生町四丁目ヨリ市電ニ乗リ、東野田四丁目デ乗リ換エ、北浜デ下車、精開証券ニ入ル。二十分デ出テキテ、市電デ同ジ路線ヲ京橋マデ引キ返シ、京橋駅前ノ麻雀《マージャン》店ニ正午頃入リ、夕刻五時マデ麻雀ヲ打ツ。市電ニテ帰宅。

八月十七日

午前八時三十分ヨリ本人ノ自宅ヲ張リ込ム。九時頃同家ヲウカガウト、妻子ト朝食中デアッタ。十時五分、パナマ帽、白開襟《かいきん》シャツ、薄紫ノ地ニ銀ノ縞入リズボン、茶革靴デ外出。十時十分蒲生停留所ヨリ大阪駅行キノバスニ乗車。阪急前ニテ下車。京阪神急行京都線ヲ利用、長岡天神駅ニテ下車。開催中ノ長岡競馬場ニ赴キ、第二レースヨリ馬券ヲ購入スル。最終レースマデイタガ、的中馬券ハホトンド無カッタ様子デアル。往路ト同ジ経路デ六時ニ帰宅。

（以下は千葉久志による調査）

大喜多敏夫ト精開証券トノ関係

昭和二十八年六月ヨリ、精開証券ノ外交員張本千代子ヲ通ジテ取引ヲ始メ、爾来《じらい》、大和水産、新日電機ナド際物売買ヲシテイタガ、ソノ後思惑違イデ損ヲシ、保証金ニ困リ、同年九月ビー・エヌ紡機ノ株券四五〇〇株ヲ同証券ニ預ケ、引続キ売買ヲシテイタガ、九月末ニ「四五〇〇株ノウチ三〇〇〇株ヲ返シテ貰イタイ」ト申入レシテキタ。精開証券トシテハ信用取引高ガ増大シテイタタメ、該当現金持参ノ要求ヲシ、ソノ結果現金引替エデ三〇〇〇株ヲ返シタ。ソノ時、「残リ一五〇〇株ヲ一時返シテ貰イタイ。実ハ名義書替エノタメドウシテモ必要デ、ソレガデキナイト自分ハ会社ヲクビニナルノデ頼ム」トイッテ、本人個人振出シ十二月支払イ期日ノ約束手形ヲ出シタガ、精開証券トシテハソノ手形ニ危懼《きぐ》ヲ抱キ、手形ガ落チルマデハ処分シナイデ保管スル約束ヲシタ。シカシ十二月、手形期日前ニ「銀行ヘ手形ヲ振込ムガヨロシイカ」ト申入レタトコロ、「落セナイカラ待ッテクレ」トイウノデ、手形ハソノママニシテオイタ。トコロガイツマデモ決済ガツカズ、ツイニ精開証券ハ一五〇〇株ヲ処分シタ。ソレデモ精算結果トシテハ未《いま》ダニ大喜多ニ対シテ二万円余ノ貸金残トナッテイル。

尚、外交員張本千代子ハ不正事件ガアッタタメ、解雇サレテイル。

昭和二十九年八月二十四日

新日本探偵社

担当　辰巳秀雄

11

戦後も三、四年経った頃からは、大阪市内の各地にバー、小料理屋、大衆酒場が、さながら微生物の増殖を思わせる勢いで増加し、繁華街の一角などへ猥雑《わいざつ》に集ったそれらの店の多くは色と欲との露骨な人間関係の坩堝《るつぼ》と化していた。こうした世界での争いごとがしばしば新日本探偵社へ調査依頼の形で持ちこまれ、時には所員が調査中にその複雑な人間関係の渦に呑みこまれてしまい、ついには調査の態《てい》をなさぬ結果に終ることもあった。さらにまた報告が口頭でなされる場合も多かったため、この種の調査報告書はほとんど残っていない。

上野弘一という人物を調査した次の例は、たまたま依頼主が本人の以前勤務していた汎洋貿易という会社の取引先であり、大会社であったため、報告書が残っていたものである。所長の辰巳秀雄はこれを、まだ課長になっていない頃の岩木正雄に担当させた。岩木はこうした調査が得意であった。人間関係に巻きこまれながらも、それを楽しんでいるかの如く嬉嬉《きき》として動きまわり、日時とか住所とかいった細目の記述には欠けるものの、大筋では誤りのない報告書を作成するのだった。

調査報告書

調査対象　上野弘一
　住所　南区九郎右衛門町八

一、本人略歴　大正十年五月十三日生レ。堺市立商業学校卒業。五井物産大阪支店ニ勤務ノノチ、兵役約一年。昭和二十年五井物産ニ復職ノノチ、汎洋貿易ニ転ジ、昭和二十七年三月ヨリ現業ヲ営ム。

一、営業品目　工業薬品。

一、主要仕入先　東邦曹達。九州苛性。

一、主要販売先　日本人絹。帝国レイヨン。

一、取引銀行　大阪銀行浜寺支店。不動銀行戎《えびす》橋《ばし》支店。

一、営業方法　総ジテリベート方法ヲ採ル。

一、営業上ノ現況　現在月間約八万円ヨリ十万円ノ収入ガアル。部屋代六千五百円、従業員（女二名、男一名）ノ人件費約三万円、交際費ガ月間約十五万円デアリ、当然、独立以来赤字経営ガ続イテイル。

一、家族　母親、妻、子供ハ男子二人。

一、不動産　浜寺元町三丁目一八九ニ自宅ガアッタガ、コレヲ売買形式デ、南ノ銀座通リ暁ホテル経営者、萩本慶一郎ヨリ二百万円ヲ借リテイル。コノ萩本慶一郎トハ、上野ガ汎洋貿易時代ニ、客ノ接待ヲ暁ホテルデ常時シテイタタメノ知リ合イデアル。

一、関係会社　三光硫黄有限会社（福井県森内所

在）

　コレハ上野ガ山本等《ひとし》ト組ンデ、約七百万円程度ヲ出資シタトコロ、山本ガ地元ノ人間デアッタタメ、イツノ間ニカ乗ッ取ラレタ形トナッテイル。特ニ文書ヲ取リ交ワシタリシナカッタタメ、泣キ寝入リノ現状デアルガ、近ク給料程度ノモノヲ取リハジメル見込ミトイウ。

一、上野弘一ガ汎洋貿易ヲ退社シタ理由

　上野ハ汎洋貿易勤務中ニ、約一千二百万円ノ使イ込ミヲシタ。コレハ、帳簿ニ記載サレナイ商品ノ売買ニ乗ジテ行ワレタモノデアリ、コノ事実ガ公表サレルト汎洋貿易自体モ脱税行為ノ発覚ナド面白カラザル事態ヲ惹起《じやっき》スルオソレガアル様子デアルガ、上野ノ退社ノ理由ハコノ件ニヨルモノト思ワレル。

一、借入金　友人関係ヨリ百二十三万円ノ、営業上ノ借入金ガアル。ソノウチ五十万円ハ、汎洋貿易ノ社員、松金某ヨリ借入シタモノデアル。コレラニ対シテハ月五歩ノ利息ヲ払ウノミデアリ、元金ハ据置キシタママデアル。

一、小料理屋「吉升」

　大映裏ノ小料理屋「吉升」ノ経営者デアッタ升井慎三トハ戦友ノ関係デアッタタメ、証書ナシデ七十万円ヲ融資シタ。升井ハソノ金デ二階ノ増築ナド増改築シタ上デ再出発ヲシタ。シカシソノ後経営困難トナリ、酒屋ニ十五万円ソノ他食料品店ナドニ負債ヲ生ジ、ソレラヲフミ倒シタ上、八十万円デ店ヲ現在ノ経営者ニ売却ノ上逃亡シタ。上野ガ融資シタ七十万円ハ、上野ガ当店デ飲食シタ代金ヲ差シ引イテ三十九万八千七百十円ニマデ減リ、ソノ後サラニ八万六千六百円ヲ飲食シタタメ、現在三十一万二千百十円ガ残ッテイル。上野トシテハ、升井慎三ノ現在ノ所在ニ目星ヲツケテイルヨウデアルガ、取レル見込ミガナイタメニ、ソノママ放置シテイルヨウデアル。

一、オーシャン・バー（喫茶、及ビ酒場）

汎洋貿易ノ専務取締役山下浩三ハ、社ノ大事ナ取引先デアル、東京所在ロジャース商会ノ責任者R・ロジャースカラ、ソノ愛人デ進藤久子（現在三十二歳）ナル女性ノ身ノ振リ方ヲ依頼サレタ。山下専務ハ、当時マダ汎洋貿易ノ社員デアッタ部下ノ上野ニ命ジテ、三十万円ノ借入方、及ビオーシャン・バーノ開設ナドヲ行ワセタ。

上野ハ、オーシャン・バーノ建物ノ所有者デ、府民信用組合常務理事ノ吉塚照夫ガ、山下専務ト知リアイデアッタ関係カラ、ソノ建物ヲ自分ガ名義上ノ借リ主トナッテ借リ、進藤久子ヲソノ経営者トシテ、二十四年ヨリ運営ニアタラセタ。トコロガ進藤久子ハ、豊中在住ノ府会議員花田英三郎ト恋愛関係ニ陥入リ、駈ケ落チシタ。

上野ハ、同オーシャン・バーニ同居シテイタ進藤久子ノ身内ノ者ヲ退去サセタ。トコロガ進藤時代ノ家賃ノ滞納ナドノコトデ、上野ト吉塚照夫トノ間ニハ紛争ガ生ジ、家屋明ケ渡シノ訴訟ニマデ持チ込マレタ。ソノ結果、二十八年七月マデ執行ヲ延期シ、上野ガコノバーヲ運営シ、家賃ヲ納メ、マタ当初上野ガ出資シタ三十万円モソノ利潤ヨリ生ミ出スヨウ努メルトイウコトニナッタ。

上野ハ同オーシャン・バーノ経営ニ乗リ出シタ。汎洋貿易在勤当時、東京へ出張スル都度《つど》呑ミニ行ッテ知リアイニナッテイタ現同オーシャン・バーノマダム並木琴江（現在三十六歳）及ビソノ知人ノ女性二名、計三名ヲ東京ヨリ呼ビ寄セテ運営ニアタラセタ。トコロガ二十五年以来、上野ト並木琴江ノ間ニ情交関係ガ生ジタ。ソノタメ吉塚照夫ハ内心極メテ面白クナイ様子デアル。

同オーシャン・バー発足当時、吉塚照夫ニモ利益配当ノ約束ガアッタヨウデアルガ、知リアイノ花田英三郎ニ進藤久子ヲシテヤラレタ趣キガアリ、今マタ並木琴江ヲ上野ニシテヤラレタ趣キガアルタメト思ワレル。

上野ト吉塚照夫ノ紛争ニ対シテ山下専務ハ、二十八年七月マデノ契約期間中、上野ノ保証ニ立ツコトニナッテイル。

一、本人ノ趣味　上野ハ麻雀好キデアリ、イツモ南海荘ニオイテ麻雀ヲシテイル。

一、将来ノ予定

上野ハ最近、政党人トノ交際ニ努メ、市会議員植田完治ノ紹介デ、自由党総務・鹿児島県出身衆議院議員神林山英一ト連携ヲ保チ、ソノ関係デ霧島炭坑ヨリ品物ヲ受ケ、有利ニ動カソウトイウ計画ヲ立テテイル。

昭和二十七年十月十六日

新日本探偵社

担当　岩木正雄

岩木の書いた報告書を読みながら辰巳は何度か声を出して笑わずにはいられなかった。いずれも狐《きつね》であり狸《たぬき》であり、何千軒何万軒とある小さな店のひとつひとつに似たようなトラブルがあること の面白さを想像せずにはいられなかった。大会社の重役や府会議員その他要職にある人物とて、こうした世界に関係してしまえばただ色と欲に振りまわされるだけの人間でしかなくなってしまう。

昭和二十九年の夏、大和通商の総務部から、お初天神にある「弁天寿司」という店を調査してほしいという依頼があった。敗戦後のお初天神周辺は、あたり一帯が焼け跡であったこともひとつの原因で、大阪の北区でも小さな飲食店が特にごたごたと寄り集った一画であり、そのほとんどは無許可営業であった。大和通商ほどの会社がそんな場所にある小さな寿司屋と取引があったとはとても思えず、総務部からの依頼であることから考えて、出入りの業者から頼まれた調査であろうと辰巳は想像した。ちょうど岩木が、大喜多敏夫の尾行（第10章）にかかりきりであったため、お初天神へは辰巳自身が調査に赴いた。

調査報告書

調査対象　弁天寿司

一、貴社指定「弁天寿司」ナルモノノ瞥見《べっけん》

当店ハ、オ初天神西入口カラ境内ニ入ッタ処ヲ北へ二軒目ノ、初メテノ二階建家屋デアル。屋上ニネオンガアルガ、灯ガ入ッテイズ、汚レテイテ、文字ノ判読ハデキナカッタ。表ノ掲示ハ表札トシテ「美よし」ノ名称ヲ表示シテアリ、ソレトハ別ニ「福田鶴市」ノ個人ノ表札モアリ、家屋検標ハ「四八―一一六」デアル。貴指定ニヨルト寿司屋トノコトデアルガ、現在ハ小料理屋デアリ、ソノ南隣リニハ、トタン葺、バラック平屋デ「与吉ずし」トイウ店ガアッタ。

一、オ初天神神官談

現在、当神社境内ニゴザイマス各家屋ハ、敗戦後ノ混乱期ニ、ヤッテキタ人各人ガ思イオモイニ、勝手ニ建設シタモノデシテ、当神社トシマシテハ、別段契約書ニヨッテ正式ニ賃貸借契約ナドヲシタモノデハゴザイマセン。事後承諾ノヨウナ形デ、建テタアトカラ口頭デ契約シタヨウナモノデ、根拠モ何モ、法的ニハマッタク何モアリマセン。

シカシ当神社モ今般、ソロソロ全般ニワタッテ神社ノ復興ヲ行ワネバナラナクナッテマイリマシタノデ、各人ニ家屋ノ立チ退キヲ申シ渡シテアリマス。当神社デハコレヲナントカ年内ニ恰好ヲツケル心算《つもり》デス。モチロン法廷ニ紛争ヲ持チ込ムナドノコトハ、当神社トシテハ好ミマセン。

福田鶴市サンノコトニ関シマシテハ、福田サント、現在アノ「美よし」トイウ小料理屋ニナッテイル店ノ経営者トノ間デ、ドンナ話ニナッテイルノカ知リマセンガ、当方トシテハ交渉相手ハアクマデ福田サンデアリ、福田サンノ家屋ノコトニ関シテハ、誰ガ経営者デアロウト、ソンナ人ノコトハ問題ニイタシマセン。アクマデ福田サント交渉スルノデゴザイマス。

一、オ初天神社務所談

「弁天寿司」ハ福田鶴市サンノオ店デス。福田サンハモトモト、アノ店デシルコ屋ヲ開業シテ、ソレカラ「弁天」トイウ名ニシテ小料理屋ヲヤリ出シタノデス。寿司ヲヤッテイタノカドウカ知リマセンガ、「弁天寿司」ト訊ネラレレバ福田サンノ店トシカ考エラレマセン。シカシ「弁天」ガ失敗シマシテ、ソノ後ハ自分ハ二階デ生活シテ、階下ノ店ハ他人ニ貸シテ、アノ「美よし」トイウ店ヲ営業サセテイマス。社務所トシテハ、福田サンガソモソモ無許可デ土地ヲ使ッテイルノダカラ、福田サンガソノ家屋ヲ誰ニ貸ソウト、アズカリ知ランコトナノデ全然タッチシテオリマセン。福田サンカラハ、地代トシテハ何モ貰ッテイマセンガ、相当額ノオ賽銭《さいせん》ヲ奉納シテモラッテイマス。トニカク、コノアタリデ「弁天寿司」トイエバ福田サンノトコロデス。

一、北区役所税務課

家屋検標ニヨッテ調査シタトコロ、次ノコトガ判明シタ。

所在地　北区曾根崎上二丁目八

家屋番号　一二ノ三〇号

構造　木造瓦葺二階建

床面積　一階　登録面　八坪二五

　　　　　　　現況　一〇坪六六

　　　　二階　登録面　八坪二五

　　　　　　　現況　八坪二五

　　　　合計　登録面　一六坪五〇

　　　　　　　現況　一八坪九一

価格　二十七年度　八一二、三四〇円

二十八・九年度　七七一、〇〇〇円

コノ家屋ハ福田鶴市ガ新築ノ上、自己名義トシテイタガ、二十八年十一月六日附デ売買シ、富山県西礪波《にしとなみ》郡石動《いするぎ》町上野一〇二一ノ下坂太吉ニ所有権ガ移転シテイル。

尚、現経営者ヲ市民税ノ面カラ調ベヨウトシタガ、係ノ者ニヨレバ「美よし」トイウ屋号ダケデハ調ベルコトハ不能トイウコトデアッタ。マタ、同境内地ノ各建物ハ、目下立チ退キ問題ガ生ジテイル筈トイウコトデアッタ。

一、曾根崎警察署保安係

同署ノ整備台帳ニヨレバ、福田鶴市ノ名前デ「お鶴」トイウ屋号ノ届出ガサレテイタガ、昨年廃業届ヲ呈出シテ抹消サレテオリ、昨年八月頃カラノ未処理新規届出書ノ綴リデ「美よし」トイウ名称ヲ探シタガ不明。係官ハ無許可営業デアルト断定シタ。

一、所管交番所ノ戸口調査簿ニヨル調査

コノ台帳ニヨル調査モ、福田鶴一（市デハナカッタ）ノ名前ハ掲載シテアルガ、「美よし」ハ不明デアッタ。

一、「与吉ずし」デノ調査

ヤムヲ得ズ、「美よし」ノ隣リノ「与吉ずし」ヘ夕方七時頃、客ヲ装ッテ入リ、主人夫婦カラ次ノコトヲ聞キ出シタ。

コノ境内地ノ店ノソレゾレノ営業者ハ、目下立チ退キヲ迫ラレテイマスガ、コノヨウナ状況デスカラ、ネバッテイレバ二、三年グライハ、マダ居坐レルモノト思ッテオリマス。

福田鶴市サンハ、戦前コノ附近ノ市場デ餅屋《もちや》サンヲヤッテイタ人デス。敗戦後ココデ「お鶴」トイウシルコ屋サンヲ始メタノデスガ、一時ハ相当景気ヨクヤッテイマシタモノノ、ソノ後駄目ニナッテ、ソレデ店ヲ貸シタノデス。

イイエ。下坂太吉トイウ人ノ名前ハ聞イタコトガアリマセン。

福田サンハ失敗シテ、島田勇トイウ人ニ階下ノ店ヲ貸シマシタ。コノ島田サンノ時ハ「弁天」ト称シテイマシタ。イエ。「弁天寿司」デハナク、「弁天」デス。「弁天」ガ寿司ヲヤッテイタコトハアリマセン。隣リノワタシドモガ「与吉ずし」ナノデ、ゴッチャニサレテイルノト違イマスカ。イエ。福田サンガ「弁天」ヲヤッタ時期ハアリマセン。島田サンノ時カラデス。小料理屋デシタ。

「弁天」ハ繁昌シテイマシタ。シカシ島田サンハ、根ガキャバレー関係ノ人デシタカラ客筋ガ悪クテ、若イ人モ多ク、帳面ノ客バカリデ回収不能ニナリマシタ。キャバレーガ終ッタアト、島田サンノ友達ノヨウナ人ガ何人モ客ヲツレテキテ、呑メヤ歌エノドンチャン騒ギヲシテイマシタガ、誰モ金ヲ払ワナカッタノデショウ。半年続クカ続カナイカデ休業シテシマイマシタ。

一カ月ホド前カラハ、島田サンノ親戚ダトイウ人ガ「美よし」ト改名シテ開店シテイマスガ、コレハ島田勇サンノトッタ営業許可ノママデヤッテイルヨウデス。客ハ少クテ、ヒト晩ニヒトリ、アルカナイカトイッタ状態デス。

福田鶴市サンガヤカマシイ人デ、コノ店ハ一年契約デシカ貸シテイナイノダカラトイッテ、島田サンカラ今ノ経営者ヘノ引キ継ギニ際シテゴタゴタガ生ジマシタ。今モソノママデ、ナカナカ難シイコトニナッテイルヨウデス。
一、以上ノ総括
当店ハ福田鶴市ガ「お鶴」ト称シテ開業シタシルコ屋ガ失敗シテ島田勇ニ貸シ、島田ガ「弁天」ト称シテ小料理屋ヲ開業シタガ貸倒レトナリ、現在ハ島田ノ親戚ト称スル者ガ「美よし」ト改称シテ引キ継イダモノデアル。商況ハ悪イ。地主ハ立チ退キヲ要求中デアル。

昭和二十九年八月十七日

新日本探偵社
担当　辰巳秀雄

12

落合という所員は、昭和二十八年の八月から四年ほど新日本探偵社に在籍していた。新町署、戎《えびす》署などを歴勤してきた刑事だったが、「被害づけ（註）」のために犯人をつれて九州へ行った際、供応を受けたことがわかり、解任された。それ以後、百貨店の保安係員などを勤めたが、いずれも長続きせず、探偵社の求人広告で応募してきたのだった。

落合は出たらめな性格で、仕事をあたえられても徹底せず、結局は誰かが最後をしめくくってやらねばならなかった。所長の辰巳秀雄は彼のことを称していつも「その時ばったりの性格」と言ったものであったが、落合のその癖はついになおらなかった。

しかしその一方で辰巳は落合を、最初から油断のならぬ男と見抜いていた。事実、のちに、もと探偵社の課長であった山際が青酸カリの服毒自殺を遂げるとその未亡人に近づき、農協の役員である彼女の実父から農産物を仕入れようとして彼女を利用しようとしたのもこの男であった。（第4章）

落合はいつも身だしなみよく、事務所にいる時は常に靴を磨き、光らせていた。多くの時間、事務所や喫茶店で暇をつぶし、重松、可児《かに》といった若い所員に、警察時代や百貨店時代の手柄話を聞かせていた。

「で、これはどうも誰かが下着売場の商品の値札をつけかえて稼いどるんやないかと、わし、そない思うたんや。それでわし、閉店後、下着売場に隠れとったんや。そんなら女の主任が最後まで残っとったんや。まだ三十前の、若い主任や。そいつが案の定、値札、つけかえはじめよってん」

「それで、どないしましてん」と、重松が訊く。

「それで、うしろへ寄っていって、肩押さえて、おい、言うたってん」

「そんなら」と、可児。

「そんなら、小便しよってん」

顔を見あわせ、三人が失笑する。いつもそんな調子だった。

警察時代も、犯人に対して、時にはそのようなことを面白がったりもするほどサディスティックであり、また、発覚せぬ限りは犯人や容疑者を利用したりもしてきたに違いないと辰巳は推測していた。調査対象に依頼者の名を教えて金を要求したりしかねぬ男であり、辰巳はそのあたりの用心を怠らなかった。落合にはしばしば尾行を命じたが、その場合も落合に依頼者の名を伏せた。そんな時、落合の尾行は実にお座なりであったり、やたらに調査費を使い、大金を請求したりするのだった。縁談の調査をさせるのもまた、危険だった。「まとめてほしい縁談だから」というので、調査先で不相応な供応を平気で受けたりもする男であった。

昭和二十九年五月、辰巳は、得意先である三木建設の紹介で、天王寺にある溝江商店という呉服屋から尾行の依頼を受けた。調査事項は溝江商店の隣りにある「つぼね屋菓子店」の主人溝江倉之助と、同菓子店に勤務している店員唐牛菊子との関係、及び唐牛菊子の現住所であった。調査理由は殊更に訊かなかったものの、同じ溝江姓である依頼人、溝江商店の主人が、おそらくは家族もしくは親戚である筈のつぼね屋主人の行状を案じてのことに相違なかった。溝江商店からの調査依頼状には次の但し書きがあった。

一、溝江倉之助、唐牛菊子は共に用心深く、素人による何度かの尾行に気づき、警戒している様子である。

一、溝江倉之助が呑みに行くところは主として阿倍野区旭町商店街内拓晨街にある「文福」という呑み屋である。

辰巳はこの尾行を落合に命じた。落合は五月十四日から十九日まで六日間にわたって尾行をしたが、成果はあがらなかった。

調査報告書（第一報）

調査対象　溝江倉之助
　　唐牛　菊子
　　天王寺区堀越町五二　つぼね屋菓子店方

一、尾行調査状況
　唐牛菊子ノ尾行調査ヲスルタメ五月十四日、十五日ノ両夜、つぼね屋附近ニオイテ当人ノ人物確認ノタメ指示サレタ人相、服装、年齢ナドニモトヅイテ調査シタガ、該当者ガ見アタラズ、尾行ハ不能ニ終ッタ。

　十六日午後六時半、三タビ同店ニ赴クト、本人ガ店内ニ所在スルコトヲ確認デキタタメ、ソノ帰宅ヲ待チ、尾行ヲ開始シタ。

　午後八時十五分、唐牛菊子ハ単身デ店ヲ出タ。服装ハ赤イ和服、白エプロンデアッタ。近鉄百貨店ノ下ヨリ近鉄八時三十一分発河内天美行キニ乗車。矢田駅ニテ下車。駅前マーケットデ買物ヲシテ、東北ノ方向ニ約二十分歩行。矢田村住道《すんじ》ノ八田理髪店前ノ四ツ角ニテ見失ッタ。

　唐牛菊子ハ駅カラココマデノ間、身辺ヲ極メテ警戒シ、三、四回道路ニシャガミコンデ風呂敷包ヲ結ビナオスフリヲシテ様子ヲウカガッタリシタ。

　前記理髪店前ハ、地理不案内ト、電気照明ノ光線ガ強クテ反対側ノ建物ノ遮蔽《しゃへい》ナドニヨッテ透視ガ不能デアリ、唐牛菊子ハコレニ乗ジテ姿ヲクラマシタモノデアリ、以上ノ点カラ自宅ハコノ附近ト推定サレル。

　タダシ、尾行中ハ気ヅカレヌヨウ注意シ、約五〇メートルノ間隔ヲ保ッタタメ、感知サレナカッタコトハ確カデアル。

一、聴込状況
　同夜引続キ、本人ノ住所ヲ確認スルタメ、調査員ノ知人デアル矢田村警察署住道連絡所ノ所員ニ唐牛菊子ニツイテ聴取シタトコロ、住所ハ大阪府中河内郡矢田村住道デ、叔父ノ唐牛三次郎トイウ者ガ敗戦直後マデ居住シテイタトイウ家屋デアッタ。家族ノ状況ハ不明デアリ、叔父ハ現在針中野《はりなかの》ニ移転シテイル。

一、尾行調査状況

前日ニ引続キ、つぼね屋ノ主人溝江倉之助ヲ尾行スルタメ、五月十七日、十八日、十九日ノ三日間、夜七時ヨリ十時マデノ間、天王寺駅省線北出入口附近、及ビ天王寺市電交差点附近デ張込ミヲシタガ、本人ノ外出ヲ認メルコトガデキズ、ヤムヲ得ズ行動ヲ中止シタ。

昭和二十九年五月二十日

新日本探偵社

担当　落合正悟

二十日、落合は報告書を辰巳に提出しただけで、調査に出かける気配を見せなかった。根気のない男だ、と、辰巳は思い、唐牛菊子の住所が判明したことだけでも報告しようと溝江商店に報告書第一報を携えて出向き、もしつぼね屋の主人の外出が前もってわかった時は知らせてほしいと頼んで戻ってきた。

翌二十一日の夜七時、溝江商店から電話が入った。「今、倉之助はんが出がけにうちへ寄ってはりまんねん」と、店員は言った。「ひきとめとくさかい、早《はよ》う来とくなはれ」

辰巳はすぐ、落合に行かせた。

調査報告書（第二報）

一、尾行調査状況

二十一日夜七時三十分、御依頼者ヨリノ通知ガアッタタメ、溝江商店前ニ着キ、溝江倉之助ガ溝江商店ヲ出ルノヲ確認、七時四十分ヨリ尾行ヲ開始シタ。

ゴ存知ノ阿倍野区旭町商店街内拓晨街所在ノ飲食店「文福」ニ立チ寄リ、次イデ「のぞみ」ニ立チ寄リ、ソレゾレ飲酒シタノチ、フタタビ「文福」ニ戻リ、約三十分間飲酒シタ。午後九時十分頃、「文福」ヲ出テ、ソノ向カイ側ニ所在スル「あずまや」ニ立チ寄リ、ビール一本ヲ呑ミ、十時頃「あずまや」の給仕女ヲ同伴シテ附近ノ「一二三」ニ行キ、マタビールヲ呑ンダ。コノ店ニオイテ前記「あずまや」ノ女ニ裸ニナルヨウ強要シタタメ、女ハ「あずまや」へ逃ゲ帰ッタ。本人ハフタタビ「あずまや」ニ戻リ、同店デクダヲ巻キ、ワメキ散ラシタアゲク、同店主人ヨリ追イ出サレタ。

十時四十五分ニ同飲食店ヲ出テタクシーヲ拾イ、阿倍野斎場前デ下車シタ。同所交差点ニオイテ友人ト思ワレル七、八名ノ知リアイノ男タチト出会イ、連レ立ッテフタタビ一緒ニタクシーニ乗車シタ。飛田遊廓ニマワリ、廓内ノ待合「末吉」ノ前デ下車シタ。附近ノ接客婦ヤ待合ナドヲ冷ヤカシテマワリ、クダヲ巻キマワルナドシタガ、ソノ間、コノ地ノヤクザト認メラレル男二名ト話シアイ、仁義ヲキルナドシタ。コノ仁義ハ非常ニ場馴レノシタモノデアリ、昨今急ニ憶エタモノデハナイト認メラレタ。

ココデ同行シテイタ男タチ七、八名ト別レ、前記ヤクザ風ノ男二人ニ左右カラ守リ立テラレナガラ「兄サン」「兄サン」ト言ワレテ得意然トシテ、通行人ニ喧嘩ヲ吹ッカケタリ、ゴロゴロ歩キマワッタリシタアゲク、十一時二十五分タクシーニ乗リ、天王寺阿倍野橋交差点デ下車、巡査派出所ノ裏ノ公衆便所デ用ヲ足シタノチ、十一時三十分、無事帰宅シタ。

昭和二十九年五月二十二日

新日本探偵社
担当　落合正悟

この報告書と同時に落合は高額のタクシー代、飲食費等を請求した。溝江倉之助と同じ店に入って呑んだのである。二十二日の夜も落合は調査に出向こうとする気配を見せなかったので、辰巳は課長にしたばかりの岩木に尾行を続行するよう命じた。本来は岩木が得意とする種類の調査だったのである。岩木は二十三日から調査を開始した。

調査報告書（第三報）

一、尾行調査状況

五月二十三日、午後七時ヨリつぼね屋菓子店ノ張込ミヲ開始シタ。

七時五十分頃、閉店準備ノタメ溝江倉之助、唐牛菊子ノ両名ガ同店ノ前へ出テキテ立チ話ヲ始メタ。調査員ハ通行人ヲ装イ、彼等ノ背後ニ接近シテスレ違ッタ。ソノ時、菊子ノ「明日」トイウ言葉ヲ聞イタガ、意味ハ不明デアッタ。

タダシ、コノ日ノ昼間、調査員ガ接近シ親シクシテオイタ同店女店員某ノ証言ニヨレバ、同時刻、店内ヨリ見テイタトコロ、菊子ガ、ソノ言葉ニ対シテ倉之助ガ答エヨウトスルト、目デ合図シテ談話ヲ停止サセタトイウ。以上ノ状況ヨリ判断シテ、オソラク明日ノ密会ヲ約束シタモノデアロウト考察スルモノデアル。

午後八時二十分、唐牛菊子ハ単身ニテ店ヲ出、天王寺派出所前ヲ通リ、近鉄矢田行八時三十分ニ乗車シタ。コレヲ見届ケタノチ、調査員ハ本日ノ尾行ヲ打チ切ッタ。

五月二十四日、午後七時ヨリつぼね屋菓子店ノ張込ミヲ開始シタ。

八時三十分、同店ヲ単身デ出タ菊子ヲ尾行、近鉄百貨店南側ヲ東へ入リ二百メートル右側ノ旅館

「春日」ニ入ルノヲ見届ケタ。同旅館前ニテ張込ンデイタトコロ、八時五十五分、溝江倉之助ガヤッテ来テ同旅館ニ入ルノヲ見届ケタ。

調査員ハ、以上ニヨッテ尾行ノ成果ハアガッタモノト判断シ、調査ヲ打チ切ッタ。

昭和二十九年五月二十五日

新日本探偵社

担当　岩木正雄

さすがは岩木であり、みごとな尾行調査だったので辰巳は舌を巻いた。主人や同僚に反感を持っている女店員と親しくなって味方にし、調査に協力させるなど、危険は伴うものの、いかにも岩木のやりそうなことであった。

落合は探偵社の仕事を憶えて、三十二年の九月に退社し、独立してしばらくは総会屋の真似ごとのようなことをやっていた。約三、四年続けていたようであったが、それ以後、消息は絶えた。退社する一年ほど前からはいくらか役に立つ仕事もやってのけたが、次の調査などがその一例である。

三十二年の六月、得意先の五井物産から、豪田茂八なる人物を調査してほしいという依頼があった。石炭会社の株を買占めているため、乗っ取りではないかという疑いが出てきたのだった。この人物の調査を落合が行ったのである。

調査報告書

調査対象　豪田茂八

生年月日　明治二十四年四月八日

住所　茨木市上中条一二九

職業　質屋

一、道順　国鉄茨木駅下車、駅カラ京都寄リノ始メテノ踏切リヲ北へ約半丁、右側ノ酒屋ノ辻ヲ右折、約一丁余ニテT字形トナッタ突キ当リヲ左へ一丁左側。

一、家族構成

世帯主　豪田茂八
　妻　オト　明治三十年七月一日生
次男　利久　大正十二年十二月二日生
同妻　ユキノ　大正十三年五月四日生
同長男　松茂　昭和二十六年九月一日生
同長女　雅子　昭和二十九年八月九日生

一、聞込ミ調査

近隣ノ聞込ミニヨルト、豪田家ハ老夫婦、次男夫婦ガ家業ニ従事シ、老父ハ附近ニ所有シテイル農地デ野菜作リモシ、相当ナ資産家ノ様子デ、タイヘン気楽ニ暮シテイル。

老父、及ビ次男ハ、株ノ方ニモ興味ヲ持ッテオリ、素人ノ域ヲ脱シタホドノ株ノ操作ニヨル利殖モ計ッテイル。映画ナドモ株主優待券ヲ利用シテ観覧シテイルクライデアリ、株デモ相当儲ケテイル様子デアル。

一、所有不動産（但、茨木市内）

1、土地○茨木市上中条一二九ノ五
　宅地　二十一坪
価格　三三、六〇〇円
○同市同町一二九ノ八
宅地　二十七坪四四
価格　四三、九〇四円
○同市大字郡宇千眼寺八六
田　二畝一五歩
価格　九、三七〇円
（以上ハ利久名義デアル）

2、家屋○茨木市上中条一二九ノ五
家屋番号　一三〇九
床面積　二一坪三九
三十二年度評価額　二三五、七〇〇円
（コレハ老父茂八名義デアル）

当家ハ戦前大阪市内ニ住ンデイタ模様デ、昭和二十年三月十五日頃ニコノ地ニ移住、茨木市民トナリ、サラニ二十四年三月二十日、現住所ニ移ッタモノト推定サレル。

従ッテ、前記不動産ハ二十四年以降ニ購入シタモノデアル。

一、所得税

所轄税務署ヘハ過去三カ年ニワタッテ左記所得税ヲ納附シテイル。

昭和二十九年度　一七一、二〇〇円
同　三十年度　一六一、一〇〇円
同　三十一年度　一三九、五〇〇円

一、石炭株購入ニツイテ

以上ノ調査事実ニモトヅイテ勘案スルト、当家ハ単ナル町ノ投資家デアルト判断デキタガ、ナオ念ノタメ「ゴ当家ガ、北浜筋デ、ココ一、二年経営不振ノ石炭株ヲボチボチ買ッテイラレルコトヲ聞キコンデ、チョット不審ヲ感ジタ。ワガ社ハ投資家擁護ノ意味デ上場会社ノ内容ノ紹介ナドヲ刊行シテイルガ、アナタノ石炭会社ヘノ投資ノ根拠ソノ他ヲウカガイタイ」トイウフレコミデ面談ヲ求メタトコロ、気持ヨク話ヲシテクレタ。

「現在日本ノ採炭業者ノ株価ハ低値デアリ、諸般ノ情勢カラ判断シテ今ガ買イ時デアル」ト、石炭ノ需給ノ見通シ、ココ数年ニワタル採掘量、火力発電ノ増加、ソノ他ヲ詳細ニワタッテ数字ヲ挙ゲテ説明シ、「ダカラ北炭、三菱、五井、明治鉱業ナドヲ、ココシバラク買イ進メテキタ」、マタ朝鮮戦争ニヨルブームニハ北炭デコレコレノ利ヲ乗セタナドノ説明モシタ。以上ノ点カラ観テ、次ノ結論ヲ得タ。

一、結論

豪田茂八ハ現在、一応気楽ナ生活ヲ営ンデハイルガ、世間一般ニ資本家トイワレテイル階級ニハ甚ダ遠ク、資本力ノ背景モ考エラレナイ。タダ単ニ、五、六百万円位ガ限度ト思ワレル自家保有現金ヲ操作シテ利殖ヲハカル程度デアッテ、資本力ヲ駆使シテ上場会社ノ経営ニ参画スルトカ、マタハソノ運営ニ対シテトカクノ批判、容喙《ようかい》ヲ公的ニ行ウトカイウコトハ万アリ得ナイモノト考エラレル。

一、豪田氏ノ株ニ対スル見解

1　現在株価ガ額面前後デ、ココ三、四カ月ノ短期利乗セニハ向カナイガ、長期持続ノツモリデアレバ将来必ズ採算ガトレル見込ミデアル。

2　現在一割配当ヲツケテイルガ、将来無配転落ハ考エラレナイ。石炭各社ノ経理内容ニツイテハ、充分納得ハデキナイガ、配当維持ノ可否ハ業績如何《いかん》ヨリモ経営者ノ意向ヒトツニカカッテイルモノト思ワレル。現在、赤字ヲ出シテイルノハ五井ノミデアル。

3　採炭量ハ、全国的ニ見テ戦後毎年徐徐ニ伸ビテキテイル。過去ノ好況時ヨリモ現在ノ不況時ノ方ガ増炭サレテイルコトカラモワカルガ、出炭量ハ好不況ニアマリ左右サレナイ。即《すなわ》チ経営者トシテハ、現在機械化ノ促進、人件費ノ節減ニフミキッテ、コストノ低下ヲハカルベク余儀ナクサレテイル。コノ点カラ合理化ガ推進サレテ、業績ヲ好転スルコトガ望マレル。

4　水力発電ガ電源開発的ニ見テ限度ニキテイル現在、今後ハ火力発電ノ増設ガ見込マレ、ヒイテハ石炭消費量ノ増加ハ必至ト見ラレル。原子力発電ノ実現ハマダマダ先ノコトデアリ、早急ノ間ニハ合ワナイ。

5　過去ノ罫線《けいせん》ノ足ドリカラ見テモ、ココ二、三年ノ間ニハ返騰シテ株価上昇ノ見込ミ。

昭和三十二年六月二十九日

新日本探偵社

担当　落合正悟

落合が、ともすれば調査対象を利用しようとしたりするなど、酷薄さを見せるのに反し、岩木には一種のやさしさがあった。女性家出人の調査や浮気調査を得意としている岩木がしばしば見せるのは、時には対象べったりになってしまったりもする女性に対しての甘さであり、のちに起した女性問題もそもそもはその甘さが原因だったのだ。（第6章）

個人からの依頼で麦田愛子なる女性を調査した時の、岩木の書いた次のような報告書にも、その甘さとやさしさはあらわれていた。

調査報告書

調査対象　麦田愛子

一、神戸ニオケル聞込ミ調査

神戸市灘《なだ》区城内《しろのうち》四丁目四ノ八ニ本人ノ父麦田初夫、母ツル及ビ妹一人ノ三名ガ住ンデイルガ、日常三名トモ不在勝チデアリ、近隣ノ人ビトトモアマリツキ合イガナク、実情ヲ把握スルコトガ不可能デアッタタメ、当社独自ノ、独特ナ方法デ妹ヲ掌中ニ入レ、ヨウヤク左記ノ現住所ヲ知ルコトガデキタ。

一、本人ノ現住所

大阪府泉北郡高石町羽衣九　山竹スエノ方

一、高石町羽衣ニオケル調査

本人ハ昭和二十九年五月頃ヨリ大阪府泉北郡高石町羽衣九ノ山竹スエノ（ヤトナ業）方ニ妹分トシテ寄寓シテイル。山竹スエノナル者ハ年齢四十歳クライノ女性デアリ、現在麦田愛子ヲ実ノ妹ノヨウニ大変ナ力ノ入レカタデ、三味線、舞踊ナドヲ習ワセ、大阪市西区北堀江上通一丁目六三ノ岸部テイ（ヤトナ置屋業）方ヘ自宅カラ二人トモドモ通勤シテイル。

一、北堀江上通岸部テイ方ニオケル調査

山竹スエノハ、戦前、岸部テイガ、置屋トハ別ニ経営シテイル岸部旅館ニ女中トシテ長年働イテイタ。現在ハヤトナトシテ勤メテイル。気ゴコロモ充分ワカッテオリ、帳場ノ話ニヨルト、金銭的ニモ淡白デ、ドチラカトイエバ、職業カラ考エテ堅スギルホドトイウコトデアル。ソノ山竹スエノガ妹ノ如ク面倒ヲ見テイル麦田愛子デアルカラ、当然、真面目ナ日常生活ヲ送ッテイルモノト考エラレルノデアル。

本人ハ、美人トハ言エナイガ肌ハ美シク、身体ノ均整ガトレテイテ、スタイルハ満点デアル。

衣裳モ、相当ヨイモノヲ着テオリ、コノ点デモ山竹スエノガ力ヲ入レテイルコトガワカルノデアル。

本人ハ「キクハ」トイウ名デ、ヤトナニ出テイル。

一、性格

置屋ノ話ニヨレバ、「本人ハ年齢ノワリニスレテイナイ。マダ子供ラシサガヌケキッテイナイ。年齢モ一見二十二、三ニシカ見エナイ。モウ少シ色気ヲ出シテクレタラヨイノニ」トノコトデアッタ。アッサリシタ気質ノコウデアル。

性質モ真面目デ、外出ニモ行先ト帰宅時間ヲハッキリ明言シ、ソレヲ実行スルヨウデアリ、「他ノ朋輩中ニハ相当ルーズナ者モイルガ、キクハサンハ保証ノデキル子デス」ト、帳場サンガ話シテイタ。几帳面ナ性格デアロウト考エラレル。

最後に報告書の結論を読み、辰巳は読みながら感じていた危惧《きぐ》の適中したことを知った。あまりにも調査対象に密着した結論であり、客観性が欠落していたのだ。こうまで褒《ほ》めあげては依頼者が不信感を抱く筈だと思い、辰巳は岩木に、結論だけを書きなおすよう指示した。岩木はすぐに辰巳の言うことを理解し、書きなおした。最初のものがはじめに書かれた結論、次が岩木自身によって書きなおされた第二の結論である。

一、結論

以上ノ如ク、本人ハイワユル下リ商売ノヤトナヲ業トシテオリ、ソノ点本人ノ真面目サ、及ビ気立ノ良サヲ充分ニ考慮ニ入レテモ、ヤハリ稼業柄、他人カラ良ク思ワレナイコトガマイナスデアル。

シカシ本人ハ、以上ノ如ク、ソノ生活態度及ビ日常ノ挙措ガ、稼業ニ似ズ真面目デアリ、最近ノ良家ノ子女ノ風紀ノ乱レテイルコトナドヲ考エアワセタ場合、ムシロ一般ノ女事務員ナドニ比シテモ何ラ遜色《そんしょく》ノナイ人柄デアリ、ソノ点ハ高ク評価サレルベキデアルモノト考エラレル。

一、結論

以上ノ如ク、本人ハ稼業ニ似ズ真面目デアリ、ウブナ娘ノヨウニ見受ケラレルガ、子供ッポク見セカケテ、根ハ案外シッカリシタ、チャッカリ屋デハナイカトモ考エラレルノデアル。客ニ対シテモ、相手ニヨッテ適当ニアシライ、ウマクソノ中ヲ泳ギ、イワユル鼻下長野郎カラハ金品ヲ入レアゲサセルクライノ術《すべ》ハ心得テイルデアロウトモ考エラレル。

シカシナガラ、コレモマタ稼業柄トイエルモノデアッテ、以上ノ如ク、現在勤メテイル置屋ニオケル生活態度及ビ日常ノ挙措ガ、稼業ニ似ズ真面目デアルトイウコトハ、ムシロ最近ノ良家ノ子女ノ風紀ノ乱レテイルコトヲ考エアワセタ場合、一般ノ女事務員ナドニ比シテモ何ラ遜色ノナイ人物トシテ、ソノ点ハヤハリ、評価シテモヨイノデハナイカト思考スルモノデアル。

昭和三十二年三月十九日

新日本探偵社

担当　岩木正雄

註・「被害づけ」警察につかまった犯人が、本筋以外の余罪の調べで自白した事実を、刑事が同道してその裏づけ調査に行くこと。犯人の過去の生活圏へ行くことが多いから、同伴の刑事もしっかり腹を括《くく》って行かないと落し穴が多い。

13

大阪は中小企業の都会であり、繁盛と破産が背中あわせといった小資本の会社、商店が競合している。多くの商人が商才の限りを尽すそうした世界をさらに巧妙に、抜け目なく渡ろうとする人間の中には、さまざまな種類の強烈な個性が存在した。敗戦後の混乱が続いている社会はこうした人物が暗躍するに恰好の舞台だった。

新日本探偵社の所員たちはしばしばこれらの人物を調査し、時には彼らと渡りあったりもしなければならなかった。所長の辰巳秀雄にも、忘れられぬ調査対象となった何十人かの人物の記憶がある。調査過程で直接面談した相手もいれば、ついに所在がつきとめられず、会えずに終った人物もいる。たとえ会えなくても、むしろそのために尚さら強く印象に残る相手も多かった。直接辰巳が担当せず、部下に調査させた人物であっても、調査報告書の行間から臭気が立ちのぼってきそうなほどの個性がうかがえる相手も数知れずあった。

昭和三十年の九月、魔法瓶の大手メーカーであるジャガー魔法瓶株式会社へ、坩堝《るつぼ》の工場を設備ごと買わないかという打診があった。「金栄館ルツボ株式会社」と称するこの会社、及びその代表者である免条弥五郎という人物を調査してくれというジャガー魔法瓶からの依頼で辰巳は、千葉との共同作業により、彼自身が調査をした。千葉はこの種の調査が得意であり、辰巳の役に立った。あやしげな会社、あやしげな人物が対象であるとき、向う意気の強さによって千葉は常に探索意欲を燃やし、危険なことをしてまで調べあげてくるのだ。免条弥五郎という人物のその調査も、千葉によるところが大きかった。

調査報告書

ジャガー魔法瓶株式会社殿

調査対象　金栄館ルツボ株式会社
　　　代表者　免条弥五郎

一、免条弥五郎氏

免条氏ハ戦前、東京デ新高電炉トイウ電気器具関係ノ会社ニ勤務シテイタガ、戦後ハ福井市ニオイテ土木建築業ヲ営ンデイタ。最近ハ、コレトイッタ事業ヲ行ッテイナイヨウデアル。

片腕ガナイタメ、現在ハ福井身体障害者福祉協会ノ会長ノ職ニアリ、一応福井市ニオイテハ名士トシテ、アル程度認メラレテイルヨウデアル。

債権者トシテ金栄館ルツボノ株、五一五〇〇株（一株額面百円）ヲ手中ニ納メテ、昨二十九年七月、金栄館ルツボノ代表取締役ニ就任シ、当社ノ営業不振ノ挽回《ばんかい》ヲ策シタモノノ、需要家タル硝子《ガラス》業界ノ業態ガ好転セズ、シタガッテルツボノ需要ガ振ワズ、結果トシテ経営ニハ失敗シタ形トナッタモノデアル。

当社ノ負債ハ、代物弁済ソノ他ノ方法デ、一般的ナモノハ十中八九決済完了シ、現在デハ中小企業金融公庫三九〇万円、興亜火災海上一四五万円、合計五三五万円、他ニ一般債務ノ残リ約一六五万円前後、合計七〇〇万円ヲ残スノミ、トイウトコロマデコギツケテイルヨウデアル。シカモコレハ月賦償還デアルカラ、一応身軽ニナッタモノトイエル。マタ金融公庫、興亜火災ニハ、ソレゾレ抵当権ヲ設定シテイル。

現在、金栄館ルツボ株式会社ヲ、金栄産業株式会社ト名称変更シ、別ニ金栄館ルツボ工業株式会社トイウ別会社ヲ設立、設備ノ半分程度ヲ月間十五万円デコノ七月カラ賃貸シシテ、ソノ賃貸料十五万円ハ今月カラ収金デキルコトニナッテイル。コノ十五万円ガ現在、当社唯一ノ収入トナルモノデアル。

免条氏ハ年齢三十七、八歳デ、性格トシテハ果断デ仁義ニ厚イ。約束シタコトハ必ズ実行スルトイウ仁侠《にんきょう》ノ徒ノ如キ性格デアル。シタガッテ、激シイ性格ノヨウデアル。

ナニブン大阪ニオケル事業経歴ガ浅ク、シタガッテ同業者間、マタ硝子業界ニオイテハアマリ本人ニ対スル認識ガナク、聞キコミ調査デハコレトイッタ成果ヲアゲルコトガデキナカッタガ、調査員ノ調査ニヨッテ知ルコトノデキタ事実及ビ観察カラノミ判断スレバ、福井アタリノ人物ガ、全然未経験ノ、シカモ特殊ナ業種デアルルツボ製造業ニトビコンデクルナドノコトハ、堅実ナ普通ノ神経ノ持チ主ナラアマリニ危険ガ大キイトシテトテモ行ウコトノデキヌ行為デアル。マタ過去ニオイテ土建業ヲ行ッテイタコトカラ考エテ、トテモ尋常ノ商人、経営者トハ思エナイ。今後ノ交渉ニハ深甚ナ注意ヲ払イナガラ行ウ必要ガアルト考エラレル。

猶マタ現在免条氏ノ女房役デアル緒田大一郎氏モ、ルツボ業界ニハマッタクノ素人デアリナガラモ一昨年頃カラ当社ノ業務ニ従事シテイルモノデアリ、技術的ニ未経験者デアル同氏ガ金栄館ルツボノ経営ニ乗リ出シタコトハ一ツノ大冒険トイエル。ソノ勇気ハ驚クベキモノデアル。

一、譲受ノ手段

金栄館ルツボハ資本金一千万円デアリ、現在ハ前記ノ如ク七百万円前後ノ債務ガアリ、ソノウチ銀行、保険ノ分ハ月賦償還デアルカラ、ソレヲ差シ引キシテノ全株譲リ受ケ、マタハ、コノ負債額ヲ差シ引キシテノ全株ヲ譲リ受ケ、ソノ債務ヲ肩ガワリシタ上デノ月賦償還トイウ一方法モ、面白イ構想ト思ワレルガ、コノ場合先方ガ附シテクルデアロウ条件ノ如何《いかん》ニヨッテハ一概ニ決メラレヌトコロガアル。マタ設備不動産ヲ適正価格デ買イ取ルカ、マタハ金栄館ルツボノ株式ノ譲渡ヲ受ケテ、必然的ニソノ設備不動産ヲ入手スルカハ、コレモ一ニ先方カラノ提出条件次第デアリ、免条氏モ、ソノイズレニモ応ジル心組ミヲ持ッテイル様子デアル。
コノ点、貴社ノゴ要望ニヨッテハ、免条氏ニ直接面談シタ上デ、ソノ底意ヲ打診スル用意ヲ調査員ハ持ッテイルモノデアル。

昭和三十年九月二十六日

新日本探偵社

担当　辰巳秀雄

ジャガー魔法瓶は免条弥五郎という人物に恐れを抱き、調査を打ち切ったため、辰巳や千葉が本人と会う機会は失われた。しかし免条という男に一度会ってみたいという気持がちょっと浮かんだことは辰巳にも千葉にも否めぬところであった。

不二洋紙店の社長、足利実氏も、辰巳の頭にいつまでも残った存在である。昭和二十八年の十一月、七宝紙業株式会社から信用調査の依頼を受けた辰巳は、紙・文具という業種が自分の満洲時代の仕事であった関係上（第5章）業務内容や業界を熟知しているため、自分ひとりで担当した。

調査報告書

七宝紙業株式会社殿

調査対象　名称　株式会社不二洋紙店

所在地　大阪市東区北久宝寺《きゅうほうじ》町三丁目

代表者　足利実

一、現況

足利実氏ノ業界ニオケル風評ハ芳《かんば》シクナイ。

二、三ノ人ハ非常ニ良ク言ウガ、ソノ反面多数ノ人ハ糞味噌《くそみそ》ニコキオロシタ。ソノ実態ヲツカモウトシテ、調査員ハ本人ニ直接面会シタガ、経理内容ナドハマッタク知ルコトガデキナカッタ。ヤムヲ得ズ、紙業界各方面、特ニ足利氏ト接触ノアル方面カラノ聞込ミナドニヨッテ、次ノヨウナ結果ヲ得タ。

一、旧東洋商会整理ノ顚末

足利実氏ハ、阪南物産大阪支店紙業部主任トシテ、蟹淵化学ノ製品、阪堺晒粉ノ製品ナドヲ取リ扱ッテイタガ、昭和二十四年頃阪南物産ヲ辞シ、在社当時ノ部下デアッタ吉川信一、住江勇ソノ他ヲ引キ抜イテ独立、唐物《からもの》町二丁目ニ東洋商会ヲ創立、紙ニハ全然経験ノナイ朝日正夫氏ヲ社長ニ迎エ、蟹淵化学ノ代理店トシテ出発シタ。コノ間、関西新聞社ナドニモ喰イコミ営業モ順調ニ伸展シテイルヨウニ見エタガ、ソノ実相当ノ回収不能ヲツクリ、整理ノヤムナキニ立チイタッタ。

足利実氏ガ実際ノ実権ヲ握リ、専務ノ肩書ノ名刺ヲ使用シテイナガラ、ソノ整理ニ際シテハ朝日氏ヲ前モッテ辞任サセ、ソノ後デ声明書ヲ関係筋ニ発送シ、ソノ中デ自分ノ失敗ヲスベテ朝日社長ニオッカブセテイル（声明書ヲ挿入添付）。

東洋時代、朝日社長ハ、日勤ハシテイタガ紙ノコトハ全然知ラズ、単ナルロボット的存在デアッテ、足利実氏ガスベテニワタッテ指揮ヲトッテイタ。東洋商会整理ニ際シテノ大債権者デアッタ蟹淵化学ノ巽氏（東洋トノ交渉ヲ担当）ニヨレバ、「足利トハ強盗ミタイナ奴ダ」トノコトデ、憤懣《ふんまん》ヤルカタナイ様子デアッタ。

マタ足利氏ハ、東洋商会整理中ニ現社屋ヲ新築シテイル。当時業界ノ人タチハ、アレハ東洋商会整理ノ際ニ隠匿《いんとく》シタ資金ニヨッテ、再発足準備ノタメニ建設シタモノダト言イ伝エテイル。当人ハ、コレハ同人ノ父足利福之助氏ガ佃デ事業ヲシテイタソノ建物ノ中古資材デ父ガ建テタモノデアルト言明シタ、トイウコトデアル。実氏ノ父モマタ、息子ガ若イモノダカラ今後ハ私ガ監督スル、ト言ッテイル。
ココニ、前記声明書ヲ挿入添付スル。

昭和弐拾六年六月八日

株式会社東洋商会
清算人　足利　実
父　　足利福之助

株式会社東洋商会解散の経緯及び清算人就任の挨拶（作者註・以下は原文通り）

拝啓前略扨《さ》て弊社は阪南物産株式会社紙業部を分離独立して株式会社を設立し、朝日正夫氏を社長に不肖専務として浅学菲才乍《ひさいなが》ら社員一同協力以《もっ》て其指導監督下に於《お》いて、又貴台の愛顧御引立を蒙り石の上にも三年の譬《たとへ》により営業に鋭意努力致し居り候処《さうらふところ》、計らずも朝日氏は突然何故《なぜ》か昨年末辞任されると同時に相前後して意外に二、三大口の得意先売掛金が回収困難となり、次いで大小約五十店余り総額一千万円余に及ぶ未収となり、吾々は全力を挙げてその回収整理に懸命となり日夜専心奮闘致し候へ共、大口仕入先債権者の追及甚だしく、従って仕入は勿論商売は中断され経費は益々嵩《かさ》み実に矢折れ弾尽くるの状況に陥り、為に心身共に疲れ果て内憂外患全く失神転倒身の置き処なき思ひにて、一時は続いて朝日氏と同様退任の意を固めたれども三思三考其設立の趣旨に鑑《かんが》み、且《か》つ其責任の重大さを痛感すると同時に不肖将来の運命に生来の伝統的正義に律し、理解ある真の同輩諸賢の声援と助力にすがり再び死を賭《と》して勇気を振起し、平和への戦は即ち最高道徳の原則を信じ、一時は御憤怒を受くるも生きて其責を果すことこそやがて自他共に満足し得られる事を期待し確信、以て遂に法的に解散し而も強力急速に整理清算する決意を定めたる次第に有之候《これありさうらふ》。

以上前述の通り斯く成り致りたる事は之不肖の不明の致す処には候へ共、決して故意に御迷惑を掛け或は責任のがれの計画的悪意も無之《これなく》私は忠実に渾身《こんしん》死力を尽したる考へなりしが自然計らずも貴店に多大の御損失をかけ、誠に申訳無之慚愧《ざんき》に堪えざる処に候へ共、暫時御猶予の上勝手乍ら御寛大の処置により精神的に働ける様御協力御愛護督励　賜《たまはり》 度《た》く候。

虎は死すとも皮を残し法は死しても人は名を尊ぶの信条を以て仮令《たとひ》何年を要するとも持久、必ずや責務を尽す覚悟に御座候間、何卒不悪《なにとぞあしからず》御賢察御諒承　奉　願　候《ねがいたてまつりさうらふ》。

尚、弊社今回の内情に対し世上往々種々の誤解を受け頗《すこぶ》る迷惑を感じおり候も、何ら意に介することなく正々堂々と公明正大に真実誠意を以て万来の障害を乗り越え、終始一貫する決意に有之候。尚、目下諸般の事務処理中の新築店舗について特に釈明を要する儀は、従来の仮事務所が昨年末頃より貸主より明渡を要求され為にその行先に差当り適当なる処もなく困りおり、幸に予定地に新築を目論《もくろ》みたるも其費用約八―万円余を要するが都合出来ず苦慮 致居《いたしを》る矢先、私の父が其所有工場五百坪余を昨年ジェーン台風により倒壊したる残木を利用して有利に建設を社員と共に協議の上懇請したる処、東洋商会の発展のため好意的に援助し呉れることになり、建設費は父の私財により完成後は将来月賦又は家賃で借るかは別に定めず、不取敢《とりあへず》父の名義により工事人に請負契約せしめ、尚同敷地全体は賃貸借の形式により承認し、倉庫及び住宅をも建設の予定にて府庁に正式に出願許可を受け其監督下に於て一月より着工、遂に去日漸《やうや》く完成したる次第なるが其間の内情には或は疑問を招くものもあることと存じ候も、当会社の会計帳簿が明らかに示す通り且《か》つ又会社内的人的証拠により証明する処にして父に対しては寧ろ会社の為乃至《ないし》小生の生活上にも支出して呉れおり社内周知の事に候。尚父はこの件に関し不肖将来の為に非常に心配し、微力老骨乍ら新旧会社の為にも精神的に専心援助致し呉れると同時に、小生の非は是を戒め常に公私を混同することなく大義名分に殉ずる事を諭《さと》され、今後も直接其指導監督を受ける考へに有之候。父は元来化学技術者たり軍人たり工場長たり会社設立者たり重役たり或は政治家たり、又妻子を失ひ産を失ひ即ち成功者たり失敗者たる六十有余年の生涯は只《た》だ正義一徹の頑固親爺短気者に過ぎざるが、今後父を篤と御認識賜りて、又子として将来孝養こそ吾が道と存じ居り候次第につき何卒不悪氷解願上候。

以上如きにして右失礼を顧みず愚痴を表明し恐縮乍ら謹《つつし》んで御挨拶申述候。

敬具

一、不二洋紙店

ソノ後、不二洋紙店トナッテカラハ、三興産業ヲ通ジテ興亜人絹ノ紙、次イデ、ニジフィルムノ製品ナドヲ取リ扱ッテキタガ、順次業務ガ発展スルニツレ、四、五カ月前ゴロカラ業界ニ悪評ガ流布《るふ》サレ、近イウチニ整理スルノデハナイカトイウ見方ヲスル人ガ多クナッテキタ。

ソノ反面、近ク業務発展ノタメ増資ヲ計画中デアルト好評スル人モ一、二アッタ。真偽ノ程ハ不明デアルガ、足利実氏ハナカナカノヤリ手デアリ、ソノタメ蟹淵化学ノ場合ニオイテモ蟹化ガ大イニ手古《てこ》ズッタトイウ事実ガアル。東洋ノ時モソウデアッタガ、不二ノ場合ニオイテモ実氏自身責任者デアリナガラ、表面ハ責任者ノ地位ニスワラズ、最悪ノ場合責任ヲ回避デキルヨウナ地位ニイルコトナド、常ニ自己保全ノ用意ヲシテイルヨウニ見受ケラレル。

不二ノ開店当時ノ資金ハ、東洋整理ニ際シテソレダケノモノヲ隠匿シテイタノダ、トイウ風評ガアルトコロカラ推察シテ、今ノ不二ノ場合デモソレクライノコトハ充分シテイルダロウ、トイウ見解ヲ持ッテイル人ガ多イ。マタ三興産業ハ興亜人絹ノ子会社デアッテ、ユッタリシタ面ガアリ、実氏ナラ充分三興ノ当事者ヲ丸メコミ、自家薬籠中《じかやくろうちゅう》ノモノトシテイル筈、マタ三興ガ、不二ト同ジ立場ニアル日洋（以前ノ洋興）ヲ現在徹底的ニバックアップシテイル事実カラ見テモ、不二ハ最後マデ三興ニ喰イサガッテイクダロウ、トノ見解モアル。

一、結論

紙業界不況ノ現在、足利実氏ハウマク泳イデハイクガ、最後ニナレバ仕入先ニ損ヤ迷惑ヲカケテ平気ノ人物デアリ、ソレハ東洋ノ整理ニオケル蟹淵化学トノコトヲ見テモ明ラカデアル。道徳的信念ノナイ、自分サエヨケレバトイウ人物デアル。モシ近ク整理スル事態トナッタ時ニハ、三興産業ニソノシワ寄セガ行クデアロウト考エラレル。

昭和二十八年十一月二十三日

新日本探偵社

担当　辰巳秀雄

戦前の辰巳が職業としていた「金集め」（第3章）を業とする者は戦後も多く、中には大義名分の立つ話を持ちかけるのではなく、なかば脅迫の如く出版物を売りつけようとする者がいた。昭和二十八年の六月に康川電機から調査を依頼された鈴木という人物も、そうした人間のひとりである。その頃でもまだ会社まわりをして金集めをしている者に知りあいが多かった辰巳は、この調査も自分で担当した。鈴木という男はガリ版刷りの小冊子に電機業界の噂話を記載して各社に持ちこみ、高価な定期購読料をとろうとしたのである。

調査報告書

康川電機株式会社殿

調査対象　Commercial Enquiry Bureau
鈴木　某
所在地　神戸市兵庫区東出町三丁目

一、調査個所
神戸市兵庫区東出町三丁目全域
神戸市中央郵便局
神戸市三宮郵便局
兵庫警察署
会社廻リ金集メノ者二名

一、所在地
兵庫区東出町三丁目（名刺ニ記載サレタ所在地）ハ海岸ニ近ク、小造船所、鍛造所ナドガ多イ。人家ハ極メテ小サイモノガ広イ地域ニ稠密《ちゅうみつ》ニ存在シ、露地ツヅキノ家並ミガ多イ。調査員ハソノ全域ヲ各戸ノ表札ヲ検分シナガラ踏破シタモノノ、Commercial Enquiry Bureau、及ビ鈴木某ノモノナシ。所在地ノ要所要所デ尋ネタトコロ、鈴木姓ガ二軒アッタガ、一軒ハ文具小売商デアリ、モウ一軒ハ市場内ノ乾物小売店デ、イズレモ訪ネタガ、該当セズ。

チョウド配達中ノ郵便夫ニ尋ネタトコロ、東出町三丁目ニモ、マタ二丁目ニモ該当者ナシトノコトデアッタ。

一、中央郵便局
私書函《ばこ》管理ノ係デ、五四九号ノ加入者ノ氏名及ビ住所ヲ尋ネヨウトシタガ、中央局デハ一〇〇〇号以上ノ番号ノモノダケデアリ、ソレ以下ノ若イ番号ノモノハ三宮分局ニ設置シタトノコトデアッタ。

一、三宮郵便局
「P・O・BOX五四九号ノ使用者ハアリマスガ、私書函設置ノ趣旨ソノモノガ、自己ノ住所ヲ知ラセタクナイ人ガ利用スル、トイウタテマエガアルノデ、加入者ノ住所氏名ハオ知ラセデキナイコトニナッテイマス。マタ、知人ノ私書函ヲ利用スルコトモデキマスカラ、必ズシモコノ名刺ノ肩書マタハ名前デ加入シテイルトハ限リマセン」

係員ハ、ココデ台帳ヲ調ベテクレタ上デ、気ノ毒ソウニイッタ。

「コノ場合、ソノ名刺ノ住所ハ加入者ノ住所ト一致シマセン。外国貿易デモ、サカンニ私書函ガ利用サレテ、銀行ナドカラモＬ・Ｃ（註・第９章）ノ関係ナドデヨク尋ネテコラレマスガ、イチイチオコトワリシテイル状態デス。

私書函制度ハ犯罪ノ助長ニモナルシ、不誠実ナ取引ニモ利用サレルコトガ多イノデ、局トシテモ困ッテオリマス。ナニブン年額千五百円クライデ利用デキルノダシ、対外的ニハハッタリガ利クノデ、ナントカシナケレバナラヌ問題デスガ、ワレワレノ力デハ現行法ヲ守ル以外ニドウニモデキナイトイウ現状デス。ソノ名刺ニハコトサラ番地ノ記入モセズ、電話番号モナイナド、インチキト見テヨイノデハナイカト思イマス。局トシテモ、今後ハコノ私書函利用者ニ対シテ注意シナケレバナリマセンカラ、ソノ名刺ヲ写サセテクダサイ」

一、兵庫警察署

東出町三丁目ニソノヨウナ名称、及ビソレラシイモノガ所在シテイルコトハ、今マデニ聞イタコトガナイ。

一、金集メノ者二名

大阪・神戸地区ニオイテ、出版物ヲタネニ各社カラ金銭ヲ集メル業者二名ニ聞イタトコロ、次ノヨウナ返答デアッタ。

「断言ハデキナイガ、ソレハ多分『鈴木幸雄』デハナイカ。コノ男ハ鉱工品公団ノ早船事件（註）ノ約半年ホド後、ツマリ昭和二十五年九月ゴロ東京カラ神戸ヘヤッテキテ、コノ業界ニ入リ、自称関東学院専門部卒業、一時慶応大学ニモ学ンダコトガアルソウデ、英語ヲイクラカ使エ、マタ海運関係ノ仕事ニモ経験ガアルタメ、外国貿易ニ目ヲツケ、サカンニソノ方面ノ業者ヲ利用シヨウト目論ンデイタ。当時ノ住所ハ神戸市生田区多聞通《たもんどおり》一ノ十二ノ某方ニ間借リヲシテ、東京カラ同伴ノ三号ニ相当スル女ト同棲シテイタ。生年月日ハ明治四十一年一月ト自称。
風采《ふうさい》、恰幅《かっぷく》ヨク、押シ出シノキク人物デアル。頭髪ハ外人式ニ長イメニシテ、スソダケヲ刈ルトイウ頭ヲシ、上品ナ江戸弁ヲ使用シテイル。派手ナ服装ヲシテイル筈ダ。一見インテリデ、モダンデアル。多分ソノ者デアロウ」

一、結論

以上ヲ要約スルト、Commercial Enquiry Bureauハ前記鈴木幸雄ガ主宰シテイルカ、マタハ幹部ノヒトリトシテ、コノヨウナ雑誌ヲ企画シタモノデアリ、同人ヲ知ル者ハ「鈴木ノ考エソウナコトダ」トイッテイル。神戸ニ事務所ラシイモノハ持ッテイズ、通信ニハ当分私書函ヲ利用シテ、謄写印刷ニヨッテ極メテ少部数ヲ印刷、発行ノ上、金ヲ集メテイルゴク小規模ナモノト考エラレル。多分鈴木ヒトリガ従事、マタハソノ同類ガイテモ一、二名デアロウ。謄写印刷デハ、コノ程度ノ印刷デハ一枚ノ原紙デヨク刷ッテ千枚ガ限度デアロウ。多分百部カ二百部ト考エラレル。

昭和二十八年六月十九日

新日本探偵社
担当　辰巳秀雄

鈴木幸雄はそれ以後、どこの会社にもあらわれなくなり、康川電機へも印刷物を送ってこなくなった。辰巳の調査を知り、行方をくらましたのかもしれなかった。

向こう見ずな所員の千葉は、あやしげな人物にも平気で近づいて行き、あやしげな会社にも平然と乗りこんで行き、しばしば辰巳をはらはらさせた。取引先に商品の在庫があるのかどうかの調査を依頼されたりすると千葉は買受人になりすまし、調査先の商品倉庫へどんどん入って行ったりもするのだった。一度などは転倒したふりをして荷札を一枚ひきちぎり、これを証拠品として提出し、得意先に喜ばれたりした。いずれにせよ素性が発覚すればただではすまないところであったろう。次の調査などがその一例である。担当が辰巳になっているのは、千葉は報告書を書くのが不得手だったからだ。（第2章）

調査報告書

浜岡工業株式会社殿

調査対象　摂南金属株式会社
　調査事項　同社倉庫確認及ビ在庫品ノ有無
一、倉庫ノ有無　ナシ
一、取引上ニオイテ在庫トナッタ商品ノ所在
イ、場所　神戸市長田区菅原町二丁目四
　合資会社岸アルミ合金所内
ロ、在庫品　厚鋼鈑
　規格　4.5×5×10
　枚数　七枚
　重量　1.155kg
　金額（約）40,000　@35,000
一、調査経過
　調査員ハ菅原町一丁目ヨリ七丁目マデ、交番二カ所ソノ他小運送店及ビ一般住民ヲ片ッ端カラ尋ネタガ見当ラズ。

　再度、ガード下ヲ一丁日カラ七丁目マデ捜査シタガ見当ラズ。

　菅原町一丁目ニ及川鉄材店トイウ店ガアリ、ココデ鍋島鉄工所トイウトコロト取引ガアルコトヲ聞ク。倉庫ノ有無ニ関シテハ、モシ有ルナラ製品ノ搬出、搬入ガアル筈デ、当然同業者間ニ知レテイル筈ダガ、全然心アタリハナイトイウコトデアッタ。

ソノ近クノ鍋島鉄工所ヘ行ッテ事務員ニ尋ネタトコロ、「当方ノ嬢」ガ摂南ヘ嫁入リシテイテ、以前取引ガアッタガ、最近ハマッタクナイ、一時整理シタト聞クガ、今デモ商売ヲシテイルノダロウカ、トイウコトデアリ、倉庫ナドハマッタク心当リナシトイウコトデアッタ。

　鍋島鉄工所ノ二軒隣リノ秋本鉄工所ニトビコンデ聞キコンダガ、以前ボールトナット用材ナドヲ取引シタガ現在ハナク、倉庫ノ所在ナド耳ニシタコトハナイトノコトデアッタ。マタ、最近ハ山岡鉄材商ト取引ガアルラシイコトヲ聞キ出スコトガデキタ。

　永田町交差点南一丁、山岡鉄材商ヲ訪レ、商人トナリスマシ、製品ヲイロイロ見タリシタ末ニ、ヨウヤクニシテ前記ノ場所ヲ利用シテイルコトヲ聞キ出スコトガデキタ。

　前記ノ場所ヘ行キ、買受人トナリスマシ、岸アルミニ対シテハ「材料ノ下検分ニ来タ」トイッテ勝手ニ倉庫ヘ入ッテイッタトコロ、タマタマ倉庫ノ中ニイタ能勢忠彦氏（添附名刺）ト逢《あ》イ、話ヲ聞クコトガデキタ。

　ソレニヨレバ前記材料ハ雲井良一氏ヨリ預ッタモノデ、能勢氏モマタ債権者ノヒトリデアリ、一昨年五万円ヲ貸シタママナノデ、取引ニナレバ代金ハ当方ヘイタダキタイトイウコトデアッタ。

　事務所ヘ戻リ、能勢氏ガ雲井氏ニ取引ノ電話ヲ始メタガ、サイワイ調査員ノ素性ハ発覚セズニスンダ。傍デ聴取シタトコロデハ、相当親密ナ間柄ト認メルコトガデキタ。

　能勢氏ニヨレバ、摂南金属ニハ倉庫ハ全然ナク、便宜上、置場ヲ貸シテイルモノデ、鉄鈑モ一枚、二枚ト小口売リガ多ク、現在デハ七枚ダケ残ッテイルノダトイウコトデアル。

昭和二十九年十月二十九日

新日本探偵社

担当　辰巳秀雄

二十八年の二月、小倉洋紙という得意先から、豊和印刷という会社、及び代表者の杵村槙造という人物を調査してくれという依頼があった。紙に詳しい辰巳は以前から杵村槙造の悪い噂は耳にしていたが、直接会ったことは一度もなかった。これは千葉向きの仕事だ、と、すぐ辰巳は思った。ちょうど千葉の課長の船山はビー・エム・ナンブディパッド商会の調査（第9章）などで多忙だったため、辰巳は千葉を使って直接自分が担当することにした。千葉はよく動き、杵村の過去を洗い出してきた。この調査報告書は結局のところ、杵村槙造の、それまで詳細には知られていなかった経歴書の決定版の如きものとなった。

調査報告書

小倉洋紙株式会社殿

調査対象　豊和印刷株式会社
　所在地　大阪市福島区北梅田町八
代表者　杵村槙造
住所　茨木市大字郡五一三

一、代表者杵村槙造氏

同氏ハ若年ヨリ上越製紙ノ代理店、現丸福洋紙店ニ勤務シテ紙業ヲ習得シ、昭和十年前後ニ独立シテ紙販売業ヲ営ミハジメタ。

戦時中ニ紙ノ統制ガ強化サレルト、紙販売ダケデハ利潤ガ少イタメ、印刷業ヲ兼営シタ。コレヲキッカケニシテ徐徐ニ印刷業ニ転ジ、紙販売業時代ニ自分ノ店ヲ通ジテ販売シタ消費者ノ割当テ数量ヲ壟断《ろうだん》シテ、自分ノ印刷ノ営業ノタメニ使用シ、利潤ノ高騰ヲ計ッテ現在ノ地盤ノ基礎ヲ作ッタ。

敗戦後ハ、丸福洋紙店ガ一貫作業トシテ、ノートノ製作ヲ企画シタタメ、ソノ下請業者トシテ一手ニソノ製作ヲ引キ受ケ、多大ノ利潤ヲアゲ、谷町六丁目附近ニ広大ナ屋敷ヲ購入シ、日和クラブトイウ名称ノ料理店ヲ経営スルニ至ッタ。

ソノ所有スル設備、スナワチ印刷機ヤ製本機ナドハ、敗戦前後、弱小ノ既設個人業者ヲ糾合シ、ソレラノ設備ヲ提供サセ、一、二年後ニハ適当ナ情況ヲ設ケテソノ機械類ヲトリアゲ、裸デ追イ出ストイウ方法デ入手シタモノデアリ、シタガッテ設備ハ旧式デアル。

昭和二十四年頃マデハ財務局ノ印刷ヲ大口ニ引キ受ケ、統制時代デアリ紙ハ先方ニアッタタメ、ウマク税金ヲ逃ガレルトイウ、同氏独自ノ政治性ヲフルニ活用シ、一流ノ押シノ強サデ、狡智《こうち》ノ限リヲ尽シ、現在ニ至ッテイル。

大阪銀行梅田支店、東京銀行大阪支店ト取引ヲ結ビ、大阪銀行ニ主力ヲ置イテイタガ、紙製品業界ノ全般的ナ不況ニ、同ジク押シ流サレ、前記日和クラブハ五百万円ノ担保トシテ大阪銀行ニ入ッテイタ。二年ホド前カラハ兵庫相互銀行ト取引シハジメ、徐徐ニ重点ヲ同行ニ置キカエ、日和クラブノ担保モ大阪銀行カラ抜キ、兵庫相互銀行ニ入レテ、大イニ兵庫相互銀行ヲ利用ショウト計画シテイタ。トコロガ先般、同相互銀行大阪支店長ノ更迭《こうてつ》ガアリ、御馳走《ごちそう》政策デ前任者ヲトリコンデイタトガ何ノ役ニモ立タナクナリ、更迭後ノ現支店長ハ杵村氏ノ意ノママニナラヌ現状デアル。改メテ現支店長ニサーヴィスシテ前任者ノ如ク懐柔スルマデノ期間中ハ相当金繰リニ困難デアロウト考エラレル。

現在丸福洋紙店カラノ仕入数量ハ少量デアリ、主トシテ貴社ヨリ仕入レテイルヨウデアル。コレモ、取引当初ニ相当運動費ヲ使イ、貴社トノ取引ニ成功シタモノダトイウ流説ガアル。

コノヨウナ経営方針デアルタメ、ソノ悪辣《あくらつ》サヲ嫌ワレテ、戦前ニハ一時丸福洋紙店ニモ出入リヲ遠慮シテイタコトガアル。

所有資産モ、現在ホトンド担保ニ提供、無傷ナノハ梅田ノ現事務所ノ土地ダケデハナイカトイワレテイル。

前記ノ如ク同氏ハ政治的手腕ニ優《すぐ》レ、押シ強ク、奸智《かんち》ニ長《た》ケ、目的ノタメニハアラユル手段ヲ尽シ、多額ノ運動費ヲ投ゲ出ス、トイウ性格デアル。マタソノ反面、頭高ク、自信家デアル。強力ナ仕入先ノバックモナク、銀行ノ尻押シモナイ現在、紙製品業界全般的ニ不況ナ時デアリ、イカニシテ前途ヲ切リ開イテイクカハ不明デアル。

一、資本金　四百五十万円（百五十万円ヨリ増資）

一、取引銀行　大阪銀行梅田支店
　　　　　　　兵庫相互銀行大阪支店
　　　　　　　東京銀行大阪支店

他ニ、最近大和銀行トモ取引シテイル。

一、役員　社長　杵村槙造
　　　取締役　前野弥一郎（常勤）
　　　同　　　原田隆三郎（常勤）
　　　同　　　田口秀吉
　　　　　　　小穴悦二
　　　　　　　広路春生
　　　監査役　木村栄一郎
　　　　　　　島晴夫（会計士）

田口以下ハ昨年六月ニ新任サレタモノデ、広路春生ハ丸福洋紙店広路氏ノ娘聟デアル。ソレ迄《まで》在任シタ藤川亥之助及ビ清川鶴三ノ両重役ハ更迭サレタ。藤川亥之助ハ杵村氏ノ甥デアル。マタ清川鶴三ハ、日本銀行ト財務局ニコネクションヲ持ッテイタタメ、ソノ関係デ仕事ヲ貰ッテイタガ、近来ソノ必要ガナクナッタタメ更迭サレタモノデアル。本人ハ日銀関係ノ知人ニ頼ミ、目下日銀内デ喫茶店ヲ経営シ、マタ印刷ノ業務モシテイル。

一、設備　断裁機（新設）　二台
　　　　　平版機械（半裁）　一台
　　　　　活版印刷機　　　　一台
　　　　　活字鋳造機　　　　一台

自動捲取機　　　　一台
ソノ他、ミシン等

一、発行手形　約四千万円ノ手形ヲ発行。

一、月商内高　平均一千五、六百万円。

但シ一月ハ悪ク、一千二百万円ノ売上ゲ。

一、従業員数　八十九名

当社ハ従業員一人当リ月十五万円ノ売上ゲガナイ場合、赤字トナル。

一、担保

土地家屋工場ナドハ、梅田ノ事務所ヲ除キ、全部銀行（大阪、兵庫相互、東京）ヘ入ッテイル。ソノ後ノ調ベデハ、所有シテイタ日和クラブモ昨年手離シテイル。マタ無疵《むきず》ノ梅田事務所モ近ク売却ノ予定デアル。

一、最近ノ商況

一月ノ成績不振ハ、紙ノ入手ガ意ノママニナラヌタメデアリ、地方ノ客デ、一月ニ注文シタ商品ガ未納トイウトコロモ多イ。マタ、同社製品ガダンピング換金サレテイルトイウ噂モアル。

一、金繰リ　非常ニ苦シイ模様。

一、業者間地位　中程度

一、信用状態　不良

昭和二十八年二月二十四日

新日本探偵社
担当　辰巳秀雄

註・「鉱工品公団の早船事件」鉱工品公団の早船という職員が一億円を「つまみ食い」した事件。昭和二十五年四月十九日自首。

14

石黒宗一は新日本探偵社の創設者のひとりであり、昭和二十六年から三十二年まで在籍し、その間常に、所長辰巳秀雄の片腕であった。彼は結婚調査に秀《ひい》でていた。その生活環境や家柄や職業などに応じて依頼者が最も知りたがっていることを調査してきて詳しく報告し、喜ばれた。石黒の調査報告書を読む時、辰巳は常にその潔癖さに驚かされた。家系や素行の些細《ささい》な疵《きず》も石黒によって暴き出され、批判されていて、はて、こんなに批判するほどわれわれ調査員の氏《うじ》素姓や素行は正しいのかなどと思い、苦笑することもしばしばであった。

会員諮問券（第2章）を利用した企業がらみの調査の場合は、戸籍謄本を取り寄せ家系を先祖にまで遡《さかのぼ》って調査したが、とびこみの依頼の場合は依頼人の生活程度の低さから、たいていは調査対象たる本人の前歴と素行の調査だけで済ますのが普通であった。次の例は本人の相手の女性によるとびこみであったため、調査も簡単に終えている。それで充分だったからでもある。

調査報告書

調査対象　寺西誠二

一、本籍照会　堺市綾之町東一丁八

戸籍筆頭者　寺西誠二（大正十一年五月四日生）

父、寺西岩造、母、ムメノ次男。大阪府西成郡今宮町鶴見橋通リ一丁目三六番地ニテ出生。父岩造、母ムメ届出。

豊田米子ト婚姻届出。昭和二十四年四月一日受附。西成区旭北通一丁目三十六、寺西正一戸籍ヨリ入籍。妻米子トノ協議離婚届出。昭和二十八年九月十日受附。

妻　米子（大正十五年二月一日生）

父、豊田梅吉、母、フクノ長女。堺市東湊町三丁三ニテ出生。昭和二十四年四月一日、寺西誠二ト婚姻届出。堺市幸通リ三丁十八番地ノ二、豊田梅吉戸籍ヨリ入籍。夫寺西誠二ト協議離婚届出。

昭和二十八年九月十日受附。実父豊田梅吉戸籍ニ復籍ノ上除籍。
長男　稔（昭和二十四年三月八日生）
父、誠二、母、米子ノ長男。堺市綾之町六丁目八ニテ出生。父寺西誠二届出。
昭和二十八年九月十日、父母協議離婚、親権者ヲ父誠二ト定メル旨、届出。豊田梅吉、同人妻フクノ養子トナル縁組届出。堺市幸通リ三丁十八番地ノ二、豊田梅吉戸籍ニ入籍ニツキ除籍。
次男　勝（昭和二十八年一月八日生）
親権者ヲ母米子ト定メル旨、届出。母ノ氏ヲ称スル入籍ヲ、親権ヲ行ウ母豊田米子ガ届出。昭和二十八年十月二十五日受附。堺市幸通リ三丁十八番地ノ二、豊田米子戸籍へ入籍ニヨリ除籍。
一、本人ノ学歴
今宮中学校デノ調査ニヨルト、寺西誠二ナル卒業生ハマッタク存在セズ、中退生ニ寺西昇トイウ者ガイルガ別ノ人物デアル。シタガッテ本人ノ自称スル学歴ハ信用デキナイ。
一、生年月日ノ相違
本人ノ自称ハ大正十三年五月四日生デアルガ、本籍照会ニヨレバ前記ノ如ク大正十一年五月四日生デアル。マタ誠二ハ、自分デハ誠次ト称シテイル。
一、本人ノ略歴
戦前ノ経歴ハ不明デアルガ、戦後、兵役解除ノノチ堺市綾之町市場内デ金物商ヲ開店、業績不振ニ陥リ、パチンコ機械販売ニ従事、妻子ヲツレテ長崎、熊本方面ニ流レ、二十八年、帰阪シテ妻子ヲ離別、単身ブラブラシテイタ様子デアリ、最近マルサ産業ＫＫ（パチンコ機械販売）ニ勤務シテイル。
一、前妻米子トノ関係
前記綾之町市場内ノ、横山小間物店ノ本店ニ米子ノ妹ガ勤務シテイタ関係デ、マーケット内ノ支店ニ人手ガ足リズ、ソノ姉米子ニ手伝ッテモラッテイタ。寺西誠二ハ同市場内ニ、兄カラ何十万円カノ資本ヲ投下シテモラッテ住宅附店舗ヲカマエ、金物商ヲ営ンデイタ。当時、同ジ市場内デアッタタメ、誠二ト米子ガ朝夕親シク顔ヲアワセテイルウチ自然ニ恋愛関係ヲ生ジ、ツイニ小間物店ノ主人横山円造氏ガ仲人トナッテ、両人ハ結婚シタ。トコロガ誠二ハ非常ナ怠ケモノデ、勝負事ヲ好ミ、野球、将棋、パチンコ等ニ浸ッテ全ク家業ヲ省ズ、市場内ノ若衆ト自分ノ店ノ前デ将棋ヲ指シナガラ、自分ノ店ノ来客ノ応対ヲセズ、ミスミス客ヲ怒ラセテ帰スコトハ毎度ノコトデアリ、野球ガアレバソノ放送ヲ聞イテ全ク店務ニ従ワズ、パチンコニ行ケバ何時間デモ台ニヘバリツイテ店ヲ放任シテイタ。シタガッテ店モ不在勝チデ来客ハ減ル一方デアッタ。コノ店番ノ不在ヲ見込ンデ一度盗難ニ遭ッタコトガアリ、以来急速ニ店ハ衰微シ、ツイニ市場内ノ誰彼ナシニ小遣銭ヲ借リ倒シ、市場内デ組ンデイタ頼母子講《たのもしこう》ヲ落シテ、残リノ掛金ハ払ワヌナドノコトトナリ、トウトウ居タタマレズ、コノ店ヲ明ケ渡シ、パチンコ機械販売人トナッテ長崎、熊本方面ニ流レテ行ッタモノデアル。本籍照会ニヨルト、昭和二十七年・月二十五日ニ熊本市仲間《ちゅうげん》町二十一ノ九ニ居住シテイタ。

現在デモ、市場内ノイキノヨイ男衆ハ、「寺西ノ野郎ガ来タラ、タダハオカネエ」ト、寺西ノ話ガ出ルト意気ゴム人ガ二、三人ナラズイル。当時イカニ誠二ガ近隣ニ迷惑ヲカケタカ想像デキル。コノ市場時代ニモ、米ガナイ、醤油ガナイト、日用品ノ不足ヲ聞クタビニ妻米子ノ母ガ娘ヤ孫可愛サニ、コレラノ物品ヲ運ンデ世話シテイタガ、二十八年ノ初メゴロ、九州カラ家族三人ガ帰阪シテキテ以来約八カ月、妻米子ノ実家ノ二階ニ同居サセタリモシタ。シカシ本人誠二ハ毎日パチンコ通イヲシ、勤務先ヲサガソウトハセズ、仕事ヲスル気ハマッタクナク、大工ノ頭領デアル妻ノ父ニ家族三人ガブラブラサガッテ生活シテイタ。

妻米子ハ元来壮健デアリ、ナカナカノシッカリ者デ、独身時代ハ自転車デ用事ニトビ歩キ、父ノ良キ補助者トシテ家業ニ従事シ、将来ヲ嘱望サレテイタガ、誠二ト恋愛シ、夫婦ニナッテカラハ、夫ノ不甲斐《ふがい》ナサニヨル生活ノ苦労、及ビ度重ナル妊娠ト無理ナ堕胎デツイニ生殖器官ヲソコナイ、結婚当時ハ十六貫アッタカラダガ二十八年ニハ九貫ノ体重トナリ、実家ニ帰ッテイル間ニ病状ガ悪化、起キルコトガデキナクナッタ。誠二ハ妻ノコノヨウナ状態デ豊田家ニ居ヅラクナリ、帰ッテコナクナッタ。豊田家トシテハ、十二、三荷ノ道具ヲ持タセテ嫁ニヤッタ娘ガ、何モカモ失イ、裸一貫デ帰ッテキタコト、誠二ノ将来ニ全然信用ガ置ケズ、ソノ怠ケブリナドヲ考エタ末、今ノウチニ離縁サセタ方ガ娘ノタメト考エ、仲人デアル横山円造氏ヲ通ジテ先方ノ寺西家ト交渉シ、娘米子ハ気乗リセヌ様子デアッタガ、二人ノ子供ハ米子ガ引キトルコトトシテ話ヲ進メタ。長男稔ハ、父誠二ガ甲斐性ナシデアッタタメ、母ノ実家豊田家デアズカルコトガ多ク、ソノタメ豊田家ノ父母ハ特ニ稔ガ可愛カッタ。トコロガ寺西家ガ、長男稔ヲ引キトルト言イ出シタタメ、次男勝ダケヲ豊田家ニ引キトリ、誠二、米子ハ協議離婚サセタモノデアル。

米子ハソノ後、実家デ療養シテイタガ、昨年一月死亡シタ。ソノ直後、稔ガ、ボロ風呂敷ニワズカノ着換エヲツツンダモノヲ持タサレ、ヒトリデ豊田家ノ表デ佇《たたず》ンデイタ。豊田家デ事情ヲ聞クト、父誠二ガ近クマデツレテキテ、稔ヲ豊田家ヘヒトリデ行カセタモノデアッタ。アラタメテ交渉スルベク、豊田家デハ当時ノ誠二ノ住居ノ難波球場裏ヘ行ッタガ、スデニ転居シテイテ行方不明、米屋ノ配給ハソノママニナッテイテ移転先ノ手ガカリハナク、以来連日、豊田家ノ老父母ガ心アタリヲサガシ、八日目グライニ阿倍野橋ノ転居先ヲツキトメ、アラタメテ稔ヲ老父母ノ籍ヘ養子トシテ入レル事ニ決定シタ。

ソノ間、交渉ノタメ誠二ガ一度ダケ豊田家ヘ来タガ、亡妻米子ニ線香ノ一本モアゲズ、仏壇ヲ拝ムコトモナク帰ッテ行ッタト、ソノ薄情サハ豊田家近隣ノ評判デアル。豊田家デハ現在稔ヲ小学校ヘ入レテ養育中デアリ、次男勝ハ他家ヘ里子ニ出シテイル様子デアル。マタ米子ハ、死ヌ間ギワニ非常ニ誠二ヲ恨《うら》ミ、誠二ニ殺サレタヨウナモノダトロ走ッテイタ。コレラノ事実ハ豊田家近隣及ビ綾之町市場デハ誰知ラヌ者ナク、誠二ハウッカリコノ附近ニハ立チ寄レヌダロウト言ワレテイル。

一、誠二ノ性格

　生来ノ怠ケ者。非常ナ勝負事好キ。悪才ニ長ジテイテ、ソノ意味デハナカナカノ遣リ手デアル。仲人ヲシタ横山円造氏ニヨルト、アノ美男子ブリ、アノ恰幅《かっぷく》、アノ如才《じょさい》ナサデハ、ヒトリニナッテカラハ適当ニ女ヲ拵エテイルコトデショウトノ話デアリ、綾之町市場ノ人モ、アラタメテ結婚シ、マタソノ女ヲ食イモノニスルツモリダロウト異口同音ニ言ッテイル。

一、寺西家ノ現況

現在、阿倍野筋一丁目十一番地ニ居住シ、父ハ十五年ホド前ニ死亡、母ムメ、兄正一（三十六歳）、妹及ビソノ連レ子ノ女児、中学在学中ノ弟、以上五名ガ現住シテイル。

　兄正一ハ現在マデ全ク妻帯シタコトガナク、妹ハ一度嫁シタガ不縁トナリ、女児一人ト共ニ帰ッテイル。コレラノ家庭事情ハスベテ母親ムメガ原因デアリ、ムメハ非常ニ利己的ナ人物デ評判ガ悪イ。マタ、兄正一モ変リ者ノ様子デアル。

一、結論

　本人ガ、世ノ真面目ナ女性ノ結婚ノ対象トナルヨウナ人物デハナイタメ、本人ノ父母、兄弟ノコトナドニツイテノ調査ハ打チ切ッタ。前記ノ如ク本人誠二ハ、最愛ノ妻米子ニ苦労ノ限リヲカケサセタ上、ソノ嫁入道具一切ヲ食イツブシ、裸一貫デ妻ノ実家ニ八カ月以上モ居候《いそうろう》ノ上、可愛ガルベキ実子ヲモ夜間ヒソカニ妻ノ実家ヘ追イヤリ、妻死亡後ニソノ家ヘ行キナガラ香華《こうげ》ノヒトツモアゲズ、人非人トイエル性格デアル。真面目ニコノ世ヲ渡ルコトハ考エズ、マズ妻ヲ食イ、妻ノ里ニ迷惑ヲカケ、近隣ニ借財ヲツミカサネ（コノ借金スル時ノ口実ナドハナカナカ巧妙デ、ツイダマサレテシマウ、トイウ話デアル）、自分ハ連日パチンコ、野球ニ興ジテ家族ヲ省ズトイウ、真面目ナ女性ガ一生ヲ托セル人物デハナイタメ、同人ヲ知ルホドノ人ハミナ、誠二ノ新シク妻トナルベキ人ニ対シテハ結婚ニ反対シテイル。マタ寺西家モ、三十六歳マデ未婚ノ兄、破鏡デ女児ヲツレ帰ッテイル妹、極端ナルエゴイストノ母（自身ノ身内ノミガ可愛ク、ソノ配偶者ハ憎イトイウ性格）ナドカラ見テ、誠二ト結婚スルコトハ大イナル不幸トナルモノト断定デキ、コノ縁談ヲ断念サレルコトガ賢明デアルト認メラレル。

昭和三十年十月二十四日

新日本探偵社
担当　石黒宗一

稲富秀子殿

依頼人の稲富という女性はデパートの店員であったが、郵送されてきたこの報告書を読み、吃驚《びっくり》仰天して電話をしてきた。石黒は不在で辰巳が応対したが、完全にだまされていたと言うのであった。自身のぱっとせぬ容貌《ようぼう》のことを想いながら辰巳は言った。

「ま、今後、男前には気いつけなはれ」

次の例は大企業からの依頼によるもので、石黒によって特に念入りに調査が行われた。原文は報告書用紙二十数枚（一枚六百八十字程）にも及ぶものであるため、ここへは抜萃《ばっすい》して紹介しなければならない。

調査報告書

調査対象　松原雅夫

一、松原家ノ総論

松原家ハ当主国広ノ曾祖父《そうそふ》、軍兵衛、タキノ夫婦カラ戸籍面ニ出テイル。ソノ子、軍平マデハ京都ニ居住シテイタガ、軍平ノ代、明治十三年ニ大阪へ転籍シ、以降明治三十八年マデノ間ニ九回モ本籍ヲ移動サセテイルガ、コレハソノ時ドキノ事情デ作意的ニ移動サレタモノト見受ケラレ、ソノ最大原因ハ娘達ノホトンドガ私生子ヲ産ンダコトニアリ、ソノ後始末ノ意味ガ深イト推定デキル。本籍ノ動キカラハ、娘達ハソレゾレ芸妓《げいぎ》等ノ職業ニ就イテイタト思ワレ、軍平ガ当主デアッタ頃ハソノ生活程度モ相当低カッタモノト推断サレル。タトエ生活ガ楽デアッタトシテモ、世間ニ恥ジヌ職業ニ就イテイタモノトハ思エナイ。軍次郎ノ代ニナッテソノ点是正サレ、正業ニ就イタモノト思ワレ、軍次郎カラ国広ノ代ニカケテ、ソノ生活基盤ガ世間並ミノ真面目ナモノニ転ジテキタモノラシイ。

一、松原軍平（天保《てんぽう》四年四月五日生）

国広ノ祖父。父、松原軍兵衛、母、タキノ次男。安政《あんせい》元年八月、京都市上京区押小路通室町東入ル蛸薬師《たこやくし》二六ニ本籍ヲ定メタガ、ソノ後次ノ如ク転籍ヲ続ケル。

1　明治二十三年九月五日、大阪市南区安堂寺橋通一丁目六へ転籍。

2　同二十七年八月十七日、同南区阪町十八へ転籍（南新地内）。

3　同二十八年一月十七日、同南区難波新地三番丁八へ転籍（同ジク南ノ難波新地内）。

4　同二十八年二月十日、同南区八幡町六へ転籍（芸妓ノ置屋、ヤカタ等ガ多ク散在シタ）。

5　同二十八年八月一日、難波元町一丁目九

（難波新地ノ周辺ニアタル）。
6　同二十九年五月十日、難波新地五番丁八（遊廓内）。
7　同三十年六月十五日、西区南堀江上通二丁目九（堀江遊廓ノ周辺）。
8　同三十一年一月二十九日、西区立売堀《いたちぼり》北五丁目十三（新町遊廓ノ周辺）。
9　同年八月二十四日、南堀江上通二丁目九（7ノトコロへ復帰）。
10　同三十八年一月七日、東区谷町五丁目二十一へ転籍。以後ハコノママデ現在ニ至ッテイル。

以上ノヨウナ短期間ノ転籍ノ多サハ、ヨソ目ニハ不必要ト思ワレルガ当家ノ事情デハ移動ノ必要ニ迫ラレタモノト思ワレ、ソノ原因ニ疑イガ持タレタガ、年月ガ経過シスギテイテ究明デキナカッタ。

軍平ハ明治三十八年八月、谷町ノ本籍地デ死亡。七十二歳デアッタ。

一、軍平妻・美津（天保十年十二月四日生）

父ハ木島多左衛門、母ハ不明デアル。長女。京都府葛野郡川島村ノ木島家カラ軍平ノ妻トシテ入籍サレ、明治四十三年五月二十六日、谷町ノ本籍地デ死亡。七十一歳。尚、木島家ノ現況ハ不明デアル。

一、軍平、美津ノ子供達ニ関シテ

軍次郎ノ兄弟姉妹達ハ、軍次郎ヲ除キ、ミナ真面目ナ生活ヲ送ッタモノトハ思ワレナイ。ソノ末路ハ全ク不明デアリ、ソレラノ人ビトノ子孫モ全クワカラナイ。即チ松原家ノ家系ノ最モ乱レタ時代デアリ、ソノ主因ハ父母デアル軍平夫婦ガソノ生活方針ヲ過《あやま》ッタモノト考エラレル。

一、志乃（元治《げんじ》元年三月十八日生）

軍平、美津ノ次女。コノ女性ハ戸籍面ニ出テイナイ。シタガッテ長女モ出テイナイ。

明治二十三年三月八日、私生子ヨシガ生マレテイルガ、同年同月二十一日ニ死亡。

同二十五年二月二十三日、私生子ヨネガ生マ

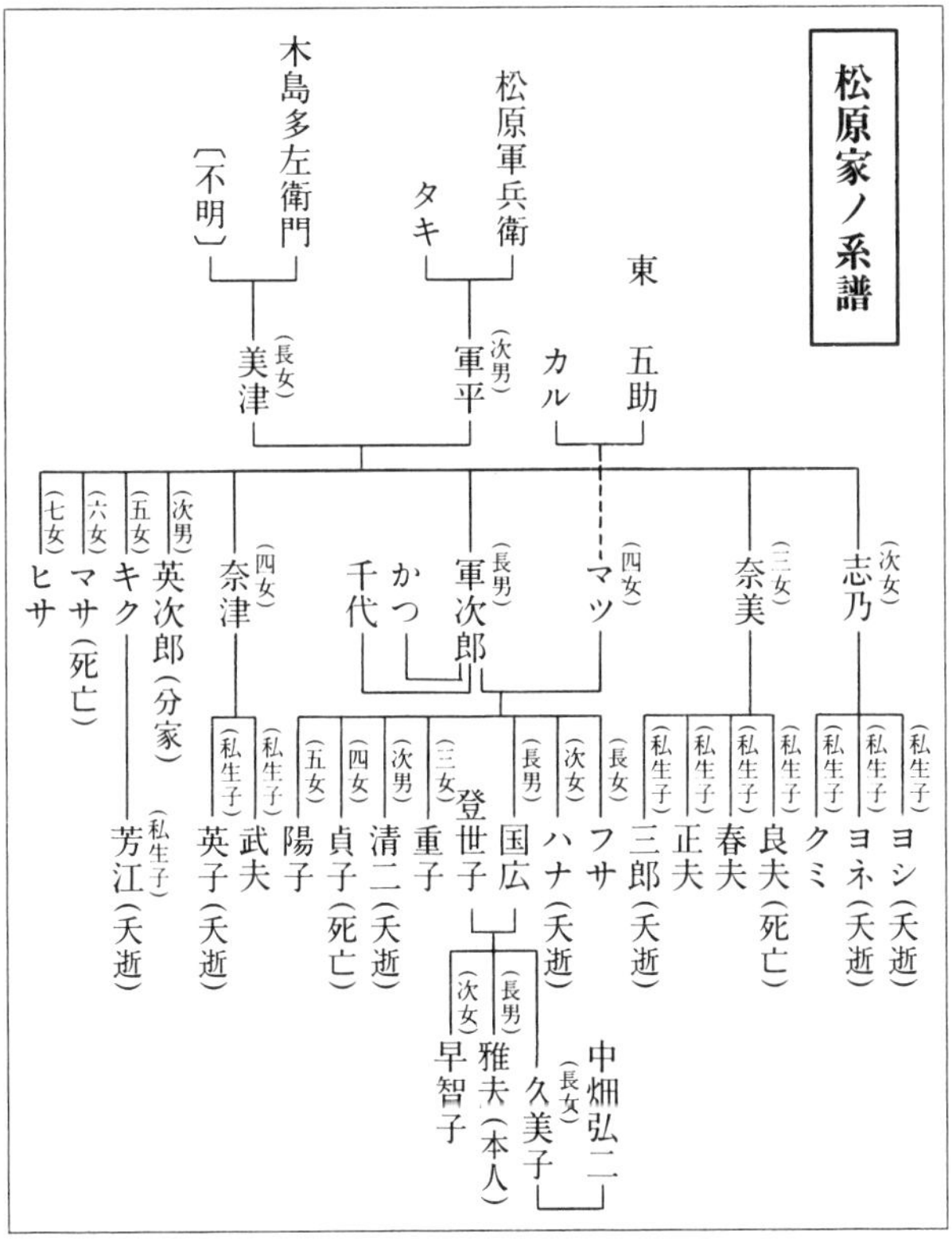
松原家ノ系譜
東
五助
カル
松原軍兵衛
タキ
木島多左衛門
（不明）
（次男）軍平
（長女）美津
（次女）志乃
（三女）奈美
（四女）マツ
（長男）軍次郎
かつ
千代
（四女）奈津
（次男）英次郎（分家）
（五女）キク
（六女）マサ（死亡）
（七女）ヒサ
（私生子）ヨシ（夭逝）
（私生子）ヨネ（夭逝）
（私生子）クミ
（私生子）良夫（死亡）
（私生子）春夫
（私生子）正夫
（私生子）三郎（夭逝）
（長女）フサ
（次女）ハナ（夭逝）
（長男）国広
（三女）登世子
（次男）清二（夭逝）
（四女）貞子（死亡）
（五女）陽子
（私生子）武夫
（私生子）英子（夭逝）
（私生子）芳江（夭逝）
中畑弘二
（長女）久美子
（長男）雅夫（本人）
（次女）早智子

レ、翌二十四日ニ死亡。
同年十二月三十日、私生子クミガ生マレ、同二十八年四月一日、西区立売堀北通一丁目三十九ノ父、槙田権二郎ガ認知シテ父ノ戸籍ニ移ル。マタ志乃ハ同年三月三十一日、槙田権二郎ト婚姻、槙田ノ籍ニ入ル。即チクミノ認知ヨリ志乃ノ結婚ガ先立ッテイル。コノ志乃及ビクミ及ビ槙田家ノ現況ハワカラナイ。

一、奈美（慶応《けいおう》元年十一月十五日生）
軍平、美津ノ三女。明治二十六年八月三十日、私生子良夫ガ出生。コノ良夫ハ明治三十六年八月二十六日ニ京都市上京区押小路通室町東入ル蛸薬師二五四デ死亡シ、同居者福田松吉ガ届出テイル。私生子トシテ、旧本籍地ノ附近ノ知人カ古イ親戚ニ預ケラレテイタモノト思ワレル。

（奈美ノ項、以下省略）

一、軍次郎（慶応三年十一月四日生）
軍平、美津ノ長男。国広ノ父。明治二十三年八月二日東マツト婚姻。明治三十八年八月、父軍平死亡ニヨリ家督相続。大正二年七月三日浅田かつト婚姻。昭和五年三月十八日木下千代ト婚姻。昭和十四年七月一日、東住吉《すみよし》区田辺東ノ町三丁目六デ死亡。七十二歳。木下千代ガ死亡届出。軍次郎ハ唯一ノ息子国広トハ同居セズ、後妻千代ト二人デコノ地ニ居住シテイタモノデアリ、親子夫婦ノ間ガ不仲デアッタモノト推定デキル。

一、軍次郎妻・マツ（明治六年六月三日生）
東五助、カルノ四女。明治四十一年十一月二十九日、谷町ノ本籍地デ死亡。三十五歳ノ若死ニデアル。

一、軍次郎妻・かつ（明治二十二年三月二十二日生）
浅田鶴造、マサノ次女。大正九年三月四日、谷町ノ本籍地デ死亡。三十一歳ノ若死ニ。

一、軍次郎妻・千代（明治十二年四月二日生）
木下道太郎、フデノ長女。
軍次郎ノ子供ハスベテ先妻マツトノ間ノ子供デ

アリ、後妻かつ、千代トノ間ニ子供ハナイ。

一、奈津（明治三年一月十九日生）

軍平、美津ノ四女。明治三十五年九月三日ニ私生子武夫ガ出生。コノ武夫ハ同三十八年十二月八日ニ中河内郡大戸村芝三八四ノ大川由次郎ガ父トシテ認知シ、松原ノ籍カラ大川由次郎ノ籍ヘ移ッテイル。奈津ハ同年同月同日ニ大川由次郎ト婚姻。コレニ先立ッテ奈津ハ明治三十七年三月十九日ニ私生子英子ヲ出生シタガ、英子ハ同年五月三日ニ死亡。大川家ノ現状ハ不明デアル。

一、英次郎（明治四年十二月二十九日生）

軍平、美津ノ次男。明治二十七年七月十三日ニ北区天神橋筋東四丁目十三、十四ノ合併地ヘ分家。コノ人ハ若イ時カラ相当ナ極道者デ、父軍平カラ勘当サレ、親兄弟ノ許ヘノ出入リガ差シトメラレテイタタメ、末路ハ全ク不明デアル。

一、キク（明治八年七月二十五日生）

軍平、美津ノ五女。

（省略）

コノ人ノソノ後ノ状況ハ全ク不明デアル。

一、マサ（明治十二年六月十八日生）

軍平、美津ノ六女。明治二十六年二月十五日死亡。

一、ヒサ（明治十四年十月五日生）

軍平、美津ノ七女。明治三十七年三月十六日、西成区粉浜《こはま》村一〇二ノ林元吉ト婚姻。コノ林家ノ現状モ不明デアル。

一、軍次郎ノ子供達ニツイテ

コノ兄弟ノ現存者ハ、ソレゾレ現況ガナントカワカル程度ニ、各自ノ生活ヲ続ケテイル。コレハ父軍次郎ガ谷町ノ本籍地デ紡績機械ノ販売ニ従事シ、ソノ父軍平トハ違ッテ、世間並ミノ生活ニ近ヅコウト、正業ニ就イテ努力シタ結果ト思ワレル。コノ期間ニ松原家ハ一応ノ水準ニ頭ヲ出シテキタト見ルベキデアルガ、ソレデモ国広ノ兄弟姉妹ハナントカ暮シテイルトイッタ程度デアリ、社会的ニ傑出シタトイウ人物ハ出テイナイ。

一、フサ（明治二十四年十月十日生）
軍次郎、マツノ長女。大正二年八月十四日、東区谷町五丁目八、松浦留之助ノ継子男、龍一郎ト婚姻。

（フサノ項、以下省略）
一、ハナ（明治二十六年二月三日生）
同、次女。同年八月二十一日ニ死亡。
一、重子（明治三十二年四月二十八日生）
同、三女。南区千年町四十九、若江藤二郎ノ長男、寿一郎ト婚姻。
（重子ノ項、以下省略）
一、清二（明治三十五年二月十一日生）
同、次男。同三十七年八月十三日死亡。
一、貞子（明治三十六年九月四日生）
同、四女。大正十年十月十八日、本籍地デ死亡。
一、陽子（明治三十九年七月二十四日生）
同、五女。昭和九年四月九日、丸亀市津森《つのもり》八、一条節夫ト婚姻。一条節夫ハ尼崎警察デ巡査部長トシテ現在モ勤務中。
一、松原国広一家ノ現況
国広ハ現在、大和モータープール、及ビソノ二階ノ貸事務所ノ管理人ヲシテイル。国広、登世子ノ夫婦、及ビ雅夫、早智子ノ四人家族ガ、同モータープール附属ノ家屋、二部屋ト台所ツキノトコロニ居住シテイル。現在ノ収入ハ父母ノ管理人トシテノ給料、雅夫、早智子ノ給与収入デ、生活ハ一応安定シテイル。家庭内ハ平和デアリ近隣ノ風評モ普通。生活振リハ、小サナ部屋ナガラ整理サレテ小綺麗《こぎれい》デアリ、世帯道具モ一応ハ整ッテイル。資産トシテハホトンド期待ガ持テズ、イクラカノ預貯金ト家財道具程度デアロウト思ワレル。
一、国広（明治二十八年十一月四日生）
軍次郎、マツノ長男。大正十四年二月二十日、妻登世子ヲ迎エ、昭和二十五年五月九日カラ現住地、南区上汐《うえしお》町二丁目六ヘト住所ヲ変エテイル。性質ハトテモ温和デ、気サクナ人柄、近所ノ風評モヨイガ、ソノ反面、生活ヘノ気力ガ薄イノデハナイカト思ワレル。戦前ハ父ノ紡績機械販売ニ従事シテイタガ、ソノ後カラ現在ニ至ルマデノ職業ハ不明。
一、登世子（明治三十五年八月二十九日生）
片山策造、早世ノ長女。国広ノ妻。若ヅクリニ化粧シ、一見三十歳代ニ見エ、水商売出ノヨウニモ見エル。勝気デ、チョット品ノ悪イ言葉ヅカイヲスル。夫ニ対シテ強イ発言力ヲ持ッテイテ、夫ヨリモ生活力ハ旺盛《おうせい》ト思ワレル。近隣トノ交際振リハ普通。
一、久美子（大正十五年四月八日生）
国広、登世子ノ長女。中畑弘二ノ妻。
一、中畑弘二（大正十五年七月二日生）
中畑和斗平、ミツノ次男。北区曾根崎新地三丁目六デ出生。昭和二十五年一月八日、松原久美子ト婚姻ニヨリ新戸籍ヲ作ッタ。住民票ニヨルト、弘二ハ二十四年七月十八日カラ東野田三丁目ニ居住シ、久美子ハ寝屋川《ねやがわ》市三井（父ノ前住所）カラ二十五年五月二十一日ニ同所ヘ移ッテイルガ、調査員ガ今般、同住所ヲ調ベタトコロ、夫婦ノ居住ノ事実ガツカメズ、間借リカ二階借リカ、ト思ワレル。弘二ハ写真技師トシテ日本綿糸布輸出協会ニ勤務シ、保存用書類ノ撮影ヲシテオリ、ソノ技術ニハ特ニ秀デテイルトノコトデアル。
一、早智子（昭和七年二月四日生）
国広、登世子ノ次女。沓里園ノ聖母女学院ヲ卒業。ヤンマー・ヂーゼルニ勤務中。
一、片山家（登世子ノ実家）ノ総論
片山家ハ多年和歌山市ニ住ミ、紀州徳川家オ抱エノ絵師トシテ相伝エラレタ家柄デアル。策造ノ代ニナッテ、大正四年三月十一日ニ和歌山市広瀬通丁二目八番地ノ本籍地カラ、大阪市北区粉川町三十九ノ五ニ移籍シテイル。片山源之丞ニハ子供ガナカッタノカ、和歌山市岡山町二、木島三之助、ふじノ四男策造ヲ明治二十八年十二月三日ニ養子トシテ入籍シタ。

当家モ松原家ト同ジク、男女間ノ風紀ニ対スル考エ方ガ乱レテイタ、乃至《ないし》充分デナカッタト思ワレ、登世子ハ出生後丸三カ年モ私生子トシテ放置サレテオリ、又ソノ妹加代子ハ自ラ私生子ヲ生ンデイル。

血統ニツイテ兎角《とかく》ノコトハナイト推定サレルガ、十年以上前ニスデニ死亡シテイル策造ガタダ一人粉川町ノ本籍ヲ守ッテ生存シテイルコトニナッテイルナドノコトハ、最近マデ父ノ籍ニ残ッテイタ現状不明ノ久虎ニ最モ責任ガアルガ、登世子、加代子ノ二人ノ姉ニモ一半ノ責任ガアリ、日本人トシテノ旧来ノ美風デアル家ニ対シテノ考エ方ガ甚ダ浅薄デアリ、自分個人サエ良ケレバヨイトイウ考エ方ガ強イノデハナイカトモ疑ワレル。

一、策造（明治二年一月十日生）

明治三十八年三月十二日ニ月橋早世ヲ嫁トシテ入籍シ、同三十九年養父源之丞死亡ニヨリ家督ヲ相続シタ。コノ人ハ昭和十四、五年頃死亡シテイルガ、戸籍面デハ抹消サレテイズ、現在モ生存シテイルコトニナッテイル。

一、早世（明治十四年八月四日生）

（早世ノ項、以下省略）

一、登世子（明治三十五年八月二十九日生）

母早世ノ私生子トシテ出生、明治三十八年三月十日ニ父策造ガ認知、同年同月十二日ニ父母ノ結婚デ嫡出子《ちゃくしゅつし》トナッタ。

一、加代子（明治三十八年三月二十九日生）

（加代子ノ項、以下省略）

一、久虎（大正二年三月五日生）

（久虎ノ項、前半省略）

昭和二十六年十二月三日ニ、三田芳子トノ婚姻届ヲ静岡市長宛《あて》ニ出シ、静岡市神明町六ニ新戸籍ヲ作ッテイル。永ラク定マッタ職業モナク、親戚ニ迷惑ヲカケテキタガ、ココ数年ハ片山家ト音信不通デアル。現況ハ不明ダガ、現在モ静岡ニ居ルモノト思ワレル。

一、良子（昭和三年七月十二日生）

加代子ノ私生子トシテ生レテイルガ、出生同日

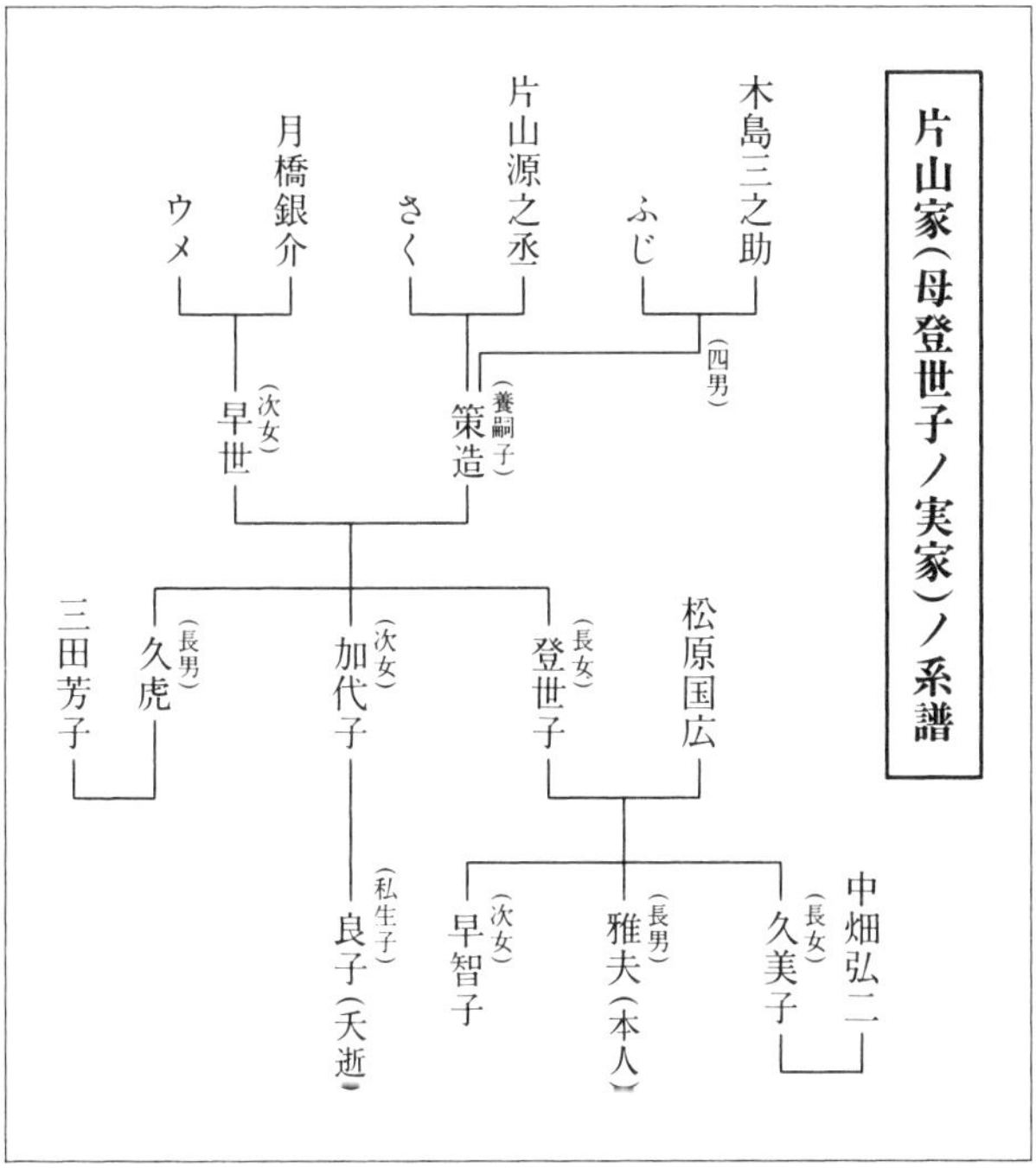
片山家（母登世子ノ実家）ノ系譜
木島三之助
ふじ
（四男）
片山源之丞
さく
（養嗣子）策造
月橋銀介
ウメ
（次女）早世
松原国広
（長女）登世子
（次女）加代子
（長男）久虎
三田芳子
中畑弘二
（長女）久美子
（長男）雅夫（本人）
（次女）早智子
（私生子）良子（夭逝）

ニ死亡。母加代子ハ約二年後、正式ニ嫁シテイル。
一、本人、雅夫ニ関シテ
昭和三年一月五日ニ国広、登世子ノ長男トシテ出生。明星学園高校部ヲ経テ二十六年三月関西学院大学商学部ヲ卒業、阪神百貨店ニ入社、現在管理部企画調査課詰デアル。
身長五尺四寸位。色白ノ痩《や》セ型。近眼。温和デ口数ガ少ク、交遊ハ普通。今ドキノ若イ者ニ似ズ礼儀正シイ。（以上会社側談）
性質ハ明朗。社交的デ人ニ好カレル。気ノ弱イトコロモアルガ、芯《しん》ハシッカリシテイル。学校デモ熱心ナ勉強態度ダッタ。（以上学友ノ談）
定時（十時十分カラ十八時十分）通リ勤務。遅刻、早退ハナク、健康体デ欠勤モナシ。
給与ハ現在一万一千円プラス諸手当。
会社ニ労組ハ存在スルガ、本人ハ組合活動ニ積極的デハナク、思想的ニハ穏健デアル。
デパートノ特異性デ周囲ニ女性ハ多イガ、異性関係ハマッタク見ラレナイ。
一、結論
本人ハ別段ノ欠点モナク、普通ノ人物ト推断デキルガ、会社側デハ、マダ結婚ハ、年齢、収入両面カラ考エテ、少シ早イノデハナイカト言ッテイル。

父方、母方、共ニ過去ニオイテ特ニ女性側ニ倫理感ガ甚ダ欠ケテイタト思ワレ、父国広ノ伯叔母ガ全員ト言ッテヨイホド私生子ヲ産ンデイテ、コレラノ私生子ノホトンドガ夭逝《ようせい》シテ消エテシマッテイルコトナド、当家ノ人達ノ身ヲ置イタ場所ガ非常ニ乱レタ生活環境ニアッタト考エラレル。

過去ト切リ離シテ現況ノミヲ見レバ、当家ノ生活ハ安定シテイテ、本人、家族、共ニ欠点モサホド見ラレズ、普通デアル。シカシ家系全体トシテ点数ハ悪ク、特ニ軍次郎ノ姉妹ガ悪スギテ、肯定デキヌモノガアル。

昭和二十八年二月二十一日

新日本探偵社
担当　石黒宗一

この例のように、本人に欠点がないのに家系が悪いため破談になった例は実に多かった。しかしこの種の調査で手加減はしない、というのが探偵社の信用を重んじる辰巳の方針であり、石黒自身の考えでもあった。それは本人の幸福と将来の可能性を大きく損う行為であるかもしれなかったが、その判断は本来依頼人の良識がなすべきものだし、依頼人も自分たちも共に同じ日本というこの閉鎖的な社会に住んでいるのだから、無理やり依頼人の高みに立ったりするような思いあがりは許されぬ筈だ、というのが辰巳と石黒の間で、ある水準の罪悪感を伴いながら何度か確認しあったことでもあった。
　次の例は、とびこみによる依頼であったが、この場合は家系ではなくて現在の家族が悪いため、本人が良い娘であったにかかわらず破談になっている。

調査報告書

調査対象　佐山早恵子

一、家族
父　佐山五平（四十六歳）
母　　槙（四十三歳）
兄　　力（二十四歳）
本人　早恵子（二十二歳）
妹　美代子（十八歳）
妹　宇多子（十六歳）
弟　明彦（十四歳）
弟　伸雄（十歳）

一、父五平
郷里石川県カラ京都ニ来テ、当初醤油ノ小売商ヲシテイタガ、神経衰弱トナリ、店ヲ閉鎖シテ約十七年前ニ現家屋ニ移リ住ミ、シバラク遊ンデイタ。職ガ定マラズ、イロイロナ仕事ヲシテイルガ、戦時中マデハ大阪市四貫島《しかんじま》ノ鉄工所ニ比較的長期間ツトメテイタ。応召デ軍隊ニ入リ、戦後復員シテ、マルナカ醤油ニ勤務、ソノ傍ラ自分デモ得意先ヲ求メテ醤油販売ヲ行イ、現在デモソノ時ノ得意先ノ学校ナドヘ時オリ塩ナドヲ運ンデイル。四、五年前カラ、当家附近ノ同年配ノ者七、八人ガ親睦会ヲ作リ、交遊シテイタガ、二年ホド前、コノグループデ、西陣ノ織物関係ノ仕事トシテ電気植毛業（布地ニ植毛シテ加工スル業務）ヲ始メヨウトイウ話ニナッタ。シカシ当人ハ出資スル金ガナイノデ、家主（当家ノ三軒隣リ）ガ二人分十万円ヲ出資シ、当人ハソノカワリニ労務出資ノ形デ業務ニ従ッタ。

　トコロガ七、八人ノ共同事業デアルタメニ、船頭多クシテ船山ニ登ル結果トナリ、赤字トナッタノデ皆ガ手ヲ引キ、最後ハ本人五平ト坪井ノ二人ガ、二人トモ他ニ定職ガナイタメヤムヲ得ズアトヲ引キ継イダ。シカシコレモ仲間割レシテ、利害関係デ目下紛争中デアル。五平ハ二カ月前カラ単独デコノ業務ヲ行ッテイルガ、得意先ノヨイトコロダケヲ手中ニ納メタタメ、順調ニ運営サレハジメテイル。現工場ハ千本今出川《せんぼんいまでがわ》ノ元誓願寺附近トノコトデアル。長男力ガ、多年定職ナクブラブラシテイタノデ、工場ノ監督ヲヤラセテイル。

　性格ハ真面目デ、酒ハ好キナ方デアル。温和ダガ、ドチラカトイエバ甲斐性《かいしょう》ナシ。

　坪井トノ紛争ハ、二進《にっち》モ三進《さっち》モ行カヌ状況デアッタタメ、食ワンガタメ一時的ニ人ガ悪クナッタノダロウト近所デハ言ワレテイル。

　事業ハ新シイ試ミデアルカラ今ハ軌道ニ乗リツツアルガ、将来性ハ疑問デアルトイウ見方ヲスル人ガ多イ。

一、母槙

　意地ッ張リデ負ケヌ気ガ強ク、極メテダラシノナイ性格。家事ヲ放リ出シテブラブラ近所歩キヲスル。従ッテ家ノ中ハ常ニ乱雑ニトリチラカサレテイル。掃除ヲ充分セズ、タダダラダラト時間ヲ空費シテイル。二年ホド前、新興宗教ニコッテ、長男ノ身持チノ悪イノヲ神様ノ力デ救ッテモラウノダト公言シテイタカラ、一方デハ迷信家デモアル。

槙ガ派手好キデアルタメ、家ニハ若イ男女ノ出入リガ激シイ。

早恵子ガ母ノダラシナサヲ非難スルタメ、夕刻ナド、「早恵子ガ帰ッテキタラヤカマシイカラ」ト、近所カラアワテテ戻リ、掃除ニトリカカルコトガヨクアル。

金ハ、アッタ時勝負デ、無計画ニ消費スルタメ、五平ハソノ時ソノ時ノ入金分シカ槙ニ渡サヌヨウニシテイル。世帯持チ悪ク、自ラ煮炊《にた》キスルコトヲ好マズ、スグ食ベラレルモノヲ「オカズ屋」デ買ウ習慣ガアル。

晴着ヲスグ普段着ニシテシマイ、イザトイウ時ノ外出着ニ困ルコトガ多イ。近所デハ井戸端会議ノ金棒引《かなぼうひ》キデアル。金ガ無イノ一世間体ヲ気ニシテ余計ナ見栄ヲ張ル。夫ガ甲斐性ナシダカラ長男ガグレテシマッタト近所ノ人ビトニ放言シテイル。

生レハ京都市堺町御所ノ近クデ、結婚前ハ弁護士ノ女中ヲシテイタ。和裁モ当時、弁護士夫人カラ仕込マレタ、トノコトデアルガ、自宅デハ縫イ物ヲシタコトガナイ。後記ノ、親戚ニアタル万代旅館ガ忙シイ時ニハ手伝イニ行ッテ、小遣イヲコシラエテイル。以上ノ如ク、近所ノ風評ハ悪イ。

長男力ノ、年上ノ女ガ家へ遊ビニ来タ時ニハ御馳走シテ歓待シテイルトノコトデアル。

一、長男力

母ニ似テ働クコトガ嫌イデアリ、近所ノ話デハ、生活ガ苦シイノニ高校へヤッタタメ、ヨイ家庭ノ学友ガ多クテカエッテ力ガグレタノデハナイカトノコトデアル。卒業後、大阪そごう百貨店ニ就職ノ話ガアッタガ、家庭調杳デ採用サレナカッタトイウ。ソレ以来定職ハナイ。時間的ニ拘束サレナイ仕事ヲ好ミ、アチコチノ外交仕事ヲヤッタリシテイル。二年ホド前、附近ノ朝鮮人金井某ト組ミ、金井ノ父ノ出資デビニール屑ノブローカーヲシテ十万円ホド儲ケタコトガアル。

酒ハ呑ミタイ方デアリ、軟派デアリ、年上ノ二十七、八歳ノ女ガデキテ、コレニ入レアゲテイル模様デアル。外泊モ多イガ、二カ月ホド前カラハ父ノ仕事ヲ手伝ッテイル。性格トシテハ、気ガ良イノデ友人達ノ気受ケハヨイ。母ノ叔母ガ島原デオ茶屋ヲヤッテオリ、コレガ思春期時代ノ力ニ悪影響ヲ及ボシタラシイト言ワレテイル。

一、本人早恵子

オットリシタ性格デ、ヤヤ病気勝チ。ドチラカトイエバ美人デアル。茨木駅下車、歩イテ十五分ノ工場ヘ勤務シテイル。家庭婦人トシテノ将来ニ備エルタメ、ヒト通リノコトハ習得シテオキタイ気持ノヨウデアルガ、時間的ニモ余裕ガナク、生花ヲ少シ習ッタダケデアル。

家ニ若イ連中ガ遊ビニ来テイテモ、コレニ加ワラズ、早ク二階ヘアガッテ寝ルトイッタ真面目ナ女性デアル。

一、妹美代子

姉妹中一番ノ美人。男勝《まさ》リノシッカリ者デ、行動派、フラッパー的要素ノアル娘デアリ、稽古事《けいこごと》ナドハ好マナイ。松下電器京都工場ヘ勤務シ、夜間高校ヘ通ッテイル。

一、妹宇多子

勉学ガ嫌イデアリ、新制中学卒業後ハ松方晒工場ニ勤務シテイル。近所ノ幼児ノ子守リナドヲ好ム、気ノイイ娘デアル。

一、弟明彦・伸雄

コレラハ中学二年、小学四年デアリ、マダ海ノモノトモ山ノモノトモワカラナイ。

一、居住地ノ環境

当家ハ五条大宮電停ヲ西ヘ二丁半、北ヘ入ッタ西側ノ二階建テ長屋ノ一軒デアル。階下三間、階上三間デアル。附近ハ下級サラリーマンノ家ガ多ク、小商売ノ店モ点在シテイル。環境トシテハマズ普通デアル。

一、生活程度

娘三人ノ給料ハ、ソレゾレノ小遣、学費ナドトナリ、早恵子ガ月二千円ヲ父母ニ渡ス他ハ、家計ノ足シニナッテイナイ。シタガッテ父一人ガ賄ッテイル。生活ハ苦シク、昨年夏ニハ夜遅クマデ借金取リガ詰メカケテイタト言ウ。空襲ニ備エテ二階ノ釣天井板ヲトリハズシタガ、ソノ復元ガマダデキズ、紙ヲ張ッテ一時シノギニシテイル。

世帯持チノ悪イ妻ノタメ、五平ガイクラ働イテモ追イツカヌ有様デアル。シカシ家庭内ハ平和デアリ、夫婦仲モ円満デアル。

一、親戚関係

五平ニハ現在、兄弟ハイナイ。

槙ノ叔母ガ島原デオ茶屋ヲ営業シテイル。槙ノモウヒトリノ叔母ノ婚家先ガ嵯峨《さが》ノ万代旅館デアリ、コノ叔母ハ死亡シテイルガ、槙ハ現在モ親シク出入リシテイル。

一、結論

当家ハ、性格的ニハミナ気ノ良イ人タチデアルガ、母ガ常識的ニ大キクポイントガハズレテイル。家族ノウチデ非難サレルベキハコノ母ト、長男ノ二人デアリ、ソノ他ハミナ真面目ナ人タチデアル。

特ニ本人早恵子ハ、近所デノ褒《ほ》メラレ者デアル。

昭和三十年四月十六日

新日本探偵社

担当　石黒宗一

15

結婚調査にいい腕を見せ、一手に引き受けていた課長の石黒があまりにも多忙の時には、馴れぬながらも他の所員が結婚調査をすることもあった。それぞれ課長である山際、船山、岩木、それに所長の辰巳秀雄が行った調査を紹介する。山際が調査した次の例は珍らしく破談原因の調査であり、山際はなぜかこの報告書を談話のみで終始し、結論などもその影響でか「ですます」調で書いている。

調査報告書

調査対象　今畑優吉（一部省略）
　住所　布施市友井一九六

一、家族

父
母
弟　小学校教員デ将来ハ養子ノ身。人柄ハ兄ヨリ上トノ噂。
妹　二月初旬、旧正月頃嫁入リ。
老婆　父ノ従妹トノコト。
雇人　雑役ノ男衆《おとこし》一人。

一、家柄職業
相当ノ旧家。邸宅ハ立派。不動産多ク、副業ハ養鶏。

一、近隣ノ女房ノ言（大要）
結納ガオサマッタノハ去年ノ六月頃ダッタノデスガ、家ノ造作ナドデ延ビノビニナリ、十二月ノ十二日ガ日ガ良クナイカラ十八日ニスルナドト言ッテイルウチニ、突然破談ニナッタノデス。オ嫁サントナル方ガ相当ナ我ガママデアッタラシイノデス。優吉サンノオ母サンハ、口コソ達者デスガ、大変イイ奥サンデスシ、今畑家ヘ嫁イデコラレテカラハ、亡クナッタ姑《しゅうとめ》サンニズイブンキツイ仕打チヲ受ケテ、今ノオ嬢サンガ五歳ノ時ニ、家ヲ出テ郷里《さと》ヘ帰ッタコトモアッタクライデス。奥サントシテハ、自分ノ味ワッタ苦シミヲ、フタタビ息子ノ嫁ニハ味ワセタクナイト常ニ言ッテオラレマシテ、嫁入リ後ハ別居サセルツモリトカ聞カサレマシタ。破談ノ原因ニツイテハ聞カサレテイマセン。

一、優吉氏ノ母ノ言（大要）

見合ヲシマシタアト、先方ノオ嬢サンカラタビタビ学校ヘ電話ガアリマシテ、優吉ハソノ都度、映画ナドヘオツキアイシテイタノデスガ、先方ハ今ドキノハッキリシタ娘サンデ、道ヲ歩クニモ腕ヲ組ンデ歩クラシイノデスネ。息子ハ大変キマリ悪ガッテオリマシタ。オ父サンガ亡クナラレテカラ母親ノ手デ育ッタタメデショウカ、金銭的ニハ息子ト正反対デ、浪費癖ガアッタラシク、所謂《いわゆる》オ金ノアリガタ味ヲ知ラナイカタノヨウデシタ。映画見物ヲシテイテモ、コンナ安物ノ映画ナンカツマラナイト言ッテ途中デ出ルトイッタ状態デス。イチバンヒドカッタノハ、共ニ飲食シタ折、食べ残シタモノヲ息子ニ、アンタ、コレ食ベテ頂戴《ちょうだい》ト言ッタトカ。コレラハ破談後ニ息子ガワタシニ語ッタコトデゴザイマシテ、ナゼソノ時スグニワタシニ報告シテクレナカッタノカト息子ヲセメタモノデゴザイマシタガ。

直接原因トシテハ、息子ガオ嬢サンニ「ウチノ母ハ朝四時ニ起キテ終日働キ、洗濯、針仕事ナド家事一切ヲヒトリデ切リマワシテイルガ、君モソノ心掛ケデイテホシイ」トイッタトコロ、娘ノイワク「洗濯ヲスレバ手ノ皮ガムケル。針仕事ヲスレバ肩ガ凝ッテ四、五日寝込ムカモシレナイ」ト言ッタソウデスカラ、嫁トシテトテモツトマラナイト考エタノデショウカ。

モトモトワタシノ方ノ遠縁ニ当タル人デモアリ、ワタシノ方トシテハマトメタイト願ッテオリマシタ。デモ今トナッテハ、ホットシタ気持デイルノデゴザイマスヨ。

一、生花師匠林先生ノ仲人トシテノ言

私ハ見合ノ当日ニオイテ直感シタノデスガ、アトデ聞イタ話ト綜合シマスレバ成ル程トウナズカレルノデス。想像通リノ派手ナ娘サンデシテ、一方優吉サンハドチラカトイウトオットリ型デ地味ナ方ダシ、アレデハ尻ニ敷カレタコトデショウネ。モウダイタイ聞イテコラレタ通リノオ嬢サンデシテ、私モズイブン沢山ノ娘サンノオ相手ヲシテオリマスガ、アノタイプデハネエ。ソレニ、女中ヲ雇ッテクレナクテハ厭《いや》ト言ッテイタトカ。ソウデスネエ直接ノ原因トシテハ、結納ガアマリニモ少カッタノガイケナカッタノデハナイデショウカ。イクラカハ聞イテイマセンガ、ソレハソレハホンノチョッピリダッタソウデ、ソレデ結局、娘サンノ親戚カラ物言イガツイタノデスネ。

私ガ仲人役ヲ引キ受ケタ動機デスカ。ソレハコノ先ニ川口サントイッテ、薬ノ行商ヲヤッテイル方ガアリマシテネ。川口サンガコレコレト言ッテコラレタノデ、私ハマタ今畑サンノ奥サント親シイ間柄デアリマシタノデ、川口サンガオ嫁サン側ノ仲人トナリ、私ガオ婿サンノ側ノ仲人ヲオ引キ受ケシタワケデアリマス。

一、川口康弘氏ノ仲人トシテノ言

今サラ何モ申シアゲタクナイノデアリマスガ、アナタガオ役目柄来ラレタコトユエ申シマスガネ。ダイタイ今畑サンノ奥サンハ物ゴトガワカラナサスギマスヨ。娘サンノ方ノ奥サントハトテモ比較ニナリマセン。アノ方ハズイブン奥ノ深イカタデシタヨ。

今畑ノ旦那ハトテモ良イ人デ、太ッ腹デスカラ、私モ腹ノ虫ヲ押サエテイマス。今後モオ世話シタイ気持デオリマス。

ソレニ優吉サントイウ人ガ、金銭ニコマカイトイウカ、汚イ人デシテネ。嫁ニ来タラ当分共稼ギデ働イテホシイ。子供ガデキタラ母親ニ面倒ヲ見サセテ働イタライインダ。ソシテ金ヲウント貯《た》メルンダナンテ、無茶苦茶デスネ。最大ノ原因ハ優吉サンガ、娘サンニ対シテ、金ハイクラ持ッテクルカ、ドレクライノ仕度ヲシテクルカト訊ネタコトデスネ。

　結納金ガタッタ八万円デスヨアナタ。

　ソレナノニ娘サンノ方デハ、ミシンニシテモ、シンガーノパリパリヲ用意シテ、他ノ調度品トイイ衣裳トイイ、タイシタモノデシタネ。私ハイチイチ、今畑サンノ奥サンノトコロヘ、今日ハコンナ物ヲ買ッテ揃エテイマシタト、見テキタ通リヲ報告シテイタノデスガ、ソンナラコレコレモ揃エテホシイト、次ツギニ注文デスワ。

　タッタ八万円ノ結納金デ、ソンナ贅沢《ぜいたく》ハ通リマセンヨ。コレヲ申シアゲルト、ダイタイワカッテモラエルト思イマスガ。

一、結論

　破談ヲ申シ入レテキタノハ娘ノ方カラデアリマシタ。婿ノ優吉氏ハアマリニモ金銭ヘノ執着ガ強ク、マタ封建的ナ家族制度ノ殻ノ中ニ妻ノ生活ヲ束縛シヨウトイウ思想ヲ持チ、ソレガ娘ヲシテ、ロマンチックナ結婚生活トハ反対ニ、結婚トハ人生ノ墓場ナリト痛感セシメタノデアリマショウ。ソレト、結納金ト釣リ合ワナイ母親ノ要求モ原因デショウ。要スルニ、結納ガ収マッテカラ挙式ノ日マデ約六カ月モアリ、ソノ間タビタビ交際ヲ続ケタコトガ、カエッテオ互イノ親シミカラ超エタ我ガママガ生ジテ、言イタイコトヲ言イアッタコトモヒトツノ原因デショウ。

昭和二十九年一月十日

新日本探偵社

担当　山際常雄

芝浦ハガネ株式会社殿

昭和三十二年十月に岩木が調査した次の例は、結婚調査ではないが、内容からは本来石黒の担当すべきものである。しかし石黒はその年の七月、すでに覚醒剤中毒となって退社していたのだった。（第7章）

調査報告書

調査対象　小原和春　大正十二年二月九日生
本籍　東京都北多摩郡調布町下布田二八
現住所　大垣市神田町

一、生イ立チ
出生地ハ不明デアル。本籍ハ東京都デアルガ、幼少時ハ金沢市ニ育チ、東京都ノ運輸会社ニ勤務シテ自動車運転技術ヲ習得シタモノデアリ、爾《じ》来《らい》、多年ソノ技術ヲ以《もっ》テ生活シテイル。

一、勤務先　中京バス交通株式会社
コノ会社ハ最近大垣バス他二、三社ガ合併シテ設立サレタ。本社ヲ名古屋市ニ、支社ヲ大垣市ニ置イテイル。本人ハコノ会社ニ昭和二十九年十二月ニ入社、以来乗合自動車ノ運転手トシテ現在ニ至ッテイル。

一、性格
鉄火肌トデモイウベキカ、平素ハ無口デアルガ事ニアタッテハ感情ガ激発シ、イザコザヲ生ジタ場合ナド腕力ニウッタエルコトモアル。周囲ノ成リ行キニ呑マレヤスイ附和雷同性ガアル。理性ガ感情ニ負ケ、マタ環境ニ左右サレヤスイ。

一、勤務振リ
欠勤ハ少ク、勤務振リハ普通。

一、信用度
会社側ハ運転技術ハ信頼シテイルガ、ソノ性格ト素行ニハ信用ヲ置イテイナイ。タダ本人ノ兄錦市ガ温厚デ真面目ナ人物デアルタメ、アノ人ノ弟ダカラマアマアト、兄ノ信用ガ弟ヲカバーシテイル。

酒ハホトンド呑マヌヨウデアル。

一時労組ノ運動ニモタッチシテイタガ、コノゴロハ兄ニ戒メラレテイルノカ組合運動カラハ逃ゲテイテ、全然タッチシテイナイ。

入社マデニスピード違反一件ガアルガ、入社後ハ現在マデ無事故。

一、会社側ノ見解

本人ノ直接ノ監督者デアル丸山高級助役ハ、本人ノ女関係ニツイテ充分知ッテイテ、調査員ニ対シ次ノヨウニ語ッタ。

「男女ノ従業員ヲ多クカカエテイマスノデ、風紀問題ハヤカマシク取リ締マリ、確証ノアガッタ者ハ辞職サセテイマス。最近モコノ例デヤメサセタ者ガイマス。

小原君ノ場合、噂モアリ、一緒ニ喫茶店ヘ行ッテイタ、映画ヘ行ッテイタト始終聞カサレテモイマスシ、自分ノ見タ眼デハモット突ッコンダ関係ニアルト思イマスガ、ナニブン現場ヲ押サエタワケデハナイノデ確証ガナク、処分モデキズニ今マデズルズルト来テシマイマシタ。

小原君ニハ妻子モアリ、給与モ少イノデ心配シテイマス。女ノ方モ母ト二人ノ世帯デ、大阪ニイル叔父サンガ心配シテ生活ノ補助モシテイルソウデス。ソノ女ハ欠勤ガ多クテ、ダカラ会社カラノ収入モ少ク、生活扶助ヲ受ケテイマスガ、ソレモ二、三千円デショウ。小原君ノ給与ハ月一万七、八千円デ、今ノ奥サンヲ離別シテソノ女ト結婚スルトイウノハ、子供ガ二人モアル以上無理ダシ、別レ話ガコジレテ裁判ニナッテ、将来男ガ別レタ妻ヘ慰謝料ヤ養育費ヲ出スコトニナッテモ、アノ男ノ力デハ駄目デショウ。月ヅキ分割払イニシテモ一万八千円ノ収入カラ二千、四千ト差シ引カレタノデハ生活デキマスマイ。自分トシテハ、渦中ニ入ッテ解決シヨウトイウ熱意ナド、アリマセン。

モシ二人ノ関係ガ明ラカニナレバ退社サセレバヨイノデスカラネ。円満ニ解決スルニハ、大阪ノ叔父サンガ引キトッテ手伝イヲサセルトカ、女ガ他ノ土地へ移ッテ自然ニフタリヲ疎遠ニサセルノガヨイト思イマス。トニカク両人ノ直接ノ上司トシテハ、両人ガ結バレルコトニ極力反対デス」

一、家族

妻　　万里子（昭和三年九月二十五日生）

長女　三津子（昭和二十五年七月十二日生）

次女　千津子（昭和三十年一月二十日生）

右ニ本人ヲ加エタ四人家族ガ、住民登録サレタ家族デアリ、マタ会社側モ扶養家族トシテ妻ト二子、トナッテイル。

トコロガ自宅附近ノ聞キ込ミ調査ニヨルト、子供ハ三人居テ、ヒトリハ五、六歳ノ男ノ子ダトノコトデアリ、コノ男ノ子ノ戸籍面ノ姓名ハ、コノ度ノ調査デハ明ラカニスルコトガデキナカッタ。

近隣デハ夫婦ノ間ノ子トシテマッタク疑イハ持タズ、会社側デモコノ男ノ子ノコトハ知ラナカッタ。推察スルニコノ男ノ子ハ小原姓ヲ名乗ッテイナイモノト思ワレ、シタガッテ和春ガ妻以外ノ女ニ産マセタ子ヲ別ノ戸籍ニ入レテ引キトッテ育テテイルカ、マタハ親戚カ知人ノ子ヲ自分タチノ子供トシテ引キトッテイルモノト思ワレル。

一、環境及ビ近隣ノ風評

大垣駅前カラ久瀬川行キバスニ乗車、「踏切」停留所デ下車。スグ西ノ辻ヲ南へ入リ約一丁半ホドデ右側ニ小原錦市スナワチ実兄ノ家ガアル。

本人ノ家ハソコヲサラニ南へ約二丁ホドノ町ハズレデ、本人宅カラ二軒先ハモウ農地ニナッテイル。家ハトタン葺《ぶき》五軒長屋、平屋建テノ中央デ、兄ノ家ノ附近ハマダヨイガ、コノ附近ハ一見シテ生活程度ノ低イ人ビトノ住マイト思ワレル。ソノ長屋モ古イ汚レタバラックト言ッタ方ガピッタリクルグライデアル。

近隣デノ風評ハ、同家ノ生活ハマズマズ、表面トリタテテ家庭不和ノ様子ハ見エナイトノコトデ平穏ニ暮シテイル。本人宅附近ノ風評ハ以上ノ通リデアルガ、カエッテ、離レテイル兄ノ家ノ附近デハ、弟ノ妻ガヤッテキテ、夫ガ女ヲ他ニ拵エテ困ルト兄ノ妻ニ話シテイタトノ噂ガアリ、本人ノ女性問題ハコノアタリデハヨク知ラレテイタ。

一、結論

　本人ノ信用度ハ実兄錦市ノ人格ニヨルモノガ大キク、本人ヒトリデハサラニ信用度ハ低下スルト思ワレル。兄ハ同ジ会社ニ運転手トシテ勤務中デ、ソノ人柄ノ良サハ大垣市ノ自動車関係者ノ間デ良ク知ラレテイテ、自宅附近デモ評判ハヨイ。

　シカシ本人ハハナハダ激情家デ、何カヒトツ事ガ起ルトソノ言語動作ガキワメテ粗暴ニナル好マシクナイ性質デアル。会社側トシテハ運転手トシテコノ荒ッポサガ柄ニ合ッテイルトモ見テイテ、歓迎ハシナイガマズマズトシテ使ッテイル。女ノ問題ハ、蔭デハ社内全体ニ知レワタッテイルガ、確証ガナイママ現在マデノトコロ、見テ見ヌフリヲシテイル。オトナシイ良イ奥サンガアリナガラ、マタ、相手ノ女ガナカナカノシッカリ者デモアルダケニ、ナゼソンナ関係ニナッタノカワカラヌトイウ見カタモサレテイル。

昭和三十二年十月十七日

新日本探偵社

担当　岩木正雄

三善機械工業株式会社殿

×　×

中京バス交通株式会社大垣支社運輸部

丸山高級助役殿

前略

過日は突然参上、小原和春氏の身上調査に種々御便宜をお計り頂き、遅ればせながら厚く御礼申しあげます。

さて、このほど該件の依頼者からの話によりますと、「弊社が大垣まで調査に来た」という事実を以て、小原氏の相手方の女を辞職させたとのことで、依頼者としては弊社の調査方法の拙劣、即ち「毛を吹いて傷を求める」結果となった事に対して多大の御不満を表明されました。弊社の信用低下のおそれもあり、ここに次の抗議を貴殿に呈します。

弊社調査員拝眉《はいび》の折、貴殿は「本人達二人に対してはとかくの噂もあり、また私個人としても二人の間のことを憂慮しているが、何分確証があがらぬことには処分することもできず、引き続き双方共に勤務して貰っている。いちばん良い解決方法は女の方が、大阪の叔父を頼ってこの地を離れることだ」と談話されました。しかるに今回の馘首《かくしゅ》のことは、

1、如何《いか》なる確証を握って処分されたのか。

2、女のみ処分したことは甚だ一方的と思われるが、何故そういう方法をとられたのか。

右二点に対して貴殿の責任ある御返答を頂きたく、右書面を以て失礼ながら貴意を得たく存じます。

匆匆

新日本探偵社

×　×

新日本探偵社殿

拝復。ご書面に接し、驚いております。さっそくお申越の抗議に対して、その一、その二と別記釈明することなく、月丘優子が退社した事情を申

し上げます。

貴社調査員殿来社の後日、現場取締りの任に当る主任、助役、相談の上、噂のみにても本人達の将来や社内の統率上、捨てておくわけには行かぬと、両人を別々に呼び出して注意しようと致しましたところ、月丘優子は、私どもが何も言わぬ先に自分から、「長い間お世話になりましたが、今月限りで退社致したいと思いますのでよろしく」と申し出てきました。私どもはその申し出を受理しただけで、当方から、辞めよとか、辞めたらどうだとか、何も申してはおりません。多分ご依頼者のお言葉とは存じますが、お申越の「確証」とか「馘首」とかの文面の意は甚だ心外であり、回答に苦しみます。

右の事実が真実であり、他に申し上げることは何もありません。

噂のみにても注意せんとしたことは「火のないところに煙は立たぬ」という諺《ことわざ》を引いて、就業規則の「社内において風紀を紊《みだ》した者」の条項に抵触することを示し、本人たちの反省と自覚を促さんとしたものであります。

貴社の御迷惑もさこそと存じますが、すべてご依頼者の誤解と思いますので、その誤解をとくことが問題の解決点だと存じます。ご依頼者の、おついでの節の来垣、来社をお待ち申しております。

乱筆ながら右、ご返信まで。

草草

中京バス交通株式会社大垣支社

主任助役　丸山一夫

調査後の右のようなトラブルは、石黒が担当していれば起らなかった筈であったし、たとえ女性が馘首されたとしても、依頼者が探偵社に対して不満を表明するという結果にはならなかった筈であった。

次の例も岩木による調査である。

調査報告書

調査対象　夏川孝英

一、夏川家ノ略記

当家ノ男系ハ古クヨリ大阪市南区日本橋筋附近ニ住ンデイタモノデアリ、明治時代ハ現在ノ日本橋筋ノ松坂屋辺リカラ恵美須町ノ間ハ長町ト称シテ細民街デアッテ、当時ハ生活程度ガ低カッタ模様デアル。

治三郎ノ子供達、即チ政三郎、利三郎、英三郎、恒三郎達ガ成人スルニ及ンデ、各人精励努力シ、兄弟相扶《たす》ケツツ機械商界ニ進出、谷町筋ノ工作機械街ニソレゾレガ店舗ヲ構エテ、兄弟間ノ摩擦ヲ避ケルタメ、一人ガプレス機、一人ガ旋盤トイウ風ニ各人型式ノ異ル機械ヲ以テ独立経営シ、満洲事変以降、大東亜戦争ノ初期ニカケテノ軍需ブームニ乗リ、ソレゾレ事業ノ拡大ヲシ、特ニ本人ノ父英三郎トソノ弟恒三郎ハ一応ノ成功ヲ納メ、英三郎ハ大阪機械工作（株）ノ社長、恒三郎ハ夏川プレス（株）ノ社長デアッタ。トコロガ戦後数年間ニワタル斯業界《しぎょうかい》ノ不振、及ビ両家ノ家長ノ死亡ニヨル子供達ノ家業継承ナドデ、業態ハ縮小ニ縮小ヲ重ネ、現在デハコノ二ツノ企業ヲ一ツニ併セ、本人ノ兄英博ガ業務ヲ継ギ、辛《かろ》ウジテナントカ維持シテイル。父ヤ叔父ノ時代ノ如キ繁栄ヲ期待スルコトハ今後、将来ニオイテモ望マレナイ有様デアル。

一、現在ノ親戚関係（一部省略）

前記ノ如ク戦後カラ衰微シタ当一族ハ、現在コレトイッテ目立ッタ存在ノ親戚ハナク、各家庭共ニナントカ生計ヲ立テテイル程度デアリ、英博、孝英兄弟モ従兄弟《いとこ》トハアマリ親シク交際シテイナイ模様デアルガ、独リ、亡父英三郎ノ弟恒三郎ノ未亡人タカトハ親シクシテイル。

政三郎ハスデニ死亡シ、長男一政ガ現在大阪市

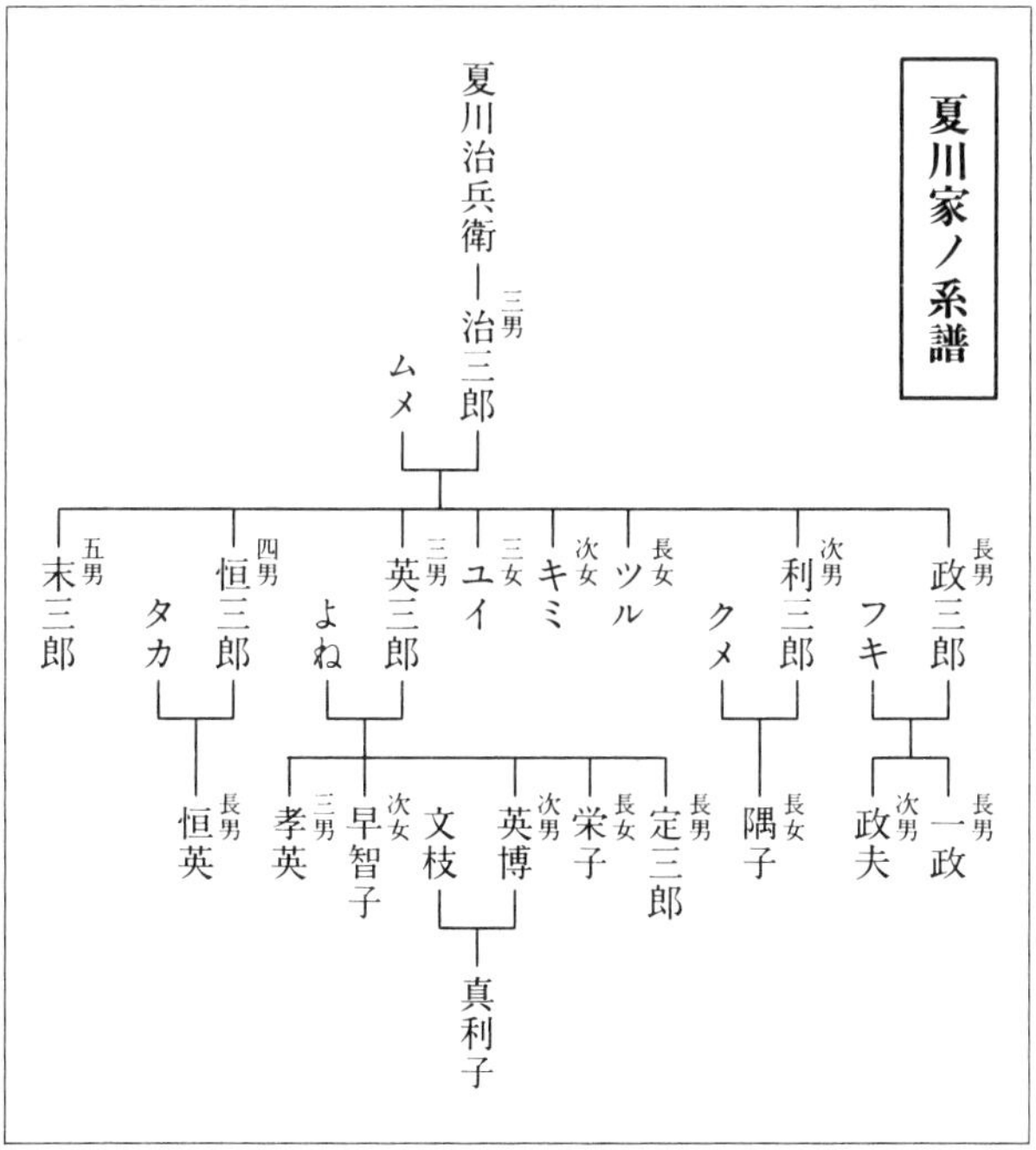
夏川治兵衛
三男
治三郎
ムメ
長男
政三郎
フキ
次男
利三郎
クメ
長女
ツル
次女
キミ
三女
ユイ
三男
英三郎
よね
四男
恒三郎
タカ
五男
末三郎
長男
一政
次男
政夫
長女
隅子
長男
定三郎
長女
栄子
次男
英博
文枝
次女
早智子
三男
孝英
長男
恒英
真利子

夏川家ノ系譜

東成区中道町ニ住ンデイルガ、生活程度ハ良クナイ様子デアル。

利三郎一家ハ現在国鉄片町線沿線ニ住ンデイルガ、コレモ生活程度ハ良クナイ。娘隅子ハ加屋訓久ニ嫁シ、阪急線西宮北口下車、スズラン幼稚園ノ附近ニ住ンデイル。コノ加屋家ノ生活ハ一応安定シテイル。

ツル、キミハスデニ死亡、ソノ後継ナドハ不明デアル。

恒三郎ハ、本年ガ七回忌ニアタル。ソノ未亡人タカハ阪急宝塚線花屋敷下車、北方、山上へ約十丁余登ッタトコロデ、戦後ノ安直ナ建物ノ簡易住宅トデモ称スベキ三間程ノ平屋ニ住ンデイル。

ソノ息子恒英ハ、父恒三郎死亡後、生来ノ放蕩《ほうとう》ブリヲ発揮シテ遺産ヲ喰イツブシ、実母タカヨリ出入差止メヲ食ッテイル。極道者デアリ、現在近鉄アヤメ池附近ニ住ンデイル。

孝英ノ父英三郎ハ、商人トシテハナカナカノヤリ手デアッタガ、戸籍面ニアル死亡場所ノ堺市田出井町六九八番地トイウノガ堺刑務所ノ所在地デアル。シタガッテ英三郎ハ何カ罪ヲ得テ同所へ入所、受刑中ニ死亡シタト推断サレル。今回ノ調査中ニ英三郎ノ死亡原因ナドニ関シテハ、関係者全員、明確ナ言辞ヲ避ケテ故意ニ触レタガラズ、調査員ノコノ推断ニハ確実性アリト思ワレル。

母よねハ、ソノ父母ノ正式ノ婚姻デ出生シタモノデハナイ。戸籍面デハ父母ノ姓ガ違ッテイル。マタ生マレテ間モナク生母ガ死亡シタタメ、叔母ノ許へ引キ取ラレ、養女トナリ、コレニヨッテ恒三郎ノ妻タカト義姉妹ノ関係ヲ生ジタ。シタガッテコノよねノ血統ニ関シテハ充分調査デキナカッタ。コノよねハ子宮癌《がん》デ約一カ年病床ニ就イタノチ死亡シタ。

亡兄定三郎ハ偕行社（旧幼年学校）卒業直後、盲腸ヲ患《わずら》イ、コレガ悪化シ、当時有名デアッタ南区鰻谷《うなぎだに》ノ藤森病院ニ入院シ、死亡。

兄英博ハ酒呑ミデアリ、ドチラカトイエバ怠ケル方デ、朝モ遅ク、毎日十一時頃出社シテ業務ニ就クガ、ソノ仕事振リモ熱意ハナイ。唯一ノ目上ノ人デアルタカ叔母カラ、常ニタシナメラレテイル。妻文枝トハ恋愛結婚デアリ、文枝ハ結婚前、喫茶店マタハ食堂ニ勤メテイタ模様。気ノ良イ女性デアル。

文枝ノ実家ノ柿野勲、ハナ夫婦ハ城東区鴫野《しぎの》東五丁目六ニ住ンデイルガ、無職デブラブラ徒食シテイル。夫婦共ニ品ノナイ非インテリデ、夫ハ遊ビ人アガリノ如キ風態《ふうてい》デアル。現在ノ夏川家トシテモ釣合ワヌ縁辺《えんぺん》デアル。

姉早智子ハ富畑隆男ニ嫁シ、宝塚南口附近ニ住ンデイル。隆男ハソノ叔父ト共ニ梅田阪神裏ノ一群ノ衣料品店ノ内ニ伍シテ、洋服裏地専門ノ店ヲ営ンデイル。タダシコノ阪神裏ノ繊維品扱業者ニハ真面目ナ人ハ少ク、ソノ殆ンドハ仕入先ヲ食ッテ店ヲタタム様デアル。

一、本人ニ就イテ

昭和二十七年早稲田大学第一理工学部機械工学科卒業。直ニ松下電器産業ヘ定期採用ニテ入社。以来一貫シテ放出工場ニ勤務シテイル。性格ハ至極真面目デ、煙草ハ適量、酒ハツキアイ程度ノ少量。温和デ口数ガ少ク、地味ナ努力型ダガ、ヤヤ気ムズカシイ。

素行ハ普通デ、過去ニ女性関係ハナカッタト思ワレル。上司ノ気受ケハ良ク、嘱望サレテイテ、将来性アリ。思想的ニハ穏健デ、組合活動ニモタッチシテイナイ。趣味ハスキーデ、冬期ニヨク出カケ、スポーツヲ好ム。

給与ハ本給ガ二万円ダガ、残業手当ナドデ月ニ二万二、三千円ヲ得テイル。

一、結論

夏川家ニハ精神病ヤ悪疾ナド遺伝的ナモノハ無イ。但《ただ》シ母ノ実家ノミ調査困難ノタメ未調査デアル。当家ノ本籍ハ英博ノ代ニナッテ天王寺区真法院町六ノ現戸籍ヘ移籍シテオリ、コノ戸籍ニハ亡父、定三郎、栄子ハ記載サレテイズ、亡父英三郎ノ死亡原因ナドヲ秘匿《ひとく》スルタメ故意ニ移籍シタモノト思ワレル。

コノ英三郎ノ死亡場所、及ビ一統ノ秋風落莫《らくばく》タル斜陽振リ、兄ノ妻ノ実家ナドガマイナスト見ラレルガ、本人孝英ハ兄ニ比シテ頭モ良ク、本人ノ人物ノミヲ見レバプラスト考エラレル。

昭和三十二年三月二十四日

新日本探偵社
担当　岩木正雄

二光食品産業株式会社殿

本人がいかに好ましい人物であっても、家族のみならず親戚までが調査の対象となり、破談の原因になってしまう多くの事実は、辰巳秀雄に何度も「これが日本なのだなあ」と考えさせてしまうのだった。そのような制度に加担している自分を辰巳は皮肉に感じ、つい「新日本探偵社」という社名を思い返して苦笑するのである。

次の例は辰巳自身が調査した。ただし東京方面の調査は、東京営業所の深谷と、その息子の彰ちゃんに依頼した。これは彰一が父親の許《もと》を離れる直前の仕事となった。（第3章）

調査報告書

調査対象　町山常久（一部省略）

（第一報）

一、町山宗一郎（本人常久ノ父方ノ祖父）
生前ハ、多年汽船会社ニ勤務シ、船ノ売買ナドニ際シテノ鑑定ニ長ジテイタ。
一、古谷行太郎（本人ノ父常一郎ノ義兄）
常一郎ノ母キクガ、町山家へ再婚スル前ニ、古谷淑三トノ間ニ生マレタ子デアリ、常一郎ノ異父兄デアル。明治三十三年五月ニ新潟県ニ生マレ、大正十五年慶応大学法学部ヲ卒業、現在母校慶大ノ教授デアル。

一、町山義一郎（本人ノ父常一郎ノ兄）

　昭和六年、慶大文科ヲ卒業、鐘紡ニ勤務シテイタガ、痔《じ》ガ悪クテ休職。全快後ハ、同期入社ノ者ヨリ昇進ガ遅レルコトヲ嫌イ退職。一時教員ヲシテイタガ、現在ハ静岡県小笠郡六郷村ニ居住シ、養鶏及ビ農業ヲ行イナガラ著述ヲシテイル。一人息子ガ事故デ死亡シタタメ、老夫婦ダケノ静カナ生活ヲシテイル。

一、町山常一郎（本人常久ノ父）

　明治三十八年四月八日生。昭和三年東京帝国大学卒業後、横浜正金銀行ニ勤務シテイタガ、ノチ神戸製鋼ニ転ジタ。常一郎氏ハ現在重役デアリ、人格的ニ非常ニスグレタ、物ワカリノヨイ人物トノ評判デアル。現在西宮市南郷町ニ居住。

　当家ノ戸籍ヲ見ルト、当初、神奈川県ノ兄義一郎ノ籍カラ分家シテ移籍シテイルノハ充分納得デキルノダガ、ソノ後短時日ノ間ニ、西宮市相生町、南郷町、相生町、南郷町ト転籍シテイルコトガ奇異ニ感ジラレル。相生町ハ妻洋子ノ実父、利根大吉ノ自宅ナノデアル。

一、利根家（本人ノ母洋子ノ実家）

　ソコデ調査員ガ相生町ニ出向イタトコロ、一枚ノ表札ニ利根大吉、古杉ヤエノ一人ノ名前ガ列記シテアッタ。推測スルニ、洋子ノ母ツネハスデニ死亡シ、二号的存在ノ古杉ヤエガ利根家ニ入リコンデイルノデハナイカ。マタ利根家ハ、三人ノ娘ガソレゾレ他家ニ嫁シ、子供ガナイトコロカラ、母ツネノ死亡前後ニ町山家ノ本籍ガ何度モ転籍サレタノデハナイカト思ワレル。

一、利根大吉（本人ノ母洋子ノ父）

　明治十二年十月、利根甚吉ノ長男トシテ長野県ニ生マレ、明治三十九年京都帝国大学独法科ヲ卒業、日本郵船ニ入社。累進ノ上ニューヨーク支店長トナリ、横浜取引所ヲ経テ日神生糸ニ転ジ、ソノ社長、会長トナル。マタ日本蚕糸、神明電鉄、日満紡績各社ノ重役ナドヲ歴職、戦時中ハ大政翼賛会兵庫県支部協力会議員デアッタ。戦後ハ翼賛会ニ関係シタタメ追放。現在ハ日神生糸ノ会長ニ返リ咲イテイル。出社ハ毎月曜日午前中ト、役員会ニ出社。

トニカク戦前ハ神戸財界一方ノ雄デアッタコトハ確カデアル。

利根氏ハ性来頑固親爺《おやじ》デアッテ、郵船紐育《ニューヨーク》支店長時代モ上司ト衝突シテ退《や》メタ由デアルガ、最近耳モ遠クナッタタメ、町山家ノ人ハアマリ行キ来シテイナイ。

一、利根ツネ（利根大吉ノ先妻）

肥満型体質デアッテ平常カラ血圧ガ高ク、昭和十九年高血圧ガ原因デ約二カ月病床ニ伏シタノチ死亡シタ。

一、町山洋子（本人ノ母・利根大吉ノ長女）

明治四十三年生。聖心女子学院卒業後、町山常一郎ト昭和六年婚姻。

一、帆村法子（利根大吉ノ次女）

大正四年生。聖心女子学院卒業後、帆村利夫ト婚姻。

一、猪又汀子（利根大吉ノ三女）

大正六年生。聖心女子学院卒業後、猪又角爾ト婚姻。

一、町山常久（本人）

昭和七年二月二十四日生。慶応大学ヘ進ム前ニ一時浪人ヲシテイタ模様。中学時代、叔母ノ汀子ニ独身主義ヲ唱エテイタ。世ノ女性ハ軽蔑《けいべつ》ニ値スルト考エテイタ模様。神経質ナ性質デ、慶応入学デ上京シタ当時、祖母キク宅ニ寄寓シタガ、本人ノ祖母ヘノ気兼ネ、マタ祖母キクノ負担ヲ考エ、母洋子ガ気ヲツカッテ下宿ヲ捜シ、昭和二十九年ニ現在ノ東京都大田区馬込《まごめ》町ノアパートニ入ッタ。コノアパートハ非常ニ高級デ、外国婦人モ下

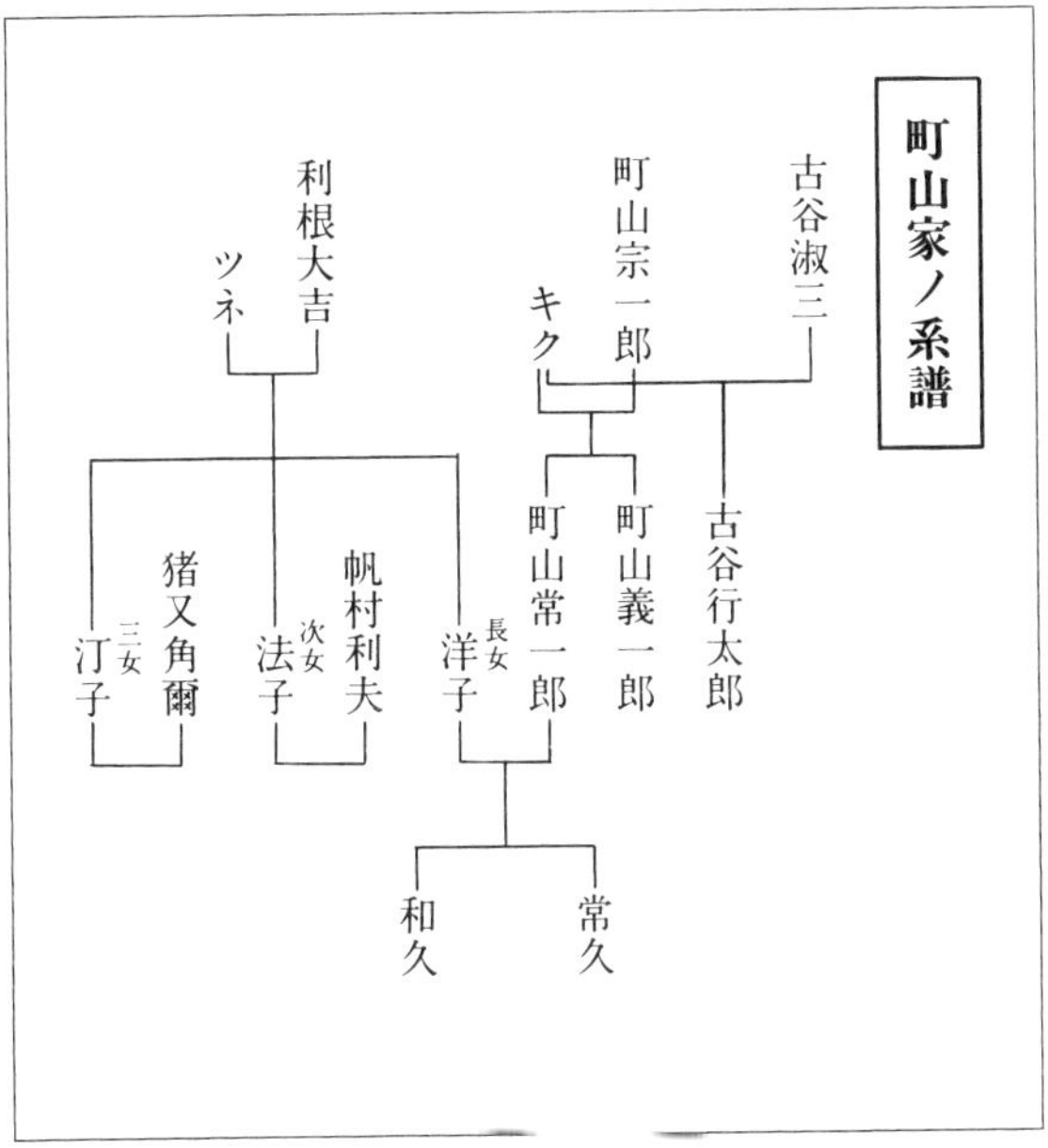
町山家ノ系譜
古谷淑三
町山宗一郎
キク
利根大吉
ツネ
古谷行太郎
町山義一郎
町山常一郎
長女
洋子
帆村利夫
次女
法子
猪又角爾
三女
汀子
常久
和久

宿シテイル。母洋子ガ本人ノ教育ニ気ヲツカイ、タビタビ上京シテ面倒ヲ見テイル。

本人ハ戦後ノ若人トシテ自由奔放《ほんぽう》ナトコロガアリ、女友達モ多ク、母親ガソノ交際振リヲジット見守ッテイル。若人タチノパーティ等ノアト、ソノ時ドキニ知リアッタ女ノ子タチトモ交際シテイルガ、短イ期間デ交際ハ自然ト途絶エテオリ、今迄ノトコロ大事ニ至ッタコトハナイトノコトデアル。

猶、今後ノ調査デ現況ヲ確認スル。


（以上第一報）

（第二報）

一、利根大吉（続報）
老イテマスマス頑固トナリ、七十八歳ノ高齢デアルタメ最近デハ週一回ノ出社以外ハ読書三昧《ざんまい》ノ生活。人ノ来訪モ殆ンドナク、若イ後妻古杉ヤエト、後妻ノ身内マタハ雇人ト思エル婦人ト三人暮シデアル。古杉ヤエハ四年ホド前ニ当家ヘ入ッテキタ模様デ、以後町山家ノ人ハ、オ正月ノ挨拶ト、町山氏ガアメリカカラ帰ッタ際ニソノ土産物ヲ届ケル程度デ、ソノ時モ品物ヲ渡シテスグ帰ッテイク有様デアル。父ノ利根氏ガ三十七、八歳ノ若イ後妻ヲ持ッタトイウコトガ原因デ、不和トイウホドデハナイガ、両家ハシックリ行ッテイナイヨウニ見受ケラレル。

一、帆村利夫（大吉ノ次女法子ノ夫）
明治四十一年東京ニ生マレ、昭和七年京大工学部卒業、同年大日本光学工業ニ入社、現在機械部長デアル。自宅ハ東京都世田谷区玉川奥沢町。

一、猪又角爾（大吉ノ三女汀子ノ夫）
同ジク京大工学部卒業、五菱電機ニ技術者トシテ入社。戦後社命デアメリカニ留学、ウエスティングハウス社ニ行ッテイタ。現在ハ名古屋製作所勤務デ工作部長、自宅ハ守山市二十軒家。

マタ、汀子ハ末娘デアルタメカ現在最モ父ト親シク、年ニ四、五回泊リガケデ利根家ヲ訪レ、後妻トモウマガ合ッテイル模様。

一、自家用車ノ件（依頼者オ訊ネノ件）

町山家デハ、父ハ殆ンド会社ノ車ヲ利用シテイルシ、母ハ阪神タクシーヲ常用、町山宅ニハガレージモナク、立派ナ自家用車ナドハナイ。古イジープヲ持ッテイルノカモ知レナイ、トノコトデアル。モシ本人ガ立派ナ自家用車ヲ乗リマワシテイルノデアレバ、ソレハ友人ノ車カ、父ノ会社ノ車デアロウトイウ見解ガ多イ。

父常一郎氏ガ社用デ上京ノ折ハ殆ンド飛行機ヲ利用、母洋子モ上京ニ際シテヨク飛行機ヲ利用シテイル。長イ車中ノ疲レヤ宿泊費ヲ考エレバ、飛行機デ高クハナイトイウ考エノヨウデアリ、シタガッテ本人常久モ、チョイチョイ飛行機ヲ利用シテイルラシイ。

以上第二報デアルガ、ココマデノトコロ、町山家ハ父ガ大会社ノ重役デアリ、親戚ハイズレモ会社上層部ニアリ指導的地位ニ就イテイル。生活振リハ派手デアリ、母ガ本人ノ教育ニ意ヲ用イテイロイロ注意シテイルガ、ソノ母ノ行動ソノモノガ派手デアルカラ、勢イ本人モ派手ナ行動ヲトル結果トナリ、マタ慶応ノ学生ダカラ少シグライ派手デモアタリ前トイウ世評ノ甘サモアッテ、本人ガマスマス派手ナ行動ヲトル結果トナッテイル。

（第三報）

ソノ後、本人ノ東京ニオケル行動ヲ内偵シテ得タ結果ハ次ノ通リデアル。

本人ノ行動ニハ戦後派的ナ面ガ多分ニアリ、良家ノ子弟デアルタメ自ラ制約ヲ受ケテ、無茶ナ無軌道ブリデハナク、太陽族トマデハ行カヌモノノ、シカシガール・フレンドト次ツギニ交際シテイテ、ソノ交際ノ深サハ不明デアル。本人ノ友人達モ、ソノ意味デハ同様デアリ、一応類ヲ以テ集ッテイル。今マデノ異性トノ交遊デ、トラブルヲ生ジタコトハナイガ、日常ノ行動ハハナハダ不安定デアル。

案ズルニ、本人ノ行動ハ将来社会ノ一員トシテ立ツコトヲ自覚シタモノトハ思エズ、マタ本人及ビソノ親戚、友人達ハ、ケイオー・ボーイダカラ少シグライ人目ニツク派手ナ行為モ当リマエダト自認シテイル向キガアル。
　本人ノ行動ハ学業ニ励ムベキ学生ノ身トシテ甚ダ不自然デアリ、ソノ行状ヲ以テシテハ、良家ノ子女トノ縁談ハ充分ナ考慮ノ余地アルモノト思ワレル。

昭和三十一年六月二十一日

新日本探偵社
担当　辰巳秀雄

道原回漕店殿

　次の例は船山が担当した。調査が終った日、報告書を書きあげた船山は夜の八時頃辰巳に提出し、帰っていった。辰巳はこの報告書を、誰もいない深夜の事務所で読んだ記憶がある。

調査報告書

調査対象　阿久根翠

一、富雄《とみお》村米穀配給店ノ談
　現在ゴ家族ハ三名デス。配給ハイツモ奥様ガ取リニ来ラレマス。オ嬢サンハ一度モオ米ヲ取リニ来ラレタコトハアリマセンガ、タイヘンナ別嬪《べっぴん》サンデ上品ナカタデス。
　奥様ハ江戸弁ノ、細ッソリシタ、上流家庭ノ奥様然トシタ上品ナカタデス。トニカク山ノ中ニオ住イデスカラ、コノ近所デオ尋ネニナッテモハッキリシナイデショウ。百楽荘デオタズネニナッタライカガデスカ。
一、百楽荘ノ談
　百楽荘ハ戦前個人経営デアッタガ戦後ハ近畿《きんき》日本鉄道ノ仔《こ》会社トナッタ料理旅館デアル。山中ニ点点ト独立家屋ガアリ、百楽荘、阿久根家、桜井家ハ共ニソノ中ノ一戸デアル。管理人ノ家内マタハ女中頭《がしら》トオボシキ四十年輩ノ婦人ノ談。

　阿久根様ハ昭和二十年ニココヘ疎開シテコラレテ以来ズットオ住イデス。ゴ主人モ奥様モイイカタデス。ゴ本人ノオ兄様ハ東京デ学習院大学ヲ卒業サレテ、東京デ引キ続キ高島屋ニオ勤メデス。オ姉様ハ京都ヘオカタヅキノヨウデス。

　オ嬢様モヨク外出ナサイマスガ、イイカタデス。デモアマリ話シタコトガアリマセン。

　ゴ近所ニ、ヤハリ疎開シテ以来ズットオ住イノ、桜井様ノ奥様ガオ心易クシテイラレマス。近鉄病院ノ内科医長サンノゴ家庭デスガ、アソコデオ聞キニナッタライカガデショウカ。

一、桜井家夫人ノ談

　ゴ主人ハ家庭的ナイイオ方デス。気サクナカタデス。多年、鉄道省ニ勤続ナサッテイルコトデモ、オ人柄ハ充分ワカッテイタダケルト思イマスガ。

　奥様ハ家庭的ナカタデ、平常カラ親シクシテイタダイテオリマスガ、朗ラカナ方デス。オ身体《からだ》ハオ弱イ方デスガ、ドコガ悪イトイウノデハナク、痩セテオラレルノデ、オ疲レニナルダケデス。

　オ姉様ノオ嫁入リ先ハ、東大ノ建築科ヲゴ卒業ノ方デス。内務省建設事務所関係ノ、京都事務所ヘオ勤メノ方ニ嫁ガレマシタ。

　ゴ本人ハ、富雄デＮＯ・１トイワレテイルホドノ美シイ方デ、所謂《いわゆる》戦後派デハアリマセン。明朗デ、無邪気デス。今マデ、結婚ノ理想トカ、相手ノ男性トカノ話ハ、シタコトガアリマセン。子供好キデ、物ゴトニ対シテ真剣ニ取リ組ム気持ガオアリデス。円満ナ人柄デ社交的デス。ゴ両親ノ感化デ教養ガ高ク、家名ヲ恥カシメナイヨウニト思ッテオラレテ、人格高潔トイエマショウ。容姿端麗デ、近代女性トシテノ感覚ガアリマス。ソノ意味カラモ、映画ヤダンス・パーティ等ニハチョイチョイ行カレマス。デモ、ダンスホールヘ行カレルヨウナコトハナイト思イマス。

トニカクNHKノ放送「えり子と共に」ノえり子ノヨウナオ方デス。

家デハサカンニピアノノ練習ヲナサッテオラレマス。手芸ガ達者デ、クリスマスノ時ニハオ菓子モオ造リニナリマス。キャンディ等ナカナカ上手ニオ造リニナリマス。

ゴ家庭ハ、現在三人家族デスカラ、円満デ、和気藹藹《あいあい》タルモノデス。
一、樟蔭女学校（現高校）ノ談
阿久根家ノ本籍ハ和歌山市デアリ、モトハ大阪市天王寺区茶臼山ニ住ンデイタ。本人ハモト阿倍野高女ニ通学、昭和二十年ニ樟蔭ニ転校シ、三年ニ編入サレタ。

神戸女学院ヲ卒業サレタアト、樟蔭ノ研修科ニ入ラレ、週一回、本校ニ通ワレテ課外ノ専科ピアノヲ習ウ人ニ教エテオラレマス。

成績ハ良好デシタ。手先ガ器用デ、手芸ナドガオ得意ノヨウデス。ナカナカノ社交家デ、交友範囲ハ広イト思イマスガ、シカシソレモゴ自分ノゴ身分ヲワキマエテノ交友関係デ、ソノ点充分考エテオラレマス。
一、神戸女学院大学音楽部ノピアノノ担当外人教授及ビ事務兼通訳ノ談
性格ハ温和デ協調的デアリ、他人ト事ヲ構エル事絶対ニナシ。外人女教授ハ盛ンニベリーナイス、及ビチャーミングヲクリ返シ言明シタ。成績ハ中以上。「良好」トハ言ワズ、中以上デス、ト称シタ。資格ハ音楽学士。

修学年数ハ専門部一年、大学四年。通算五年デアル。コレハ専門部へ一年通ッタ時ニ同校ガ大学ニ昇格シタタメ引キ続キ修学シタモノデアル。疾病ナドデ休学シタコトハナク、健康体トシテ記録サレテイル。

在学中ハ同校敷地内ノ寄宿舎ニ入ッテイタ。寄宿舎ハ厳格ナノデ、間違イナドナカッタコトハ言

明デキル。休日ナドハ奈良ノ自宅へ帰ッテイタガ「アノ娘サンニ限リ間違イナド考エラレマセン」トノコトデアル。

ナニブン通訳ヲ介シテ外人トノ話デアリ、マタ同校ハ縁談ノ照会ニハ絶対応ジナイタテマエノ事ユエニ、充分ナコトハ聞キ出シ得ナカッタ。

一、家族

阿久根剛　明治二十二年八月九日和歌山県ニテ出生。阿久根玄一郎ノ長男。

同寿子　明治三十三年十月十三日生。

同翠　昭和六年一月十七日生。

一、綜合的見解

本人ハ知性、情操共ニ豊カデアリ、教養ハ高ク、世ノミーハー族トハオヨソ対蹠《たいしょ》的ナ人物デアル。生活程度ノ高イ内容ニ富ンダ高級家庭ニ育チ、父母ノ高度ナ教養ニ日夜接シテイルコトニヨル良イ意味デノオ嬢サマデアル。ソノ反面、現代ノ世相ニモ触レ、結果、適度ナ社会生活ニヨリ過度ノ深窓ノ令嬢、明治大正期ノ乳母《おんば》日傘《ひがさ》ノ姫デモナイ、現代女性トシテノ知能ヲ持ッテイル。

家族ガ小人数デアルタメカ、母ガシッカリ者デ無駄ナ費用ヲ節約スル意味カ、女中ノヒトリグライ使ッテイテモヨイト思ワレル家庭デアリナガラソレモ使ワズ、日日ヲ過シテイルコトニ徴シテモ、家庭的ナ面ヲ両親カラ教エラレテイルモノト思ワレル。「アノオ方ト結婚ナサル人ハシアワセナ方ダ」トイウ言葉ヲ、多ク聞カサレタ。

昭和二十八年七月十二日

新日本探偵社

担当　船山利春

乾電機株式会社殿

読み終えた時はもう十時を過ぎていた。通りに出て見あげると星が出ている。爽快《そうかい》な気分になって辰巳は久しぶりに、単身で呑みに行きたい衝動に駆られていた。

16

新日本探偵社への依頼は、圧倒的に法人の信用調査が多かったが、それに次ぐのは雇用調査及び個人信用調査であった。雇用調査は必ずしもその年に学校を卒業した青年男女に限らず、年輩の再就職希望者を対象とする場合もあった。昭和二十八年二月一日に発行された「私立探偵のしおり」と題する、大阪私立探偵社＝略称・大阪Gメンの社長、山下英彰が書いた小冊子は、雇用調査に関してこう述べている。

雇入れなどの身元、人物調査
飼い犬に手を、獅子身中《ししんちゅう》の諺《ことわざ》は……
主家皆殺しをした雇人さえある

何処《どこ》の馬の骨か牛の骨かわからない……との言葉もありますが、人の身元や性質の判らないのは足の無い幽霊同様、不安であり頼りないものです。使用人採用の際とか使用中不審な場合、先《ま》ず其身元や人物、生活環境を吟味してこそ信用も安心も出来るわけです。

この調査の内容も、本籍、現住所、生立ちの環境、出身学校及びその成績、在学中の性質状況、異性関係など素行、思想及び政党色、前科の有無、特徴特技及び癖、性質と気質、職歴、従前の勤務状態と退職理由、健康状態、趣味嗜好《しこう》、信仰の有無、交友関係、家庭状態、家族の性質、財産状態など綿密に調べ、又身許保証人などの身元、人物、資産程度も詳しく調査します。

求人広告の応募者を調べずに雇った組合が、間もなく大金を持ち逃げされ、履歴書の住所氏名が出たらめだった例もあれば、会計を任せておいたら永年帳簿を胡麻化して使い込まれ、ばれそうになって情夫と逃げた大胆な女事務員もあり、搬送中掏《す》られたと称し自宅の薪《まき》置場に札束を隠していた銀行の小使さんや、遊興費欲しさに集金の横領を継続していた営業係もあるし、身元の明らかでない女中を雇って住込み泥棒だった例もたくさんあります。

これ等は事故が起きてから探偵社へ持ち込まれますが、何《いず》れも雇入れの際に身元や人物、環境をよく調べなかったり、使用中多少の不審のあるのを放任していたことが原因しています。

また形式上身許保証人をとっておいたが、その保証人が無資力で弁償能力がないという例は絶えずあることです。

最近は学生の思想問題が喧《やか》ましくなったことと、労基法や労働組合ができて簡単に従業員を退職させられないため、多くの会社や商店では新規採用の際相当の犠牲を惜しまず、専門家によってこの調査を厳重に行わせる傾向となってきました。

次の二例は年輩の再就職希望者の調査であり、どちらも深谷親子が担当した。

調査報告書

関西復興信用金庫殿

調査対象　古館隆之

現住所　守口市梅園町十二番地

藤野ハル方

本籍　大阪市北区信保《しんぽ》町二丁目十九

一、調査ノ経過

マズ、大阪市北区堂島上三丁目ノ関西厚生信用金庫ノ支店長代理、中川氏ニ面会シ、本人ノコトヲ訊ネタガ、同金庫ハモト本店デアッタガ現在ハ堂島支店デアリ、中川氏ハ古館氏ノコトヲ知ラナカッタ。中川氏ヨリ紹介サレ、同金庫本店、東清水町三八南警察内ニ赤坂氏ヲ訪レタ。シカシ赤坂氏モ古館氏ヲ知ラズ、守口支店、大村氏ニ面会シ、ヤット古館氏ノコトヲ知ル昔ノ上司ニ話ヲ聞クコトガデキタ。

一、守口支店長大村氏談

相当ノ酒呑ミデス。衣類ヲ金ニカエテマデ酒ヲ呑ム男デ、風采《ふうさい》ガアガラナイタメ、セッカク三《み》ツ揃《ぞろ》イノ洋服ヲ払イ下ゲテヤッテモ、モノノ十日モスレバ質屋ニ曲ゲテシマイ、酒ニ変エル始末デス。成績モ香《かん》バシクナク、アマリ感心シナイ人物デス。

一、家族及ビ生活状態

現住所へ行キ、近隣住民ノ風評ヲ聞イタ。現住所ハ二畳、四畳半ノ平屋建テ家屋デアリ、ソノウチ玄関ノ二畳ヲ借リ、当年二十歳ノ娘ト同居シテイル。娘ハ近所ノ工場ニ通勤シテイル。

本人ハ現在、友人ノ営業スル看板屋ノ外交、広告取リヲヤッテ、ササヤカニ暮シテイル。近隣ノ風評デハ、常ニ物質的ニ苦シミ、娘ニ相当負担ヲカケテイルトノコトデアル。

次ニ、以前古館氏ヲ部下トシテ使用シタ、北浜二丁目ノ東洋証券融資株式会社ニイル藤本氏ノコトヲ聞キ、訪問シタ。

一、藤本氏談

大酒呑ミデス。私トシテハ責任ヲ持ツコトノデキナイ人物デス。根ハ正直者デスガ、頭ヲ下ゲルコトヲアマリ好ミマセン。調査デモヤラセルノナラトモカク、トテモ外交ニ向ク男デハアリマセン。風采モアガラズ、採用スルニ足リナイ人物デス。

一、本人トノ面接

ナルホド高等ルンペン風ノ男デアリ、信用ヲ尊ブ契約係ニハ、到底適サヌ人物デアル。本人ノ言ニヨレバ「関西厚生信用金庫ノ今日ノ隆盛ハ、一ニ自分ノ努力ニヨルモノダ」トノ意向デアル。一言一句ガ高慢ナ男ト見受ケラレタ。貴社ノ徳永、鈴木両氏ニ対シテモ先輩顔デアリ、本人ハ、履歴書モ早ク返却シテホシイトノ希望ヲ調査員ニ洩ラシタ。

昭和二十七年二月八日

新日本探偵社

担当　深谷兼造

×　×

拝啓

貴下益々御清祥之段奉賀《がしたてまつ》ります。

扨《さ》て今般左記人物の調査依頼を弊社会員より申出で有之《これあり》、御多忙中誠に御手数恐縮乍《なが》ら、左記事項御記載の上、同封郵券にて御返送下され度《たく》、以書面御願い申上げます。

新日本探偵社

萩荘村長殿

一、住所　岩手県西磐井《いわい》郡萩荘村刈又

一、氏名　中条法夫

右之者終戦後貴村に居住し、足腰立たぬ病気にて二、三年来病床に伏し居《お》れりとの事なりしも、

1　現在貴村に該当者の居住の有無。若《も》し既に他に移住済ならばその移住年月日及び移転先の住所。

2　現在居られる場合には現在の生活状況及び生活程度。

3　就職の有無。

4　財源及び月収入高。

以上

昭和二十七年三月六日

×　×

萩庶収第六九二号

昭和二十七年三月十二日

萩荘村長　猪飼直戸

新日本探偵社御中

一、住所　岩手県西磐井郡萩荘村大字《おおあざ》下黒沢字刈又

一、氏名　中条法夫

右の者について左記事項調査方依頼があったので調査するに次の通りであるから回答する。

1　現在当村肩書地に居住している。

2　健康勝《すぐ》れず時々病床にあり、従って生活困難である。

3　就職無し。

4　著述業等により多少の収入あったが、現在においては収入少なく漸《ようや》く生活を続けている有様である。

5　納税としては村民税として三百円徴収している。

×　×

調査報告書

津村増進堂殿

調査対象　中条法夫

一、現在、岩手県西磐井郡萩荘村大字下黒沢字刈又ニ居住シ、本籍地モ同ジデアル。

一、以前ヨリ健康状態ガ悪ク、現在モ時折病床ニツイテイル状態デアル。

一、過去現在トモニ就職ハ無シ。

一、著述等ニヨッテ多少ノ収入ヲ得ルガ、現在ニオイテハ収入少ナク、内職ソノ他ニオイテ漸ク生活ヲ続ケテイル状態デ、生活状況ハ極メテ困難デアル。

一、納税トシテハ村民税トシテ三百円程度ノミデアル。

一、結論

本人ハソノ日ノ生活ニモ困却シテイルタメ、ワラヲモツカム気持デ貴店ニブラサガロウトイウ心算《つもり》デ、最近貴店宛《あて》ニ書面ヲ出シタモノデアロウト認メラレル。

貴店ト本人ノ関係ハ完全雇用デハナク、貴店ノ人情的処置ノタメニ労働基準法ニ抵触スルコトハ無イト断定スル。

昭和二十七年三月十五日

新日本探偵社
担当　深谷兼造

若い男女の場合は初就職、再就職にかかわらず思想調査が重視された。件数が多かったため所長の辰巳は雇用調査用紙というものを作り、各項目ごと記入できるようにしたが、特に思想欄の空白は多くとり、たとえ本人に思想的傾向がなくても、本人の出身地、出身学校における思想闘争の状況を詳しく書き加えるよう所員に求めた。

十年経ち、二十年経ち、会社側は採用予定者の思想傾向をますます気にするようになり、ほんのお茶汲《く》み程度の女子事務員の採用にも厳密な思想調査を要求するようになった。次に紹介するのはその代表例で、昭和五十年十二月という、本編の中では例外的にいちばん新しい、辰巳自身による調査である。すでに履歴書が出ているため、家族や本籍、現住所その他の事項は省かれている。

調査報告書

調査対象　浅井哲子

学歴　福岡県ノ出生。柳川小学校卒業後、父ノ郷里デアル佐賀県ニ帰ッテ多久市立西渓中学校、佐賀県立佐賀商業高校ヲ卒業。

職歴　五十年三月ノ卒業当時、スデニ父ガ単身岡山県ニ移ッテイタタメ、学校ニ出シタ就職申込書ノ中カラ岡山市希望者トシテ選バレ、先生ノ一存デ学校紹介トシテ株式会社山八商会岡山支店（本店・京都市）ニ就職。コノ店ハ森永製菓ノ代理店ノ菓子問屋デアッタ。トコロガ現住所デアル自宅カラ国鉄、バスノ乗リ継ギ通勤デアッタタメ甚ダシク不便デアリ、冬期ハ帰宅ガ日没後トナルタメ、本年十月ヲモッテ退職シタ。

性格　几帳面。人アタリガヨク、明朗。ヤヤ気ノ強イ一面ヲ持ッテイル。

趣味　編物、料理。スポーツハ卓球、テニス、ソフトボール等ノ経験アリ。

素行　普通。在学中モ現在モ、充分家人ノ監視ヲ受ケテイル。

健康　健康体デ、特ニ病歴ハナイ。

宗教　仏教。本人ハ無信仰デアル。

交友　郷里ハトモカク、現在ノ岡山県下デハ山八商会ノ同僚トノツキアイ程度デアリ、トカクノコトハナイ。

下宿　経験ナシ。

思想　佐賀県下デハ、佐賀北、唐津東、唐津西、武雄《たけお》、鹿島実業、小城《おぎ》、牛津、杵島《きしま》商業、佐賀農業ノ各県立高校・私立高校ノウチ少ナクトモ三校ニ日共系民青高校班ノ存在ガ認メラレ、日共指導ノ闘争ニ従事スル生徒モ一部ニ見ラレルガ、本人卒業ノ佐賀商業ニハ民青系ノ食イコミハ見ラレズ、在校生ハソレラノ班ヲ内蔵シテイル高校ニ比シテ甚ダ穏健デアルトイエル。マタ前職山八商会ニモ照会シタガ、本人ニハ思想的傾向ハ全然見ラレズ、ソノ点穏健デアルトイエル。

昭和五十年十二月十四日

新日本探偵社
担当　辰巳秀雄

築山栄光堂殿

雇用調査に次いで件数が多い個人調査は、資産と信用状態の調査であった。前記「私立探偵のしおり」では、次のように説明している。ただしこれには法人調査も含められている。

資産、信用状態の詳細調査
引っかかって後悔してもあとのまつり
インチキ師がウヨウヨしている

取引や契約、或《あるい》は金融のため相手方の状態を知るに必要なもので、個人であっても会社であっても一目瞭然に調べます。

調査の主なる事項は、事業の沿革、資本額及び構成の内容、経営者又は代表者の経歴、人格、性質、素行、家庭状況、経営の規模及び内容、商品扱高、主要仕入先及び主要販売先並びにその取引状況、収入、経費、収益、営業成績及びその方針、支払方法及び回収方法並びに各その状況、受取及び発行の各手形状態、取引銀行及び取引状況、資金繰り等金融状態、資産の内容、負債の状況、正味財産、同業者間の地位及び世評のほか参考及び注意事項などであり、総括的観察意見も加えます。

また、新聞広告利用による悪徳営業が近年激増しつつあり、これ等広告内容の真実性有無に関する調査も非常に多くなってきました。無資本ながら堂堂たる店舗を構え、マラソン式取込詐欺をしているものもあれば、重役の名刺を振りまわす悪徳ブローカーも氾濫《はんらん》し、また不渡小切手や不渡手形を濫発する会社もあれば、従来老舗《しにせ》を誇っていた有名会社で倒産一歩手前のものとか、自ら堅実と誇大広告をして利殖金や日掛金を集めるインチキ会社等々、探偵社の窓から覗《のぞ》く取引関係の社会相は実に心を寒からしめるものがあります。

次の信用調査二例のうち最初のものは、新たに土建業を営もうとする人物の調査であり、この人物はその風変りな名や政治的売名によって関西ではよく知られていた。これは深谷親子が担当した。さらにその次の例は、新会社設立を目論《もくろ》んでいるいかがわしい三人を、辰巳、千葉、重松が手分けして調査したものである。

調査報告書

調査対象　凹《くぼみ》　央《なか》

住所　布施市御厨《みくりや》四三八

一、現況

同人ハ先月中旬ヨリ、自分ノ妻ノ兄ガ土建業者デアルタメ、本年各方面ニ起ッタ水害ノ復旧工事ヲ引受ケヨウト画策中デアリ、十二月五日ゴロ迄ニ株式会社ヲ拵エアゲテ、各府県庁ノ復旧利権ヲ得ヨウトシテイル。

家人ノ談ニヨレバ、シタガッテ毎日自宅ヘ帰ルナドハトテモデキズ、義兄ノ家ソノ他デ泊ルナド外泊ガ多ク、イツ自宅ヘ帰ルカ予定ノツカヌ有様デアルトイウ。

マタ、コレニトリカカル前ハ、中国人「張」某ノ入国ノ事ニ関シテ依頼ヲ受ケ、相当日数上京シテソノ許可運動ヲシ、張氏ノ入国ヲ容易ニシタ。

天神橋卸市場ノ件ハ、凹氏ハ起訴サレナカッタガ、専務、常務ハ起訴サレ、現在保釈中。ナオ、コノ二人ハ最近ノ公判ニハ出廷セズ、目下所在不明デアル。

一、資産

調査員ガ現在マデニ調査シタ範囲内デハ、同人ハコレトイッタ資産ハ持ッテイナイ。

　附近ノ聞キコミデハ、自宅ハ本人所有ノモノノヨウデアッタガ、市役所ナド公式ノ帳簿上ノ登記事項ニヨレバ、同氏ノ所有デハナイ。

　家財モ、一覧シタトコロ、コレトイッタモノガナク、家屋ノ手入レモ不行キ届キデアル。コノ自宅デハ妻女ガ近所ノ子供相手ノ菓子店ヲ営ンデイル。

　資産ハ無イト断定デキル。

一、同人ノ過去
　衆議院ニ立候補シテ落選。天神橋卸市場ノ社長ニ納マリ、同社ガ取込詐欺ノ事件ヲ引キ起スナド、同人ノ過去ハ明朗デナイコトガ多ク、現在迄ノ足跡ヲ見ルト、利権屋的行動ガ多イ。

　現在画策中ノ土建事業モ、復旧工事ノ利権ヲ得ルノガ目的デアルト思ワレルトコロガアル。

　貴社ニ対スル、イズレ近ク高槻《たかつき》市ニ事務所ヲ開設スル予定デアル、ノ言ハ、高槻市ノ水害跡ノ復旧工事デアロウト思ワレル。

一、信用状態
不可。

昭和二十八年十二月二日

新日本探偵社
担当　深谷兼造

大阪通商株式会社殿

×　×

調査報告書

調査対象　河戸陽丘
草上孝人
山中隆一

（註・以下は辰巳秀雄が調査）

氏名　河戸陽丘

住所　京都市右京区嵯峨野有栖川《ありすがわ》町二九ノ六七

一、不動産

上記住所ノ土地　宅地二九坪一五

評価格　一三九、八〇〇円

コレハ河戸陽丘ノ所有名義トナッテイタガ、昭和二十九年十月二十六日附、埼玉県南埼玉郡菖蒲《しょうぶ》町外堀五七ノ山下澄雄へ売買ニヨリ、所有権移転ガ行ワレテイル。

区役所ノ公簿ニヨルト、納税義務者ノ住所ハ「当地」トナッテイテ、河戸陽丘ガ納税ヲ行ッテイル様子デアル。

地上家屋ハ、一度モ河戸陽丘、及ビ河戸姓ノ人ノ所有名義トナッタ事実ハナク、オソラク河戸ノ前ノ所有者ノ名義ノママ放任サレテイルモノト推定サレル。

一、近隣ニオケル風評

河戸家ハ約五年前ニ、モト居住シテイタ家ガ火災デ焼失、ソノ保険金二十万円ヲ元トシ、不足分ヲナントカ都合シテ四十余万円デ現住宅ノ土地建物ヲ前住者カラ買イ受ケ、入居シタ。

ソノ生活ブリハナカナカ荒ク、景気ノ良イ時ニハ、主人ハ毎晩ノヨウニ自動車デ帰宅、妻ノ日常生活モ派手デ、近所ノ奥サン達ノ眼ヲ見ハラセテイタ。シカシ、ソレモ暫時《ざんじ》ノコトデ、タチマチ落チコミ、以来現在マデ苦シイ生活ガ続イテイル様子デアル。

当初、主人ハ小サナ個人会社ニ勤メテイタヨウデアルガ、退職。ソノ後友人タチト共ニビニール関係ノ会社ヲ興シタガ、コレモ永続キセズ、休止。シバラク遊ンダノチ、ビニール・レザー関係ノ会社ヲ造リ、「重役サンダ」ト、河戸夫人ガ近所ノ人ニ言イフラシテイタ。「マダ三十四、五歳デ若イノニ、ナカナカヤリ手ダ」ト思ワセラレタガ、コレモマタシバラクノコトデ止メテシマイ、現在ハ家デ遊ンデイル模様デアル。

　幼イ二子ガアリ、近所ノ子供ノ家ヘハアガリコンデ心安ク遊ンデイルガ、近所ノ子供ハ絶対ニ河戸家ヘハ入レズ、コノ事実モ、変ナ人タチダト疑ワセル原因ニナッテイル。

　以上ノ如クコノ家ヘ入居シテ約五年間、定職ニ従事シタ期間ハ極メテ短ク、驚クホド派手ナ生活ヲシテイタカト思ウト、次ハ反対ニ極端ニ切リツメタ生活ヲスルナド、良キニツケ悪《あ》シキニツケ近隣ノ注意ヲ大キク引イテオリ、疑イノ眼デ見ラレテイル。

「コノ間モ広津池ノ近クヘ家ヲ見ニ行ッタ。コノ家ハ平屋デ手狭ダカラ、大キナ家ニ移ルツモリダ」ト河戸夫人ガ近所ノ奥サンニ言ッテイタコトガアリ、河戸ノ奥サンハ何ヲ言ウヤラ。ドコマデガ本当ヤラ。ト、ソノ信用度ハ近隣デハゼロデアル。

(註・以下は千葉久志が調査)

氏名　草上孝人
住所　京都市伏見区深草東伊達町十七番地

一、不動産
　上記住所ノ土地　宅地一四五坪
　　評価格　六三八、〇〇〇円
　上記同町十八番地ノ一　宅地〇・九五坪
　　評価格　七、一〇〇円
コノ土地ハ二十九年七月二十三日、売買ニヨリ同人名義トナッテイル。
建物　同町十七番地　家屋番号一六五
　木造瓦葺平屋建住宅　建坪二八坪九
　木造木皮葺平屋建物置　建坪二坪
　　評価格　三四四、九〇〇円
コノ建物ハ二十六年八月十日、売買ニヨリ所有。
一、近隣ニオケル風評
草上家ノ隣家ノ木工某ガ、都合ニヨリ二十六年八月、ソノ居住家屋ヲ土地共ニ草上ニ売リ渡シタモノデアルガ、ソノ構造ハ門構エトイイ、色瓦トイイ瀟洒《しょうしゃ》ナモノデ、庭モ広ク、入口ニハ砂利ヲ敷キツメ、居宅トシテハナカナカ良イ建物デアル。

モトノ住所、同市南区東九条札辻《ふだのつじ》町九カラコノ家屋ニ移転シテ以来、ソノ事業ガ発展シタタメ、当時ノ日常生活ハ頗《すこぶ》ル派手デ、一時ハ自動車モ三台ヲ持チ、邸内ニゴルフ練習設備ヲ持ツナド、近隣ノ眼ヲ見ハラセタガ、昨年、事業ニ蹉跌《さてつ》ヲ来《きた》シタノカ、家財道具ノ大半ヲ他へ運ビ去リ、妻子共ニ全然帰ラズ留守ヲ続ケテイタガ、最近ハマタコノ家ニ戻リ、住ミツイテイル。ガ、盛時ニ比シテヒッソリトシ、人ガ住ンデイルノカイナイノカワカラナイヨウナ暮シデアリ、夜間、人ガ訪ネテキテ話シテイル時モ電気ヲ消シ、ヒソヒソト世ヲ憚《はばか》ッタヨウナ有様デ、日蔭者ノヨウナ生活デアル。盛時ノ派手サト現在ノ生活ブリヲ比較シテ、近所ノ人タチハ憫笑《びんしょう》シテイル。

　四十歳クライノ分別盛リノ年齢デアルタメ、盛運時ノダラシナイ生活ヲ目撃シテイル人タチカラノ、当人ヘノ同情ハマッタク無イトイッタ状況デアル。

（註・以下は重松良種が調査）

氏名　山中隆一

住所　宇治市木幡《こはた》御園二九

一、不動産

　宇治市役所デ調ベタトコロ、同市内デ同人名義ノ不動産ハ存在シナイ。

　近所デノ聞キコミニヨルト、同家ハ「近畿土地」カラ現在地ヲ購入シテ約二年前カラ居住シテイル。役所デハ不動産ノ名義ヲ毎年一月一日現在ノ名義人デ整理シテイルカラ、購入時カラ第三者ノ名義ニシタカ、一時ハ当人名義ニシタガ昨年後半ニ他人名義ニシタカ、ソノ点不明デアル。

一、近隣ニオケル風評

　当人ハ前記草上ト組ンデ、山中家ノ近クデ「草上芸工」云云《うんぬん》トイウ名称デ営業シテイタガ、昨年ソノ事業ガ失敗、営業所ハ閉鎖シタ。当家ハソノママモトノ所ニアルガ、二、三日前ニモ近所ノ人ニ、「コノ家ハ自分ノ家ナノニ、仕事ガ失敗シタタメ、コノゴロツマラヌ悪評ガ拡ガッテ迷惑シテイル」ト、訊ネモシナイノニ愚痴ヲコボシテイタトノコトデアル。

草上ト同ジク、ソノ日常生活モ、過去ノ派手サハナク、逼塞《ひっそく》シタ暮シトナッテイテ、家ノ外観モ極メテ陰気トナッテシマッテイル。
一、信用状態
三人トモニ不可。

昭和三十二年六月二十七日

新日本探偵社

担当　辰巳秀雄

花山化工株式会社殿

報告書を書きながら辰巳は、千葉、重松と共に「類を以て集まるやなあ」と、笑いあった。だがそんな時彼らは私立探偵という職業を選んだ自分たちの共通点に関して、何かを思い出したりすることはない。

少し変った調査としては、家屋明け渡し紛争のいきさつを調査してくれと不動産屋から頼まれたことがある。ほとんどの調査を千葉が行い、報告書は課長の船山が書いた。

調査報告書

矢橋興産株式会社殿

調査事項　坂田氏所有、小園氏居住ノ家屋ニ関スル調査

一、小園重内氏ガ現家屋ニ居住シタ当時ノ模様
昭和九年頃、当時小園氏ハ薪炭《しんたん》商デアリ、同ジ大垣市内ノ他ノ所デ営業シテイタ。

当時、当家屋ハ、現在小園氏ガ居住シテイルコ

ノ家屋カラ東へ六軒目ノ、柴田ナル人ガ所有シテイタ。小園氏ハ、空家ニナッテイタコノ家屋ヲ、月十円トイウ家賃ハ当時トシテハ安イ方デハナカッタモノノ、表カラ一間幅ノ通リ庭ガ奥へ通ジテイテ、裏ニ相当ナ空地ガアッテ、裏門ガアッテ、商売ニハ非常ニ都合ガヨイタメ、諸造作ツキ（建具ナド）デ借受ケタ。

ソノ後、諸物価ガ高騰シタノデ、柴田家主ガ家賃ノ値上ゲヲ申シ入レタ。最初小園ハコレニ快ク応ジナカッタヨウデアルガ、ソノ後世間並ニ払ウベキダト考エナオシテ小園ノ方カラ申シ入レ、順次高クシテ、最後ハ月八十円ノ家賃ヲ支払イ続ケテイタ。

一、坂田久夫氏ガ買受ケタ状況

昭和二十二年頃、柴田家主カラ小園ニ対シテ、家計ガ悪化シテキタタメ、コノ家ヲ買ッテモライタイトイウ申シ出ガアッタ。小園ハ安ク買イタイタメ、一応ノ掛ケ引キデ、買イタイケレドモオ金ガナイト言ッテオイタ。シカシソノ実、心中デハ、イズレ誰カガ買ウニシテモ、ソノ前ニハコノ家ヲ見ニ来ルカラ、ソノ時ニケチヲツケテ破談ニシタ上、自分ガ安ク買ウツモリデイタトコロ、胸算用ガハズレテ、隣家ノ坂田久夫氏ガ買ッテシマッタモノデアル。

コノ時小園ハ、自分ト柴田家主トノ間ノ借受条件ヲ坂田ニ通ジテオイテクレト、柴田ニ充分念ヲ押シテオイタ。

一、家賃供託ノ始末

明確ニ坂田ノ所有トナッタノデ、月八十円ノ家賃ヲ坂田宅へ持参シタトコロ、坂田ハ理由不明ノママ「マアマア」トイッタヨウナコトデ受ケトラナカッタ。小園ガ妻ニ言イツケテ坂田ノ妻ニ手渡シタトコロ、スグニ返却ニ来ルトイウ始末デアッタ。小園ハヤムヲ得ズコレヲ手モトニ保管シテイタガ、知人ニ注意サレテコレヲ供託、以後毎月供託シテ現在ニ至ッテイル。

一、小園、坂田紛争

坂田所有トナッテシバラク後、坂田ガ小園宅ノ裏ノ空地ニ倉庫ヲ建設サセテホシイト申シ入レテキタ。隣リ同士ノコトデモアリ、小園ハ戦前戦後ノ統制デ商売ヲ休業シテイタタメ、条件ヲツケテコレヲ承認シタ。

ソノ条件トハ、裏ノ小川ニカカッテイル古イ橋ヲ新シイ橋ニ架橋シナオスコト、三尺ノ通路ヲ奥ヘノ通リ路トシテ新設スルコトデアッタ。

坂田ハコレヲ了承シテ建設ニカカッタ。トコロガ、小園ノ敷地ヨリ約一尺ホド高クシテ土盛リシ、石垣ヲ築キ、ソノ上ニ建物ヲ建テ、ソノ完成ト時ヲ同ジクシテ搾油機ヲ運ビ込ミ、新設ノ建物ニ据エツケヨウト計ッタタメ、小園ハ倉庫トシテ承諾シタノデアリ、工場トシテ使用スルノデハ話ガ違ウト、強硬ニ坂田ニ申シ入レタ。坂田ガコレヲ取リアワナカッタタメ、小園ハ市役所、消防署、ソノ他ノ監督官庁ヲ歴訪シテ運動シタ。坂田ハツイニ工場トシテ使用デキヌコトトナリ、ヤムナク別ニ工場ヲ設備シタ。

以後、坂田ハコレヲ含ンデ、小園ノ申シ入レタ橋ノ架設モ行ワズ、通路モ作ラズ、マタ板塀《いたべい》ノコトナドデモ紛争ヲ生ジ、交渉決裂、道デ出会エバドナリ合ウヨウナコトトナッタ。坂田ノ方カラハ当時ノ番頭ノ名義デ小園ニ内容証明ヲ送リ、現在ハ岐阜裁判所ニオイテ係争中デアル。

一、小園氏ノ現居住家屋ニ対スル考エ方

モトモトコノ家屋ニ入ッタ時、非常ニ便利ガ良イカラ息子ノ代ニ至ルマデ居住スル気デ入ッテイル。現在大垣モ非常ナ住宅難デアリ、オイソレト出テ行ケト言ワレタトコロデ、チョットクライノハシタ金デハ新タニ家ヲ求メルコトハ無理ダ。自分トシテハ、モシ所有者ガ変ワッテモ、(公)ノ家賃デ引続キ賃借スルダケノ話デアル。(公)ノ家賃トハ、五、六百円グライノトコロダ。間貸シシテモ相当ナ家賃ガ稼ゲル。事実最近マデオモテノ間ヲ貸シテイタ。立退料ノ如何《いかん》ニカカワラズ明ケ渡シハゴ免ダ。

一、小園ノ性格

非インテリデ頑迷、偏屈。人ハ悪クナイガ、アル程度ノ狡猾《こうかつ》サヲ持ッテイル。

一、当家屋ノ評価

市役所ノ台帳ニヨル価格。

土地　八二、五六三円

家屋　六六、五〇〇円

土地ノ時価ハ、同市ニオイテハ三等地デアリ、坪当リ八千円前後デ、二二八、〇〇〇円。土地ト家屋ノ相場トシテハ、小園ニヨレバ、坂田ガ柴田カラ買ッタ時代デ十五万円前後デアッタガ、坂田ハコノ家屋モ利用スルツモリデイタノダカラ二十万円ハ出シタダロウトイウコトデアル。土地ノ不動産仲介業者ニ現在ノ相場ヲ訊ネタトコロ、明確ニハ言エナイガ四、五十万円クライノモノカ、トノコトデアル。

一、表示ノ土地家屋

現在地　大垣市林町二丁目十一ノ五

宅地　二八坪四七

家屋　木造瓦葺二階建

建坪　一八坪九

二階坪　六坪九

家屋番号　三八番

昭和二十九年八月十八日

新日本探偵社

担当　船山利春

極めて稀《まれ》に生命保険会社から、死因のはっきりしない被保険者の死亡調査を依頼してくることがあった。次の例は課長の石黒が担当した。

調査報告書

協英生命保険会社殿

調査事項　山中ぬい殿死亡ニ関スル調査

一、山中ぬい女ノ略歴及ビ性向

　ぬい女ハ昭和十七年頃マデ和歌山県有田郡龍ヶ浜ニ住ミ、同地ノ藤山長一郎氏ノ妻デアッタガ、同年夫ガ死亡シ、マタ二人ノ子供モスデニ他界シテイタタメ、同年末ゴロヨリ実妹山中うめ方ニ寓シテイタ。

　同女ハ生来病弱デ、一種ノ胆汁質デアッタ。引ッ込ミ思案デ外出ヲ好マズ、過去十年間ヲ通ジテ映画ニ四、五回行ッタノミデアル。近所トノ交際モアマリ行ワズ、モッパラ家事ヤ編物ヲ行ッテイタ。

一、山中ぬい女ノ親族

　実妹山中うめ以外ノ親族トシテハ、大阪市西成区山王町ニ実兄ノ山中梅吉、岸和田市春木町ニ実姉ノ多田たかガ生存シテイル。

一、山中ぬい女ノ病歴

イ　流産ニ関シテ

　同女ハ昭和十五年頃、当時毎月順調ニアッタ月経ガ月二、三回モアリ、ソノ最後ノ時ニハアマリ出血ガ甚ダシイタメ龍ヶ浜ノ知リアイノ産婆《さんば》ニトビコンデ止血ヲ依頼シタガ、折悪シク土曜日デ産婆ハ外出中デアリ、助手ガ応急処置トシテ治療シタ。コノ時ハ止血シタタメ、ソノ後専門医ニモ見セズ、血モカキ出サズ、ソノママ放置シタタメ、コレガ原因トナッテ昭和十六年頃ヨリ血ノ道ニ苦シミ、冬ガ来レバ冷エコミニ苦シミ、コレニ関係シテカ、相前後シテ胃腸病ヲ併発シタ。

ロ　慢性胃腸病ニ関シテ

　前述ノ如ク、ぬい女ハ血ノ道ヲ発病シテカラ毎年便秘ニ悩ミ、コレガ嵩《こう》ジテ慢性ノ胃腸カタルニナッタヨウデアル。症状トシテハ腰ヤ足ガダルクナリ、一昨年モ一年間便通ガ順調デナク、ホトンド一年中病床ニアッタ。

ハ　脱毛ニ関シテ

サラニぬい女ハ四、五年前カラ頭髪ガイチジルシク抜ケハジメ、昨今マデニハ頭ノ前面ヨリ後頭部ニカケテ三分ノ一ホドノ頭髪ガ脱落シ、同女モコレヲ気ニシテ一層家ニコモリ勝チトナリ、ホトンド外出シナカッタ。

尚、小池医師ノ話デハ、コノ脱毛ハ梅毒カラ生ジタモノカモシレナイノデ、ぬい女ガ生存中ニ血液検査ヲススメタコトガアルトイウコトデアル。

一、右ノ治療

イ　昭和十九年頃、便通ガナイタメ市民病院ニ通院シタ。

ロ　胃腸病ガ慢性トナッテカラハ、ホトンド売薬デ間ニアワセ、主トシテ山中うめ方ノ筋向カイノ「ハトゴシ薬局」デハト印通じ丸、並ビニあたため薬ヲ購入シテイタ。ハトゴシ薬局ノ話デハ、一年中何回カ下剤及ビ右ノ薬ヲ購入シタトノコト。マタ、他ノ薬屋デモ下剤ヲ購入シテイタ模様デアル。

ハ　ぬい女ハ家庭デ時オリ足ニ灸《きゅう》ヲスエ、無量寺ニモ通ッタトノコトデアル。

ニ　右倉医院ニツイテ

二十五年七月十七日、山中ぬい女ハ、堺市桜之町四十七ノ右倉病院ヘハジメテヤッテキテ診療ヲ乞《こ》ウタガ、病名ハ判明セズ、胃腸病トノミ推定サレタ。

処置　ブロバリン（睡眠薬）

硫酸マグネシヤ（下剤）

ビタミン

ホ　小池医院ニツイテ

昨年六月二十四日、山中ぬい女ガ急性胃腸カタルトナッタタメ、往診シタ。

処置　麻薬ナルコポン

ビタミン（注射）

ブドウ糖

内服薬

昭和二十七年五月二十九日

新日本探偵社
担当　石黒宗一

一般に、興信所での調査の主なものは男女の素行調査と思われているが、新日本探偵社ではその種の依頼は稀であり、また、たいていは口頭での報告に終るため、報告書はあまり残っていない。次に「私立探偵のしおり」から、素行調査について書かれたくだりを紹介する。

男女の素行及び動静の調査
夫の浮気に悩む妻が最も多い
案外大胆な人妻の不倫もある

旦那様の隠し女とその身もと、奥さんの内緒事や二号さんの浮気調べはもちろん、彼氏、彼女の情痴関係を厳秘の裡《うち》に探偵します。灯台もと暗し、とか、知らぬは亭主ばかりなり、との諺もありますが、自分で気づかぬことでも、鋭敏な探偵の聴覚や視野に触れるものは非常にたくさんあります。男女を問わず種々な口実による帰宅時間の遅れ勝ちや外泊などにはだいたい異性関係ありと観てよいのです。

しかし中には恐妻家のご主人か二号さんと二十年近くの間柄で、その間、子供二人をもうけているのに、昼ばかりの逢《あい》びきで一度の外泊もなく、奥さまに全然わからなかった例もあれば、自家用車もある大家の令嬢が、洋裁通いと称して秘《ひそ》かに避妊具をしのばせ、孫もあるような五十男と三日めごとに乳繰りあっているのに、何も知らない両親が娘自慢で、婿選びに躍起だったのを、その花婿候補からの調査依頼であばいたこともあります。

その他同居下宿人とひと眼をしのぶ人妻、いわゆる母娘丼をむさぼる婿養子、洗濯屋の外交員をひっぱりこむ美貌《びぼう》の奥さま、婚前の愛人と復活している夫、美少年ばかりを手なずける倫乱のデザイナア、未亡人の溺愛《できあい》から抜けられない青年、子供の家庭教師に実地の性教育をする夫人、女事務員やタイピストを薙《な》ぎ倒す重役、女秘書と夫婦気取りで出張旅行の社長等々、およそ男女不倫の情事が枚挙《まいきょ》に暇《いとま》がないことは、巷間《こうかん》温泉マークの連れこみ旅館が続々ふえ、しかも昼夜を分たず繁昌していることでも明らかです。

この種の調査は、尾行や内偵だけでわかるものもありますが、御用聞きや行商人を装ったり、遊里のお客に変身することもしばしばで、困難なものになってきますと、目ざす家の雇人となって入りこむとか、あるいは女探偵をダンサーや女給、旅館料亭などの仲居に化けさせることもあります。掌中カメラ、テープレコーダーの活用もします。

なお、姦通《かんつう》事件などで特に現場を押さえたいとご希望の向きには、旅館やホテルで隣室の色模様の気配を窺《うかが》ったり、喜悦の声にさすがの探偵も胸ときめかせたり、男女の引きあげた部屋へすぐとびこんで屑籠《くずかご》やシーツをあらため生唾《なまつば》を呑むなどのつらい役目もいたします。

次が、とびこみの客の依頼による素行調査の代表例であり、依頼者が京都に住んでいたので報告書を郵送したため控《ひかえ》が残っていたものである。担当したのはこの種の調査のヴェテラン、岩木正雄であった。

調査報告書

久米　殿

調査事項　佐藤桂子ト和田銀造ノ関係

一、佐藤桂子ノ略歴

昭和二年広島生レ。昭和二十六年一月マデ伊丹ノ鐘ヶ淵機械株式会社ノ医務室ニ臨時看護婦トシテ勤務シテイタガ、給料ソノ他ノ不満ニヨリ退社シタ。イッタン帰郷シ、昭和二十七年一月フタタビ来阪シタ。

一、佐藤桂子来阪後ノ動静

来阪後、東住吉区西今川町一丁目ノ、本人母親ノ妹宅ニ寄宿。コノ親戚ノ職業ハ、千日前《せんにちまえ》法善寺横丁内ノ「吉弥」ト称スル小料理屋デアルガ、本人ハ店ニハ出ズ、親戚宅デ女中トシテ家事ヲ手伝ッテイタ。「和田銀」商店へ入ッタ動機ハ、本人ガ難波附近ヲ通行中、同店ノ求人ノ貼紙ヲ発見シ、勤務ニ至ッタモノデアル。コノ点、少シ疑問ハアルガ、勤務前ノ本人ト和田銀造ノ関係ノ有無ハ問題ニスルニハ足リズ、ナカッタモノト思ワレル。

一、佐藤桂子ノ性格

男女間ノ問題ニ関シテハ若干ルーズナ点ガアルト看做《みな》サレル。私生活及ビ女性トシテノ種種ノタシナミ、本人ノ家庭ヲ省ミヌ過去ノ態度ナドカラモ、ソノルーズサガ感ジラレル。一見シッカリ者ラシク見受ケラレルガ、内面的ニ極メテ弱イモロサヲ感ジラレル。ソノ反面、虚栄心ガ強ク、友人モ少ク、同性間ノ社交性ニハ乏シイト思ワレル。常ニ包容力ノアル者ヲ望ンデイル、トイッタ性情デアル。

一、佐藤桂子ノ素行

和田銀造ト桂子トノ関係ハ、アル程度進展ハシテイルガ、桂子トシテハ銀造ニソレホド未練ハナイモノト認メラレル。

桂子ガ同商店ニ勤務シタ当初ヨリ銀造ガ働キカケタヨウデアル。午後八時以降ノ閉店後ハ、映画一回、喫茶店及ビ酒場五回、旅館一回ニ同行シテイルガ、以上ハ常ニ銀造側ヨリ誘ッタモノデ、本人ハ三回ニ一回ホドノ割合イデ拒否スル以外ハ常ニ行動ヲ共ニシテイル。

右ノウチ、旅館ニオケル状況ハ、両人ガ飲酒後ニ賑橋裏ノ吉野屋旅館ニ登館シ、銀造ガ強硬ニ挑ンダモノデアル。ドノヨウナ行動デアッタカハ、コノ報告書ニオイテハ、コレヲ避ケル。

一、店内ニオケル状況
銀造ハ桂子ニ特別以上ノ好意ヲ持チ、桂子モマタ、コレヲ甘受シテイル。銀造ハ勤務中デモ飲酒シ、ソノ席ニハ必ズ桂子ヲ侍《はべ》ラセテイル。

以上ノ如ク僅《わず》カ一カ月足ラズデ右ノヨウナ状況デアリ、道徳上極メテ面白カラヌ事実ヲ確認シタ。ソノ原因ノヒトツニ、銀造ノ家庭状況ト性情ニ桂子ガ同情的デアッタコトガ認メラレル。

一、佐藤桂子ノ家庭状況
桂子ノ母親ハ最初ノ結婚ニ失敗、四十四歳頃、宮原某ト再婚シタガ最近マタ破婚シテ佐藤姓ニ戻リ、現在広島デホゾボソト農業ヲ営ンデイル。以上ノ如ク桂子ハ家庭的ニ不遇デアリ、桂子自身ノ結婚ナドニモ種種ノ弊害ガアリ、昨年ノ同女ノ結婚話モ円滑ニ行カナカッタ模様デアル。
桂子ハ、永久ニ離阪ショウトイウ意志ハナイモノノ、六月一日ニハ帰郷シ、農業ヤ家事ヲ手伝ウツモリデイル。

昭和二十七年五月二十日

新日本探偵社
担当　岩木正雄

最後に「私立探偵のしおり」から、結婚調査について書かれた部分を紹介しておく。

婚姻に関する詳細調査
離婚は軽率な結婚に多い
うわべを見ただけの結婚は危い
この調査を疎《おろそ》かにすると、生涯に悔いを残すこともあり、また破鏡の憂き目に嘆くこともあって、人生の最重大事です。したがってこの調査は特に熟練した担当者が、慎重に、正確に、詳細に、しかも感づかれないよう秘密裡《り》に調べます。

調査の主なる事項は、父方、母方双方の祖先よりの家柄、遺伝や疾病その他死因の吟味による血統の精査、曾祖父母、祖父母、父母の事歴、父母の兄弟姉妹の現況、本人の兄弟姉妹の現況、家庭の状態、父母及び家族の性質、資産及び負債の状態、宗教関係などを明らかにし、本人に就《つい》ては、生立ち、出身学校とその成績、在学中の性質状況、従来の異性関係と現在の素行、思想と政党色、前科の有無、職歴、勤務先の地位と収入、勤務状態と批評、性格及び気質、特徴特技及び癖、病歴及び健康状態、体格容貌風姿、趣味嗜好、交友関係のほか、子女においては特に和洋裁料理の技術、茶道、華道その他芸事の習得の有無などであります。

最近では両親へうち明ける前に、自ら婚約者の調査依頼を申込まれるしっかりしたお嬢さんもあるくらいで、熱烈な恋愛もよいが、結婚ともなれば冷静な判断が必要です。役場保存の埋火葬許可申請に添付された死亡診断書で、心臓病で死んだと称する者が肺結核であったり、旅行中死んだと称される者が癩《らい》療養所で死んだことを発見するような例は珍らしくありません。餅《もち》は餅屋と言います。実際血統の調査だけは、素人の簡単な近所の聞き込みだけを信じては危険があります。

花婿になって数カ月後、郷里に妻子のあることがばれたずるい男もあり、女の方から急《せ》いで充分調べず式を挙げ、早産なので調べたら他の男の胤《たね》を宿してきた花嫁であったこともよくある例です。特に戦後の未婚男女には素行の乱れた者も多く、男には思想上注意せねばならぬ人がふえております。

尚、特に希望のある場合には、花嫁候補の肉体についても、極秘の全裸調査により、恥毛の有無、乳房の形、隠れた場所の痣《あざ》、お灸の痕《あと》や盲腸その他の手術痕など素肌の美醜、寝顔の様相なども調べることがあります。

17

昭和二十七年の春、まだ所員の数も少かった新日本探偵社へ、萩田と名乗る若い男が、調査員募集の新聞広告を見たといってやってきた。相当悪いことをしてきた不良少年あがりのような男であり、履歴書はどう見てもいい加減なものであったが、所長の辰巳秀雄はこの萩田を使ってみることにした。萩田は石黒課長の下で約八カ月働き、その年の暮に退社した。在社中は集金してきた会費を着服するなどの小悪事をちょいちょいしているように見受けられたが、決定的なぼろを出すことはなかった。頭はよく、調査の腕も悪くはなかった。次の報告書は担当者名こそ石黒になっているが、実は萩田が辞める直前、二十七年の十二月にほとんど彼ひとりで調査したものである。

調査報告書

有楽興行株式会社殿

調査対象　大洋信用組合

　所在地　大阪市東区北久宝寺町二丁目九

一、代表者　平出八郎

一、状況

　当社ハ、モト太陽信用組合ト称シ、多年ニ亘《わた》リ信用組合ヲ営業シテキタガ、戦後昭和二十四、五年ノ不況時代ニ多額ノ不良貸附ヲナシ、ソノ回収ガ不能トナッタ。ソノタメ昨年ノ春、現在名大洋信用組合ニ改名、ソノ時マデノ各取引ヲスベテ棚上ゲニシ、新シク預金ヲ集メテ新規貸附ヲ行ッテキタモノデアル。

　専務理事ハ「太陽信用組合時代ノ整理ヲシテイテ、順次解決シツツアル」ト称シテイルガ、コレハ疑ワシイ。

現在当社ガ取引シテイル大和銀行船場支店、及ビ大道相互銀行大阪支店ナドニオケル状況ハ、大和銀行ノ方ハココ一年ホドノ間マッタク動カズ、大道相互銀行ノ方ハ約一カ月ホド前カラ取引額ガ激減、現在両銀行デハ当信用組合ヲ警戒中デアル。非常ニ注意ヲ要スル状態デアル。

マタ組合長平出八郎ハ、当組合ノ取引先ニ対シテ保証手形ノ署名ガ多ク、ソノ殆ンドハ、取引先ニ支払ウベキ金銭ノ代替トシテノ保証手形ノ発行デアロウト看做《みな》サレル。

今福《いまふく》方面ニアル支店ハ、現在ナンノ営業活動ラシイコトモナシ得ヌ現状デアル。

鶴橋支店モアルガ、コレモ活撥《かっぱつ》ナ営業活動ハシテイナイヨウデアル。

本店ニオケル来客モ、金銭ノ出シ入レノ客ハ殆ンドナク、手形ニ関スル来客ノミデアリ、組合長ニ面会ヲ求メタガ、毎日ハ出社シテイナイトイウ話デアッタ。

一、結論

同信用組合ハ、如何《いか》ナル面カラ見テモ信用全然ナシ。

昭和二十七年十二月十三日

新日本探偵社

担当　石黒宗一

翌年の二月末、その萩田が事務所にいる辰巳に電話をしてきた。

「今、川口におりまんねんけど」と、萩田は言った。「前に繊維関係の取込詐欺しとった江口が、また別の会社作っとりまっせ」

「ほう」社をやめた萩田がなぜそんなことを報告してきたのか意図がつかめぬまま、辰巳はなま返事をした。

「あれ、またどっかへ迷惑かけよるんと違《ちゃ》いまっか。調べて『新日探報』にでも書いときはった方がよろしおまっせ」

焚《た》きつけるような萩田の口調から、辰巳は彼の意図を悟ることができた。萩田は江口のところへ行ったに違いなかった。「またひと勝負するつもりやろ」と問いつめ、ばらすぞと脅《おど》して金をせしめるつもりか、または直接悪事に一枚加わるつもりであったのだろう。だが萩田は青二才であり、相手は海千山千である。相手にされなかったのだ。辰巳に電話で報らせてきたのはその腹いせであったに違いない。

江口というのは繊維関係の取込詐欺をする常習グループの一員で、どちらかといえば下っ端の悪党であり、辰巳もその顔を知っていた。前年、昭和二十七年の五月、辰巳はこの連中の調査をしたことがあった。萩田も調査を手伝っている。その調査がはかどったのも、報告書にこそ書かれてはいないが、辰巳が以前から江口を知っていたためであった。

取込詐欺にかかったのは大興産業という繊維製品の問屋であった。三陽貿易株式会社と称するそのグループのやり口は、最初数回の現金取引で信用させておき、次いで「ちょっと回収が遅れますんで、約手にしとくなはれ」ということになり、まず二カ月の約束手形、次いで三カ月のもの、四カ月のもの、そして最後にはわずかの手付金のみでごっそり商品を持っていき行方をくらますという、典型的な手口であった。当時大多数の中小企業ではよほどのことがない限り興信所を使ってまで取引先の調査をしたりはしなかったのである。調査を求めてくるのはたいてい詐欺にかかってからであった。

調査報告書（第一報）

大興産業株式会社殿

調査対象　三陽貿易株式会社

所在地　大阪市南区横堀七丁目四ノ四

調査事項　総テノ事項

一、現所在地ノ状況

弊社調査員ガ五、六回ニワタリ訪問シタガマッタクノ無人デアリ、面会デキナカッタ。ヤムナク会社ノ設立登記ノ閲覧ヲシタガ、架空ノ会社ラシク、コレマタ未登記デアッタ。コノタメ、表面カラノ調査デハマッタク何モツカメヌト考エ、当社独得ノ裏面調査ニ主力ヲ移シ、次ノ結果ヲ得タ。

一、大林善則

貴社ニ対シテ大林正一ト称シテイル本名大林善則ハ、兄竹内良造、及ビ江口、岡田、山中ナドト繊維関係ノ取込詐欺ヲハタラク常習者デアリ、東警察署ノブラック・リストニ載ッテイル一人デアル。二年前ヨリ谷町五丁目二十三番地ニオイテ綿布、綿糸、布帛《ふはく》製品卸ノ大林商店ニオケル代表・大林善則トシテ、盛ンニ市内繊維関係ニ出没シテ大イニ稼イダガ、兄竹内良造ト共ニ神戸デ検挙サレ、一人二万五千円、合計五万円ノ保釈金デ目下保釈中デアル。貴社トノ関係ハソノ保釈中ニ発生シタモノデアル。

一、竹内良造

現在マデ弟善則ト組ンデイロイロナ悪事ヲ重ネテキタ。自宅ハ阿倍野区旭町附近デアル。神戸裁判所デ十カ月ノ実刑ヲ科セラレ、目下上告中デアル。

以上ノ二名ガ首謀者デアリ、コレガ前記ノ江口、岡田、山中ト組ンデ、大信商事（順慶町三丁目、伊賀運送店附近）、三陽貿易ナドノ社名ヲ使イ、詐欺ヲハタライテキタモノデアル。

一、貴社トノ結ビツキ

岡田ト、貴社社員山野辺トハ、高津中学ニオケル同窓デアリ、グループハコノ両人ノ関係ヲ利用シテ貴社ニ取リ入ッタモノデアル。コノ岡田某ハ、紀州生マレデ旧姓ハ伊沢、岡田家ノ養子トシテ入ッタトイウコトデアル。

一、同類間ノ紛争
コノ連中ハソノ時ソノ時ノ利益ニ左右サレテ争イ、損得ダケデ離合集散ヲクリ返シテイル。紛争ノ際ニハ二、三名ノ暴力団員ヲ利用シ、アエテ暴力ニ訴エルナドノコトモスルコトガアル。

一、結論
貴社カラ出荷シタ商品ハ、ソノウチノ二十万円相当分ヲ同類中ノ一名ガ持チ逃ゲシタ模様デアル。

マタ大林善則、竹内良造ノ兄弟モ、保釈金ノ五万円ノ調達ニソノ妻女タチガ金策デトビ歩キ、ヤットカキ集メテ保釈サセタ状況デアリ、コノ兄弟ニハマッタク資産ハナイ。

貴社ニ入金シタ五万円ノ内金モ、保釈中デアルガタメニ、詐欺罪構成ヲ免レヨウトシテ入金シタモノト認メラレル。

故《ゆえ》ニ代金ノ回収ハ、マッタク不能デアルト考エラレル。

銀行取引ノ一件ニツイテモ、知人カラ十万円ヲ借リ、一万五千円ノ礼金ヲスルトイウ約束デ、ソノ人ノ顔デ銀行取引ヲ開始シタモノデアリ、以後ソノ一万五千円モソノママ支払ワズ、二、三名ノ用心棒ノ庇護《ひご》ノモトニ、現在モ次ツギト詐欺ヲ行ッテイル。

以下後報。

調査報告書（第二報）

一、岡田光一
貴社ヨリ提示サレタ、岡田光一ノ住所、阿倍野区相生通二丁目三十一番地ニハ、終戦直後居住シテイタモノデアリ、ソノ後、阪堺線天神ノ森駅近クニ居住シタ。シカシコノ天神ノ森ノ住家モ昨年春頃マデ居住シテイタモノデアリ、ソノ後ノ足ドリハ不明デアル。

貴社ノ商品二十九万円相当分ノウチ、約二十万円相当分ヲ持チ逃ゲシテイルノハ、コノ岡田光一デアルコトガ判明シタ。コレハ仲間割レソノ他、仲間ウチノ複雑ナ事情ノタメニ持チ逃ゲシタモノデアリ、コノ件ノ解決法トシテハ、コノ岡田ノ所在ヲ突キトメタ上、事情ヲ聴取スル以外ニナイト考エラレル。

昭和二十七年五月二十一日

新日本探偵社

担当　辰巳秀雄

萩田から場所を聞いた辰巳は、川口町の、倉庫が立ち並ぶ河岸へと出かけた。表が事務所風になった一軒に「岡山藺《い》荷受株式会社」という看板があがっていて、正面のデスクには江口がでんと構えていた。夕刻で、事務所内には電灯が点《つ》き、他に事務員の姿はない。がらり、とガラス戸を開けて辰巳は中へ入り、大声を出した。

「ほう。おかしなやつがおるなあ」

辰巳を見て江口はあきらかに狼狽《ろうばい》した。しまったという表情で腰を浮かし、ちょっと考えてから辰巳を奥の小さな応接室へ招じ入れた。

「藺とはどういうこっちゃねん」と、辰巳は言った。「藺いうたら畳表やろ。今倉庫見たら、電化製品の箱しかなかったやないか」

「藺そのものを扱うんと違いまんねん」江口は弁明しはじめた。説明し馴れているのか、口調は比較的軽かった。「岡山県の農協へ電化製品仕入れて送るのが仕事でんねん。バーターしまんねん」

電化製品の取込をやったな、と辰巳は悟った。

「とにかく、わしとしては抛《ほ》っとくわけにいかんな。『新日探報』に書いて得意先へ配布する必要があるさかい、一回わしを社長に会わさへんか。お前、責任者と違《ちゃ》うやろ」

「へえ。まあ」

番頭、といったところなのであろう。江口はしばらくもじもじしてから、電話をかけに事務所へ戻った。

　辰巳は少し緊張した。おそらく大林か竹内が社長なのであろうが、もしそうであるなら暴力団員を寄越す可能性がある。しかし、自分に暴力をふるったりすることは万に一つもあるまいと辰巳は計算した。そんなことをすればせっかく倉庫や事務所を借りてとりかかったばかりの仕事がご破算になるのだ。

「ひとつ、これで堪忍《かんにん》しとくなはれ」江口が戻ってきて三万円を出した。

「これ、何やねん」

「会員になりますさかい、ま、ひとつ、よろしゅう頼んます」

　ことわる理由はない。辰巳は三万円を受取って帰ってきた。

「新日探報」には記載せず、辰巳は得意先の電化製品関連会社数社に電話して注意を促すにとどめた。新日本探偵社の得意先には、どこにも被害はなかったようであった。

　萩田や江口との会話に出た「新日探報」というのは、新日本探偵社が得意先へ不定期に配布しているガリ版刷りの情報紙であり、その主目的はもちろん得意先の利益の擁護にあったが、一方では調査を円滑に行うための武器ともなり得ていた。特に、不渡手形をつかまされた取引相手への債務の取立てを得意先から頼まれた時には、通告書でこの情報紙の存在を匂わせることによって回答を得ることができたり、時には早期の解決に至ったりすることもあった。通告書の内容というのは、だいたい次のようなものであった。

通告書

拝啓
貴下益々御清祥之段奉賀《がしたてまつ》ります。
扨《さ》て今般左記不渡手形の件に就き、弊社会員たる本郷紙文堂より依頼有之《これあり》につき左記事項至急御返答賜《たまわ》りたく、猶当社は参加会員の利益を擁護するを目的とせるものにつき、万一何分の御返答に接せざる場合には直に貴殿宛《あて》所定の方針を執《と》るに就き左様御了承下され度《た》し。

敬具

昭和二十七年三月八日

新日本探偵社

浜松市山下町二十一
株式会社浜松マルヨシ
取締役社長　吉野兵三殿

第 No. 14875 号

約束手形

金　弐萬参阡円也

支払期日　昭和廿六年八月五日
支払地　浜松市
支払場所　株式会社静岡銀行浜松支店
振出地　浜松市

右金額貴殿又ハ貴殿ノ指図人へ
此約束手形引換ニ支払可申候也

昭和　年　月　日

浜松市山下町二十一番地
株式会社浜松マルヨシ
取締役社長　吉野兵三㊞

本郷紙文堂殿

右約束手形、預金不足の理由にて昭和二十六年八月六日不渡処分と相成り返却され、その後貴下

より本郷紙文堂に対し何等誠意ある解決方法も執られず今日に至り居るに就き、
1、今後の貴下の経営に対する御方針及び運営方法
2、金繰りに対する今後の方針
3、本郷紙文堂に対する債務の支払方法
を、至急御返答賜り度し。

附記・右事項に対し弊社へ御誠意無き場合には、当社発行の探訪情報に記載の上この旨を広く弊社会員に通告し、今後の取引の指針の一端となすよう警告いたすに就き、右充分御承知置かれ度し。

回答のない社に対しては二度、三度と通告書を送りつける。たいていは一、二度で回答書を寄越した。債務を履行する社もあった。回答書の文面はどの社も似たようなものであり、左の例などがその典型である。文章をろくに推敲《すいこう》していず、文面の乱れがはげしいのもこうした回答書の特徴なので、訂正せず、そのまま掲げる。

御回答書

日本探偵社殿

浜松マルヨシ

吉野兵三㊞

本日御通告に接しました「本郷紙文堂」様の約手不渡りを預金不足にて致しましたる後本郷紙文堂殿に対して何んの御話しも御支払も致さぬ点は深く御詫《わ》び申上ます。

「此の間東京苦楽画房の出張員及加藤正次郎殿には御話しは申上てあります」何《いず》れにせよ当方の現状を申上て御諒解を御願い致すより道は御座《お》いませんので左記の通り御報告申上ますれば何分の御

赦《ゆる》しと御願いを申上ます。

1. 今後経営方法

二月八日以前の買掛及未払約手（不渡り分を含む）は全部、旧勘定にして頂いて居りますので（本郷紙文堂殿には連絡が未《ま》だ届いて居りませんが）二月八日以降の仕入面に対しては確実なる支払を実行致す可《べ》くに付旧債は総額の三割五分程度迄四月より支払いを始めて新勘定に依《よ》り利益金を生み出す迄旧債の支払いを棚上げにして頂き度いと存じます。

2.

3. 本郷紙文堂様への支払いは四月より毎月五〇〇〇円宛《ずつ》の支払いを致して七阡円迄御支払をした時に依り勝手乍《なが》ら暫《しば》らくの間待って頂く様にお願ひします。残金も出来るだけ早く御支払を致す様に努力致しますが現在の処時日がはっきり申上られません。

新会社も近々の内に設立致してこの新会社に依り立直る事が早く出来れば月の御支払も増して一日も早く御決済致す様にしますから宜《よろ》敷しくお願ひ申上ます。

旧債に対する貸借対照表近日御送り申上ます。

先づは取急ぎ右御報告迄申上ました。

文の乱れが責任者たちの混乱を想像させ、辰巳はいつも一種のいたいたしさを感じるのだった。

昭和二十七年の秋、辰巳は大手の山八証券が、和歌山県に本社のある松浦精工株式会社へ梃子《てこ》入れするという話を、当の松浦精工の大阪支店長から聞かされた。「改組して立ちなおる」ということであった。松浦精工は非上場の会社であり、経営悪化の噂《うわさ》が流れていた。実は辰巳は、松浦精工の取引先である大日通商の依頼で松浦精工の信用調査をし、すでに何度か報告書を提出していたのである。

おかしい、と、辰巳は思った。借金が多過ぎるし、実力者であった初代社長は引退していて、どう見ても立ちなおれるような会社ではなかった。

天下の山八証券ともあろうものが、そうした実態を知らぬ筈はなく、知って梃子入れしようというのであればそれは松浦精工と手を組んでやるつもりに違いないのであり、怪《け》しからぬ話であった。

左は辰巳が調査した、まだ合資会社であった時の松浦精工の報告書第一報である。

調査報告書（第一報）

大日通商株式会社殿

調査対象　松浦精工合資会社
　所在地　和歌山市宇須《うず》二十三

以下ハ大阪支店長室伏英夫氏ノ談デアル。

一、設立　大正三年十一月
一、組織　合資会社
一、資本金　四百五十万円
一、決算期　十二月
一、出資社員
代表無限社員　松浦徹一　百六十万円
同　松浦徹之輔　九十万円
有限社員　松浦ミツ　六十万円
同　松浦安二　六十万円
ソノ他二名、計六名。
一、従業員　事務　一六七名
　業務　三〇一名
一、月間扱高　一億三千万円
以下ハ弊社調査員ニヨル結果デアル。
一、現在関係会社
和歌山新報　資本金二百万円。社長・松浦徹之輔、取締役・松浦徹一、同・松浦ミツ、監査役・松浦安二ノ四名ガ重役トシテ名ヲツラネテイル。
紀州信用組合　松浦徹一ガ理事トシテ名ヲツラネテイル。
松浦染料株式会社　松浦一族ノ所有デ所在地ハ岡

山県デアル。火薬工場デアッタタメ賠償ニ指定サレ、ノチ解除サレタノデ、時流ニ乗ル火薬製造工場トシテ再開スルツモリデアル。

(コノ項室伏氏談)

紀三井寺土地株式会社・明光土地株式会社　スデニ合併シタ上、和歌山市営ノ競馬場ニ貸シタ土地ノミヲ残シテ、他ハ処分済ミ。

松和商事株式会社・松東商事株式会社　以前販売会社トシテ存在シタガ、現在ハ解散シテ無シ。

松和電化株式会社　尼崎ニ所在。現在資本金百五十万円ヲ六百万円ニ増資シ、松浦精工ト合併ノ上一千五十万円ノ資本金トシテ運営スル予定。コノ点ガ同社ノ再建工作デアロウト認メラレル。

一、大阪支店ノ取引銀行

第一銀行本町支店

大道相互銀行大阪支店

大阪不動銀行船場支店　　以上三行

一、大阪支店ノ手形割引高

大道相互銀行　二百万円

大阪不動銀行　三百万円

今マデ和歌山一本デ賄ッテイタガ送金ガ遅レルコトガ多クナッタタメ、大阪デモ前記二行デ手形ノ割引ヲスルコトニナッタ。

一、主要仕入先　大阪タール、大日本窒素、大池興業、佐治商会(岡山県所在)。

一、主要販売先　関西合同、六井化成、大明商会、大錦商会。

一、支払方法　最短百二十日の手形。

一、月間扱高　東京・大阪各五〇%ズツデ、月間六千万円ニ減少シタ。

一、従業員　タビタビノ整理デ、現在ハ、

事務員　一三六名

現業員(工員)一七九名

ソノ他五十名ホドデアル。

一、現在負債

大阪タール、大日本窒素、大池興業、佐治商会ノ四社ニ対シテ一億円余ノ支払手形ヲ発行シ、借入金トシテ二億円余ガアル。銀行カラノ借入金ハ手形割引ノタビノ歩積ミデ減少シテイル筈ダト称シテイル。

一、振出手形ノ始末

現在マデ不渡リナドノ不始末ハナク、事前ニ長期手形ニ書キカエ、支払イ先ニ頼ミ、切替エテモラッテイル。

一、最近ノ業績

昨年下半期ヨリ業態悪化ノ一途ヲタドリ現在ニ至ッテイル。シタガッテ、銀行借入金ガ減少シタ分ダケ、他ノ債権者ノ負担ガ重クナッテイル筈デアル。

一、松浦一族ノ私有財産

白浜ニアル別荘、及ビ千坪ノ別荘地ナドモ含ミ、現在一億円前後ト推定サレル。

一、区役所固定資産税及ビ法務局登記閲覧（略）

一、松浦家

当家ハ和歌山県由良町ノ出デアリ、父祖ノ頃和歌山市ニ転住、染工場トシテ明治時代ヨリ名ノ通ッタ事業体デアル。松浦染工場ト称シテイタ。

一、松浦徹之輔　先代善之輔、ハルノノ五男トシテ明治十四年二月九日生。本籍ハ和歌山市和歌浦一〇二番地。明治三十八年大阪高等工業学校卒業。家業ヲ継承シ、ノチ分家シテ一家ヲ創立、染料製造ニ転ジタ。

一、松浦ミツ　父白坂文龍、母キミエノ長女トシテ明治十九年三月二十六日生。白坂家ハ代代僧侶《そうりょ》ノ家柄デアリ、寺院デ成長シタ。

一、松浦澄子　明治三十七年八月九日生。ミツノ私生児トシテ届出。大正十四年七月二十三日和歌山区裁判所ノ判決ニヨリ、徹之輔、ミツノ長女トナル。

一、松浦徹一　徹之輔、ミツノ長男トシテ明治三十九年三月二十九日生。東京帝大工科火薬教室卒業。松浦精工合資会社役員。

妻　法子　弁護士黒松修ノ長女トシテ明治四十三年一月四日生。原籍ハ東京都目黒区上目

黒一丁目六。昭和八年八月二十一日松浦徹一ト婚姻届出。

長男　茂　昭和八年九月十一日生。

次男　勝　昭和九年十一月二十九日生。

長女良子　昭和十一年十月三十日生。

次女美子　昭和十三年二月十日生。

三女英子　昭和十五年四月十八日生。

一、松浦安二　徹之輔、ミツノ次男トシテ明治四十一年十二月二十九日生。早稲田大学理工科卒業。松浦精工合資会社役員。

妻　菊子　農業小杉彌助ノ長女トシテ大正二年十二月二十五日生。原籍ハ和歌山県伊都郡九度山町大字《おおあざ》九度山一六一五。昭和十一年七月一日松浦安二ト婚姻届出。

長女和子　昭和十一年十月二日生。

長男安兼　昭和十三年二月二十六日生。

次女康子　昭和十四年九月二十八日生。

次男安正　昭和十六年二月十一日生。

三男安則　昭和十七年三月四日生。

四男安満　昭和十八年四月二十九日生。

一、松浦記代　徹之輔、ミツノ次女トシテ明治四十三年十一月二十二日生。昭和九年七月九日京都市吉田神楽岡町五ニテ死亡。

一、松浦仁三　徹之輔、ミツノ三男トシテ大正三年三月一日生。京都帝大工学部卒業。母校助手、助教授歴勤。松浦精工研究部ヲ主宰。同社役員。昭和十八年三月四日赤座光太郎次女富美子ト婚姻届出。同二十　年四月三十日離婚。ソノ間ノ一子ハ仁三ノ籍ニ在ル。後妻トシテ現夫人ト結婚。

妻　富代　早坂八堂ノ長女トシテ大正五年二月二十七日生。原籍ハ広島県安芸《あき》郡吉浦町一八九一番地。昭和二十六年三月四日松浦仁三ト婚姻届出。

長男　渉（前妻ノ子）昭和十八年十月四日生。

長女文子　昭和二十六年一　月三日生。仁三ハ文子出生後約一カ月ヲ経テ妻ヲ入籍シタ。
一、松浦圭四　徹之輔、ミツノ四男トシテ大正七年六月二十一日生。慶応大学経済学部卒業。松浦精工役員。
妻　昌代　食品卸商山河銀造ノ次女トシテ大正十一年五月七日生。原籍ハ福岡県若松市山手通リ二丁目二八九。昭和十七年七月九日松浦圭四ト婚姻届出。
長女治代　昭和十八年十一月三日生。
次女登代　昭和二十一年六月三十日生。
長男卓造　昭和二十三年二月二十六日生。
次男弘治　昭和二十五年十月七日生。
一、松浦修五　徹之輔、ミツノ五男トシテ大正十二年十二月二日生。和歌山中学卒業。松浦精工社員。
妻　郁子　大村喜三郎ノ次女トシテ昭和二年一月十一日生。原籍ハ東京都新宿区南榎町十一番地。昭和二十四年四月二十七日松浦修五ト婚姻届出。
長女幸子　昭和二十五年八月十日生。
長男洋一　昭和二十七年六月一日生。
一、（三女、四女、五女、略）
一、松浦彰六　徹之輔、ミツノ六男トシテ昭和二年十二月二十九日生。（略）
一、松浦毅七　同七男。（略）
一、松浦総八　同八男。（略）
以下後報。

調査報告書（第二報）

この第一報を辰巳が提出し終え、第二報のための調査を続けていた十月一日、松浦精工合資会社と松和電化株式会社は、再建案通り合併され、松浦精工株式会社が設立された。

一、松浦染料株式会社

ソノ後ノ調査ニヨレバ、社名コソ「染料」デアルガ、純粋ノ火薬工場デアル。戦時中ハ海軍指定ノ爆薬専門工場デ、戦後ハ全施設ガ賠償指定トナッテイタガ、本年四月ニ解除トナッタ。松浦精工トシテハ現在ノ米軍ノ特需ニ色気ヲ出シ、目下運動中デアルガ、コレニハ設備ノ改善ヲ要シ、シカモ現設備ノ大部分ヲ取リカエル必要モアリ、莫大《ばくだい》ナ費用ガカカルタメ、実現ハ困難視サレテイル。

一、大口債権者ノ債権額

大池興業　四、二〇〇万円
大日本窒素　三、二〇〇万円
大阪タール　三、〇〇〇万円弱
佐治商会　一、三〇〇万円前後

一、全債権（債務）額　三億円余

一、不良貸付

大阪支店ノミデ約一千万円ノ不良貸付ガアリ、全体トシテモ不良貸付ガ多ク、ソノ他ノモノハドンドン手形デ入金ノ上、次ツギト銀行デ割引シテイル有様デアル。

一、隠匿資産

大池興業デハ「松浦徹之輔ノ人格カラ見テ隠匿資産ハナイ」トイウ見解ヲ持ッテイルガ、大阪タールハ「松浦一族トシテ相当ノモノヲ隠匿シテイルカモシレナイ」トイウ見解ヲ持ッテイル。

一、紀州信用組合

松浦徹一ガ理事ヲシテイル関係デ、コノ組合カラサカンニ金ヲ引キ出シテイル。商売上、金融上ノ、最大ノ債権者デアル。タダン、担保物件ハ入レテイル。

一、三和銀行

コノ銀行ノ、松浦ニ対スル意向ハ不明デアル。前記三大口債権者モマダ同行ノ意向ヲ打診シタコトハナイ。

一、松浦精工ト松和電化ノ合併

前報ノ、松和電化トノ合併ヲ、大池興業、大日本窒素、大阪タールノ意向ヲ考慮セズ、強引ニ、本月一日資本金一千五十万円ノ新会社設立（タダシ未登記）ヲ行ッタコトニ対シテハ、特ニ大阪タールハ非常ナ不満ヲ表明シテイル。三社ノ、松浦ニ対スル対策ガ決定スルマデ、新会社ノ設立ヲ待ツヨウニト、松浦ニ申シ入レテアルニカカワラズ、コノヨウナ結果トナッタコトヘノ不満デアル。

一、三社ノ、松浦トノ取引状況

大阪タールハ、ソノ後モ商品ヲ売ッテイルガ、松浦精工ニ現金ガ全然ナイタメ、松浦ノ製品トノバーターヲ行ッテイル。

大日本窒素モ、大阪タールト同ジ方法ヲ執ッテイル。

大池興業ハソノ後全然取引ヲシテイナイ。

一、三社ノ、債権ノ保全策

大阪タールト大日本窒素ノ二社ハ、担保物件トシテ和歌山工場ノ一部及ビソノ設備ノ一部ヲ受ケ入レテイル。タダシコレハ、バラバラニシタ場合、価値ハナイヨウデアル。単ニ気ヤスメトシテ取ッテイルダケデアル。

大池興業ハ担保ナシ。

一、三社ノ、松浦ニ対スル今後ノ対策

大池興業、大阪タール、大日本窒素ノ三社ハ現在マデニ四回ホド会合ヲシテイル。大池興業ノ債権額ガ業者間デハ最高デアルタメ、他ノ二社ノススメニヨリ整理委員長ノ地位ガ内定シタ。

三社ガ、ソレゾレノ整理案ヲ持チ寄ッタトコロ、大池興業ハ、松浦精工ヲ自社ノ傘下《さんか》ニ置クヨウナ案ヲ出シタ。コレガ実現サレタ場合、大池興業ノミガウマクヤリ、他ノ債権者ガバカヲミル結果トナリヤスイタメ、大阪タールハ同意デキヌトシテ、全債権者ガ同ジヨウニ均霑《きんてん》スル案ヲ持チ出シ、大池興業ト対立シタ。現在モ対立中デアリ、大日本窒素ガソノ間ニ介在シテ仲介ノ労ヲ執ッテイルモノノ、マダ決定セズ、来タル十七日ニフタタビ三社ガ会合スル予定デアル。

一、大阪タールノ苦慮

大阪タールトシテハ、現在マデ、マダ他ノ債権者ニハマッタク通告シテイナイタメ、中ニハ不安ヲ感ジテイル債権者モイルコトダカラ、早ク決定案ヲ出シテ債権者会議ニマデ持ッテイキ、マタ、ソノ案ヲ見セテ三和銀行ノ意向ヲ打診シテミタイト考エテイル。

大池興業トシテハ、コノ三和銀行ニヨル管理ヲ歓迎シテイル。シカシ債権者ノ中ニハ、ソノ結果倒産スルトコロモ、二、三出ル見コミデアリ、ソレダケニ大阪タールハ苦慮シテイル。

一、松浦精工ノ不動産及ビ設備ノ現況

ホトンドガ各銀行及ビ債権者ノ担保ニ入ッテイル模様デアル。

一、松浦精工大阪支店長室伏英夫氏ノ談

三和銀行ガアトヲ見テクレマスカラ、大丈夫、ウチハ潰レマセン。

室伏氏ノコノ談話カラ演繹《えんえき》スレバ、以下ハ調査員ノ推察デアルガ、松浦内部デハ三和銀行一辺倒デソノ対策ヲ講ジテイテ、アルイハスデニ交渉ニ入ッテイルノカモシレナイ。

一、六億円負債ノ件

松浦精工ノ負債額ハ、二億円余デハナク、約六億円デアルトイウ噂ニツイテハ、六億円トイウノハ割引手形ヲモ含メタ金額ノヨウデアル。

一、有価証券

貸借対照表ニハ、社所有ノ有価証券ハ、マッタク記載サレテイナイ。

以下後報。

山八証券が梃子入れするという話を辰巳が聞かされたのは、十月十五日、右の第二報を大日通商に提出した直後であった。また大日通商は、辰巳の報告にもかかわらず松浦精工と取引を始めていた。他社が松浦の倒産をおそれて取引しないこともあり、強引に取引を迫る松浦精工と大日通商の取引金額は大きな額になりそうであった。

辰巳は調査を続けながらも、山八証券に関する噂の真偽を確かめようとした。松浦精工の現況、及び山八証券梃子入れの話を「新日探報」に書き、得意先へ配布する直前に山八証券へだけ持っていって問いつめれば真相がはっきりするであろうと考えたのだ。したがって辰巳が十月二十日に提出した左の第三報には、まだ山八証券のことは書かれていない。

調査報告書（第三報）

面談者　松浦圭四　松浦精工常務取締役
　室伏英夫　松浦精工大阪支店長
　納谷専一　尼崎所在旧松和電化ノ責任者・十余年松浦ニ勤メタ番頭格

一、今後ノ同社運営ニツイテ

現在ノ三大口債権者、大池興業、大日本窒素、大阪タールカラハ、今後長期間、現在ノ債権ヲ棚上ゲシテモラッテ、新シク原料ヲマワシテモラウ話ガツイタトノコトデアル。コノ話ハ既報ノ、十七日ノ会議ニヨッテ決定シタ模様デアル。

和歌山新報ハ、松浦徹之輔ガ事実上ノ社主的存在デアリナガラ、現専務ノ大田福蔵（毎日新聞系ノ人物）カラハ、毎月欠損トイウ報告ガアルダケデアル。不審ニ思ッテイルガ、同新聞社ノ計理関係ヲ調査スルコトモナク現在ニ至ッテイル。シタガッテ配当金ナドハ、マッタク受ケ取ッテイナイ。大田専務ハ、松浦一族ノ追イ出シヲ画策シテイルヨウデアル。

岡山ノ火薬工場ノ見通シトシテハ、米軍ノ特需関係ガ月一千屯《トン》ヲ必要トシテイルガ、現在ハ五井化学、五菱化学、大日火薬、大日油脂各社デ五百屯納入シテイルダケナノデ、ナントカ設備ヲ改造シ、月産五十屯カラ百屯ヲ特需関係へ納入シタイト考エテイル。

紀三井寺ノ土地ハ、競馬場ノ賃貸料トシテ、和歌山市ヨリ年間二十万カラ三十万円ヲ貰ッテイルトノコト。

　銀行ヤ信用組合カラノ借入金ハ、順次返済シテ低減サセル自信ヲ持ッテイルトノコト。

　以上ヲ総合スルト、株式会社ニ変更後ノ現在、常務ノ圭四ガ第一線ニ立チ、同社ノ立テナオシヲ策シテイテ、非常ナ強気デ対外的交渉ニアタッテイル様子デアル。右ノヨウナ自信ノアル言明ハ、十七日ノ三社トノ会談ノ結果デアルト思ワレルガ、三和銀行ノ意向ダケガマダ不明デアル。

一、和歌山ノ同社ノ本社近在ノ風評ニヨレバ、七月カラ十月マデノ間ニ、相当量ノ不動産ヲ売却シ、ソノ収入ヲ営業諸経費ニ充当シテイルトノコトデアリ、ソノ面ヲ種種調査シタ結果、紀州信用組合ニ担保トシテ入ッテイルモノノウチ、地上権ノナイ不動産二百八十万円程度ノモノヲ売却シテイルコトガ判明シタ。

一、大池興業モ、松浦カラ担保物件ヲ預ッテイルコトガ判明シタ。

一、有価証券ハ、先代善之輔ガ有価証券ノ所有ヲ好マナカッタタメ、ソノ面ヲ軽ク扱ッテキタ。ソノタメ今回ノ苦境トナリ、松浦デハ有価証券ノナイ苦シサヲ痛感シテイル。

一、将来ハ、蛍光塗料ト電解ソーダノ生産ニ重点ヲ置キ、立チナオリヲ画策シテイル。

昭和二十七年十月二十日

新日本探偵社

担当　辰巳秀雄

　一部だけ刷った「新日探報」を持ち、辰巳は山八証券へ出かけた。調査課長が出てきたので辰巳は「新日探報」を見せ、梃子入れの真偽を糺《ただ》した。課長はわざとらしく、困った表情をして見せた。

「いやあ。こんなん書かれたらどもならん。困りまんなあ。実はもう、あらかた段どりできてまんねん」

「それやったら尚さら、早《はよ》うそのこと会員に知らせなあきまへん」

課長は辰巳に五万円出した。会員になる、というのだった。「そのかわり、くれぐれもご内聞に」

辰巳は五万円を受け取った。あぶく銭やなあ。そのような時、いつも辰巳はそう思うのだ。事実そのような金はたいてい、辰巳が所員たちを誘って呑みに行く屋台の酒となり、たちまち消えてしまうのだった。

十二月になり、山八証券の梃子入れが始まった。山八証券大阪支店では調査課発行の松浦精工を持ちあげた小冊子を証券業協会や取引所にいちはやく配布した。そしてこの時、すでに松浦精工は資本金が四千万円に増資されていて、大証第二部に上場されるという噂も出ていたのである。

小冊子の内容は次のようなものだった。

初公開の「松浦精工株式会社」

当社は松浦精工合資会社として大正三年、現社長が創立した。

当時、染料、火薬、医薬品等の中間原料は、ドイツからの輸入が途絶えたため、この自給をはからねばならなかった。タール系中間物の製造は、当社がわが国での嚆矢《こうし》であり、五井化学に並ぶ大メーカーである。

昭和十二年七月支那事変が勃発するや、海軍より軍需工場に指定され、以来戦局の拡大に伴い、海軍用爆薬原料の専門メーカーとして活躍した。

昭和十八年の企業整備に際しては当社を含めた六大メーカーが残存業者となり、幸い工場は戦災を免れ、終戦後は再び工業薬品の製造を行い、今日に至っている。

今回株式組織に改め、十月一日発足、ただちに増資を行い、十一月二十六日払込を完了して四千万円の資本金となった。

工場・主製品（略）

技術陣は完璧《かんぺき》・社長以下役員幹部は殆んど技術者

特に今回常務に就任した工学博士松浦仁三氏は現在京大工学部助教授で、当社の研究所長を兼ねているが、年内で大学を退き、工場経営に専念することとなった。当社が続続と新規事業に進展を見るのも故《ゆえ》なしとしない。

粒子状寒天の製造（略）

防錆剤（略）

弁柄（略）

油溶性ベークライト（略）

収益は飛躍的向上・増資後も三割配当据置可能か

当社の第一期決算はこの十二月末日である。不需要期を迎えての三カ月決算で、十月、十一月の売上は月額ほぼ六千万円、十二月は作業の都合により多少減じるが、総売上一億五千万円は堅い。

当期の平均払込資本金二千万円に対して、計上利益五百万円、純利益率十割で、三割配当が予定されている。（略）

増資計画・一部無償考慮

当社は固定資産三億五千万円（評価限度約八億円）に対し、自己資本は再評価積立金六千八百万円を含めて一億八百万円と著しく過少である。業況の好転と平行してこの是正を行う方針で、今後の増資計画は二億円までとなっており、配当もできれば三割据置の意向である。（略）

往年の回顧・他社並みの値段で買ってもらえば儲かり過ぎた

真珠湾やマレー沖で連合軍の巨艦を轟沈《ごうちん》させた海軍の空中魚雷は、わが国独特の強烈火薬が充塡《じゅうてん》されていたが、その中間原料は大部分を当社工場で製造し、海軍火薬廠《しょう》に納めたものである。今日その設備はそのまま温存されており、月産能力は次の通りである。

アニリンオイル	四六〇トン
ニトロベンゾール	七六〇トン
合成石炭酸	三〇〇トン
ヂニトロクロールベンゾール	四〇トン
その他薬品	八二トン
直接染料	六九トン
製氷	四六トン

当社は戦時中、報国松浦号、戦闘爆撃機十四機を献納し、内七機は命名式当日、和歌山市の上空に乱舞して二十万市民に挨拶したものである。「利益を私せず、国に還元する」との社長信条のあらわれであろう。

しかし終戦と共に戦補税一千万円の重荷を負わされ、一般軍需産業の例に洩れず、その後の不況続きで今日までの七年間は苦難の道であった。この間、弱小メーカーの整理が促進され、現在残る競争相手は五井化学のみとなった。両横綱の協調宜《よろ》しきを得れば前途洋洋であろう。

海軍用爆薬ピクリン酸は、当社と五井化学の二工場のみであったが、五井は戦後、施設の大部分を石炭酸製造に転換したため、設備が温存されているのは当社のみであり、海軍出身の海上保安庁関係者は、最近特別の関心を示しているようである。

昭和二十七年十二月

山八証券大阪支店調査課

持ちあげすぎだなあ、と、これを読んで辰巳は思った。負債のことなどどこにも書かれていないのだ。この文書の効果は大きかったのであろう。大日通商はその後の辰巳の数回にわたる注意にもかかわらず、松浦精工とますます大口の取引を行っているようであった。

　昭和二十八年の五月、松浦精工は不渡事故を起した。「松浦精工株式会社整理――負債総額五億円程度」という見出しの記事が大きく新聞に載った。記事を読み、大口債権者のトップが大日通商になってしまっていることで辰巳は驚いた。以下、記事の全文を記す。

　当社（代表取締役松浦徹之輔氏）は昭和二十七年十月一日松浦精工合資会社と松和電化株式会社が合併して設立されたものである。

　従来とかく売行不振であった主要製品のアニリン・オイルが火薬安定剤、ゴム工業原料として、又石炭酸が合成樹脂、ベークライト樹脂原料として、再軍備時代と共に需要増加の有利な情勢になったので一千五十万円の資本金を四千万円に増資し、さらに一億円に増資を行って本年四月一日に払込も完了した。

　然《しか》るに、経理内容を見るとその年十二月末に至る三カ月間に総売上高一億七千余万円をあげ、六百万円の純益金を計上したが、合併前二十六年度において両社は損失金七千万円を再評価、積立金より補填して当時原料代の棚上げ（大阪タール、大池興業、大日本窒素、計八千一百余万円、手形期日書換）を行って金融の逼迫《りっぱく》を凌《しの》いでいたものである。そして二十七年九月末には更に六千五百万円余の営業損失を出している。

　二十八年度に入って大日通商との取引が密接の度を加え、主要原料、苛性《かせい》ソーダ、ベンゾールの大口仕入及び石炭酸、アニリン　オイルの一手販売契約の準備が行われたようであったが、たまたま三月頃よりマンザ産業二千万円、五益工業五百万円、鶴本通商一千万円などのこげつきを生じ、さらに山北工業の整理に伴って流動資金面は著しく悪化し、経営を危惧《きぐ》される最悪事態に直面した。

四月一日、六千万円の増資払込金を得たがその半額ほどで一部銀行の単名融資を決済したので設備改造資金は捻出《ねんしゅつ》できず、運転資金に窮迫することになり、四月十四日に大口取引の商社、メーカー七社による会議を開いて急遽《きゅうきょ》善後策を講じたがまとまらず、その後大日通商との一手販売契約による運営の計画も同社の幹事銀行の指示により旧債整理後に経営に乗り出す如き意向に変ったためその経営は全く行詰り状態に立ち至り、五月上旬遂に不渡事故を生じ混乱に陥った。

大口債権者及び推定額は左の通り。

大日通商	八〇〇〇万円
大阪タール	三二八三万円
大池興業	二〇〇〇万円
大日本窒素	一八二八万円
和歌山信用金庫	三三〇〇万円
和歌山相互銀行	一六〇〇万円
日本開発銀行（長期担保融資）	三三四〇万円

尚工場の現状は手持原料により六月中旬迄操業可能で、現業員三〇〇名の内臨時雇四〇名のみを休務（六割支給）二六〇名をもって目下操業中である。

経営者は債権者の援助を仰いで棚上げを期待しており五月二十五日東京で債権者会議を行ったがこれは挨拶程度に終り、六月二日、大阪支店で正式の債権者会議を開くことになった。

それから十年経った。その後松浦精工は会社更生法の適用を受け、社名は八州化学工業となり、社長も松浦一族ではなくなった。十年間の同社の成り行きについては、昭和三十七年の次のふたつの新聞記事を掲げるにとどめる。

八州化学（大証第二部）が千三百円台（五百円額面）へ乗せて新高値をつけた。株価はこの夏の最安値六百五十五円から見ると約二倍にはね上がった勘定。業績の好調と増配・増資期待に加えて、額面変更などの好材料がはやされたもの。（略）特に、ナイロン原料のアノン（カプロラクタムの中間製品）は、本州レーヨンから三倍増産を要求され、すでに増産体制が整った。一方、合成樹脂の中で鉄より固いといわれる新建材「ポリカーボネート」の原料になるジフェニールアミンは、まだコストが高いので実用化には難点があるといわれるが、量産体制が整って安くなれば大きく伸びる余地があるという。今十二月期は売上げ十八億円弱（前期十四億五千百万円）利益一億円弱（同五千五百万円）と、予想以上の増収益となる模様。配当は二分増配の一割二分にする予定。増配は前社名の松浦精工当時に会社更生法の適用を受け、今年で十年になる記念のためだ。（略）来年六月末ごろに倍額増資が期待される。本社・東京都中央区。社長・木鳥武一郎。（十一月）

▽第一部が低調なのに代って第二部がいくらか動きかけてきた。大阪ベアリングのほかに八州化学（五百円額面）もその一つだ。本州レーヨンからカプロラクタム（ナイロン原料）の三倍増産を要求され、これが業績に大きく寄与し、今期二、三分の増配期待が買い材料だ。

（略）また、来春予定されていた増資時期がカプロラクタムの増産に伴って早まりそうだとはやす向きもある。なお、今期の決算後に、額面変更の手続きがとられる見込みということも好感を持たれている。

▽「次のエサ投げられるまですわり込み」（十二月）

八州化学はその後も新製品の開発などで成長し、現在（昭和六十二年）も健在である。

18

戦後、在日朝鮮人の財力による擡頭《たいとう》は、中小企業の多い大阪で特に大きな脅威として一種の怯《おび》えとともに警戒されていたが、その一方では戦前・戦中とはまた異った方法でのさまざまな加害が彼らにあたえられた。もはや占領国民である彼らを大っぴらに蔑視《べっし》することはできず、一時は逆に彼らの日本人蔑視を、内省もこめ、当然のこととして受け入れる風潮さえあったのだった。そして日本人の中には彼らの活力が生み出した彼らの財貨に眼をつけ、開きなおりとともに接近していく者もいた。日本人にだまされた、という多くの朝鮮人たちの訴えは社会問題にもならず、新聞で報道されることもなかったが、実はこの時期、そのような事件は巷間《こうかん》非常に多かったのである。

昭和二十七年の八月、新日本探偵社の事務所へ、ひと眼で朝鮮人とわかる商人風の男がとびこんできた。夕刊紙に月二回出していた調査広告を見てやってきたという。事務所には所長の辰巳と、例によって朝鮮人の白石がいるだけだった。四十歳前後のその朝鮮人は朴《ぼく》と名乗った。

「嫁さん逃げましてん」と、彼は言った。「わし、旅行から帰ってきた。うちん中からっぽで嫁さん逃げとりましてん。わし買《こ》うてやた嫁さん簞笥《たんす》、鏡台、洋服、みんなみんな、ない。全部持て逃げましてん」

朴は戦前から日本で靴の商いをしていたが、戦後すぐに闇《やみ》で大儲《おおもう》けをしていた。呑み屋で知りあった山本クメコと名乗る二十四歳の日本人女性と結婚したのはその年、二十七年の一月である。彼女は朴と結婚してから彼の金で美容師の学校へ通った。免状がとれたのは半年後の七月末だったという。

「計画的やな。それ」白石は義憤に駆られた表情で言った。「はじめからおっさんの金目あてに結婚しよったんや。学費と生活費と、おっさんに出させるつもりやったんや。免状とるなり、すぐやないか」

「行先、わかりまへんやろか」

「白石。お前、調べたり」辰巳はそう言った。「ひとりでやれるやろ」

家出人であり、本来興信所のする仕事ではなかったが、朴に警察へ行きにくい事情があるのだろうと辰巳は判断したのだった。数日中に調査するからと請け負い、辰巳は朴から前受金をとった。

しかし、あれだけ義憤に駆られておきながら、怠け者の白石は調査に出かけようとしなかった。しかたなく辰巳はひとりで出かけ、猪飼野《いかいの》にある朴の家の近所を聞きこみにまわった。

「八月五日やったと思いまっけど」朴の家の向かいの主婦が言った。「軽トラック停まってましたで」

「どこのトラックでしたか」

「二丁目の、新田はんとこのトラックでしたで」

同じ町内の運送屋を頼んでいたのだ。辰巳は新田運送店へ行き、荷物の届け先を訊《たず》ねた。山本クメコの荷物は日通の梅田支店へ届けられていた。日通梅田支店で送り状の写しを調べてもらい、荷物の行先が判明した。横浜市中区山下町三丁目六十九番地であった。

「これで堪忍《かんにん》しとくなはれ」辰巳は朴に会い、控えてきた住所を教えるにとどめた。横浜まで行き、山本クメコなどという女の顔を見るのはご免であった。「あとはあんたが横浜へ行くなりなり、お好きなように」

朴は横浜まで行ったようであったが、その結果がどうであったか、辰巳は知らない。また、あれほど義憤に駆られていた白石がその後、運転免許をとるための籍を作ろうとして日本女性と結婚したことは笑止であった。(第1章)

昭和二十九年の二月、辰巳は梅田新道に住んでいる顔見知りの呉という金貸しから電話で調査の依頼を受け、同和火災ビルの裏にある呉の家へ出向いた。呉は台湾人であり、やはり当時その財力を日本人から警戒されている階層に属していた。

「金貸したやつ、逃げたよ」と、呉は言った。

またか、と、辰巳は思った。呉が日本語に不自由で日本の事情に疎《うと》いことを知っている日本人が彼から金を借り、行方をくらましたのはそれでもう四度めであった。

呉から最初の依頼があったのは二十七年の二月であった。福島区大開町に住んでいる松浦という男が、金を借りたまま行方知れずになったので捜してくれというのである。辰巳は大開へ出かけ、その住所附近で聞きこみにまわったが、豊中方面へ引越したらしいということ以外は何もわからなかった。そのうち、小学校二年になる娘が大開小学校に通っていたということを知り、辰巳は小学校へ行って前の担任であった教師に面会を求めた。出てきたのは女教師だった。彼女は、教え子の転校先はわかるものの、教えるわけにはいかぬとかぶりを振り、頑として辰巳の求めに応じなかった。父兄の家庭の事情にそこまで立ち入ることはできぬというのである。

区役所へも行ったが、住民票はそのままになっていて新しい住所は不明である。辰巳はまた小学校へ行き、女教師に泣きつくようにして転校先を訊ねた。女教師もついに折れ、上野小学校であると答えた。辰巳は豊中市上野町へ出かけた。上野町は一丁目から四丁目まであり、辰巳は新築の住宅を眼あてに約半日捜しまわり、ついに松浦をさがし当てたのである。それ以来、呉は辰巳を信頼し、何やかやと相談しかけてくるようになっていた。

今度、呉が金を貸した相手は医者であった。開業資金を借りたいというので貸したのだが、その住所がでたらめであったという。辰巳はそれから数日、旗田俊之という名前だけを頼りに医院を捜しまわったが、見つからなかった。

そのころ辰巳たちは毎晩のように四ツ橋近くの

麻雀《マージャン》屋に通っていた。例によってメンバーは山際課長、重松、そして落合である。ある日ふと顔をあげれば窓の外、長堀川をはさんで南側に「旗田医院」という看板が見える。

「ははあ。おかしいなあ。同じ名前やなあ」

辰巳の呟やきを山際課長が聞き咎《とが》めた。「どないぞしましたか」

「昼間調査してるから、旗田ちう名前の医院に敏感になっとるんや」辰巳は調査の内容を話した。

「明日、一回あそこへ行って見たろ」

「旗田の先生やったら」と、重松が言う。「いつも皆から先生、先生いわれてる人がそうと違うんやろか」

辰巳はあっ、と思った。それ以前からこの店で、牌《パイ》の音に混り「旗田先生」という名前を何度も耳にしていたのではなかったか。それとなく麻雀屋の親爺に訊ねると、いつも来る医者であり、常連たちから「先生」と呼ばれていること、医院はまさに川の彼方《かなた》、鰻谷西之町《うなぎだににしのちょう》にあり、自宅は近鉄南大阪線の上ノ太子駅から山奥へ入った山田村であることなどを教えてくれた。名は間違いなく旗田俊之であった。

医院は共同経営であり、本人に気づかれるとまた逃げられてしまうおそれがあった。こっそり調べるうち、共同経営者の折口大二郎はなぜか医師の免状を持っていず、単独では開業できないことが判明した。旗田俊之の方は、その父がやはり自宅で開業している医者であり、本人は引揚者だった。三、四年前から折口と組んで鰻谷で開業したのである。

辰巳は近鉄で上ノ太子駅へ行き、登り坂を歩いて一里ほど山奥の山田村で村役場を訊ね、南河内郡山田村大字山田四九六八番地に旗田俊之の所在を確認し、自宅を訊ねあてた。旗田の父親はすでに自宅開業をやめていた。

呉からの依頼による調査はこれが最後となった。金貸しをやめたのだ。

調査対象が朝鮮人や台湾人であったり、また、それが調査の途中で判明した時、辰巳はしばしば報告書の書きかたに苦労しなければならなかった。たとえ結論が是であろうと非であろうと、彼らとの交際が比較的多い自分自身に差別感情や偏見がさほどないことを報告書のどこかで明らかにしておく必要を感じるからであった。

調査報告書

大産自動車販売株式会社大阪支店殿

調査対象　月田商店
　所在地　大阪市大正区小林町二九一ノ三
一、代表者　月田正春
一、資本金　推定三百万円
一、工場　店舗所在地ニ隣接（大開町工場ハ閉鎖）。
一、取引銀行　大和銀行小林町支店
一、取扱商品　自動車中古品売買並ニ修理。
一、仕入先　一定セズ。
一、販売先　一定セズ。
一、設備不動産
居宅三十坪、修理工場十五坪。空地三十坪。
一九五三年型フォード乗用車一台（3-8276）。
一九三八年型シボレー乗用車一台（売却用）。
修理解体中ノトラック一台。
マツダ三輪トラック一台。
一、支払方法　現金
一、入金方法　現金
一、将来ノ方針
目下、自動車整備工場ノ営業ヲ行ウベク準備中デアリ、右記不動産中ノ空地三十坪ハ、該事業用トシテ最近買入レタモノデアル。マタ第二次計画トシテタクシー会社ヲ経営スベク既存ノタクシー営業会社ノウチ適当ナモノヲ買収ショウト物色、画策中デアリ、ソノ場合ノコトモ考エテ該空地ヲ購入シタラシイ。マタ、ソノタメニ要スル資金ハ友人某ヨリ融資ノ約束ガアッタトノコトデアル。

一、代表者略歴

　国籍ハ韓国デアルガ、幼時ヨリ日本デ成長、大阪市立天王寺商業学校卒業後、タダチニ神戸市ニオイテ自動車修理ニ従事、以来主トシテ自動車ニ関係スル業務ニ携リ、昭和二十三年頃ヨリ鉄鋼原料商ヲ営ンデイタガ、近年ハ業績振ワズ、アマツサエ、取引先ノ関西製鋼ニ一千万円ノ不良貸付ヲ生ジ、一時ハ破産寸前ニ追イ込マレタ。ソノ後整理ガツキ、立チナオッテハイルガ、現在ハ原料関係ノ商売ハヤメ、サシタル事業モシテイナイ。

一、結論

　月田商店ハ、事務所、応接室、居宅、工場ナド、一見スレバ中流ト観ラレ、自家用車ヤトラックナドモ所有シテイルノデ、通常ノ取引ノ対象トシテハ不安ヲ感ジルトコロハナイノデアルガ、代表者月田正春ノ人物トシテノ所感ハ、商才ガアリ弁舌ハ流《りゅう》暢《ちょう》ナガラ一抹ノ不安ガアル。コレハ韓国人デアルタメノ先入観デハナク、談話ノ内容カラソレガ感ジラレタノデアル。シタガッテ、取引ヲスル場合ニハ絶対ニ現金取引ヲ厳守スルコトガ肝要デアルト思ワレル。取引ガ、タトエソノ回数ヲ重ネテモ、ソノ都度アクマデ現金取引ヲ行ウコトガ必要デアル。

昭和二十八年六月二十五日

新日本探偵社

担当　辰巳秀雄

昭和三十年に辰巳は得意先の法律事務所から次の調査を依頼された。この会社の社長も朝鮮人であったが、当時の彼らの荒っぽく活力に満ちた商いのやりかた、生活ぶりなどの一端を報告書の内容から読みとることができる。

調査報告書

調査対象　関西合成化学工業株式会社
　所在地　池田市野町三八四ノ四

一、社長明原正敏ノ現業
　倒産シタ関西合成化学工業ノ社長、明原正敏ハ、現在池田市野町三八四ノ四ニ所在、コノ明原ノ自宅ハ、十久屋（電話・石橋八二八番）トイウ称号デ旅館業ヲ営ンデイルモノデアリ、本人ハ毎日、朝八時半頃ニ外出、夕方八時前後ニ帰宅シテイルヨウデアル。コノ邸宅ハ一見上流階級人士ノ居住スル家屋ノ如キモノデアリ、高級旅館ト言イ得ル建物デアル。

一、明原正敏所有不動産ノ現況
所在地　池田市野町三八四ノ四
物件　　宅地一七六坪
　木造瓦葺二階建・建坪四一坪八九
同　　二階・二四坪一五
　附属建物・物置二坪六
建物ノ公価　七十六万円
抵当権設定　受付　昭和二十五年八月十日
　契約　債権額五十万円
　期日　昭和二十五年十月二十五日
　利息　年一割
　利払日　毎月二十六日
　特約　利息金ノ支払イヲ一度デモ遅滞シタ時ハ期間ノ利益モ失ウコト。
　抵当権者　大阪市東区瓦町二丁目十二番地（大和ビル）内外貿易株式会社根抵当権設定
　受付　昭和二十五年八月二十九日
　債権限度額　百五十万円
　取引期間　予メコレヲ定メズ。
　利息支払日　取引発生ノ都度。

特約　本契約ノヒトツデモ違背シタ時ハ期間ノ利益ヲ失ウ。

債務者　大阪市東淀川区小松中通四丁目二十九番地・関西合成化学工業株式会社

根抵当権者　東京都中央区日本橋呉服橋一丁目二十九番地・第二物産株式会社

右ノ抵当権及ビ根抵当権ハ前記、野町所在ノ土地、家屋ソレゾレニ設定サレテイルモノデアル。

一、設立中ノ大和染料工業株式会社ノ技術担当・初田氏談

旧関西合成ノ工場敷地ハ借地デアリ、ソノ地主ハ次ノ四氏デアル。

二十九番地ハ浜岡項英。

三十番地ハ河内谷良正。

三十一番地ハ塚田秀明。

三十二番地ハ奥田公善。

コノ辺ノ地価ハ一昨年マデ坪六百円クライノ相場デアッタガ、ソノ後附近ニ市場ガデキ商店街ガ建設サレタタメ、現在時価坪六千円ト称サレテイル。

旧関西合成ノ機械設備一切ハ東和鉄工所ニ担保トサレテイタガ、コレハ関西合成ガ倒産シ、サラニソノノチ東洋化成ガ倒産シテカラ東和鉄工所ガ引キトッタモノデアル。

マタソノ建物ハ、関西合成ガ稼動中ニ、第二物産ニ抵当権ガ設定サレテイタタメ、東洋化成ガ倒産シタノチ、家屋及ビ雑品ヲ含メ、二百万円デ大和染料工業ニ売却サレ、コノ金ハスベテ第二物産ガ取ッタ模様デアル。

関西合成ハ、倒産後コノ建物及ビ機械設備一式ヲ東洋化成ニ、月間賃貸料十五万円デ貸シテイタ。

東洋化成ハ、社長・山田康、専務・平出望。原料ハ第二物産カラ貰イ、ソノ製品ヲ第二物産へ納入シテイタ。

東洋化成ハ、電力ノ関係ノ七十万円ノトラブルヲ

宇治電力ト生ジテイタガ、未払イノママ大和染料工業ガコレヲ引キ継イダタメ、コノ解決法ヲ、大和染料工業ガ第二物産ヘ申シ入レタガ、第二物産ハマッタクコレニ応ジナカッタ。ソコデ大和染料工業ハ独自ニコレヲ宇治電力トノ間デ、三年ブリニ解決シタ。

第二物産ニ於テ、関西合成、東洋化成、ソノ他コレニ関スルコトヲ担当シタ人物ハ、現支店次長木元某（モト化学薬品課長）デアリ、コノ人物ガ全貌《ぜんぼう》ヲ知悉《ちしつ》シテイル。マタ最近デハ化学薬品課長代理牧口某、及ビ同課員春日某ガ、コレラノ交渉ニアタッテイル。

大和染料工業トシテハ、当工場ニ、十二吋《インチ》三百尺ノ深井戸（時価三百万円）ガアルタメ、一応二百万円ノ買値ナラバト応ジタトコロ、現在水質ガ悪ク、当社ノ使用ニ堪エヌタメ、困却シテイル。

建物購入ハ二十九年十一月末ニ売買契約ヲ行イ、手続完了ハ本年三月中旬デアッタ。

ナオ、明原正敏ハ朝鮮人デアル。

一、京阪製薬株式会社専務・吉田氏談

当社ハ関西合成ニ対シテ約百万円ノ貸倒金ガアル。関西合成ノ整理方法ニ対シテ疑惑ヲ持チ、シタガッテ不満デアルカラ、詐欺事件トシテ警察ヲ通ジ告発シタ。ソレガ検察庁ニ回附サレテ目下審議中デアルガ、事件ニナルカドウカハ目下ノトコロ不明デアル。

関西合成ニ対シテ裁判シテイルノハ当社ノミデハナイカト思ッテイル。

ナオ、明原正敏ノ如キ信用デキヌ人物ハ論ジルニ足ラヌトイウ意向ヲ持ッテイル。

一、明原正敏本人カラノ聞キ取リ調査

大正九年名古屋ニ生レ、同地ノ商業学校卒業(以上ハ自称デアリ、信ハ置ケナイ)。

京城（現ソウル市）ニテ染料工業薬品店ニ勤務。戦時中ハ日本デ独立自営。工業薬品ブローカートシテ活躍。大和窒素、大阪鉱業、松原鉱業（タングステン）、日本高周波工業ヘ闇物資ヲ納入シテ、終戦時ニハ約五百万円ノ財ヲ蓄《たくわ》エタ。

　戦後ノ昭和二十一、二年頃、遊ビ半分ニ、ヤハリブローカートシテ活動シタガ、当時ノサッカリン、ズルチン等ノ甘味剤ニ目ヲツケ、マズコレラノ原料デアル、パラクレゾール・フェニール醋酸《さくさん》、塩化ベンジール・トルオール等ノ生産ヲ表看板トシテ、個人経営デ小規模ナガラ生産ニ着手シタ。次イデ、当時ハ電力統制デアッタタメ、通産省ニ交渉シテA級線ノ引込ミニ成功シタ。次イデ、設備拡張ノタメ復金（註）カラノ融資ヲ求メテ運動中、昭和二十三年六月昭電疑獄（註）ガ発生シタタメ、コノ復金融資ハ受ケラレナクナリ、ヤムナク自己資金ノミデ経営ヲ続ケタ。

　トコロガ、会社創立時ノ昭和二十四年五月ゴロコソ、サッカリンノ価格ガ保タレテイタガ、相場ノ変動ハ激シク、創立時ト昭和二十六年三月ゴロト、二度ノ好期ヲ迎エタダケデアッタ。特ニ二十五年四月ゴロハ最悪期トナリ、第二物産ノ要請デ整理ヲスルタメ本社ヲ池田ノ自宅ヘ移シタ。シカシ二十五年七月ニハ業界ガイクラカ好転シタタメ、マタ第二物産ガ尻押シヲシテ、引続キ稼動スルコトトナッタ。

　ソノ間三、四カ月工場ハ休止シタ。ソノ年ノ九月、ジェーン台風ガ襲イ、被災シタタメ一カ月休業ナドノコトガアリ、サラニ十　月、十二月ト市場相場ガ悪化、年末ノ給料ガ支払エヌ状態ニ追イ込マレ、合理化スルタメ第二物産カラノ委託加工形式ヲトリ、サラニ会社総固定資産及ビ自己所有不動産ナドニ対シ、第二物産ヘ抵当権ヲ設定シタ。

　トコロガ年末ノ二十五日、底ヲツイテイタ市価ガ上向キ、三十日ニハ高騰シテ一千百円ノ価格トナリ、翌二十六年一月モウナギ昇リデ、二月ニハ三千三百円ノ高値トナッタ。折ヨク、設備拡張ヲ自力デ行ッテイタ当社ノ、月間二十トンノ製造設備ガ一月末ニ未完成ナガラモ稼動ヲ始メタバカリデアッタタメ、平均在庫三十トンヲ有シテ大イニ業績ヲアゲタ。

シカシ、コレモナガ続キシナカッタ。三月ノ三千五百円ヲ最高値トシテ価格ハアタマ打チトナリ、連日百円ズツ下落シテ、ツイニ第二物産ハ当社カラ手ヲ引イタ。以来当社ハ独力デノ自力経営ヲ続ケタガ、原価八百円ノ製品ガ四百五十円マデ下落スルナドノタメ自転車操業ニ追イコマレ、二十七年二月、営業停止トナッタ。ソノ間第二会社ノ設立ソノ他、イロイロト画策シタガイズレモウマク行カズ、明原ハ二十七年一月ニ肺結核ヲ発病、同年五月マデ入院加療ノ上、以後自宅療養デ現在ニ至ッテイル。ソノ間二十七、八年ニ自宅デ旅館業ヲ始メ、伊丹空港ノ駐留軍ノタメノパンパン宿（客室七室）トシテ営業シテイル。
一、債権者
第二物産　四千五百万円前後（第二物産ガ当社ニ抵当権ヲ設定シタ当時ハ二千三百万円前後）
東和鉄工所（債権委員長）
丸エフ商事・山田愛商店・渡辺鉄工所・宮本鉄工所・淀鉄工所・京阪製薬・山岡興業ソノ他約三十社。
合計金額九千万円前後。
右ノウチ、強硬ナル債権者ハ宮本鉄工所（堺市所在・遠心分離機）、京阪製薬（目下刑訴中）、山岡興業、及ビ出入リノ電機修理業者デアル。
京阪製薬ハ天王寺署ヘ取込詐欺容疑デ告発、明原ハ病気中デアッタタメコノ呼出シニハ応ジズ、池田署デ調書ヲ作成シ、目下検察庁ニ回附サレテイル。明原ハ一度ダケ検事ノ呼ビ出シニ応ジタ模様デアルガ、コレハ事件デハナイカラト、楽観シテイル。
一、整理ノ現況（明原談）
二十七年六月、ソレマデ月間一トンノ生産ヲ行ッテイタ関西合成ノ全設備ハ、第二物産ノ手ニヨッテ東洋化成ニ賃貸シサレルコトニナッタガ、東洋化成モ経営悪化、二十九年二月ニ倒産シタ。ソコデ、債権委員長デアル東和鉄工所ノ手ニヨッテ設備ヲソレゾレ売却シタ上、前記東洋化成ノ賃貸料ノ積立金ト合算シ、ソノ中カラ公租公課、及ビ地代滞納分ナドノ優先債務ヲ先ニ支払イノ上、残余金ヲ各債権者ノ間デ分配スルコトニ、債権者間デ決定シテイル。コノ事務ガ完了スルノハ本年九月ゴロトナル見込ミデアル。

一、工場ノ電話ノ件（大和染料工業談）

仄聞《そくぶん》スルトコロデハ、関西合成ノ工場ニハ電話ガ二本アッタガ、ソノ一本ハ国税局ガ差シ押サエタ上デ没収、モウ一本ハ係ノ電電社員ガ不当ニ没収シタソウデアル。

一、東和鉄工所社長談

当方ガ債権委員長ニ正式ナ就任ヲシタワケデハナイ。委員ノ代表トイウ形デオ世話シタガ、結局二十万円ホド自腹ヲ切ッタダケデ何モ入ラナカッタ。

機械ヲ当方ガ引キトッタナド、トンデモナイ。アレハ家屋ト共ニ、第二物産ニ抵当権ガ設定サレテイタカラ、東洋化成ガ倒産シタ時ニ第二物産ガ処分シタモノダ。当方ハ第二物産ニ対シテ、処分シタ物品ノ明細、処分先、及ビソノ金額ノ明示ヲ迫ッタガ、ソレニ対シテ第二物産カラハナンノ返答モ得テイナイ。一部、抵当権ノ設定サレテイナイ機械モアッタ筈ナノニ、東洋化成ガ倒産シタ時、工場ヘ出向イタラ、東洋化成ノ従業員ガ、未払イノ給料ニ充当スルンダト言ッテ、サカンニ機械ノ取リハズシニカカッテイテ、収拾ノツカヌ有様ダッタ。結局第二物産ガ、最後ニハ全部取リコンデシマッタノダ。

東洋化成ノ賃貸料月十五万円ズツハ最初ノ一年間集金デキタダケデ、コノ金デ関西合成ノ従業員ノ未払給料、公租公課、電力料金（約六十万円）ナドヲ払イ、イヨイヨコレカフ各債権者ニ分配スル分ヲ積立テヨウトイウ時ニナッテ、東洋化成ガ賃貸料ヲ滞納シハジメタ。ダカラ当方ニハソノ残余金ナドナイ。タダシ、ソノ収支決算ハマダヤッテイナイ。

第二物産ニハ、当事者ガ順次異動シタタメ、当初カラ現在マデノ事情ニ明ルイ人ガイナイ。今デハ第二物産ノ弁護士ガ出テキテ法理論ヲマクシタテ、整理ヨリモ抵当権ノ方ガ先行スルト言ウダケデ、マッタク相手ニシテクレナイカラ、交渉相手ガナクテ困ッテイル。

堺ノ宮本鉄工所ハ、整理当時遠心分離機ヲ一部引キトッテ持ッテ帰ッテイル。ソノ後破産申請ヲ行ッタガ、双方ノ弁護士ノ話シアイデコレハ取リ下ゲタ。

関西合成カラハ結局何モ取ルコトガデキズ、現在デハシカタガナイト思ッテイル。鷲尾常務ガ整理ヲ担当シテイタ時ニハヨク出カケタガ、東洋化成ニナッテカラハソンナニ出入リモデキズ、自分ノ本業モ忙シク、ツイ心ナラズモソノママニシテシマッタ。

一、大盛電機社長談

ウチハ、同ジ債権者ノ五島電機ト組ンデ、二万円ノ供託金、五千円ノ印紙代デ破産申請ヲシタガ、ソノ後ドウナッテイルノカ宙ブラリンノ状態デ、結果ハハッキリシテイナイ。債権委員会カラハ全然連絡ガナク、他ノ債権者ノ動キモワカラナイシ、明原ハ所在ガ不明ラシイ。

一、宮本鉄工所社長談

関西合成倒産当時、相当強硬ニ交渉シタガ埒《らち》ガアカナイノデ、最後ニハ破産申請ヲシタ。シカシ第二物産ノ設定シタ抵当権ノ方ガ債権ヨリ先行スルトイウ結果ニナリ、ツイニ取リ下ゲザルヲ得ナクナッタ。ソノ後関西合成トモ明原トモ何ノ交渉モナク現在ニ至ッテイル。

一、明原正敏ノ個人資産

現在明原ハ一応安定シタ生活ヲ行ッテイル。旅館ヲ開業シタ当初、住宅地区デアルタメ附近ノ住民ノ反対ニアイ、反対陳情運動マデヒキオコシタ。シカシ明原ハコレヲ強引ニ押シ切ッテ保健所方面ニ旅館開設運動ヲ行イ、営業許可ヲ取ッタ。管轄駐在所ノ警官モ当家ニハ好意ヲ持ッテイナイ様子デアル。

開業当時、駐留軍ノ当家利用度ハ少ク、所期ノ業績ハアゲラレナカッタ。ソコデ状況ヲ考エ、タダチニ駐留軍払下ゲノベッドヲ順次購入、現在部屋ヲ間仕切ッテ四十七台ヲ各室ニ設置シタ。ソレカラハ外人ノ利用ガ急増シ、一時ハ満員客止メノ時モアリ、同時ニ数組ヲ一室ニ入レルナドノコトモアッタガ、最近ハ朝鮮事変ノ終息デ駐留軍ノ人員ガ減少、マタ一般日本人ノ利用客ハホトンドナイタメ、往時ノ盛況ハ見ラレナイ。シタガッテ現在ノ当家ノ維持ハ旅館ノミデハ賄エヌト思ワレル。

シカルニ現在一応安定シタ生活ヲシテイルノハ他ニ収入源ガアルモノト思イ種種調査シタガ、明ラカニデキナカッタ。

当家ハ家財・什器《じゅうき》備品モ一応整ッテイル。電話モアル。現金ノ五、六十万円クライデアレバ充分持ッテイルト考エラレル。

一、関西合成化学工業株式会社ノ資産

前記ノ如ク当社ノ資産ハ第二物産ガホトンド処分シテ金ヲ回収シタ模様デ、現在ハ何モナイ。堺ノ宮本鉄工所ガ破産申請ヲ取リ下ゲ、マタ大盛電機ノ破産申請ガ宙ブラリンニナッテイルノモ、ソレゾレノ弁護士モ手ノホドコシヨウガナイタメト推察サレ、マタ京阪製薬ノ商品詐取ノ告訴モソノ後何ラ進展シテイナイガ、コレーテ、ソノ手段方法ガ癪《しゃく》ニサワルカラ、取レヌモノナラブチ込ンデヤレトノ考エデ提訴シタモノラシク、今トナッテハ如何《いかん》トモシガタイトイウトコロデアロウ。ソノ他債権者ノ中デモソノ後倒産シタトコロガ二、三社アリ、大多数ノ債権者ハ「古イコトダシ」トイウ気分ニナッテイル。

結局、第二物産ダケガ有利ニ解決シタモノデアリ、東和鉄工所モイクラカハ回収シタ様子デアルガ、他ハホトンド回収シテイナイ。

一、結論

関西合成カラハ、現状トシテ、取ルモノハ何モナシ。

タダ、第二物産及ビ東和鉄工所カラ、法的手段ニヨッテ吐キ出サセル以外道ハナイモノト考エラレル。

明原個人トシテハ自宅不動産ニ三百万円ノ抵当

権ヲ附シテイルガ、コレニモソレ以上ノ価値ヲ認メルノハ危険デアリ、残ルハ什器ソノ他ノ動産ニ対シテノ処置ノミデ、取レルナラコレカラ取リ立テル以外ナイモノト考エラレル。

昭和三十年三月三十一日

新日本探偵社

担当　辰巳秀雄

同じ年の七月、新日本探偵社へ辰巳を訪ねて、宇治電力南支店の営業課員三人がやってきた。三人とも若く、ひとりは数枚の写真を持っていた。肩書きは営業課員だが、峰、赤坂、南野と名乗るこの三人は、実は摘発の担当者であった。

岸和田に工場のある白川紡績に盗電の疑いがあり、この三人は深夜、カメラを持って証拠写真を撮《と》りに岸和田へ出かけたのだった。白川紡績では深夜も操業し、その間は直接外部から引いた電線によって、メーターを通さずに電力を費消していたのである。三人は塀《へい》を乗り越えて工場内へ侵入した。工場には明りが点《つ》き、機械が動いていた。当然人はいるわけであり、見つかればただではすまぬ筈だ。社長の白川種雄は朝鮮人であり、工員にも朝鮮人が多いという噂を三人は耳にしていた。

命がけで写真を撮り、三人は戻った。証拠はできたものの、裏づけ調査は必要である。三人が辰巳を訪れたのはその調査依頼であった。

文具関係には詳しい辰巳も、紡績となるとどこからどう手をつけていいかわからなかった。なかば手さぐりで、辰巳はとりあえず白川社長の身許《みもと》調査から開始した。白川種雄は戦前、襤褸《ぼろ》買いであった。戦後も同様に、泉州（大阪・和泉方面）一円の紡績会社をまわり、落綿を買ったりしていた。そしてガチャ万時代を迎え、大儲けをした。ガチャ万時代とは、昭和二十二年から二十三年へかけての、織機が一度ガチャと音を立てるたびに万単位で儲かるといわれた好況期への懐かしみをこめた総称である。昭和二十四年、白川は紡績会社を設立した。

次に辰巳は、白川紡績の原綿の仕入先と製品の販売先を調査した。電力の消費量と設備、原綿と売上げ、これらを比較検討すれば盗電の事実は明らかになる。だが調査の結果、原綿の量と売上げ額とはぴったり一致してしまった。どこをどう胡麻化しているのか、辰巳にはわからなかった。

ふと思いつき、辰巳は白川が襤褸買いをしていた時代の仲間のひとりと会ってみた。その結果、屑糸を専門に買い集め、それを紡績会社に売っている業者の存在を知ることができた。業者間を訪ね歩き、ついに辰巳は屑糸を白川紡績へ売っている業者をつきとめた。

宇治電力は白川紡績を告発した。しかし白川紡績の社長は李承晩《イスンマン》に手をまわし、政治的解決をはかった。白川種雄は大阪で儲けた金によって韓国にも紡績会社を設立し、盗電して得た儲けを次つぎとここへつぎこんで工場を大きくしていたのである。韓国にとっては愛国者ともいえるこの白川種雄に泣きつかれた李承晩政権では、岸和田出身の国会議員某を通じて宇治電力に圧力をかけてきた。十億近い盗電に対し、三千万で手を打ってくれというのである。

昭和三十三年、宇治電力上層部は圧力に屈し、手を打った。

「わしら、命がけで調査したのに」

ある夜、峰、赤坂、南野の三人が探偵社の事務所へやってきて辰巳に愚痴をこぼしはじめた。辰巳は三人をつれて呑みに出かけた。酔ってからも三人は、際限なくこぼし続けた。

「わしらの苦労、何も知らんと、上層部のやつら」

「くそ。手を打ちやがった」

李承晩はその二年後の三十五年四月、長年の不正と独裁に不満を持った市民や学生の打倒運動によって大統領の座を追われ、五月、ハワイへ亡命した。

新日本探偵社が最も活気にあふれ、活躍したいわば最盛期は、昭和三十一、二年までである。調査員たちも個性豊かであった。いずれも皆、戦友といえるのであったかもしれない。辰巳はそう思うのだ。覚醒剤中毒となった石黒、服毒自殺をした山際、若くして病に倒れた岩木、深谷、千葉。いずれも戦死といえるものではなかったか。辰巳にとっての戦後とは、実は、もはや戦後ではないといわれはじめたその頃からだったともいえるだろう。

註・「復金」復興金融金庫の略。復金を通じての国家資金の融資は、大企業を中心に生産復興の応急策として実施された。

註・「昭電疑獄」昭和電工の復金融資をめぐる贈賄事件。昭和二十三年六月、昭電社長の留置にはじまり、同年十二月には芦田《あしだ》前首相も逮捕された。

作者後記

○会社名・団体名・個人名は原則的に仮名とした。

○一部会社名（電鉄・銀行・百貨店など）は便宜上実名を使用した。

○一部個人名（政治家など）は便宜上実名を使用した。

○文責は作者に帰属し、資料に関する質問に対しては之《これ》に応じない。

PART Ⅲ

単行本&文庫未収録短篇

12人の浮かれる男

「うう。寒い寒い。裁判所ってものがこんなに寒いところとは思わなかった。こごえそうだ」

　そういいながら最初に陪審員室へ入ってきたのは、小肥りの中年男である。そのあとからがやがやと喋《しゃべ》りながら、一様に寒さで身をすくませ、陪審員たちが法廷から戻ってきた。陪審員は十二人だった。

「裁判所だってお役所だものな」小馬鹿にしたような表情で、派手な背広を着、金縁眼鏡をかけた若い男が、部屋の中を見まわした。「お役所なんて、みんなこんなものさ。暖房の設備なんてものには金を使わないんだ。ふん。国民を馬鹿にしてやがる」

「だけど、この部屋は特に寒いぜ」紺の既製服がまったく似あっていない、色の黒い青年がいった。

「だから言っただろ」金縁眼鏡が色の黒い青年を軽蔑《けいべつ》の眼で見た。「ここは陪審員室なんだぜ。だから国民を馬鹿にしてやがるって言ったのさ」

　十坪ほどのその部屋は、粗末な会議用のテーブルがコの字形に並べられているほか、木製の椅子が十二脚と、石炭ストーヴが中央にひとつある以外、家具調度らしいものは何もないという殺風景さである。

「また消えてやがる」色の黒い青年がストーヴの前へ行き、背広のポケットから新聞紙を出してくしゃくしゃに丸め、火搔き棒でストーヴの中へ突っこんだ。

「こんなに結果のはっきりした裁判というのは、どうも面白くありませんなあ」頭をポマードでてかてかに光らせた三十過ぎの男がいった。

「あの弁護士がよろしおました」と、チェックの背広を着てパイプをくわえた、一見文化人風の男が答えた。「あの被告がどれだけ親孝行やったかを、あれだけ証明してしもうたら、こらもう、無罪にせな仕様ない」

「まあ、皆さん、掛けませんか」最初に部屋に入ってきた小肥りの中年男がいった。「わたしが陪審員長ということになっておりますので、まあ、ここの真ん中の席に掛けさせて貰いますが、皆さん、番号順にひとつこっちから、ずうっとこう、お掛けください」

　がやがや喋りながら、ストーヴにかじりついている色の黒い男を残し、全員が椅子に掛けた。

「さあ。あなたも掛けてください」と、陪審員長がいった。

「まあ、いいじゃないですか。このひとは」金縁眼鏡が馬鹿にするような表情でそういった。「一生けんめい火をつけてこの部屋を暖めようとしてくださっているんだから。あははは」

「でも、どうせそんなに長くこの部屋にいるわけじゃないでしょう。無罪ってことはわかりきってるんだし」神経質そうな、蒼白い顔の男が、腕時計を見ながらいった。「ぼくはひとと五時に待ちあわせてるんですが」

「ほう、恋びとと、ですか」

　揶揄《やゆ》するような調子でそういった金縁眼鏡を、神経質そうな男は頰をひくひくさせて睨《にら》みつけ、真面目な口調で答えた。「いえ。婚約者です」

　金縁眼鏡が馬鹿でかい声を出した。「それはご馳走さま。あはははははあ」

　がちゃがちゃと大きな音をさせ、色の黒い男はストーヴに小さなシャベルでバケツの石炭を抛《ほう》り込んだ。「この石炭、湿ってやがる」

「ええと。わたしは私鉄の駅員をしておりまして、こういう会議には馴《な》れとらんのですが」陪審員長は立ちあがり、丸刈りにした胡麻塩《ごましお》頭を掻きながらいった。「まず、おひとりずつ、ご意見を述べていただきましょうか」

「その必要があるんですかねえ」神経質そうな男が腕時計を見ながら、不満げにいった。「無罪に決っているのに」

「討論の必要は、あると思いますなあ」一見文化人風の男がハンカチでパイプを磨きながらいった。「あんたかて、見てなはったやろ。傍聴席に仰山来てたあの記者やらカメラマン。あの連中は被告を取材に来たんやない。わたしら陪審員を取材に来とりましたんやで。なにしろ日本で陪審制が採用されてはじめての裁判やさかいにな」

「いや。はじめてではないのです」しかめ面をした初老の男が、重おもしくいった。「昔は日本にもあった。しかし昭和十八年にいったん停止となり」

「ま、そんなことはどうでもよろしがな」パイプの男が大声を出した。「とにかくわたしらは今、日本中の注目を集めとるんや。そない簡単に判決を出してしもたらあんた、面白味があらへん。そうですやろ。わたしはまあ、しょうむない喫茶店を経営してるだけの人間やけど、陪審員になるなんてことは、平凡な人生で二度も三度もあることやない。せっかく国民の注目を集めとるこの、陪審制再開の第一回目の裁判の判決をやね、二分か三分の会議で出してしもたら、面白味が」

「さっきからこの、やたらに面白味、面白味と言っとられるようじゃが」しかめ面をした初老の男が、喫茶店の主人を睨んだ。「ちと不謹慎ではありませんかな。裁判は面白がってやるものではありませんぞ」

「しかし、面白くないといえば嘘になるでしょう」金縁眼鏡が、したり顔で反論した。「失礼ですが、あなた、お仕事は」

「小学校の教頭をしております」むっとした顔で、初老の男が答えた。

「なるほど」大きくうなずき、さもあらんという表情でうす笑いを浮かべた金縁眼鏡が、全員を見まわした。「では裁判所なんてところへお越しになるのははじめての筈《はず》だ。わたしは商事会社の社員をやっていまして、民事訴訟では何度か来たことがあります。しかし刑事訴訟はこれがはじめてです。やっぱり面白い。たいへんに面白いですな、これが」商社員は挑戦的に教頭を見つめ、面白いという部分に必要以上の力をこめてそういった。

「こんな面白いこと、わし、初めてだよ」さっきから眼を丸くして耳を傾けていた男が、感にたえぬといった口調で、眼を見ひらいたまま吐息まじりにいった。「わし、煙草屋やっとるんだがね。生まれてこのかた、こんな面白いことに出くわしたの初めてだよ。世の中にこんな面白いことがあったんだね」

教頭は苦虫《にがむし》を嚙みつぶしたような顔をし、商社員はそれ見ろという表情でにやにや笑った。

「ええと。それではですな」私鉄の駅員が、またばりばりと胡麻塩頭を掻きむしった。「討議をするか、それともすぐ票決に移るか、そいつを決めましょうかな。ではまず、すぐに票決はせず、それぞれの意見を述べて討論をしようではないかというかた、ひとつ、手をあげていただけますか」

五、六人が手をあげた。

「よござんすか。よござんすか。すぐに票決はしない、というひとですよ」私鉄の駅員が大声で念を押した。

「あ。そうか」煙草屋の親爺《おやじ》があわてて手をあげた。

さらに三、四人が挙手し、議長である私鉄の駅員も、立ったままで手をあげた。

「ほほう。あんたかて、討議することには賛成ですか」いちばん先に手をあげた喫茶店の主人が、やはり手をあげている教頭に向かって、パイプをくわえたまま厭味《いやみ》たっぷりにそういった。

「面白がって議論するためではありません」教頭は重おもしく答えた。「たとえ無罪であることがどんなにはっきりしていようと、殺人事件というと重大な裁判には、慎重すぎるということは絶対にない。討議に討議を重ねることがあくまで」

「ま、自分を納得させるのはあとでもいいでしょ」商社員が金縁眼鏡を人さし指で押しあげ、大っぴらにせせら笑った。

「何をいうか。わたしは真面目に言っとるんだ」

教頭が商社員を睨みつけて叫んだ。

「まあ。まあ」私鉄の駅員が教頭をなだめてから、まだストーヴをいじりまわしている色の黒い男に呼びかけた。「あなたあなた。手をあげるのですか。あげないのですか」

色の黒い男はシャベルを持ったまま顔をあげ、全員を見まわした。「え。おれ。おれ、どっちでもいいよ」圧倒的に挙手している者が多いことに気がつき、彼は手をあげた。「じゃ、手をあげとこう」すぐに手をおろし、彼はまたストーヴにとり組んだ。「火つきが悪いなあ」

挙手していないのは神経質そうな蒼白い顔の男ひとりだけになった。皆から顔を見つめられたため、彼は腕時計にちらと眼を走らせてから、しぶしぶ手をあげた。

「はいはい。もう結構です。もう、手をおろしてくださって結構」私鉄の駅員がいった。「ええと。それではまあ、ご覧のような結果ですので、ひとつ順にご意見を述べていただくことにしましょう。ええと。番号順にいきますか。陪審員一号というのは、これはわたしですので、議長ですから自分の意見はまあ、控えさせていただいてと。それではまあ、こちらから順にお願いします。二号のかた。あ、それからあの、わたし腰を痛めておりますので、失礼ですが掛けさせていただきます」

陪審員一号である私鉄の駅員が椅子に掛けると、その右隣りにいた陪審員二号がゆっくりと立ちあがった。陪審員二号は肥満した赤ら顔の男で、始終息苦しそうに肩で呼吸していた。「ええ。わたくしは内科の医者をやっております、楠本という者でございますが、今度のこの裁判では」「あ。ちょっと議長」医者が話しはじめるなり、商社員が金縁眼鏡を光らせて顔をあげ、議長の許可を待たずに喋り出した。「ここでは自己紹介は必要ないと思うんですがねえ。単に番号で呼ぶだけの方が、先入観なしに意見が拝聴できるわけで、かえって正確な判断が」

「いやいや。わたしが自分の職業を申しましたのは、わたしがあとで述べる医者としての意見に関係してくるわけなのですよ」医者は不満げに眼を剝《む》いた。「あなただってさっき、ご自分が商社の社員であるとおっしゃったじゃないですか」

「それは別の問題でしょ」商社員が声を疳《かん》高くした。「あなたはお医者さんだ。そうご自分でおっしゃった。医者は、そりゃあ、たしかにインテリですよ。医者だといえばほかのひとたちは、インテリだと思い、たしかにあなたの言うことを謹聴するでしょう」

医者はどんとテーブルを叩《たた》いた。「謹聴させたいために医者だといったわけではありません」

「たとえそうでなくても」商社員の声が、もう半オクターヴはねあがった。「医者という専門家としての意見を述べようとしたわけでしょうが。そうでしょうが。しかし専門家の意見は、ここでは不必要だ。われわれはみな陪審員であって、専門家と素人《しろうと》の区別はなく、意見の重みは全員平等でなければならない。そりゃ医者はたしかに人間に関する、まあ、ある意味での専門家だが、しかしここでは」商社員は滅茶苦茶に興奮して立ちあがり、医者に向けて指をつきつけ、きいきい声で叫んだ。「ここでは、この席では、専門家としての意見を振りまわさず、もっと謙虚にですな、一陪審員として発言を」

「やめなさい。見苦しい」教頭が大声を出した。

いつも生徒を叱りつけているためか、この声はあたりの空気を引き裂くような効果を持っていて、商社員は思わずとびあがり、絶句した。

教頭がゆっくりと言った。「たまたま陪審員の中に専門家がいた。われわれはこれを幸いとし、そのご意見を拝聴する。これこそ謙虚というものではありませんかかな」

「その通りですね。さすがは教頭先生だ。おっしゃる通りだと思います。賛成。賛成。はははは」

頭をポマードでぴかぴかに光らせた四十過ぎの男が、教頭に迎合するかのような口調でそういい、何度もうなずいた。「ねえ皆さん。その通りですね」

商社員の態度にさっきから反感を抱いていた四、五人が、大きくうなずいた。商社員は不貞腐れ、乱暴に椅子へ腰をおろしてふんぞり返り、天井を睨んだ。

興奮したため苦しげに肩で呼吸していた内科医が、陪審員長に訊《たず》ねた。「喋ってよろしいですかな」

「あ。どうぞどうぞ」陪審員長である私鉄の駅員がそういって、苦笑しながら胡麻塩頭を掻いた。

内科医が喋りはじめた。「被告はたいへん真面目な男で、近所でも評判の親孝行だったということです。しかし一方、死んだ父親というのは、多くの証言ではたいへんな酒飲みで、これはむしろアル中に近かったということであります。これに関してですが、実は商売柄わたしのところへも、アル中の父親を持った息子が困り果てて相談に来たことは何回かあります。その息子たちを観察するにですな、真面目で親孝行だと世間で思われている息子ほど、実は父親への憎しみを強く心に抱いている場合が多い。父親のことを話しているうちに興奮してきて、殺してやりたいなどと口走る男もおります。で、あの被告はちょうどそういった連中とたいへんタイプが似ておるのです。あの腕ききの弁護士が、いかに被告が親孝行であったかを証明しても、いや、むしろ親孝行であったという証拠を出せば出すほど、わたしはあの被告が父親を殺したに違いないと思うのです。いや、思っていたのです」さも残念そうに、内科医は吐息をついた。「しかしあの弁護士は、被告のアリバイをあんなに確実に証明してしまった。やはり無罪、というほかはありませんな」喋り終って、医者は椅子を軋《きし》ませ、大儀そうに腰をおろした。

「あはははは。なあんだ。それだとちっとも専門家としての意見じゃないじゃありませんか。いや、失礼失礼」ややあって商社員が、わざとらしい陽気さでそういった。「わたしはまた、あなたが医学的な立場で何か発言なさるのかと思ったのであんなに反対したのですが、今のお話なら、まあ素人にだって、誰にだって観察できることで、たいしたことじゃない。いや、さっきはあんなに反対してすみませんでした。なあんだ。そういうお話だったのですか。あはははは。あはははは」

大声で笑い続ける商社員を、全員が無言で見つめた。

「あはは。あはは。あはは。は」誰も一緒に笑おうとしないため、商社員は笑い続けるのをぎごちなく中断し、気まずそうに黙ってしまった。

さっきからむかむかしている内心を表情へ出すまいと努めていた内科医が、たまりかねて何か言い返そうとした時、雰囲気《ふんいき》を変えようとするかのように、頭をポマードで光らせた男が喋りはじめた。

「なるほど。そういうものかもしれませんねえ。かえってわたしの家みたいに、わたしと息子がいつも怒鳴りあいの喧嘩《けんか》をしている方が、ほんとは仲がいいんでしょうな。なに、わたしが息子に家業を継げって言うたび喧嘩になるんですよ。わたしは散髪屋なんですが、息子は工業デザイナーになるとか申しましてね」

　全員が散髪屋の頭の光り具合を見て、なるほどという顔をした。

「もしもし。あなた」私鉄の駅員が、あいかわらずストーヴをがちゃがちゃいわせている色の黒い男に声をかけた。「もう少しお静かに願えませんかな。それから、皆さんが意見を述べておられるので、あなたも席についてください」

「え。ああ。もう少しだよ」色の黒い男がにこにこして全員を見まわした。「やっと火がつきかけた」

「それでは次のかた、お願いします」と、私鉄の駅員はいった。「陪審員三号のかた。ええ。あなたです」

　内科医の右隣りの席の陪審員三号は、痩《や》せた背の高い中年男だった。ロイド眼鏡をかけていて、作り笑いが身についてしまっていた。にこやかに全員を見まわしながら彼は立ちあがった。「裁判を見ていてつくづく思ったのですが、まったく人間の命というものはわからない。死んだ親父さんは気の毒です。しかし、それより可哀そうなのはあの被告ではないでしょうか。まあ、おそらく無罪の判決が下るでありましょう。しかしですよ、いったん親殺しの容疑で裁判沙汰にまでなった人間を、世間はどんな眼で見るでしょうか。勤務先でだって、白い眼で見られるでしょうから、居たたまれなくなるにきまっています。病身の奥さんをかかえてこれから先、彼の生活はきっと苦しくなるに違いありません。これはわたくしが保険会社の社員だからこんなことをいうわけではありませんが、もし彼が父親に生命保険をかけていたとしたら、だいぶ助かることになるでしょう。わが社の生命保険は、被保険者が契約後一年以上経ってから自殺をした場合、保険金を受取人に支払うということにしております。裁判で無罪になったとしたら、こちらとしては保険金を支払わぬわけにはいかんじゃありませんか。皆さん。これはひとごとではありませんよ。人間、いつ、どんな眼にあうかわからぬものです。近親者すべてに生命保険を一応はかけておく。これこそ現代人の常識というものです。そして皆さん。保険をかける時はぜひわが社にご相談ください。わたくしは三国生命の本店の契約課長補佐をやっておりまして」

散髪屋が、あっといって身をのけぞらせた。

「これは意見なんかじゃない。勧誘だ」

「いいえ。とんでもない。なにも勧誘をするつもりは」あいかわらず作り笑いをしながら、保険会社の社員は女のように手の甲で口もとを隠し、勧誘員のずうずうしさで、なおも喋り続けようとした。「まあ、もう少しお聞きください」いやに落ちつきはらった、なだめるようなその口ぶりで、どうやら生命保険の利点をさらに説き続けるつもりらしいことが、しつこく勧誘された経験のある者にはすぐにわかった。

「聞く必要はない」教頭が苦い顔で吐き捨てるようにいった。「このような、ひとの一生にかかわる重大な会議の席上において、尚《なお》かつ商売気を出すような人間がいるとはまったくなさけない。君、すわりたまえ」

「おや。そうですか」別段怒った様子もなく、保険会社の社員は鉄面皮にもにこにこと全員を見まわした。「皆さんがたが、わたしの話をそれほど聞きたくないとおっしゃるのでしたら」

「誰が聞きたいもんか」散髪屋がそっぽを向いた。

「わかりました。わかりました。そうですかそうですか。それでは」拒絶に馴れきった態度で、彼はゆっくりと椅子に掛けた。

「さてと。そんなら次はわたしの番ですな」陪審員四号が、腰を掛けたままで喋りはじめた。陪審員四号は例のパイプをくわえて一見文化人風の、喫茶店経営者だった。「ここでわたしらが討論せんといかんことは、あの被告が無罪か有罪かというようなことやないと思いますねん。なんで日本に陪審員制が採用されたかちうことをもっと考えないかんのと違いまっか。最初の陪審員として選ばれたわたしら十二人は責任上それをじっくり考えんといかん義務がある。陪審員制度に切りかわっても、わたしら陪審員が今までと同じようなあたり前の判決を出してたら、これまでとなんの変り映えのせん裁判やちうことになって、裁判を国民の身近なもんにせないかんちう国民大多数の声を無視し、マスコミの期待を裏切ってしまうことになるんと違いますやろか。まあ、まあ、もうちょっと喋らしとくなはれ」それではまるで本末転倒だと言いかけた教頭にぶ厚い掌を向け、喫茶店の主人はさらに喋り続けた。「陪審員には陪審員独自の考えかたがなかったらあかん。たとえ弁護士がどんだけ有能で、どんだけ完璧に無罪の証明をして見せたからちうて、陪審員までがそれに影響されて無罪の判決を出しとったのでは、これは今までの裁判と同じことですやろ。陪審員としての独自性が何もない。国民もマスコミも、なんやちうて舌打ちして、これはもう、ちっとも面白《おもろ》うないということになる。わたしらの名前も、マスコミには出ず、あとに残ることもない」

「あんたは陪審員に選ばれたことを、売名に利用しようっていうのか」教頭が怒って叫んだ。

「頭のかたいひとはこれが困るんや」喫茶店の主人が救いを求める眼で全員を見まわした。「わたしの話、最後まで聞いて欲しいんやけどな」

商社員が、にやにや笑いを浮かべていった。「議長。他人の発言中にやたらに怒鳴るひとがいますが、なんとかして貰えませんかね」

陪審員長が胡麻塩頭を搔いた。「あのう、教頭先生。すみませんが、のちほど発言をお願いしますので、ほかのひとの発言中はひとつ」

「わかりました。わかりました。これはわたしが悪かった」頰をひくひくさせながら教頭は腕組みし、不快な意見は聞きたくないという態度をあらわに眼を閉じた。

「わたしは損をした」不満そうに保険会社の社員がそういったが、これに対してはむろん、誰もなんとも言わなかった。

「やっと火がついた」にこにこして立ちあがり、全員を見まわしてから、色の黒い青年が教頭の隣の席へ行き、はじめて自分の椅子に掛けた。

部屋が、ほんの少しだけ暖まってきた。

「ここでわたしらが考えないかんことは」喫茶店の主人がふたたび話しはじめた。「陪審員の判決を目立たせ、その独自の判断でマスコミや世間を喜ばせるにはどないしたらええかということです。もう、おわかりやないかと思う。さっきこちらの、内科の先生が言いはりましたことに反対するようで、えらい申しわけないんですが、弁護士があの被告のアリバイを完全に証明してしもうたからというて、何もわしらが無罪の判決を出さないかんことはちっともない。それどころか、われわれがこの会議で、もしそのアリバイを崩して有罪の判決を出したとしたらですな」

「たいへんな騒ぎになる」内科医が眼を丸くしてそう叫んだ。「そうだ、わたしもさっき、じつはそれを言いたかったのです。しかしあの弁護士の証明した被告のアリバイを無視しようとまでは、ちょっと言う勇気がなかった。だいたいそこまで徹底して考えなかった。そうだ。その通りだ」

がん、とテーブルを握りこぶしで叩いた。「なにもあのアリバイを信じる必要はないんだ」

「そうですがな」わが意を得たりとばかり、喫茶店の主人は大きく何度もうなずいた。「もしわれわれが被告に有罪の判決を出したら、十中八九は無罪やと思うてた世間やらマスコミやらがわっと驚きよる。びっくりしよる。わしら陪審員の権威と力とを、あらためて認めよる。そうですすやろ。わしら十二人の陪審員の名前は新聞に書きたてられる。わしらの名前は陪審制が続く限り、ことあるごとに持ち出され、あとあとまで残ることになりますんやで」

「それに、こういうことには意外性が必要ですからな」商社員も金縁眼鏡を光らせて浮きうきと同調した。「無罪に決まりかけていた被告を一転有罪にしてしまった。これ以上の意外性はない。われわれ大衆の見識があらためて見なおされることになる。法廷という一種のお役所に対しても一矢《いっし》報いることになるんです。国民は快哉を叫ぶでしょう」

「そんなことよりも何よりも、まず第一に面白い」とうとう陪審員長である私鉄の駅員までが浮きうきして喋りはじめた。「あの被告を一転して有罪にしてしまってこそ、こういう会議をやった甲斐《かい》があるというものです。無罪なんぞという判決ではみもふたもない。なんのために会議をやったのかわからん。なんの効果もない。有罪にしてこそ意義がある」

「そう。そうですねん。それにやね、あの被告を有罪にしてみなはれ。殺人罪でっせ。しかも父親を殺したんやから尊属殺人や」

喫茶店の主人のことばを、生命保険会社の社員が聞き咎《とが》めた。「いや。現在、尊属殺人というものはありません」

興奮している喫茶店の主人は意に介さなかった。「あろうがなかろうが親殺しは親殺しや。えらいこっちゃ。あの若い男、死刑になりよる。今の今まで無罪と思うてたのがなんと死刑や。世間やマスコミもびっくりするやろけど、いちばんびっくりしよるのはあの被告や。大騒ぎしよる。泣きよりまっせ。わめきよりまっせ。こんな面白《おもろ》いことはない。わしらせっかく陪審員になってるんやから、それくらいの面白《おもろ》い場面は見な損やし、マスコミのためにも作ってやらなあかんやろし、その方が国民の期待に沿うわけですわ。つまりやね、そういう逆転劇で皆を興奮させてこそ裁判を国民の身近なものにせよという多勢の声に」

「そう。そしてさらに裁判を国民の身近なものにするためにはですな」滅茶苦茶に興奮した内科医が身をゆすりながら大声でいった。「裁判を公開してやる。さらには死刑を公開してやる。たとえばあの被告の死刑が、テレビで中継されるのですぞ。あの被告はたいへん気の弱そうな男ですから、いざ死刑になるという時はどれだけ取り乱すことか。ひひ。ひひひ。腰を抜かしてへたり込む。小便を洩らす。ひいひい泣き叫んで命乞いをする。どんなに面白いことか。けけ。けけけ」内科医は鬱血して顔ぜんたいが膨《ふく》れあがるほどに興奮し、想像だけで喜んで、自分の席でぴょんぴょん躍りあがった。「見ている方だって、あまりの興奮と快感で失禁してしまう。アナウンサーが興奮して実況中継する。あっ。いよいよ首に縄がかかりました。殺人犯である死刑囚はまだあきらめきれず、泣き叫び、あばれまわっております。けけ。けけけけけけ。ぐ」

　あまりのことにあっけにとられて茫然としている全員の視線を浴び、しばらくひとり夢中で喋りまくっていた内科医は、急に心臓のあたりを押さえ、前のめりになって椅子へ腰をおろし、大いそぎでポケットから薬瓶を出すと錠剤をひとつとり出して呑みこんだ。

「大丈夫ですか先生」私鉄の駅員が議長という役目柄、心配そうな表情を作って訊ねた。

「あ。いや。大丈夫。大丈夫」さすが、やや照れ臭そうに、医者は咳ばらいをしながらうなずき、呼吸をととのえた。

　眼を見ひらき、呼吸《いき》をつめて会議の成り行きを見まもっていた煙草屋の親爺が、ほうっと吐息を洩らしながら感にたえぬという口調でいった。

「わしゃ、まったく、こんな面白いこと、生まれてはじめてだよ」

「ええと。それでは」私鉄の駅員が、またぼりぼりと胡麻塩頭を掻いた。「陪審員四号のかたのご意見は、つまりその、被告は有罪であった方がいいということですな。それでは次のかた、ええと、陪審員五号の」

陪審員長にみなまで言わせず、陪審員五号が勢いよく立ちあがった。許婚者と待ちあわせているために時間ばかり気にしている、あの、神経質そうな蒼白い顔の男だった。「いったいいつまでこんな、馬鹿げたことで時間を潰《つぶ》すつもりですか」我慢ならぬという表情で、彼は怒鳴りはじめた。「ぼくはこんなつまらんことで新聞に名前が出ようがどうしようが、ちっとも嬉しくない。こんなことで有名になったってしかたがない。あんたたちだってそうでしょうが。一文の得にもならんのじゃありませんか。ぼくは自分の仕事のこと以外はどうでもいいんだ。被告が有罪になろうが無罪になろうが、そんなこと、ぼくの仕事になんの関係もないんですからね。早く会議を終えてほしいんです。時間がないんだ。五時にぼくは婚約者と会うんだけど、それはぼくが勤めている銀行の、支店長のお嬢さんなんだ。待ちぼうけをくわすわけにはいかんじゃありませんか。彼女を怒らせたら、ぼくはどうなると思うんです」彼の声は次第にうわずり、ついにはきいきい声になった。「こんなことでぼくの人生のコースが変わったりしたら、こんなつまらんことはない。こんな馬鹿げたことで大切な時間をぼくから奪うなんて、これは暴力ですよ。もう、早く終ってほしいんです。こんなにだらだらしたことが続くのは、これは議長の責任だ。ぼくはあんたを恨《うら》みますよ」

「なぜわたしが恨まれなきゃならんのです」温和な陪審員長が、さすがに怒って立ちあがった。「わたしゃ最善を尽している。そりゃ、最初に言ったようにわたしは私鉄の駅員で、議長なんてやったことがないから手際よくはいかない。だからこそ一生けんめいやってるんだ。一生けんめいやって恨まれたんじゃ、こんな割にあわぬ話はない。わたしよりも議長に適したひとはこの中にいくらでもいるでしょう。わたしゃ、議長をやめますよ。誰か替ってください」

議長席をはなれようとした陪審員一号を、右隣りの、陪審員二号である内科医と、左隣りにいた陪審員十二号の小柄な男がいそいで立ちあがり、おしとどめ、ひきとめた。

「まあまあ。あなた。怒らないで」と、内科医がいった。「あんたがいちばん適任なんだ。みんなそう思ってるんだから」

「その通りだ。続けてくださいよ」と散髪屋がいった。

「あんなこと言われたんじゃつまらないよ。わたしゃ悲しい」泣き出した一号を、皆が口ぐちになだめた。

「あんたは、よくやってるよ」と、商社員がいった。

「こんなひとのいうこと、気にしたらあきまへん」と、喫茶店の主人がいって、銀行員を睨みつけた。「あんた。陪審員長にあやまりなはれ」

「ちょっと言い過ぎました。すみません」銀行員はしぶしぶそう言って椅子に掛け、また、ちらと腕時計を見、そっぽを向いてふてくされた。

私鉄の駅員がもとの椅子に腰かけたのを見て、陪審員六号がゆっくりと立ちあがった。この男は四十歳ぐらいの眼つきの悪い男で、顔色は浅黒く、悪人づらをしていた。今まで何も喋らなかったため、よけい不気味な印象をひとにあたえていたのだが、喋りはじめた声を聞くと案の定、顔によく似合った、低い、どすのきいた声であった。

「では次はわたしの番ですので喋らせてもらいます。さっきからみなさんがた、あの被告を有罪にしよう、有罪にしようと言っておられる。しかし、あの弁護士の証明をひっくり返して有罪にするためには証拠がいる。そこで、被告がたしかにあの父親を殺したという証拠があれば、これはあの被告が父親を絞殺し、しかるのちに首吊り自殺を偽装したということになるのです」

「おっ」内科医が身をのけぞらせた。「そんなことが証明できるのですか」

喫茶店の主人も身をのり出した。「そんな証明ができたら、そらもう、たいしたもんやけど」

「被告は」陪審員六号は急に気どって、検事のような口調になった。「アル中の父親及び病身の妻と一緒に三人で住んでいて、事件のあった夜の七時ごろ、父親とはげしく言い争った。病身の妻がけんめいにふたりをなだめた。この騒ぎは隣家の人が聞いていている。やがて被告が、怒って家をとび出していく物音と足音がした。あとは静かになった。病身の妻の証言によれば、彼女はそれから二階の自室に戻って寝ていた。十一時ごろ、階下でにぶい物音がした。降りていってみると、父親が自分の部屋で首を吊っていた。そこで、すぐ警察へ電話をした。事実、検死報告によれば死亡時刻はたしかに十一時前後だそうであります。ここまでは皆さんもよくご承知の通り。じつはわたし、被告と同じ町内、それもごく近いところで教材卸商をやっているものでありますが、先日、散歩がてらに被告の家まで行き、病身の奥さんに会ってきたのです」

「待ちなさい。ちょっと。ちょっと待ってください」教頭がびっくりして口をはさんだ。「あなた、ほんとに被告の奥さんに会ったのですか」

「はい」教材卸商がにやりと笑ってうなずいた。

「公判中に陪審員が事件の関係者に会うことは、陪審法違反になりゃせんですか」教頭が全員を見まわした。「どなたか、ご存じないですかな」

「そりゃまあ、よくないかもしれないけど」商社員がにやにや笑いを浮かべながら教材卸商を弁護しはじめた。「しかし、事件の真相を見きわめようとする熱意のためであったならば、これは許されるんじゃありませんか」

「教頭先生。あんまり規則ちうもん、持ち出さん方がえぇのんと違いまっか」喫茶店の主人が、鋭い目で教頭を睨みつけた。「違反者がでたら、わたしら全体の連帯責任ちうことで、裁判が無効になってしもうて、新しい陪審員でまたやりなおしちうことになるかも知れまへんやろ。そしたらあんた、今までわたしらのしてきたことが全部無駄になりますすんやで」

「しかし、違反者をかくしてまで」

「教頭さん」なおも言いつのろうとする教頭に、教材卸商が例のどすのきいた声で呼びかけた。「もしわたしが、規則に違反して被告の家へ行ったがために、法廷には出なかった新しい事実をつかんだとしたらどうです」

「本当ですか」散髪屋がびっくりして、思わずそう叫んだ。

「もしそうだとしたら真実が先だ」内科医がおどりあがった。「真実をつきとめる方が規則に優先する。規則違反は無視されてよい」彼は立ったまで教頭を睨み据えた。

「ねえ、教頭先生」私鉄の駅員がいった。「ここはひとつ、もう少しこのひとの話を聞いてみようじゃありませんか」

教頭はまた憤然として腕を組み、眼を閉じた。

「わたしが被告の家へ行こうと考えたのは、まあ、ひとつには被告の父親というのが、証言をいろいろたくさん聞いた限りでは、どうも、世をはかなんで首を吊るといったタイプの人間とは思えなかったため、それに関して被告の妻からもっとくわしく話を聞こうとした、ということもあります。しかし」にやり、と、教材卸商はやくざのような凄い笑みを洩らした。「法廷で見た、あの被告の女房、病身の妻ってやつがなかなかの美人だったので、あわよくばという下心もあった。へへへへへへ」舌なめずりをした。「おれは陪審員だ。あんたの亭主を生かすも殺すもおれ次第と持ちかければ、まさか会わぬとは言うまい。そう思って出かけたんだがね。案の定、うまく口説くことができて。えへへへへ」

「なんですと」教頭が仰天して立ちあがった。「まさかあんたは。するとあんたは被告の奥さんに。あ、あの奥さんと」

教頭に、教材卸商がウィンクした。「ええ。やりましたよ」

「けけ、けしからん」教頭は激昂し、握りこぶしでテーブルを叩きつけた。「陪審員であることを利用し、被告の家族を脅迫して手籠《てご》めにするなど、まるきり犯罪者のすることではないか。暴力団のすることだ。これは犯罪だ」

「教頭さん。ことばに気をつけてほしいね。あんたはわたしが被告の女房を脅迫している現場を目撃したわけじゃなかろ。それに、いつわたしが手籠めにしたなどと言ったかね。あくまで合意の上なんだよ。合意の上。そりゃね、たしかにわたしゃ昔、若い頃のことだが暴力団にも関係したよ。しかし今は家業に精を出している堅気の人間だ。真面目な市民なんだよ。これ以上わたしを犯罪者呼ばわりして侮辱するなら、わたしにも覚悟があるからね」教材卸商は頰をひきしめてしばらく教頭の顔を睨み据えた。

教頭がやや気圧《けお》され、絶句して椅子に掛けると、教材卸商は顔の筋肉をゆるめ、薄笑いをした。それから、自分の話に驚いて黙りこんでしまった他の陪審員全員を、まるでお前たち全部おれの共謀者として認めてやろうといった表情で眺めわたし、話し続けた。「被告の女房とそういう仲になったからこそ、法廷に出なかった新しい事実をつかむことができたんです。どうですかね皆さん。それでもまだわたしのしたことに文句がありますかね」何か文句を言ったらただじゃおかぬという口調で、ひとわたり全員の顔を眺めまわしてから、彼は内科医に視線を据えた。「どうですか。お医者の先生。あなた何か、おっしゃりたいことがありますかね」

「いや、そりゃもちろん、その」医者は一瞬とびあがらんばかりに身を浮かし、せきこんで答えた。「そうしなけりゃ新しい事実がつかめなかったというのなら、そういう手段も許されると思いますよ。とにかく、ことはひとりの人間の社会的生命にかかっているのですからな。それに比べりゃ、被告の女房の貞操ぐらい、あなた」彼は冗談にしてしまおうとしてせいいっぱいおどけた表情をし、けんめいに笑顔を作り、全員を見まわした。「医学的に考えても、やって減るものじゃなし。あは。あはあはあは。あははははは。は」
三、四人が調子をあわせて無理に笑った。
「不謹慎な」吐き捨てるように言って、教頭はそっぽを向いた。「病身の奥さんを。なんということだ」

教材卸商がまた教頭に向きなおり、何か言いかけたため、陪審員長がいそいで口をはさんだ。

「ところで問題は、その新しい事実というのがいったい何かということですが」

「勿体ぶって喋り惜しんでいたわけじゃありません」教材卸商はにやりとした。「話している途中、あまりにもしばしば邪魔が入るもので、つい」教頭を睨みつけてから、彼は話しはじめた。「じつは、被告の女房が寝物語にわたしに喋ったところによると、死んだ被告の父親というのは酒乱であった上に色気ちがいでありまして、被告が留守の時を見はからっては被告の妻に言い寄り、手を出そうとしたそうであります。そしてある日、彼女が二階の自分の部屋で昼間、ぐっすり眠っているところへしのびこみ、なんということでありましょうか、ついに彼女を犯したのであります」自分の話がどれだけの衝撃をあたえたか、その効果を見定めようとして彼はしばらく黙り、全員を見まわした。それから力をこめてつけ加えた。

「まったく何て悪い父親だ。自分の息子の嫁を。しかも病身の女を犯すなんて」

「まったくだ」医者がまた興奮しはじめた。「そんな父親なんか、殺されて当然だ。そうですとも。被告が殺そうと決意したのも無理はない。女房を犯されたために怒って、それで父親を殺したんだ。あいつは有罪だ。もう、有罪に決まった」

「まあ。まあ」抛っておけばまたぴょんぴょん椅子の上ではねあがり出し兼ねぬ医者に手を向けて制し、喫茶店の主人が教材卸商に訊ねた。「被告は、そのことを知っとったんですか」

「被告の女房は、亭主に、そのことを喋らなかったそうです」と、教材卸商は答えた。「しかし、なんといっても同じ家の中に住んでいる家族のことですから、うすうすは勘づいていたに違いない、と、被告の女房はいっています」

「そらそうや。わからん筈がない」喫茶店の主人は、わが意を得たりとばかりに、えびす顔を全員に向けた。「これで殺人の動機がひとつふえましたな」

「新しい事実というのは、まだあります」と、教材卸商が声を大きくした。「被告の家で、わたしは被告の父親が首を吊っていたという部屋、つまり被告の父親が自分の部屋として使っていたその部屋を見せてもらいました。この家はたいへん古い家で、被告の四代も前の先祖が作ったという屋敷なんです。ですから天井がたいへん高い。わたしはその部屋の天井を見てびっくりしたんですが、高さがなんと、三メートル以上は優にありました」

全員がざわめいた。

「あの被告の父親というのは、たしか縁側にあったスツールを持ってきて、それを足場にして首を吊った筈でしたね」と、散髪屋がいった。

「そうだ。証拠品として提出されていた、あの赤と白のやつだ」商事会社の社員が興奮して身をのり出した。「あれは、たいへん低いスツールだった」

「被告の父親が小柄な男だったということを、証人の誰かが言っていましたね」内科医も興奮してそう言った。「ええと、身長が、いくらだと言っていましたっけ」

「一メートル五十二センチ」と、散髪屋が興奮して言った。「わたしと同じ背丈だったので、よく憶えているんです」

「あのスツール、も一回見せてもらうわけにいきまへんやろか」喫茶店の主人も興奮して、陪審員長にそう言った。

「請求して見ましょう」陪審員長である私鉄の駅員もやや興奮して立ちあがり、ドアを開けて、廊下に立っている廷吏にいった。「すみません。証拠品のスツールを見せていただけますか。はあ。あの赤と白の」

「一メートル五十二センチの小柄な男が、あの低いスツールの上に立って、三メートル以上もある天井に手をのばして天井板をはねあげ、紐《ひも》を梁《はり》にかけ、首を吊ることができたとは、とても考えられません」室内の興奮をしたり顔で見ながら、教材卸商は言った。「部屋の中にはスツール以外、足場になりそうなものはなかったのですから、これはやはり偽装ということに」

スツールが室内に持ちこまれた。

「三メートル強、というと、ほぼこの部屋の天井高と同じですな」陪審員長が天井を見あげながらスツールを部屋の中央に置き、散髪屋を振り返った。「ちょっとあなた、この上に乗って、天井の方へ手をのばして貰えますか」

スツールの周囲には陪審員長と散髪屋、それに内科医、喫茶店の主人、教材卸商、商事会社の社員、色の黒い青年が集まった。散髪屋はスツールの上に立ち、天井へ手をのばした。

「まあ、なんとか指さきが届かぬことはない」

と、彼はいった。

「スツールが、思っていたよりも高かった」と、商社員がいった。

「そやけど、天井板をはねあげて梁へ紐かけるのは無理や」

喫茶店の主人のことばに、自分の席で苦虫を噛みつぶしたような顔をしていた教頭が反駁《はんばく》した。

「とびあがれば天井板は簡単にはねあげられます。紐を梁へかけようとすれば、投げればよろしい」

「なるほど」散髪屋がまた、教頭に迎合した。「それはたしかに、教頭先生のおっしゃる通りです」

「いや。無理だ無理だ。被告の父親はアル中だったんだ」内科医がそういってあたりを見まわした。「この中にどなたか、アルコール中毒のかたはおられませんか」

「そんなひと、いないでしょ」商社員が嘲笑した。

「では、二日酔いのかたは。あれも一種の急性アル中ですからな」

「じつは、その」煙草屋の親爺が立ちあがり、医者に近づきながら言った。「わし、昨夜、近くの屋台でだいぶ飲んじまったんだが」

「どれくらい飲みましたか」

「一升は軽いね」

おう、と、五、六人が嘆声をあげた。

「気分はどうです」

「今朝はひどかったね。今はだいぶましになった」

「この上へあがってください」医者は散髪屋の服の袖《そで》をひいてスツールからおろし、かわりに煙草屋の親爺を立たせた。

「どうするんだね」ややよろめきながらスツールの上に立ち、煙草屋の親爺は訊ねた。

「両手を肩の上にさしあげてください。こうやって」

医者の言う通り煙草屋の親爺は、足もと覚束《おぼつか》なげに膝《ひざ》をがくがくさせながら万歳をするように両手をあげた。

「それから、真上を見てください」と、医者はいった。「天井の方を」

ちら、と、手をあげたままで上を見あげた煙草屋の親爺は、すぐに眼をまわし、おおと呻《うめ》いて仰向けに身を傾けた。スツールから落ちてきた煙草屋の親爺のからだを、下にいた色の黒い青年が抱きとめた。

「お、恐ろしい」煙草屋の親爺がはげしくかぶりを振って唸り声をあげた。「眼がくらむ。頭がぐらぐらする。とても立っていられない」

「ご覧の通りです」医者が、してやったりという表情で周囲を見まわした。「二日酔いの人でさえこの有様です。ましてアル中の人間が、スツールの上に立って両手をあげ、上を見あげるというような芸当をすることは不可能なんです。なにしろ直立させ、眼を閉じさせただけでぶっ倒れるんですからな」

「やっぱり偽装や。これでもう、偽装に決まった」喫茶店の主人が決然として言った。「被告はおやっさんと喧嘩して家をとび出して居酒屋行って酒を飲んだ。そのうちにだんだん腹が立ってきた。くそあの親父殺したる言うんで十一時頃家に戻ってきておやっさんの首を絞めた。それから天井におやっさんのからだ、ぶら下げよったんや」

「恐ろしや」かぶりを振りながら煙草屋の親爺は、ふらふらと自分の席に戻り、頭をかかえた。「まだ、ぐらぐらする」

「現場を見た刑事が証言していたけど、このスツールは部屋の隅にころがっていたんでしょう」商社員がいった。「あれも被告の、父親が足で蹴《け》ったように見せかけた偽装ですか」

「そうに決まっとるやないか」吐き捨てるように、喫茶店の主人はいった。「この低い、おまけに幅のひろいスツールを、首吊ってる人間が足で蹴ってころがせるわけ、ないやないか」

「ふん。そういえば」商社員がスツールを持ちあげた。「高さの割には直径が大きい。上の方を足で蹴っただけではころがらんでしょうな」

「そんなこと、やってみなけりゃわからんじゃろうが」いらいらしていた様子の教頭が立ちあがり、ついにたまりかねて叫んだ。「人間のからだは、首を吊りゃあ、伸びるのじゃ」

「では、あなた、やってみますか」商社員が鼻で笑った。

「おれ、やってみようか」さっきから何かやりたくてむずむずしている様子だった色の黒い男がそういった。

「やるって、何をやるんだね」医者が驚いて訊ねた。

「何をって、その、首を吊ったままでスツールを蹴とばして、ひっくり返せるかどうかをだよ」色の黒い男は天井の一角を指した。「あそこに釘が出てるだろ。あそこからロープぶら下げて、首を吊ってみるのさ」

「馬鹿な。死んじまうぞ」医者が叫んだ。「もし死者が出たら、この中ではただひとりの医者であるわたしの責任になる」

色の黒い男は言い張った。「大丈夫だよ。手でロープをつかんでいるから。スツールを蹴とばしたら、すぐに皆で支《ささ》えてくれりゃいいんだ」

「支えなきゃどうなる」商社員がにやにや笑って茶化した。

「そりゃあ、まあ、手がくたびれてくるとロープをはなすから、本当に首を吊ることになる」色の黒い青年は真面目に答えた。

「このひとやったら、若いし、丈夫そうやから大丈夫やろ」喫茶店の主人が真剣な顔でうなずいた。「やって貰おうやおまへんか。でけへんちう証拠がないと、いつまででもごちゃごちゃ言いはるひとが居てはるさかいにな」

「やるんですか」散髪屋が眼を丸くした。「ロープがないでしょ」

「ああ。それでしたら証拠品の紐を。はい」陪審員長の駅員が浮きうきして、揉《も》み手をしながらドアの方へ行き、廊下にいる廷吏にいった。「すみません。今度は証拠品の紐をひとつお願いします。はい。そうです。あれです」

「君、何かスポーツはやったかね」医者が、まだ心配そうな表情で色の黒い青年にそう訊ねた。

「いや。スポーツって、別に何もやってないけど」

「仕事は何かね。職業は」

「ガソリン・スタンドのサービスマンだよ」

「ああ。サービスマンか。なるほど」商社員が見くだすようにくすくす笑った。

しばらく前から自分の席を立ち、スツールの周囲にいるグループの傍《そば》まで来ていた保険会社の社員が一歩進み出て、サービスマンに話しかけた。

「ところであなた、もちろん生命保険には入っておいででしょうな。もし生命保険にも入っておられず、そんな危険なことをなさるのであれば、わたしは誠意をもっておすすめするのですが」

散髪屋が噛みつきそうな顔で保険会社の社員にいった。「あんた、さっき皆から黙っていろって言われただろうが」

おおこわい、こわいというように肩をすくめ、保険会社の社員はうす笑いをした。「はい。はい。はい。わかっております。わかっておりますよ」

紐が持ちこまれた。内科医が陪審員長を肩にのせ、陪審員長である私鉄の駅員は紐の端を天井から出ている釘にくくりつけた。紐の下端に輪が作られ、その下にはスツールが据えられた。サービスマンは全員の注視の的になることを嬉しがり、はりきって準備体操らしきものをはじめた。

この騒ぎをさもいまいましげに見ていた教頭が、顔をしかめ、大声でいった。「そんなことをして何になる。だいたい、被告が家に戻って父親を殺したのであれば、もっと大騒ぎになっておった筈だ。父親だって抵抗する。それなのに被告の妻は、ごとんという小さな物音がひとつしただけだといっておるじゃないか」

「なるほど。そういえばそうですな」散髪屋が大きくうなずいた。「教頭先生のおっしゃる通りだ」

「違いますね」商社員がいった。「被告の妻は証言で、小さな物音、ではなく、にぶい物音、と言ったんです。証言を引用する時は、ことばの正確に期してほしいですな」

「正確を期する、だろう」と、医者がいった。

「そのことですがね」教材卸商はいった。「わたしは、被告が父親を殺したとき、女房に手伝わせたに違いないと思っている。だから被告の女房に会った時、そいつを白状させようとして、少しばかり痛い目に遭わせてやったんだが」

「な、な、な、な、なんだと」教頭は立ちあがり、息をはずませた。「被告の奥さんを拷問したのか」

「あんたはさっきから、人聞きの悪いことばかり言うね。え」脅すように、教材卸商は教頭の方へ二、三歩近づいた。「拷問なんかしないさ。ただ、ちょっとおどかしただけだよ」

「もう我慢できん」教頭はわめき散らした。「あんたたちのような、人間性のかけらもない連中と、これ以上同席することはわたしの良心が許さん。あんたがたのうちの誰ひとりとして、陪審員の資格のあるものは居らん。わたしは陪審員のひとりであることをやめる。陪審員を辞退する。そのためにこの陪審員団が解散になってもかまわん。これから判事のところへ行き、あんたたちのこの出たらめさと規則違反をすべて報告する」言い終るなり教頭は、まっすぐにドアの方へ早足で歩きはじめた。

全員がやや唖然とし、教頭を眼で追った。

すぐに、喫茶店の主人が叫んだ。「あいつを行かせたらあかん」

「とめろ」と、医者も叫んだ。

数人が教頭を追い、陪審員十二号の小柄な男が辛うじてドアの手前で教頭の腰にとびついた。倒れた教頭の上へ、追いかけてきた陪審員長、喫茶店の主人、医者、商社員が次つぎにおどりかかり、教頭を押さえこんだ。

この騒ぎの最中、すでにスツールにのぼり、紐で作られた輪の中に首を突っこんでいたサービスマンは、紐を両手で持ったままスツールを勢いよく蹴とばしていた。スツールは倒れて転がり、サービスマンの足の下からはなれた。しかしドアの近くの騒ぎに気をとられている一同のうち、誰もこれに気がついた者はいなかった。すぐに手に力が入らなくなり、紐が首に喰いこみはじめて、サービスマンは眼を白黒させながら大あわてで足をばたつかせた。

「痛いいたい痛い」五人の人間にからだの上へと び乗られ、胸を押さえつけられた教頭がしわがれ声で悲鳴をあげた。「くく苦しい。どいてくれ。肋骨《ろっこつ》が折れる。死、死ぐ。死ぐ」

いそいで立ちあがった医者が、心配そうに教頭を助け起した。「大丈夫ですか。どこもなんともありませんか」

「暴力でもってひとの行動を束縛するとは、け、けしからん」医者の手を振りはらい、教頭が大声で叫んだ。

自分の服の埃《ほこり》を払いながら、商社員がにやにや笑った。「ふん。それだけの元気があれば大丈夫だ」

この時ようやく、生命保険会社の社員がサービスマンの首吊りに気づき、あっと叫んで立ちすくんだ。「スツールを蹴とばしている。このひとは死にますぞ」

「大変だ」

「早く助けてやれ」

医者を先頭に、陪審員長、喫茶店の主人、散髪屋、小柄な男が駈け寄り、サービスマンのからだ

ずした。

　すぐ傍にいながらぼんやりとして佇《たたず》んでいた生命保険会社の社員に、医者が怒りの眼を向けた。「どうして、すぐに助けてやろうとしないんだ」

「こいつが生命保険に入っていないからだよ」と、商社員がいった。

「のびています」床の上にサービスマンのからだを横たえ、陪審員長の駅員がいった。「まさか、死んだのでは」

「いや。大丈夫。大丈夫」サービスマンの瞼《まぶた》を指さきであけて白眼をのぞきこみ、脈をとった医者が、ほっとしたようにうなずいた。「ちょっと眼をまわしただけだ」

　眼を見ひらき、呼吸《いき》をつめてこの騒ぎを見まもっていた煙草屋の親爺が、ほうっと吐息を洩らしながら感にたえぬという口調でいった。「わしゃ、まったく、こんな面白いこと、生まれてはじめてだよ」

「気ちがい沙汰だ。狂っとる」胸を押さえ、びっこをひきながら自席にたどりついた教頭は、椅子にくずおれながら吐き捨てるようにそう言い、それからゆっくりと胸を張った。「それでもまあ、スツールを蹴とばせることだけは証明できたわけじゃないのかね」

「あかんあかん。こんなこと、なんの証明にもならへん」喫茶店の主人があわてて否定した。「死んだ被告の父親とこの若いひととでは、からだの丈夫さが違うさかいな」

「じゃあいったい、なんの為《ため》の実験だったんですか」と、散髪屋が教頭に味方して、喫茶店の主人にそう訊ねた。

「なに。こいつが首を吊りたいって言ったんだよ」商社員がせせら笑い、床にのびているサービスマンを指さした。

「とにかく、ひとの自由な行動を力ずくで束縛するのはいかん」教頭は憤然としたまま、一同を睨《ね》めまわした。「誰と誰がわたしの行動を阻止したか、ちゃんと憶えておきますぞ。あとで何もかも報告しますからな」

意識をとり戻したサービスマンが、首のあたりをさすりながらあたりを見まわした。照れたような笑いを浮かべ、いそいで立ちあがり、さもなんでもないと言いたげに腰へ手をあて、よっ、よっと叫んで首の回転運動をして見せた。それからわざとらしくストーヴを指さし、大声で叫んだ。「あっ。こりゃいかん。またストーヴが消えかけているぞ」ストーヴに駈け寄り、ふたたび火搔き棒をとってがちゃつかせはじめた。

立っていた者全員が苦笑して、それぞれ自席に戻った。

「ええと。それでは会議を続けましょう」陪審員長である私鉄の駅員は、胡麻塩頭をかきながら、教材卸商に訊ねた。「あなたのご意見は、もうそれでおしまいですかな」

「ま、一応、喋るべきことは喋りました。まだ言いたいこともあるが、それはまたあとで。はっはっはっは」教材卸商が余裕を見せて大きく笑った。

「おや。あなたのお話はもうおしまいですか。それは残念ですな」生命保険会社の社員は、物足りなそうに教材卸商の方へ首をのばした。「被告の妻をどうやって口説き落したか。どんな具合にその、あれをやったのか、それを伺いたいと思っていたんですがね。わたしも商売柄、いろんな手練手管《てくだ》を知っておく必要が、ありまして。ひっひっひっひっ」

「やめなさい」なぜか散髪屋が激昂して怒鳴った。「そんなこと、裁判と関係ないじゃないか。あんたは黙っていなさい」

「はいはいはい。わかりましたよ。わかりました」厭味たっぷりに生命保険会社の社員はそういって、椅子の背に凭《もた》れた。

「よろしければ陪審員長、発言させてほしいんですがね」自分に発言の順番がなかなかまわってこないのでさっきからいらいらしていた商社員が、立ちあがってそう言った。「今度はわたしの番でしょう」

「あ、これは失礼。よろしくお願いします。ええと、陪審員七号のかた、どうぞ」

商社員は気障《きざ》っぽく咳《せき》ばらいをし、おもむろに金縁眼鏡をはずし、白い麻のハンカチでレンズを拭きはじめた。眼鏡をかけていたために今まで大きく見えていた彼の眼が、急にまん丸の小さい点のようになって眼窩《がんか》の奥へ引っこんでしまったため、一同はちょっと驚いた。彼は気障っぽく、これ以上気障っぽくやれといわれても不可能なほど気障っぽい様子でゆっくりと眼鏡をかけ、一同を見まわした。

ついにたまりかね、銀行員がどんと握りこぶしでテーブルを叩いた。「早くやってくれ」

銀行員をじろりと横眼で睨んでから、商社員は喋りはじめた。「さて皆さん。われわれは最初この部屋へ入ってきた時、あの被告を無罪にしなければしかたがないと思っていた。なぜそう思っていたかというと、あの弁護士があれだけ念入りに被告のアリバイを立証してしまったからであります。その後、弁護士の発言を無視してもよい、陪審員団独自の結論として被告を有罪にしてもよいという意見が出ているわけでありますが、しかし今、たとえ被告にどれほどあやしい点が多いかをいくら述べ立てても、どれほど父親殺しの新しい動機を発見できても、また、父親の自殺がいくら不自然に見えようとも、やはりあの完璧に立証されたアリバイを崩《くず》さぬ限り、われわれの意見は陪審員団独自の意見としてあの弁護士の意見に対立できる重味を持つことはできないのではないでしょうか」

「あのアリバイを崩せる、言いはるんかいな」喫茶店の主人が、商社員の気取った喋りかたにいらいらし、テーブルを指さきで叩きながら訊ねた。

「まあまあ、あわてないで」商社員はますます落ちつきはらい、子供をあやすような口調でそういった。「話には順序というものがあります。もう一度、あの弁護士の主張した被告のアリバイというのを復習して見ましょう」彼は内ポケットから手帳を出し、ページを繰った。

「そんなことしなくても、皆、ちゃんと憶えてるのに」

そうつぶやいた医者のことばをまるで待ち兼ねてでもいたかのように、すぐさま商社員は医者に指を突きつけ、ややヒステリックな声で応じた。

「何度もくり返して考えるところから、新しい発見が生まれるのですぞ」そう叫んでから彼は次に、ストーヴをがちゃがちゃいわせ続けているガソリン・スタンドのサービスマンを怒鳴りつけた。「君。やめたまえ。討議に加わるだけの知能がないからといって、何もひとの発言を妨害してまで自分を目立たせなくてよろしい」

さすがにむかっとした様子のサービスマンが、火搔き棒を片手にしたまま商社員に近づき、顔をまっ赤にして叫んだ。「いつ、おれが妨害したんだよ」何か言い返そうとして、ことばが出てこないため彼はいらいらし、どんと足踏みした。「ひ、ひとを馬鹿呼ばわりしやがって」

「陪審員長。このひとを自分の席につかせてくれませんか」冷笑を浮かべ、商社員が私鉄の駅員にそういった。

がちゃ、と火搔き棒を床に抛《ほう》り投げ、サービスマンは泣きながら商社員に詰め寄った。「あやまれよ。あやまってくれよ。でないとおれ、あんたを殴るかもしれないんだよ。こいつ、こいつさっきから、おれを馬鹿にしたみたいな言いかたばかりしやがって」

商社員は顔をこわばらせ、あわてて叫んだ。

「君。やめろ。陪審員長。陪審員長。やめさせてください」

「あんな言いかたをされりゃ、誰だって怒るのがあたり前だ」と、医者がそっぽを向いていった。

「だいたいこのひと、ものの言いかたがにくにくしいんや」ざま見ろという調子で、喫茶店の主人がいった。「ひとを小馬鹿にしたみたいな言いかたばっかりして」

「皮肉屋を気どってるんでしょ」と、散髪屋がいった。

「一度、殴られた方がいいんだよ」教材卸商がにやにや笑った。

「その通り」と、銀行員がいった。

「まあまあまあ、あなた」陪審員長の駅員が、お座なりな言いかたで自分の席からサービスマンをなだめた。「そんなに怒らないで。さあさあ。席についてください」

「ひとを低能呼ばわりしやがった」涙を手の甲で拭いながらサービスマンは火搔き棒を拾いあげ、のろのろとストーヴの傍に置いてから自分の椅子に戻った。

蒼い顔をし、興奮で顫《ふる》えていた商社員が、決然とした様子を見せ、手帳を閉じた。「よろしい。そんなにわたしが気に食わないのなら、発言を中止します」

「ああ。やめろやめろ」と、銀行員が小さく言った。

「あのアリバイを崩すつもりだったけど」商社員は唇を顫わせた。「いいです。やめますよ」

「それならそうと、最初からアリバイを崩して見せればよかったんだ」医者がいった。

「そや。もったいぶるさかいに、いかん」喫茶店の主人もそう言った。

「だからもう喋《しゃべ》らないと言ってるでしょ」女性的なきいきい声でそう叫び、商社員は拗《す》ねてそっぽを向いた。「あのアリバイを崩す方法だって、も、絶対に教えてやらないんだから。きい」

全員が苦笑し、顔を見あわせた。

吐息とともに、煙草屋の親爺《おやじ》がいった。「こんな面白いこと、わし、はじめてよ」

私鉄の駅員が頭を掻いた。「それでは次に、陪審員八号のかた、ひとつご意見を。あなた。あなたですよ」

「え。わしかね」煙草屋の親爺はびっくりしたような顔で立ちあがり、しばらく眼を丸くしたまま全員を見まわしていたが、やがて何ごとか言うべきことを思いついた様子でぐしゃりと相好を崩し、喋り出した。「ええと。わたしゃまあ、ながいこと生きとるんじゃが、まったくもう、こんな面白いことが世の中にあるとは、その、ちっとも知らなかったわけで、こんな面白いこと、生まれてはじめてだよ。今まで平平凡凡の人生で、なんにも面白いことにめぐりあえなかったが、これでやっとひとに自慢できるようなことに出くわしたわけで、これでまあやっと生きていた甲斐《かい》があったといえるようなものじゃが、まあできれば、こういうことはできるだけながい間続いてほしいわけで」

「そんなこと、どうでもいいじゃないですか」腕時計を見ては身をゆすり続けていた銀行員が、たまりかねて大声を出した。「意見をいってくださいよ。意見を」

煙草屋の親爺はまたびっくりした様子で眼を丸くし、銀行員にいった。「わしはこれ、今、わしの意見を言っとるんじゃがね」

「それは意見じゃない」銀行員はテーブルに肘をつき、頭をかかえこんだ。「誰かこのひとに教えてあげてくださいよ」

「つまり、あの被告が有罪か無罪かをおっしゃっていただければいいのでして」と、私鉄の駅員がいった。

「うん。それを言おうとしとったんだがね」煙草屋の親爺が大きくうなずいた。「つまりこういうことをできるだけながい間続けるには、やはりその、被告が有罪であった方がいい、いや、つまりその、被告が有罪であると、ここでわしが言った方がその、この話合いはながびくだろうから」

「なんてことだ」教頭が嘆息した。

ばしっ、と、銀行員がテーブルを平手で叩き、また頭をかかえこんだ。

「はい。わかりました。では、有罪ということですな」陪審員長の駅員は大きくうなずいた。「では次。ええ、陪審員九号のかた。さあ。あなたですよ」

ガソリン・スタンドのサービスマンは勢いよく立ちあがり、腰に手をあてた。「そりゃ有罪だよ。有罪だよ。有罪有罪。有罪だよ。ああ」それ以外に言うべきことを知らないといった風に、やたら有罪を連発してから、彼はわざとらしくストーヴを指して大声を出した。「ああっ。せっかく燃えかけてたのに、また消えかけてるじゃないか」彼はいそいでストーヴに近寄り、三たび火掻き棒をとりあげた。

「も、我慢できん」銀行員が立ちあがった。「時間がない。ぼくは婚約者との待ちあわせに遅れるわけにはいかんのです。これで失礼します」

えっ、と全員が眼を見ひらき、銀行員を注視した。

「まああなたお待ちなさいよ。本気ですか」陪審員長は仰天して大声を出した。「評決は、十二人全員が揃ってなきゃ無効なんですよ」

「国民の義務を拋棄すると、罰を受けるんだよ君」医者が叫んだ。

「知っています。知っています」銀行員が気ぜわしげにうなずいた。「罰金は払うつもりです。そんなことぐらい、なんでもありません。とにかくこんな具合に、だらだらと時間つぶしみたいなことを続けられたんじゃ、いったいいつ終るかわかったもんじゃない。あなたがたはこういうことが好きなんだ。しかしですね、ぼくの迷惑も考えてくださいよ」

「ほかのもんの迷惑は考えへんのか」喫茶店の主人が叫んだ。「せっかくここまで、被告を有罪にしよ言う全員の意見がまとまりかけてるのにやね」

「全員の意見ではないぞ」と、教頭がいった。

「そやさかいに、有罪にしよ言う意見のひとがせっかくこんだけふえてきとるのにやね、あんたは今までの、わしらのこの苦労を、いや、会議を、全部無駄にするつもりかいな。今あんたに行かれてしもうたら、何もかもわやややがな」喫茶店の主人は泣きそうな表情で唾をとばした。「陪審員全員が改組されて、わしら皆お払い箱になるかもしれまへんのやで」

銀行員はほんの少し額を曇《くも》らせて見せた。「わかっていきます。皆さんにどれだけご迷惑をかけることになるか、ぼくはよくわかっているのです。だからこそ今まで我慢した」彼は決意を顔にみなぎらせ、頭をあげて叫んだ。「しかし、行かなくちゃいけないのです。これはぼくの一生の問題ですからね。皆さんから恨まれるのも覚悟の上です。すみません。本当にすみません。行かせていただきます。すみません」

すみませんすみませんとくり返しながら銀行員は、ドアの方へ足早やに進んだ。

「そのひと行かしたらあかん」悲鳴のように、喫茶店の主人が絶叫した。

すでに立ちあがり、身がまえていた陪審員十二号の小柄な男が、矢庭に走りはじめて銀行員に追いすがり、高くとびあがって銀行員の背中を両の靴底で強く蹴った。

「ぐふ」すでにドアの手前まで来ていた銀行員は突きとばされてドアにぶらあたり、床にひっくり返った。

「それ」

陪審員長である私鉄の駅員、それに医者、保険会社の社員、喫茶店の主人、散髪屋が、倒れた銀行員のからだの上へ次つぎととび乗り、彼を押さえこんだ。

「痛いいたい痛い。死ぐ」と叫んだのは医者である。「早くどいてくれ。胸がつぶれてしまう」

銀行員を除き、全員が立ちあがった。医者はふらふらしながら心臓のあたりを手で押さえて自席に戻り、ポケットから薬瓶を出すと錠剤をひとつとり出して呑みこんだ。

「死んでいる」なかなか立ちあがらない銀行員を見て、私鉄の駅員が大声を出した。「大変だ。皆で押し潰してしまったらしい」

「いやいや、大丈夫。脈はおます」喫茶店の主人が銀行員の手をとり、そういった。「のびとるだけや」

「じゃあ、息を吹き返させない方がいい」と、駅員はいった。「このまま椅子に掛けさせておいて、ずっと抛っておきましょう」

「そや。その方がうるそうないし、第一逃げんでよろし」喫茶店の主人はうなずいた。「気がつきそうになったら、またどこぞどついてのばしまひょ」

私鉄の駅員と、保険会社の社員と、喫茶店の主人と、散髪屋と、小柄な男が、ぐったりした銀行員のからだをかついで運び、彼の椅子に掛けさせた。

「さて」ゆっくりと、教頭が自席で立ちあがった。「次はわたしが発言する番ですな」じろり、と、全員の顔を眺めまわした。

喫茶店の主人は露骨にいやな顔をして見せ、喋るなら勝手に喋れといいたげに、ぷいと横を向いた。

「これは教頭先生」大いそぎで陪審員席に戻った私鉄の駅員が教頭に一礼した。「失礼しました。さあ。どうぞご発言願います」

座が落ちつくのをしばらく待ってから、教頭は咳ばらいをし、喋りはじめた。「皆さんがたは、そもそもの最初からたいへんな考え違いをなされておる。この陪審制というのは、裁判をショウ化するためのものでもなければ、陪審員がスタアになれるといったものでもない。あくまで裁判の公平を期すためのものであるのです。と、いうようなことを今さらわたしが申しても、どうやらすべて馬の耳に念仏といったところらしい。皆さんわたしの意見を聞く耳など、さらさらお持ちではない顔つきですな。しかし、だからといってここでわたしが一歩も引くわけにはいかんのです。このままあの被告が有罪になってしまうのを見ているわけにはいかんので、なんとしてでもわたしは自分の信念を押し通すつもりです。さきほど皆さんは暴力でもってわたしの行動の自由を封じられた。しかし信念までを封じるわけにはいきますまい。この陪審制では、全員の意見が一致するまで討議を続けなければならない。わたしだけがあくまで無罪を主張すれば、これはいつまで経っても評決に到らぬわけです。いか様に言われても、どのように憎まれても、わたしは、あの被告が無罪であるという信念を絶対に変えるわけには」

「信念、信念と言われますがね」医者が身をのり出した。「陪審員全員が信念でもって自分の主張を変えなかったとしたら、これは有罪を主張する者は最後まで有罪のまま、無罪を主張する者は最後まで無罪のままということになって、すべての裁判が評決に到らぬということになりはしませんかな」

「しかし、この裁判の場合、あの被告は無罪に決っているのだし」

そう言った教頭に、喫茶店の主人が血走った眼を向けた。「なんで無罪に決っとるんでっか。たとえ有罪の証拠があっても、どうせあんたは無罪や言いはりまんねんやろ」彼は助けを求めるような眼で全員を見まわし、教頭を指さして訴えかけるように叫んだ。「このひと、片意地になってはりまんねん」

「冗談ではない。意地になっとるのはあなたがたの方ではないか」教頭は叫び返した。

「それならですよ」医者がさらに大きな声を出した。「有罪であるという証拠さえあれば、あなたは本当に自分の主張を変えるのですね」

「そりゃ、もちろんだ」教頭が医者の勢いにややたじろぎ、眼をしょぼしょぼさせた。「裁判に対するあなたがたの態度がたとえどうであれ、有罪の証拠があったのでは、あきらかにそちらの方を優先的に考えねばならん。これはもう、しかたがないですからな」そう言ってから教頭は背をのばし、ふたたび大声を出した。「しかし、そういう証拠はありますまい。有罪だという確実な証拠は」

「む」医者が困って黙りこんだ。

横から喫茶店の主人が助け舟を出した。「そやけど、無罪やという確実な証拠もおまへんやろ」

「まだそんなことを言っとるのか。あんたがたは」教頭は眼を剝《む》いた。「あんなに確実なアリバイがあるではないか。よろしいか。被告は七時ごろ家を出た。そして約一キロはなれた駅前の繁華街まで歩いて行き、『おはつ』という飲み屋に入った。それがだいたい、七時半ごろです。ここで被告は酒を飲み、酔っぱらい、真夜中の十二時、つまり看板近くまでいた。このことは飲み屋のおかみのお初さんというひとの証言で確かです。また、犯行時刻の十一時前後、この店にいた客三人も、その時刻に被告はどこへも行かなかったと証言しているのです」

「わはははははははは」だしぬけに商社員が、やぶれかぶれのような不遠慮きわまる高笑いで教頭の話を中断させた。

「何ごとかね、君。無礼じゃないか」教頭が声を荒げて咎《とが》めた。

高笑いはどうやら全員の注目を浴びるための手段であったらしく、商社員は急に真顔になって教頭へ屹《きっ》と向きなおった。「その証言が、あてにならないのです。おかみさんのお初さんだって、他に客もいることだし、ずっと被告に注意を向けていたわけではないでしょう。それにその客にしたって、酒を飲んで酔っぱらっていたんだし」

「その通りや」喫茶店の主人がおどりあがった。「酒飲みに来た癖に、ほかの客の出入りずっと気にして、それをまたいつまでも憶えてる。そんなけったいな客はおらへん」

「さっき、ぼくはそのことを喋ろうと思っていたんですよ」商社員が腹に含むところありげな表情で全員を睨《ね》めまわした。「なのにあなたがたが、ぼくの発言を邪魔するもんだから」

「大きな店であれば、そういうことも言える」教頭は反論した。「しかし、おかみは常にカウンターの中にいて、客全員と向かいあっとるわけだし、カウンターなどは客が五人もくればいっぱいになってしまう。そんな小さな店では、何時ごろ他にどんな客が来ていたかぐらい、わけなくわかるし憶えてもいられる筈《はず》だ」

「待った」また、商社員が大声を出した。「これはおかみも言っていたことだけど、被告は小便に立っている。だいたい七時半からやってきて十二時まで四時間半もの間、じっと酒を飲み続けていられた筈がないのです。少くとも二、三回は小便に立っている筈だ。だけどおかみは、被告がいつ、何回小便に立ったか、憶えていないと言ってるんですよ」

「そや。それがもう、記憶のあやふやな証拠や」と、喫茶店の主人が叫んだ。

「さっき、ぼくはそのことも喋ろうと思っていた」商社員が腹に含むところありげな表情で全員を睨めまわした。「なのにあなたがたが、ぼくの発言を」

「そのことはわたしも法廷で聞いたから憶えている」教頭が苦笑しながらいった。「しかし便所は飲み屋街になっている路地のつきあたりにあって、行って小便して帰ってくるのに五分とかからない。かりに被告が小便に行くふりをして飲み屋から自宅まで父親殺害のために往復したとしても、そんな短時間ではとても無理だったろうし、五分以上も戻ってこなければ、当然おかみや客にそのことを憶えられてしまっただろう」

「なに、たとえ五分が十分でも、憶えちゃいないよ」医者が冷笑を浮かべた。

「たとえ十分、戻らなかったとしても」教頭が声を高くした。「そしてそのことをおかみや客に気づかれなかったとしても、一キロ離れた自宅に戻り、父親を殺害してまた引き返すのは無理だ」

「タクシーを拾うたら」

そうつぶやいた喫茶店の主人に、教頭がいった。「あんたは証言をよく聞かなかったのかね。あの時間、駅前でタクシーを拾った客はひとりもおらんのだよ」


「自転車なら」と、医者がいった。

「いやいや。被告は自転車に乗れないそうです」と、散髪屋がいった。

あいかわらずストーヴをがちゃつかせていたガソリン・スタンドのサービスマンが身を起し、全員を見まわした。「おれ、高校の時だけどさ、走るのがずいぶん早くてね。百メートルを十三秒で走ったぜ」

商社員が苦笑した。「十三秒なら、そんなに早くはない」

「でも、ほかのやつはたいてい十四秒だったからね」サービスマンがむきになって言った。「それが普通らしいぜ」

「百メートルが十三秒で走れるんやったら」喫茶店の主人が眼を光らせた。「一キロを二分とちょっとで走れる勘定になる」

教頭はとびあがった。「そんな馬鹿な勘定はない」

「なんでやねん。なんで馬鹿な勘定やねん」喫茶店の主人は、なかば気が狂っているのではないかと思えるほど充血した眼で教頭を睨《にら》みつけた。「あんた、計算でけへんのか。そないなるやないか」

　教頭は喫茶店の主人の頑固さになかばうろたえ、おろおろ声で叫んだ。「人間というものは、百メートルを十三秒で走ることはできる。しかし一キロを二分余で走ることはできない」

　医者がいった。「しかし理論的には」

「理論はどうあれ」教頭は絶叫した。「実際には、一キロを、百メートル十三秒の速度のまま走り続けることはできんのだ」

　全員が黙りこみ、冷たい眼でじっと教頭を見据えた。

　やがて、喫茶店の主人がぽつりと言った。「このひと、片意地になっとるんや」

　教頭は頭をかかえこんだ。「意地になってるのはあなたがたの方なのだ」

「しかしまあ、これではっきりしたやおまへんか」喫茶店の主人がしてやったりという表情で全員を見まわした。「被告は十一時前に、便所へ行くみたいな恰好して『おはつ』を出た。それから百メートル十三秒の速さで自宅まで」

「被告は、酒を飲んでいたんだよ」教頭が悲しげに言った。「酔っぱらっていたんだ」

「そやさかいに被告は、酒の勢いも手伝うて、百メートル十三秒の速さで自宅まで一キロの道を走って、父親絞め殺して、また白メートル十三秒の速さで一キロの道を」

「五分や十分では無理だ」教頭が頭をあげ、顔中を口にして絶叫した。

「被告が、五分だけ店におらなんだとしまひょ」喫茶店の主人が指を開いて片手をつき出した。「二分で行って、二分で戻った。あとの一分で父親を絞め殺した。はっきりしてますやないか」

「たった一分で、父親を絞殺し、そのからだを天井からぶら下げるなどということは不可能だ」教頭は大声を出すのに疲れ、弱よわしくかぶりを振りながらそういった。

「むしろ、一分間もあるんやったら、それぐらいのことは充分できると考えてほしいですな」喫茶店の主人は確信ありげにそう断言した。

「うん。おれなら一分間で、それぐらいのこと、できるよ」と、サービスマンが横から保証した。

「こんな非論理的な推理を、わたしは絶対に承服しかねる」教頭が叫んだ。

　教頭の声に負けまいとし、喫茶店の主人がどんどんと机を叩《たた》きながら大声でくり返しはじめた。

「一キロ二分。一キロ二分」

　その声に医者と商社員が唱和し、同様に、机を叩きながら叫びはじめた。「一キロ二分。一キロ二分」

　負けまいと、教頭は叫び続けた。「わた、わたしは、最後、最後まで、た、た、戦う。こ、このような不合理なことは、も、もはや多数決ではない。多数決に、わた、わたしは反対する」

　ほとんど全員が、いっせいに机を叩きはじめた。「一キロ二分」

「わっしょい。わっしょい」

「一キロ二分」

「わっしょい。わっしょい」

　ガソリン・スタンドのサービスマンが背広とワイシャツを脱ぎ、ランニング・シャツ一枚の姿になって部屋の中を走りまわりはじめた。

　叫び疲れ、教頭が椅子の凭れにぐったりと背を投げかけて頭を垂れた。「いいですとも。いくらでもわたしを馬鹿にすればよいのだ」

「皆さん。静まってください。静まってください」今まで皆と一緒に調子にのって騒いでいた陪審員長の駅員が、さすがにはっと気がついて、全員を大声で制した。「ここは、神聖な裁判所の中ですよ。控えてください」

皆が静まると、それまで眼を見ひらき、呼吸《いき》をつめてこのありさまを見守っていた煙草屋の親爺が、ほうっと吐息を洩らした。「こんな面白いこと、わしゃ、まったく、生まれてはじめてだよ」

教頭が黙りこんでしまったので、陪審員長は散髪屋に眼を向け、うなずきかけた。「さて。それでは次、陪審員十一号のかた、お願いします」

散髪屋は、なんとなく困ったような表情をしながら立ちあがり、うかがうように教頭を見てから、おずおずと喋りはじめた。「ええ。ただいま、教頭先生のご意見をうかがったわけでありますが、被告のアリバイが弁護士によってあれほどがっちり立証されてしまっているわけでございますし、教頭先生がおっしゃるように、被告が犯行時間に、現場へ戻ってくるのはちと無理ではなかったかと、わたくしも思います。いやいや。ちょっとお待ちください」いきごんで何か言いかけた喫茶店の主人を、散髪屋はあわてて制した。「だからといってですね。被告が、飲み屋のおかみや他の客に気づかれず、店から抜け出すのも、まったく無理であった、とは、言えんと思うのです。あっ。これは失礼」散髪屋は隣席の教頭に一礼した。「これは決して教頭先生にさからっているわけではありませんので。つまりその、店から抜け出すだけなら抜け出せた。しかし、それだけの短時間に、自宅まで往復するのは、これはやはり教頭先生がおっしゃるように少少無理」

「いったいあんたは、何を言っとるんですかね」どんと机を叩いて、医者がいった。「被告を有罪だと思うのか無罪だと思うのか、それをはっきり言いなさい。あんた、自分の意見がないのですか」

「ええと。あの。それは、あります。あります」散髪屋は泣き出しそうな表情で大きく何度もうなずいた。「内科の先生がおっしゃるようにですね、その、裁判を国民の身近なものにするためには、陪審員独自の判断がマスコミで騒がれた方がいいわけですね。だけど、教頭先生がおっしゃるように、あきらかに無罪のものを有罪にしてしまうのはどうかと思えるわけで。いやいや。もちろん被告が無罪に決っているというのではありません。有罪の可能性もある。特に皆さんがたのほとんどのかたはそうおっしゃるわけですね。そうですね。ところが教頭先生は」

「教頭はんのことは、どうでもよろしやないか」とうとうたまりかねて、喫茶店の主人が叫んだ。「あんたはどない思うんや。それを言わはったらよろし。有罪か無罪か。それだけを」

「かまわないから、自分の意見を言いなさい」教頭は、苦《にが》い顔で散髪屋に、じろりと横眼を遣った。「何も、わたしがいつもあなたの店へ散髪に行くからといって、わたしの意見を気にする必要はない。ここでは、わたしはあんたの客じゃないんだから」


「は。いえ。あ。あの。別にその、そういうわけでは」散髪屋が、ぱっと顔を赤らめた。

「なんだ」商社員が笑い出した。「このひと、いつもこの教頭さんの頭を刈ってるんだよ」

「おやおや。ご近所でしたか」陪審員長の駅員が苦笑して、胡麻塩頭を掻いた。

全員が失笑した。

「おーやおや」さっきからずっと散髪屋に怒鳴られ、発言を封じられてばかりいた生命保険会社の社員が、眼を見ひらき、わざとらしい笑みを浮かべていった。「それではあなたは、そういう私的な関係をこういう公的な場所に持ちこまれるかただったのですか。ひひひひひ」

嘲笑され、散髪屋は充血した眼で生命保険会社の社員を睨みつけた。「ほかのひとならともかく、貴様にだけは、そういう口をきかせておくわけにはいかん」

「やっぱりそうですか」生命保険の社員は大袈裟《おおげさ》

にうなずいて全員を見まわした。「このひと、わたしにも何か、個人的な感情を持ってるんでしょうよ、きっと。それでさっきから、わたしに喋らせてくれなかったんです。といっても、わたしはこのひとを全然知らないんですがね」

「だまれ。だ、黙れ」なぜか散髪屋は激昂し、握りこぶしを振りあげてわめきはじめた。

「貴様なんかにそんなえらそうな、人間並みのことばを口にする資格があるか。保険屋なんて、どいつもこいつも人間の屑だ。生命保険のやつはみんな殺せ。お前らみんな、死ね。死ね」

あまりの突発的な感情の爆発に、一同はただ唖然として散髪屋の狂態を眺め続けた。

散髪屋はますます興奮し、きっかり七三にわけていた髪をふり乱し、声をかぎりに叫びはじめた。「お前ら保険屋にできることといったら、ひとの金をふんだくることと、家庭の主婦をだますことだけだ」


「よしなさいよ。あんた」医者がさすがに、保険会社の社員の横から散髪屋に向かって何かを手で打ち消すようなそぶりをし、たしなめた。「特定の職業に、そんなに偏見を持つものではありません」

「何が偏見だ」もはや誰かれの見さかいなく、散髪屋はわめき散らした。『その通りじゃないか。この野郎。泥棒め。おれの留守中に勧誘に来やがって。おれの女房を、色仕掛けで、た、た、たらしこみやがって。く、くそっ』泣きはじめた。

「女房を返せ。どこへつれて行きやがった。くそ。ひとの女房と駈け落ちしやがって。泥棒め」

「それはわたしじゃない」保険会社の社員は眼を丸くし、椅子の上でとびあがった。

「だまれ黙れ。保険屋なんてみんな、どいつもこいつも女たらしだ。泥棒だ。お前だってそうだ。美代子お」彼は机に突伏し、号泣した。「帰ってきてくれよう。おーいおいおいおいおい。戻ってきてくれよう。おーいおいおいおいおいおい。おれは淋しいよう。おーいおいおいおいおいおい」

「まあまあ。あなたの気持もわかりますが」陪審員長の駅員が困り切って、胡麻塩頭をばりばり掻きむしった。

「わかってたまるもんか。おーいおいおいおいおいおい」軽蔑やら憐憫やら、その他さまざまの視線とともに一同があきれ返って見まもる中で、散髪屋はしばらくおいおい泣き続けた。「泣くも法華《ほっけ》、泣かぬも法華」

散髪屋の号泣がやや弱まった時、喫茶店の主人が私鉄の駅員に提言した。「陪審員長。このひと、これ以上自分の意見喋る気ないやろし、議事進行したらどないでっか」

「そう。早く決議してしまいましょう」と、医者もいった。「いくらなんでも、時間がかかりすぎる」

「あ、そうですか。そうですね」陪審員長の駅員は、ほっとしたようにうなずいた。「それでは次のかたに意見を述べていただきましょうか。ええと。それでは十二号のかた。あなたが最後ですね。どうぞひとつ、ご意見を」

なぜか今までひとことも意見を述べなかった陪審員十二号の小柄な男がゆっくりと自席で立ちあがったため、一同は興味深げに彼を見つめた。

小柄な男は一礼をし、やがて大きく口をあけ、自分の咽喉《のど》の奥を指でさし示すようにしてくぐもった声を出した。「あ。あ。あう。あうあう。あう」

喫茶店の主人がとびあがり、大声で叫んだ。「このひと、唖《おし》や」

満場が騒然となった。

「唖のひとが、陪審員になることはできるんですか」

「そりゃあ、できるでしょう。でないと身体障害者に対する差別になる」

「だけどこのひとは、自分の意見を発表できないんですよ」

「裁判所の手落ちだ。えらいミスだ。いくらなんでも裁判所が聾唖者を陪審員にする筈がない」

「いや。このひと、耳は聞こえる筈ですよ」と、医者が大声でいった。「今までこのひと、何も言わなかったので、わたし、もしかするとこのひと聾《つんぼ》かなあと思っていたんです。でもこのひとは、ほかのひとの言うことには敏感に反応していましたし」

「そや。部屋出ていこうとしたひとに、いつもいちばん先にとびついてたのはこのひとでっせ」と、喫茶店の主人もいった。「ことばがわからんだら、あんなこと、でけん筈や」

「あなた、耳は聞こえるんですね。そうでしょう」

そう訊《たず》ねた医者に、小柄な男はけんめいの面持ちで眼を見ひらき、はげしく何度もうなずき返した。

「有罪か無罪かの意思表示も、もちろんできますね」

小柄な男はふたたび医者にうなずいて見せ、手で首を斬る真似をして見せた。

「有罪や言うてはりますんや」と、喫茶店の主人が安心したように陪審員長の駅員にうなずきかけた。「これで充分やおまへんか。評決にはなんのさしさわりもない」

「いや。待った」教頭が、ここぞとばかりに大声をはりあげた。「たとえ有罪無罪の評決は可能でも、そのひとには討議ができない。陪審員団にとって大切なのは、評決よりもむしろ討議です。充分な討議を尽してこそ陪審員団独自の評決ができるわけで」

「また、このひとや」げっそりした表情の喫茶店の主人が、ばん、と平手で机を叩いた。

「いや。たとえなんといわれようと、あなたがた全員からいかに白い眼で見られようと」教頭は決然として頭をあげた。「わたしはこのひとが裁判所の手違いで陪審員に加わっていたことを判事に報告し、この陪審員団が改組されるよう要求するつもりです」

「おんどりゃ何を」

まっ赤になっておどりあがり、机を乗り越えて教頭につかみかかろうとする喫茶店の主人を、医者が抱きとめた。

「お待ちなさい。気を静めて。気を静めて。今、殴るとまずい」

「そうですか。そんなにわたしを殴りたいのですか。皆さん、そんなにわたしが憎いのですか」教頭は悲しげにそういい、ゆっくりとかぶりを振った。「しかしわたしは、自分の節を、大勢に屈して曲げることはできません。この会議はそもそもの出発点から間違っていた。対マスコミ的売名欲のため、被告をなんとか有罪にしようという議論からはじまり、さらに陪審員であることを悪用して被告の家族と接触することさえ違法であるかもしれぬというのに、あまつさえ脅迫し暴行するという行為を法廷に対して本人はおろか全員で隠蔽しようとした。さらにまたそれを報告しようとしたわたしの行動の自由を束縛するという無法。かてて加えて陪審員としての資格のない者が加わっていた事実を改組いやさに知らぬふりで押し通そうという、これだけの違法行為すべてを、わたしは到底黙視するわけにはいかんのです。よいですか。間違っているのはあなたがたの方だ。わたしを恨むのはお門違いというものですぞ」教頭は喋り終ると腕組みをし、もはや自分の心は誰にも動かせぬぞといった決然たる表情で天井を睨んだ。

その教頭を、ある者は恨めしげに、ある者は困惑の表情で、ある者は憎悪と怒りと呪《のろ》いをこめてじっと見つめた。しばらくはそのままで、無為に時間が過ぎた。

「ええと。それでは」陪審員長としてなんとか恰好をつけねばならず、私鉄の駅員が胡麻塩頭を掻きながらいった。「ひと通り意見が出そろいましたので、そろそろ票決に移りたいと思いますが、よろしいですかな」

全員は、あいかわらず無言だった。

駅員はうなずいた。「異議がないようですから、それでは票決に移ります。票決は挙手でよろしいでしょうな。ではまず、被告を有罪とされるかた」

まず喫茶店の主人が勢いよく手をあげ、次いで医者と商社員と教材卸商が手をあげた。唖の小柄な男も手をあげ、保険会社の社員がおずおずと手をあげた。手をあげる者が多いことに気づき、煙草屋の親爺とガソリン・スタンドのサービスマンがあわてて手をあげた。

「あ。そうだ。わたしもだ」陪審員長である私鉄の駅員も手をあげた。

散髪屋が、教頭を気にしながらゆっくりと手をあげた。

「先生先生」駅員が医者にいった。「気つけ薬をお持ちじゃありませんか。そこで眼をまわしている、その陪審員五号のひとをそろそろ起していただきたいんですが」

「なに。気つけ薬なんかいらんでしょう」医者は机に突伏している銀行員に近寄り、背中を乱暴にどんと叩いた。

「ぎゃっ」痛さで意識をとり戻し、銀行員はあたりをきょろきょろ見まわした。「ここはどこ」気がつき、あわてて腕時計を見て彼はとびあがった。「あーっ。もう約束の時間を過ぎている」立ちあがった。「あーっ。もう駄目だ。今から駈けつけても遅い。あーっ。おれは破滅だ。あーっ」また椅子に腰をおろし、頭髪を搔きむしった。

「あーっ。もう人生滅茶苦茶。めーっ。助けてくれ。助けてくれ。あーっ」頭を起し、一同を狂ったような眼つきで睨めまわし、彼は静かにいった。「時間を返せ」

発狂したか、と、一同がぎょっとして身をこわばらせた。

「おれに時間を返せ」彼はおどりあがって、そう絶叫した。「おれから奪った時間を返せ。婚約者を返せ。課長の椅子を返せ。キンタマ返せ金返せ。おれの未来を返せ」

喫茶店の主人と教材卸商が両側から彼をとり押さえようとした。

「お前ら、おれに何をした。おれの人生をよくも滅茶苦茶にしてくれたな」

なおもあばれ続けようとする銀行員の耳もとに口を寄せ、教材卸商が低い声でいった。「また痛い目に遭いたいのかよ。え。もう一度気絶させてやろうか」

ぐったりと椅子にくずおれ、女のように両手で顔を覆い、しくしく泣き出した銀行員に、喫茶店の主人がささやいた。「わたしらを恨んだらあきまへんで。恨むんやったらこの裁判の被告を恨みなはれ。何もかも、あの被告が悪いんや。あの被告さえ居らなんだら、あんたが陪審員として召喚されることもなかったんや」彼は大声で訊ねた。「さ。あの被告は有罪か無罪か」

銀行員はヒステリックにわめいた。「もちろん、あんなやつ有罪だ。有罪に決っている。おれの人生を狂わせたやつだ。絞首刑にしてしまえ。絞首刑だ」

にやりとほくそ笑み、喫茶店の主人が陪審員長にうなずいて見せた。「このひとも、有罪やそうです」

「ではこれで、有罪という意見のかたが十一人になりました」私鉄の駅員は、声を大きくしてそう告げた。「あと、もうひとり、つまり十二人全員が有罪という意見であれば、陪審員団の評決は有罪に決定するのですが」彼は意味ありげにそういって教頭の様子をうかがった。

全員が、教頭に注目した。

だが教頭はあいかわらず腕組みしたまま、わざとらしく無関心を装っていた。

「ええと。それではですな」駅員はしかたがないといった口調で、溜息とともにいった。「無罪というご意見のかた、挙手願います」

「わたしはこの会議そのものが無効だと言っておるわけですが」と、教頭は重おもしくいった。「被告が有罪か無罪か、ということであれば、ためらいなく無罪です」彼は手をあげた。

一同が、重苦しく黙りこんだ。

「ひとりでも異った意見のかたがおられる限り、評決できないのが陪審員団の規則です」駅員は悲しげにそういった。「討議を続けるしかありませんな」

「何もかも、こいつのせいや」喫茶店の主人が、口の端に泡をいっぱいくっつけ、狂犬病予防週間のポスターみたいな顔でおどりあがった。「あんたとあんた、すぐドアの前へ立ちなはれ。誰も部屋から出したらあかんし、誰も部屋へ入れたらあかん」医者と、陪審員長である私鉄の駅員にそう指図をしながら、喫茶店の主人はテーブルをのり越え、陪審員長席のテーブルに駈け寄って、証拠品の紐《ひも》を手にとった。

「何をするつもりですか」喫茶店の主人の意図をなかば悟った医者が、興奮して呼吸を乱した。

「あ、あなたは、つまり」

「そや。こいつを殺すんや」喫茶店の主人は紐をしごきながら、教頭に近づいていった。「こ、こ、こいつさえ居らなんだら、今ごろはもう有罪ちう評決が出とるんや。ここ、こいつさえ殺してしもうたら」

「な、なにを君は。血迷ったか」教頭が立ちあがろうとした。

「逃がすな」

喫茶店の主人の叫び声で、ガソリン・スタンドのサービスマンがはじかれたように立ちあがり、教頭の上半身へ背後から抱きついた。

全員が、総立ちになった。

「やめろ」教頭が絶叫した。「そんなことをしたら、あんたたちは全員有罪だぞ」

「もちろん、全員有罪や」喫茶店の主人が、紐を教頭の首に巻きつけようと苦心しながら言った。「あんたさえ居らなんだら、全員の意見が有罪にまとまって」

「そうじゃない。全員が、ほんとに殺人罪になると言っとるんだ」教頭は、紐から逃がれようと身もだえしながらそう叫び、散髪屋にいった。「君。た、たすけてくれ」

「さあ」散髪屋は考えこんだ。「ここであなたを助けたりするとまた、私的な関係を公的な場所に持ちこんだと言われて皆から」

「馬鹿な。公的な殺人などということがありますか」

あばれ続ける教頭を抱きすくめようとするサービスマンに、煙草屋の親爺が加勢して教頭の下半身に抱きついた。

「だけど、殺したあと、どうするんですか」商社員がおろおろ声で叫んだ。「死体をどこかへ隠したとしても、全員が法廷へ出れば陪審員の数が足りないことに誰かが気づいて」

「なに。法廷では誰かが死体をうしろからあやつったらええのや」喫茶店の主人が、なおも紐を教頭の首にかけようとしながら怒鳴り返した。

教材卸商が苦笑してつぶやいた。「かんかんのうだ」

「そのひとを生命保険に勧誘する間だけ、殺すのを待ってもらえませんか」と、保険会社の社員が言った。「会社としては損をすることになりますが、わたしは実績が」

「うるさい」散髪屋がわめいた。「お前は黙っていろ」

ついに紐が教頭の首にかかった。

「やった」と、喫茶店の主人が叫んだ。「それ。おいあんた。そっち、早いとこ引っぱっとくなはれ」

啞の小柄な男に喫茶店の主人がそう命じ、小柄な男が喜び勇んで駈けつけ、紐の片側の端を手にした時、教材卸商がやってきてぐいと喫茶店の主人の手を握った。「おい。やめろ。ここで殺しは危《やば》い」

「離しとくなはれ。ここで殺《や》らなあかんのや」

悲鳴とも泣き声ともつかぬ声でそう叫ぶ喫茶店の主人の手から力まかせに紐をもぎとり、教材卸商が一同を見まわした。「皆さんがた。この場の決着は、ひとつわたしにまかせておくんなさい」

「あかんあかん。こいつは強情やさかい、どない説得したかてあかんのや。殺さな仕様ないんや」

なおもわめく喫茶店の主人にぐいと向きなおり、教材卸商は凄《すご》んで見せた。「おう。あんた。あっしみたいな者にはまかせられない、って言うんですかい」

喫茶店の主人は何か言い返しかけて教材卸商の眼つきの凄さにふるえあがり、がっくりして床へしゃがみこんだ。緊張して身をしゃちょこばらせ成り行きを注目していた連中が、ほっとして肩の力を抜いた。

「やれやれ。大変なことにならずにすんでよかった。いくら何でも裁判所で人を殺したら、ただごとじゃおさまらない」駅員がハンカチで首の汗を拭った。「わたしも一瞬その気にはなったが」

「さあて、教頭さん」教材卸商はニヤリと笑い、教頭に言った。「命びろいをしましたね。え」

紐をはずして首筋をなで、肩で息をしていた教頭が、じろりと教材卸商をうわ眼で睨んだ。「殺されても妥協はせん。それに、いったんわたしを殺そうとしたような連中のために、なんでわたしが主義主張を変えたりするものか」

「いやあ。何も主義主張を変えてくれとは言っとりゃせんですよ」教材卸商があいかわらずにやにやしながらうなずいた。「あんたの方から、変えさせてくれと言い出すことになるんだものね」

「なんじゃと」

怪訝《けげん》そうな顔つきをした教頭に、教材卸商は含むところありげな眼を向けた。「まあお聞きなさい。皆さんも、聞いておくんなさい。もう二年ほど前のことになりますが、同業者の寄りあいがありましてね。その席でわたしは同業者の風上にもおけねえ卑劣な男に、そいつのした悪事ののっぴきならねえ証拠をつきつけて問いつめ、ぎゅうという目にあわせてやったもんです。言を左右にして言い逃れようとするのをわたしがちっとばかり痛い目にあわせてやったもんだからとうとうこの男、同業者を出し抜いて競争見積を賄賂《わいろ》で落札し、商品を高価に納入したことなど、たくさんの前科を吐いたもんです。われわれの得意先はすべて公立の小、中学校ですから、これは重大な贈賄事件になる。まあ、女房子供のいる男でしたから警察沙汰にはせず、小指を一本へし折るだけで勘弁してやりましたがね。さて皆さん。話というなあこれからだ。この男が贈賄したというのはたいてい備品購入の決済を校長とか教頭とかいった連中がやっている小学校とか中学校なのだが、その中に瑞ヶ丘第二小学校というのがありましてね」

がたん、と、椅子を倒して教頭が立ちあがった。「き、君はいったいなな、何を。そ、そんな話は裁判とは、なな、何の関係もないじゃないか」

「そう。なんの関係もないねえ。えへへ」教材卸商が大きくうなずき、それから教頭の方へぐいと顔を近づけた。「さあ。相談というのはここなんだがねえ。教頭さんよ。その、なんの関係もない話をおれがここでばらしちまったら、たとえ裁判となんの関係のない話であってもあんたを恨んでるこの連中、たちまち騒ぎはじめるんじゃないかと思うんだが」

「ばらさなくても、もうわかった」商社員が眼鏡を光らせておどりあがった。「瑞ヶ丘第二小学校の教頭というのはこいつなのだ」

医者も、喜んでおどりあがった。「そうだ。そうに違いない。こいつは汚職したのだ」

「そや。こいつ収賄しよったんや」喫茶店の主人も、喜色を満面に浮かべてとびあがった。「それでこいつ、こないにうろたえとるんや」

「わたしゃまだ、何も言っとらんよ」得意顔で教材卸商がそういい、一同を見まわした。「早合点しちゃいけねえな」がっくりと肩を落し、椅子へ腰をおろしてうなだれた教頭に、彼はいった。

「皆に恨まれねえように、早いところ、有罪という意見へ鞍替《くらが》えした方がいいんじゃないですかい。教頭さんよ」

肩を顫《ふる》わせている教頭を指さし、喫茶店の主人が勝ち誇って叫んだ。「絶対に、こいつ、汚職しよったんや。そうやないとは言わさへんぞ」教材卸商に、ペコペコと頭を下げた。「あんさん。ようう言ってくれはりました。もう、こいつがなんぼ否定しても、贈賄したちうその証人をつれてきて出るところへ出たらこいつの悪行はいっぺんに明るみに出る」彼は教頭の顔をのぞきこみ、唾をとばして怒鳴った。「どや。これでもまだあんたはあの被告の無罪を主張するつもりか。あんた、皆の意見無視してそんな勝手なことを言えるからだかどうか、よう考えてみい。あんた、汚職したんやろが」

「そうだ」と、医者が叫んだ。「こいつは汚職したんだ」

「汚職。汚職」商社員が脱いだ靴の踵《かかと》で机を叩きながら、そうはやしはじめた。

ほとんど全員がそれにならい、声をそろえた。

「汚職。汚職」

「汚職。汚職。汚職」

「収賄。収賄。収賄」

「収賄。収賄」

うお、うお、うおと、しばらく前から洩れる嗚咽を押さえきれずに身もだえしながらそう呻《うめ》いていた教頭が、ついにうおーっと咆哮して、がばと机に突伏した。「おおー。うおーい。うおーい。うおーうおーい。おーいおいおいおい」

泣き出した教頭を、全員が注視した。

教頭はしばらく泣き続け、やがて涙でびしょ濡れの顔をあげ、天井に向かって大声で叫んだ。「妻が癌になったのだ。おーいおいおいおい。医者に、入院して手術しないと死ぬといわれ、入院費はなく、ちょうど折悪しく息子が大学入試に合格した。だが、その入学金さえなかったのだ。おーいおいおいおいおいおい。自分の妻を見捨てて殺す気か。子供を大学へやる甲斐性さえないのかと家族や親戚に責められて、おーいおいおいおい、そしてついに、わたしは、わたしは悪魔の誘いにのったのだあ。おーいおいおいおいおい」彼は大口をあけ、よだれを垂らして泣きわめいた。「わたしはもう駄目だ。おーいおいおいおいおい。わたしはもう破滅だ。おーいおいおいおいおい」

「まあまあ教頭さん。そんなに泣くことはねえよ」教材卸商が教頭の肩に手をおいた。「何が破滅なんだね。ちっとも破滅なんかじゃないぜ」

「そうですよ」と、医者もいった。「わたしたちは別段、あなたのことを警察へ言おうなんて思っちゃいないんですからね」

「そう。そうですとも」商社員がいった。「ただひとこと、ね。たったひとこと、あの被告は有罪だと、そう言ってくださればいいんですよ。ね」

「そう。その通り」と、私鉄の駅員が大声でいった。「教頭先生。お願いです。あなたがひとこと有罪と言ってくだされば評決が定まり、陪審員長であるわたしもおおいに助かるのですが」

「さあ。あんた」と、喫茶店の主人はまだしゃくりあげ続けている教頭の右手をとって高くあげ、耳もとで懇願した。「頼みまっさ。言うとくなはれ。言うてくれはったらわたしら恩に着ますやんけ。今聞いた話、誰にも喋りまへんさかい。さ。言うとくなはれ。有罪と。ひとこと。ほんのひとこと」

押し出すように、教頭はいった。「ゆ、有罪。有罪だ」言うなり彼は、また机に突伏した。

一同はほっとしたように背をのばし、顔を見あわせあい、うなずきあった。

「よかった」

「ああ。よかった」

「よかった。よかった」

駅員がドアをあけ、廊下にいる廷吏にいった。「終りました。はい。評決が出ましたので。あ。そうですか」彼は室内を振り返り、全員にいった。「それでは皆さん。法廷へ行ってください。はい。陪審員席へ」

がやがやと喋りあいながら、教頭以外の全員が立ちあがった。

「せっかく部屋が暖かくなってきたのになあ」ガソリン・スタンドのサービスマンがそうこぼしながら、ドアの方へ歩きはじめた。「法廷はまた寒いよ。きっと」

「ねえあなた。法廷で、わたしにちょっと発言させてもらえませんかねえ」と、保険会社の社員がドアの方へ歩きながら駅員にいった。「有罪の評決のあとで生命保険の勧誘をすれば、これは効果的なんだが」

「駄目だだめだ。そんなことさせられるもんか」散髪屋がそう叫びながら保険会社の社員の背中を押すようにして部屋から出ていった。

「有罪の評決を出したら、皆、びっくりしますやろなあ」喫茶店の主人がくすくす笑いながら、医者と駅員にそういった。

「マスコミが喜びますよ」医者も、くすくす笑った。「われわれ十二人を取材して、でかく扱うでしょう。そして、あの被告は死刑だ」

けけけけけけ、と、三人は笑った。

「どうです。あとでどこかへ、一杯飲みに行きませんか。祝杯をあげましょうや」と、駅員が提案した。

「結構だすなあ」喫茶店の主人が叫んだ。「わたし、奢《おご》らせてもらいまっさ。ああ。あんさんもいかがです」

声をかけられ、啞の小柄な男が眼を見ひらいて大きくうなずいた。

「さあ。われわれはもう、有名人ですよ」

そんなことを言いながらくすくす笑って部屋を出て行く四人を見送り、商社員が苦笑して大声を出した。「ふん。日本人ってのはあれがいやだね。ちょっと意気投合したらすぐ飲もうってことになるんだよ」

かぶりを振りながら出ていく商社員のあとに、めそめそした銀行員が続いた。「あああ。おれの人生、もう滅茶苦茶よ」

そのあとに続きながら、感にたえぬという口調で煙草屋の親爺がいった。「わし、こんな面白いこと、生まれてはじめてだよ」

部屋に残ったのは、教頭と教材卸商の二人だけになった。まだ机に突伏したままの教頭の肩へ背後から手をかけ、抱きあげるようにして立ちあがらせた教材卸商が、ゆっくりとドアの方へ教頭を歩かせながら、なだめるような脅すような、低いねっとりとした声で語りかけた。「さあ。そんなにしょげ返ることはありませんよ。教頭さん。日本の人間てえのはね、ある程度皆と同じように悪いことをしなきゃ世間は渡れねえんです。つまり日本という国の仕組みがそうなってるんですな。裁く者も裁かれる者も、似たり寄ったりなんです。ところでねえ、今度のおたくの学校の、理科実験教材の入札のことですが」

二人が出ていってしまうと陪審員室は無人となった。廷吏の閉めたドアの彼方から、やがて木槌の音と開廷を告げる声がかすかに聞こえてきた。

女スパイの連絡

地下にある、あなぐらのようなゴーゴー・クラブで、その娘は踊り狂っていた。部屋のまん中のやや広い場所では、彼女のほかにも数人の男女が踊り続けていた。

サイケデリックな照明を浴び、娘の大胆なサイケ模様のミニは、ゆらゆらと揺れ動いていた。娘の長い髪も、海底の藻のようにゆれていた。それは美しい娘だった。踊っている娘たちの中でも、いちばん美しかった。

壁ぎわのテーブルにも、多勢の客が腰を据えていた。彼らは、踊っている連中を眺めたり、酒を飲んだりしていた。

壁ぎわの客の中に、おかしな三人づれがまじっていた。三人とも、一様にヒッピー・スタイルで、あごひげを生やしていた。彼らは並んで壁にもたれ、踊り続けているあのいちばん美しい娘を眺め続けていた。

右端の男は、娘の動きを、じっと観察していた。手のあげおろしに、いちいちうなずき、くり返されるステップを憶えようと、けんめいに眼をこらしていた。

中央の男は、娘の服の模様を見つめ続けていた。赤と、グリーンと、黄色を主調にしたその曲線の模様を、彼は眼を見ひらき、凝視していた。

左端の男は、盲目だった。

当然娘の姿は見えない。だが彼は白く濁った眼をホールの中央に向け、音楽に合わせて肩をゆすっていた。

その娘は、じつは某国諜報機関の、東京支部連絡員——つまり連絡係の女スパイだったのである。

そして壁ぎわの三人の男は、彼女からの連絡を受けとろうとしてやってきた、東京工作員だった。

右端の男は、彼女の動作から、連絡を受けとろうとしていた。彼女の手のあげおろし、くり返されるステップには、ひとつひとつ意味があった。反復行為暗号の解読員――それが右端の男だったのである。

中央の男は、娘の服の模様から、連絡を受けとろうとしていた。赤と、グリーンと、黄色を主調にした彼女の服の曲線模様の中には、暗号の文字が書かれていた。しかもその文字は、まともな視力の持ち主にはわからないように描かれていた。つまり、赤緑色盲の人間にだけは解読可能なのである。中央の男は赤緑色盲だった。ふつうの人間には、彼女の服の赤とグリーンはごちゃごちゃに入りまじっている。だがこの男には、赤とグリーンが単一の色彩として見えるのだ。この男は赤緑色盲暗号の解読員だったのである。

音楽が、突然中断した。

左端にいた盲目の男は、おかしなことをした。彼はゆっくりと立ちあがり、白い杖をたよりに、ホールの中央へ歩き出した。そして、娘に近寄り、そっと彼女の頬に接吻した。それから右手で、彼女の顔をゆっくりとなでまわした。

遠くから見るとわからないのだが、この娘の顔には、年ごろらしくかなりのニキビが出ていた。盲目の男の指さきは、そのニキビをなでまわした。そのニキビは点字による暗号だった。盲目の男――それは吹出物点字暗号の解読員だったのである。接吻には意味はない。ただの役得である。

三人の男は、そのディスコティックを立ち去った。

「よく帰ってきたな」

三人の男が戻ってくると、やはり地下の秘密の連絡場所に集っていた某国諜報機関、東京工作員たちが彼らをとり巻いた。

「どうだ。あの娘からの連絡は受けとったか」

と、ひとりが訊ねた。

　三人は、いっせいにうなずいた。

「では、順に報告しろ」

　まず右端にいた男——反復行為暗号の解読員が喋《しゃべ》りはじめた。「ホンモノワ、タイホサレタ。ソシテワタシハ……」

　色盲の男があとを続けた。「ＣＩＡ。ソシテ、アナタタチハ」

「バカヨ」と、盲目の男が叫んだ。

　そのとたん、ドアをぶち破り、ＣＩＡの連中が拳銃をぽんぽんぶっぱなしてなだれこんできた。

後記

「フェミニズム殺人事件」を額面通りの推理小説と思われては困るので、これはむしろフェミニズム理論小説だと思って読んでいただきたい。無論、終盤で登場人物たちが推理をぶつけあいながら同席している真犯人を次第に追い詰めていくくだりは、一幕物のミステリーとして読んでいただくのが理想なのであるのだけれど。

この小説が単行本化されたあと、ホテルプラザから、この作品の中に出てくる料理をそのままディナーコースとして出したいという企画が持ち込まれ、実現した。わがファンクラブの面々八人ほどをお招きし、おれたち夫婦も参加してディナー・パーティをやった思い出がある。原作通りコルトン・シャルルマーニュを注文したところ、これがなんと八万円であり、吃驚した。

わが従兄である筒井敏雄は長年「日本探偵社」の所長だった。高校時代に何度か遊びがてら立ち寄ったことがある。一度だけ出てくる康夫というのが私です。

彼ら探偵たちや来客たちの話があまりに面白かったので、いつか書こうと思っていて、たまたま「すばる」から連載の話があったためこの「新日本探偵社報告書控」を書こうと思い立ち、一夜敏雄さんをホテルプラザに呼び出し、泊りがけで深夜まで話を聞いた。その後すでに探偵社をやめていた敏雄さんが、古い報告書の控を処分するつもりだと言うので、あわててそれを譲り受けた。大きな段ボール箱に四つほどだったと思う。これを何ヶ月もかけて精読し、面白そうな話を次つぎに作品化して行った。一章書くごとに敏雄さんに送り、点検してもらった。敏雄さんからの要請で、基本的に人名、社名はすべて仮名、大企業の場合も正式の社名を出すと具合が悪い場合は適宜変え、時にはその街の名前まで伏せて書いた。作品完成後、報告書の控はすべて責任を持って処分させてもらった。

敏雄さんはおれよりずいぶん歳上の従兄であり、今はもう亡くなっている。雑誌に掲載されたり単行本化されりした時は適時相応と思える謝礼を送り、ずいぶん喜んでもらったものだ。

二〇一六年四月

筒井　康隆

編者解説

日下三蔵

出版芸術社版〈筒井康隆コレクション〉第五巻には、犯人当ての本格ミステリ『フェミニズム殺人事件』（89年10月／集英社）と私立探偵の調査を描く連作『新日本探偵社報告書控』（88年4月／集英社）の二長篇に、文庫未収録の法廷もの、単行本未収録のスパイものを加えて構成した。広義のミステリに属するスタイルの作品を集めた一巻である。

「ケンタウルスの殺人」（66年）や「アタッシュ・ケースの怪人」（67年）といった読者への挑戦形式

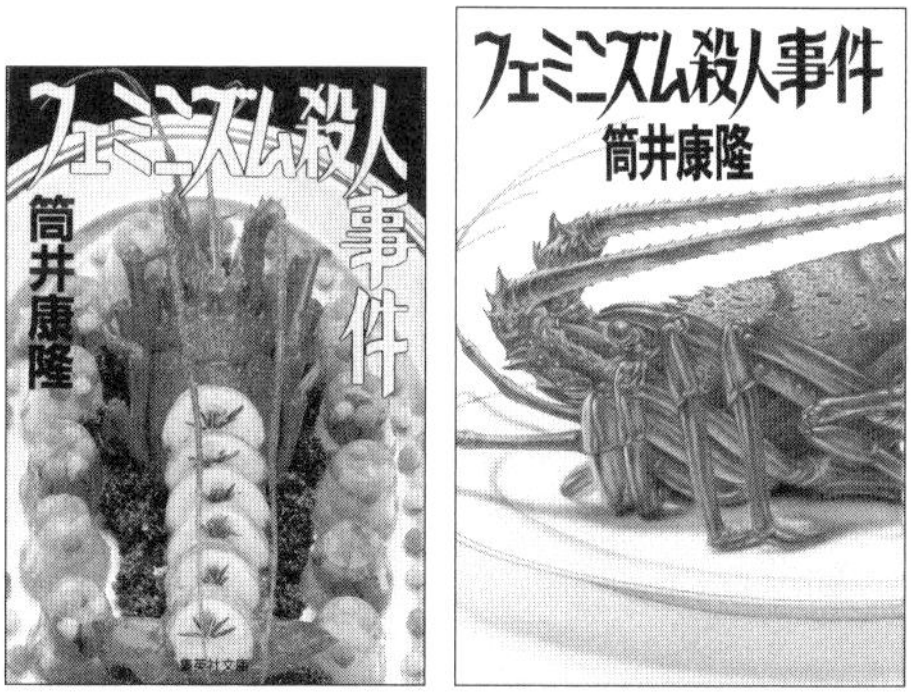

『フェミニズム殺人事件』
左 集英社文庫　右 集英社

の作品はいくつかあったが、筒井康隆が初めて本格的に手がけたミステリといえば、四篇からなる連作『富豪刑事』（78年5月／新潮社）ということになるだろう。大富豪の息子の神戸大助刑事が金を湯水のように使って事件を解決する、という現実離れした設定であるが、警察組織の描写は正確で各話のトリックにも必然性があり、完成度が極めて高い。辛口で知られた佐野洋のミステリ時評「推理日記」でも絶賛されたほどである。二〇〇五年に深田恭子主演でテレビドラマ化された際には主人公の性別が女性に変更されているが、そんな無茶が可能だったという事実が『富豪刑事』の基本設定がいかに強固なものであったかを、逆説的に証明している。

　SF作家といってもSFばかり読んでいるわけではなく、特に第一世代作家は自分たちが書き始めるまではSFがなかったのだからミステリを読んでいた人が多い。筒井康隆の場合も〈ハヤカワ・ファンタジイ〉（後のハヤカワ・SF・シリーズ）が創刊される以前は、〈ハヤカワ・ポケット・ミステリ〉でE・S・ガードナーのペリイ・メイスンものやアガサ・クリスティ、ダシェル・ハメットなどの作品を愛読していたという。『富豪刑事』以前に書かれた『おれの血は他人の血』（本コレクション第四巻所収）は、ハメットの作品を下敷きにしたハードボイルド長篇であった。

　もう一作、『フェミニズム殺人事件』をはさんで発表された『ロートレック荘事件』（90年9月／新潮社）は、ミステリ界で大きな反響を巻き起こした。この作品は究極の叙述トリックというべき仕掛けのある問題作だったのだ。普通、ミステリにおけるトリックは作品中の犯人が弄するものだが、叙述トリックは文章の書き方に工夫を凝らして作者が読者を騙すスタイルのことを指す。

八七年に綾辻行人が『十角館の殺人』でデビューしてから数年の間に、本格ミステリを志向する新人作家が相次いで現れ、ミステリ界は大きな変革期に入っていた。この時期、作者も読者も叙述トリックの持つ可能性に目を向けて、さまざまな作品が書かれていたのだ。そこに現れた『ロートレック荘事件』は、最高級のテクニックをもってウルトラCの着地を決めてみせた。

叙述トリックの代表例として言及されることの多い『ロートレック荘事件』だが、トリックを支えるストーリー部分の面白さにも注目しておきたい。他の画家ではなくロートレックでなければならなかった必然性、真相が判明した後に現れるあまりにも皮肉な構図。まず小説としての構成が完璧だからこそトリックが成立するわけで、ストーリーとトリックは車の両輪のように互いを支え合っているのである。

つまり筒井康隆のミステリは、ストーリーを楽しんで終わり、トリックに驚いて終わりではなく、重層的な読み方が出来るようになっているといってもいい。本書に収録したふたつの長篇も、また然りである。

『フェミニズム殺人事件』は集英社の文芸誌「小説すばる」八九年夏季号（7月）に一挙掲載された。現在、同誌は月刊だが、八七年の創刊から九〇年までは季刊誌であった。初出では「第十章　犯人」の冒頭部分「西刑事はそう言った」（本書二一六ページ）までで結末が伏せられており、次ページに

「犯人当てクイズ実施中！」と書かれた編集部からの告知が掲載されていた。

読者の皆さまへ

「小説すばる」をご愛読いただき、ありがとうございます。

筒井康隆「フェミニズム殺人事件」楽しんでいただけましたでしょうか。事件はご覧の通り、結末を残したまま終りました。これは、最後の展開をあなたにも考えていただこうという編集部の企みなのです。

今、お読みになった４２５枚にはところどころに犯人を探し当てる伏線が隠されています。もう一度じっくりと事件の推移を見直して、ズバリ**犯人の名前とその理由**を推理してください。そして、あなたの推理を40字以内にまとめ、編集部に送ってください。みごとに犯人を当ててくださった方から、抽選で、筒井康隆直筆の額装色紙か、特製テレホンカードをお届けします。このテレホンカードは、あなたが名探偵であることを認めた認定証とサインが入ったとびきりユニークなものです。

真相が分かる完結編は、10月20日発売の単行本および11月20日発売の本誌冬季号にて登場です。それまではあなたの想像力でどんな犯人像を作ってくださっても結構。果たして真犯人は誰か？　筒井先生も驚くようなあなたの名推理をお待ちしております。

小説すばる編集部

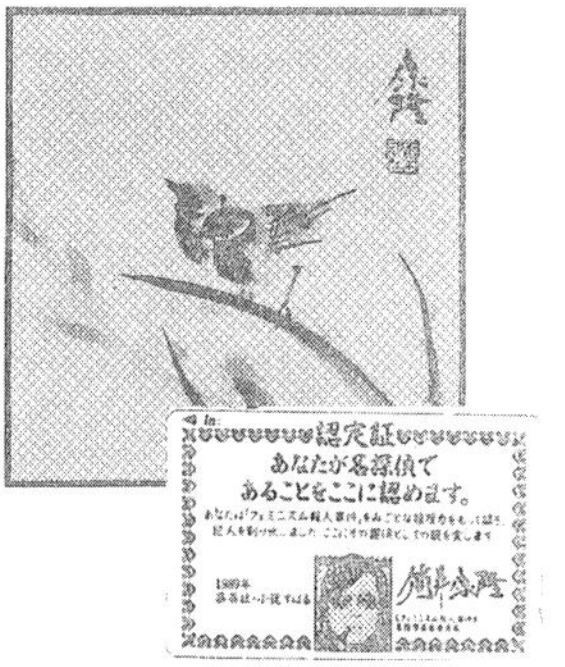

上　直筆額装色紙
下　テレフォンカード

つまり、この作品の結末部分は八九年十月に集英社から刊行された単行本が初出ということになる。それに先立って「小説すばる」八九年秋季号（9月）に「「フェミニズム殺人事件」犯人当てクイズ実施中！」と題した中間報告が掲載された。

　筒井先生も驚くような名推理が続々！

「小説すばる」をご愛読いただき、ありがとうございます。

前号、**筒井康隆「フェミニズム殺人事件」の犯人当てクイズ**に、現在まですでに一〇〇〇通を越す応募をいただいております。締め切りの九月末日まで、いったいどのくらいの葉書きが集まるか楽しみです。

犯人像も、その推理も実に様々多彩で、葉書きを分類している編集部も、いったい誰が真犯人なのかわからなくなってしまいました。

中間報告をかねて、応募葉書きのなかからいくつかの推理を、紹介してみたいと思います。

●犯人―松本

石坂に対するジェラシー。

竹内史子への愛のため長島、早苗を殺し、最後に史子が断ったため殺害。

剃刀の使い方を皆にわざと下手だと思わせた。

●犯人―石坂

早苗との情事で長島にゆすられたため。

筒井康隆のミステリーだから、一番犯人らしくない者が犯人である。

●犯人――小曾根

主婦売春に妻も関わり、長島、早苗、史子に知られたため。

のぞきが妻に知られるのを恐れて口封じのため三人を次々と。

男権論者の松井会長の命令でフェミニストたちを抹殺するため。

●犯人――小曾根美代子

長島と夫の関係を切るため、あとの二人は長島殺しを知られたため。

●犯人――早苗さん

主婦売春でゆすられたので長島を殺し、それを史子に見破られそうになったので、史子を殺すトリックをつくりあげて自殺した。

筒井先生の推理小説だから、被害者が真犯人という可能性も考えられる。

●犯人――新谷支配人

主婦売春をしている妻と長島を殺し、それを知った史子も殺した。

ホテルの部屋の構造を知りつくしている新谷氏。クーラーのトリックを史子に見破られたので第三の殺人も。

●犯人――加藤コック長

支配人の苦悩を救うため長島を殺し、それを知った早苗と史子も殺してしまった。

●犯人――宮田警部

彼の妻も主婦売春をしていて、妻の秘密を守るため長島、早苗、史子を殺した。

妻の関わる主婦売春の元締めの長島を殺し、共犯者の早苗とそれを知った史子を殺す。

●犯人――松井会長

この事件は松井会長の仕組んだ芝居で宿泊客へのサービスである。

●犯人――筒井康隆

小説のなかで殺人が可能なのは作者だけであるから。

完結編は冬季号で当選者の発表と共に掲載。単行本は10月20日発売。

一足先に単行本で結末部分が公開された後、「小説すばる」八九年冬季号（12月）に「フェミニズム殺人事件　解決編」として「第十章　犯人」の残りが掲載されたのは、雑誌のみの読者への配慮であろう。

この号には「「フェミニズム殺人事件」犯人当てクイズ当選者発表」として著者自身による講評ともいうべきエッセイ「作者御礼」が載っている。このエッセイは、これまでどこにも再録されたことがないので、本書にあとがき代わりとして収録した。

末尾の部分にある「来年発表予定の推理長篇第二作」というのが『ロートレック荘事件』のことと思われるが、このエッセイで列挙された誤答の中に、『ロートレック荘事件』のアイデアと非常に近いものがあるのが興味深い。犯人当てクイズの珍回答が次の長篇の発想のきっかけになったのかもしれないと想像してみるのも楽しいのではないだろうか。

今回、新たにいただいた「後記」に「これはむしろフェミニズム理論小説だと思って読んでいただきたい」とあるように、『フェミニズム殺人事件』には「フェミニズム理論そのものの小説化」という側面がある。岩波書店の季刊誌「へるめす」で八七年から連載が始まっていた『文学部唯野教授』のために作者は最新の文学理論を詳しく研究していたはずである。実際、同書では唯野教授がフェミニズムについては「後期でとりあげる」と予告している箇所があるにもかかわらず、最後までフェミニズムは扱われていない。これはフェミニズムの講義が『フェミニズム殺人事件』として独立して小説化されたためではないか。

もちろん、『フェミニズム殺人事件』は犯人当てクイズが実施されるくらいであるから本格ミステリとしても高い完成度を有しているわけで、先ほど「筒井康隆のミステリは重層的な読み方が出来るようになっている」と述べた理由も、そこにある。

ちなみに「第四章　第一の被害者」には語り手の作家・石坂が「私と同じ神戸在住の筒井康隆という作家」の作品として『文学部唯野教授』に言及する場面がある。また「第三章　滞在客」には石坂自身の作品として婦人情報誌「コスモス通信」に連載された『パプリカ――夢探偵』というタイトルが挙がっている。筒井康隆の『パプリカ』が中央公論社の婦人雑誌「マリ・クレール」に連載されるのは九一年からであるから、これは初出の時点では、かなり早い予告だったことになる。

なお、『フェミニズム殺人事件』は九三年二月に集英社文庫に収録された。初刊本と集英社文庫版以降、再刊されるのは、今回が初めてである。

『新日本探偵社報告書控』は集英社の月刊誌「すばる」八六年一月号から八七年六月号まで十八回にわたって連載され、八八年四月に集英社から刊行された。九一年四月に集英社文庫に収録。以後、再

『新日本探偵社報告書控』
左　集英社文庫　右　集英社

刊されるのは、今回が初めてである。

私立探偵の捜査を描いているという点では、広い意味でのミステリといえなくもないが、この作品は実際に探偵社の所長をしていた従兄の筒井敏夫氏（同名の児童文学作家とは別人）から古い調査資料を譲り受け、面白そうな事件を作品化したものだという。実話がベースという点で、探偵が意外な犯人を暴くフィクションとしての「探偵小説」とは、かなり趣を異にしている。

ほとんど起伏もなく、それどころか一貫したストーリーすらなく、ひたすら調査報告書を並べるというスタイルの連作であり、筒井作品としては異例といってもいいほど地味な長篇である。

本コレクション所収の『霊長類　南へ』や『おれの血は他人の血』、あるいは『馬の首風雲録』『俗物図鑑』などの長篇をみれば、筒井康隆はどんな題材であっても波瀾万丈かつ起承転結のはっきりとしたウェルメイドな娯楽作品に仕上げるテクニックを持った作家であることは明らかである。だとすれば、一見、非常に地味な『新日本探偵社報告書控』は、明確な狙いを持って、あえてそのように書いているとみるべきだろう。

カタカナを多用した調査報告書は、最初のうちこそ読みにくくて戸惑うかもしれないが、何話か読んで慣れてくれば、次第に事件自体の面白さに引き込まれていくことになるはずだ。つまり、それぞれの事件が実話ベースだからこそ、小説的な盛り上げを排した淡々とした叙述方式が、かえって迫力を生み出しているのである。

すべてのエピソードを通読してみると、そこには昭和二十年代から三十年代にかけて急速に復興を遂げた日本という国のたくましい姿が、背景として浮かび上がってくる。『新日本探偵社報告書控』は極彩色の絵で知られるシュールレアリスムの画家が、あえて淡彩で描いた超細密なデッサン画といってもいい。筒井康隆の「基礎デッサン力の高さ」については、本コレクションの次巻収録の長篇『美藝公』の解説で、改めて触れることにしたい。

第三部には、単行本&文庫未収録短篇として二篇を収めた。各篇の初出は以下のとおりである。

12人の浮かれる男　「GORO」75年7月27日号～10月23日号
女スパイの連絡　「花椿」68年6月号

「12人の浮かれる男」は小学館の男性誌「GORO」に七回にわたって連載された。戯曲化されて七六年から翌年にかけてパルコ出版の演劇雑誌「劇場」に連載されたが、同誌の休刊により、後半部分は戯曲集『12人の浮かれる男』（79年2月／新潮社）が刊行された際に書き下ろしで収録された。オリジナルの小説版は〈筒井康隆全集〉第十九巻『12人の浮かれる男　エディプスの恋人』（84年10月／新潮社）に収録されたのみで、通常の単行本や文庫には収録されていない。

なお戯曲版を含む戯曲集『12人の浮かれる男』は、本書と前後して復刊ドットコムから刊行される

〈筒井康隆全戯曲〉第一巻に収録されるので、ぜひ両者を読み比べてみていただきたい。

「女スパイの連絡」は資生堂のPR誌「花椿」に掲載されたショートショート。これまで単行本に収録されたことはない。本編のテキストについては、尾川健、戸田和光、平石滋の各氏および資生堂資料館から資料と情報の提供をいただきました。特に記して感謝いたします。

本コレクションの第四巻に収録した眉村卓との合作「悪魔の世界の最終作戦」について、筒井パートの「悪魔の世界」を改題した「悪魔の契約」は参考作品として併録したものの、眉村パートの「最終作戦」がどこに発表されたのかは、刊行まで調べがつかなかった。

その後、眉村さんから直接ご教示いただき、潮出版社の月刊誌「丸」六七年十月号に発表され、同誌の戦記SFシリーズをまとめたアンソロジー『SF未来戦記　全艦発進せよ！』（78年12月／徳間書店　→　86年3月／徳間文庫）に収録されていることが判明した。このアンソロジーは、当時かなり版を重ねているので、今でも古書店で入手するのはそれほど難しくないと思う。

著者プロフィール

筒井　康隆（つつい・やすたか）

一九三四年、大阪生まれ。同志社大学文学部卒。工芸社勤務を経て、デザインスタジオ〈ヌル〉を設立。60年、ＳＦ同人誌「ＮＵＬＬ」を発刊、同誌1号に発表の処女作「お助け」が江戸川乱歩に認められ、「宝石」8月号に転載された。65年、上京し専業作家となる。以後、ナンセンスなスラップスティックを中心として、精力的にＳＦ作品を発表。81年、「虚人たち」で第9回泉鏡花賞、87年、「夢の木坂分岐点」で第23回谷崎潤一郎賞、89年、「ヨッパ谷への降下」で第16回川端康成賞、92年、「朝のガスパール」で第12回日本ＳＦ大賞、00年、「わたしのグランパ」で第51回読売文学賞を、それぞれ受賞。02年、紫綬褒章受章。10年、第58回菊池寛賞受賞。他に「時をかける少女」、「七瀬」シリーズ三部作、「虚航船団」、「文学部唯野教授」など傑作多数。現在はホリプロに所属し、俳優としても活躍している。

筒井康隆コレクションⅤ　フェミニズム殺人事件

発行日　平成二十八年五月二十五日　第一刷発行
著　者　筒井康隆
編　者　日下三蔵
発行者　松岡　綾
発行所　株式会社　出版芸術社
東京都千代田区九段北一―一五―一五瑞鳥ビル
郵便番号一〇二―〇〇七三
電　話　〇三―三二六三―〇〇一七
ＦＡＸ　〇三―三二六三―〇〇一八
振　替　〇〇一七〇―四―五四六九一七
http://www.spng.jp
印刷所　近代美術株式会社
製本所　若林製本工場
落丁本・乱丁本は、送料小社負担にてお取替えいたします。

ISBN 978-4-88293-477-6　C0093